神捕

菌紫茶 著

上 册

青岛出版集团 | 青岛出版社

图书在版编目（CIP）数据

神捕/菌紫茶著. —青岛：青岛出版社,2023.12
ISBN 978-7-5552-5770-7

Ⅰ.①神… Ⅱ.①菌… Ⅲ.①长篇小说－中国－当代 Ⅳ.①I247.5

中国国家版本馆CIP数据核字（2023）第247538号

	SHENBU	
书　　名	神捕	
作　　者	菌紫茶	
出版发行	青岛出版社（青岛市崂山区海尔路182号）	
本社网址	http://www.qdpub.com	
邮购电话	18613853563	
责任编辑	李文峰	
特约编辑	王羽飞	
校　　对	李玮然	
装帧设计	梁　霞	
照　　排	梁　霞	
印　　刷	三河市良远印务有限公司	
出版日期	2023年12月第1版　　2023年12月第1次印刷	
开　　本	16开（710mm×980mm）	
印　　张	33.5	
字　　数	544千	
书　　号	ISBN 978-7-5552-5770-7	
定　　价	69.80元（全2册）	

编校印装质量、盗版监督服务电话 4006532017 0532-68068050

目录

上　册

目录

下　册

第一章　密　室

这是一个风雨交加的夜晚。

惊天动地的霹雳一道紧接着一道炸响在阴沉沉的夜空中，一次又一次将天地间映得惨白一片，也将屋里的人震得心惊胆战。

温小筠举着火折子，借助时隐时现的雷电的光亮，小心地将烛台上的蜡烛点燃。

橘黄色的火苗倏地燃起，飘忽了几下，映亮了她那张满是泥污的脸。她抬头望去，雨点噼噼啪啪地冲撞着单薄的窗纸，似乎下一秒就能砸进屋子。她有些庆幸地想，还好遇到的那个小徒弟足够善良，收留了她，不然她今夜就惨了。

就在此时，房门处突然响起一阵急促的拍门声。

温小筠迅速将扣子扣好，站起身警惕地望着紧闭的房门："谁？！"

然而外面的人并没有回答，反而大力地撞起门来。

温小筠看着被撞得山响的旧木门，不由得惊恐地后退半步。容留她在这里住下的是主人家的六弟子。作为权力最小的小徒弟，他只能给她腾出一间老旧的杂物房避雨过夜。这房子的门窗年久失修，不结实，根本承受不住外面的人这样凶狠的冲撞。

果然，破旧的木门被一脚踹开，两个表情凶恶的中年男人冲了进来。其中一个男人冲到温小筠的面前，揪住她的领子，像拖死狗一样掉头就将她往外面拖。

"你个畜生！我们好心收留你，你竟然恩将仇报！看老子不把你喂狗！"

温小筠现在所占据的身体的原主人不过十八岁的年纪，身形单薄。她根本就抵不住那人的力量，脖子被勒得通红，险些要喘不过气来。她拼命地攥住那人铁铸般的大手，声音嘶哑地叫喊道："你在说什么？我一直都没出屋！我什么都不知道——"

另一个男人看温小筠竟然还敢反抗，照着她的脸抬手就是一巴掌："杂种，怎么就让那个不长眼的小六带进门了？看老子不活剐了你！"

二人狠狠地拖着温小筠急切地奔过长长的回廊，将她拖进回廊尽头的正屋后，用力地往地上一掼，将她摔在了地上。

这一下把温小筠摔得头昏眼花——她感觉肩胛骨都要被撞碎了。缓了好一阵，她才稳住呼吸，抬起头审视周围的情况。

这应该是一间客厅，地面上铺着漂亮的木纹地板，墙壁上悬挂着不少字画，墙下摆着案几与太师椅。正对着温小筠坐着的是个年轻男人，二十岁左右的样子，白衣胜雪，最抢眼的还要数他的脸——温小筠从来没有见过这样美丽的脸。

年轻男人戴着一顶白玉莲花冠，乌黑的长发被整齐地束起；手执一柄湘妃竹制成的拂尘；穿着一件白色道袍，质地轻盈飘逸，布料上乘，做工精细；脚下穿着一双纯白色的缎面长靴。令人惊奇的是，外面到处都是污浊的泥水，而他的靴子却没有半点儿污痕。

当然，最令人惊奇的还是他那张美得令人移不开视线的脸——肤白如玉，眉色如黛，一双凤眸分外明亮。明明是素淡至极的装扮，却让他身上显现出一种超凡脱俗的尊贵气质。

年轻男人的后面还立着一个穿着藏蓝色武者衣衫的中年男子。中年男子表情严肃，目光犀利，右手按在腰间。似乎只要旁人擅自接近他家主人半分，他便会抽出隐藏在腰间的兵刃，将对方斩于当场。

温小筠打量着屋中的环境。偌大的厅室，除了面前的白衣男子、藏蓝色衣服的武者侍卫、押她进来的两个男人，再没有其他人。

难道白衣男子就是这座宅子的主人？温小筠疑惑地皱起眉。那个最小的六徒弟的年龄都在二十岁左右了，她还以为这里的主人怎么也得四五十岁了，没想到竟然这样年轻。

"主家先生，"温小筠觉得不能坐以待毙，梗着脖子站起来，朝着白衣男子拱手施礼，"在下乃一过路行人。承蒙你家小徒弟心善，见大雨将至，在下在山林里又没有住处，才容留在下住下。只是到这里时夜已经深了，不好再惊扰主家，才没来得及向您禀告。如果在下借宿给主家添了麻烦，在下在此致歉，现在就离开。"

后面拖着温小筠进来的男人一听她要跑，顿时瞪起了眼睛，朝着温小筠的后腰抬腿就是一脚："还想跑？你想得美！"

这一次温小筠早有了准备，捂着摔麻了的胳膊闪身一躲，刚好避开。

"主家，"温小筠狠狠地瞪着白衣男子厉声斥道，"在下只是借住一晚，什么都没做，怎的就要受你们这般无礼对待？"

白衣男子眉心微皱，对那家丁模样的男人摆了摆手："四哥儿，你冷静一下，且容我问他两句话。"

被叫作"四哥儿"的男人梗着脖子不服气地争辩："白公子，发生了这么大的事——"

他的话才说到一半，旁边的同伴拽了拽他的袖子，朝他摇头，示意不要顶撞。四哥儿这才勉强咽下剩下的话，气呼呼地站到一边。

温小筠的眉梢微微一挑，她怎么听那白衣男子的口气并不像这里的主人？

像是看出她心头的疑问，白衣男子缓缓站起身，朝着她洒脱地拱手还礼，礼貌地开口："这位兄台，在下也是此地的客人，与此处主人是多年棋友，今次来赴约与主家手谈。本来今夜正是主家闭关的最后一晚，明日在下与主家正好切磋一番。"白衣男子说到这里，表情忽然变得悲伤起来，"不想在下还未睡熟，主家就发生了意外。在下不得已才要把这宅子里所有人都请出来。"

温小筠惊讶地睁了睁眼："意外？难不成发生了凶案？"

白衣男子面带忧色地望了一眼左窗的方向："不错。这座庄园的主人姓丰，名桑，别号落木居士。他是我凤鸣朝第一等的丹青大师，一直隐居在此。庄园里只有落木居士夫妻二人、四名弟子和一个老仆妇。老仆妇前几天不小心闪了腰，下山治伤去了；四名弟子，分别是大哥儿、三哥儿、四哥儿和六哥儿。"

温小筠疑惑地问道："那二哥儿和五哥儿呢？不在此地吗？"

白衣男子叹了口气："他们也都是极聪慧的，可惜天不假年，先后病逝了。"

他望向温小筠身后的两人，"方才带你过来的正是四个弟子中的三哥儿与四哥儿。因今夜突降暴雨，三哥儿、四哥儿怕后院排水不畅，前去检查，不想却目击了落木居士被人刺杀的整个过程。如今六哥儿正在照顾被噩耗刺激得晕死过去的丰夫人，大哥儿正骑快马前去报官，请衙门的人过来。"

听到这里，温小筠的脸顿时一片煞白，她早就想过可能很快就会碰上凶杀案，却没想到会这么快。

"发生这样的意外实在叫人惋惜，"温小筠说话时的表情有些复杂，"在下承蒙主家恩情才有这可以落脚的地方。如今突然发生这样的凶案，在下既震惊又难过。如果主家有用得着在下的地方，在下一定会倾力襄助。"

白衣男子将目光落在温小筠的脸上，表情渐渐变得冰冷："别的忙倒没什么可帮的，只是今夜在这宅子里的人目前数公子你的嫌疑最大。请君移步过来，便是要静等官府的人前来询查。所以在官府的人到来之前，请公子哪里也不要去。"

温小筠惊讶地抬头："什么叫我的嫌疑最大？"

听到这里，四哥儿终于忍不下去，冲上前一把揪住温小筠的领子，瞪圆了眼睛，像是恨不得直接从她身上撕下一块肉："少跟我们在这儿装蒜！今天在河边我和小六亲眼看见你从淤泥里钻出来。我们整个下午都在河边采草药，那块地就在我们的眼皮子底下，根本不可能藏人。后来可是你亲口跟我们说你是高人之徒，练的就是穿墙入地的功夫。如今我师父出事了，他那间屋子的门窗紧闭，除了你这个可以穿墙入地的飞贼，外面的人根本不可能有机会进屋刺杀。凶手就是你！"

温小筠瞬间惊了，甚至忘记去反制四哥儿。她终于明白了，今夜这个最致命的大坑根本就是她给自己挖的……

温小筠原本是一个当红漫画家。在连续熬了两夜终于在最后一刻交了稿子后，她一头扎进被窝儿沉沉地睡着了。

可她没想到，再一睁眼发现卧室不见了，自己出现在了一个巨大的山洞里。

一道机械而冷酷的声音自遥远处传来。由于风声呼啸在耳畔，温小筠仅能模糊地听到几个不相关的词语："芸南……十号……悬疑漫画世界……惩罚……"

温小筠抬头，只见原本空无一物的上空如纸被墨染一般，忽然浮现一个红色的身影。那是一名披散着长发的俊美少年，剑眉星目，肤白唇红。他穿着一件袍袖宽大的红色道袍，好像坐在一把看不见的椅子上，姿态慵懒，似笑非笑地望着下面的温小筠。

红衣少年微微直起身子，环抱双臂俯视着温小筠："后面的事我来讲给你听吧。意外使你进入了这部悬疑漫画所在的世界，不巧路途中发生了一起'车祸'，将你原本的身体形态烧成了灰烬。"

"烧死了？"忽然她又意识到另外一件事，"悬疑漫画？不会让我破案吧？"

红衣少年微微颔首："不错，你要成为的这个人是凤鸣朝第一天才少年，温竹筠。你将以他的身份完成两条主线的任务——一为洗冤禁暴，二为救赎人心，用来抵消你创造出来的那些怨念。"

温小筠有些心虚："可是我除了画过两部跟悬疑沾边的漫画，就没怎么接触过跟破案推理有关的事啊！尤其这人还是什么第一天才，换成我肯定穿帮。"她忽然抬起头，盯住红衣少年，"两眼"直冒绿光，"你是在这里专门接应我的时空系统，辅助我一路推理破案、过关斩将的帮手？"

红衣少年瞥了她一眼："这次任务的名字你难道不知道吗？"

"什么名字？"

"自己救活自己，不求人，嘿，就是不求人！"

温小筠身上绿色的荧光瞬间漆黑一片，阴沉得就像一团蕴着暴风雨的乌云。

红衣少年站直了身子，无聊地甩了甩宽大的袍袖："我是温珺紫，字竹筠——这个世界原来的主角——温竹筠是也。"

温小筠被吓得抖动了一下："温竹筠不是被我烧死了吗？"

温竹筠俯视着温小筠，嘴角带着一丝玩味的笑："没错，我被你烧成了一团意识。"

温小筠越想越不对："不对啊，你知道的应该还没有我多，怎么会在这里指导我？"

温竹筠无所谓地耸了耸肩："因为在成为意识体存在后我见到了'芸南十号'。几番套话后，我发现了它的弱点就把它控制住了，之后趁它不备一举吞并了它。我不仅获取了它所有的信息，更乘机抢占了它时空系统管理局管理员的位置。"

温小筠十分震惊："怎……怎么可能？你不是刚被烧吗？哪儿来的时间干这

么多事情？"

像是听到了什么可笑的事，温竹筠仰头笑了起来："亏你还自称是二十一世纪的人，还不如我的思维灵活。现在，你我二人和芸南十号一样，都是一种虚拟数字意识体，脱离了时间和空间的束缚。既然是同样的存在，我自然可以抓住其中的漏洞办好这点儿小事。事实上，现在的你也有本事取代我，只要你能找到我的弱点与漏洞。"

温小筠看着差点儿笑出眼泪的温竹筠，一脸愤懑。她感觉自己好像被人嘲笑了。

"还找到时空系统的漏洞，你是天才？你就这么厉害吗？"

温竹筠无奈地摊开手："没办法，天才就是可以为所欲为。"

温小筠怒视着他："不说那些没用的，你就说我现在怎么办吧。既然要破案，你不可能真叫我当'骨灰'吧？"

"还算机灵，"温竹筠满意地点点头，"朽木可雕也。稍后我会把你扔进河里，你滚起足够的泥土可以混成人形，还能通过时空缝隙把原来的身体引渡过来。我唯一能为你做的，就是将你的身体年轻化并且把你的五官变得跟我一样。"

温小筠忽然又想到一个更严重的问题，惊恐地问道："你不会把我变成男人吧？"

温竹筠轻笑着摇摇头："改变相貌和年龄已经是我能力的极限，若再改变你的性别，我就会被人发现，进而对我的存在产生威胁。所以你还是女人，只是五官和我一样。"

温小筠皱眉："你本事那么大，干吗不再给自己一条命，给自己安排人生赢家的身份？为什么非得成为时空系统？"

温竹筠淡淡一笑："因为对我来说，做人类已经没有什么挑战性。我下一个目标是征服整个时空管理局。"

温小筠嘴角狠狠一抽："好吧，你赢了。进入下一个话题。"

"最后，"温竹筠转过身，望着温小筠一笑，"不必要时我不会再出现。你不要指望我把之前的记忆或是其他能力传给你。我为你做得越多越可能影响我。"

温小筠急忙叫喊："等等——"

她话音未落，温竹筠的大袖猛地挥起，砰的一声，他化作一团红色的烟雾飘散而去。

温小筼只觉得自己像被人拉满弦后射出的箭一般，嗖的一下，直直冲向光影模糊的前方。光影扭曲间，她感觉好像冲进了一处漫着清水的浅滩，有一种头盖骨被撞碎般的疼痛。她挣扎着从泥水里钻出来，就看到两个拿着大捆草药的人。二人显然看到了温小筼从泥水中出来的全过程，都目瞪口呆地盯着她……

温小筼将思绪拉回现实。

雨夜中的庄园大厅里，她被四哥儿卡住咽喉，终于明白他们为什么一口咬定她就是杀人凶手了。

之前从泥水里钻出来时，她被四哥儿和六哥儿当场抓住。为了不被人当成妖物抓起来烧死，她非常认真地编了瞎话，说自己是一位神秘高人的关门弟子，在淤泥中闭气也是一门修炼课程。

两个男人里，年纪小的那个不仅长得十分清秀，还心地善良。他听了她的话不仅不怀疑，还好奇地上前问她修炼的法门；而另一个年纪大些的——现在抓着她的四哥儿当时就满腹疑问，后来勉强被说服，又说她的功夫就是穿墙入地的邪门儿道法，肯定不正派。

现在出了密室凶杀案，四哥儿就理所当然地把她想成了唯一的嫌疑人。

"生死就在一线间，"一个好听的男子声音忽然响在温小筼的耳畔，"此时你若不自救，很容易被冠上杀人犯的名头。"

温小筼脸色顿时一黑。

说话的人就是所谓她现在的时空系统温竹筼。温竹筼这跩得跟二五八万似的态度，倒是成功地激怒了温小筼。

"温竹筼，这一次你帮我推理吗？"温小筼在脑海里冷冷地问。

温竹筼说话的声音无波无澜："不会，我做事只靠自己，你亦应如此。"

温小筼冷笑一声："敢问你是凤鸣第一天才吗？可相信人命大如天？"

光影墙壁后的温竹筼狠狠一皱眉头："你想说什么？"

温小筼的轻蔑与不屑之意越发明显："还是说人类世界对你没有任何挑战性，你便有些忘乎所以，将人命当作草芥，任我这个门外汉随便拿来练手？"

温竹筼的气场冷了下来。

温小筼紧追不舍，底气越来越足："换作别的事情，敢于挑战自己能力范围之外的难度，那是我勇敢；在人命案子上，超过自己的能力范围，我随便推理，那叫作犯罪。现在出了人命，我既不懂破案，更不懂你们这里人的风俗，就这么大大咧咧地推理找凶手，若冤枉了无辜的人，放走了真凶，这责任谁来承担？"

温竹筠轻轻地闭上了眼睛，叹了一口气："并非我不愿意帮你，只是太过明显地帮你，会暴露我的存在。到时候我和你都会被时空管理局做清除处理。"

温小筠哑然，没想到问题竟然会这么严重。

"也罢，"温竹筠又开口，"人命大过天，你说得很好，这次我帮你。"

温小筠说话的语气顿时软了下来，道："如果真的会把咱们清除，这一次我硬着头皮自己上也不是不可以。"

温竹筠瞥了一眼温小筠："只一次，尚可。你须记得，这次之后你必须从零开始，尽快掌握破案技巧。"

温小筠虽然有点儿想哭，但还是点了点头表示同意。在生死面前，什么困难都是小问题。

"不过，在我全程指导你之前，"温竹筠嘴角微翘，"还要检验一下你是否有被我指导的资格。"

"啥？"温小筠有点儿蒙。

"现在你要自己解决被人扼喉的困境，并要说服他们听你的推论。"

温小筠咬住后槽牙，扬手狠狠地摸了一下鼻子。虽然这件事难度很大，但是她愿意尝试，于是对温竹筠说："成交。"

温竹筠一笑："成交。"

他红色的身影倏地消散。

温小筠再一睁眼，又回到了现实。

四哥儿仍然掐着她的脖子，正在给旁边的三哥儿递眼色："三哥，拿条绳子来，先把这个家伙捆上再说。"

温小筠急忙瞥了一眼前面的白衣男子，他正带着他的侍卫朝大门的方向走去。显然，作为这里的客人，白衣男子除了替昏过去的嫂夫人临时"招呼"一下自己这个嫌疑人，并没有太大的权力。

要想解决现在的困境，温小筠能靠的就只有自己。要知道上一世，她可是大龄单身美"少女"，独自生活，各种防狼术的视频那可是没少看，现在到检验成果的时候了！

只见温小筠双眸瞬时一冷，身体便随着脑子里视频教程的讲解做出了相应的动作。

处于弱势的女孩子被高大的男人掐住脖子时，需要迅速缩脖子，下巴用力地抵住对方的手指对脖颈儿的伤害，同时快速地转身，一手掐住对方的一条手臂，另一只手紧攥拳头，借着转身的惯性大力挥拳砸向对方的鼻梁骨——此处也可用手指狠戳对方的眼睛，请根据身高差与挥拳速度等自行考量……

温小筠看上去单薄，四哥儿打心眼儿里就没瞧得起她。她这突然的反击直接打了四哥儿一个措手不及。他惨叫一声便捂着鼻子摔在地上，痛苦地蜷缩着身体。

跟在白衣男子后面的侍卫马上反应过来，瞬间抽出腰带里的软剑。冰冷的锋刃宛若银龙候地一颤，剑尖直指温小筠。

白衣男子也停下脚步，侧身望向温小筠。

三哥儿眼睁睁地看着自己五大三粗的四师弟一下就被比他小两圈的酸秀才制服，立时吓得倒退了两步。

温小筠昂首站定，冰冷的目光掠过持剑的侍卫投向白衣男子。她冷声一笑，说道："公子留步，你方才的话说错了，这个宅子里最没有杀人嫌疑的人就是我。"

白衣男子的眉梢微挑，他眼底闪过一丝玩味的神色："此话怎讲？"

温小筠沉声分析道："说我是最大的嫌疑人，谬误有四！一、如果我真是那能穿墙入室的杀人凶手，杀人后肯定会立刻隐藏身影逃走，怎么可能还留在这里让你们随意欺负？二、如果我真的是凶手，又有你们说的穿墙功夫，暗中潜伏在庄园外面，等到夜深人静时，悄无声息地潜入杀人，再悄无声息地离开即可，根本不用在你们面前现身，更不会跟你们借宿提前暴露身份。三、我从来不会什么穿墙的功夫——下午我讲给两位公子的是，我修炼的功夫是钻进淤泥里长时间闭气，穿墙入地的说法根本就是这位四公子自己给我强行解释的。而事实上，钻进淤泥中闭气的功夫可以修炼，穿墙那样的鬼神把戏凡人又怎么可能掌握的了？四、就在这位三公子突然来敲我的房门之前，我才与府上的六公子说完话不久。六公子好心帮我拿来一套新被褥，还告诉我杂物间有些镜子、布巾之类的东西可以供我整理仪容。按照三公子之前说的话，落木居士遇袭之时，应该正是六公子与我交谈的时候——我根本没有时间去杀人。"

说到这里，温小筠环视屋中众人，目光忽然变得阴冷起来："与其说我是这个案子最大的嫌疑犯，倒不如说除了我，这个宅子里的每一个人都有杀人的嫌疑。"

至此，温竹筠不由得满意地点了点头，确定温小筠已经将任务漂亮地超额完成，甚至漂亮得远超出他的预料。

"做得不错，"他说，"后面交给我。"

得到温竹筠的肯定，温小筠顿时松了一口气。虽然她没有真正破过案子，但一些基本的推理逻辑还是有的。

听到她的话，捂着脸痛苦号叫的四哥儿和被吓坏了的三哥儿身子都是一僵。

四哥儿挣扎着要撑地站起身，三哥儿立刻将他扶起来。四哥儿忍着痛，指着温小筠的鼻子大骂："你个血口喷人的东西！我和三哥儿当时一起看到师父在窗子上的影子晃了一下，才急忙去找师娘拿钥匙开门看的。我们两个连修炼房的钥匙都没有，怎么可能进得去屋子？我们两个平常是最敬爱师父的，怎么可能去害他？！分明是你这个杀人犯倒打一耙！"

说着，四哥儿挥起拳头又要冲上去揍温小筠，却被一只大手死死地钳住手臂。

"且慢！"

四哥儿恼怒地回头，就看到白衣男子的侍卫表情严肃，正攥着自己的手臂。

白衣男子紧跟着走到温小筠身前，劝慰四哥儿："四哥儿暂且消消气，我听这位公子的话说得很有道理。反正现在他也被咱们看住，一时逃不出去，不如就在这里静等官府来人查问。"

三哥儿见贵客都松了口，也有些不安起来，捅了捅四哥儿："师父最看重的朋友就是白公子。老四，白公子的面子咱们可不能驳。"

此时，温小筠抬起头，注视着面前的白衣男子。她目光自信而坚定，嘴唇微微翕动，终于缓缓开口："这位白公子，在下身上还有一件证据，不仅能证明在下与此次凶杀案无关，更能指出谁是真正的凶手。"

白衣男子凤眸微眯，似在重新审视温小筠："什么证据？"

温小筠从袖中从容地取出一块令牌举到白衣男子面前："其实在下此次出山，正是应了焱州府推官——鄞大人的邀请，前去焱州知府衙门任职当胥吏。在下即将成为公门中人，又怎会知法犯法，去谋杀一个根本不认识的人？"

看到温小筠手中的令牌，三哥儿与四哥儿的脸都白了。四哥儿仍然不相信，抬手指着温小筠，有点儿结巴地说道："谁……谁又能知道你那块令牌到底是真是假？再说，你要真是官府中人，下午在河边的时候为什么不直接拿出来说？"

温小筠冷冷地瞥了四哥儿一眼："辨别真假最容易，官府的衙役应该也快到了，他们见了此令牌自会给你答案。"

四哥儿还要争辩，却被白衣男子抬手打断。

白衣男子看了看那块令牌，唇角微翘："白某人也曾在官府中当过文职，官府的令牌我认得。"

温小筠眉梢微动："如此甚好。"她将令牌递到白衣男子的手中，"未及请教仁兄尊姓台甫？"

白鹜接过令牌垂眸端详："免尊姓白，名玉寒，单字一个鹜。"说完，他又将令牌递还给温小筠，"令牌无误。"

温小筠接过令牌收回袖中："在下温小筠。现在只要能将落木居士的六弟子带来与我对质，我的嫌疑就能彻底洗清，我想见他一面。"

事实上，这些话都是温竹筠在脑海中一字一句教给温小筠的。

递出令牌的那一瞬，温小筠忍不住在心里埋怨。温竹筠这个家伙真是阴险，有令牌怎么不早跟她说？早知道有这个东西，她下午也不用跟四哥儿、六哥儿漫天扯谎了。

白鹜转身做了个"请"的手势："六哥儿就在后堂。既然温兄是鄞推官麾下的人才，白某自是信得过。请温兄移步后堂。"

温小筠还了个礼，抬脚走出房间。

后面的三哥儿和四哥儿彻底呆在原地。他们搞不清刚才还是凶手的人，现在怎么就成了最没嫌疑的人了。

白鹜的侍卫见他俩发呆，拍了拍他们的肩："二位一起走吧。"

两个人这才回过神来，疑惑地对视一眼后，赶紧跟上白鹜与温小筠一起走出了屋子。

走过一段回廊，众人就来到了后院。

温竹筠沉声提醒："已知条件还不完全，不要先入为主。"

温小筠点点头，又转向两个徒弟继续提问："落木居士闭关的房间从外面不能打开吗？"

四哥儿叹了一口气："原本是打不开的，师父闭关最忌讳别人打扰，都是要从里面闩死的，但又怕里面火炉会发生什么意外，就专门请高人设计了一处机关。万一发生意外，我们可以用特殊形状的撬棍撬开门。其间会发出巨大的声响，如果师父真的没事，会及时察觉并制止我们。"

白鹭说道："那撬棍只有一根吗？别人用别的工具能代替吗？"

"那可不是一般的撬棍，是精通奇门遁甲的高人设计的，只有一根，别的任何东西都代替不了。撬棍一直都放在夫人房中。"

温小筠点点头："撬门是破坏性的，所以一根撬棍只能用一次？"

三哥儿重重叹了一口气："没错，我和老四看到师父遇袭后，急忙冲进回廊跑到密室门前，却看到门完好无损，关得严严实实的。后来小六也跑过来了，我们就叫他赶紧去请师娘过来开门。等到把门撬开后，我们就看到师父倒在门口，身上都是血。师娘疯了似的扑上去，师父却早……"三哥儿说到这里，眼泪就跟断了线的珠子似的吧嗒吧嗒落个不停，"没想到，师父竟然就这么去了。师娘当时心疼得吐了一口血后晕死过去。我和老四没办法，赶紧去扶师娘。小六说后厨有水，应该先给师娘灌姜汤。我和老四扶着师娘就先去后厨，小六再去前面叫人。"

温小筠皱眉问道："落木居士的位置可有被移动过？"

白鹭上前一步，忧伤地回答："我赶过去后，特别提醒万万不能移动落木居士的遗体，凡事都要等衙门的人来了再说。"

温小筠认同地点点头："幸亏白兄也是公门中人，能在这关键时候帮着丰家处理后事。"

说话间，几个人已经走到了画室房的门前。

温小筠不自觉地停步，抬头看向与画室房并排的一座小楼。

小楼有三层。画室房也不矮，足有小两层楼那么高，只是比小楼更长、更宽。小楼更像是一座四方的宽塔，两座建筑物相隔只有三米左右，也有一小段回廊连通。

白鹭不失时机地解说道："平常落木居士夫妇都住在小楼里，只有闭关时落木居士才单独住在对面的画室房。"

温小筠问道："闭关是彻底与外界隔绝吗？吃喝如何解决？"

三哥儿抹了把眼泪，走到近前说道："我家师父除了擅长丹青，更是个修道之人。他闭关短则三天，长则七天，与辟谷一般，不用进食。而且屋子里有一眼小泉，做成流水景观的样子，师父饮水在屋子里就可解决。"

温小筠的眉梢微挑。从理论上讲，三到七天不吃饭，对于少数人来说是能办到的。

终于走到了门口，温小筠跟在白鸶的后面拾级而上。进了屋子，经过一段狭长的走廊，温小筠发现中间拐角处有一扇古旧的小木门，门上挂着一把光亮的铜锁。

"这房间是干什么用的？"她问。

三哥儿随口答道："存放一些贵重的颜料。只有给宫廷作画时，师父才会打开房间。对我们来说，那屋子就从来没打开过。"

白鸶也望了那房间一眼，脚步仍然不停，带着温小筠和两个徒弟走向画室房。此时的画室房大门洞开，边缘有些破损的红木大门扇斜斜地倒在走廊上。

温小筠的脚一下一下地踏在深色的青石砖上。

走廊尽头黑漆漆的门洞，在她眼中就像是隐藏在黑夜里的一头巨兽，狰狞血腥，恐怖神秘。她不觉咽了一下口水。这是她平生第一次即将看到尸体。一种莫名的恐惧感悄悄无声息地在她身上蔓延，激起了一层又一层的鸡皮疙瘩。

终于走到近前，白鸶身后的随从跨前一步，将手中的灯笼往前一探，门槛后面立时出现了一个黑乎乎的人影。

那人仰面躺在地上——火光先映亮了他那两只靴尖朝天的脚，随后是白色的绸裤、淡蓝色的长衫下摆。那长衫是由上好的绸缎制成的，丝滑柔顺，从腿部垂下不见一丝褶皱。大家再往上看，长衫腰部的下摆由于浸透了鲜血，颜色很深，轻软的绸缎显得又沉重又黏腻。他的腹部出现大片血迹，一道明显的刀口赫然出现在众人眼前。

温小筠下意识地想要闭眼，却被温竹筠逼得将眼睛睁得更大。

"冷静，尸身并不可怕。"温竹筠的声音轻轻地响在她的耳畔。

"有什么方法可以抵挡恐惧感吗？"温小筠诚心发问。

温竹筠语气平缓："多看看就习惯了。"

温小筠想，自己现在去时空管理局揭发温竹筠的恶行还来得及不？

"专心，现在不能错过每一处细节。"温竹筠的声音忽然凌厉起来。

温小筠赶紧回神，蹲下身，隔着门槛仔细看着里面尸体的状况。

"秦奇，找些蜡烛来。"白鹭对自己的侍从沉声吩咐道。

几乎是转眼的工夫，秦奇与三哥儿、四哥儿就拿来了很多蜡烛，走廊灯火通明。

躺倒在门口的落木居士终于现出了全貌。

他身形瘦削、颀长，头发花白，束着修道人的发髻，皮肤保养得很好，细腻白皙。尽管他双目紧闭，五官也痛苦地扭曲着，还是能让人想象得出生前应该有着超脱凡尘的风姿。

温小筠仔细地看着，张口转述着温竹筠的解说内容："目前看明显有两处伤口，一处在腹部，一处在胸口的心脏部位。伤口处衣物的断口平整没有脱丝，应该是被匕首等锋利的凶器刺穿所致。腹部伤口虽然深，但不在致命处，最要命的该是他心口的这一刀。只从刀口宽度推断，深度应直抵心房。不过这些只是从外表上看到的东西，具体伤口如何，还要等专门的仵作到场查验。"

并不是温竹筠不会验尸——此时的他和温小筠都没有资格验尸。验尸一事的意义非常大，规矩也很多。一来温小筠还没真正到衙门任职；二来这一片地方不属于淼州府管辖，是不会允许温小筠现场验尸的。

温小筠又抬起头，望着三哥儿沉声问道："小居士，能再仔细描述一下落木居士摔倒的细节吗？"

三哥儿红着眼睛点点头："我和老四当时打着灯笼站在画室房窗户外的回廊上，忽然黑乎乎的窗亮了起来。我和老四回头一看，师父好像站在门口背对着我们，当时好像要和什么人说话，但是对方的身影完全被师父挡住，他的穿戴装束什么的我们根本看不到。紧接着师父就弯了一下腰，好像因肚子疼捂着肚子，后来上半身又猛地往后仰了一下就摔倒了。"

"听起来，落木居士应该被人扎了两刀，腹部先挨了一刀，之后胸口又挨了最致命的一刀。"温小筠站起身拂了拂双手，"后来屋子里怎么是黑的？你们有谁进去吹熄了灯吗？"

三哥儿有些不忍地把视线从尸体上移开："我们跑回回廊时里面灯还是亮的，可当我们扶着师娘去厨房时，里面就漆黑一片了。"

刚才还脾气火暴的四哥儿这会儿脸色也是惨白一片，跪在门口抹着眼泪说："这么看，当时凶手就在屋子里。可是等我们撬开房门时，里面除了倒地的师父再没有其他人。这儿除了一扇门、一面窗子，里面再没有其他出口。屋子里除了一盏油灯、一个火炉、一张条案、一把椅子、一张床，还有若干石料、颜料。床也是简单得一眼能看清全貌。我和老三事后仔细找了……就是这样，我才怀疑杀人犯是会穿墙入地的温书吏你。"

温小筠点点头："四哥儿得出这样的推论也是情有可原的，毕竟在下没有挑明身份。"

白鸳上前一步望着地上的尸体，面色凝重："白某和大哥儿赶到后也检查了屋里的情况。屋里唯一的油灯就摆在门旁边的条案上，完好无损，是被人吹灭的。三哥儿、四哥儿当时跑得很快，画室房又在走廊的尽头，若这里有人，出了房门就只能往前跑。如果凶手跑出来，一定会迎面撞见三哥儿和四哥儿。可是三哥儿和四哥儿谁也没看到。所以，最合理的解释就是凶手杀了落木居士后躲进了画室房，反锁门闩后吹熄了油灯。

"但是事情发展到这里，就产生了一个更大的疑团——凶手进入房间后去哪里了？门被撬开之前完好无损，窗子紧闭，都是从里面闩好的，若凶手越窗逃出，不可能从里面闩锁。除此之外此处再没有其他出口，凶手就像原地消失了一般。"

温小筠长长地呼了一口气："这案子的确不一般。"

说话的工夫，一阵急促的脚步声忽然从众人身后传来。

众人不由得回头，看见走过来两个人。一个是身量中等的年轻人，另一个是被年轻人小心搀扶着的中年妇人。

中年妇人穿着一件女式道袍，身材微胖，鹅蛋脸，细弯眉，狭长的眼形拥有温柔的弧度，鼻若悬胆，唇形丰满。即便此时满面悲戚，十分痛苦，她也是慈眉善目的，一看就是位养尊处优的贤良夫人。

温小筠眼睛微动，来的那个年轻人正是落木居士最小的徒弟——汪霖。

六徒弟最小，二十岁左右，生得也最清秀好看。他杏核小圆眼，皮肤白皙，红唇丰润，脸上带着一点儿天真的婴儿肥，笑的时候还会露出一颗可爱的小虎牙，让人看了心里就生出一种说不出的喜爱之情。

之前温小筠从河边的泥里钻出来，被四哥儿当成妖怪骂，还多亏这个善良的小徒弟在中间帮忙说话。因此她对这个唇红齿白的小徒弟特别有好感。

不过即便是元气最满的六徒弟，此时也憔悴得不像样子，眼睛哭得又红又肿，脸色苍白得吓人，浅灰色的道袍上被血污打湿了大片，就连奔过来的脚步都有些跟跄。

温小筠很难想象，这个人就是刚才还热心周到地照顾她的可爱六徒弟。

"三哥，四哥……"六徒弟看到这边的人，声音带着哭腔。

三哥儿立刻上前迎了几步，关切地道："师娘，您千万要稳住啊，现在的师父还需要您来主持公道，咱们丰家还要您来撑呢……"

六徒弟抹了把眼泪："师娘醒后又吐了血，我怎么劝都劝不住……"

落木夫人对于众人的话却似全然没有听到，径直冲到画室房近前，竭力地拨开众人，伏在落木居士的身上，看着他身上恐怖的鲜血，颤抖着伸出手。大约是之前光线不明，现在借助走廊明亮的烛火光，落木夫人才真正看到鲜血淋漓的恐怖景象，哭声噎在喉咙里，再度晕厥了过去。

众人又是一阵忙乱。

白鹜立刻指挥道："三哥儿，你先扶夫人回房，一定让她躺住，不能再受刺激了。"

三哥儿立刻抱起夫人转身向小楼走去。

看到这幅场景，除了温小筠，众人都忍不住落下泪来。

温小筠长呼了一口气，上前一步伸手按住六徒弟的肩："小居士节哀。不过为了不让落木居士枉死，在下还有些事情要请你帮忙澄清。"

六徒弟抬起头茫然地望着温小筠，一大颗泪珠从他的脸颊滚落，滑向下颌。

温小筠转而望向白鹜——这毕竟是要证明她的清白，提问最好由第三方来操作。

白鹜十分默契地上前一步俯下身温声问道："六哥儿，就在你去帮我们烧水前，可曾与这位温公子见过面？"

六徒弟木然地眨了一下眼睛，随即轻轻地点点头："我……我那时抱了被褥给温公子，又和他聊了一会儿。"

白鹭点点头："之后你可又去了别的地方？"

六徒弟摇摇头："没有，从柴房出来我就直接走去前厅。白公子难得来一次，我就想跟着去帮帮忙。"

白鹭凝神分析："柴房距离前厅并不远，六哥儿与温公子说话时，应该正是三哥儿、四哥儿看到凶手行凶的时候。这样温公子的嫌疑便解除了。"

虽然有了前面的推断，四哥儿已经开始相信温小筠的确不是凶手，可是当听到结论，还是难以置信地后退了半步。他脸色苍白地喃喃自语："这到底是怎么回事？凶手难不成真的原地消失了？"

温小筠转头从白鹭的侍卫手中接过灯笼，抬脚迈过门槛，走到房间里面将油灯点燃。如此，画室房的环境才完全呈现在众人的面前。

里面的情景果然如三哥儿所说，空空荡荡。不仅如此，这间画室房的屋顶还特别高，别的屋子也就两米七八的样子，这间房子的屋顶至少有四米高。

"墙上是什么？"温小筠一面说着一面走到墙壁跟前，仰着头仔细端详着花花绿绿的墙壁。

四哥儿哽咽了一下，继续回答："那是师父这次闭关要完成的画作。师父有个习惯，每两个月闭关一次，每次七日。闭关七次，他就会画完一幅大壁画，还会完成一张不能外传的仕女图。仕女图锁在盒中上呈宫廷。"

温小筠看着画作，才发现描绘的是一群在仙宫弹奏、舞蹈的飞天仙女。仙宫的样子很像敦煌莫高窟，有一排半圆形的窟顶。画作在墙壁顶部的位置，竟然很有立体感。

温小筠缓步走着，忽然觉得脚下一硌，低头一看，是一条长长的梯子。

四哥儿也看到了梯子，上前解释："这是师父画壁画时用的梯子。"

温小筠刚要蹲下身子检查那梯子，外面忽然传来一阵嘈杂的声音。

屋中的人纷纷站起身，转头向门口的方向望去，见一个长相忠厚的方脸男人正指引着一名绿袍官员走向画室房门前，后面还跟了一群捕快模样的人。

温小筠微皱眉。

温竹筠低声解释："中年男子应该是落木居士的大弟子，旁边的绿色官服是七品官员的官服，在这里是知县的服饰。跟在知县后面那个白布裹头的人是仵作，再后面拎刀的是捕头和捕快们。"

色比下面飞天仙女的背景颜色深一些呢。"

大哥儿上前答话："的确如此，师父每次涂抹重新画的都是下面的人物部分，仙府洞窟的背景部分，从来都是不变的。"

温小筠目光忽然一冷："这梯子的高度，应该正好到洞窟窗子的位置。"她说着一把拉起梯子转向知县："大人，请让人——检查那些洞窟的窗子。"

知县听了，赶紧挥手示意旁边的捕快。一个捕快身手矫健地飞登上梯子，很快就在其中一个画上去的洞窟窗子上推开了一道暗门。

"大人，里面有间密室！"捕快急忙回头禀告。

"快！快去检查有无凶手！"知县立刻上前两步命令道。

那捕快立刻拿出火折子吹亮了，探头伸向里面："大人，里面还有一个梯子。"

说着那捕快动作利落地爬了进去，不多时又抱着一些东西出来，躬身呈在知县的面前："回禀大人，里面什么人都没有，只有一张床、一个大水桶，还有一些女人的衣服。对了，里面还有一幅画，墙后有一个小暗门。"

听到这个消息，屋中的三个徒弟都愣住了，六徒弟更是脸色惨白地跌坐在地。

大哥儿难以置信地自言自语道："师父画室怎么会有暗门？怎么还会有女人？"

温小筠听到"暗门"二字，立刻进言道："大人，再派两个人去检查暗门通向哪里。当时雨水那么大，凶手若是开门逃出一定会有水渍等痕迹。"

知县立刻命人去查，转头又急忙打开画作，一幅美艳绝伦的侍女画立时呈现在众人眼前。

那仕女醉卧天河边，长发如瀑，发梢浸在水中，衣衫半褪，露出大半截儿的手腕，单手支头斜斜地望着画外的人，媚眼如丝，红唇丰润，含羞嗔笑，极尽娇娆之态。

"天哪！"大哥儿和四哥儿异口同声地惊呼出来！他们就像看到了鬼一样倒退两步："这……这不是小六吗？"

这话一出，屋中人无不变色，惊愕的视线齐齐地转向跌坐在地的汪霖。

众人这才发现，那画中美艳无比的仕女，容貌、神韵都与汪霖惊人地相似。

如果说还有唯一的不同之处，那就是画中人明艳不可方物的媚人姿态。

众人震惊了，唯独温小筠的脸上现出了一丝同情之色。

见事情再也隐瞒不住，汪霖扑通一下跪倒在知县面前，泣不成声地自首："是……是草民谋害了师尊，是草民杀的人。草民愿意认罪伏诛。"

四哥儿一听这话，立时暴怒，上前一脚就将汪霖狠狠地踹翻："你个贱种！下作也就算了，这种丧尽天良的事也能做得出来？欺师灭祖，看我不扒了你的皮！"

知县见状立刻皱了眉，抬手示意两旁的衙役拉住四哥儿："量刑定罪，自有官府做主，本官体谅家属的哀切之情，只是你们切不可以私刑相加。"

这时伏在地上的汪霖涕泪满面："草民并不是欺灭师长的贱种，草民……草民也是被迫的。草民本是流落的孤儿，幸得夫人搭救才得以在丰宅读书识字。可是一年前，师父他悄悄跟我说，说我天赋出众，愿在闭关时偷偷传授我一些绝技。他又怕几位师兄有意见，就叫我不要告诉任何人。在他闭关时，我可在夜里从暗门进入密室。师父要我做姿态，模仿各种侍女人物，说作画就要明白画中人的神韵。若我有不从，便会遭其殴打、虐待。"

说到这里，哽咽着哭泣的汪霖猛地抬起头来盯着落木居士的尸体，眼睛里闪动着愤怒的火焰："他欺我、骗我、辱我，我却不能说，只能打碎牙齿和血吞。后来我才知道，所谓病死的二师兄和五师兄，都是受不了他的侮辱含恨死去的。我受够了！就是跟他一起死我也认了！"

汪霖这一番话说完，屋中的空气就像凝固了一样，压得人透不过气来，也没有一个人能再说得出话来。众人万万没有想到，人前风雅高洁的落木居士其实内里这样不堪。

温小筠却踏前一步："不，最初的凶手并不是你。"

她这话一出，屋中所有人都被惊了一下。

第二章　灰烬中的天才

温小筠面色凝重地道："如果所料不错，这会儿去检查暗室的人回来会说暗室的门根本没有在雨水里打开过的迹象。"

她的话音刚落，就有两个捕快从正门绕进来朝知县齐齐跪地回禀："回大人的话，暗门通向回廊的角落，也是从里面锁死了的，里外都没有发现任何脚印、水渍、血迹。"

知县疑惑地抬头："密室没有人，那落木居士为什么要在临死前跑到梯子那里？如果撤掉梯子不是防备凶手再回来，难道是他想从梯子处逃跑？"

"落木居士腹部受了重伤，肯定爬不上梯子。"温小筠上前继续分析道，"他跑到梯子前，只能是防备有人闯进对他进行二次伤害。"

"二次伤害？"知县更加疑惑，"可是后面徒弟们很快就开了门，凶手哪儿来的机会进行二次伤害？"

白鸶听到这里，不觉沉了视线，好看的凤眸微微眯起，再度细细打量着温小筠。

温小筠上前一步自信地环视众人："那就让我从头分析给大家听吧。事情开始，三居士和四居士提灯检查后院排水情况。而同时，屋里的落木居士听到门外传来了一个人的声音。他即将出关，便燃起油灯打开了门。可是他没有想到，打开门的一瞬间，那个人就给了他两刀。"

"第一刀直捅进他的腹部，第二刀奔向更要害的胸口。但是凶手没有想到，第二刀却刺到了落木居士胸前的玉佩上。就在此时，窗户外面突然响起了三居士和四居士惊讶的呼喊。凶手一时仓皇，就叫重伤在身的落木居士抓到空当——他一把将凶手推出屋子，随手就反锁上了门，将自己保护起来。

　　"此时的三居士和四居士正从窗外角落的回廊仓促地往大门处跑，这却给了神志开始恍惚的落木居士一个错觉——他感觉到密室暗门那里有人影。他唯恐还有凶手会通过暗门闯进画室房，于是拼着最后一口气跑到画壁前拉倒梯子，又本能地回来吹熄油灯，想要将自己置身于安全的黑暗之中。

　　"那时他失血过多，渐渐昏迷，却还没有死。直到大门打开，有人给他补了最后的第三刀，也就是落木居士身上致命的第二刀。而唯一有补第三刀机会的人，就是落木居士的六弟子——汪霖。

　　"他在大门被打开的第一眼，就确认落木居士没有死。之后他故意叫三居士和四居士扶着晕倒的落木夫人去厨房救治，自己赶紧趁着这个机会给落木居士补了第三刀。然后他将刀拔出，迅速抹干净血迹，扔进旁边的火炉之中，静等闻讯而来的大居士与白公子。"

　　知县疑惑不解："那这样说来，凶手还是这个六弟子汪霖？"

　　温小筠摇摇头："汪霖只是补了第三刀，真正要杀落木居士的人并不是他。之前就已经说过，汪霖在凶案发生时正与下待在一处。后来他经过前厅，受大居士之命才走到后厨烧水——他的确没有作案时间。"

　　大哥儿和四哥儿听到这里也急得不行。

　　"还有人要杀师父？究竟是谁？"

　　温小筠抬头望向门口方向，目光幽幽："唯一有作案时间的人就是落木夫人。只有她会清楚地知道自己丈夫的出关习惯，也只有她最有机会知晓丈夫与二徒弟、五徒弟、六徒弟之间的关系。

　　"六徒弟进入丰家庄园不过一两年，对二徒弟和五徒弟的事情，不大可能摸得清楚。因为一旦叫他知道那两个徒弟的死亡真相，落木居士就不可能再要挟得了他。人都会对前车之鉴心生恐惧，前两个徒弟都死了，六徒弟就会知道自己的下场也不会太好，所以落木居士不可能让他知道前两个徒弟的事。我们回到案子里面，假定叫开画室房门的人是落木夫人，一切就都说得清了。

"再次回到开门后的第一刀，行凶者如果能力能够达到，而且铁了心要杀落木居士，第一刀都会直扎其心脏。可是凶手没有——'他'选择了更下方的腹部，这很符合身高比落木居士矮很多、力量又不够的落木夫人的条件。

"由于身高的限制，对落木夫人来说，最好的方案是先狠捅对方的腹部，趁着对方痛得弯腰时，再一刀直奔其胸口。可是落木夫人没有想到，这一击竟然没有中，等再想动手，已经被落木居士推出了房间。紧接着，外面又传来了仓促的惊呼声，落木夫人情急之下，只能躲进走廊拐角处的颜料房。房门刚刚闭合，三居士和四居士就跑了进来。"

听到这里，四哥儿难以置信地望着温小筠："那么说，我们和师娘是前后脚儿错过了？"

大哥儿涨红着脸，因惊异错愕而睁大的眼睛艰难地转动："这不可能啊，颜料房的钥匙只有师父有，师娘手上没有。"

温小筠看了一眼跪伏在地上、低垂着头的汪霖，目光复杂："六居士补的第三刀是临时起意，落木夫人的杀人计划却盘算良久。这期间她趁落木居士不备，偷出钥匙复制一把是有机会的。"

四哥儿又急忙问道："就凭你的猜想？"

温小筠抬眸正视四哥儿，面色平静："小居士可曾记得在走廊时三居士对我讲的话？"

"什么话？"

"颜料房的钥匙只有落木居士一个人有，不仅他闭关这七天里不会有人打开，就是一年也打开不了几次，我看到那扇门时也觉得的确如此。因为门扇古旧，有很多灰尘，并不像有人常打扫的样子，但是门锁却光亮如新，一看就知被人仔细擦过，所以当时我就疑心，那间房子进过人。

"后来见证过画室房里的密室格局，我就更加印证了这个猜测。所以真相应该是落木夫人杀人不成仓促逃跑后，就躲在颜料房里。避过了三居士和四居士后，她也许在门缝后看到了跑过来的六居士，便对六居士仓促地讲了一点儿。后面六居士才会自己前去找夫人拿撬棍，同时没有通知前院的大居士和白公子。

"又恰巧当时雷雨大作，林木的枯枝落叶被砸得噼里啪啦，远处前厅的白公子与大公子听半密封的画室房里的声音也听不真切，便没能在第一时间赶到现场。

这也给落木夫人和六居士在路上有了商量的余地。撬开画室房门后，落木夫人最先扑向丈夫，六居士也跟着上前痛哭。看着倒在血泊中的落木居士，三居士和四居士不疑有他，刚要上前检查，夫人就反应剧烈地后仰晕死过去——她应该会正好倒在三居士、四居士的身上。

"情急之下，六居士大喊三居士、四居士先救夫人。就这样，三居士、四居士被支走，六居士趁此时机又给落木居士补了一刀，也就是真正致命的第三刀。之后他用落木居士的衣服下摆半捂住伤口，拔出匕首胡乱擦干净，随手掷进旁边的火炉中。"

听到这里，大哥儿一个踉跄几乎跌在地上。四哥儿一把扶住他，用哭哑了的嗓子喊道："大哥……大哥我知道你不相信，师娘她人那么好……"

大哥儿紧抓着四哥儿的胳膊，仰起苍白的脸，用布满血丝的眼睛死死盯着温小筠："这都是你的猜测，证据呢？说我师娘杀我师父，证据呢？"

温小筠目光坚定地道："落木夫人的计划应该设计了很久——颜料房的钥匙、不久之前正好闪到腰的女仆，都应该是这里的一环。最初的杀人计划是，她两刀捅死落木居士，然后进入画室房反锁房门，推倒火炉，点燃落木居士的尸体。与此同时，她爬上梯子进入里面暗室，再从暗门逃出。

"但是对于落木居士约了白公子前来这件事，她应该不知道。也许夫人也曾想要暂时放弃计划，但又舍不下'雷雨交加'这个难得的机会。只是她没想到，正是因为这场雨太大了，反而会令三居士和四居士在后院检查下水口。她更没有想到，那致命的一刀会被落木居士胸前的玉佩挡下来。

"她当时身上肯定沾染了落木居士的血，只是由于一连串的意外，留给她处理血迹的时间非常少……我想她脱下来的外套应该还在颜料房。除了这一件血衣，夫人身上应该还有一把画室房内侧密室的钥匙。如果我们幸运的话，在她身上还能找到颜料室的钥匙，因为她总要寻找时机将血衣拿出来处理掉。这两点，就是证据。"

知县听了，立刻派了两个捕快前去搜身核实。

"够了！"跪在地上哭成了泪人的汪霖猛地抬起头怒视着温小筠，戾气很重地说道，"你说的都是假的，师父就是我一个人杀的！我处心积虑，蓄谋已久！"

温小筠眼神黯了又黯，道："如果你真的蓄谋已久，又怎么会节外生枝地留

唯独有一种东西——冰，不是来自他们的马车。温小筠在露营的河岸边找到了一些硝石，于是就让秦奇看到了神奇的一幕——她"随手"捡来一块石头泡在水桶里，水中竟然结出了冰。

她这番神奇的操作，险些让秦奇以为见到了什么妖术。而坐在交椅上的白鸳则始终淡定地望着认真捣鼓的温小筠，眼角含笑。

终于，在太阳落山之前，温小筠气喘吁吁地研制出了古法消炎药物。不过在给白鸳服用前，温小筠还是自己先尝了一下，感觉味道和以前试验过的一模一样，这才放心地把药交给了白鸳。

作为感谢，白鸳送给她一袋银子——就是温小筠现在手中掂着的银子。她可不会矫情地免费送药给别人，更何况是在自己一点儿本钱都没有的情况下。这也就算是她自力更生的第一桶金了。

温竹筠的声音忽然响起："随机考试，白鸳的玉佩是什么材质的？纹路如何？"

温小筠皱眉略作思忖："羊脂白玉的玉佩，没有雕饰，绳子上穿着白色的小玉珠，佩下坠着四组彩色流苏。"

温竹筠满意地点点头："算是及格。"

温小筠冷冷地翻了个白眼。比起温竹筠，她更想要芸南十号做她的时空系统，最起码人家态度好。

"现在正式讲解时代背景。这里是架空王朝——凤鸣朝时期。宿主本名温珺紫，字竹筠，十八岁，京都推官世家温贤次子，凤鸣朝排名第一的天才少年，上知天文下知地理，知识渊博，协助其父破案无数。"

温小筠嘴角微抽，怎么越听越觉得温竹筠比她脸皮还厚呢？

"一个月前，温家因得罪权贵被锦衣卫屠了满门，只有温竹筠一个人逃出来了，东行投奔温贤的义弟——鄞乾化。不幸的是，他在逃亡路上被锦衣卫追上斩杀，被一把火烧成了骨灰。现在你拥有一个包袱，里面有简单的奖励和一些生存工具。"

温小筠翻开包裹一看，里面竟然有个打火机。她顿时感动起来，再往下翻，却看到了一件令她吐血的东西——那是一盒药，上面标注着"××××分散片"。早知道有现成的，她之前费那劲干什么？她再往里翻，除了两块布和一些瓶瓶罐罐，就只有一柄短匕首、一把生了锈的小铁锹。

她恨恨地翻了个白眼，那些瓶瓶罐罐里的还是给白鹭提炼药物时多余出来的配料。因为都是她辛苦做出来的，就没舍得扔，根本不是什么额外的奖励。

她没好气地说："那我现在到底是什么角色？女主人公？"

"你虽然是女性，但是男子身份不能被揭穿，一旦暴露身份，所有积分均会无效。"

温小筠顿时有点儿想哭："那你把我变成男的吧。"

"超出能力，没戏。"温竹筠拒绝得干脆利落。

温小筠眼含热泪望苍天，苍天将黑无处眠。她叹了口气，寻了一块平地，打算在此安营扎寨。

她的第一项任务就是制作一个简易的窝棚。没一会儿的工夫，温小筠便砍了七八棵小树，按照探险纪录片中提到的方法，简单搭了一个一人高的圆锥形的小窝棚。

看着朦胧夜色中的原始小窝棚，温小筠满意地拍拍衣衫上的草木屑，剩下的任务就是在窝棚正面燃一堆篝火取暖加驱虫、避野兽。她将小包袱铺开放在草地上，就开始团树枝点火。很快，一大团跳跃的火焰照亮了她的脸，也照亮了她眼前的世界。

温小筠抬起头，刚要满足地检查一下周围环境，一圈黑色的人影突然从天降落，紧接着一排明晃晃的长刀利刃直指她的鼻尖。

温小筠周身一颤，打火机瞬间从手中跌落。那些杀手她虽然不认识，但却认得这些闪着寒光的兵器。此刀修长弧圆，刀身明亮如镜，正是一刀即可斩落骏马头的銮带绣春刀！

空气仿佛凝结一般沉重，只有篝火发出噼啪的爆裂声，一下一下地敲在温小筠的心脏上。她艰难地转动着眼珠，环视周围的黑衣人，右手悄悄拿起两个小瓷瓶，挤出一丝尴尬的笑容："诸……诸位英雄，你们是要问路吗？"

为首的锦衣卫面色一寒，扑哧一下冷笑出声："北边的胆子越来越大了，烧成灰的人都能复活，呵呵！"

旁边的黑衣人盯着温小筠，目光贪婪地舔了舔嘴唇："若是把这头颅直接甩到北边的面前，可就好玩儿了。"

温小筹双目瞳仁惊惧一缩，浑身汗毛乍起。她后退了两步，笑得比哭都难看："英……英雄，你们肯定认错人——"

未等她说完话，痞笑的那人刀影闪闪一晃，就朝着温小筹的面门凶狠扑来！

温小筹眸光一凛，顺手将早就拿出来的两个小瓷瓶狠狠地砸进火堆里。只听砰的一声，篝火堆瞬间腾起两米多高的火焰与浓烟，与此同时还有一种强烈的刺激气味。

几个锦衣卫顿时惊觉，掩住了口鼻，可还是晚了半拍，被呛得鼻涕眼泪流了一大堆。而扑身飞过篝火堆的那个锦衣卫就惨了，被轰飞到五米开外，身体被炸得血肉模糊，滚在地上凄厉哀号。

几个锦衣卫立刻乱作一团，躲避的躲避，救人的救人。为首的那人最冷静，用左臂衣袖堵住口鼻，右手急忙挥开浓烟，却发现火堆后面的人早已不见了踪影。

"该死！"他一双眼睛恨得赤红暴突，"他跑不远，搜寻所有痕迹，给我追！"

而此时在树林深处，温小筹正上气不接下气地疯狂逃窜。

小时候她就最怕黑。听到白雪公主孤身在黑森林飞奔，她就特别为白雪公主感到害怕——黑夜里妖魔鬼怪一般的树枝巨石、各种眼睛闪着绿光的毒蛇猛兽得多可怕啊。要是换成她，别说拼命狂奔，有可能当场就吓尿了。可是现在真让她看到了一群杀手，什么黑暗森林、毒蛇猛兽，一概被扔到了脑后。

飞奔的温小筹相信，就是真的撞到鬼她都不害怕——一切都没有逃命重要！

要不是她天生是个小机灵鬼儿，什么时候都给自己留后手——在给白鹜制作古法药物时特别多做了些硫酸、提纯酒精出来，她现在已经就是死尸一具了。危急关头，她先在火堆里砸碎酒精瓶，再把硫酸砸到生锈的工具上瞬间引爆，然后趁乱逃跑。

不过温小筹并没有得意多久，侧后方便唰唰跑来一个黑影。黑影跃步跨巨石，侧身闪避林木。

温小筹倒抽了一口凉气，看来锦衣卫真不是吃干饭的。几乎只在眨眼的工夫，她的前后左右就围追上来四个人。绝望之下，温小筹一个跟跄，脸着地摔了个大马趴，疼得眼泪都迸出来了。

为首的锦衣卫嘴角得意地翘了翘，一个跃步便蹿到温小筹面前。他握着微弯的绣春刀候地出鞘，忽地劈开沉沉的夜色冷冷地抵住温小筹的后脑，轻笑道："怎么不逃了？"

温小筠只觉得后脑嗖一下阴风起，即便不回头，也能清楚地感受到对方凶悍的杀气。她头皮一阵发麻，四个绝望的大字——"我命休矣"便出现在眼前。

锦衣卫眼中寒光陡然一凛，手中利刃便毫不留情地劈了下去。

直觉令温小筠紧紧地闭上双眼！然而她等待的疼痛感并没有如期而至，只有金属的撞击声清脆响亮！温小筠眉头紧蹙，那声响近在咫尺，尖锐得差点儿刺破她的耳膜。不过，瞬间的刺激之后，她周围再没有半点儿声响。

温小筠缩着脖子等了好久之后，才试探性地抬起头来检查周遭的情况。夜晚的密林中伸手不见五指，乍一下她什么也看不清。她的视线移转间，一团又暖又亮的火光忽然跃动着浮现在幽深的黑暗中。她屏住呼吸，伏在地上一动也不敢动。

火光曳动，恍惚间勾勒出了一个人的轮廓。温小筠的瞳仁微缩。

那个人一袭黑衣，手拿长弓，背负箭筒，脸上围着面巾，只露出一双炯然幽深的眼睛，静静地盯着温小筠。

温小筠动了动，换了个姿势趴在地上。她看出来那人显然不是锦衣卫。对了，那些锦衣卫呢？她赶紧顺着火光往周围寻找，发现锦衣卫们都横死在地上，要害处都插着一支白羽飞箭。

温小筠被吓得直接蹦了起来。她只从这些锦衣卫对待意外情况的反应与追击速度就能看出他们都是训练有素、武功上乘的高手——他们怎么会在一眨眼的工夫，齐齐被人做掉？难道真的遇见鬼了？

不对，这里是悬疑世界，不是灵异世界。

"少……少侠，"温小筠怯怯向后撤了两步，尽量舒缓嘴角的肌肉，扯出一点儿不那么尴尬的笑容，"多谢少侠救命之恩，敢问少侠哪里人呃——"

后面的话温小筠再也没能说出，倒不是黑衣人打断了她，而是黑衣人直接打了她。温小筠只觉得后脖颈儿骤痛，眼前一黑，便再度脸朝地直直地扑摔下去。在完全失去意识之前，满脸泥巴、枯树叶的温小筠眼泪流了下来。

没有英雄救美、四目相对的浪漫氛围，也没有摔倒之际帅哥及时伸手揽入怀的暧昧色彩……温小筠再度睁开眼睛，仍然心有余悸。

半个时辰之后。

"筠儿……"一声哀婉的女声忽然响在温小筠耳畔。

温小筠侧头一看，只见一位浑身缟素的美丽妇人正坐在床边，握着她的手。

"筠儿不急，慢慢来，先别动。"白衣美妇人急忙扶住温小筠，满目关切。

温小筠暗暗吃惊，这时的人重视男女大防，这美妇人年纪也就三十多岁的样子，若不是亲近之人，肯定不能这样没有忌讳，直接上手搀扶。

白衣美妇人看到温小筠猛地睁开眼，又立时紧张地唤出声："筠儿，还有哪里不舒服？"

温小筠本能地选择闭上眼睛继续装晕，要赶紧想出个应对措施才行啊——她小算盘还没打完，后半截儿就哀叫出了声，吃痛地睁开眼睛。

原来是那白衣美妇人眼看她又要昏厥，急得一把就掐住了她的人中，还不忘冲着门外呼喊："老爷，汤药还没有好吗？筠儿又晕过去了！"

温小筠没想到那柔柔弱弱的白衣美妇人竟会有这么强的手劲，疼得她额头上的冷汗唰的一下就流了下来。她本想装昏迷偷听他们的谈话，判断一下和这里的关系，没想到自己的人中会遭受如此酷刑。

门口响起了一阵仓促的脚步声，还有个男人急切的话语："夫人莫急，诺儿去端了，马上就来。"

温小筠又"呃"了一声睁开眼。

白衣美妇人见到温小筠重新转醒，眼泪扑簌簌地掉下来："筠儿，我可怜的孩子，你总算逃出来了。放心，你到小姨这里就是到家了……"

温小筠一面动作自然地伸出手，把死死地掐住自己人中的手拿开，一面装出茫然无措的样子："小姨……这里是……？"

脑海中的温竹筠及时为温小筠补上了人物关系："这位夫人名叫皇甫涟漪，是我母亲的妹妹。从这层关系上论，你该称她为小姨。她的丈夫郫乾化是我父亲的表弟，从小长在一起，感情甚笃。从这层关系上论，你该称郫乾化为叔父。他目前在焱州府任焱州推官，为人正直，为官清廉。他与妻子育有一儿一女，儿子叫郫诺，也就是我的表哥，聪慧要强，学识、天赋仅仅比我弱一点儿。由于郫乾化一直被分派在外省任职，温、郫两家已有七年未见，郫家人对现在的我并不熟悉。"

温小筠这才松了一口气，郫家人该是可以信任的。

"小……小姨？"温小筠眉头微蹙，演技十分在线地表现出一副大梦初醒般的模样，"小姨，筠儿想起来了。筠儿没事，只是我家爹爹和娘亲……"

温小筠话未说完，眼泪就扑簌扑簌地掉个不停。

"筠儿不怕，小姨都知道……"皇甫涟漪把温小筠紧紧地拥进怀里，抚着她的背泣不成声。

温小筠余光看到一个身着官服的中年男子已经站在了床边。这男子身形清瘦，浓眉大眼，脸形方正，一看就是温竹筠那为人正直的小姨父，也是他的叔父——鄄乾化。

皇甫涟漪抹了把眼泪，又将温小筠扶起："筠儿怎么会晕倒？这一路是不是吃了很多苦？"

这一被提醒，温小筠顿觉后脑又酸又痛："筠儿也不知道，好像是叫人打晕了。"

皇甫涟漪一听温小筠被人打晕，脸色登时沉了下来，伸手去够温小筠的后脖颈儿："让小姨看看，打了哪里？"

后面的鄄乾化也皱起了眉头。等到皇甫涟漪看清温小筠脖后的瘀青，脸色更沉了。察觉到两人阴郁的脸色，温小筠不自觉地后移了半个身位。

"筠儿，"鄄乾化缓步走上前，按着温小筠的肩头，声音和缓却又十分坚定，"别害怕，到了姨父这里，便没有人能伤害你。姨父将你爹娘的事记在心里，只等时机成熟，一定为他们翻案。你若不想见外人，咱们便不见。来，咱们先躺好，养足了精神，日后才好跟姨父一起为温家翻案。"

这时门外传来一个年轻男子的声音："父亲、母亲，药端来了。"

温小筠闻声侧眸，估测这位就是温竹筠的表哥——鄄诺。

皇甫涟漪抬手抹净眼泪，冷下脸色，朝着后面的年轻男子说道："诺儿，跟我出来一下。"

说完，她唰地站起身，接过鄄诺手中的药碗递给丈夫后便径直走出屋子。

温小筠还没来得及看清鄄诺长啥样，就被皇甫涟漪身上凌厉的气势吓了一跳，下意识地缩了缩脖子。

"筠儿莫怕，你小姨就是这个急脾气。"鄄乾化将药端到温小筠近前安慰着。

尽管疑惑，温小筠还是顺从地点了点头。

门外，皇甫涟漪像是对鄞诺说了些什么，顿了一会儿后，才又带着他重新走进屋子。温小筠闭上眼睛捏着鼻子一口气喝完药，睁眼就对上了一张年轻男子的脸。

这青年身材颀长，穿着捕快制服，皂色长靴紧箍出他修长的腿部线条；武人制式的衣摆刚刚及膝，利落干练；腰间皮带上别着一把长长的官刀，自带着一种凛冽的杀气。他相貌俊逸英气，剑眉星目，鼻梁高挺，皮肤略深，是那种极其健康又富有活力的小麦色。

"诺儿，跪下。"皇甫涟漪径直走向温小筠，头也不回地对身后的青年说道。

带刀青年脚步一滞，满脸不解："母亲，这是为何？"

皇甫涟漪侧眸冷冷一瞥："温家不仅是鄞家表亲，更对鄞家有救命之恩。如今温家遭逢大难，让你去救人，你却比追击者出手还重，可见你心有愤懑。不管有何原因，趁人之危都不是君子所为。咱们鄞家绝不能有此等恩将仇报、趁火打劫的不义之举，你既然做下了这些事，就要敢承担。"

温小筠原地傻掉。

什么意思？她昨天没死在锦衣卫的手上，却差点儿死在这位救兵手上？难道温家得罪的势力太强大了，以至于可靠的世交也要翻脸不认人了？

她真是越想越觉得可怕，整个人不自觉地往床尾挪了挪。

听着母亲字字诛心的责问，鄞诺脸色陡然变冷，锐利的目光像刀子一般投向温小筠："母亲责备的是，儿子也是想到这一层才收了手。母亲想要怎么责罚儿子都行，但有一事——儿子不会认错。儿子出手是为姐姐报仇，手下留情是念及恩情。儿子没有错。"

说着，鄞诺跨前一步单膝跪地，握着刀柄的手却紧紧地攥起，关节隐隐泛白："儿子做事向来磊落，今天也把话先撂在这儿——儿子见他温珺紫一次就打一次！"

温小筠惊惧地吞了一下口水，温竹筠怎么还跟鄞诺的姐姐有恩怨？再想起昨晚那么多武功高强的锦衣卫被鄞诺一下就杀了个干干净净，她就一脑门子热汗往下淌。

"温竹筠，人物关系你没介绍全面哪，快出来给我补补。"她在脑海里急切地呼唤温竹筠。然而，回应她的只有一片无声的寂静。

温小筠眉头几乎拧成一个疙瘩，心道：别人果然靠不住，关键时刻只能靠自己。现在，她只能静观一下鄞乾化夫妇的反应再说。

皇甫涟漪听到鄞诺这一番说辞，严厉的表情顿时一僵，怔了一下之后有些伤感地别过了头："有些事不是你想的那样简单，纤儿的事，不怪筠儿。"

鄞诺猛地抬头紧咬不放："我是您的儿子，鄞纤纤是您的女儿，有什么隐情不能告于我知？如果儿子真的冤枉了温竹筠，自会负荆请罪。"

"那些事——"皇甫涟漪皱眉解释，可是话说到一半却又哽在喉头，目光闪烁，似再难讲出半个字。

鄞乾化抢前一步开口："诺儿，日后寻得机会你的母亲自会细细告于你听。只是有一条，纤纤的事不怪筠儿。"

鄞诺皱了皱眉，瞥了躲在床尾的温小筠一眼，从鼻腔中发出一声不屑的冷哼："既然不方便讲，那我也不方便谅解他温竹筠。"

他唰地站起身，单手扶着腰间的佩刀转身就朝着门口走去，头也不回地说："方才'猫耳朵'传来消息，宁家绑架案出了变故，要儿子赶紧过去看看。"

"等等，"鄞乾化一听案件，当时就变了脸色，追出两步，"宁家的案子不是你亲自部署的吗？怎么还会出纰漏？"

同样被"案子"两个字刺激的还有温小筠。只要有案子，她就要上前挣积分。

"姨父，等等！"温小筠急忙跳下床，趿拉上鞋子就往外追去，"筠儿也要跟着去。"

鄞家一家三口都是一愣。

皇甫涟漪站起身率先反对："筠儿，你身上还负着伤，怎么能跟着他们奔波？听小姨的，休养两日，等身子彻底好了再去做事。"

鄞乾化也顺着妻子的意思劝道："筠儿，听你小姨的，休息两天再去衙门任职。"

鄞诺也在门前站住，侧眸冷冷地瞥望着温小筠，满脸不屑。

"姨父、小姨，"温小筠一面提着鞋一面恳求似的望着鄞氏夫妇，"竹筠自小儿就跟着父亲一起推断案件，从小到大的愿望就是当上像父亲那样洗冤禁暴的好推官。更何况如今温家遭蒙大难，若想为温家昭雪，为父母报仇，竹筠就要早日成长起来。早一日起步，就早一日能跨进官场找到那些能调动锦衣卫加害竹筠父母的权贵。竹筠要找到他们的罪证，寻得机会告御状，为温家翻案！"

她越说越激动，越说越难以自持，最后竟然跪到了郐乾化跟前，泪眼婆娑地郑重俯首："别的事竹筠半点儿不敢贪心求姨父、小姨，只这一条，还请姨父、小姨应允。来日竹筠就是做牛做马也要偿报两位长辈的恩情。"

温小筠这一跪，使得皇甫涟漪的眼泪登时就淌了下来。

她这个外甥有多要强、多自尊、多自傲，她最知道。顶着凤鸣朝"第一天才少年"的头衔，温竹筠不仅有傲骨，更有睥睨天下、不可一世的凌人傲气，别说给旁人跪下，就是说句软话的时候都没有。如今家族遭受灭顶之灾，温竹筠便连最后的矜持都没有了，卑微地跪地苦苦哀求。这等场面教她这个小姨如何忍心看下去？

"筠儿，快起来，"她急忙上前搀起温小筠，"你的心思小姨都明白……"

门外的郐诺看到自己那比男人还刚强的母亲对着温小筠的时候温柔得像是完全变了一个人，心中五味杂陈。他长这么大就没看过母亲落泪，心中对温小筠的恼恨便又深了一层。

他没好气地说道："母亲，这小子可是在锦衣卫那儿挂了号的罪犯，您这样堂而皇之地把他安排进衙门，不是给咱们家招祸吗？昨晚是靠运气，儿子才把他们全射晕的，药效也就三五个时辰。他们要是醒了，肯定得大肆搜捕温竹筠。您让他进衙门，就是亲手把肉包子送到狗嘴跟前。"

听到这里，某只"肉包子"的心直接凉了半截儿——原来那些锦衣卫都没有死，那后果的确会很严重，看来自己的积分之旅就要彻底凉凉了。

"诺儿，"郐乾化沉着脸说道，"你与筠儿回来后，为父就派人去打探那些锦衣卫的消息。根本没用三五个时辰，一个时辰不到，他们就被人救醒了。"

郐诺和温小筠都吃了一惊。郐诺难以置信地问："是谁救了他们？"

郐乾化眉头微皱："那群人的身份为父也没有打探出来，不过有一点是明确的，筠儿的追杀令被人通过关系销了。"

温小筠在皇甫涟漪的搀扶下站起身，疑惑地望向郐乾化："现在距离筠儿被锦衣卫伏击才过了短短几个时辰，姨父怎会如此肯定这件事的内情？"

这一次回答的却是皇甫涟漪："温家出了事，我与你姨父第一时间疏通了关系来打探各路消息。这个消息就是锦衣卫中的一位朋友飞鸽传书送来的。昨晚那些追击你的人被救醒的同时就接到了即刻回京的命令。"

"这就奇怪了。"不知道为什么，温小筠的脑海里突然出现了一个神秘人——白鹜的身影。

"筠儿可是记起什么了？"皇甫涟漪见温小筠像是想起什么似的愣住了，便关切地问道。

温小筠赶紧摆摆手，心虚地笑了笑："没什么，小姨别担心。"

郛乾化安慰般地拍拍温小筠的肩："船到桥头自然直，筠儿也不必多想了。如今你想要跟着去做事也是好的，只是衙门的差事，姨父不能应你什么——你只能像别人一样，从最基础的做起。现在你被聘的是刑房书吏。"

温小筠急忙点头应承："无妨无妨，从基层做起也正是外甥的心愿。只要有本事，总有出人头地的那一日。"

反正她也不是真正的天才，也不擅长真正去破案，别人干活儿，自己滥竽充个数就能轻轻松松赚积分，绝对能美得冒泡。

"事不宜迟，咱们现在就去宁家查看情况。"郛乾化也是个风风火火的急脾气。

皇甫涟漪仍然有些不忍心，还要再劝两句，却见温小筠快速穿好衣服，又喝了口水，就跟着郛乾化、郛诺快步走出了院门。她只能无奈地叹口气，转身走向厨房，为那三个不会照顾自己的男人做些合口的饭食。

郛诺的动作飞快，骑着马奔在道路的前方。温小筠和姨父郛乾化虽然也骑上了马，却足足被郛诺落出了半条街。

这时天刚蒙蒙亮，街道上空荡荡的没几个人。温小筠望着道路尽头的郛诺那越来越小的身影，不由得感慨，虽然她以前也骑过马，但和郛诺比起来她的水平还是差太多。

"筠儿，你自小随父参与刑狱推断，其中的规矩我就不多讲了。"郛乾化将就着温小筠的速度耐心地交代着。

温小筠的嘴角抽了抽，什么规矩啊，她可是一点儿都不懂呢。她硬着头皮尽量争取："只是竹筠以往随着父亲断案，多不拘泥于身份，如今正式在衙门当差，

亲自出面，帮着调度相关事宜，按理说该是万无一失。"

温小筠知道，这只是安慰而已。

"既有姨父和表哥精心部署，又有知府大人亲自压阵，还能出了纰漏，这案子还真是不简单。"温小筠咬着嘴唇，表情凝重。

鄞乾化叹了口气："我和诺儿的安排——"

他话刚说一半，就被后面一声急切的呼喊给打断了。

"大人！鄞大人！"

温小筠闻声回头，就见一个捕快模样的男人骑着快马急速追来。

鄞乾化勒转马头，看到来人后，眉头不觉一皱，对温小筠道："竹筠，衙门里的大案也离不开我，前面左拐就是宁府，你只管进去找诺儿。"他从怀中掏出一块令牌递给温小筠，"这是证明你的身份的牌子，你在锦衣卫的案子销了，所以不必改姓，只自称温小筠就好。"

鄞乾化才说完，那边衙役便飞奔至近前，上气不接下气地催道："鄞大人，府衙的人传话，请您快快回衙。上面来人了，就等您了。"

鄞乾化侧眸对温小筠递了个眼色，便掉转马头跟着衙役快马奔去。

温小筠转而望着宁家的方向，不觉抿了抿唇。出来之前，她心里多是偷懒赚积分的兴奋感，可是现在听了整个案子的发展经过，一种不祥的预感油然升起。她独自骑马思索着向前而去，没走多远就看到了鄞乾化说的岔路。

她左拐进去，一座偌大的气派府邸蓦地闯进眼帘。长长的灰砖院墙几乎占据了整条街，院墙正中是两扇漆得油亮的红木大门，门前立着两尊汉白玉石狮子。

温小筠牵着马站在门前，仰头看着门前巨大的牌匾上龙飞凤舞的两个大字——"宁府"，心中不觉暗叹，不愧是焱州首富，够豪华，够气派！

大门是半掩着的，门里早就候着一位捕快。那捕快十八九岁的模样，个子不高，不胖不瘦，长得虽然很普通，一双小笑眼却是晶亮有神。他听见响动探头一看，看到温小筠后双眼一亮，试探地打了招呼："可是鄞推官处新来的书吏？"

温小筠立刻掏出鄞乾化给的牌子举在面前："在下温小筠，奉命来此公干。"

那捕快忙不迭地跑出来，牵过温小筠手中的缰绳，向前引领着，同时说道："温书吏，鄞捕头一早吩咐了，叫'猫耳朵'在这儿候着您，好提前把案情进展说与您听。"

温小筠笑着作揖："有劳大哥，庙会上的事我都知道了，现在就想问问昨晚发生了什么变故。"

"是这样的，昨晚绑匪说要宁家拿出一千两银子埋进后山的一棵老榆树下，他们收到钱后就会放回孩子。鄯捕头就叫兄弟们小心地藏起来，把那棵老榆树围得比铁桶还严实，只要有人去榆树底下挖银子，绝对跑不出圈去！咱们知府王大人也很重视这个案子，还专门调来很多身手一流的衙役帮着伏击。可谁知宁家家仆带着铁锹埋完银子回来后没多久，宁家小少爷就自己跑回来了。"

听得正入神的温小筠睁大了眼睛："孩子自己跑回来了？"

"猫耳朵"表情夸张地说："可不是，全须全尾的，连根汗毛都没少。宁家员外爷想起树底下那一千两银子，连仆人都没顾得上指派，自己直奔老榆树下亲自去挖。谁知他一挖，只挖到个空布口袋，里面的银子全没了。"

温小筠捏着下巴思索："那小孩子有说什么吗？"

"猫耳朵"回道："那个娃娃啥都不知道，只说睡了一觉，什么人都没看到。醒来后他就发现自己坐在马车上，有个老奶奶告诉他可以回家了。他下了车往街里跑了一阵就跑进家门了。"

"这么邪门？"温小筠皱起眉头。

"那是相当邪门，""猫耳朵"凑近温小筠小声道，"大家都说这案子邪乎得不像人做的，倒像鬼做的。"

"鬼神之说不足信吧？"温小筠及时拉回话题，"说回案子，所以现在宁首富和王知府主要着急的就是那一千两银子吗？"

"可不是？""猫耳朵"眨眨眼，"就在自己眼皮子底下一千两银子变没了，搁谁都得急眼啊。要知道那可是一锭十两的大元宝，足足一百个，有上百斤的分量呢！"

"猫耳朵"左右打量了一下，忽然压低声音，神秘兮兮地对温小筠说："宁府的人都传这是恶鬼精怪做下的案子。据说宁家白手起家，一夜成为焱州首富，全靠一个金元宝变成的小妖怪。"

温小筠嘴角微微抽搐，刚刚还说鬼神之说不足信呢，这会儿连小妖怪都出来了。

"元宝还能变成妖怪？"她配合地问着。

"可不是？""猫耳朵"声音压得更低，"焱州府的人都知道这个传说，就连宁家自己的家仆们也都议论得厉害。他们还说妖怪都是没有好心的，以前给你一个，后面就要讨回去十个。宁家风光了那么久，现在就到了妖怪反噬的时候了。他们都说这一千两还只是个开头，日后宁家万贯家财怕是都守不住嘞。"

温小筠眉毛挑了挑，觉得这件事真是越听越诡异。

"耳朵哥，那个元宝妖精的说法，是从什么时候传到咱们衙门兄弟这边的？"

"猫耳朵"抬手搔了搔头，两眼望天用力地思索着："什么时候？好像是——"

可是未待他说出后面的话，一个黑影忽然斜着飞来，直朝温小筠的左肩狠狠地撞了过来！

温小筠下意识地闪躲，不想那黑影飞得跟流星一样，根本就闪避不开。只听"哎哟"一声，她左边腰眼被狠狠地射中！她疼得骤然弓下了背，原地蜷缩成了大虾米，五脏六腑都紧缩成一团，眼泪直接迸出半米开外。

与此同时，半空中飞来一个清脆的童音："哒！哪儿来的臭癞皮狗？！我们宁府也是你这种臭要饭的随便进来的？！"

"猫耳朵"脸色顿时煞白一片，一手拽着缰绳尽量稳住马，一手伸出挡在温小筠前面，唯恐她被射中要害部位。

"这位就是宁府的小少爷，""猫耳朵"急忙向温小筠解释着，"活脱脱就是一个小霸王。"

温小筠暗骂：哪儿来的欠揍的皮孩子！

就在温小筠捂着腰眼朝着前方准备开始骂的时候，从旁边回廊急急奔出一个仆人模样的中年男人。他一把抱起院子当中的小男孩儿，忙不迭地央求道："哎哟，我的小祖宗，这些可都是衙门的差官大人，可打不得！打不得！"

温小筠这才看清打伤自己的元凶长什么样。他六七岁的年纪，头上扎着两个小鬏鬏儿，胖嘟嘟的小白脸蛋儿，滴溜儿圆的大眼睛，要不是露出得意又凶狠的模样，原该是个非常可爱的小男孩儿。

小男孩儿眉头嫌弃地拧成了一个大疙瘩，不屑地哼了一声，撇了撇嘴，不服气地用弹弓狠狠地砸着仆人的脑门儿："差官大人怎么了？知府老爷都还是我爹爹的狗呢！"

仆人急得汗都出来了，一把捂住小少爷的嘴："哎哟，要命的小祖宗，可不敢乱说！"说着，他又急中生智迅速转移了话题，"后厨刚吹了个八宝果仁脆糖琉璃塔，打那个才过瘾才爽快呀。小少爷，您还不赶紧趁着热乎劲去瞧瞧？"

那小屁孩儿一听八宝琉璃塔，双眼霎时一亮，又狠狠地打了仆人的鼻子一下，挣扎着跳下去："臭老狗，早些不说！"

不过即便如此，他也没忘记最后朝温小筠和"猫耳朵"吐着舌头做了个鬼脸。

一个大大的"井"字形青筋顿时浮现在温小筠的额头上。这种顽劣的孩子，太气人了！

眼见着小少爷跑远，那个满头是包的仆人才忙不迭地小步跑到温小筠的近前："惊着差官大人了，小的该死，小的该死！没有看好小少爷，给大人们添了麻烦。"他捣蒜一般地点头哈腰赔着不是，"可是他还小，没有坏心，更没有半点儿诋毁咱们知府大人的意思！大人们千万别多想，别多想！"

温小筠恨得几乎咬碎了后槽牙："哎呀呀，不行了，我生来体弱，方才那弹子正好砸进我的腰眼里，这会儿是站不住了。"

她捂着腰眼，露出一副痛苦难当的样子。

"猫耳朵"被吓了一跳："刚才那一下怕不是打到要害了？不然温书吏您先回去休息，这边的事有大人们和鄞捕头在就行。"

"那怎么行？"温小筠一口否决，心想自己还要赖在这里混积分呢，"咱们在衙门当差一天，就要认真一天，怎么能因为受点儿重伤，就不把衙门当衙门，不把百姓们的疾苦当回事呢？虽然我受了伤，但公务绝不能受影响。"

"猫耳朵"看着温小筠痛苦的模样，还是不放心："可是温书吏您真的不要紧吗？"

"要紧还是要紧的，不光要紧，刚才那一下再偏几寸怕是还会要命呢！"温小筠板下脸，视线冷冷地扫回宁家仆人的身上："看你家小少爷这番做派，平素打伤的人应该也不少。你们家宁员外不会仗着自己有权有势就欺压良善，连半句歉疚的话、半点儿诚意的安抚赔偿都没有吧？"

"猫耳朵"的耳朵动了动，这个路数他怎么听着有点儿剑走偏锋？

温小筠为了显得自己一点儿也不市侩，又轻咳了一声，解释道："当然，不是说我想要什么银子赔偿，只是替你们宁家担心。宁员外若是这般做法，宁家在咱们淼州府肯定不会得人心。就凭这样的名声，宁家还任由小孩儿到处乱说王知府是宁员外的狗这般大逆不道的话。本差想，若是王大人听说了，肯定会非常生气……"说到这里，她还十分可惜地喝了喝牙花子，"到时候，怕是宁府再大的权势也遭不住哟。"

宁家仆人听到这里，脸色顿时一僵，怔了半秒之后立马回过味来，哈着腰满脸堆笑，连连赔不是："差官大人哪里的话？咱们宁员外是个乐善好施的大善人，小少爷的确顽劣了些，可是那些被误伤过的人都收到了超额的赔偿。寻常百姓都如此，更何况是身份尊贵的差官大人您呢！"

说完，他又朝着温小筠鞠了个躬，转头快步离开。不一会儿，他去而复返，笑容灿烂地直接公布了好消息："我家夫人说，现在府里乱成一团，她一个妇道人家不方便直面差官老爷。小少爷的事的确是宁府做得不对，为表歉意，特奉上医药费，还请差官大人莫要怪罪。"

温小筠故意皱皱眉，询问似的望向"猫耳朵"："这个怕是不好吧？被别人看到了，会不会以为我这个小小书吏刚上任就受贿勒索？"

"猫耳朵"使劲一摆手："温书吏哪里的话？您无辜遭灾，身受重创，伤人的一方诚心诚意地赔偿些医药费，那是再正常不过了。温书吏没听他们说吗？伤了寻常百姓，他们都会给予赔偿，温书吏不要多想。他们伤了人，温书吏收些医药钱，这是给他们减轻罪孽呢。"

宁家仆人也急着附和，掏出一个钱袋奉上："可不是嘛，差官大人，宁家向来仁义当先，您收下这医药钱，我们还高兴呢。"

"嗯，"温小筠接过钱袋，勉为其难地点点头，"那就如此吧。"

别的都是虚的，她先赚点儿银子傍身、防身才是实际。

见温小筠松口，宁家仆人这才笑吟吟地牵了马先行退下。

"温书吏，""猫耳朵"笑着凑向前，高高比起大拇指，"您真是有手段，宁家在淼州府凶横惯了，何曾答应过给别人医药费？您轻飘飘几句话，就叫铁公鸡拔了毛，真是厉害！"

"那是，首富儿子是人，咱们衙门小吏也是人，不能白白被人欺负了！"温小筠揉着腰眼不好意思地笑了笑，"不过我也没想过会这么容易，还想着这宁府正遭案子，应该是没什么好脸色的。"

"猫耳朵"好奇地探着脖子打量那个钱袋，用胳膊碰了碰温小筠："快，温书吏，快看看铁公鸡这次拔了多少毛。"

温小筠笑着打开钱袋，发现是一袋散碎银两。

"我的老天爷，""猫耳朵"不由得惊呼了一声，"宁家出手真大方，这些足足得有二十两银子呢。"

温小筠从钱袋里面随手捡了两块碎银放进"猫耳朵"的手里："没有耳朵哥帮衬，小筠这一颗弹子怕是要白吃了呢。"

"哎呀，这怎么好意思？""猫耳朵"红着脸笑，并不十分卖力地往外推了推。

"小筠初来乍到，很多事都不懂，日后还要仰仗耳朵兄帮衬呢！"温小筠诚意一片地又推了回去。

温小筠清楚，既然这是飞来的钱财，自己就不能小气，否则不仅要遭人烦，更会无意中给自己下绊子。

"猫耳朵"这才收下碎银子，拍着胸脯豪爽地应道："别的俺姓毛的不敢说，'义气'两个字是绝对不差斤两的！以后温书吏有用得着我'猫耳朵'的地方，只管说！"

温小筠笑着点点头，这才把钱袋揣向怀里，可是一回头却砰一下撞到了一堵"铁墙"。她撞得两眼冒金星，而还没进入兜口的碎银子则被这一撞全部撞飞了出去，哗啦啦撒了一地。

"谁呀！"温小筠捂着鼓了个小包的额头愤恨地骂道，一抬头却对上了一张冷峻的脸。

第三章　诡异的元宝

那人目光转到散落一地的碎银子上，眸子微眯，轻蔑地笑了："温小筠，你真是有手段，还没正式上任就开始收受贿赂了？"

温小筠头皮一阵发麻，把骂人的话生生咽了回去。被她撞上的这个人不是别人，正是差点儿没拍死她的郮诺。

"郮捕头，平白无故地这般恶意揣度人怕是不好吧？"温小筠略略迟疑地往后撤步，脸上挤出一抹尴尬而不失礼貌的微笑，"如果你不相信我，可以问问耳朵兄。"

郮诺剑眉一挑，阴冷的目光又转到"猫耳朵"身上："张口'耳朵哥'，闭口'耳朵兄'，没想到曾经的第一天才少年，竟然也会这么无耻地拉关系套近乎，花小钱收买人心。"

"这是一个人最基本的教养和善良，"温小筠不由得怒目而视，心想对方说她可以，可是不能干扰她新交的朋友，"你不要以小人之心度君子之腹！"

"猫耳朵"显然很怕郮诺，原本要帮温小筠辩解的话也全部吞回了肚子里。

郮诺余光瞥到"猫耳朵"惧怕的表情，他的唇角勾起一抹得意的微笑。他吩咐道："'猫耳朵'，立刻叫上几个兄弟把宁府所有进出口都堵住，整座宅院只许人进不许人出。"

"猫耳朵"疑惑了一下："头儿，您怀疑家贼难防？"

郢诺却没有直接回复，只不耐烦地从牙缝里挤出一句话："叫你去你就去，旁的别问。"

"是。""猫耳朵"恭敬地应声，之后转身头也不回地跑了。

温小筠也觉得郢诺可能掌握了这里的线索，他这样明摆着就是怀疑府上的人。眼看着"猫耳朵"彻底跑远，她缓缓收回视线，一回头却发现地上的碎银子已经被捡得干干净净。

她再看郢诺，他手上正拿着一个簇新的钱袋对着她比画。

"在证明你无关受贿之前，这钱我没收了。"

温小筠顿时瞪大了眼睛，气得牙痒痒的。本来她还担心原来的温竹筠真的对他的姐姐做了什么亏心事，如今看来，郢诺讨厌温竹筠，多半还是因为他自己那恶意揣度人的坏心肠。她眼巴巴地看着郢诺把碎银悉数揣进他自己的怀里，咬着后槽牙，真是越想越气。

郢诺当着温小筠的面摇了摇钱袋："你不是最擅长破案吗？郢推官又那么器重你，一会儿到了现场就给我好好破案。旁的人、旁的事你都不必管，只管把你最天才的一面展现出来就行，千万别让我失望。"

温小筠立刻露出一副苦相。她压根儿就是个冒牌货好不好？她哪里是什么破案天才？

"我初来乍到，且身份只是个记录案情、跑跑证据的小书吏，郢捕头未免太看得起我了。"

郢诺抱臂冷笑："曾经狂傲不羁、两眼朝天的温竹筠，今日竟也肯屈就一个小小书吏之位？"

温小筠不怒反笑："看来你不愿当我的表哥，我也不喜欢当你的表弟。今日起，你走你的阳关道，我过我的独木桥，各不相干！"

郢诺不屑地嗤笑一声，转身扬长而去。温小筠被气得脑袋都要冒火了。

"温书吏？""猫耳朵"惊讶的声音从后面传来，"您这是怎么了？"

"猫耳朵"看到气呼呼的温小筠，关心地上前问询。

"钱袋被没收了。"温小筠没好气地拍着身上的尘土。

"猫耳朵"有些尴尬地挠了挠头，望着温小筠有些不好意思地说："温书吏，其实……其实我们郢捕头除了态度凶一点儿，脾气臭一点儿，为人还是很仗义的，人品也是很好的。”

温小筠哼笑了一声，说：“仗义也是只对你们仗义，对我可不是这样。”

“这个，肯定是温书吏和我们鄲头儿有些误会，日子长了就好了。”“猫耳朵”“嘿嘿”地赔笑着，却越说越没底气。

温小筠很想飞他一个白眼，还是勉强忍住了：“算了，不提他了，咱们赶紧去后山，公务要紧。”

经过一小处密林，走了十几分钟，温小筠终于看到了“猫耳朵”口中的那座小土山。

的确是个小土山，上面长的大多是低矮的灌木丛。站在山脚下，温小筠一抬头，远远地看到了后山那棵老榆树。粗粗的树干，大大的树冠，就像是一柄擎天大伞，孤孤单单地立在半山腰。

刚爬上半山腰的平地，她就看到一圈表情肃穆的持刀衙役。“猫耳朵”和几个相熟的打了招呼后就带着温小筠往里走。

温小筠近距离地看到了那棵老榆树。老榆树的树干足有三人合抱那么粗，高高的树冠上尽是枯黄的榆树叶，偶尔落下几片在空中盘旋，飞舞，飘落。

树下站着几个人，其中一个头戴展脚乌纱帽、身着绯红官员公服的中年男子最为显眼。他身材中等，面颊饱满红润，保养得极好，看样子也就三十五六岁。

此时，他双手负在身后，正环视着周遭景物，一双笑眼微微弯着，看着就十分慈祥、温和，没有半点儿当官的架子。跟他比起来，鄲乾化就显得又黑又瘦，古板严肃得过分。

站在中年男子旁边的还有一个五十多岁的老头儿，也是白胖白胖的，皮肤却远不如中年男子的好，眼角、嘴边有几道深深的皱纹。他眼睛小，鼻子塌，天生带有一种刻薄的劲头，不过穿着却半点儿也不刻薄，甚至可以说十分华贵。他头戴褐色忠靖冠，身着对襟直领丝绒鹤氅，白领袄子，脚上穿着粉底皂靴。

最后一个单脚踩着一块石头且低头查看的人，温小筠就十分熟悉了，正是刚吞了她银子的鄲诺。

“猫耳朵”快步走到绯衣官员跟前，利落地单膝跪地，恭敬地回禀：“参见知府大人，小的将鄲推官特意推荐来的新人——刑房书吏温小筠带来了。”

温小筠跟着"猫耳朵"走上前对绯衣官员恭敬地行礼。好在多年以前她对礼仪曾做过专门的研究，知道文职、武职行礼的不同之处。

"刑房书吏——温小筠拜见知府大人。"她双手施礼，深深躬身，并不需要像"猫耳朵"那样跪地。

知府一听"温小筠"三个字，双眼顿时一亮："温书吏请起，本官候你多时了。"

旁边的宁员外一听温小筠来了，立马上前抓住她的胳膊："你就是鄞捕头说的破案第一人——温小筠？哎呀，可把你给盼来了。"

温小筠扯着僵硬的嘴唇尴尬地笑了一下，想要尽快表明自己根本没有那么天才、那么神，毕竟一开始丢人总好过最后把自己往坑里推。

"这个对温刑房来说根本就是小菜一碟，鄞推官那样经验老到的名推官都对他赞赏有加呢。"后面的鄞诺突然站直了身子，望着温小筠不怀好意地笑，"鄞推官还说温刑房最擅长的就是这种神乎其神的案子，绝对是自己最得意的关门弟子。"

温小筠瞪着鄞诺冷冷地笑。

温小筠把心一横，告诫自己此时一定不能逞强蛮干，刚过来啥都没学，不能上来就接手案子。

宁员外眼睛里充满了期盼的光："之前还可惜鄞推官不能亲自来，如今有他的关门弟子，我这个心哪，终于算是落地了。"

知府大人也向温小筠投来期待的目光。

鄞诺则双手抱臂，唇角微弯，一副看热闹不嫌事大的幸灾乐祸的样子："也许不出十弹指的工夫，咱们的温刑房就能揭开事情的真相。"

温小筠恨得几乎要把后槽牙咬碎了。鄞诺这个家伙，不仅把她推向了风口浪尖，更连仔细勘查现场的机会都不想给她，真是缺德到冒烟、阴损到姥姥家了。

温小筠咬牙一笑："知府大人过誉了，鄞捕头过奖了，卑职不过初涉刑狱推断。宁府遭遇的这次绑架案，鄞捕头日夜排查都没有见什么成效，而卑职什么都还不清楚，怎么可能张口就说出真相？还请诸位少安毋躁，等卑职查验一下现场，再看看有没有什么发现来辅助大人破案。"

温小筠撸起袖子抬脚朝前面的老榆树走去。温竹筠只能帮她一次，这次她只能靠自己。

"昨晚发生的一切细节请都告知于我，"温小筠仰起头，仔细检查着树冠上有无机关，"另外，昨晚参与这个案子的人，还请宁员外全部叫过来。"

宁员外忙不迭地点头，冲等候在周围的家丁们怒声道："快把昨晚埋银子的程管家找来！"说着他又对温小筠解释："为防贼人害我，昨晚我派了最疼宝儿的程管家去埋银子。上次他老爹有病，这边宝儿也遇了事，他都没舍得放下宝儿回去。"

那边仆人一溜烟地小跑去找人了。

温小筠转而看向鄞诺，脸色冷得就像罩上了一层霜："鄞捕头昨夜不在此处，对昨晚的情形可了解？"

鄞诺冷哼了一声，没有回答，转而对一旁的"猫耳朵"使了个眼色。

"猫耳朵"立刻会意，上前恭敬地回答："温刑房，昨晚的事在下一直在现场监视，没错过任何细节。温刑房有什么想问的，只管问我就行。"

温小筠也没心思跟鄞诺缠斗，这样正合其意。她环视这处平地周围的环境，思量着问："有劳毛捕快再说一下昨晚的情形。"

"昨晚程管家带着铁锹和钱袋，走到歹徒指定的老榆树下往东三步的地方，开始挖坑埋钱。我们兄弟几个则悄悄地潜伏在土坡下的矮树丛里，按照鄞捕头的吩咐，从四面八方将这块地围得如铁桶一般。

"整个过程，兄弟们看得再清楚不过。程管家一锹一锹费力地铲土，挖好坑后，跪在地上小心地把银子埋好，然后就赶紧跑了回来。再后来小少爷就平安地回来了。我们兄弟怕出了岔子，一直蹲在原地不动。不过我们没等来歹徒，而是等来了宁员外。他老人家急匆匆地回来挖银子，可是挖到底却发现银子不见了。"

温小筠蹲下身，伸手抓了一把坑洞里的泥土，又看了看平地外围的土坡："捕快兄弟们的位置不会有忽略的死角吗？"

"猫耳朵"狠狠地一拍胸脯："温刑房放心，我们兄弟当时都打着十二分的精神，从选择潜伏点到安排人手，压根儿就没留下一点儿看不着的地方。"

温小筠又抬起头看了看上方枝丫交错、枯叶繁多的树干："那在上面藏个人，他利用阴影偷偷潜伏下来的可能性有多大呢？"

像是早就料到了这个问题，"猫耳朵"不假思索就说出了答案："上面也断无可能，鄞捕头方才攀上去查看了。这棵老榆树上枯叶很多，枝杈干枯，一枝比一枝嘎嘣脆。要是上面藏了人，但凡他动弹一点儿，落叶呀，枯树枝呀，就能把他给出卖了。而且当时兄弟们就转着圈地盯紧了这块，一旦有人或是铁钩子下来，绝对逃不出我们兄弟的眼睛。"

温小筠皱了皱眉。

地面被人360度地看牢了，空中也是180度没死角，难不成真是元宝妖精把银子凭空变没了？

温小筠问话的工夫，宁府家丁已经带着那名姓程的管家——之前帮温小筠要来赔偿金的那名仆人，一路小跑着赶来。

程管家远远地看到了温小筠，很熟络地点了点头。温小筠点头示意后，又转身走回到树下土坑前低头查看。

一旁的宁员外立刻凑上前，指着土坑急急地补充道："我亲眼看着程管家挖坑将钱袋埋进去的，之后又亲自去刨开坑，可刨到底也没发现银子。我还往更深处挖了很多，可就是不见钱袋。"

温小筠将眉头皱得更紧了一些，之前的皱纹是纵向往上，横向左右都没有任何可能，现在则又要加上一条，纵向往下也没问题。

如果真这样，那这个案子是不是就只有神鬼精怪才能做到？不过，温小筠立刻否定了这个猜想。她以前花心思研究过推理小说应该怎么写。

银子肯定不会飞，既然呈现出凭空消失的效果，应该是有人使了障眼法。比如变魔术，魔术师会故意制造噱头引走别人的注意力，从而藏起真实的角度，等到观众回过来，现场就出现了最神奇、最不可思议的情形。

同理，这里肯定有细节被人们忽略了。她要做的是顺着这个案子的条件去尽量还原使障眼法的各种可能。

如何进行推理，她是门外汉，现在只是尝试着把推理案件当成一道数学题去推解。一道数学题，可以按照顺序正解，也可以从结尾倒推逆解。

于是她将这个案子的几个重要条件一条条地拆解分析。银子在坑里消失不见肯定是利用了人们的错觉，而能够制造错觉的条件，有光线、遮挡物、人迅速移动等。

温小筠的双眼忽然一亮。视觉方面的还原可以用透视法啊，所有魔术在透视眼面前都会无所遁形。而透视眼，她刚好就拥有一双。她的素描、速写的功力也很深厚。对于光线、阴影角度、人为造成的遮挡部位，她都有着极佳的敏感度。

温小筠转身回看那棵老榆树，若有所思地说："障眼法通常情况下都是在原来的位置上做个唬人的小机关，没想到这位程管家的手段还挺高明，打破常规，机关设计得更复杂。"

王知府笑了笑："看来温刑房已经有办法了。"

温小筠表情更加凝重，走到老榆树的旁边，伸手抚摸着粗糙的树干："既然是真相，就总会有迹可循，而那些蛛丝马迹就隐藏在昨夜发生的细节之中。"她忽然想到了什么，急忙回身看向"猫耳朵"："耳朵兄，辛苦你叫昨天的兄弟们都回到原位，这一次由我来重现昨夜的现场。"

"好嘞！""猫耳朵"兴奋地一扬手，招呼了几个捕快快步离开，重新回到土坡下的矮树丛里。

"宁员外，叫人再找个袋子，装上与一千两银子一般重的石块。"

"好，好，我这就叫人去装！"宁员外也跟着激动起来。

没一会儿工夫，下人就将袋子装好了石头。

"知府大人、宁员外，请你们分散着站开些。"温小筠有条不紊地分配着："程管家，你拎着石头袋子原地再走一遍。"

"啊？"程管家顿了一下，"是像昨天一样吗？"

"没错。"温小筠头也不抬地对旁边的差役说："再准备一套笔墨纸砚、一块薄点儿的方木板……纸要大开的，二十几张，木板要两寸左右见方的。"

众人按照温小筠的吩咐回到了昨晚各自的位置，伸着脖子看着温小筠将白纸固定在木板上，然后她一手举着毛笔，一手扶着木板，围着众人一圈圈地走，不知道在画些什么。

宁员外疑惑地望向王知府："大人，画画能破案吗？"

"呃……"王知府顿了一下，"且看看吧。"

那一边的温小筠已经完全进入了状态，运用透视学原理，把每个大方向的人物位置、各自视线全部简单描画了一遍。最后，她开始为画中的透视世界添加光源，毛笔的笔锋左拖右甩，勾勒出一条又一条漂亮的墨线。

她头也不抬地问："当时的月亮是什么样的？位置如何？是否有阴天的情

况？远处宁府可有照明？光亮强吗？”

“猫耳朵”转着眼珠回忆道：“昨天是十五，不是阴天，那大月亮照得可亮堂了。山坡下宁府里面的人也睡不着觉，都等着小少爷的消息，整宿地亮着灯，故这边的人影大概都看得见。”

温小筠皱了皱眉，在中天位置画上了一轮圆月，那一晚的全部情景立时逼真地出现在她的脑海：深夜、只看得见轮廓的大树、人影、明亮的月光、草丛……

她笔锋一顿，在某处落下一个重重的墨点儿，双眼瞬时一亮：“可能是这里。”她猛地抬起头朝鄞诺大声喊道：“在程管家出发后四十步的位置！”

鄞诺立刻朝“猫耳朵”使了个眼色。“猫耳朵”一把抄起铁锹噌的一下从草丛里蹦出来，奔到那个位置开始挖掘。其他人等见了也纷纷好奇地冲上前，只有走到老榆树下的程管家双腿猛地颤了一下，随即朝着相反的方向掉头就跑。

温小筠一眼瞥见，指着管家的背影扯着嗓子大喊：“是程管家！”

鄞诺眼角寒光一闪，右手摘下挂在腰间的绳索，随手结了个圈，猛地朝程管家逃跑的方向甩去，绳环瞬间套在程管家的颈上。鄞诺冷笑着往后一拖，程管家便仰面栽倒在地。又有两个捕快快速追了过去，三下五除二，就把程管家押了过来。

王知府和宁员外也在第一时间冲到“猫耳朵”开挖的地方。

宁员外着急地拨开前面的捕快，挤进去一看，才知道那一处地面有块石头。石头的形状虽然是天然形成的，但是很平整，上面还长着一层厚厚的青苔——平常这石头隐在草丛里，很难被人注意到。“猫耳朵”一铁锹挖下去，长青苔的石头便被整个掀开，露出了一个深深的坑洞。那个宁员外熟悉得不能再熟悉的灰色大布袋，正安安静静地躺在洞中。

宁员外急切地上前打开钱袋，里面立刻露出大片白花花的银子。

王知府满意地点点头，转向一旁的温小筠：“温刑房，你是怎么知道钱袋没在山顶树下，而是在半山腰的？”

鄞诺听到这句话，余光也向温小筠瞥来。

温小筠将画板展示在王知府的面前，微笑着解释：“钱是不可能自己凭空消失的，之所以凭空消失，不过是有人利用了人眼的错觉。属下便想，事发当夜，到底哪里会误导人们，以致让他们看到产生错觉的景象？这个案子从头到尾都是在绑架者的主导下进行的，所以属下认为绑架者就是误导人们的发起者。

"那么，他会通过什么方法误导人们？自然就是那封玄而又玄的埋银子的说明书，这显然就是他最直接的手段。我们看说明书上的要求，时间是昨夜子时，地点在后山老榆树下东面三步之处，方法是挖个坑把银子放进去。绑匪为什么会提这些特别的要求？反过来想，若按照绑匪的这些要求去做，我们最后一定找不到银子。"

郓诺听到这里，不觉蹙起了眉："你是说绑匪故意把埋银子的地点说得花里胡哨的，就是让我们不自觉地以为银子就在那里？"

温小筠兴奋地打了个响指："没错。事实证明，那一大片都被宁员外掘地三尺了，依旧什么都没发现，这说明银子确实不在那里。所以我就尝试着换个想法，那些银子不在绑匪说的范围里，也许在别处。"

宁员外不解地问："可是我们明明看到程管家就是把银子埋进那里了啊。银子怎么可能会自己挪地方？"

温小筠目光倏地一冷："有时候，所见未必是真相。人对自己的眼睛都太自信了，这种自信会让人把看到的错觉当成真相。"

"啊？"宁员外大惑不解。

其他人也疑惑地对望了一眼。

温小筠用笔在画板上的老榆树树冠的位置点了点，沉声解释道："昨晚的月光一直很亮，四围又埋伏好了人。大家都在看着程管家，一眼也不曾错过，但是错觉就在大家的眼皮子底下出现了。当晚除了月亮很亮，山下不远处的宁府也是灯火通明，程管家爬上山坡的身影一直很清晰。但是当他在子时爬上山顶到达老榆树树冠之下的时候，现场会有一个大家都忽略的黑暗瞬间。

"午夜子时，圆月正当空，月光照在树冠上，投下了一圈黑色的影子。而人的视线如果一直盯着明亮些的地方，突然转到黑暗的地方，短时间内会什么也看不清。早就踩好了点的程管家正是利用了这一瞬间，在树冠影子的边缘提前挖了一个土坑，并精心选了一块能快速搬开又快速盖上的青苔石板。在乘机埋了钱袋之后，他假装怀抱钱袋继续往上走，按正常的步骤挖坑埋银子，于是真正的钱袋就这么消失了。"

众人听了都惊讶地睁大了眼睛，没有想到事情的真相竟然会这么简单。

宁员外难以置信，说道："可程管家的确是我临时指派的。他怎么能肯定一定会是他去埋银子？"

温小筠看向被捆住的程管家，目光凝重："他是宁府的老管家——脾气莫测的小少爷都能不自觉地被他牵着鼻子走，宁员外你的习惯怕是也被他摸得清清楚楚、明明白白。他只要在关键时刻故意出现在您的面前，再说上几句引导性的话——拿下埋银子的任务对他来说肯定很容易。"

听到这里，宁员外一张脸顿时煞白一片。那一夜的情景的确如温小筠说的一般，现在想想真是让人后脊背一阵阵发冷。

不等宁员外再度发怒，温小筠便直接走到程管家近前俯视着他，目色复杂："在庙会上驮着小少爷挤到人群前面的人也是你吧？"

程管家冷笑了一声："没错，就是我。小少爷的脾气秉性的确都被我摸清了。我在他的糖葫芦里下了蒙汗药，在他睡过去后，悄悄把他交给了远郊的一对老夫妻。我也提前编好了瞎话，说自己是个鳏居的人，孩子没有娘，我有急事要出去两天，请他们帮忙照顾一下。后面得了我的信，他们再帮忙把孩子送回家。"

"真是日防夜防家贼难防，我们宁家如此厚待于你，你却要害我的儿子——"宁员外抱着钱袋就要冲上去暴打程管家，恨不得就在这儿将程管家抽筋剥皮。

温小筠上前一步挡住宁员外："宁员外，这个案子还有很多细节要核对，少安毋躁。"说着，她又问回程管家："元宝小妖精的谣言也是你故意传出去蛊惑人心的，对吗？"

"没错。"程管家竭力仰起头来，瞪着红了的眼睛，咬牙切齿地说，"想我程璐谋划了那么久，没想到今日竟被你这小书吏看破！是我时运不济，命该有此劫！"

温小筠却叹了一口气："虽然你这是贼喊捉贼、吃里爬外的背叛行为，可是到了最后，你都没有伤害宁家的小公子。即便小公子对你蛮横无理，你都没有做到最后一步。你并不是个真正的恶人，对吗？"

程管家一怔，随即自嘲地笑了："不对，我就是想做个十恶不赦的人，这个世上从来都是好人难当，人善被人欺！杀人放火金腰带，修桥铺路无尸骸，我就是恨死了那个小畜生！我就是要杀了他——"

温小筠目光陡然一寒，冷冷打断他的话："因为你的父亲？"

程璐目光一顿，癫狂的笑容紧跟着抽搐了一下："你怎么知道？"

温小筠脸上的笑容有些伤感："宁员外说你很忠心，你父亲病了都没有耽误你去照看小少爷，这应该不是实话吧？"

程璐眼眶瞬间酸涩，凄然一笑，喃喃说道："去年我老爹、弟弟来看我，小畜生到街上笑着撒了一地铜板叫周围的人来捡。我老爹看到后就要绕道走开，他却揪着我老爹的胡子非要叫我老爹带着我弟弟去捡。我老爹怕违背了小畜生的话，以后我在宁家难做，就低下头带着我弟弟去捡。

"没想到我老爹刚弯下腰，小畜生就掏出弹弓，把我老爹、弟弟打了个头破血流。他叫骂着'犯贱的软骨头、吃屎的哈巴狗'，还说吃了银子做的弹子，还得求着他继续打！我老爹老脸都丢尽了，当时就吐了血，被我弟弟哭着背走了。从那儿以后，我老爹就患了病，不久前不治身亡。身为人子，我看着自己老爹、弟弟受辱，却不能有半点儿怨言！我恨哪！我恨小畜生！我恨不得掐死他！可是……可……"

说到这里，程管家已经不能自已地号啕大哭："爹爹，儿子对不起你！到了最后，都狠不下手为您老报仇哪……"

听到这里，在场的所有人都有些动容。

温小筠叹了一声："所以，你能想到的最好出路，就是带着一千两银子永远离开宁家。"

王知府也有些感慨："程璐，无论什么原因，劫人子女、诈人钱财都不是正途。你父亲原是个有自尊的人，为了你过得好些才甘愿受辱。你这样做，终是辜负了他老人家的一番心意。只是你迷途知返，终是没有杀人性命，当堂庭审时或有可减轻刑罚之处，之后务必好好做人，莫要再辜负了你父亲的一片苦心。"

到了这个地步，程璐已是涕泗横流，浑身颤抖着再说不出一句话来。

王知府挥了挥手，叫手下人将程璐押下去后又转向温小筠，脸上现出和蔼的笑容："到底是鄞推官的得意门生，实力果然不凡。刑房小吏职位虽然低了些，却也是实干的职位，只要你有才华，就能创出功绩来。好好做事，焱州不会埋没了你。"

温小筠躬身作揖："谨遵大人教诲，属下一定鞠躬尽瘁。"

王知府笑着点点头，便在一众衙役的簇拥下率先离开。宁员外见状赶紧带着家丁殷勤地跟随相送。现场就只留下鄞诺、温小筠、"猫耳朵"和几个收尾的捕快。

这时一个男声忽然传来："这就放松了？"

温小筹皱着眉抬头又对上了鄞诺那张没有什么表情的脸。

真是浪费了这副好皮囊，温小筹一面惋惜着，一面气呼呼地回应："'阳关道'，叫我干吗？"

"猫耳朵"和几个捕快都是一愣，阳关道？什么鬼？他们家鄞头儿什么时候改名了？

鄞诺唇角微翘，扯出一抹阴险的笑容："你现在什么职位你自己清楚吗？"

温小筹嫌弃地翻了个白眼，实在懒得搭理鄞诺。前面都说了桥归桥路归路，这会儿他又凑上来问这种无聊的问题，一看就是黄鼠狼给鸡拜年——没安好心。

"鄞捕头，你有什么话就请直说，我这个刑房小吏可是忙得很呢，没有什么闲工夫跟您在这儿扯闲篇。"

鄞诺并没有被激怒，微笑着朝"猫耳朵"使了个眼色："把本捕头替温刑房准备的东西拿出来吧。"

温小筹不觉皱了眉，鄞诺这是又在使什么坏呢？

"好嘞！""猫耳朵"哈着腰应了一声，从怀中掏出一个小扁包袱，上前递给温小筹："温刑房，这是我们鄞头儿怕您任职匆忙，来不及准备，特别叫'猫耳朵'帮您准备周全的。这里的墨袋可是俺特别从户房书吏——老刘那儿要来的！袋子扎得紧，墨又黑又浓，书册也不洇墨，可好使啦！"

温小筹一脸蒙，毛笔、墨袋和书册？这是要干什么？

鄞诺抬手摸了摸眉毛，有些得意地说："所谓刑房吏，就是要替主事官员把案件经过、涉案人员、证人、证据、证言、案件推断与结论全部书写清楚。现在宁府绑架案已经告一段落，一会儿回衙后，完备的案件文书就要即刻呈给主事官员。"

温小筹："……"

她虽然会写毛笔字，但是这么多年不练，已经很生疏了好不好？

"那我还有多少时间？"她说话的声音都变得心酸起来。

"午时初刻，距离现在不足半个时辰。"鄞诺抱着双臂，一副兴致盎然的无耻嘴脸。

温小筹看着那个书册和专门的墨袋、毛笔，眼泪在心里掉下来。刑房书吏果然是个最底层、最苦、最累的小碎催啊。

还没等再多问，她眼前忽然有黑影一晃，紧接着一阵冷风直冲她的前襟袭来！温小筠一惊，下意识护住前胸——她竟然被偷袭了！她再抬头，却见鄞诺高高举起手，掂着两个钱袋，斜挑着眉毛坏坏地笑着。

"之前也说过，宁家从来不赔人银子，所以你这袋银子还是有受贿的嫌疑，仍旧必须没收。等到了鄞推官那儿你再想办法解释吧。"

温小筠当时就急眼了，这个浑蛋，竟然当面从自己身上偷东西！

"愿意没收就没收，只是你要把另外一袋银子还给我，那个不是宁家的，是我自己的。"温小筠气鼓鼓地瞪着鄞诺。

另外一袋银子可是刚过来时，她靠着辛苦制作古法药物赚来的。

一听这话，鄞诺好奇地打开其中一个钱袋。可就在看到银子的那一刻，他脸色立时就变了。

"这是特殊的制式官银，市面上还没有流通。为了避免给鄞家招祸，必须一起收走。"鄞诺严肃地命令。

温小筠岂肯老老实实地躺在案板上任人宰割？哪里有压迫哪里就有反抗，不在沉默中爆发，就在沉默中灭亡！

鄞诺本来想走，可余光忽然瞥到温小筠愤恨得快冒火的模样。他掂着手中的钱袋挑眉一笑："哟，怎么着？想要打人？"他用挑衅的目光从上到下将温小筠仔细打量了一番，啧啧摇头，"打架可以，但有句话可要说在前面——我正愁找不到机会揍你呢。今日要是你主动挑事的话，我可不会手下留情。"

他又看向旁边的捕快："诸位兄弟可要给我做个证，回去我家老头儿问起来，可是这个家伙先挑起事端的。"

温小筠狠狠咬了一下后槽牙。昨晚被鄞诺狠狠打过的后脖颈儿现在还在隐隐作痛，再加上目睹过他一出手就将一众锦衣卫全部撂倒的超牛身手，温小筠相信，这个家伙打她绝对不会手下留情。

"猫耳朵"一听他家鄞头儿要出手打人，立时有点儿着急了。他知道鄞头儿向来说一不二，说打就直接会往死里揍，温刑房那样身体单薄的小瘦猴儿，怕是连一拳头都撑不住。他赶紧堆起笑脸上前劝架："鄞头儿，温刑房不是鄞推官的得意门生吗？都是自家人，自家人咱们就别动手了。"

说着，他还拼命朝温小筠眨眼睛，递眼色，叫她赶紧说句软话，把这篇儿赶紧翻过去。谁知温小筠的犟脾气也上来了，她恨恨地整理着袖口，一折一折地向上卷。

鄞诺把钱袋揣进怀里，撸着袖子，笑得异常嚣张："很好，我最讨厌软骨头，这样打着才过瘾。"

谁知挽完袖子的温小筠，动作幅度颇大地拿起毛笔，蘸了一下墨后，收紧墨袋挂在腰带上，又单手打开书册，煞有介事地写起字来。她头也不抬地说："银子没了还能再赚，亲情没了就真没了。你怎么也是我的亲表哥，我若伤了你，对不起疼我爱我的小姨和姨父。所以你走吧，银子也拿走，我不跟你计较。"

围观的众人："……"

他们原本还有些期待的，毕竟男性对于单挑的场面都有一种天然的向往，一句话总结——看热闹不嫌事大。

就连温竹筠都不例外，冷笑着说："这么快就服软了？"

温小筠想狠狠地剜他一眼："你个没有感情的系统机器人，我这是服软吗？我这是凭实力服软！虽然服软，却更彰显我深不可测的实力！"

说完，她不再理会温竹筠，低头唰唰记录着案件经过。记录过程中，她一本正经地转过身，若无其事地走开。

实际上，温小筠的后槽牙都快被自己咬碎了。她在心里发着狠，凶巴巴地诅咒道：鄞诺，你小子等着！早晚有一天，我能找出一招制你的办法！现在暂且就让你猖狂几天！享受吧，这就是你最后的好日子了！

"不错，识时务者为俊杰。"鄞诺勾唇坏坏一笑，大手一挥，带着剩余的捕快兄弟们全部下山了。

只有"猫耳朵"回身和温小筠礼貌地打了个招呼。

温小筠笑着点点头，目送着他们一行人远远离开后，仰头看了看高悬正空的太阳，无奈地抹了一把辛酸泪。要在鄞诺规定的时间内写完文书，准时送回衙门，她的时间非常紧张。于是她一面唰唰地记录着，一面在心里凄婉地吟唱起抒发命苦的歌。

"小小温小筠（香椿树）呀，我想对你哭，你的叶虽香，你的命好苦好苦。每逢春到嫩叶出，多少黑手把你撸。撸得你浑身枝杈断，撸得你满头光秃秃……"

单曲循环三十遍后，温小筠围绕着老榆树总结了所有细节，几乎成功地把自己的小手腕子彻底写断，而所有的记录工作也终于彻底结束。

这时，她瘪瘪的肚子发出一声虚弱的抗议。再顾不得多想，温小筠收好书册，踩着一溜尘土烟，从小土山上跑了下去。

也许她那个姨父还会记得她身上带着伤又没有吃饭，会给她整点儿小灶。嘿嘿，他没准还能给她整点儿肉包子来，而且一定是那种薄皮儿、大馅儿、十八个褶，一咬满嘴油的大肉包子！

然而，自顾自地沉浸在对美味包子想象之中的温小筠完全没有注意到，就在她刚跑下去的时候，一个白色的身影从那棵老榆树粗壮的树干后面悄然出现。此人静静地望着温小筠越来越小的身影，目光凉凉，幽深莫测。

紧跟着那白色的身影一同出现的还有一个黑衣武者。

他望向白衣男子："殿下，您真的要将那温竹筠收入麾下？"

白衣男子笑了笑，一双凤眸中漾出温柔的光："宝剑难寻，良驹难觅。日后需要打草惊蛇时，我正需要这样一柄利器。"

说完，白衣男子又将身形隐回树后，再见不得他的踪影。

黑衣武者不觉地担心地皱起了眉。

另一边，骑着马从宁家出来的温小筠想在街上一路狂奔，却无奈遇上了她最厌烦的交通状况——大堵车。前面一辆运菜的大马车不知怎的翻倒在路中央，一大群围观的百姓正在哄抢那些并不常见的瓜果蔬菜。

车夫和抢菜的人来回撕扯，号哭不已；抢菜的百姓互相推搡，叫骂不已；后面的小马车、轿子被堵着，车上和轿子上的人烦躁不已。

现场一片混乱与嘈杂。

捂着饿瘪的胃，温小筠眼泪都掉了下来。真是屋漏偏逢连夜雨，她越着急越走不了。无奈之下，她只能先翻身下马，一面牵着马匹打听着去官署的路线，一面从拥挤的人群中横穿过去。

可是没走几步，一阵好闻的香味就从旁边忽悠忽悠地飘来，一阵一阵地钻入温小筠的鼻腔，让她不自觉地掉转方向。一扭头，她就看到了街旁一家招子飞着的包子铺。

看着包子铺前摞得高高的包子竹屉，再闻一闻店家揭开包子竹屉时飞出的咸香鲜美的肉味，温小筠嘴里满是抑制不住的口水。她两眼闪出贼亮的星光，好想抢一个就跑怎么办？

"这位客官可是要买包子？"店家小二看见温小筠两眼放光的模样，立刻把白布巾往肩上一搭，热情地招呼。

温小筠赶紧摆手："谢谢店家，我不饿。"

说完，她还依依不舍地望了那些白白胖胖、十八个褶的小包子最后一眼。

现在她对焱州府还不熟呢，以后要是跟周遭的百姓都熟了，不知道会不会有卖包子的看到她身上穿着刑房吏的制服，就主动献上免费的包子来贿赂她？哎呀，不行了，她越想越饿。比起当个白吃白喝的官差老爷，她更应该想的是怎么对付鄞诺那个挨千刀的家伙。

旁边的方桌边坐着两个客人，其中一个戴着斗笠，背着包袱，穿着一身灰色麻衣裤。此人将斗笠拉得很低，将脸罩住大半，让人根本看不清他的面容。

斗笠男人的对面坐着一个锦衣少年。他身穿一件湖蓝色缎面窄袖胡服，腰带紧扎，脚蹬一双微翘尖角的皂色长靴，整个人显得利落干练——与干练的外表十分不相符的却是这少年的相貌。

他那张白嫩的小脸有点儿婴儿肥，大眼睛晶莹闪亮，鼻子小巧高挺，红色的唇上还带着一点儿包子油，看着水盈盈的。他整个人可爱得就像刚才竹屉里的小肉包子，让人看了就忍不住想要咬上一口。

锦衣少年刚吃完包子，一抬头看到温小筠的样子，忍不住扑哧一下笑出声，两颊露出两个可爱到不行的小酒窝："你这个人真好玩儿，明明饿得不行了还要强撑，不过是两个包子嘛，能要多少钱？"

温小筠一愣，茫然回头对上锦衣少年美丽的脸，抬手指着自己的鼻尖："你……你是在和我说话？"

"没错，就是你！"锦衣少年从斗笠男仆的手中接过一块白色锦帕，动作优雅地擦了擦嘴，又转头朝着包子铺的小伙计说道："小二，再来两个包子，给这位少侠包上，钱和我的一起结。"

他话音刚落，斗笠男仆就掏出些铜板放在桌上。

"得嘞，客官稍等！"小二手脚麻利地揪出两张油纸，掀开竹屉快速捡了两个肉包子出来，包好后递给温小筠。

温小筠开心地接过包子，转身朝着锦衣少年礼貌地作揖："多谢公子仗义相助！"

嘴上说着"公子"，但温小筠心里却很清楚，面前这个美丽又可爱的锦衣少年并不是少年郎，而是一位开朗活泼的灵动少女。

倒不是温小筠眼毒，而是那少女的长相和声音在第一时间就出卖了她自己。女扮男装哪有那么容易？更何况还是个如此漂亮的美人坯子。她这一身打扮，基本等于只换了个发型，一眼就能叫人认出是女孩子。

温小筠想，这说不准是哪家贪玩儿的千金小姐换装出来玩儿。不过那都是人家的私事，轮不到她关心打听。

她看破不说破："我叫温小筠，在衙门当差，日后有用得上我的地方，少侠尽管开口。哦，还不知少侠台甫，过两日兄弟我手头宽裕些，一定要请少侠吃酒！"

面对温小筠的礼貌，男装少女抬起头来笑得露出了一排整齐的小白牙，白嫩的脸蛋儿上那两个可爱的小酒窝更深一些了。她学着温小筠的模样，起身回了个礼："我叫——"

"天色不早了，少爷，我们还要赶路呢。"旁边那个戴着斗笠的男仆一把抓住男装少女的手腕，生硬地打断了她的话。

男装少女也像是意识到了什么错误一般，朝着斗笠男仆心虚地吐了吐舌头，又朝着温小筠微微一笑："举手之劳，温兄切莫挂怀。"

说完，男装少女便在斗笠男仆的带领下快步离开了。

温小筠有些纳闷儿，总觉得这对主仆哪里有些奇怪。不过每个人都有自己的界限，她自己今晚要住哪儿都没着落呢，自然不会去过多地干涉别人的事。

就在这时，一个傲慢的男声忽然从身后飘飘悠悠地传来："君子不食嗟来之食，大街上两个包子就把你给收买了，你就差在自己面前摆个碗了。"

温小筠回头一看，果然是骑着马的讨厌鬼——郅诺。她立刻黑了脸："你不是很讨厌我吗？怎么我没有出现在你面前，你倒先出现在我面前了？"

郅诺瞬间黑了脸。

旁边的"猫耳朵"从郅诺的马后钻了出来，"嘿嘿"一笑，好心地打着圆场："温刑房，我们刚回衙门就碰到郅推官了。他老人家说温刑房还没到衙门点卯，不算真正入职，今日案子破了就能休息。后来我们又遇上夫人，'猫耳朵'自作主张替温刑房说了几句话，夫人就叫我和鄞头儿来寻您一起先回家，说是有点儿事要交代您二位。"

温小筠咬了一大口包子："哦，原来是小姨的意思。"

"猫耳朵"又说："温刑房，您和鄞头儿先回家吧，文书我帮您顺路捎到衙门就行。"

"好，"温小筠两口吃完包子，鼓着腮帮子抹了抹手，才拿出文书交给"猫耳朵"，"有劳耳朵兄。"

"都是自己人，温刑房您别跟我这么客气。""猫耳朵"装好文书，"嘿嘿"一笑，没想到还没笑到第三个"嘿"，他的屁股就被人大力踹了一脚。

鄞诺烦躁地皱着眉："谁和他是自己人？你个没骨气的家伙，收了人家点儿碎银子嘴就这么甜了？一唱一和的，要不要给你俩包个茶馆，直接搭配着说书卖唱去？"

"猫耳朵""哎哟"一声趔趄两步，朝着鄞诺做了个鬼脸："夫人都说了，你们是表兄弟，怎么就不是一家人啦？"

鄞诺气得挥手就要打："再嘴贫？皮痒了是不是？"

"鄞头儿再欺负'猫耳朵'，我就找夫人说理去！""猫耳朵"揉着腚放了狠话后一溜烟就先跑了。

温小筠忍不住笑出了声。从"猫耳朵"身上她倒看出点儿鄞诺的可爱来。可见这个只会摆臭脸的家伙也不是真的只会摆臭脸，不过，这并不会妨碍她对他的讨厌。谁讨厌她，她就讨厌谁！

"猫耳朵"的突然反水让鄞诺一时有些没面子。他怒视着"猫耳朵"的背影冷哼一声，不再理会温小筠，双手一勒缰绳就要先行离去。

温小筠也翻身上了马。她心里清楚，鄞诺令人讨厌，小姨、姨父却很好，一码归一码，即便不在鄞家住，自己对小姨也要做到随叫随到。

不想温小筠刚要驱马追上鄞诺，前方就又跑来一个捕快。

那捕快本来正单手扶着佩刀朝衙门的方向疾步奔跑，没想到一抬头就看到骑着马的鄞诺。鄞诺本就人高马大，现在骑着马，在人群中就更显眼了。于是那捕快急忙掉转方向朝着鄞诺这边快步跑来，一边跑，一边还高声喊着"鄞头儿"。

郾诺听到呼喊不觉勒马止步。温小筠也好奇地驱马凑向前，想要听听到底发生了什么事。

　　那捕快很快奔到近前，一把拉住郾诺手中的缰绳，上气不接下气地急切说道："不好了，郾头儿，出大事了！杜氏钱庄的钱都变成'银河'流走了！"

　　郾诺脸色登时一变："什么时候？"

　　"就……就是现在，我和兄弟们回衙门时路过杜氏钱庄，听到呼喊就冲了进去。郾头儿，您赶紧去，太吓人了！"那捕快呼哧呼哧地喘着粗气，累得几乎要把舌头给吐出来了。

　　温小筠一听"银河"和"钱庄"，两只眼睛就冒出闪闪的金光。无论是系统任务还是好奇心的驱使，她都迫不及待地想去瞧瞧。

　　郾诺却比她更急。那捕快的话音未落，他便驱马扬鞭甩了句："你速去衙门通报，我这就去查看。"

　　说完，他便选了一条好走些的小巷急速飞奔而去。温小筠忙不迭地跟上——可是跟郾诺比起来，她的骑术还是差太远，几次都差点儿被郾诺甩掉。最后总算是咬牙拼上命，她才跟他保持了一条街的差距，勉强不被甩掉。

　　经过好一阵狂奔，一路惊得鸡飞狗跳，温小筠终于远远地看到道路尽头郾诺停下的身影。

　　她刚要松口气，腿上却忽然传来一阵瘙痒又刺痛的复杂的感觉，间歇性的还有一种火辣辣的疼。她毕竟不常骑马，也不善于骑马，只这一会儿的飞奔，就把自己的双股给磨破皮了。她倒抽一口凉气，龇牙咧嘴地加快最后一点儿脚程，痛苦难当地冲向巷子的尽头。

　　那前面又是一个气派的建筑物，门前站了不少围观的百姓，均伸着脖子、踮着脚地拼命往里面探头。无奈两边大门都有持刀的捕快牢牢看守，不许更多的人进去制造更多的混乱。

　　郾诺到了门口，把马缰绳往捕快手中一甩，扶着腰间佩刀，噔噔几步跨上台阶，冲进门里。温小筠随后赶到。早有眼尖的捕快认出这就是刚才在宁首富家大放异彩的温刑房，赶紧上前跟着牵马执辔。

　　"温刑房，您快去看看吧，里面正热闹呢！"捕快急切地说。

　　温小筠抬腿翻身下马，双股猛地一阵刺痛，差点儿跪在地上。

"温刑房，您怎么了？"捕快见状还以为温小筠受了什么重伤呢。

温小筠尴尬一笑："没大事，案子要紧。"

说完，她扶着双腿，踉跄着走上台阶冲进杜氏钱庄的大门。门后显然有人，温小筠一推，门就开了。等她进去，大门又紧紧关上。外面焦躁不安的围观群众眼馋得不行。

里面又有捕快指引着温小筠往里院跑："最里面是钱庄的银库，怪事就发生在那里。"

温小筠一面咬着后槽牙跟着跑，一面在心里感慨焱州府的捕快们临机应变的能力相当不错。

一阵穿堂绕室后，他们终于来到了位于最里面院落的银库。当捕快一把推开圆月形的院门时，温小筠立马被眼前的景象深深地震撼住了，惊得睁大了双眼。这里还是人间吗？真的不是什么奇幻空间、鬼域仙境？

温小筠满目都是蓝色的火焰，不是红色，也不是黄色，而是像鬼火一般的蓝色火焰。她用力眨了眨眼睛，才看出那些火焰并不是一大片，而是有规律地分布在院子中。具体来说，火焰是沿着院落的布局与摆设呈带状分布的。

这里虽然名为钱庄，装饰摆设却很优雅别致，没有什么主观印象里的那种俗气老土。正对着温小筠的最里面的位置上，是一座堪称"铜窗铁壁"的特制房子。满是铆钉的包铁大门紧紧关闭，上面落着粗重的大锁。前面院子里有错落有致的嶙峋假山，还有蜿蜒曲折的景观流水。这里也许是出于防盗考量，没有什么特别的绿植花卉，但仅是这些就足够别致了。

而那些蓝色的火焰就顺着水渠猛烈地燃烧，在院子里盘旋了几个圈，将院子映成一片蓝色的火海。随着火焰河流快速移动的还有大片哗哗作响的金属撞击声。

温小筠定睛一看，好悬，差点儿直接摔个跟头。那里面流动的哪里是水，竟然真的是大股大股簇拥在一起的铜钱！不，不光是铜钱，还有白色的银锭，看得人眼花缭乱，精神错乱。她这才记起之前那捕快急切喊的那句"钱庄的钱都变成'银河'流走了"的话，原来那捕快口中的"银河"竟然真的是闪烁着蓝色火焰的钱流。

幸亏现在是白天，若是晚上，这幅情景肯定更吓人。

除了蓝色的火焰，院子里还横七竖八地躺着不少人。这些人衣服焦黑，有的满脸是血，有的两只手都被重度烧伤，正滚在地上痛苦地呼号。还有些没受伤的，急急忙忙搬着那些伤员，好抬出去救治。

不用猜，这些受伤的人肯定是钱庄的仆役。他们眼看钱财都流出去了，所以拼了命想要往回抢些银锭。

除了外围令人不忍直视的惨烈场景，院中还有一个特别的角落，那是院子中央一处几乎被带火的钱流包围了的孤岛。里面站着一个人，他身材肥胖，衣着华丽，正跪在地上伏着号啕大哭："我的钱，我的……我的钱啊！"

这个肯定是钱庄的主人。他对自己所处的绝境丝毫没有察觉，所悲所痛，都在眼前迅速流走的钱流上。

温小筎突然生出一个疑问——郪诺哪里去了？正当她要左右寻望的时候，一个矫健的身影倏地从天而降，宽大的衣摆逆风而扬，在空中猎猎飞舞。温小筎双目瞳仁狠狠一缩，一个回眸，竟然看到了一张俊气逼人的脸。

郪诺？

还未等温小筎缓过来，郪诺就已从天上飞下，准确地落进了被火焰包围的孤岛中。

他的双脚点地时，双腿瞬时屈膝，半蹲着落地后他没有半点儿停留，一手揽住胖掌柜的腰，两步冲向前方，只简单做了个助跑，竟然就又带着胖掌柜跃出了火海，直接飞至温小筎的面前。

温小筎已然被眼前的一幕惊傻。她虽然一点儿也不想承认，但又不能不承认，郪诺那个家伙的功夫还真是高得没天理，外貌也真的是帅得没天理。

"别愣着，快顺着钱流查源头和去处！"郪诺看着呆愣着的温小筎，没好气地怒声大吼。

温小筎点点头，转身就去找钱流的源头，而其他捕快则急急去寻钱流的去处。

蓝色火焰的温度很高，近前距离一米左右，温小筎就感觉烫得不行。于是她只能离得远一些，提着衣摆，小心地顺着钱流跑。七拐八拐的，她终于顺着火焰钱流找到了源头所在。那是东边墙角一处比狗洞还小的入水口，钱流就是从此处源源不断地汇进来的。

温小筎一抬头，差点儿撞到前面灰色的砖墙。必须要翻墙去看外面！这是她的第一个想法。

钱庄的安保防盗措施显然是很好的，就是一面院墙恐怕都有四米高，她一米七五的身高根本就是望洋兴叹。而外面很可能就藏着有关钱流的一切玄机，甚至还有可能——犯人在外面。所以，她此时必须马上翻过这个墙角去看。

就在温小筠急得直跺脚的时候，一个黑影突然飞到她的身后，大手一挥就薅住了她的脖颈儿，拖拽着把她带向空中！温小筠双手死命搂着自己的脖颈儿，两条失重的腿在半空中拼命扑腾。

被人突然拉住脖颈儿，一下子提飞到半空中，这跟上吊有什么区别？温小筠脸憋得通红，双眼暴突，咽喉被衣领深深勒住，距离窒息致死时间估计就差 0.01 毫秒了。

就在生死一线的千钧时刻，温小筠的脖颈儿突然一松，她终于缓过一大口气来。可是还没等到彻底放松，她的身子猛地一顿，被马鞍磨破了皮的双股就和冰冷的地面来了一个无情的亲密接触，她痛得心肝脾肺肾连带着浑身的肉都在颤抖。

真是世间处处有惊喜，她躲过了被勒死的命运，却躲不过差点儿被摔死的悲剧。而这一切的始作俑者则稳稳地降落到她的身边，俯视的目光闪过一抹不屑的轻笑："连墙都不会翻，真是块废物点心。"

没有被气得原地爆炸，指着那人的鼻子破口大骂，这是温小筠美德的极限。当然，她没有骂对方最主要是因为她知道，在鄞诺面前她就是个弱不禁风的人，而一个凶恶的男人对待另一个他讨厌的人，下起手来绝对不会留半点儿情。

现实状况是，她真的打不过鄞诺。不过，认清现实也不代表她会任人宰割，就算要服软，也要凭实力服软！

"鄞诺，现在是在办案，你用这样掺杂个人感情的方式办事，无异于干扰公务。你这样真让我瞧不起！"温小筠扶着墙，咬着牙艰难地站起身，眼睛却根本没有去看鄞诺，而是顺着墙角去找钱流沟渠所在的方向，"你再怎么讨厌我，我现在也是与你一起并肩破案的同僚。对同袍，我无条件相信，现在就把后背交给你。你要是实在恨我，要打要杀随便！"

鄞诺目光一怔。他没有想到温小筠竟然把后背直接交给他——这反倒让他一时感觉到了些许羞愧。不过，一瞬之后，他又迅速打消了这种莫名的羞愧之情。他对谁都可以有愧疚，唯独对温小筠不会有，因为这个家伙不配！

鄞诺不觉冷笑一声，也跟着寻找起水渠来。不过让他奇怪的是，外面街道尽是整齐的青砖石地，别说沟渠，连道缝子都没有。

他忽然一顿，自己不是铁了心不在破案上耗费太多精力吗？如果他真的做出什么大成绩，这辈子怕是一直都要被自家老头儿按在刑狱推断上了。怎么在这个节骨眼儿上，自己差点儿被眼前这个家伙带跑偏了呢？

温小筠这边正思量着，院落里面的渠水必然是从外面引进的，那样的话，外面贴着巷口两边的墙角通常都会有两道沟渠，可是现在外面却什么都没有。

温小筠挥手指向地面一块颜色略深些的青砖："没有水渠是不可能的，肯定是钱庄出于安全考虑，把小水渠埋进路面之下用青砖盖了起来。我检查砖石的响动和颜色，估计出沟渠就在这里，还要烦劳鄞捕快你出手击——"

她"碎"字还没说出，就听见轰的一声巨响——鄞诺单掌就将那块砖拍得粉碎！与之一同发生的，还有炸开的刺鼻浓烟。

温小筠在心里狠狠地咒骂了一句，自己的话还没说完，鄞诺那个家伙怎么就出手了？傻子都知道院落里面流的是火焰钱流，这里肯定也有一样的火焰。这个家伙连个招呼都不打，半点儿准备时间都不给人，直接一巴掌拍碎，自己不被原地炸成煳家雀儿就不错了！

好在她天生就是个小机灵鬼儿，听到爆炸声的一瞬间，整个人就弹簧般地跳开了。饶是如此，她还是被炸了一脸灰，鼻子、口腔被呛得不行，头发也乱七八糟的，犹如煳家雀儿的巢。她一面胡乱挥手赶走烟尘，一面退后寻找鄞诺的身影。

那个倒霉催的，现在肯定被炸成一团黑炭了！活该！温小筠咬牙切齿地想着，退后的身体却突然撞到了一个人。她急忙回头，却看到衣衫完整、头发纹丝不乱——啥事没有的鄞诺正站在后面，一脸戏谑地看着她笑。

就在这时院子里突然传来一声凄厉的惨号！

"我的钱，我的钱啊，全没了！"

鄞诺眉头一皱，大手一捞，揽住温小筠的腰身，迅疾助跑两步纵身一跃又翻上了墙。

温小筠还没来得及感慨鄞诺那个家伙终于进步点儿不勒她了，就被院中的景象惊得张大了嘴巴。

刚才还只是燃着一条蜿蜒钱流火龙的院子此时成了一片偌大的火海。幽蓝色的火海映在墙头上的两人的眼中，闪烁着鬼魅一样的光，整个院子恍如狰狞的炼狱。

院落中拎着水桶灭火的仆人、捕快和衙役瞬时全被蓝色的火舌吞没，开始痛苦地哀号。有的倒地疯狂打滚儿，有的捂着头和脸火烧屁股一般地四处乱窜，可是无论他们怎么逃，所到之处都是一片火海。

看到自己的兄弟们哀号一片，鄞诺的双眼登时赤红，他快速解开腰带，急忙褪下外套披在头上，猎隼一般从高墙上飞跃而下，一头扑进火场。

温小筠被吓了一跳。他不要命吗？！鄞诺却根本无暇顾及其他，跃到最近的一个捕快跟前，拉住对方的脖颈儿就往墙上跃。

看着那人不管不顾地施展浑身解数拼命救人的样子，温小筠一时竟有些动容。难怪"猫耳朵"那么维护他，他对手下的兄弟们真的是没话说。而且，他的功夫厉害到几乎可以上天的地步，为人又英勇，又仗义，为了兄弟们他甚至可以俯身冲入火海——这样的大哥谁不想跟？

眼看着火焰瞬间攀上鄞诺的衣袍，温小筠一颗心都跟着悬了起来。鄞诺被烧死她不心疼——她只是害怕小姨、姨父会承受不住中年丧子的悲痛。那衣服没有泼水，他就这么直接披在身上，怕是还不如不披吧？不过，温小筠很快就看出了其中的门道，火焰虽然攀到了鄞诺的身上，却没有像预想中的那样燃烧起来。

温小筠一脸惊异。一件普普通通的捕头制服都能防火了？不过更令人惊讶的事情还在下一秒。就在鄞诺把一个兄弟扔上墙头转身就要去捞第二个人的时候，四处迸发的火焰突然砰的一声，飞散得无影无踪，只留下一院子捂着头和脸哀号、打滚儿的仆役和捕快。

温小筠双目瞳仁狠狠一颤。这个场景实在太诡异了，那火海来得快去得更快，而火海之中的人们，除了衣服被烧焦了些边角，实际上并没有其他太严重的伤。一心救人的鄞诺也被眼前的场景惊得一愣——这事情诡异得简直不像是出自人类的手笔。

"快！快开银库！"温小筠第一个反应过来，从墙头上连滚带爬地滑了下来。

钱庄掌柜还在抱着脑袋四处乱窜，听到温小筠的话，立刻抬头惊恐地看向银库的方向。

鄞诺也在第一时间做出配合，两步冲到钱庄掌柜近前，拉着他的胳膊就往银

说话的工夫，钱庄掌柜已经被人救醒，由两个仆役搀扶着跟跄地奔进屋子。他无力地举着双手，悲戚地看着空荡荡的房间，想哭想叫，却再也发不出任何声音。

眼看钱庄掌柜的情绪即将再次崩溃，温小筠知道现在不发力，怕是要错失询问细节的最佳时机。

"杜掌柜，您千万挺住，"温小筠一把搀扶住杜掌柜，着急地喊道，"现在还有希望，只要您把所有的细节都告诉我们，银子还是有希望追回来的！"

听到温小筠这句话，杜掌柜总算燃起了一点儿希望，死死地抓住仆人肩膀支撑着自己，满脸期望地问："这位差官小爷可是说真的？"

"只要您配合回答所有的问题。"温小筠直奔主题，"银库最后一次打开是什么时候？有什么异常吗？这屋里还有没有其他被动过的痕迹？"

杜掌柜倚靠着一个仆人，指挥着他带着自己，左左右右仔细检查各处细节后，回道："最后一次打开银库是昨天傍晚的时候，这中间似乎出了点儿问题，但也因此在入库前特别仔细检查过，我确信没有问题。"

这时，一个身影突然从门口上方飘了下来，正是之前去检查房顶的鄞诺。

"房顶无恙，没有任何一处可疑。"

"乖乖，什么都没变，就是钱没了。"温小筠不觉嘟囔着，"这根本就是一件密室谜案。"

她又问杜掌柜："刚才说银库有一点儿奇怪，是怎么个奇怪法？"

杜掌柜想了想："这批银子是从水路运来的，可是途中遇到大风，船险些翻了，不过幸亏救得及时，没有酿成大错。"

就在这时，一声凄厉的尖叫再度出现。所有人都着急回头，却见银库地面突然腾起了一层火焰。几个人再顾不得什么，掉头就向门外跑。说时迟那时快，几个人才跑到外面，整栋银库就从里到外剧烈地燃烧了起来。

所有人的脸色都阴沉得吓人。

愣怔了半拍之后，鄞诺最先反应过来，对着众人气急大吼："不能叫火势蔓延，这么猛的火，一旦烧起来，怕是大半个淼州府都要跟着遭殃！"

所有人都被这句话提了醒，立刻有人拼命喊"走水"，更多的人跑去拎桶端盆，能从哪儿弄水就从哪儿弄水，就连温小筠也都拎起水桶吭哧吭哧地跑着加入了救火的行列。

杜氏钱庄外，鄞推官和知府大人各自带着马队从两个不同的方向急速赶来。

一看到后院方向腾起来的无比吓人的浓烟，王知府简直要哭了。他指着浓烟，声音无比颤抖："今天是什么日子？淼州府多少年没有出过大案了，怎么一出就是俩，还都赶到一天了？"

鄞乾化则阴沉着脸，对门外围观的人群和维护秩序的捕快厉声命令："所有人都去提水救火！快！"

当场所有人的脸色都在一刹那难看到极点。孩子的号哭声、女人的尖叫声、男人拼命拨开人群回家打水的慌乱脚步声交织在一起，恐怖又仓促。

"知府大人，大火危险，您先避后指挥调度，此处有我！"鄞乾化说完就带着自己的人马直接冲进杜氏钱庄。

王知府的脸色苍白无比，他犹豫了一下，终于勒紧缰绳对着自己的队伍大吼了一声："快速跟我回衙门，全城警戒！"

说完，他就带着队伍急急离开火场，飞奔而去！

在众人拼命救火的时候，人们的头顶上突然炸出一声撼天动地的响雷！紧接着风云突变，墨一般浓厚的乌云瞬时翻腾而起，刚才还晴朗的天空眨眼间被乌云遮盖。紧接着，大雨倾盆，弹珠般大的雨珠砸在屋顶上噼啪作响。

"下雨啦！"一个捕快指着天空惊喜地大叫。

其他人的脸上也现出劫后余生般欣喜的笑容。这意味着淼州府极其幸运地躲过了一场将会吞噬无数人的性命与财产的泼天火灾。

所有人都跟着松了一口气。

鄞乾化感觉身上的骨头都要散架了，仰头迎着瓢泼大雨，眼睛都要跟着湿润了，心道：天可怜见，天佑我淼州子民！我淼州府终于躲过这一劫了！

温小筠也跟着松了一口气，眼前却忽然一黑，身子一晃便斜斜晕倒过去。

她记忆中的最后一个镜头就是鄞诺下意识地伸出手扶向她。等到再度转醒时，她正躺在钱庄前院的大厅里。

看到她醒来，身边的鄞乾化脸上立时现出惊喜的笑容："筠儿，你醒了，别着急，叔父这就送你回家休息。"

"父亲，这边火场善后、整理和搜寻证据的人手都不够，哪里还有人去单独送他？"站在一旁抱臂而立的鄞诺翻着白眼，一脸嫌弃。

温小筠这才意识到自己是体力严重透支到昏迷了。毕竟之前她又钻泥巴，又运用化学方法制药，又深夜奔跑，又被鄞诺这个家伙揍，又骑马一路奔波，身体各方面都饱受折磨，大脑一直处于高速运转的状态，又没有吃啥东西，不晕倒才怪呢。

不过即便如此，她也一点儿不想让鄞诺送她。他对她的成见那么深，一定不会善待她。

"小姨父，"温小筠扶着罗汉床的靠背坐起身，笑着安慰鄞乾化，"小筠没事的，就是有点儿饿过头了，小筠一个人回去就行。表哥说得没错，这里要忙活的事实在太多了，不用特意派人送小筠。"

鄞乾化狠狠地瞪了鄞诺一眼，用锋利的目光示意他闭嘴，转而看向温小筠又恢复了慈祥长辈该有的温和模样："筠儿别说了，我这就叫毛尔德送你。"

毛尔德就是"猫耳朵"。

面对长辈的关爱，温小筠不再推辞："那小姨父您也多注意安全。此案复杂，处处透着阴险诡诈，等到小筠恢复些了再来帮您。"

"傻孩子，别的先都别想了，叔父这边有鄞诺，不会有事的，你只管安心休养。"

"嗯。"温小筠重重地点头。

不过这里不是说话的地方，很快，温小筠就在"猫耳朵"的陪同下先行走出了杜氏钱庄。她抬头看了看天，虽然还是阴沉一片，但是雨总算不下了。

"耳朵兄，"温小筠牵着马，侧头看向"猫耳朵"，"有点儿事我很好奇，不知耳朵兄方便吗？"

"猫耳朵"一手撸着骏马的耳朵，一手挠了挠头，"嘿嘿"一笑："只要是'猫耳朵'知道的，一定全告诉您。"

"咱们衙门捕头的衣服都那么厉害吗？连火都不怕？"温小筠将鄞诺在火场上的英勇表现绘声绘色地给"猫耳朵"讲了一遍。

"猫耳朵"听到温小筠夸赞鄞诺的话，脸上都快笑出花来了："不是捕头的衣服厉害，那是我们鄞头儿厉害！"

"哦？此话怎讲？"

"我们鄞头儿早年间曾经拜过高人为师，那老师本想把鄞头儿培养成沙场悍将，便教了他一身'万人敌'的本领！可无奈父命难违，他最后只能在衙门里做捕快。鄞头儿的师父知道了，觉得很憋屈，就走了。走之前，他还送了我家鄞头儿一身火浣布做的衣裳，老厉害了！别说火灾、水灾，就是普通刀剑都不能轻易割破！"

听到这里，温小筠竟然隐隐地有些羡慕嫉妒恨了："怪不得鄞捕头看不上衙门捕头的差事，那么厉害的经历搁谁身上，谁都想成为大将军。"

"猫耳朵"说到这里忽然叹了口气："谁说不是呢，这也就是今年，焱州府才有了这样惊人的大案子，之前都是谁家偷谁家的鸡、偷媳妇、老张家儿子不养老人、王家婆子跟媳妇打架等这些鸡零狗碎的事。就这些破事，简直要把我们那当将军都绰绰有余的鄞头儿给逼疯了。"

温小筠不厚道地笑了，想着鄞诺这个一米八九的年轻大男人却要去干那些居委会大妈的差事，真是好笑。

就在这时，一个阴冷的声音突然从上面传来："'猫耳朵'，谁让你送那么远的？这边差事人手不够你不知道吗？"

温小筠和"猫耳朵"都被吓得打了个寒战。两人一起抬头查看，却见鄞诺正坐在墙头上，一条腿支起，另一条腿垂在墙头上一晃一晃的。

"猫耳朵"立刻松开了撸马耳朵的手，后退几步，挠着头心虚地望着鄞诺尴尬地笑："鄞头儿，嘿嘿。"

温小筠知道鄞诺的意思，他又要来拆她的台了。

第四章　野狗与离家出走的千金小姐

"猫耳朵"有点儿想帮温小筠说话，毕竟都是自己人，不好这么针尖儿对麦芒儿地处处叫板。但是看了看墙头上他家鄣头儿那一脸冰霜，他立刻胆怯地缩了缩脖子，把话全吞了回去。

温小筠拍拍"猫耳朵"的肩膀："耳朵兄，没事，我这会儿精神着呢。再说我一个大男人能有什么事？你赶紧回去帮忙吧。"

"猫耳朵"点点头："俺看这天八成还得下雨，趁着这会儿好走，温刑房您赶紧回家。"

"好。"温小筠微微一笑，理都没理墙头上面的鄣诺，翻身上马，猛地一甩马鞭，踩着一路积水疾驰而去。

"死鸭子嘴硬。"鄣诺望着温小筠渐行渐远的背影，不觉眯细了眼睛嗤笑出声。

另一边，骑着马帅气离开杜氏钱庄的温小筠根本没有坚持两条街，就痛得龇牙咧嘴地从马上翻了下来。

她之前骑马时双股本来就磨破了，刚才又在鄣诺的面前故意逞威风，一时不慎把腿跨大了，又把刚刚有些结痂的地方给抻开了，双股瞬时灼痛一片，那感觉简直不要太酸爽。好在刚下完雨，街上空荡荡的没有什么人，她可以不用太顾及形象地捂住大腿根，牵着马一瘸一拐地走。

就在她头顶一片愁云惨雾的时候，身旁的马儿脚步突然一顿。温小筠感到奇怪，正打算查看，却发觉马儿双眼暴突，暴躁地打着响鼻儿，不安地刨着蹄子，充满敌意地怒视着前方。

温小筠顺着马儿的视线往前看去，身体立时打了一个激灵。

前方狭窄的巷子口突然出现了一条半人多高的黑色大犬。它暴龇着尖牙，嘴角淌着令人作呕的黏液，两只血红的眼睛死死地盯在温小筠身上，目光凶恶。

如果是平常的恶狗，见了体型几倍于它的骏马，肯定不会轻易招惹的。可是面前这条恶犬却凶恶得把自己的马都吓得不轻，温小筠顿时觉得事情怕是要坏。她不觉吞下一口口水，双手死死地攥着缰绳，连大气都不敢出。

对付寻常的恶狗怕是不能剧烈奔跑，毕竟两条腿的大活人，若不出意外是根本跑不过四条腿的畜生的。但是现在的情况不同，从那畜生血红的眼睛来看，它很有可能是条没有理智的疯狗，她若保持不动，怕是死路一条。

好在重要的一点是，自己有马。想到这里，温小筠迅速拿定主意，小幅度地挪着步，想尽量争取在不激怒对方的前提下，迅速找到上马的最快姿势。

然而那恶犬的观察力、敏锐度远远高于温小筠的预测，就在她脚尖微微挪了一小步的时候，那恶犬嘶吼一声，四条腿猛地腾跃而起，箭一般直直地朝温小筠飞扑而来。温小筠全身的潜力小宇宙瞬间爆发——她几乎是飞上了马，然后掉转马头。

马儿四蹄离地般地狂奔而去！但是那恶犬的狂吠声却一直如影随形地跟在后面，温小筠连回头的时间都不敢有，专门拣着能逃命的路拼命飞驰。

不知跑了多久，也不知道跑到了哪里，当耳畔的狗吠声终于消失得无影无踪的时候，温小筠觉得她的肺几乎都要给跑炸了。她上气不接下气地喘着，渐渐减慢了速度，惊恐地回头查看。发现那恶犬终于被甩掉了，她这才松了口气，抬手抹了把汗，发现自己的衣服都湿透了。

等等！温小筠突然意识到这是一条完全陌生的街道，沿街没有了之前的店铺、摊位，建筑物也都陌生得不行。她猛地回头，发现自己现在正立在一个十字路口，左右两旁人家的围墙坍塌，墙体残缺不全。透过院墙的残缺处，她可以看到院子里疯长的杂草和窗户纸破破烂烂、露出无数黑黢黢破洞的废弃民房。

而来时的路不知在什么时候变成了一条狭窄的小巷，灰褐色的墙砖经过雨水的冲刷，颜色更加深重，令人感觉郁闷。地上坑坑洼洼的积水倒映出长着杂草的残破墙头，灰暗阴沉的天空透着一种压抑又恐怖的气氛。

　　她迷路了，找不到家了。就在她开始伤心绝望、无助彷徨的时候，胯下的骏马再度焦躁不安地原地踱起步来，套着缰绳的脖子也僵硬地摆动挣扎起来。温小筠悚然回头，只见从残垣后，从四面的街道口，突然蹿出十几条更加丑陋凶残的恶犬。

　　当中那条个头儿最大、长相也最恐怖的恶犬，身上的毛秃一块，卷一块，脏兮兮的不说，肌肉凸显的额头上还长着一个黑紫黑紫的大肉瘤。它一张狗脸奇长，獠牙发青，一只眼睛被一道狰狞的疤痕穿过，皮肉翻开。

　　胆小的人见了，怕是直接就能吓尿叫妈妈。温小筠感觉自己的魂儿都已经从天灵盖里吓得飞出去了。一条恶犬，她还能挣扎自救，但是十几条怪物恶犬——身上没有任何工具的她，只剩下绝望。

　　冷静，她必须冷静！

　　温小筠狠狠地咬了一下自己的舌头，逼着自己冷静下来。她再次攥紧缰绳，想要再找一个不防备的空当直接骑马逃命。可是这一次上天没有再眷顾温小筠——她没有趁恶犬不备冲出去，倒是被恶犬趁了不备直接扑了上来。

　　温小筠刚要勒紧缰绳，为首的独眼恶犬就像一阵黑风般地狠扑了上来，一口咬住骏马的咽喉。骏马还没来得及反抗一下，就被巨型恶犬狠狠地扑倒在地！

　　温小筠刚觉一阵能呛死人不偿命的腥腐恶臭扑面而来，就直接从马背上摔飞了出去。天地倒悬间，她看到数条恶犬龇着獠牙向她扑来。

　　她实在难以相信，自己竟然会这样稀里糊涂地就交代了小命，而且还是以这样悲惨的方式。然而，想象中的疼痛之感却迟迟没有到来，因为就在温小筠的身体即将落到地面之时，一道迅疾如风的白色身影突然飞至她的面前！那人伸手薅住她的胳膊，凌空一甩，便把她扔出了恶犬群！

　　温小筠惨叫一声，就被摔进一个新鲜的雨水坑里，骨头架子差点儿没被摔碎，但是这总比被撕碎好。

　　她急忙挣扎着起身，透过淌着污水的刘海儿看到一个身着白衣的少年，手执一柄银晃晃的锋利长剑，左突右闪，三下五除二便把一众恶犬杀了大半。

温小筠双目的瞳仁猛地一震。

饶是身在满是泥水的街道之中，那白衣男子飘逸、轻盈的姿态也全然无损。他身形极美，动作行云流水，姿态优雅宛如谪仙翩然降临。温小筠甚至感觉他根本不是在杀狗，而是在水雾血色中开始了一场自带声光电的优雅剑舞。

"白……白鹭？"

没用多久，白鹭就斩杀完毕了——只跑了那条额头长有大肉瘤的独眼狗。

看着一通厮杀后，白衣连半个血点儿都没染上的白鹭，温小筠惊讶地睁大了双眼。他这么厉害，还是人吗？

白鹭拿出一块锦帕擦拭了长剑并收好后，才走到温小筠的面前，俯身伸出一只手，温柔一笑："温兄，真巧呢，我们又见面了。"

温小筠尴尬地笑了笑。

"两次见面，都让白鹭兄看到我最狼狈的样子，真是一言难尽……"

白鹭唇角微弯，绽出一抹比阳光还要璀璨的笑："一言难尽，那便多言些。"

在那阳光般的笑容照拂下，温小筠在心里已经露出了花痴脸。这样的美人近距离看，她没有直接喷鼻血已经很争气了，不过表面上她还是勉强维持了镇定的表情。

她半趴在地上，伸手握住白鹭的手。他的手微凉，却让温小筠慌乱的心在瞬间变得安静下来。

"好……好——"温小筠结巴了一下，想再说个"啊"字，却不防胸口突然一缩，一股腥甜的鲜血便从她的嘴里直接喷向对面的白鹭。

白鹭眉头微皱，下意识地抬袖一挡，便将血污遮去了大半。

温小筠受到的暴击实在太多了，那会儿又摔下马，又被扔进泥坑，现在终于忍不住吐血了。她连忙挣扎着站起身，抚着胸口忍住剧烈咳嗽的冲动慌乱道歉道："抱歉，抱歉，哎呀，这么干净的衣服都让我弄脏了。"

白鹭低头看了看袖子上的血，淡然一笑："这衣服是有点儿素了，嵌上这点点红梅，也是一番风景。"说着他从袖中拿出一方素白锦帕和一个小瓷瓶递给她，"是我不好，刚才情急之下出手重了，竟然将你伤得这样重。"

温小筠的脸早就红透了，手指动了动，动作有些僵硬地接过锦帕和瓷瓶。她羞赧地急忙解释："不关白鹭兄你的事，之前我就受伤了。"

白鹭并不嫌弃温小筠满身的泥水，挽着她的手臂走出水坑。

"看来你是受了内伤，瓶子里的药治内伤很有效，你可以吃一粒试试。"他说。

温小筠实在不忍心看白鹭的衣服再被自己满身的泥水弄脏，站直身子后退了一步，与白鹭拉开些距离，用袖子抹去嘴角的血迹，又咳嗽了两声，才终于算是恢复了大半。

她看了看锦帕和瓷瓶，端正了身形与表情朝白鹭躬身作揖，郑重地施了一礼："温小筠多谢白兄搭救之恩！今日没有白兄，小筠此命休矣。大恩不言谢，小筠只说一句话——风里雨里，水里火里，日后但凡有用得着我的地方，白兄但讲无妨，小筠定会尽全力。"

看到温小筠突然正经的表情，白鹭先是怔了一下，随即忍不住轻笑出声："温兄救白鹭于病痛之中，白鹭一直记在心里。今日既是温兄的福缘，亦是白鹭的，可以让白鹭有机会偿报温兄一二。"

温小筠这才抬起头来，眼眸弯弯，甜甜一笑："嘿嘿，那咱们兄弟就不说那些劳什子客套话了。哦，对了，白兄怎么会突然出现在此处？"

白鹭抬眸看了看远处的街道："回家路上偶然看到温兄骑着马被野狗追赶，便一路追随直到此地。"

一想到被恶犬追赶的场面，温小筠不自觉地打了个寒战："今天真是好险好险。"

白鹭望着周围荒芜晦暗的环境，眸色也跟着沉了几分："还好白鹭及时赶到，只是这焱州府虽然有不少这样的荒僻地界，但像方才那样吃人的野狗却不应该出现才对。"

温小筠脸都被吓白了："吃……吃人的野狗？"

白鹭点点头："现在这世道乱，城外横死的人也多，尸体很多时候都是被放进一口薄棺材草草掩埋。野狗中有一种吃惯了死人的，闻到气味，它就会用额头去撞棺材。薄木板被撞两下即碎，而那些野狗撞久了，额上就会出现一个瘤状的疤。"

温小筠下意识地往白鹭的身边靠了靠，目光惊恐地环视四围："难怪这野狗不怕人。"

像是感知到温小筠的惧意，白鹭轻轻攥住她的手腕，带着她向前方走去："不怕，有我在。"

前方巷子口的墙边，立着一柄收好的月白色的油纸伞。

温小筠跟着白鹭走到墙边，看着他随手拎起伞，不觉笑了："我还以为白兄是个养尊处优、娇生惯养的贵公子呢，没想到武功竟也如此高强。"

白鹭脚步轻缓，挑眉一笑："只是发病时特别虚弱，寻常时候，文字、武功从没有半分懈怠。"

温小筠有些意外："贵公子的学业任务都这么重吗？"

白鹭脚步一滞顿了半拍，侧眸回望，笑容极轻："是我自己的原因。毕竟只有三年的寿数可活，所以每一日我都不舍得浪费。"

温小筠惊讶地睁大了眼睛："三……三年寿数？这怎么可能？"

白鹭却没有半分在意，松开手，仰头望了望阴沉沉的天："又下雨了呢。"

温小筠恍然抬头，无数细密的雨线闪着银亮的光，淅淅沥沥地飘然飞洒而下。一顶月白色的油纸伞蓦地绽开在眼前，为她遮了一方风雨。她讶异回眸，正对上白鹭的黑曜石一般晶亮的眼眸。

"万事万物皆有缘起，亦有缘灭。缘来相聚，缘去随意，是自然，更是大道，没有什么值得惋惜的。剩下的路，你我兄弟携手走一程吧，只静静地赏赏雨，吹吹风。"

他的声音清朗柔和，像极了深夜宁静的月，带着一种令人无法抗拒的魔力。

温小筠嘴唇翕动，终是一句话也没有说出口。她只觉得哀伤，就像是好不容易才遇到了一件稀世珍宝，却只能眼睁睁地看着它被命运的巨手无情打破，而自己却无能为力。

白鹭又抬手掩唇，低低地咳嗽了两声。

温小筠赶紧把他递来的雨伞推了过去："白鹭兄，你身子弱，不能淋雨。"

白鹭抬起衣袖展示在温小筠的面前，无奈地撇撇嘴："温兄都吐血了，分明是你弱些。"

温小筠眨了眨眼睛："不然咱们两个人一起撑伞吧。反正咱俩都是男人，也不用避嫌。"

像是听到了什么好玩儿的事，白鹭扑哧一下笑出了声："两个男人一起撑伞才最奇怪，一男一女还自然些。"

温小筠无所谓地耸耸肩："那你就把我当女的呗。反正雨天无人看得到，只要你心里舒服，怎么想我都没事的。"

白鹫笑得更加开心："温兄倒真是仗义。"

温小筠笑了笑，抬手将伞举到两人的中间，跟着白鹫的节奏，徐步向前走着："对了，白兄，我可以问你些事吗？"

白鹫不动声色地接过雨伞，体贴地代替温小筠撑伞："可是关于我的身份的？"

"可以问吗？"温小筠低头看着白鹫好看的白靴子一下一下踩在水中，小心地问着。

白鹫望着远方，目光幽深："至少现在还需要保持些许神秘感。"

温小筠抬眸望了他一眼，那昳丽绝美的侧颜再一次撼动了她的心弦。两人终于无话，一下一下地踩着青石砖上的雨水，观着风，赏着雨。

路那样长，长得她好想就这样一直走下去；路又那样短，短得她还没品出个滋味就到了分别的时候。

前方大路终于能看到些许行人，温小筠这才怅然若失地回过神来。

"答应白鹫一件事，今日相遇，不要说与外人知。"

"嗯。"温小筠侧头回看，身边的位置却只剩下一阵回旋的风。她嘴角的笑容还没来得及扬起就变成了一声叹息。

"温刑房！"一个熟悉的男声忽然从前方传来。

温小筠怔了一下，才看到披着蓑衣的"猫耳朵"正骑着马急速向她奔来。

"鄞夫人久不见您回家，可是急坏了，您这是去哪儿了？""猫耳朵"跑到近前，拂下蓑衣帽兜，上气不接下气地说，"对了，您的马呢？"

"唉，这就说来话长了，咱们先回家。"温小筠撑着伞，一脸复杂。

"猫耳朵"赶紧下了马："那您骑这匹马赶紧回家。我家就在这边儿上，我先回趟家。"

"多谢耳朵兄。"说完，温小筠收起伞，骑上马疾驰而去。

而此时焱州府城的另一端，一条浑身是血的巨型恶犬啪嗒啪嗒地甩着舌头，一瘸一拐地跑进了一条巷子。

雨中，它被砍了半截儿的尾巴满是鲜血，混着雨水拖曳出一条狰狞的血带。它脑子已经混乱一片，不然绝不会在身受重创的时候选择这条巷子，因为这条巷子通向寻常百姓的住所，这里居住着一个个鲜活的人。

濒死的它只知道前方有一种无法抗拒的味道——那味道再熟悉不过，对它有着致命的吸引力。忍受着肚子着了火一样的疼痛，它拖着几乎废掉的身体终于到达目标跟前，而此时它的身体轰然倒地，仅剩的那颗眼珠也失去了最后的光彩，变成灰蒙蒙一片，那条贪婪的舌头伸向前方。

雨下得大了，噼啪噼啪地砸在恶犬的尸身上，也砸在它对面的另一具尸体上。尸体是一名女性的，此时她长发披散，身上却穿着零碎的男装，脸色苍白，原本很漂亮的眼睛此时惊惧地睁大，绛紫色的唇勾出了一抹诡异的弧度，牵出两颊两个漂亮的小酒窝。她的躯干和四肢散落在草丛中，衬得她唇边那抹笑容越发阴森可怖。

雨下得更大了，密得像雾，即便是再大的风也掀不起，攻不破，像是要洗尽这世间的一切，无论美好还是丑陋。

温小筠骑着马回到鄞府，小姨皇甫涟漪早早就候在了门口。

远远看见温小筠骑马回来，她连忙撑着伞迎了出去："你这个孩子，身子还没恢复就这样奔波淋雨，怎么就不知道爱惜自己？哎呀，这一身泥一身水的，怎么还带着血？是不是哪里受伤了？"

"小姨放心，不是我身上的。"温小筠翻身下马，安慰般地握了握皇甫涟漪的手臂，轻描淡写地笑了笑，"对了，听'猫耳朵'说小姨有事要对我和表哥说，是什么急事？"

皇甫涟漪伸手帮温小筠拂掉刘海儿上的泥水，满眼都是心疼之色："再急也不急这一时，快去洗个澡换身衣服，再喝碗姜汤。一场秋雨一场寒，若是再得了风寒就麻烦了。"

说完，她不由分说，拽着温小筠就往院子里走。

看着皇甫涟漪心急的样子，温小筠心中不觉一暖。回到屋子清洗完毕后，温小筠又被仆人引进餐厅。

皇甫涟漪一面在红木圆桌上摆放着碗碟，一面招呼温小筠快快落座："筠儿，快来吃点儿东西。"

温小筠顺从地入了座。很快，她的面前就摆上了一碗姜汤，还有一碗冒着热气的红枣茯苓粥。一碗辛辣，一碗甜糯温暖，两碗下肚，温小筠才终于觉得自己又重新活了过来。

皇甫涟漪又为温小筠添了一碗红枣特别多的红枣茯苓粥，端到她的面前："筠儿，小姨其实不是有话对你们两人说，是专门有事想要请你帮忙。"

正在吃枣的温小筠听到这里，立时放下汤匙，吐出枣核儿，抬头望向皇甫涟漪："我能帮上忙的事？小姨，您是我在这世上最亲的人了，只要有用得到小筠的地方，小筠一定尽力去做，您千万不要说什么帮忙这样生分的话。"

皇甫涟漪莞尔一笑，伸手拍了拍温小筠的头："傻孩子，听小姨把话说完。"

"好。"温小筠重重地点头。

"小姨是想拜托筠儿你暂时住在外面。"皇甫涟漪俯身坐在温小筠的身边。

温小筠有些傻眼。怎么她饭还没吃完就被下了逐客令？她虽然本来也有提出住在外面的想法，但现在这种被动地被人请出去，和主动出去完全是两回事。这样一想，她面前的红枣茯苓粥顿时就不香了。

皇甫涟漪忍不住掩唇一笑："傻孩子，你想哪儿去了？小姨不是不想你住在家里，是想要你带着郓诺出去一起住，好帮小姨调教调教那个浑小子。"

这一下，温小筠脸上的表情比刚才还要震惊，张开的下巴彻底掉了下来。调教？！她家小姨这用的是什么词？！

皇甫涟漪拉住温小筠的手："说来还是小姨有私心，筠儿，你大约也知道诺儿的一些事。他从小就是个争强斗狠的孩子，打起人来手狠得不行，对自己更狠。十岁的时候，他就差点儿把一个十八岁的小伙子打死。为此，你叔父还被朝廷的对头狠狠地弹劾了一通。

"虽然你叔父那个性子，小姨巴不得他离朝廷远远的。我不求他当多大官，只要能安安稳稳的就行。可这个事却在你叔父的心里落下了病根，他把诺儿揪回来差点儿没将诺儿的腿打折，后来又请了先生逼着诺儿读书，只是牛不喝水强按头，终究是按不下去。你叔父越是逼，诺儿就越是不学。

"直到那年年底去你家拜年，诺儿在一众子侄中，受你因学识第一而大出风头的刺激，更受你一篇文章就令傲慢的新科状元颜面扫地的事迹的影响，从此刻苦读书，誓要超过你。本来事情开始往好的方向发展了，可是谁想到中途出现了个什么世外高人。那浑小子没跟家里说一声就跟着那个人上山学武去了。

"这可差点儿急死你叔父和小姨了。后来终于叫你叔父找到了，谁想到诺儿不仅不认错，还跟你叔父说不参加科考了，要上山当和尚学功夫。你叔父差点儿被他直接给气死，一怒之下又把诺儿打了个半死。诺儿愤怒之下离家出走了，这一走就是三年。你叔父不许我再寻他，我却一直没放弃找他，还通过各个渠道放出我心疾病重的消息，可是即便这样，也足足传了三年才传到他的耳中。"

温小筠听到这里，不由得反握住皇甫涟漪的手，满脸关切："小姨，您的身体不会真的有什么问题吧？"

皇甫涟漪笑了笑："傻孩子，你家小姨也曾是叱咤江湖的女侠客呢，哪里有那么娇弱？这不过是召回诺儿的一点儿小伎俩。只是那三年得不到他的消息，我是真的憔悴了不少。诺儿听到这个传言，才放下一切往家赶。回家之后，我便用心疾再不能伤心动气的理由留下了诺儿。

"因为小姨知道，你叔父他嘴上强硬，其实心里也早担心坏了。诺儿出走以后，他暴瘦三十多斤，自此就再也没有恢复过。诺儿虽然脾气倔，却总是不忍我受苦的，所以就勉强留了下来。不过我知道，这些年他们父子虽然表面上再没争执过，心里却都还有隔阂。

"我和你叔父知道他想从军，而且以他那个性子，只要不战死，应该也会建立一番功业。但是我们总担心他现在这个性子，十之五六会先把自己耗死。我和你叔父的年纪大了，哪怕一成的风险我们都承担不起。可是儿大不由娘，他天性作死，我们也护不了他一辈子，就想着把他按在刑狱推断相关的位子上待个两三年，一来磨磨性子，二来让他学着思虑周全些，日后无论干什么事，都不要再像小时候那样草率地把自己给搭进去。"

听到这里，温小筠不由得想起鄞诺为了手下飞身扑进火场的情景，他不是一次扑进，是好几次不管不顾地扑进去。看他当时的架势，温小筠相信，如果火没有那么快消失，他救人一定会救到最后一个。他的确是个不要命的狠角色，皇甫涟漪这一句"天性作死"的评语，绝对是一针见血，形容得再贴切不过。

"唯一让那愣小子痴迷过科考的人，就是筠儿你！"皇甫涟漪再次握紧温小筠的手，诚恳地说，"所以现在小姨就想着，要是筠儿你多跟诺儿在一起，没准他还能静下心读书，收敛收敛那不要命的性子。"

温小筠还是有些为难，时空系统那么不靠谱，自己的身份鬼知道会不会再出什么纰漏。毕竟她只是女扮男装，不是真的男人。一旦跟男人近距离处在一起，自己这个女子的身份就会成为一颗定时炸弹。

皇甫涟漪见温小筠面露难色，急忙又加了一把柴："筠儿，我知道你从小就不喜欢跟别人走得太近，只是小姨只有这一个儿子上，也只有你这一个外甥。小姨最想看到的就是你们兄弟日后能相互帮衬，相互照拂。诺儿那孩子争强好胜，若有筠儿你在近前督促，他怕是还能像小时候一样，不服输地跟你比学识、比本领。性子磨下来了，日后他做什么我们也都放心些。"

温小筠本来是想拒绝，可是一看身为长辈的皇甫涟漪泪眼婆娑地卑微到这个份儿上，再也硬不下心，连忙上前搀扶："小姨这是做什么？小筠答应小姨就是了。"

皇甫涟漪眼中的泪水立时收住，坐回椅子，拉着温小筠的手，双目绽出欣喜的光："小姨就知道我们筠儿最体贴，小姨这就把诺儿托付给筠儿。"

温小筠顿时有一种错觉，是不是上了小姨的套了？她怎么感觉温竹筠的小姨的演技有点儿好呢？

就在这时，门外传来了仆人恭敬的声音："夫人，老爷和少爷回来了。"

温小筠皱了皱眉。

皇甫涟漪探头一望，看到鄞诺快步走在鄞乾化的前面，像是有什么高兴的事迫不及待要告诉她一样。而鄞乾化的脸色就没有那么好看了，他双手背负在身后，阴沉着脸，脚步沉重。

皇甫涟漪赶紧坐直身子收回视线，敛起笑容，表情再度变得凄楚可怜起来。

"母亲！"鄞诺人还没进屋，兴奋的声音就先飞进来了，"表弟破案可厉害了，别说放在咱们焱州，就是放在全国，怕是都没几个人能比得过，您不必再担心父亲了。如今父亲有了更得力的帮手，可不可以明天就让我去找师父？"

温小筠无奈。听到鄞诺这番话，她顿时明白了皇甫涟漪是用了什么说辞挽留住鄞诺。不过鄞诺还真是有够不要脸的，用不到她的时候，连拍带打，一张嘴除了讽刺就是挖苦；现在用到她了，牛夫人就变成了小甜甜——啊呸！不要脸，他简直是丧心病狂地不要脸！

温小筠黑着脸站起来，转过身故意面向门口。她倒要看看她本人就站在屋里，他说那些话会不会羞臊脸红。

在温小筠满心的幸灾乐祸中，鄞诺的脚终于迈过门槛。他一抬头，目光径直撞在温小筠的脸上，立时一愣。

空气凝固了半秒，屋中的气氛一时陷入僵硬的尴尬中。又三秒之后，温小筠的嘴角浮现一抹得意的笑容。

鄞诺的脸腾的一下红了。他僵直着脖子，选择性地忽略温小筠，扶着腰间的佩刀果断转身："母亲，我先去洗个澡。"

鄞诺乘机想要脚底抹油溜之大吉。就在他闪身跑掉前的关键时刻，一个柔柔弱弱的女声忽然"哎哟"一声叫了出来。紧接着，皇甫涟漪便手扶着额头倒向温小筠的方向。

温小筠急忙上前一步托扶住皇甫涟漪，脸上却仍然保持着尴尬而不失礼貌的僵硬笑容，嘴里用最浮夸的语气惊呼："小姨，您怎么了？"

其实她最想说的是，这一家绝对都是有实力的演技派啊，一屋子的"戏精"。

"我的心口好痛……"皇甫涟漪倒在温小筠的怀中，按着胸口，我见犹怜地洒下儿滴泪水。

"母亲！"

"夫人！"

鄞诺和鄞乾化几乎同时着急地奔到温小筠的近前。鄞诺尤其着急，搀扶着皇甫涟漪坐到椅子上："母亲，您的心疾又犯了？我这就去找大夫来为您针灸。"

说着，他转身就要出去。

皇甫涟漪眼尾精光一闪，瞬间伸手抓住鄞诺的衣袖："诺儿，母亲不是因为心疾难受，母亲是看到你和你父亲争执心痛。"

鄞诺身子一僵，满面愧疚。

"夫人，是我不对，不该又发脾气。"鄞乾化急忙走到桌前倒了一杯水递到妻子的面前。

皇甫涟漪摇了摇头，抬眸哀怨地望着丈夫："夫君，你若想让我好受些，便答应我一件事。"

鄞乾化急急点头："夫人莫要动气，夫人说什么我都答应。"

"就是，小姨您千万别生气，表哥和姨父那么在意您，一定会听您的话。"温小筠也不失时机地添油加醋。

"都说儿大不由娘，现在诺儿已经长大了，咱们就别拘着他了，由他去吧。让他暂且出去住吧。"

鄞诺惊讶地睁大了眼睛。他知道自己的父亲、母亲从来都是一个鼻孔出气的，他们从来就没有松过口让自己自由。尤其是母亲，只要他一提出去闯荡，她的心疾就会犯，不止会心绞痛，严重时甚至几天不吃饭。

纵使他能看出这其中的玄机，却也不忍心真的就此撇下父母。可是今天母亲怎么忽然就松口了？愣怔了一瞬之后，鄞诺终于认清了眼前的状况。不管出于什么原因，只要父母肯放他离开焱州，对他而言就是天大的好事。

"母……母亲……"鄞诺激动得声音都有些哽咽，"您这话可当真？"

"夫人？"鄞乾化一张脸上则满是震惊，"切不可感情用事。"

皇甫涟漪苦笑着摇摇头，没有理会丈夫，转而看向自己的儿子，有些哀伤地叹了一口气："诺儿。"

"母亲，您说，诺儿在这儿。"

"我知道你一直想要去当兵打仗，我和你父亲跟你的三年之约，明面上说的是你父亲上了年纪，身体不好，叫你陪父亲三年，帮衬着他做事，直到他辞官还乡；实际上，这只是我们想要磨炼你心性的借口。如今温家出事，筠儿来了，为娘的也不好再强迫你做不情愿的事。只是有一条，你答应娘亲好吗？"

"娘亲您说。"鄞诺半跪在皇甫涟漪的身前，表情动容。

"我要你向我和你父亲证明，你不再鲁莽任性，做事不再不管不顾，已经足够理智，足够冷静，足够强大——我和你父亲就对你彻底放手。"

皇甫涟漪这样坦率地把自己的全部用意说出，有点儿出乎温小筠的意料。

"母亲要我做什么事？"鄞诺现在全部的注意力都在皇甫涟漪的身上。

"你现在就可以出去住，只是一年之内还不能离开焱州府，不能离开捕头这个职位。为娘要你与筠儿联手，在这一年里帮衬他成为真正意义上的破案高手，助他早日打进官场。"

鄞诺脸色顿时一沉，瞥向温小筠的目光也跟着阴狠起来。他就说他家娘亲不会那么容易放过他，原来是为了帮助温竹筠好偿还温家的恩情。

像是看出郦诺心中所想，皇甫涟漪一下抓住郦诺的手，目光恳切："这不是为了什么要偿还温家的恩情，为娘只是想要看看你的修行到了何种程度。如果面对成见，你可以克制自己的情绪，母亲就相信你修行已成，才能放心让你出去闯荡。"

郦诺的目光闪烁了一下，被母亲当着外人的面直接戳中心事，令他多少有些难堪。

皇甫涟漪又望向自己的丈夫："夫君，若是诺儿做到这个地步，咱们就放了他吧，好不好？"

郦乾化愣怔了一下，又看看自己那个总是惹是生非的儿子，也叹了口气："夫人说得对，都听夫人的。"

"小姨，您这话说得不对。"温小筠皱着眉站起身，看着郦诺的脸色阴沉到极点。

郦诺顿时大怒——最不同意这事的是他本人才对。只是他的母亲都病成这样了，他不能直接反对。他这个最不情愿的人都咬牙忍了，温小筠哪里有说"不"的份儿？他皱眉凶道："温竹筠，这是我们家里的内务，哪里轮到你插嘴——"

"诺儿，小筠不光是你的表弟，对娘来说更是亲如己出。从现在起，他就是咱们自家人！"皇甫涟漪怒声打断郦诺无礼的话。

温小筠却一点儿都不生气，还转过头笑吟吟地安慰皇甫涟漪："小姨，这一年内不是要表哥辅佐小筠，而是要把表哥打造成真正的第一神捕。表哥没有认清自己的才能，其实不适合出去当兵打仗，他的身体里流淌着咱们推官世家的血，更藏着一颗洗冤禁暴的红心。我有信心可以在一年里叫表哥真正认清自己的内心和本领。一年之后，他就会爱上刑狱推断。到时候即便是小姨、姨父要赶他走，逼他去当兵，他都不会走，不愿意走。"

温小筠这番话险些把郦诺的鼻子给气歪。

皇甫涟漪瞥见儿子眼中的嫌恶，再次捂着胸口，又哀哀地呼起痛来："夫君，筠儿的话真是说到我心坎里去了。只是诺儿他一定不会答应，我的心好痛哪，不想喝水，也不想吃饭，我怕是活不到诺儿能够体谅咱们这番苦心的时候了。"

郦诺的额上淌下一滴大大的汗珠。母亲的演技真是越来越浮夸了，可是母亲的狠话却从来没有走空过。最终他只能咬咬嘴唇，一面伸手替母亲拍着后背，一面无奈地点头应允："儿子都听母亲的。"

皇甫涟漪的脸上瞬间绽出明亮的笑容。

"小姨，您放心，筠儿一定会把表哥辅佐成天下第一神捕，绝不让小姨和姨父失望。"温小筠煞有介事地对天举起三根手指，露出一副信誓旦旦的样子。

鄞诺嫌恶地皱了皱眉——温小筠这个样子是真的恶心到他了。他瞪了她一眼，气急之下，咬着后槽牙发出一声冷笑："一张纸画个鼻子——你好大的脸！还叫我认清自己，这么牛气，你怎么不直接上天？"

"我脸大不大，一年后自然见分晓。我只问表哥一句，这个赌约你敢不敢应？"温小筠毫不示弱，冷眼回应。

鄞诺被气得身体都在颤抖："笑话，我还会怕了你这个娘娘腔、病秧子不成？"他一掀眼皮上下打量了她一眼，"只是你现在身上半个铜板都没有，要怎么跟我赌？"

温小筠下巴微扬："没有半个铜板，我还有我自己。到时候你让我干什么，我就干什么。哪怕你叫我以死向纤纤表姐谢罪，我温竹筠都绝无二话！"

鄞诺的目光陡然阴狠，他道："你就不怕我真的会要你的命？"

温小筠竖起三根手指："我温竹筠在此立誓，今日承诺日后若有半分违背，天打雷劈不得好死！"

"筠儿！"听到两个孩子说话越来越没谱儿，皇甫涟漪实在忍不住了，"不许你瞎说。"她又转向鄞诺，厉声喝道："诺儿，母亲早就跟你说过，纤纤的事半分怪不得筠儿，以后不许再拿这事欺负小筠。"

"小姨，"温小筠说话的声音软了下来，"表哥的能力远超出两位长辈的意料。您既然选择相信小筠，那就再听小筠一次吧。"她又看回鄞诺："怎么样，表哥，你敢应吗？"

鄞诺翻了个白眼："好，就以一年为期，如果之后我仍然选择离开，你这条命何去何从就任我处置。"

皇甫涟漪皱眉就要打断鄞诺的话，忽然看到丈夫递来的眼色，刚要脱口的话便又咽了回去。

半个时辰后，皇甫涟漪站在家门口，看着打包了行李的鄞诺和温小筠一前一后骑马离去的背影，眼里尽是担忧之色："乾化哥哥，涟漪这个法子会不会偏激了些？"

鄞乾化抬手按住妻子的肩膀，声音温柔："孩子们都大了，咱们能做的就只有这些了。剩下的，就看孩子们自己的造化吧。"

皇甫涟漪无奈地叹了口气："筠儿那孩子真是让人看着心疼，只是除了筠儿，我实在想不出来还有谁真能治得了诺儿。"

鄞乾化拉起妻子的手，微微一笑："我知道你心疼筠儿，不过，能够真正把筠儿救出苦海的人，也许正是咱们的诺儿。"

"如果是那样，我也能对得起姐姐、姐夫的托付了。"皇甫涟漪望着两个孩子渐渐隐没于黑暗之中的身影，目光幽深。

另一边两个"让人心疼的孩子"，气氛远没有那么和谐。两人骑马行进在灯光昏暗的小巷子里，听着马蹄啪啪地踩着新鲜的积水的声音，彼此气鼓鼓地互不搭理。

温小筠黑着脸。虽然鄞诺有他的闪光点，但只要是讨厌她的人，她也一定不会给他好脸色。

"让我成为神捕？你是从墙上跌下来摔坏了脑子，还是纯粹活腻烦了，花样找死寻刺激？"鄞诺斜眼瞥了温小筠一眼。

温小筠侧眸冷冷地回了他一个嫌弃的眼神："你是不是很讨厌我？"

鄞诺目光凉凉，笑容阴狠："你该感谢你家小姨，没有她，我早就弄死你了。"

温小筠毫不畏惧，不屑轻笑："很好，对于讨厌我的人，我一样很厌恶他。你欺负我，让我不爽，我自然也不能闲着让你舒坦。你不是死活都不想当捕快吗？我就偏让你老老实实当一年捕快。唉，爷就是这么爱憎分明，公平讲道理。"

鄞诺眼中闪过一丝冰冷的寒光："很好，反正还有足足一年的时间，这期间你不让我舒坦，我更不会放你自在。一年后，我绝不会改变主意，而那时的你，只会无比后悔今日愚蠢的决定。"

温小筠翻了个白眼："来呀，我温竹筠长这么大还从来没有怕过谁！且看一年后，谁是孙子，又是谁会哭着为今天的狠话后悔不已。"

温小筠心道：老子可是拥有无数先进知识的未来人，整你这个榆木疙瘩老古董，有的是办法。不给你点儿颜色看看，你就不知道花儿为什么这么红！

鄞诺不怀好意地笑了笑："先别扯什么一年后，就说眼前，你确定不跟我回衙门的吏舍去住？"

温小筹的眉梢挑了挑。她虽然看上去是个男人，但真实的女儿身一点儿没变，要是跟着郖诺去衙门里和一大群男人同住宿舍，早晚露馅儿不说，自己住着也不方便。她可没有什么近距离观看一帮臭男人宿舍生活的癖好。

"出去单独住，房子由我选。"郖诺说。

"让我选，我也没钱哪，我的钱都被某人无耻地强占去了。"温小筹又飞过去两道目光寒刀。

"希望进了那房子你的嘴巴还能这么硬。"郖诺双眼微眯，不怀好意地笑着，"想要整我，那就跟我来。"

郖诺冷笑着撇下一句话，将手中的长鞭啪地甩出一声脆响，驱马而去。温小筹愤恨地瞪着眼睛，心道：臭不要脸的老古董，看我把银子抢回来，一脚把你踢飞，鬼才愿意跟你住在一个屋檐下。

紧接着，她打马扬鞭也跟了上去。

不多时，他们就奔到了一座荒僻的房子前。

郖诺扬起鞭子指了指那座由残破的栅栏围起来的黑漆漆的小房子，回头挑衅似的扫了温小筹一眼："这就是你的新家。"

温小筹面无表情地抬起头仔细打量，房顶上稀稀疏疏的狗尾巴草直挺挺地向月亮的方向支棱着，偶有冷风吹过，黑色的草影便轻飘飘地摇动起来，恍如鬼魅一般；往下看，房子的窗户虽然关得很紧，但是窗户纸早已破破烂烂，雨后阴冷的夜风呼啸着往那黑洞洞的破口里面灌，仿佛里面有个恐怖的巨兽正张着血盆大口等着食物自己钻进去；再往近看，院子里荒草丛生，杂树的影子婆娑，真是一处比一处破败，一处比一处吓人。

温小筹不觉打了个寒战。

"怎么，这就害怕了？"郖诺得意地轻笑，抬手摸了摸眉毛，"那可就不好玩儿了。这条街是租金最便宜的，因为它的背后就是瘟疫村。后面那条街曾经闹过一场奇怪的瘟疫，无论男女老幼，无一幸免。据说每到深夜那里面就会飘出怨鬼的号哭声，无比凄厉吓人哟。"

听到这里，温小筹脑海中瞬间出现了白天被恶犬逼到一片荒废住宅的场景。她不觉皱了皱眉，努力在大脑中搜索回家的路线。别说，她这么一回忆，这个地方好像还真的距离那里很近。又想起白鹭介绍的那种专门吃尸体的狗，她禁不住打了个寒战，对鄞诺的怨念就又深了两分。

虽然早就想到跟这个家伙一起住肯定舒服不了，可是被直接拉进鬼宅凶院，还是超出了她的意料。臭不要脸的古董老禽兽！这么欺负一个刚到淼州的柔弱表弟，他真是阴险到家了！

"总之，这儿就是个彻彻底底的鬼宅凶院，不知您这位养尊处优的'娇小姐'敢不敢住？敢住，咱们这一年的赌约就算开始了。"鄞诺轻笑着问。

温小筠不服气地冷哼一声。她可是个坚定的无神论者，是绝对优秀的社会主义接班人。她会怕狗，但就是不怕鬼。

"嘿，巧了，我就喜欢鬼宅，不凶不刺激。要是鬼真的出来了，我跟人家聊天儿喝酒吃大肉，您到时候别哭着抱我大腿就行。"温小筠不以为意地撇撇嘴。

鄞诺不屑地哼了一声："希望你嘴硬的时间能长一点儿。"

他从怀里摸出个火折子，轻轻地吹了一口，明亮的火焰霎时燃起，映亮了他的眉眼。

温小筠的眉梢不觉一挑。火光为鄞诺俊逸的侧脸镀上了一层温暖的颜色，更显得他的样貌俊逸非凡。温小筠狠狠地别开视线，真是可惜了这一副好皮囊。她回击道："你到时别先哭了就好。"

鄞诺眉梢微挑，皮笑肉不笑地说："当年跟着师父学艺，什么荒宅鬼屋、野兽出没的野地、满是死人的坟地，我都睡过。这个小宅子对我而言，只是小菜一碟。"

说完，他翻身下马，一手拉着缰绳，一手推开小院子的栅栏门，大大咧咧地走了进去。

温小筠撇撇嘴，只要不是自己一个人住就没什么可怕的。于是她也下了马，缓步跟上。

鄞诺踩着一条用小碎石子儿铺的小径进到院里，随便找了棵树把马拴上，取下包袱就大大咧咧地走进正中的小房子。温小筠也有样学样，拴了马赶紧追进屋子。

由于刚下过雨，她有几次都差点儿被湿漉漉的石子儿滑倒，最后到底还是屏住呼吸，追着鄞诺一路小跑进了屋。她不怕鬼，却怕黑。要不是打火机被自己弄丢了，她现在也不至于看着鄞诺的火折子眼馋。不过真正跟进去后，她却直接傻眼了。

郭诺举着火折子顺利找到了一个烛台，点亮烛火后，举着烛台径直向里屋走去。

温小筠瞬间黑了脸："说什么房租便宜，小姨叫咱们两个出来住的想法都是临时才有的，你怎么可能有时间提前租房子？这根本就是你故意寻的一处无主荒宅来整治我的。"

郭诺无所谓地耸耸肩："还行，不算傻。"

说完，他抬步走进左边卧房。温小筠几乎把后槽牙都要咬碎了，气呼呼地跟进里屋。

无论如何，她都要把烛台拿出来，可没想到里屋潮湿的霉味比外面还重，差点儿把她熏一个跟头。她捏着鼻子满脸怨念地走向小炕桌上烛台的位置，结果，再一次傻眼了。

只见郭诺从包袱里拿出一大块床单布，铺在满是灰土的炕上，又拿出枕头摆在上面，最后抖开一个小薄被，靴子都不脱就上了炕，和衣躺在床单上，闭上眼睛开始睡觉。

温小筠在心里狠狠地爆了句粗口。这种恶劣的环境都能睡觉，他还是不是人！现在她完全相信这个家伙是在坟地睡过觉的了！

举着烛台走出左边卧房，她满心怨念地推开了右边卧房的门。里面潮湿的霉味扑面而来，厚厚的积灰尘土到处都是，情况和郭诺那间的一模一样。

看来今夜她是别想睡觉了。放下烛台后，她打开自己的包裹，找了一块碎布打算把这屋子彻彻底底地清理一番。刚擦两下，她就被灰土呛得不行。剧烈地咳嗽了几声后，她忽然想起白鹜送给她的那块白色手绢，于是赶紧从怀里取出来当作口罩围在脸上。

锦帕是上好丝绸缝制的，又冰又滑的，还带有一阵若有若无的薄荷香气，凉丝丝的十分好闻。温小筠忍不住用力嗅了两下，猛地意识到这是人家白鹜的贴身之物，她的脸颊腾地红了。她慌乱地把锦帕解下来，还狠狠地鄙视了一下自己。

不过遇到白鹜那神仙一般的人物，任谁都会被迷住吧？

很快谅解了自己的温小筠收好手帕，终于平静下来。先不要想白鹜，她先想想今晚这觉要怎么睡吧。她又无奈地叹了口气。她又不是郭诺，就这个破环境，怎么睡呀？

温小筠突然想到了什么。鄞诺带她来这里，分明就是不想让她舒服睡觉——既然不让她舒坦，她也不会让他安稳。她这就出去想办法整治他，吓死他！

想到就要做到！温小筠迅速站起身，胡乱拍了拍身上的尘土，扔下抹布，捏着下巴，转着两只晶亮的眼珠，开始环视这座鬼宅的布局，构思整治鄞诺那个家伙的方法。

看他刚才在鬼宅里都能大大咧咧睡觉的样子，她就知道那个家伙不怕鬼。坟地里都能睡大觉的人，一般恐怖的事情应该都打不倒他。又加上鄞诺那一身武功不是一般的高强，如果自己亲自动手吓唬他，很可能还没近他的身，就被他一刀给劈了——她可不想莫名其妙被自己作死。

思考了一会儿后，温小筠决定出去看看环境再说。举着烛台走出破败脏污的卧室，她蹑手蹑脚来到客厅。一扭头，她就发现后面墙上还有一扇半掩的小门，走近扒着门缝一看才发现后面竟然还有个小院子。由于屋里有灯光，外面就显得黑漆漆一片，她什么都看不清。

温小筠没有任何犹豫地吹灭烛火，再次仔细观看。对鄞诺的恨意让她把对黑暗的恐惧都一股脑儿地抛到脑后了。今夜不整死他，她就不姓温！

没了烛火的干扰，温小筠的眼睛慢慢适应了黑暗。比较幸运的是，外面的月光越来越亮，她在眼睛适应后就能借助银霜一样的薄薄的月光，大体看清外面的景物。比起前院丛生的矮树，后院则空旷许多，只有一些伏地的野草。稍微靠左一点儿的地方还有一口水井，水井四周搭了个简易的小棚子。

温小筠忽然就有了灵感，完全可以提前布置一点儿小机关，然后假装打水不小心跌倒呼叫鄞诺前来帮忙。即便他不会帮忙，大概也不会放弃幸灾乐祸地近距离旁观、看热闹、说风凉话的机会。

温小筠迅速下定决心，推开房门后小心地跨下台阶，打算先去探探地形。

忽地一阵冷风吹过，温小筠不觉打了个哆嗦，心道果然是一场秋雨一场寒。不过为了整治鄞诺，黑暗和寒冷她都能克服。

通向水井的路比前面的小石子儿路好走多了，温小筠双手搓着双臂，小心地移步前行。然而，就在水井的小亭子近在眼前之时，她脚下一软，突然踩到了一堆毛茸茸的东西上。

温小筎愣怔了三秒，脚尖下意识地向前捅了捅，那毛茸茸的东西好像也跟着她的试探变得大起来。

"啊！"温小筎一嗓子惨叫出来！她踩到了个什么玩意儿？！她下意识地向后弹跳开时，却一头撞到一堵"墙"。

"啊……"这一下正好撞在她的鼻梁最脆弱的软骨上，她疼得眼泪都迸出老远。

"何事惊呼？"鄞诺举着烛台，高高在上地俯视着蹲在地上的温小筎。

"鄞诺！"温小筎抬起头忍无可忍地怒视鄞诺，"就算你功夫好，也不用整天跟鬼似的飘来飘去，还一点儿动静都没有地突然出现在别人的背后吧？"

鄞诺微微俯下身子，唇角勾起一抹得意的笑容："您不是胆大包天，就喜欢跟鬼魂喝酒聊天儿吃肉吗？我这才专拣您喜欢的方式出场。"他举着烛台往温小筎的脸上凑了凑，笑容张狂而嚣张，"怎么？这会儿真碰到鬼兄弟了，就吓得要尿裤子了？"

温小筎眉头一拧，站起身劈手夺过鄞诺手中的烛台："凡事都有个措手不及。刚才只是发生得太突然，我被吓了一跳而已。"

鄞诺轻笑着撇撇嘴，转而看向一旁的荒草丛："刚才是在这儿踩到鬼了？"

"不是鬼，毛乎乎的，没准是死耗子什么的。"温小筎没好气地纠正后，也跟着好奇地探过头去看刚才自己踩到的究竟是什么东西。

飘忽的烛影下，一大只毛乎乎的黑色动物顿时映入她的眼帘。

"死狗？"温小筎讶异出声，身体下意识地后退了两步。

"不是一般的死狗，是'碰棺材'。"鄞诺的表情忽然凝重了起来。

"专吃尸体的野狗？"温小筎想起自己下午被野狗围攻的场景。

鄞诺侧眸瞥了温小筎一眼，有些意外："没想到你这个生在蜜罐里的'娇小姐'也知道这么偏门的事。"

温小筎举着烛台又往前试探地走了两步，想要确认一下这条"碰棺材"是不是就是白天跑掉的那一条。

"第一，我是纯爷们，你要是再叫我'娇小姐'，我就叫你诺哥哥；第二，生在蜜罐里却意外知道很多的娇贵公子不是我，另有其人。"

"另有其人？"鄞诺敏感地察觉到了温小筎话中的深意。

昏黄的烛光在野狗身上一点点移动，温小筎看清了它额头上恶心的疤癞，又看到它瞎了的独眼。

看来白鹭的功夫十分了得，这条"碰棺材"虽然侥幸逃脱一时，但终究逃不过死亡的命运。如果还有机会再见到白鹭，她一定要好好感谢人家。毕竟为了救她，他一身白衣服都弄脏了。

一定会有机会！怎么看白鹭都是这个世界绝对的男主人选。而面前的这个臭脸鄞诺就应该是各种阻挠、干扰她的小反派。既然是男主，那么日后见面的机会肯定会越来越多。想到这里，温小筠美得差点儿直接笑出声。

然而烛光还在移动，突然定格在了一张苍白又僵硬的面孔上，这面孔上的两只眼睛很恐怖地睁着。

"妈呀！"上一秒还在偷笑的温小筠这一秒直接哭出了声，啪地扔了烛台，一蹦三尺高，瞬间攀到后面鄞诺的身上，搂着他的脖子惊惧地大声号哭。

鄞诺的身体瞬时僵硬起来。他并没有看到温小筠所见到的东西，唯一的感觉就是，温小筠前面还不知道想到了什么，傻呵呵地偷着乐；后一瞬就炮仗一样原地炸起，而后八爪鱼似的向他扑来，双手紧紧地抱住他的脖子不说，双腿还紧紧地环住了他的腰身。

面无表情的鄞诺："……"

这让人恼火的姿势令他猝不及防地僵化成一尊石像。短暂的愣神儿之后，鄞诺眉头紧皱，抬手抓住温小筠的两条腿，就想把她从自己身上摘下来，然后用力扔出去。

"尸……尸体！"温小筠被吓得魂不附体，紧闭着眼睛，搂着鄞诺的手臂圈得更紧了。

这是她第一次近距离接触真正的死人，而且死状还那么恐怖。突来的刺激与惊吓，令她瞬间忘掉了和鄞诺的宿仇积怨——只要旁边的人是个活着能喘气的，就是她的同伴好兄弟！

听到"尸体"二字，鄞诺钳住温小筠的手瞬间一顿，急忙低下头查看。

第五章　一面之缘

　　贴得鄞诺近一些了，温小筠狂跳的心脏总算是平复稍许。她松开双手，怯生生地滑到地上，闭着眼睛挥手朝侧后方一指："就……就在那里，好像……好像是颗死人头颅。"

　　鄞诺顺着温小筠手指的方向望去，双目瞳仁紧紧一缩。在野狗的旁边还躺着一团黑乎乎的东西，不过由于那里被水井棚子的阴影覆盖，不举着灯根本看不清。

　　他下意识地将手按在腰间佩刀的刀柄上，另一只手向前一扫，就把温小筠拽到自己的身后。之后他微微弯着腰身，小心地向前迈步，警惕地检查那一团可疑物体。

　　温小筠这才发现，危险当前，有鄞诺在身边，真的会令人安心不少。她不觉深深地吸了一口气，知道还是小看了这次的时空任务。她是要替温竹筠在这个世界查案破案、洗冤禁暴来的，除了各种绑架抢钱案，人命关天的大案、重案迟早也会遇到。

　　今夜发生的一切虽然突然了些，却早就应该在她的意料之中才对。也是刚才凶案现场的恐怖凶残，才令她真切地认识到这个世界的真实和残忍。这里的每一个生命都是鲜活的，都是应该受到尊重的。至少在碰到凶案的时候，她也应该像鄞诺一样认真严谨，才不枉来这一遭。

想到这里，温小筠的心情已经平复了大半，看着郰诺谨慎地走到尸体前小心查看，她自己赶紧左右寻找那个被她一把扔出去的烛台。好在除了尸体所在的阴影区域，别的地方月光还能照个大概。很快她就在草丛里找到了烛台，用衣袖拂去上面的泥水，及时追在郰诺身后将烛台递了上去。

此时的郰诺已经走到了尸体近前，在确定周围安全、再没有别的危险情况后，抬起一只手臂，用袖子掩住口鼻，另一只手抽下佩刀，用刀鞘尖端试探着戳了戳。

感觉到温小筠的动作，他侧眸一扫，很快领会了她的好意，静静地接过烛台，掏出怀里的火折子，再度点燃蜡烛。他小心地移动脚步，在尽量不破坏地面环境的情况下，仔细检查周围的环境。

在郰诺的带领之下，温小筠才得以在最快的时间内看清尸体的全貌。那是一具年轻女子的尸体，四肢与头颅分别陷在满是泥水的草地里。

看到更多细节的温小筠顿时又是一阵眩晕、恶心，终于还是难以忍受地掉头奔了两步，半跪在地上大口大口地吐了出来。

郰诺听到动静，直起身子侧头瞥了她一眼："不是跟着姨父破案无数吗？"

他说话的语气虽然冰冷不带任何情绪，却也没有什么讽刺挖苦的意思。

没有敌意的问题温小筠也愿意回答一些。她拿出白鸳送给她的手绢，拭了嘴角的污渍。凉凉的薄荷味很好闻，让她难受的感觉缓解了很多。

忽然她目光黯淡了，不无悲伤地说："父亲虽然乐见我破案，但遇到真正的凶案还是会回避着我，一来是觉得我还小些，二来也算是对死者的尊重。他总想着至少我过了十八岁，再去接触那些他不得已必须面对的事，却没有想过，他们竟然等不到我十八岁生日——"

说完之后，温小筠却被自己的话惊住了。那些记忆就像不受控制一样地涌现在脑海中，让她不受控制地哀伤起来。

郰诺怔了一下，随即转头继续检查现场："姨父，他的确是个好人。"

温小筠意外地挑挑眉。看着郰诺的背影，她不由得开始好奇原本的温竹筠究竟对郰纤纤做过什么过分的事，才让郰诺这样厌恶他，不过现在并不是分神的时候。

郰诺掉头继续投入到初步检查的工作之中，像是发现了什么，忽然自言自语地说了句："奇怪，看发型，这个女子是做了男人的打扮。"

听到这里，温小筠也想起之前那吓人的一瞥。那头颅貌似是个女子的，只是由于惨白的脸色和睁大的眼睛吓得她立马跳开，没有仔细瞧。这么一回想，她忽然又觉得哪里不对劲起来，就好像在哪里曾经看过那张脸一般，这个想法一出现，温小筠的后背立时出了一层冷汗。

她勉强压住心中的恐惧，小心地探过头："辛苦表哥再照一下死者的脸。"

鄞诺有些诧异，却还是配合地移动烛台。

当橘黄色的烛火再度照到尸体上时，温小筠不觉狠狠地倒抽了一口凉气。姣好的面容，年轻的皮肤，两颊可爱的小酒窝，这分明就是白天送给她肉包子的男装少女！

看到温小筠望着死者的面容非常惊讶的样子，鄞诺紧紧地皱起眉头："怎么？你认识死者？你不是刚到焱州府吗？怎么会认识这么多人？"

温小筠的脸色一片惨白，她动作僵硬地退后两步，震惊的眼睛中写满了难以置信："中午路过一个包子铺，我忍不住多看了几眼，没想到被小二上赶着追问。旁边摊桌边坐着一个女扮男装的少女，见我窘迫难当就送了我几个包子。她白天明明还好好的，怎么这会儿就——"

温小筠越说声音越颤抖，眼泪也止不住地在眼眶里打转："我还记得她脸上有两个小酒窝，一笑起来好看极了，怎么就——"

鄞诺的目光也跟着黯淡起来，他不自觉地伸出手按在温小筠的肩上，声音放柔了几度："这可能是哪家大户的千金，我在这里守着，你赶紧回衙门通知。"

看温小筠的反应有些迟钝，鄞诺又拍了拍她的肩："人命关天，此事不宜耽搁。此处有我看守，你赶紧去吧。"

温小筠木然地点点头，转身就跑。这一瞬，她很感谢鄞诺的担当。尽管做足了精神上的准备，可是真要独自一人在深夜看着这么可怕的尸体，她一时半会儿还是做不来。

她奔到前院骑上马，一路火花带闪电般地奔上黑沉沉的街道。

这片住宅区果然如鄞诺最早说的那样，冷冷清清，寂静的街道任凭她将马鞭甩得如何响，马蹄声如何疾，都没有半点儿回应。街道一条条地在她的身边掠过，她根本无心去看。她只想尽快看到些人，看到些活人。她不知道的是，就在刚刚经过的一处酒楼的房顶上，站着两个男子的身影。

一个身着白衣负手而立，月影下衣带飘飞，恣意潇洒。他站在房顶上，俯瞰着黑沉沉的城市棋盘一样静静地摊平在广阔的天地间。他眸色沉静，神色清冷，任寒冷的夜风掠身而过。

"殿下，城里不太平，您不宜再多露面。"另一个男子身着深色制服，腰别佩刀，恭敬地上前一步小声劝谏。

白衣男子唇角微勾，视线随着温小筠飞驰而去的遑遑身影徐徐移动："秦奇，你看这焱州城像不像一方棋盘？"

黑衣男——秦奇愣了一下，转头望向前方，却满目疑惑："温竹筠会是您手下的白棋吗？"

温小筠的身影渐行渐远，终于隐没在街道尽头。白衣男子眼中闪过一抹森然的寒光："破局的契机稍纵即逝，还须牢牢抓住才行。"

秦奇目光颤了颤，想再劝谏，话到嘴边却又咽了回去。他知道自家主人的脾气："殿下，风寒露重，今天怕是再没机会跟温竹筠接触，咱们先回吧。"

白衣男子最后又望了眼穹顶之上那轮苍白的弯月，目光幽幽："憋闷得太久了，出来透透气也是好的。"

秦奇无奈地叹了口气，正想要再劝两句，白衣男子身形一闪，风一般地消失在他的视线中。

秦奇不敢懈怠，紧紧追随而去。

不过眨眼之间，尖尖的楼顶上就又是一片空荡的沉寂，仿佛之前没有出现过人一般。只有盘旋的风还残存着些许记忆转瞬俯冲而下，迅疾飞进巷口街道，几下便追赶上了那抹匆匆的身影，顺着她手中飞扬的马鞭，呼啸而过。

马鞭很急，温小筠的心情更急。

黑暗中的焱州府与白天几乎是两个世界，她只能凭借着记忆与直觉，选择鄞府的方向驱马前行。虽然鄞诺说让她回衙门找援兵，但是她并不认识去衙门的路，只能凭着直觉先回鄞府去找叔父鄞乾化。她可不想再迷路，再碰到一群野狗、疯狗什么的。

两旁的街道越来越熟悉，终于，温小筠遥遥地看到了鄞府大门上高悬的两盏灯笼，她的心这才彻底放回到肚子里。

就在这时，从侧后方忽然传来一声急切的呼喊。温小筠不由得拉住缰绳回头看，却见一人骑马正向她急急奔来。

"鄞头儿！鄞头儿等等我！"

温小筠眯细双眼，努力地想要分辨来人，却因为视线昏暗看不真切。不过很快她就清楚了来人的身份，那声音分明是淼州捕快——"猫耳朵"的声音。

"咦？温刑房？"奔到近前的"猫耳朵"上气不接下气地问道。

"耳朵兄，"温小筠掉转马头，"你不是回家了吗？怎么又跑过来了？"

"猫耳朵"抬手抹了把汗，驱马又走近一些，道："刚才杜氏钱庄传来消息，他家千金小姐被人绑架了。绑匪还要杜掌柜拿出五千两银子，于明夜子时埋到他家后院的老槐树树根下，否则就把肉票撕碎。"

温小筠满脸问号："绑架案？老槐树树根？怎么跟宁府绑架案那么像？"

"可不是，衙门里和杜府的人都觉得跟宁府的应该是一伙人作的案。可是宁府不是已经破案了吗？首犯都已经被关起来了，又怎么能再去作案？"

二人说话间，前方鄞府的大门忽然吱一声被从里推开，走出来两个人。

温小筠一看，立刻翻身下马。

出来的人正是皇甫涟漪。她披着披风，在执着灯笼的仆人的引领下推门而出。抬眼看到温小筠，皇甫涟漪美丽的脸上立时现出忧虑之色："筠儿，出了什么事吗？"

"小姨，出了案子，我要找叔父。"

皇甫涟漪拢了拢披风，着急地向前两步："他匆忙地用了饭又着急回衙门去了，说是再归拢归拢证据，现在应该快到衙门了。"

温小筠忙不迭地翻身上马，勒着缰绳匆匆一瞥："小姨，筠儿这就去衙门，您好好休息。"

说完她打马扬鞭，在"猫耳朵"的带领下急速奔向衙门。

"筠儿，你的身子还没歇过来，一定不能太着急累着了！"皇甫涟漪慌忙追出两步急切地叮嘱着。

"小姨放心。"温小筠扬手甩下一句话，便跑得无影无踪。

"温刑房，您刚才好像也有急事，发生了什么吗？对了，我家鄞头儿呢？""猫耳朵"纵马超过温小筠半个马身，在前面带着路。

"有命案，他在看护现场。"温小筠压着声音说。

"猫耳朵"身子一颤，差点儿没从马上摔下来："俺的乖乖老天，这事怎么都扎一块儿了？"

一路疾驰，他们穿过重重建筑，进了衙门的二堂院。"猫耳朵"在门外通禀了一声，得到指令后，才带着温小筠推门而进。

那是一间不算小的办公室，和衙门大堂有点儿像，都有主位的裁定桌、侧位的书记桌和类似陪审桌的位置，只是比起衙门大堂，处处都像小了两圈的样子。

此时，主位上坐着的是王知府，侧位上坐着的是鄞推官，而白天几乎哭得不省人事的杜掌柜正低头恭敬地站在中央位置。

听到动静，杜掌柜倏地回头，一眼就看见了温小筠，噌地挺直身子，满眼希冀地望着她。

温小筠在"猫耳朵"的带领下，跪地行礼："见过知府大人、推官大人，现有紧急案情禀告，请王大人暂且屏退左右。"

王知府朝着杜掌柜摆摆手。杜掌柜欲言又止，满心不愿意，可是面对王知府不容置疑的目光，也只能低下头，躬身行礼后恭敬地退下。

"好了，有事尽快禀来。"王知府坐在正位上，抬手揉着发麻的太阳穴，声音沙哑地道。

他脸色很是疲惫，像是一年的精气神儿都用在今天了。

温小筠便将在瘟疫村发现碎尸的事情简洁地复述了一遍。

听到"碎尸"两字时，王知府觉得自己的头就像被针又扎了一下："城东发现了碎尸？"

鄞乾化倏地站起身，朝着左右一摆手："快，备马，带着捕班所有值班人员、仵作吏员，跟我与知府大人奔往城东。"

王知府重重地叹了口气，扶着座椅颤巍巍地站起身："这两日到底是怎么了？一桩大案接着一桩大案。"埋怨完他急急挥手，"快快备轿，除了捕班，皂班、壮班换下来没走的也都跟去。"

在两位主官的带领下，整个衙门里的差役都跟着急忙行动起来。

然而就在衙门一行人刚走到前院时，杜掌柜不知道从哪里蹿出来，上前一把拽住温小筠的胳膊，鼻涕、眼泪一大把地望向王知府："知府大人呀，我家女儿的绑架案不比'钱火龙'案小，那可是人命关天，一时一刻都耽误不得呀。您不会只顾别的案子，把小老儿的案子放下吧？万一绑匪生变，我家小女儿可就小命不保了啊！"

王知府被纠缠得简直是一个头变成两个大："杜友和！你的案子本官明日自有部署，你若是现在耽误了本官的公务，后面的责任你担得起吗？"

杜掌柜绝望地张了张嘴，哑声呜咽起来。

温小筠吃痛地皱了皱眉，杜掌柜激动之下手劲特别大，说是拉住她的手臂，倒不如说是死命地掐攥着。

不过这一疼，倒让她猛然间想起了什么。杜掌柜今天晚上才接到的勒索信，那么他的女儿到底是什么时间不见的？这个问题如同一道闪电，让她瞬间想起了白天吃包子时看到的所有细节。

就在两个捕快上前要强行拉开杜掌柜的时候，她突然抓住杜掌柜的袖子，转头对王知府、鄞推官紧急建议："大人，带着杜掌柜一起去吧，这个案子怕是有关联。"

鄞乾化听到这话，脸色顿时一沉。

王知府脸色也是一变，再看向杜掌柜的目光也变得复杂起来："杜友和，别的话都不要说，跟在衙役后面一起走。"

杜掌柜并不知道发生命案的事，听到这个说法，还以为他的央求终于起了作用，忙不迭地点头："好好，都听大人的。"

看着杜掌柜在两个捕快的搀扶下，先行向侧门走去的身影，温小筠的心情低沉一片，不过情况紧急，她根本没有多少时间去伤感。

从衙门出来的人自然而然地分成三路——鄞乾化和温小筠骑马带着跑步跟上的捕班人员疾驰，王知府在衙役的护卫下坐轿前行，杜掌柜则坐在自家的轿子上紧紧地跟在后面。

一路骑行，鄞乾化矫健的身手、精湛的马术都令温小筠心中暗暗叹服。

终于到了那座小院的面前，骑着马率先赶到的鄞乾化与温小筠勒马而止。就在温小筠要翻身下马时，她的手臂却被鄞乾化一把抓住。

"叔父？"温小筠疑惑地转头，瞥了一眼身后——后面的捕班由于是步行跟进，一时还没有跟上来。她又望向鄞乾化："您可是有什么话要嘱咐小筠？"

"这大约是筠儿第一次接触人命案，"黑夜中，鄞乾化目光灼灼，异常严肃，"很多经验还欠缺。你只要记得一点，办案查案切不可感情用事，思虑要跳脱出感情之外才能做出客观公正的判断。"

温小筠立刻领会了鄞乾化话中的意思："叔父是说刚才我叫杜掌柜跟着来认尸的事仓促？"

"衙门办案有衙门的规矩。你还没有真正当过差，其中的规矩有些不懂也是正常。明日点了卯，衙门的规矩你要尽快熟悉，切不可再这般草率与鲁莽。"鄞乾化沉声说道。

温小筠后脊背的汗毛瞬间倒竖起来，低头回答："叔父放心，小筠一定遵从叔父的教诲。"

鄞乾化拍了拍她的肩，语重心长地说："筠儿只好好想一件事，那死尸若真是杜家小姐或不是杜家小姐，你该如何应对。"

温小筠的心跟着凉了半截儿。她只想着死者的身份真的可能会与杜家小姐对上，却忽略了万一没有对上后面将会遇到的麻烦事。

"筠儿也不必怕，你天资过人，只要再多些经验，定能做得很好。"鄞乾化说完，率先翻身下马。

这时，捕班大部队也跟了上来。

"一队，将这座宅子围起来；"鄞乾化语气严厉地开始指挥，"二队，向四围散开，小心搜寻有无可疑人物、可疑形迹；三队随我来。"

捕班的众位捕快齐刷刷行礼领命，不过眨眼的工夫，便在各自领头捕快的引领下，洪水分流一般分为三路快速行动起来。温小筠不觉被震撼了，一看这就是一支训练有素、纪律严明的队伍。看来，鄞诺即便一千个一万个不情愿做捕头，手下这帮兄弟还是被带得有模有样。

捕快们的速度快，鄞乾化带着温小筠的动作更快。他撩着官袍衣摆，推开院门快步走进荒宅。

之前还黑漆漆一片的小院，瞬间被捕快们手中的火把照得通明一片。

鄞诺正站在尸体前，举着烛台皱着眉头看着什么。听到动静，他转头抬眸："推官大人。"

郓乾化摆摆手打断他的见礼，向后一瞥，严肃地说道："徐仵作。"

立刻有一个身着特制的灰色大褂的中年男子提着一个大大的木质盒子站了出来。

郓诺颔首躬身，回禀道："属下已初步查验过周遭环境，此处经过大雨冲刷，痕迹大多被冲散，就连尸体旁边野狗的足迹都被冲平了，可正常查验。"

郓乾化点点头，徐仵作这才提着箱子上前，随之一起同行的还有几个扛着木板架子的捕快。

郓乾化看到扛着木板架子的捕快们也跟了上去，不由得皱了皱眉："恐再下雨，架床须搭在屋子里，尔等将架床搭在后面废宅内，将门窗除去，备好灯烛。"

捕快们立刻应声。

徐仵作先站在上风向将尸体整体打量了一番。

温小筠好奇地睁了睁眼。在她的记忆中，这时的验尸条件都应该很简陋，现在她可要好好看看，长长见识。

此时有小书吏递上册子与笔，提醒温小筠记录。

她不禁皱眉。这次是记录尸体的状况，和上次埋银现场的记录肯定不一样，她真不知道该怎么记。

就在她无从下笔时，一个清冷的声音忽然在她的脑海中响起："初验的验尸表格由提点刑狱司按照规定的格式印制，上面有相关顺序记录。此处为发现尸体的地点，你需记录尸体总状与尸块摆放的位置，剩余详情，仵作进屋查验时再记录。"

温小筠的目光微闪，这是温竹筠的声音。对刑狱推断，他到底还是有执念的。

有了外援技术指导，温小筠赶紧依样记录。

仵作打开木箱，戴上专门的白布手套，把尸块按照顺序依次放到漆过的木板上，叫人抬进屋。

温小筠跟着走进屋。

堂屋中不仅灯火通明，所有杂物更都在第一时间被清理干净，破门、破窗也都被卸掉，显得又明亮又宽敞。

仅是几秒钟的工夫，几个捕快就在屋子中央搭好了一个长方形的简易木桌，甚至还在屋子的角落搭起了一个简易的火灶，放上带来的铜盆，将牛皮袋内的清水倒进去，烧起热水来。

仵作戴着手套，将尸块取出，按照人形依次摆放在桌案上，随后又无比细致地检查了尸体脑后以及头顶等部位。他一边查验，一边随口描述着："尸身呈五块，断口平整。凶手出手利落，手法熟练。死者的脑后与头顶完好，没有火钉等凶器的痕迹。"

鄞乾化皱眉说道："应是被专门劈砍兽骨的刀斧砍成。"

温小筠忙不迭地记录。

徐仵作停顿了一下。这时，从捕快身后走出一个满脸皱纹的老妇人，她的穿着与徐仵作几乎一模一样，一身罩衣大褂，头发被高高束进方形小帽中，手上也戴着手套。

只见她上前解开包裹尸体的衣物，手法老练地检查了女子的隐秘处："女子表情迷醉，似微笑无痛感，若无中毒情况，应查是否有迷药情况。女子下体有被强暴的痕迹，情况惨烈，疑是初次行男女之事。"

温小筠继续记录。在惊讶现在验尸的专业与细致的同时，她的心情也越发沉重。老妇人检查完后当场褪下手套，撤步后退，恭敬地侍立在一旁，随时听候调遣。

女尸身上的布片已经被清理干净。徐仵作端来烧得温热的清水，擦拭尸体的表面，后又从大木箱中拿出两个大瓷瓶。第一瓶打开，温小筠就闻到了一阵浓郁的酒气。她不觉在心中赞叹，用酒消毒清理，古人远比她想象的专业。

用酒擦拭一遍后，徐仵作又打开第二个瓷瓶。温小筠鼻翼微微翕动，嗅出这一瓶是醋。

徐仵作又细致地清理了一遍，尸体上所有泥污都被清理干净。徐仵作开始检查尸体的眼、口、齿、舌、鼻，一字一句地说道："眼、鼻、口、舌完好，嘴中无灰，腹部无水，肚腹无胀气，脖颈儿光洁，指甲无抓损。"

鄞乾化眉头微皱："不是溺死、掐死，死前也没有发生明显的争斗……"

温小筠却被这专业的场景深深地震撼了。

尸体查验到尾声，坐着轿子的王知府终于赶来。他徐步走进堂屋时，徐仵作已经给尸体罩上了一层干净的白布。

"尸体可都查验完毕？"王知府看都不看桌案上的尸体一眼，直接走向鄞乾化。

111

鄞乾化点点头："初验已经完毕。"

王知府皱了皱眉："温刑房之才大家已有验证。温刑房既然敢断定死者与杜友和有关，那就叫他来认尸吧。"

鄞乾化脸色微变："大人稍——"

他后面的"等"字还没说完，王知府就转身挥手，大声对门外的人命令道："带杜友和上来。"

没几秒的工夫，杜掌柜就提着衣摆小步跑了进来，躬身跪下："草民杜友和听命。"

他把头垂得低低的，并不太敢看周围的摆设。

王知府眼皮都不抬地说："杜友和，你且看看，可认得这具女尸？"

这句话对杜掌柜来说不啻于晴天霹雳！他身子剧烈地颤抖了一下，触电般抬起头惊恐地瞪大眼睛，结结巴巴地问："大……大人，您……您说什么？"

温小筠有一些心软。

没等王知府回答，杜掌柜又尴尬地笑了笑："大人肯定弄错了，小女的绑架信刚传来，交赎金的时候还没到，怎么可能就死了？大人您一定是弄错了。"说完，他手足无措地站起身，"一定是草民催着大人，把您给催急了，才让大人想差了。"

他的脚不自觉地向门外挪着，屋中的桌案他连看一眼都不敢。

"杜友和，本官叫你前来，就是为了认尸，莫耽搁时间。你快快认尸，若不是你家女儿，你不是更放心吗？"

一旁的"猫耳朵"好心地凑上前："杜掌柜，别怕，大人也说这很可能不是你的女儿呢。"

温小筠有些不忍地背过身，这样的场景太令人伤心。

果然，就在她别过视线的同时，一声凄厉的惨叫破空而出，刺得人的心都跟着疼起来。答案已经十分清楚，曾送给她包子的男装少女就是杜掌柜的女儿。看着号哭着"女儿"的杜掌柜不断往长桌上扑，"猫耳朵"和鄞诺赶紧上前拉拽钳制。

王知府转头望向温小筠："温刑房，你如何认出死者就是杜氏之女？难道她身上存有什么证据吗？"

温小筠拱手行礼："回大人，死者身上并没有任何能证明身份的物件。"

王知府更加疑惑："难道你是知情人？"

听到这句"知情人"，屋子里所有人齐齐望向温小筠。

就连郾诺也跟着疑惑起来。温小筠虽然吃过可怜女孩儿的包子，却并不认识她，更不可能知道她就是杜家千金。要知道，富贵人家的小姐都养得极为金贵，平常都是大门不出二门不迈的。别说温小筠，就是在焱州土生土长的他也从来没见过这位杜家千金。

第一个打破寂静的人，还是杜掌柜。他用满是泪水的眼睛死死地瞪着温小筠，眼中的血丝根根分明。突然，他用力张开双臂从郾诺、"猫耳朵"的手中挣出，发了狂似的扑向温小筠："是谁杀了我的女儿？你是不是都知道？！"

郾诺第一个反应过来，闪身上前挡在温小筠的面前，一把抓住杜友和的手厉声说道："纠缠公差胥吏，只会耽搁查案！"

郾乾化忽然上前一步，抬手按住杜掌柜的肩膀，表情凝重地劝慰道："杜友和，本官体谅你惨遭丧女之痛，也能理解你报仇心切一时昏了头脑。温刑房虽然年少，却是刑狱推断中不可多得的人才，一定会给你一个合理的解释。"

杜掌柜的目光迟滞了一下。郾诺眼看杜掌柜被自己的父亲说得身上的戾气消散了些，抄手一把挽住他，与"猫耳朵"一起扶着他坐下。

杜掌柜瘫坐在板凳上，顿时嘶哑着嗓音低号了一声，拽着郾诺的胳膊，身子颤抖着，泪雨滂沱。

温小筠咬了咬唇。认出送自己包子的少女就是杜掌柜可怜的女儿，她基本凭借的是直觉。虽然研究过一点点推理文学，但是真正做一起命案的侦探，要像福尔摩斯那样侃侃谈论其中缘由，她心里真是一点儿底都没有。

"别怕，"温竹筠的声音再度出现在她的脑海中，"女人的直觉一般都很准，尤其你还是一个熟知各种人的各种性格，乃至各种表情细节的创作者。沉住气，你把之前的画面当成画，一帧帧回放，只当作每一处细节都出自你的手，就一定能找出你直觉的来源所在。"

温小筠双手紧攥成拳。

温竹筠的声音清朗温和，仿佛有一种神奇的魔力。他每说一句，温小筠与杜家小姐初遇的情景就在温小筠的眼前出现一帧。随着画面的闪现，她越来越镇定。

王知府与郾乾化对视一眼，不约而同地走出停尸房。郾诺拉了一把温小筠，也跟了出去。

走到枯井边，郾乾化转头望向温小筠，表情严肃地说："温刑房，你是如何确认死者身份的？"

温小筠将吃包子的过程讲述了一遍，最后总结道："起初遇到杜家小姐时，因为她故意女扮男装，属下便对她多看了几眼。她身上的衣服有几处脱了丝，很像是攀爬什么粗糙的东西被蹭坏所致，再加上她的发髻后面有一截儿细小的树枝，所以属下觉得她应该刚刚爬过树。

"再看她旁边那个戴着斗笠的男仆，光天化日之下故意用斗笠遮住脸，肯定有着不能被人看见的理由。而在他的斗笠上有一片槐树树叶，后来属下去杜氏钱庄救火时发现，周围一片人家只有杜家一户种着槐树。再回想男装少女与斗笠男仆出现的方向，所以属下推测白日所见的少女就是杜家小姐。"

王知府赞赏地望着温小筠："果然是刑狱推断的一把好手，是我焱州府难得的人才。"

事实上，多年的创作生涯，除了锻炼出温小筠的画技，更令她在无意间练成了对画面超强的记忆能力。这点儿功力，对她来说实在不算什么。

郾乾化却想到了另一个问题："如此看来，杜家小姐并不是简单地被绑架。"

王知府点点头："装扮成男人，在街上跟着别的男人开心地吃包子，这个案子一看就是私奔嘛。"

郾乾化皱了皱眉："大人，具体内情还是要提审一下杜友和。"

王知府点点头："郾大人所言甚是。"

郾乾化转向一旁的郾诺："另辟一间屋子出来，其余人等屋外候命。"

郾诺与温小筠一起拱手领命。

部署完毕后，郾乾化、王知府带着温小筠与郾诺依次走进温小筠之前打算睡觉的那间房子。

不一会儿，哭得浑身颤抖的杜掌柜也被"猫耳朵"搀扶了进来。

屋里摆了两把椅子，郾乾化与王知府端坐上位。郾乾化冷冷开口："杜友和，将你女儿的事细细说来。"

杜掌柜跪伏在地上，几乎泣不成声："'钱火龙'出来后，我们就着急救火，后来消停了些，我就发现我家莺儿被绑架了……"

郾乾化："杜莺儿最近可有什么异常？"

杜掌柜的肩膀颤动了一下，随即他抬起头掩着面哑声地回答："小女生性最是温顺，从来没有半点儿不正常的地方。尤其最近给她定了一门好亲事，她更是欢喜得很，每日只在家中做些女红，安心静等出嫁，谁知道……谁知道……"

他忍不住"呜呜"地哭了起来。

温小筠脸色突然一沉："杜掌柜，事情到了这般田地，你还要装下去吗？难道杜莺儿如此惨死，你半点儿都不心疼吗？！"

她这话一出，王知府顿时有些惊讶。他难以置信地看向面前的杜掌柜，暗道：温小筠这句话，难道是说杜友和……都说虎毒不食子，杜掌柜怎么可能会对自己的亲生女儿下那么狠的手？

杜掌柜身子猛烈一抖，双腿瞬间跪地，伏在地上力竭地呜咽："我……我……我混账啊……我对不起莺儿啊……"

王知府不自觉地后仰了一下身子，转头低声问向温小筠："温刑房，犯人不会就是杜友和吧？"

"是我！"杜掌柜倏地抬起头，双手紧紧地揪着头发，死死地盯着长桌上的死者，泣不成声，"是我害了莺儿，是我害死了她啊！是我亲手把她送到了黄泉路上啊……"

"简直禽兽不如！"王知府愤怒地一甩袍袖，厉声喝道，"未承想天下竟有如此禽兽之人！来人，把这禽兽给本官绑起来！"

登时冲上来一批愤怒的捕快，上前要捉拿杜掌柜。尸体状况的惨烈，他们都亲眼看到，别说是亲生父亲，就是陌生人看了都要忍不住心痛好久。这样骇人听闻的凶案，竟是出自死者的父亲之手，任谁听了都会愤怒到喷火。

"且慢，"温小筠眼看情势不妙，赶紧上前一步拦下，"知府大人，此案真凶并不是杜友和，他只是伪造了一封绑匪绑架了自己女儿的信件。"

"什么？"王知府觉得自己的脑袋又变成了两个大，"从何处看出是杜友和伪造的信件？既然是他伪造绑架案，这么短的时间内又怎么还会另有凶手？"

温小筠舒了一口气，不急不忙地回答："在回答这两个问题之前，属下还想确认一件事。"

王知府点点头："可。"

温小筠望着刚冲进来的"猫耳朵"："毛捕快，你能再重复一下信件的内容吗？"

"猫耳朵"听到温小筠突然点到自己，立时激动地上前一步："杜家的家丁报官时说，突然收到一封绑匪勒索赎金的信，要杜家拿出五千两银子于明夜子时藏到自家后院的老槐树树根下，否则他们就要把肉票撕了。"

温小筠点点头："问题就出在这棵老槐树下。当时我没有留意，可是到了衙门回禀凶案时，撞到杜掌柜苦苦哀求两位大人快去帮他寻找女儿，我就察觉到一点儿不对。首先一点是，宁家的案子中埋下银子的老榆树其实是在后山。因为宁家的家业大，所以他家的后山是一座真的山，距离大宅其实很远。人把银子埋在那里赶紧离开，而后绑匪出现取走银子，这是合乎常理的。

"可是杜家的老槐树就不一样了。在杜家救火查案时我曾见过那棵老槐树，真的像勒索信里写的一样，在杜家后院。钱庄出于防盗，杜家的院墙十分高，而且到处都有家丁与护卫。绑匪叫杜家人把银子埋在那里，根本就取不出来。后来我又看到杜掌柜着急请求两位大人的样子，就更加生疑——"

听到这里，王知府忍不住又打断问道："杜友和的女儿被绑架，着急求我们处理案件，不是很正常的吗？究竟是哪里露出的破绽？"

"破绽就在杜掌柜的身上，"温小筠望着伏在地上的杜掌柜，声音低沉，"看到杜掌柜晚上焦急哀求两位大人的样子，就能看出杜掌柜非常在意疼爱这个女儿。但与此同时，属下也产生了一个疑惑，那就是焱州府第一钱庄最金贵的女儿，究竟是什么时候失踪的，又是怎么失踪的？"

王知府蹙着眉头思量着说道："大户人家对女眷的管束都极严，她们的身边贴身照顾的丫鬟、婆子也是一大堆。要是丢了女儿肯定早就报官了，而杜友和直到今天晚上才报案。按常理来说，他家女儿应该是今日才失踪的。"

温小筠点点头："大人说得极是，富贵人家的千金小姐被绑架，家人当然会第一时间报官。可是除了报官，家人们也会最大限度地多派人手到处去找。就比如宁员外，儿子走丢了，除去报官外还派出了所有仆人去寻找。即便如此，宁员外自己也跟着到处想办法，两日里几乎就没休息。

"反看杜掌柜，亲自报官本来是合情合理的，但是杜氏钱庄白天刚刚发生了大案，杜宅到现在应该还有不少捕快留驻。衙门对他家已经很关心，报了官之后，他最应该做的是一面派出人手继续寻找，一面紧急凑出五千两银子，全力准备明夜去埋银换人。

"因为焱州首富宁老爷的小公子被绑架，埋了银子祭给元宝小妖精后，小公子就安全回来的事已经在焱州传得沸沸扬扬，几乎成了百姓茶余饭后的谈资。而消息灵通的杜氏钱庄自然也会知道这件事。都说爱子心切，当局者迷。爱女心切的杜掌柜一定也会抱着'宁可信其有，不可信其无'的心态，在报官的同时紧急操办埋银子的事。可事实上，他在报官之后，一直赖在衙门里苦苦纠缠大人们，就好像要不断给大人们灌输自己的女儿被绑架了的事实。"

听到这里，王知府不觉看了杜掌柜一眼，迟疑地问道："可是宁家的绑架案已经破了，真凶是人，并不是什么元宝小妖精。也许杜友和就是知道了这一点，才不着急埋银子，只是急着催衙门派人去查案找人。"

经历宁家案子的人都赞同地点头，只有鄞乾化与鄞诺这对父子无声地对视了一眼，之后便又默契地继续保持沉默。

温小筠并没有被这个问题问住，耐心地回答道："大人说得是，只是宁家的案子是今日晌午才破的，下午没多久杜氏钱庄就发生了惊心动魄的钱流案——宁家案子的真相根本没有时间流传出来。"

王知府这才恍然："的确，别说老百姓们来不及知道，就是本官也被火灾弄得焦头烂额，再无心力去顾及宁家的绑架案。"

温小筠又继续说道："所以，今夜杜掌柜在衙门里的行为可以说处处充满矛盾，处处有破绽。"

地上的杜掌柜听到这个结论，捂着脸哭得更加伤心了。

鄞乾化满目赞叹地看着温小筠。仅凭匆匆一面，就能观察出如此多的关键细节，他这个天才侄儿远比他想的还要出色。

一直趴在地上的杜掌柜猛地抬起头连滚带爬地就往温小筠的脚下奔去。鄞诺眉头微皱，一个跨步上前就按住了对方。

杜掌柜拼命挣扎，苦苦哀求着温小筠："官差大爷……救苦救难的观世音菩萨……您一定要为小女申冤做主啊……"

温小筠鼻子一酸，连忙上前搀扶起杜掌柜："杜掌柜，在下一定尽力，只是假绑架案的内情您不可再有半分隐瞒，一定要把所有真相都说出来，不然不仅会错过万恶的凶手，更会给你们杜家带来灭顶之灾——"

"且慢，"王知府再次上前打断温小筠的话，忧心忡忡地问道，"温刑房，既然已经证明杜友和在绑架信上作了假，你又怎么知道他没有参与谋害自己女儿的案子里？"

他警惕地瞥了杜掌柜一眼："虽说虎毒不食子，但是绑架自己女儿的事都干出来了，难保这其中没有什么猫儿腻。"

满面泪水的杜掌柜哑着声音拼命地摇头："知……知府大人，不……不是……"

温小筠攥住他的手拍了拍："没事，别怕，我都知道。"

说着，温小筠朝一旁的鄞诺使了个眼色。鄞诺立刻会意，上前接过杜掌柜。

温小筠这才面向王知府作揖："大人担心的甚是。这个问题我也在心里推敲过无数次，才终于否定了杜掌柜的作案嫌疑。在大人叫杜掌柜进来认尸时，他最初是不相信自己的女儿已经遇难的。哪怕尸体就摆在面前，他还勉强笑着说肯定是搞错了。属下仔细回想过他当时的动作、表情，并不像演戏。

"而且，如果早知道女儿陷于危险之中，在听到叫他认尸时，他第一动作应该是冲过去查验是不是自己的女儿。即便他会有犹豫和害怕，也应该是在揭开尸布时，而不是在一开始。况且，白天杜家小姐在离家的路上不仅穿了男装，还悠闲地在大街上吃包子。与其说她是被绑架，倒不如说更像一时任性，淘气地离家出走。退一万步说，杜掌柜如果真的想把自己的女儿置于真正的危险中，绝不会让她在大街上招摇过市——毕竟她那么漂亮，又穿着一眼便能看出女儿身的男装，在大街上想不引人注意都难。"

满屋子的人都跟着王知府一起恍然大悟地点点头。虽然鄞推官也是一位出了名的好推官，但仅凭一些画面，就能把案情分析得如此清晰明了的，便只有这位温刑房能做到。

事情发展到这步，他们对于鄞推官之前夸赞温小筠的话已是深信不疑。

听到这里，杜掌柜像是忽然想到了什么，"哇"的一声又喷出一大口鲜血，直挺挺栽倒在地，晕厥了过去。

官差们都被吓了一跳。这内情还没问出来，杜掌柜怎么就晕过去了？温小筠也有些急了。就在众人慌乱之时，鄞诺果断地冲出来，大手一挥掐住杜掌柜的人中。

"拿酒来。"他急切地说道。

"猫耳朵"立刻解下腰间的牛皮袋递了过去。郓诺单手接住，用牙咬开瓶塞，仰头咕咚灌了一口，随即噗的一下，猛地朝杜掌柜的脸上喷了一大口酒！

"杜友和，杜掌柜？"随手撇开酒囊的郓诺狠狠地拍打着杜掌柜的脸颊。

他那力道重得温小筠都不觉打了个寒战。她在心里暗暗发誓，以后无论遇到什么，都一定不能在郓诺面前晕倒——这个家伙下手太狠了。

没过一会儿，杜掌柜便缓缓转醒。郓诺又喂了他一口热水，帮他顺了顺气，杜掌柜这才恢复了一些。

"杜掌柜，不然你先回去休息，明天我再找你问话。"温小筠俯下身温声劝慰。

杜掌柜一把抓住她的胳膊："刑房大人，我没事。莺儿的事一时一刻也耽误不得，我这就把所有缘由都告诉您。"

众人听到这里，不觉好奇地向前凑了凑。这样残忍的案子，那样年轻漂亮的姑娘，任谁都想知道原委。

郓乾化见状不觉皱了眉头："这里留下郓捕头护卫就足够了，其余人守在院外，在线索捋清之前，严禁泄露案情！"

众人虽然心痒难耐，可对上司的命令从来都是绝对遵从，齐齐应了一声后便迅速离开。只一眨眼的工夫，屋子里就只剩下王知府、郓推官、郓诺、温小筠和杜掌柜。

杜掌柜回头看了外堂长桌上躺着的再也不能说话、不能笑的女儿一眼，眼泪不觉滚滚淌下。他勉强用袖子抹了把泪，终于讲起事情的缘由。

杜家小姐这一次出府，的确是因为任性离家出走的。一个月前，她与继母江氏在淼州府最有名的寺院献素斋时，误撞了同在寺院礼佛的鲁王。

后来杜家才知道，鲁王虽然是便衣出行，手下人还是净了场的。只是寺院念着杜家是老香客，出手向来阔绰，不好把人家母女拦在外面。寺院主事的人本来想着让杜氏母女悄悄献了素斋与香火钱后，求了签就回去，没想到中间还是出了差池。

当时鲁王并没有生气。因鲁王已经是个六十多岁的老人，杜家母女当时并没有多想，只感恩老王爷的仁慈大度。可是她们却万万没想到，第二日，老王爷就派遣媒人来提亲，要迎娶年仅十五岁的杜家小姐做侧王妃。这一下可把杜家吓坏了。虽然老王爷明面上派了媒人，可随行的还有一队带刀护卫，他们直接抬着聘礼进了杜府。

带头的护卫凶神恶煞地说："王府的聘礼抬来就没有抬走的道理，这是平民百姓家几辈子修来的福气——要是有半点儿不识抬举，福事立刻就能变成祸事。"

杜掌柜面上虽然答应下来，心里还是忐忑得不行。王爷与莺儿的年纪实在差得太多了。他的女儿一直是他的心尖宝贝，骄纵惯了的，脾气倔得不行。她自己不愿意做的事，谁都逼不了她，如果听到这个消息，肯定会闹得鸡飞狗跳。果然，他回去一说，杜莺儿当时就要抹脖子。杜掌柜被吓得不行，第二天就委婉地向鲁王府说女儿体弱生了病，王爷的婚事她其实欢喜得不行，只是碍于生病，请求王爷推延些时日。

王府的人虽然没有说什么，可是当天下午钱庄就遭遇了一件祸事。

有人低价典当了一批宝贝，谁知管事刚把宝贝入库，就有官兵前来，说王府遭了贼丢了东西，侍卫一路追踪到此，发现是钱庄的人偷的。当时官兵就要查抄杜氏钱庄，拘押杜掌柜。关键时刻，之前提亲的鲁王府侍卫赶到，说这其中怕是有误会，且容他调查一下。明眼人都看出这就是王府直白的威胁手段，可是看明白也没用。杜掌柜只能硬着头皮定下杜莺儿与老王爷大婚的日子，时间就在三日后。

可他不知道，今日清晨，杜莺儿竟然在继母和丫鬟、仆人的帮助下，从杜府逃走了。

要知道，他为防备这个女儿逃跑，特别将后宅看得死死的，每一个门都不会放人出去，院门外面也留了人看守。可是这一切挡不住当家主母——她亲自出面调走家丁，叫杜莺儿带着绳索从槐树上跳到围墙，又叫人在外接应并护送着离开了。

后来，杜府就遭遇了要命的钱流案。几乎没了半条命的杜友和回到卧室正要叫来妻女交代，却发现女儿逃跑了。妻子跪在地上求他饶女儿一命，要是强行嫁给老王爷，杜莺儿绝对会自尽了结。

一场灾难终于改变了杜掌柜的心态，他想着家业反正都败了，自己也跟死了没什么差别，不如保住女儿的一条命。窘迫之中，他忽然想起宁家小公子被元宝小妖精绑架的案子，灵机一动，就想借着钱流案再伪装一场绑架案。反正自家都破产了，五千两银子又是一笔巨款，他怎么都凑不齐了，凑不齐，女儿就回不来。

即便到时候王爷借给他钱，元宝小妖精换不换人也是不一定的事。由此，才衍生出他在衙门纠缠两位大人的事。只是他千算万算，没有算到温小筠会一眼看出他的破绽，更没想到逃命出去的女儿会从此走上不归路，还是那样一条凶残、可怕的不归路。

说完这一切，屋中人无不唏嘘。表面上他们虽然都非常尊敬老王爷，但是在内心都十分憎恶对方为老不尊、时常祸害童男童女的行为。

王知府重重地叹了口气，转头问向鄞乾化："鄞大人，案子到这里已经破了一大半，剩下的只要找到那个见利忘义的斗笠仆人，就能真相大白。现在夜已经深了，就到这里吧，明日咱们再接着查。"

杜掌柜愤怒地站起身，可体力终是消耗殆尽，最后只能跌回到鄞诺的怀里，大口大口地喘气。

温小筠心里有些着急。

这个案子绝不会像王知府说的那样简单，那斗笠男仆也不会是普通的见利忘义、见色忘义，这其中必有天大的内情。可就在她要表示抗议的时候，鄞乾化却抬手按住她的肩膀。

"王大人说得极是。"鄞乾化转头安抚了杜掌柜两句，又叫进捕快们，命他们先把杜掌柜送回家。

杜掌柜哪里肯依，挣扎着要陪自己的女儿最后一程。最后实在拗不过他，鄞乾化只得派了几个捕快看守尸体，同时照顾杜掌柜。

出了停尸房，王知府已经累得不行。

鄞推官说："劳累一日，今夜好好休息，明日再全力排查绑架案的始末。"

看着两位大人先行回府的背影，温小筠有点儿不甘心，却还是被鄞诺一把拉走。

"你干什么？"温小筠恼怒挣扎。

"再寻一处宅子睡觉。再不睡觉，明天肯定会累瘫，你不想破案？"

温小筠咬了咬唇，最终无力地垂下头，任由鄞诺拉着向旁边走去。

这一次，鄞诺依旧选了旁边的一处荒宅。

要是搁在平常，温小筠肯定会骂人。但今夜经过太多事，她实在没力气去挑什么环境了。拿出包裹中的床单、薄被，仿照郾诺之前的样子铺好后，她倒头就睡。

看着温小筠毫不挑剔的样子，郾诺不觉目光沉沉，转头走到另一间房。不过，他却睡不着了。

温竹筠聪明，他从小就知道。正因为温竹筠的聪明，他受了太多闲气。小的时候，家族聚会时，他的母亲总是刻意为他们创造比拼学问的机会，一开始他很不屑，却没想到报应马上轮到他的身上。

他的母亲叫他现场作一首诗应景，他却磕磕巴巴，一句都没说出来。比他还小一岁的温竹筠看了，登时上前随口吟诵一首，博得了满堂喝彩。

他本来正要感谢温竹筠的及时解围，却没想到温竹筠随手扔给他一本《诗三百》，还大言不惭地教育他——

"郾推官的儿子怎么能胸无点墨？从今天开始就回去好好夯实基本功吧。"

当时的温竹筠瘦瘦小小的，比他足足矮了一头，说话却是一副鼻孔朝天的模样。郾诺发誓，当时没抡起拳头一下打得对方满脸桃花开，就已经是给了温家天大的面子了。

不过，他毕竟不是一个小气的人，事后消了气也就想开了。这一次是他技不如人，被人奚落也是应该的。于是，回家之后他通宵达旦地苦读诗书。别说一本薄薄的《诗三百》，就是《四书》《五经》他都倒背如流。没事的时候，他看到什么就以之为题作诗一首。母亲对他的诗作夸赞不已，父亲虽然半句话没说，却不像以前那样随手就将他的诗作撕得粉碎。

郾诺想，父亲这辈子就没夸过人，没有批评对他来说就是夸赞了。于是再一次家族聚会时，他斗志满满地再次上场，只想在众兄弟中一鸣惊人，更叫那个鼻孔朝天的温竹筠刮目相看。可是就在他随口作出一首叫座儿又叫好的七言绝句时，温竹筠竟然作好了一篇近千字的七言歌行，句句珠玑，满篇典故——而且随便摘出四行，都完胜他的心血之作。

对比之下，他的诗作粗鄙得就像乞丐要饭的破碗。只差一点儿，他就成了当场吐血三升的周瑜了。虽然没有直接吐出血来，他还是憋出了深深的内伤。

好好好，到底还是他技不如人。他认栽！就在他强忍着内伤认输下场的时候，温竹筠竟然又扔给他一本话本。他下意识地伸手接住，就再次看到了温竹筠那鼻孔朝天的臭德行。

"夯实基本功，是总角孩童都能做到的事。只会基本功就是读死书，死读书。长大了，要开阔眼界，让脑瓜儿灵活才好。"

鄞诺发誓，这一次没有当众把那本破书撕得粉碎，就已经是给自己的父母天大的面子了。可是他毕竟不是个小气的人，事后想开了，觉得毕竟还是自己技不如人，被人奚落也是咎由自取，要怪就怪自己实力不行。

于是这一次回去，他不仅看遍了各种传奇、话本，更把古往今来所有名门大家的著作、传记看了一个遍，这其中还包括很多珍贵的孤本奇书。这一次他写的文章，就连父亲看了眼前都明显一亮。虽然还是没有出声夸奖他吧，但那可是自己从来都不夸奖别人的亲生父亲——对方双眼一亮，绝对是对他莫大的欣赏。再一次的家族聚会中，他不仅主动出击作了三首诗，一首比一首长，一首比一首精彩，更把简单的题目——"花香"引经据典地延伸出一段精彩的故事。母亲已经忍不住为他鼓掌喝彩了，就连长辈、兄弟们对他也夸赞不已。

就在他扬扬得意的时候，温竹筠却拿出了一件众人根本想象不到的神奇作品。显然，温竹筠那个家伙是趁着众人都被他鄞诺的长篇大论吸引了目光时，躲在角落里画成的。

当时他余光瞥过去，还以为奋笔疾书的温竹筠又在憋千字七言诗行呢，没想到竟然是在画画。

他不由得冷笑一声。一幅画而已，能有多少内容？温竹筠撑死就是画点儿花啊，草啊的，又能有什么新意？看来他没日没夜地下死功夫苦读终于起作用了，把这个号称什么第一天才的温竹筠都逼得黔驴技穷，作不出更好的诗，也讲不出更好的故事了。

想到这里，少年鄞诺连眼角都有些湿润了。鄞诺真想叉腰仰头朝天大笑三声，然后再好好地把温竹筠那厮奚落一番，让他狗眼看人低！让他猖狂嚣张！

不过他鄞诺毕竟不是个小气的人。温竹筠那个狗眼看人低的狗屁天才才会在失败者的身上踏上一万脚，他这样有涵养的人才不会做那么粗俗的事呢，只会在失败者——温竹筠的身上狠狠踩上一脚，然后一脚就要了这个家伙的狗命！

可就在鄞诺沉浸在自己美妙的幻想中不能自拔的时候，围观的人群突然发出了一片夸张的惊叹之声，将鄞诺美丽的梦想瞬间击碎。他皱起眉头，不服气地拉开围观的表兄弟们，挤到最前面去看个究竟。

他双眼倏地睁大。

那是一幅美人图。美人身姿窈窕，容颜生动，尤其是一双晶亮的杏眼，宛如真的一般，让人不得不惊叹作画人的技艺高超。

不过那并不是一般的美人——美人身着粗布衣衫，头上没有半点儿珠钗首饰，只在左边鬓角别着一朵可爱的小野花。她一手挎着竹篮——里面是要浣洗的衣服，走在一条山间小路上，忽然侧身低眸，另一只手拂着后面的裙摆。裙摆上零星地挂着些花瓣、草叶，而在她身后的来时的路上也散落着些花瓣，顺着小路蜿蜒通向远处一片茂密的花地。

林木苍郁，繁花锦簇，让人充满无限向往。然而这些都不足以让人如此惊叹，最让人惊叹的是，美人拂着裙摆上残留的花瓣时，一只振翅的蝴蝶飘然飞来，流连裙摆间。美人见此，不由得嫣然而笑，顾盼流转间，极尽娇妍。只看得人心都酥了，醉了……

表兄弟中最年长的一个忍不住拍手叫好："真真是无一字写'花香'，却又处处是'花香'。真是此时无声胜有声，此时无言胜千言。实在美不可言，妙不可言，香不可言！"

鄞诺的心瞬间跌进寒潭最深处。胜负已分，他再一次输得一败涂地。

只是这一次，鄞诺再也没有给温竹筠当面奚落他的机会。在人们还对画作啧啧称叹的同时，他默默撤步，无声离开。感动的泪珠还挂在他的眼角，落下却跌成了一地心碎——温竹筠真的不是人，次次都不按套路出牌，自己好不容易成了合格的文人骚客，这厮却又整起了琴棋书画。

不过，他鄞……鄞诺毕竟不是小气的人……技不如人……甘心认栽……

抹一把辛酸泪，鄞诺把自己锁在房里继续埋头苦干。他就不信了，这辈子还有他鄞诺追不上的人！燃着烈火的斗志再度回到他的身上，他可是从不言败的男子汉！这世上就没有什么能将他彻底打败！

他以为还会有下一次的才艺较量，不想命运的轨道却在一次意外中折向了另一条惨痛的仇恨之路。

那个意外，就是他的嫡亲姐姐鄞纤纤。不知道什么时候，一向好武、作风彪悍的姐姐突然文静起来，每次的家族聚会都兴致勃勃地跟他去参加。就在他两耳不闻窗外事的时候，鄞纤纤突然出现在他的面前，替温竹筠讲起了好话。他当时就起了疑惑，没用两句，就套出了姐姐的心里话。

原来姐姐本就心仪那个小个子——"瘦杆狼"温竹筠，只是她虽然一贯直爽，可到底是个女孩子，明面上一直没透露过。可是几次家族聚会中，温竹筠却主动撩拨起姐姐来，不仅跟她吃喝逛街，更为她买胭脂水粉，甚至还亲昵地给她画眉。

鄄诺后槽牙咬得咯吱作响，手中的笔杆咔嚓一下断成两截。臭不要脸的登徒子、浮浪客！竟然敢勾引他鄄诺的姐姐！于是他百般劝，千般阻，就想把那个"瘦杆狼"从姐姐的脑子里赶出去！可是他狠，姐姐鄄纤纤比他还狠。她不仅没被他说服，还说服了他不要成为她幸福的绊脚石。

她鄄纤纤这辈子非温竹筠不嫁！他们鄄家的女人，向来彪悍得不行，就比如曾经叱咤江湖的第一女侠——皇甫涟漪，当年就是完全牵着他的父亲鄄乾化的鼻子走。

没办法，面对拗不过的亲姐姐，鄄诺只能含着眼泪忍痛接受即将成为温竹筠的小舅子的事实。

但是由于父亲的官职调动，整个鄄家都要跟着远赴外地。举家动身的前一刻，鄄纤纤说动他陪着她去找温竹筠告别，并要明确定下终身大事。没办法，面对完全拗不过的亲姐姐，鄄诺只能含着眼泪陪着姐姐去找温竹筠。

谁知终于轮到姐姐表白心迹了，温家却直接拿出已和别人家有婚约的事来劝说姐姐——温竹筠更是直接对姐姐避而不见。他好不容易把温竹筠忽悠出来，对方却没骨气地低下身段苦苦求姐姐原谅。

鄄诺这次没再忍，出手就要把那厮狠揍一顿。没想到那个不争气的姐姐不仅上前护住了温竹筠，更是反手给了他一个巴掌。鄄诺从来没有丢过这么大的人，捂着通红的脸愤怒离去。可是这个决定，却成了他悔恨终身的痛。

傻乎乎又一根筋的姐姐不甘心地继续纠缠温竹筠，之后被彻底伤了心，决绝地奔出温家。听到消息的鄄诺火急火燎地找遍了所有能找的地方，都没找到姐姐。温家人也傻眼了，跟着一起找。

最后鄄诺不死心，又急忙掉头回家，想看看姐姐是不是回家了。可是回到家，他却得到了一个不幸的消息。失去理智的鄄纤纤骑马途经一处山地，遭遇了泥石流，尸骨无存，只剩下骏马的半边残骸惨烈地埋在淤泥中。

母亲皇甫涟漪遭此打击，大病一场，从此便落下了心疾的毛病。

父亲鄄乾化也一下子苍老了不止十岁。

从那儿以后，他鄞诺就把温竹筠当作第一仇人，曾经的琴棋书画也都付之一炬。他最不能接受的是，都到了这个地步，父母还替温竹筠说话。于是他一怒之下离家，发誓再不回来。

可是今夜，在这座荒宅里，他倚靠着斑驳的墙壁，望着伸手不见五指漆黑一片的屋子，不由得长长叹了一口气。

没承想时间过得竟然这么快，一晃都过去了好几年，今日再看到温竹筠意气风发地大展才华，他仿佛又回到了以前和对方数次比试的时候。只是现在的他成熟了许多，也稳重了许多。

杜氏钱庄高墙之外，温竹筠一句话直接点破了事情的关键。他的父母从来都是最爱护子女的，怎么可能会眼看着姐姐死在温竹筠的手上而无动于衷？而且姐姐之所以私自去提亲，就是因为父母明确说她和温竹筠根本不可能，但是对不可能的原因却支支吾吾，不能自圆其说。

也许，多年前的旧事背后，真的有些他不能知道的内情。不过无论有没有，现在的温家除温竹筠外都被斩杀。再深的仇，再大的怨，发展到这步也算不得什么了。温竹筠是出色的，能帮到父母——而他的父母也真的需要温竹筠。

虽然母亲之前用重病逼迫他，叫他与温竹筠一起做事一年，他却知道那是母亲在演戏。通过杜莺儿的惨案，他忽然想通了，人生在世，能遂自己心意活着有多么不容易。

父母的愿望毕竟只是父母的愿望，不能左右他的人生。他的人生，还是要他自己做主的。帮助父亲和温竹筠破了杜莺儿的案子后，他便会直接离开，奔赴沙场前线去建功立业，完成自己的梦想。

想到这里，鄞诺顿时觉得整个身子都跟着轻松起来。就在他豁然醒悟的时候，隔壁房间忽然响起了一片窸窸窣窣的声音。

应该是温小筠早醒起床了。

鄞诺的双眼倏地一亮，他要跟温小筠把话说开，说明。这几天查案，他不会再为难对方，也不会再刁难对方。他会全力配合，使出浑身的解数助对方缉拿凶犯。他们两人的恩怨也到此为止，案子结束之时就是他离开焱州之时，从此与温小筠形同陌路，老死不相往来。对，他鄞诺从来都不是个小气的人，就是离开，也要大大方方、光明正大地离开！

他翻身跳下床，身上的尘土都来不及掸就冲向房门。等一把拉开残破的房门，他的眼前却是空荡荡的一片。

郾诺满目疑惑，左右看了看，中间堂屋半个人影都没有。他走向温小筠的卧室，推开半掩的房门，里面也是空荡荡的一片，只有摊开的床单和薄被露出曾经有人睡过的痕迹。郾诺心头一惊。这座荒宅是他随手选的，距离凶案现场并不远，难道是凶手出现了？！

郾诺越想心越惊，只回忆杜莺儿的残肢上那些光洁整齐的切口，就知道凶手必定是个高手。死了的杜莺儿没有被掩埋也没有被毁尸灭迹，而是被摆出了一个诡异的姿势，堂而皇之地躺在了废宅之中，这其中很可能还藏着什么吓人的内情，凶手很可能还会回来检查或是做些别的可怕的事。这里距离凶宅很近不说，还没有捕快与护卫。

郾诺抽出长刀，小心警惕地向大门走去。他用刀尖轻轻地顶开半掩的堂门，向外望去。这里也是一片无人打理的荒宅，野草很多，矮树丛也很多，可就是没有温小筠的人影。

郾诺的眉头几乎拧成了一个"川"字。

怎么说他的功夫底子也是十分深厚的，更何况他一直没睡，保持着清醒——如果真的是凶手潜进房间掳走了温小筠，一定会叫他发现。可现实是，他不仅没有发现，更让温小筠在自己的眼皮底下凭空消失了。能做到这种程度，对方的身手一定远高于他。

他屏住了呼吸，抬脚跨过门槛走出屋子。前面的院子依旧是空空荡荡的，没有半个人影。郾诺的心忽地一紧——若对方有足够的能力骗过自己的耳目，温小筠就一定是凶多吉少。

这时，一个熟悉的声音突然从他身后炸开。郾诺立时抽出长刀闪电般地指向侧后面。

"你想干啥？"一直默默地坐在窗前墙角的温小筠倏地直起身，望着前方空旷又荒芜的院子，两眼直勾勾地喊道，"哎呀，我知道尸体为何出现在枯井边上了！"

说完，她根本顾不得郾诺抵在她的脖子上的长剑，随手一扒拉，推开长剑，转身就朝着杜莺儿所在的院落跑去。

望着仿佛根本没注意到他的温小筠，郾诺的怨念不觉又深了几层——她根本没有给他哪怕一点儿的说心里话的时间。他恨恨地咬了下后槽牙，只能收好长刀快速跟上去。

温小筠疯了似的拼命往前跑。只是天还没有亮，长满杂草的湿滑路面十分不好走，她跑着跑着，脚下一滑，直接摔了个大马趴。

看着她张开四肢"五体投地"的狼狈模样，鄞诺的额上滑下一颗豆大的汗珠，一想到自己曾三番五次地输给眼前这个摔了个狗吃屎的家伙，他就恨不能抽自己几个大嘴巴。太丢人，太没出息了。

不过温小筠却对自己的狼狈毫不在意，爬起身，抹了把脸上的泥土，继续发了疯似的往前跑。

两个院子离得并不远，她很快就跑到了目的地。

门口看守的捕快由于天黑，一开始没看清这个突然跑过来、满脸泥巴的人究竟是谁，刚要抽刀喝止，就看到了紧随其后的鄞诺，于是刚刚抽出来的长刀又收了进去。

温小筠没有半点儿打招呼的意思，掉头直接冲进院子。等她跑进堂屋停尸间时，忽然停了脚步。

原来杜掌柜跪地伏在长桌前段，头埋在女儿头部的旁边，疲惫至极地沉沉睡去了。温小筠心中微动，放轻了脚步走向前去。

"杜掌柜？"她说着，伸手去拍杜掌柜的肩膀。

手指还没触到他的肩膀，温小筠就感觉到了一股热气。她不觉一惊，摊手伸向杜掌柜的额头，发现他的额头滚烫得直烧手。

"杜掌柜？杜掌柜！"温小筠急忙拍了他两下，才发现他已经发病昏迷。

鄞诺见状赶紧叫手下抬杜掌柜回府好好疗养。

目送着捕快们抬着杜掌柜离去，温小筠继续跑向后院。院子里的情景都没变过，就连井旁边死狗的尸体都纹丝未动。

温小筠走到近前，看着那条死狗，挥手对左右命令："剖开它的肚子，仔细检查它的肚肠。"

鄞诺本想再不理温小筠，却没想到她会下这样的命令，好奇心又生了出来。他支使捕快用专门的尖刀割开野狗的肚肠。

"竟然还有人的手指骨。"给狗开膛的捕快扬着满是血污的套着油布手套的手，满脸惊恐地说道。

杜莺儿的尸体虽然被分成了好几部分，但好歹拼起来是完整的，手骨根本不缺。

温小筠皱眉道："凶手为什么要把尸体放在这个院子，又为什么会在井边摆这个姿势？"

水井？！

第六章　傲慢与偏见

温小筠双眼瞬间睁大，掉头几步跑到井棚，趴在井口一看，里面黑洞洞一片。

"怎么了？"鄞诺紧跟着问，"井里有什么？"

"看不清，"温小筠站直身子，回头看着一众捕快，似乎在寻找着什么合适的人选，"需要进去查一查。"

立刻有两个捕快冲向前："鄞捕头，我们来！"

温小筠挑挑眉，见那两个正是在杜氏钱庄的火场中被鄞诺亲手救出来的人，心道：鄞诺的威信果然都是实打实的。

"猫耳朵"一猫腰钻到前面，拍着胸脯，一脸决绝："你们谁有俺手脚灵巧？都给俺让开，让俺来！"

温小筠不放心，上前嘱咐道："耳朵兄，里面怕是有尸毒、瘴气，你进去得围住口鼻，千万小心。"

鄞诺哼了一声："我的人还用你教？"他朝着"猫耳朵"使了个眼色："别下太快，也别叫人小瞧了。"

温小筠不服气地白了鄞诺一眼，这个家伙不跟她对着干是不舒服吗？不过，想到那个完全未知的鄞纤纤，温小筠又不禁心虚地缩了缩脖子。鄞诺其实不像是不讲道理的人，他对她成见这么深，万一真是原来的温竹筠对鄞纤纤做过什么不可饶恕的缺德事，她也就只能自认倒霉。

总之，对于强大又敌视她的鄞诺，她还是选择能躲多远就躲多远吧。

还没等温小筠想完，井里就传来一声尖叫："人骨，都是人骨！"

随着那惊恐的叫声一起蹿出井口的还有围着面巾的"猫耳朵"。他四肢并用，动作迅疾，矫健得就像一只真正的猫儿。

看着"猫耳朵"一下子跌滚到井外的草地上，温小筠急忙冲上去："耳朵兄，里面尸骨很多吗？"

"猫耳朵"在地上打了个滚儿，顺势停住，站起身，用戴着油布手套的双手托着什么东西呈到温小筠的面前。

"俺下到井底下，隔着围巾就闻到了一股呛人的腥臭，可晃着火折子看到的却都是石头，随手一扒拉，里面密密麻麻的是一大堆混着碎石的碎骨头，其中一只手骨还能看出人形。"

众人凑上前一看，发现"猫耳朵"手中的果然是大半个残破的人手骨，都倒抽了一口凉气。

焱州府已经近两年没有出过大案，可是谁都没想到，这里竟然会出现一堆人骨。这就意味着，虽然表面上无人报案，但实际上焱州府却一直是暗流汹涌。

这时一个带刀捕快急匆匆地跑进后院："鄞捕头，鄞推官来了。"

说话间，鄞推官就带着徐仵作来到近前。看到那半个手骨，鄞乾化立刻下命令将枯井里面的尸骨全部搬上来，一一查验。

徐仵作立刻进入状态，火力全开地开始用《洗冤集录》中的各种方法验查线索。

好一番折腾后，温小筠将所有尸骨的检查信息都记录完毕。

徐仵作断定这都是在两年内死亡的年轻女子的尸骨，一共来自三个不同的女人，她们的年龄几乎都在十四岁到十八岁之间，而且尸体切口与杜莺儿的一样整齐平整。

还有最令人惊愕、胆寒的一处巧合是，井里找出的另一块残缺的骨头，正好能与野狗肚子里的手指骨吻合。

温小筠看得脸色越来越阴沉。

鄞乾化眉头也蹙得紧紧的："持续两年接连作案不间断，此案怕是牵连甚重，线索繁杂，不好梳理。我们现在最快的办法就是从杜莺儿这条线索跟进，查清离家出走后她行进的路线究竟如何，又在何地被何人所害。"

鄞诺咬了咬牙："应该就在不远处，温小筠晌午时分才见过杜莺儿，入夜时分她就命丧于此，肯定不会去太远的地方，凶犯必然就在城东。"

温小筠点点头："而且凶手手段残忍，我们于此处里外查过，没有行凶的痕迹，所以这里应该不是杜家小姐丧命之地——来回路上折返会将杜家小姐离家到遇害的时间压缩得更短。"

"猫耳朵"用力地点点头："那排查的范围就更小了。"

鄞乾化攥了攥拳，目光环视四周。

"对了，温刑房，"鄞诺本想装矜持到底，终于是没敌过自己的好奇心，"你如何判定那野狗肚里还会有尸骨？"

温小筠头也不抬地回答："那是专门吃尸体的狗。就算这里曾经是瘟疫村，可是多年没有死尸，又怎么会有这么一大批野狗？而且那条野狗濒死之前还拼着命往这个院子跑，我就感觉事情怕没那么简单。从死前的姿势可以看出，它是来吃杜家小姐的尸身的。

"这样熟练，它就很有可能以前也吃过，甚至是经常吃——结果我们就真的在它的肚子里发现了人骨残骸。残骸又与枯井里少女的骨头吻合，如此可以推断，有人故意圈养了这么一批要命的野狗，专门来啃食尸体。"

"猫耳朵"和一众捕快听到这里，脸都白了。他们当差时间长长短短的，有的也曾经手过多起命案，有的虽然没经历过什么命案的勘查，但打架斗殴流血的凶残场景也看过不少，可是所有的这些都不及温小筠的这番分析吓人。

她这番话的意思就是淼州府里藏着一个凶残无比、毫无人性、手段恐怖的杀人淫魔。

更可怕的是，这样一个杀人魔头一直就生活在他们的眼皮子底下，甚至很可能他们在大街上往来行走时会与之擦肩而过。这个推测实在太过吓人，足以令他们连做一个月的噩梦。

"温刑房，"鄞乾化转头望向温小筠，目光凝重，"你即刻带人赶去杜府。据昨晚杜友和的反映，将杜莺儿一步步带向死亡的斗笠男仆，很可能就是杜府的仆人——胡八。若果真如此，跟着这条线，应该很快就能查清他们的路线以及案件的真相。"

"鄞诺，"他瞥了儿子一眼，又沉下脸命令，"此程由你协助温刑房查案，并要保证他的安全。"

温小筠忽然在后面躬身说道:"推官大人的话,卑职还有一处疑惑。"

鄞乾化摆摆手:"讲。"

温小筠道:"属下觉得这个宅子并不寻常,那凶犯这两年肯定多次出入这个宅子。虽然这里曾经闹过瘟疫,但不远之处也零星地住着些人家。无主荒宅,难免会有闲人出入,比如淘气孩童,比如乞丐和贫穷的路人,可是两年间就是没人发现这里。更重要的是,把尸体喂给几条饿狼般的狗,总会有不小的动静,那些尸体也不是野狗一时半会儿就能吃完的,但是凶手好像非常自信,知道这样的场景根本不会被人撞破。因此属下想先查一下与这个宅子相关的人物。"

鄞乾化双目倏地一亮:"从抛尸地点直接联系到凶手?不错,这样距离凶手更近,也更直接。"

鄞诺也对温小筠的这个想法很惊叹,不过也没有忘记相关的细节:"难道就不去杜府排查了?"

"要查。"温小筠目光坚定,"只调查一步就把凶犯绳之于法的可能性太小,后面仍然需要杜府提供一些关键的信息。"

"如此便辛苦诸位细细盘查,切不可轻敌大意,放过任何有用的线索。"鄞乾化说完,带着徐仵作与一众捕快转身走回停尸房。

温小筠站起身,转而朝向院子的外面走去,头也不回地说:"毛捕快、鄞捕头,且跟我去打探消息。"

鄞诺抱着长刀皱了皱眉。温竹筠那厮哪里来的自信?不过两句话的工夫,就把自己当成跟班了?他狠狠地瞪了温小筠的背影一眼,长腿一迈,两步就走到温小筠的前面:"我可不是你的跟班,我才是查案的主力!"

他在心里暗暗发狠:比诗比画,我不如你,探路找线索,我不会再给你赢过我的机会。

面对鄞诺的骄矜,温小筠翻了翻白眼,默默表示自己不计较,因为实在懒得理他。

"鄞头儿、温刑房,等等俺!"后面的"猫耳朵"急急脱下白油布手套,清洗了双手,慌忙跟上。

面前这老大和小老大,"猫耳朵"表示自己都很喜欢,可是他们两个不和怎么办?帮哪头都是错,不帮哪头也都是错,他真是太难了。

出了荒宅，"猫耳朵"终于跟上了温小筠，凑上前好奇地问："温刑房，咱们应该去哪儿查？"

温小筠皱了皱眉："回衙门的户房和礼房去查这片荒宅有没有主人，或是有什么人在近两年接触过这里。"

"猫耳朵"重重一拍手："刚才俺就想跟温刑房您说这个事，可是您推论出来的结果一个比一个吓人，把俺吓得一激灵就给忘了。"

温小筠和鄞诺都停下脚步，疑惑地望着"猫耳朵"。

"那还废什么话，直接说啊。"鄞诺这个急脾气实在有些不耐烦。

"猫耳朵"抓了抓耳朵："哦哦，俺这就说，这片宅子三年前就叫外地一个商客买了。那个商客是开绸缎庄的，姓江。"

温小筠眉头皱得更深了："你怎么知道得这么清楚？"

鄞诺不以为意地抱臂一笑，睨着温小筠："你以为'猫耳朵'这个诨名只是毛尔德的谐音？他不光腿脚灵活得像猫，耳朵更是比猫都好使。"

"猫耳朵"红着脸"嘿嘿"笑了两声："温刑房，鄞头儿这是抬举俺呢。其实俺以前也是个野秀才，捎带着还是个不入流的小贼。一次俺被学艺路过的鄞头儿抓个正着，送进当地官府，判了个黥面之刑。结果执行的官差刻了个简写的'贼'字，那县官一眼看见就要叫人把俺的脸皮擦掉一块，重新黥面。

"俺当时是又心酸又哭笑不得，惨痛之中作诗一首。结果不承想，鄞头儿也在人群中看着俺被行刑。看到这里他怎么也忍不住了，挺身上前说因为与俺有私仇，所以诬陷于我。结果他自己担了一顿板子，才算把'猫耳朵'我这张脸的第二层皮保住了。后来鄞头儿说看中了我的胆气和脾气，说平常人早就吓得屁滚尿流苦苦求饶了，没想到俺还有心思作打油诗，也是个好玩儿的，就叫俺跟着他了。"

鄞诺听到这里，气得脸都红了，抬手作势要打"猫耳朵"："陈芝麻烂谷子的事，你还提它干什么？再说人家是什么人哪，你就这么说掏心窝子的话？我以前怎么不知道你这么好相处？"

"猫耳朵"忙抱着脑袋逃跑，嘴上一个劲地求饶。

温小筠惊讶地睁大了眼睛，向前两步，好奇地盯着"猫耳朵"的脸看："你这脸上干干净净的，啥也没有啊。"

"猫耳朵"又嘻嘻笑着说："还是鄞头儿给俺找了好郎中，趁着伤不重给修好了，不然也当不了捕快不是？"

"猫耳朵"又说："后来俺是绝对不当贼了，可是黑白两道的朋友都有不少，什么消息都逃不过俺的耳朵。说来也巧，虽然跟了鄞头儿，但是'猫耳朵'的本性还是难改——俺不偷了不当贼了，但是占小便宜的心还在。这片荒宅前面虽然说是鬼宅，但是地势极好，前两年就有人从官府低价占了。当时俺就想，鬼宅被有钱人买了肯定要大改造，到时候这片边缘的空宅子也跟着重新拾掇拾掇，没准就能赚大钱。"

温小筠忍不住笑了："没想到耳朵兄不仅功夫好，也很会做生意嘛。"

"猫耳朵"抓着耳朵"嘿嘿"一笑："温刑房净取笑俺。"

鄞诺黑着脸踹了"猫耳朵"的屁股一下："正说到关键处，别废话，赶紧接着说。"

"猫耳朵"打了个趔趄，揉着屁股赔笑道："后来俺刚跟道上的牙人打听消息，没想到这片宅子地也被人捷足先登了。为此俺气得差点儿吐血，用了关系仔细打听出了买家的消息，就等着看他们怎么捯饬这片鬼宅。

"没想到他们从此以后什么动静都没有了，据说买主不知道当地的消息，竟然买了个鬼宅，真是赔大发了，转手再卖也卖不掉不说，还占了大笔的银子。但总算这片地也有主了，不能再让外人随便进，买主就养了很多恶狗。那些狗真是凶得很，从此以后，这片地再没人敢进，倒越发是吓人的鬼宅了。俺看到这步，才算解了口恶气。"

鄞诺抬手就朝着"猫耳朵"的后脑勺儿狠狠地拍了一下："既然知道恶狗，之前看到死狗时怎么不说？"

"猫耳朵"委屈地撇着嘴："俺看过那些看家护院的狗呀，虽然凶恶，可与死在院子里的那条完全不同。这回死的野狗不仅是个独眼，长了一身疤癣，头顶上还顶个'棺材包'，根本就是乱葬岗吃尸体的妖狗，俺一时也就没对上号。再者说，温刑房破案和推官大人很不一样，进程从来没有这么急、这么快过。俺这边刚想起那么一点儿影子，这边温刑房的小嘴说出的推测一个比一个吓人。俺一受惊吓，到嘴边上的话就给忘了。"

温小筠并没有生气，笑着拍了拍"猫耳朵"的肩膀："无妨，耳朵兄，你现在说也不晚。只是那江姓商人现在身处何地，你还知道吗？"

“猫耳朵”咬牙狠狠地说道："那么大的事，俺可一辈子都不会忘。有意无意地一听到他的消息，俺就愿意打听打听。那姓江的名叫江狄，在咱们焱州府站住脚之后，开了一个大大的绸缎庄，生意做得还挺火。他在城里也有处大宅子，可是后来不知道怎么冲撞了咱们焱州的贵人，遭人算计，被抢了一大批货，从此以后他的生意就不怎么样了，勉强维持吧。现在他就住在城外一处别院里，城里的大房子已经折账赔给人家了。"

温小筠越听越疑惑，越听目光越冰冷："这个江狄听着倒真的不是什么简单的人物。走，现在就去城外的别院会会这个有钱人！"

“猫耳朵”马上点头："好嘞！俺这就给您带路。"

鄞诺不耐烦地一把拉住温小筠的胳膊："我说你不是挺聪明的吗？怎么这会儿倒犯起傻来了？野狗不会把碎骨扔回井里，凶手很可能会回到荒宅处理后面的事。他若是一看宅子被捕快围住，必然会害怕，说不好就会连夜离开焱州府。"

听到这里，“猫耳朵”也着急起来："那咱们赶紧趁着恶人没跑快去探听消息吧。"

鄞诺抬手就在“猫耳朵”的脑门儿上弹了一下："要是凶手真的跟这个江狄有关，看到咱们这样的官差上前查问，一定会警惕。这不是更会打草惊蛇吗？"

温小筠皱了皱眉："那江狄在焱州府立足几年，家产甚多，即便要逃跑，也应该会有两天准备的时间。我从那凶手的作案手法与变态的展示欲望能够看出，凶手是个极为自信的人。一般的官差他怕是不会看在眼里，甚至还会以挑衅的态度与咱们周旋。"

“猫耳朵”和鄞诺两人的眉头一起皱了皱。

“温刑房，啥叫‘变态’啊？"

“呃，"温小筠一时语塞，净顾着推理了，一不留神就说错了话，"‘变态’嘛……‘变态’是我家乡的方言，说的就是丧心病狂、不正常的人。"

“哦，"“猫耳朵”恍然大悟地点点头，"那就难怪了，鄞头儿说您来自京城，这么高深又新颖的词，也就是京城人氏才能说出来。"

鄞诺差点儿被气歪鼻子："我没说过我也是在京城长大的吗？什么狗屁方言，也就是糊弄糊弄你。"

温小筠："……"

脑细胞全部用在破案上了，别的事情一张嘴就出昏着儿，她怎么就忘了郦诺和原来的温竹筠本来就是亲戚这码子事呢？不过好在郦诺的关注点只是在打压她，并没有真的就揪住那个"变态"究竟是哪里的方言。

郦诺环抱双臂，斜瞥了温小筠一眼："我承认，你对凶手的判定也有几分道理，但是你的方法并不周全。"

温小筠同样回了他一个斜眼："愿闻高见。"

"咱们以官差的身份去查问江狄，他若真与凶手有关，必然不会说真话。咱们问了也是白问。"

温小筠皱眉，眨了眨眼睛。论推理能力，自己也许不输别人，但是论查案细节与对此地风俗习惯的把控，她怕是真的不如郦诺。

郦诺见温小筠没有反驳，嘴角弯起一抹不易察觉的微笑："所以我们要乔装打扮一番，从侧面打探其中的内情。"

温小筠点点头："嗯，这倒是个方法。"

可是半个时辰后，站在"猫耳朵"的家里，对着铜镜打量自己的温小筠却是一脸蒙——郦诺竟然给她找了一身女装穿。

旁边"猫耳朵"的妻子一面帮她整理着发型，一面望着铜镜笑着赞叹："早就听奴家男人说温刑房长得标致，奴家还真真是没想到，温刑房您会这么标致。这身女装呀，穿在您身上可是比什么仙女都漂亮哪！"

温小筠尴尬地笑了笑，有点儿笨拙地说："让……让嫂子见笑了。"

虽然"猫耳朵"的妻子的左脸上长着一块浅红色的胎记，但她本来相貌并不丑。再加上她那一双盈盈笑眼和开朗的性格，让温小筠看了就觉得很亲近。

"娘子，怎么样，帮着温刑房梳好头了吗？"门外"猫耳朵"瞬间睁大眼睛，道："哎哟！俺的乖乖老天爷。温刑房您怕不就是个女的吧？这么一打扮就这么好看呢。"

换了一身灰色便服的郦诺紧跟着掀门帘进来，抬头一眼看到温小筠的样子，竟不觉怔住了。

温小筠心里苦笑。

愣怔了半秒之后，像是意识到自己的失态，郦诺别过头，冷笑一声："还以为你不会穿呢。"

温小筠瞬间阴沉下脸，直勾勾地瞪着鄞诺："破案最重要，作为一个刑房吏，为了打探到有价值的线索，别说女装，就是更危险的事我都不会皱一下眉。这身女装和死者身上的款式、颜色很相似，如果凶手真的藏在周围，我这一身穿着足够刺激到他。"

说完，温小筠转而跟"猫耳朵"的媳妇道了谢，冲着鄞诺甩了把头发，便昂首阔步地走出了房间。

鄞诺的脸色越发难看。

"猫耳朵"一把抓住鄞诺的胳膊急忙道："鄞头儿，温刑房可是半点儿功夫都不会，而且又是推官大人看重的人，您叫他穿着那样一件能勾引杀人凶手的衣服，太冒险了吧？"

鄞诺狠狠地瞪了"猫耳朵"一眼："有我在，谁能伤得了他？"

"猫耳朵"还想说什么，鄞诺根本不给他机会。与"猫耳朵"的妻子告别后，鄞诺就向门口走去："'猫耳朵'，你腿脚快，先去跟推官大人汇报一下我们二人此番的行动。那边有什么消息，你就去江家别院找我们。记得，别露出捕快的身份，在暗处行事。"

"猫耳朵"应了一声，也追了出去。在分别之前，他特别凑近温小筠，用余光瞟着鄞诺，低声嘱咐："温刑房您多多小心，一定要跟俺们鄞头儿走得近些，要是碍于表面上的男女身份不便，就对外人说你们是夫妻。总之一句话，跟紧俺们鄞头儿准没错。他虽然脸臭点儿，可是仗义没得说，关键时刻肯定会保护您的。"

鄞诺一听眉毛就竖起来了，狠狠地踹了"猫耳朵"的屁股一脚："说谁脸臭呢？该干吗干吗去，麻利点儿的，赶紧走！"

"猫耳朵"最后向温小筠使了个眼色，才捂着屁股叫着痛跑了。

温小筠看了鄞诺一眼，翻了个白眼。就鄞诺这个家伙，鬼才愿意跟他假扮夫妻。哼！她骄傲地一扭头自顾自走了。

鄞诺瞥见温小筠那欠揍的表情，恨得牙根都痒痒了。温小筠那个酸秀才还不愿意跟他走？要不是为了破案，他绝对不会给温小筠这个脸和对方一起走。

于是接下来，在行人稀疏的街道上，两个人脸都冷得跟尊冰雕似的，默契地保持三米距离，冷眼无视着对方各自走着，谁也不想跟谁说一句话。

他们走了十几分钟，前面街道出现了一个顶端系着红绸布的招子，招子上面飘飞着"王家车马行"几个大字。

鄞诺脚步一顿，只撂下一句"在这儿等着"，转身抬脚就走向了车马行。没过一会儿，他就牵着一辆简易的骡车从车马行的院子里出来了。

温小筠撇撇嘴，不得不说，骡车还是很符合他们现在的平民身份的，既可以伪装身份，赶路又快。

"租这辆车多少钱？"温小筠好奇地问着，提起裙子就要爬上车。

鄞诺是本地人，租车肯定不会贵。以后要是有租车需要的时候，她也好根据行情砍价，省得当冤大头。

"公款。"鄞诺翻身跳上骡车，扬起鞭子啪地一甩！

骡子打了个响鼻儿，撒丫子就往前跑。

"公款？"温小筠赶紧攥住车厢门框，勉强稳住身子，"咱们衙门竟然这么好？"

她可是认真研究过衙门的规章制度的。在历史中，衙门里除了一些有正式编制的官员，比如在县衙吏，只有县令、县丞、典史这样有品级的官员有工资，其他诸如书吏、捕快、差役等，一律没有工资，有的只是一点儿伙食补贴。

所以人们说"一年清知府，十万雪花银"，并不完全是贬义的。各府、各县的主事官员总会有些灰色收入，然后自掏腰包给整个衙门的差役打赏，变相充当工资。不然，没有好处，谁肯全心侍候外带兼职卖命？温小筠是真的没想到王知府会这么好，办事给这么多公款。这样想来，那他自己发给各司书吏、差役的工资就更不会少了。

鄞诺嘴角一翘："从你那儿没收的。"

温小筠怔了一下，随即一口老血直冲霄汉，最后勉强憋在嘴角。

"用我的钱，那我就是东家了，车夫，上路！"说完，她愤恨地一甩车帘，在到达目的地之前，再也不想看前面那个欠揍的家伙一眼。

"车夫？"鄞诺忍不住轻笑出声，"那还要你有福气消受。"

"驾"了一声，他猛地抽了下鞭子，骡车便像蛇一般，以"S"形的路线飞驰了出去。

半个时辰后的温小筠，死死地拽着车厢门框，头上渗着一颗颗晶莹的汗珠，嘴巴咬得死死的。因为要是不死死咬住，她就会忍不住一口全吐出来。

说起来这还是她第一次坐骡车，而且还是十分简陋的那种。颠簸、板硬的感觉一下子唤起了她的晕车记忆。再加上鄞诺糟糕的车技，她忍到现在就已经是天大的奇迹了。

她一面痛不欲生，一面在心里狠狠地诅咒。

不知行进了多久，马车终于平缓下来，速度也慢了很多。温小筠赶紧撩开车帘，看到外面一大片繁茂的密林。不过她半点儿欣赏风景的心情都没有，一手抓住鄞诺的胳膊，一手紧紧地攥着自己的脖颈儿哑声说："快……快停车——"

鄞诺望着前面蜿蜒的小路，皱皱眉，不耐烦地回道："一会儿就到了，一会儿再停。"

"你必须停！"温小筠用指甲狠狠地掐进鄞诺的肉里。

鄞诺"嘶"的一声倒抽了口凉气，余光侧瞥，刚要叫温小筠松手，一股酸腐的温热气息就扑了他满脸！鄞诺抬手拼命地擦着自己的脸——温小筠这厮竟然吐在了他的脸上！

温小筠再顾不得其他——反正她不是故意的，也提前警告过他。她伏在车栏上，再也抑制不住地狂吐了起来。

前面的骡子似是被这动静惊了，甩起蹄子狂奔起来。

鄞诺恨不能一脚把坏事的温小筠狠狠踢飞。但是看着温小筠倾斜的身子险些就要往地下滑，他又只能咬碎了牙往肚里咽，探手去捞这个家伙！案子还没破呢，他总不能看着对方摔死在自己面前。

就在他瞬间慌乱分神的时候，旁边拐弯的岔路口突然响起一阵急促的马蹄声。一片呼啸的风声迎面扑来，鄞诺蟆住温小筠的肩膀生生把她拽进怀里，猛地一抬头，侧面一个巨大的黑影直接朝他的头脸就盖过来。

紧接着轰的一声巨响，他们的简易骡车就被人骑马撞翻，跌下了土坡！剧烈的翻滚中，鄞诺死命抱住温小筠，将她护在怀里，同时调动出全部武术功底平衡身形，辗转翻覆，在骡车撞碎在树林的前一秒，急速闪身而出。

跟着他们一起翻滚跳跃的，还有那个倒霉的骑马客。此人显然也是个功夫高手，从马背上甩飞出来时就调整身形稳住了平衡。在鄞诺拥着温小筠重重地摔在地上时，他已经站起来了。

"你们怎么驾的车！撞了我还不算什么，刚才要是放你们过去，前面扫地的家仆就要叫你们撞死了！"那人看着一地的车厢碎片与倒地抽搐的马和骡子，怒火噌噌地腾起。

温小筲还好，但是郅诺为了不使她受伤，一直在用后背与双肩抵抗撞击。此时他背后已经是血肉模糊，一时间没能发出声音。

温小筲从郅诺的怀里钻出来，抬头向那人望去，却不觉打了个大大的寒战。此人身材高挑，但面相却十分凶恶——一道狰狞的疤痕从鼻梁上斜斜而过，穿瞎了他的左眼，豁开了他右面的脸颊，翻出了两边吓人的绛紫色的皮肉。

"抱……抱歉……"温小筲不自觉地往郅诺的身边挪了挪，"我们……我们夫妻刚才拌嘴，才……才闯下了这般祸事，真真对不住您……"

说完这句话，温小筲就后悔了。都怪"猫耳朵"没事给她瞎支着儿，真碰到危险，她竟然顺嘴就把夫妻之说搬了出来。

就在这时，从远处又跑来一个老仆人。他挥着两只手，满脸慌张地惊呼着："哎呀，老爷，您没事吧？"

一听到这个称呼，温小筲的心不禁凉了半截儿，她眼前这个面目可憎的男人，应该就是他们此行要找的人——江狄。

听到老仆人的称呼，痛得龇牙咧嘴的郅诺也警惕起来，第一时间挣扎着坐起身来，一手捂着胳膊处淌血的伤口，一手将温小筲护在自己的身后。

温小筲和郅诺猜得没错，脸上带着一大道刀疤的男人正是江家别院的主人——江狄。

"铁伯，我没事。"江狄揉了揉摔痛的额头，朝着铁伯挥了挥手，没想到一低头，却将跌坐在地上的温小筲看了个清清楚楚。他目光微动，脸色立时一变："这位夫人……"

说着他探身就要向前搀扶郅诺和温小筲："刚才我也是摔疼了，一时气急说了浑话。我家铁伯也没事，倒是把你们撞惨了，快起来，看看伤着了没？"

感知到那男子对温小筲的窥视目光，郅诺第一时间伸出手臂将温小筲护在身后，不想后背和手臂的伤口一下被撕开，疼得他头上的汗都淌下来了。

"公子客气了，本来就是我们夫妇二人的错。公子的马，还应该我们赔偿才是。"

温小筠看到鄞诺的后背和手臂的衣服都被剐破，血从里面渗出来，这才意识到在方才的撞击中，是他拼命护住了自己，心里不觉有些感动。

见温小筠、鄞诺两人狼狈的样子，江狄略略后退了半步，表情关切地望着温小筠："好在没有酿成什么大祸，只是你们的身上都带了血，赶紧看看伤到筋骨没？"

鄞诺一摆手："无妨无妨，就是一点儿小擦伤。"

江狄又问："还未请教二位尊姓台甫，不知二位从何而来，又要到哪里去？"

温小筠心里警惕了一下，知他这应该是在试探自己和鄞诺的底细。

"公子客气了，"鄞诺想也不想地接过话茬儿，"在下皇甫，单名一个连字。这位是在下的拙荆——尹氏。我们从焱州府而来，要到蓬莱寻亲。"

温小筠的嘴角抽了抽。鄞诺这厮倒还真是机灵，随口就能说出假名不说，还拆了他的母亲的名字。这样，即便是有人突然叫他的假名，他也会在第一时间做出反应。

江狄礼貌地点点头，抱拳行礼："原来如此，只是可惜这半路上竟然出了这等意外。对了，在下江狄，是这片林地的主人，前面就是我家。"

温小筠与鄞诺目光皆是一动。这个男人，果然就是江狄本人。

江狄并没有察觉到鄞诺和温小筠的表情，低头看着完全报废的骡车惋惜地说："如今车子也毁了，二位身上也受了伤，怕不能赶路了。"

说着，他沉吟了一下，又抬头看了看周围的树林："附近都是江家的产业，一时也寻不到别的人家……总算也是江某撞了两位，不如暂且随江某回宅梳洗一下，稍作休整，明日再赶路，如何？"

鄞诺不觉皱了皱眉。之前温小筠在"猫耳朵"家换衣服的时候，他特别跟"猫耳朵"打听了江家产业的事。"猫耳朵"虽然不再偷东西了，但是道上的路子还在，经常被买赃的人叫去掌眼。于是两人商量出了一个计策，要用道上的身份，假借由人介绍着，跟江狄谈些见不得人的生意，从而一点点套出有用的线索来。

可是人算不如天算，他中间被温小筠喷了满脸污秽不说，竟然还跟江狄本人发生了冲撞。

就在鄞诺犹豫的时候，温小筠不动声色地攥了攥他的手臂。他立时反应过来，一抬眼就进入了状态，转眸望着温小筠，满眼心疼地为她捋了捋凌乱的刘海儿，真的装出一个新婚丈夫的样子来："娘子，难得江公子一片好心，况且没了骡车，咱们一时也走不了，不如就在江家借宿一夜，明日再想办法赶路如何？"

温小筠在心里翻了个白眼。鄞诺真不愧是皇甫小姨的儿子，这演技在奥斯卡拿个黄金配角都绰绰有余。

她十分配合地低下头，抬袖半掩唇，娇羞地回答："妾身都听夫君的。"

鄞诺嘴角微抽，强忍着恶寒转过头朝着江狄抱拳笑了笑："那就有劳江兄了。"

他知道，温小筠此刻应该比他还恶心。但是他们没有别的选择——扮演夫妻混入江府，是他们唯一也是最好的选择。

就这样，鄞诺搀扶着温小筠，在江狄和铁伯的引领下，走向前面不远处的江家别院。

温小筠眨眨眼，原来江家别院就在前面拐弯不远处。长长的灰色院墙，朱漆的大门，雕梁飞檐的门楼，虽然不如宁府、杜氏钱庄那样阔绰豪奢，却也算得上十分气派了。

江狄自顾自走在前面。

铁伯走到门前，半推着红漆大门，为鄞诺、温小筠引着路："两位贵客这边请。"

走到近前时，温小筠才得以细看铁伯的相貌。他低垂着眉眼，脸很长，鹰钩鼻子，凹下巴，皮肤黝黑，脸上布满皱纹，五六十岁的样子。身形并不像寻常的老仆人那般瘦小孱弱，而是很壮实，只是他习惯性地佝偻着身子，自带谦卑气。

温小筠不觉咽了一下口水，紧紧地勾着鄞诺的胳膊，心情忐忑地迈进江家高大的门槛。江狄脸上狰狞的疤痕让她望而生畏，而这位铁伯身上自带的独特的阴冷气场，更让她脊背生寒。她就是莫名感觉这些人、这个宅子，处处回荡着阴冷的风，很有些误闯进鬼府魔窟的意思。

感知到温小筠的不安，鄞诺不觉拍了拍她的手，像是在无声地说"别怕，有我在"。

温小筠心中微动。这绝不是鄞诺对她改变了态度，而是办正事时他下意识的老大做派。只要是他带出来的兄弟，他就护他们平安。一如火场上他连性命都不顾地几进几出扑救兄弟们。鄞诺不是一个好亲戚，却是一个好同事。

定下心神后，温小筠开始用余光细细打量江家别院的布局。

此时，一个白色的影子突然从墙角蹿出，身形轻盈地落在众人面前的空地上。温小筠和鄞诺定睛一看，原来是只浑身雪白的猫儿。

本就养过小动物的温小筠看到那团绒绒球，双眼霎时一亮。那猫儿养得极好，两只圆溜溜的大眼睛好奇地望着温小筠和鄞诺，绿油油的，好似翡翠一样水润透彻；绒绒的尾巴在身后一晃一晃的，仿佛猫儿随时都能发出一声撒娇似的喵声。

"畜生！"江狄却在看到猫儿的第一眼就皱起了眉，猛地抬脚狠狠地踢中猫儿的腰腹。

猫儿发出"嗷呜"一声惨叫，就被踹飞到很远，重重地落地后还打了两个滚儿，四脚凭空挣扎了一下，才悲鸣着逃走了。

温小筠看得头上青筋直冒。关键时刻，鄞诺捏了她一下，才让她勉强把怒火压下来。

"主家，"铁伯望着猫儿可怜的身影，怯懦上前，"那是夫人最喜爱的猫儿，您这么对待，若是夫人知道了，肯定会伤心的。"

江狄恶狠狠地瞪了铁伯一眼。

铁伯忙不迭地低头道歉："夫人一向心善，老奴实在是怕夫人看不见猫儿伤心。"

江狄皱眉，甩了一下袖子："下次只和夫人说猫儿自己走丢了。"

铁伯赔着小心应答："是，老奴记下了。"

江狄一回身，这才发现自己一时没忍住竟然在客人面前发了脾气，不觉愧疚地一笑："看来我还是撞糊涂了，看到那顽劣的猫儿，一时就在客人面前失了礼，让二位见笑了。"说完，不等鄞诺回答，他又对铁伯吩咐了句："先带两位进客房，好生烧些热水，准备点儿衣物，再请郎中帮着看下，别受什么伤。"

他又看向鄞诺，微笑着一拱手："两位暂且休息一下，晚上江某再与二位一同用饭。"

温小筠挽着鄞诺胳膊的手不觉攥得更紧。她总觉得江狄的目光时不时就往她的身上瞟，仿佛一种诡异的探究。他每看一次，都让她脊背生寒。

江狄交代完事转身就要走，鄞诺却上前一步拉住他的衣袖："江兄，稍等。"

江狄疑惑地转身："皇甫兄可是还有事？"

鄞诺低头从怀里掏出一个钱袋，从里面摸出小半把铜钱和两块碎银："小弟还真有件事要拜托江兄，"他把那小半把铜钱和碎银递到江狄面前，"小弟与拙荆的骡车不能用了，自己又挂了彩，对此地也不熟，还请江兄帮忙雇辆小车。"

江狄看了鄞诺手中的散碎银两一眼，却一时没有动。

鄞诺立刻会意地尴尬一笑，有点儿不舍地攥了攥钱袋，最后一横心将铜钱、碎银子都装进钱袋里，一股脑儿塞进江狄手中："小弟也知道这点儿钱有些少，只是我们夫妻本就是窘迫无门，才被迫出门寻亲的。若是小车寻不到，单买头小毛驴什么的也是极好的。"

"皇甫兄哪里话？"江狄连忙解释，"撞坏皇甫兄车子的本就是江某，这车子，府上自然会给皇甫兄配上。"

鄞诺听了这话却瞬间板下脸："江兄这样就是在骂小弟。小弟虽然暂时不富裕，道理却还是明白的。没有江兄的阻拦，小弟怕是就要撞上这位无辜的老伯，摊上人命官司了。江兄分明是小弟的救命恩人。上门叨扰本来就心有不忍，若是再白要江兄的车马，小弟哪儿还配得上咱们鲁地儿郎的名号？江兄若是不收下这点儿钱，我们夫妻这就离开。"

温小筠心中一动。鄞诺果然是个有手段、有眼力的称职捕头，只这一段话，就办成了三件事。

第一，正所谓送佛送到西，演戏要演到底——买骡车是他们这对赶路的小夫妻该做的——非常逼真，不会让人怀疑。第二，防人之心不可无，此处荒山野岭的，一旦轻易露富，很容易激起别人的歹心。他虽然拿出了钱袋，却表演出一种贫穷的窘迫，不会让人为了这点儿利益犯险对他们下手。第三，在这个凶案事发的当口儿，于不经意间提及人命官司，用以试探对方的反应。任其心理再强大，毫无防备的情况下突然提及这种敏感的关键词，凶手也一定会露出点儿破绽。

想到这里，温小筠便将余光重新转回江狄的身上。她对于人物的细微表情很熟悉。她相信，如果江狄的脸上真有什么不自然，一定逃不过她的眼睛。

可惜的是，还没等江狄做出反应，铁伯就第一个走上前，朝着江狄弯腰低头，恭敬地说："主家，您原是外乡迁居而来，对咱们鲁地汉子的脾气还不大清楚。咱们鲁地的汉子，最是仗义有面儿的。皇甫公子把话说到这个份儿上，这些钱，您就非接不可了。"

鄞诺本也在等着看江狄的表情有无破绽，可惜被铁伯打断，只得继续扮演下去："还是铁伯知道咱们的根底。江兄，还是那句话，你要是不收下，就是看不起我皇甫连。"

江狄这才勉强收下钱袋："如此，江某定然要为皇甫兄寻得一辆合适的马车。"

之后鄞诺和温小筠才跟着铁伯转身走进旁边的小院。

说是客房，这里的小院也抵得上寻常人家一个四合院的大小。院子正中有三间客房，铁伯带着二人走进其中一间。里面的装修虽然简单，格局摆设却是很用心的。

一个半圆的月形红木镂空雕花拱门将屋子分为两间：外间有方桌、座椅，窗前还有书桌，桌上笔墨纸砚俱全；里间是卧室，摆着一张大大的挂着帷帐的红木床。

两个人正环视周围的环境，后面铁伯又带着两个小厮端了两大盆热水过来。

"皇甫公子、皇甫夫人，这是热水，一会儿还会有干净衣物和止血药膏，大夫老奴也去叫了，稍晚些过来。"铁伯将手中的布巾一一放在脸盆架上，低垂眉眼，恭顺地说着。

"多谢老伯，只是不必请大夫了。"鄞诺从架子上拿起布巾，解开衣襟，查看手臂的擦伤情况，"在下也粗懂些功夫，跌打伤最常见，这次也只是些擦伤而已。更何况在下身上还带着祖传的止血药。"

说着，他竟真的从怀里掏出一卷白布带，从靴子中掏出一包药粉，递给温小筠："娘子，烦劳帮我洗一下伤口。"

温小筠忍着笑，大方地接过药粉，随手拽过一把椅子摆在水盆前，一本正经地拍了拍椅子："夫君安坐。"

铁伯见状只点了点头就带着小厮们下去了。

温小筠几步上前，把门死死地闩住，这才松了口气。

这个江家真是处处透着奇怪，进院这么久，竟然连半个丫鬟都没看见，清一色的男仆，看着就令人没来由地紧张。可是再抬头，她却被眼前的场景吓得差点儿跳起来。

鄞诺上衣全部褪尽，拉过一把椅子，正对着温小筠坐下，自顾自用浸湿的布巾擦着手臂上的伤口，头也不抬地说："用清水帮我洗一下后背的伤，再帮我敷上药粉，用布带缠好。"

看着鄞诺堪比健美教练的完美的肱二头肌、肱三头肌以及倒三角的身材，她不觉吞了下口水。她缓了缓，低头轻笑了一下："好啊，你都不担心我会乘机报复，我又有什么可在乎的？"

说着她大方走上前，撸起袖子走到一个盆前动作麻利地洗了手。

鄞诺目光微顿。他刚刚是不是亲手挖了个坑要把自己埋了？毕竟之前是他故意颠簸马车，把温小筠给颠吐了。现在就这样把伤口没心没肺地袒露给温小筠，但凡对方故意用点儿力，都够他喝一壶的。

可他毕竟是个要脸面的大男人，说出去的话，泼出去的水，怎么也不可能收回来。他咬牙一笑："有种你就下死手，只是一旦对我出了手，就要知道会付出何等惨痛的代价。"

温小筠轻蔑地哼了一声："喊，就说你是小心眼儿吧，净干以小人之心度君子之腹的事。你车上折腾我的仇，我肯定是要报的，却不是现在。你怎么说也保护了我，帮你涂涂药、包扎一下的仁心我还是有的。只是丑话说在前头，帮你包扎完，滚马车的恩情我就算还清了。日后再相见，我必报马车颠簸之仇！"

"哟，"鄞诺嘲讽地笑了笑，"您这温珺紫的名字还真没白叫，真是个阳刚气十足的正人君子呢。"

"闭嘴！"已经走到他的后面开始清理伤口的温小筠狠狠地擦了一下，"我这个人脾气不好，虽然会报恩，但只要一生气，手劲就会发狠。你要不想吃苦，就给我把嘴闭上。"

鄞诺痛得直皱眉，嘴巴却还是强硬得不肯退让半分："弄疼了，我救你的恩情可就算没还，日后还得还我。"

温小筠双眼微眯："算了，本大人大度，不跟你一般见识。"

鄞诺笑了笑，却也没有继续自讨苦吃。温小筠则开始认真地帮他清理伤口。

一片看似祥和的寂静无声之中，温小筠的目光越来越闪亮。她越看越觉得鄞诺后背的骨架长得十分完美，画家的本性悄然暴露，心道如果能找到鄞诺这样的家伙做人体模特儿，那也算是一桩美事了。

她摇摇头，赶跑了一脑袋的胡乱想法，开始心无旁骛地处理伤口。虽然都没有伤及骨头，但是其中有几道口子擦得很深，真是看看就觉得疼，再想想自己半根汗毛都没伤，她原本对鄞诺的怒气瞬间消解了大半。

"包扎好了，"温小筠认真地在鄞诺的肩头扎上最后一个蝴蝶结，"不过你这伤真的没问题吗？"

"药粉是我师父的秘方，一直最好用。"鄞诺不自觉地抬手摸了摸身上的绷带，"你这包扎手法倒是熟练。"

温小筠勾唇一笑。她不光研究过绷带的扎法，就连对手术都做过深入的学习。

她忽然低了头，凑近鄞诺的耳朵小声问："一会儿你有什么打算？咱们应该怎么查下去？"

鄞诺的耳郭一颤，对方的突然袭击让他痒得不行。不过他也明白，温小筠这是考虑到隔墙有耳，关键的话必须谨慎。也是出于报复的心理，他一把拽了她的胳膊，贴着她的耳朵私语了几句，不想说到后面，他的鼻尖竟然碰到了她的耳郭。

两人身子都是一僵，温小筠刚要喷火发怒，余光却瞥到窗外有一个人影，到了嘴边的话又生生咽了下去，换成一个虚情假意的微笑，撒娇地捶了鄞诺没受伤的手臂一下："讨厌嘛，弄得人家好痒好痒的……"

鄞诺被她这个动作惊着了，差点儿原地僵成一尊石像，随即却又看到温小筠在对他使眼色。他顺着她的目光向外看去，果然发现一个人影在白色的窗纸上一闪而过。他目光倏地一冷，确定江家果然不正常。

温小筠乘机赶紧离开鄞诺去洗手。她的耳郭到现在还火热着，但是她的心却冰凉一片。尽管鄞诺很帅，身材更是没得说吧，但毕竟是自己讨厌的人，更何况刚刚那让人面红心跳的亲密接触，还是她这个资深宅女的人生第一次。温小筠越想越气，更加用力地洗起手来。

望着温小筠拼命洗手的背影，鄞诺不自觉地抬手摸了摸自己的嘴。刚才那是啥玩意儿？男人的耳朵也会那么娇嫩柔软吗？意识到自己手上的动作，鄞诺简直恨不能抽自己两个大耳光。你个大老爷们儿光天化日的想什么呢？丢人，可耻！

就在两人都有些尴尬的时候，外面忽然响起了一阵敲门声。

"皇甫公子、皇甫夫人，我家主人布置了一桌酒席想要宴请二位，老奴特来送换洗的衣物。"门外响起的是铁伯的声音。

温小筠拿起一旁的布巾擦干手，高声应了句："铁伯稍等。"

随后她和郾诺对视一眼。郾诺朝她点点头，她才上前去开门。

接了衣服，收拾妥当后，两人便跟着铁伯走到了前院的饭厅。

饭厅布置得也很简洁，正中主位坐着江狄，旁边还有一位戴着一串蜜蜡佛珠的素衣妇人。素衣妇人生得并不美艳，甚至可以说有些难看，只是慈眉善目，表情祥和，自有一种端庄娴静的气质。

见到郾诺、温小筠二人，她轻缓起身朝着二人款款施了一礼："之前的事，还是我家夫君冲撞了二位，元娘在此向两位赔礼了。"

郾诺用胳膊肘儿碰了温小筠一下，生怕她不知道作为一个女人，尤其是一个嫁为人妇的女人的礼数。

温小筠在心里白了郾诺一眼，学着江元氏的动作也回了一礼："江夫人哪里的话，是我们夫妻失礼在先才对。"

"妹妹快别这么说，元娘长年累月地待在家中，没什么朋友，能和你们这样郎才女貌的青年才俊相识，心里可是极欢喜的。"

江狄笑着站起身向前迎了两步："好了，老话说'不打不相识'。既然相识，就是缘分，客套的话咱们就不说了。来来来，皇甫兄快入座。"

江狄嘴上虽然礼让着郾诺，余光却总是不自觉地往温小筠这边瞟。

郾诺忽然有些后悔给温小筠穿了和死者类似的衣服，因为很可能真的会给对方招来祸患。再加上温小筠半点儿功夫都不会，几乎比女人还弱，他觉得之前的决定的确是有点儿草率。不动痕迹地把温小筠护在身后，郾诺笑着坐到了江狄的身边。

温小筠跟着坐下后才发现这一桌子都是素菜。不过对于几天都没怎么吃过饭的她来说，别说是素菜，就是水煮青草她现在都能干掉一大盆。

在天南地北地聊了一番风土人情后，郾诺问这条小路是不是翻过这座山最近的路。

江狄放下酒杯，皱眉思量着说："我家门前的那条路不仅是翻过这座山最近的路，也是最好走的路。"

鄞诺迟疑了一下，又看了看温小筠，才低声说道："实不相瞒，我们夫妻这次仓促上路是要去蓬莱继承叔叔家的产业。我家还有一个哥哥，吃喝嫖赌，无恶不作，一直也没成家。这次得着了信，他就先跑了。我们夫妻怕落在后面，不得已才仓促上路。"

温小筠立刻领会了鄞诺的意思，看向元娘轻声问道："不知江公子、江夫人这两日可注意到我家伯伯从门前经过？他身形跟我家夫君很像，就是穿着很邋遢。"

江狄皱了皱眉："这两日我刚巧不在家。"他转而看向江夫人："夫人，你这两日在家可听到铁伯说过什么路过的人？"

"应该是没有吧。"元娘摇摇头，"不然一会儿我再叫铁伯过来问问。"

屋里侍候的小厮非常有眼色地叫了铁伯进来，得到的答案当然是没有看到。

鄞诺与温小筠对视一眼后，笑着说道："给江兄和嫂嫂添麻烦了，既然如此我们就放心了。"

实际上，他们两个的心都跟着悬了起来——江狄这两天并不在家，也就是说他有着充分的作案时间。剩下的时间里，鄞诺都没有再提任何与线索有关的话题。

如果凶手真的与江家有关，任何明显一点儿的试探都会带来难以预估的危险。

一顿饭下来，重新回到客房的鄞诺关严实了门，便带着温小筠坐到了床上。为了避免外人看出破绽，他们拉下了帷幔。

由于背部受伤，鄞诺只能趴在床上，温小筠则躺在他的旁边。由于对江狄有莫名的恐惧，对于与鄞诺的再一次亲密接触，她完全没有半点儿感觉。

"鄞诺，"她侧过脸，声音比蚊子都小，"咱们接下来还要怎么查？"

"一会儿你要装出我一直在屋里的样子，我出去探探江家这宅子到底有没有什么异常。"

温小筠点点头："只是不要深入，这里距离荒宅太远，不应是作案现场。我只是觉得江狄看我的目光总是有些吓人。"

"这个我也注意到了。"鄞诺皱起眉来。

他的功夫自然没二话，可是要出去夜探江宅的话，就要把温小筠一个人留在房间里，他心里总是不安稳。

"你别担心我。"像是察觉到了郾诺的担心，温小筠小声说，"只要你快去快回，我把房门锁好就不会有事。我们的当务之急是找到什么有力的证据。江家与杜家案子的巧合太多了，必须彻查，可是没有证据咱们就不能搜查。"

温小筠心里还有些庆幸，这时不会因为取证方法的不合法而让证据无效，只要有人证、物证，就能查案、办案。

"好，那你多加小心。"说着，郾诺爬起身就要下床。

就在郾诺要出门的时候，温小筠忽然又伸手拉住了郾诺的衣袖。

郾诺不自觉回头："何事？"

"我……我肚子疼——"拽着郾诺的袖子，温小筠眼泪掉了下来。

郾诺皱眉："可是被下了药？"

话音未落，他抬手就号起自己的脉来。

温小筠差一点儿就直接骂出声了。拜托，大哥，是她肚子痛，他却给他自己号脉，这是什么情况？

郾诺沉默片刻，才收了手："我没中毒。嗯，我应该也不会中毒的。吃饭时，我都是看他们夫妻吃了哪道菜才夹菜的。"

自顾自说完，他这才把手搭在温小筠的手腕上。温小筠内心只想掀桌！你自己提防饭菜，竟然不提醒我！

温竹筠无奈："你也一直提防着江家在饭菜中下毒呢。你不仅观察着江氏夫妇夹了哪些菜，更是等着郾诺夹完菜，甚至是吃下去才行动。"

温小筠："……"

"你也没有中毒。"郾诺仔细按压着温小筠的脉搏，表情无比认真。

谨慎起见，他又扒开了温小筠的眼皮检查了一下，目光灼灼："你就是吃多了，胀肚，去趟茅厕就好了。"

温小筠一把拂开郾诺的"狗爪子"，气鼓鼓地下地穿鞋，从牙缝里蹦出几个字："我谢谢你啊！"

坐在床上的郾诺忍不住露出一丝笑容，又倏地收起："以防这里有什么猫儿腻，我先陪你去趟茅厕，之后你进屋了我再去查探。"

温小筠一肚子的怒火这才算消减了些。她斜斜瞥了他一眼，心里冷哼了一声，算你小子识相。

夜晚实在太黑，让她一个人在疑似凶手的家里去上茅厕，还是有些怕的。不过有一说一，真遇到事情，鄞诺还是很可靠的。这次也不例外，去茅厕的路上他也没再欺负她，一路走在前面为她探道。

由于一会儿还要出去查探，他们这次出来就没有执灯。四周黑漆漆的，房屋院墙的形状也仿佛在黑暗中延展变形，越来越狰狞可怖。不过感知着鄞诺那高大的背影晃晃悠悠地在前面为她开路，温小筠的心顿时安稳了许多。

可就在她走进茅厕之后，鄞诺忽然一闪也跟着走进来。温小筠身上的鸡皮疙瘩立刻起了厚厚一层——她现在虽然是个男人身份，但里面绝对是货真价实的女人，和别的男人一起上厕所，肯定会露出破绽。

"我……我先来的，你也太不讲究了吧。"温小筠愤恨地鼓起两个腮帮子。

鄞诺根本没有理她，直接走到目的地，背对着温小筠迅速"开闸放水"后又迅速出去。温小筠差点儿骂人。最后她咬咬牙——算了，破案要紧，她不跟他一般见识。

顺利地去完茅厕，温小筠顿时轻松了许多。这里用的是很柔软的厕纸，不是一些古早朝代使用的厕筹，而且外面还有一个景观盆景，哗啦啦地流着细细的水流，刚好可以洗手。

温小筠甩着两只湿淋淋的手刚要和院子里的鄞诺打个招呼，一只大手却猛地朝她的脸面袭来！没等她反应过来，口鼻就被人紧紧捂住！温小筠的双眼幕地睁大，她下意识地挣扎却根本挣脱不开！就在绝望间，温小筠死命张开嘴想要咬那人一口，不想一个熟悉的声音忽然出现在耳畔。

"别动。"

那声音很低很轻，轻到即使近在耳畔都很飘，不过温小筠还是在第一时间就分辨出捂住她嘴的人就是鄞诺。电光石火间，她一下子就意识到院子外有人！于是她轻轻点了点头。鄞诺这才松开了她，并拽着她的手悄然走到院门旁边的墙角，屏息静听。

院外有一阵激烈的挣扎扑腾声，伴随而来的还有一种不知道是什么动物的悲鸣声。这动静明显是有人在捕杀动物。不过外面并没有什么人大声呵斥，似乎是在一片沉默中合围捕杀。

郜诺抬手拍了拍温小筠的肩膀，示意她别动。温小筠无声地点点头。二人又等了一会儿，外面的动静小了点儿，人们的脚步声似乎也远去了。

郜诺与温小筠这才松了口气。这时温小筠才意识到，刚才郜诺上完厕所应该没有洗手。她只想骂人……

"客房隔壁院不远就是后厨小院，"郜诺压低声音说，"那里似乎在宰什么动物。我且去看看情况，找找有什么线索。你这就进屋，锁住门别出来。"

眼看郜诺就要翻身飞跃而走，温小筠急得一把抓住他的胳膊："我也要去。"

郜诺冷眼打量了温小筠一番，嗤然一笑："我的脑子又没进水。"

温小筠皱眉："此话怎讲？"

郜诺没好气地拂掉温小筠的手："你又不会武功，一旦被发现就很难脱身了，会坏事。"

温小筠咬牙一笑："我只问你两个问题。第一，你到底是不是'万人敌'？第二，我能把看到的事情全部刻在脑海里，需要的时候可以提取出当时所有细节进行推断，你能不能做到？"

郜诺一时语塞。

温小筠没有给他犹豫的机会，斩钉截铁地说："我虽然不会武功，你这个'万人敌'却可以保护我。有了我这双眼睛，就能把看到的所有细节完整记录，从而找出疑点。如果你还是个想要破案的称职的有良心的公差，必须带我去。"

郜诺："……"

一分钟之后。

墨一般浓得化不开的夜色中，一个黑影背着另外一个黑影，动作轻巧地在江宅的墙上与墙下翻腾跳跃。背人的黑影动作敏捷得就像一只猫儿，一只背着媳妇的猫儿……

此刻的郜诺心情很不好。他只想啪啪啪地狠狠抽自己几个大嘴巴，跟这个能一眼识破真凶的温小筠嘴硬什么？！这样不就等于他承认自己脑子进水？不过他很快又甩掉了这个泄气的想法，跟谁服软，都不能跟温小筠服软。早晚有一天他一定要超过温小筠，再把这个家伙的脸面暴踩在地上，狠狠蹂碎。

温小筠却根本没有时间和兴趣跟郜诺置气，她的全部注意力都在观察江家的环境上面。既然说了大话，她就要把看到的每一帧画面都牢牢地刻在大脑里。

很快，鄞诺就背着温小筠来到了厨房后院的一处角落。两个人半蹲着身子隐藏在墙角的阴影中。

院子前面就是厨房。两扇窗子下侧半开着，一扇后门紧紧关闭着。屋里燃了一盏小灯，不过由于纸窗上糊了一层厚厚的油脂，外面看来昏昏黄黄的，不甚明亮。

不多时，里面人影晃荡。

温小筠眨了眨眼睛仔细观察。那是一个挺拔的身影，很像是江狄。只见那人拿起一把剁骨刀，手起刀落，噼啪噼啪地响了一阵，就把一只小兽砍成了几大段。不多时，他停了动作，放下刀，走到里面似乎去拿什么东西，窗户上的人影也就跟着消失了。

后来屋里好像又来了人，里面响起一片模糊的交谈声。只是温小筠与鄞诺蹲在最远处的墙角，根本听不清里面在说什么。又过了一会儿，窗子上出现了两个人影。一个是江狄，另一个身材低矮很多，应该是个仆人。江狄似乎又跟仆人交谈了两句，便又消失在窗户前。紧接着，厨房后门吱的一声打开，走出一个人。

温小筠、鄞诺定睛一看，那人正是脸上有道疤的江狄。他迈步走下台阶，手里还拿着几张擦油纸。擦拭干净手后，他随手将纸丢在门后的垃圾桶中，又把撸起来的袖子放下，便朝着温小筠和鄞诺的方向走来。

鄞诺目光一顿，看来砍杀小兽的人就是江狄。

江狄经过后院门时忽然停了脚步，像是发现了什么似的，朝着温小筠这边望了一眼。鄞诺立时屏住呼吸，同时大手紧紧地堵住了温小筠的鼻子与嘴巴。温小筠的眼泪都要掉下来了——上厕所没洗过的手又来了！

好在厨房的灯光实在昏暗，江狄的手里又没有灯笼，所以墙角除了那一大片沉沉的阴影，他什么都没看到。他不觉笑了一下，看来是自己多心了。一甩袍袖，他便径直走出后院。

鄞诺和温小筠这才松了口气，再朝厨房看去。

此时，房门再度被人顶开，里面走出一个身材佝偻的老仆人，抱着一个大铜盆，呼哧呼哧地喘着气，将铜盆放到屋后供晾晒用的木架子上。老仆人来回搬了三四次，才把厨房里的肉搬完，又舀来凉水冲刷干净，这才抹着额头的汗水，扶着后腰走回厨房。

不多时，厨房的灯就熄灭了，后院又恢复了一片寂静。

"我看江狄手法熟练，远胜一般人。你去检查刀口，我去把风。"鄞诺说完，一个纵身便跃上了墙头，猫儿一般伏在上面，警惕地检查院子的四围所有人的动向。

温小筠站起身，脚步轻缓地走到放肉的桌架前，仔细检查那些切好的肉块。

虽然院子里漆黑一片，她还是一下就认出那是一头梅花鹿。鹿头被单独剁了下来，放在一旁。可是她虽然能看出这是什么动物，但是在漆黑的院子里要想看清肉块的断面刀口，就太困难了。

就在温小筠发愁时，一道呼哨声突然向她袭来。她耳朵登时竖立，脊背也立刻挺直，手更是在第一时间做出反应，凭空一挥，便稳稳地接到了那飞来的东西。

她拿近一看，才知道是个火折子。她吹着了火折子，借着微弱的亮光才算把所有肉块的横截面检查完。然后，她吹灭火折子，轻轻打了个呼哨，朝着鄞诺挥了挥手。

鄞诺立刻飞跃下来，两步来到温小筠的身边："如何，还需要再去别处查验吗？"

温小筠摇摇头："不需要了，咱们回房。"

鄞诺不觉又看了那些肉块一眼，温小筠既然如此肯定，必是在其中找到了一些与杜莺儿案的联系。

鄞诺带着温小筠回到房间，关好门，刚要上床再去和她好好商议，却被温小筠拉住先去洗了手。收拾完毕，两个人才又继续伪装成夫妻的样子躺在床上。

"呃……"鄞诺刚爬到床上，就"嘶"地倒抽了一口凉气。

已经爬进床里侧、正在铺被子的温小筠这才想起来，鄞诺后背之前受了伤，刚才又背着自己旋转跳跃不停歇。

她一颗心不觉一软，就想小声安慰安慰他："活该，我说不用背我，你非要背，自己背上有伤还逞强，死要面子活受罪。"

如果目光能杀人，温小筠已经被鄞诺杀死千百遍了。他狠狠地咬着后槽牙，压低声音冷笑："你不是说要把所有细节都看进脑子里吗？不背着你，难道我举着你到处飞？"

温小筠赶紧打了自己的嘴巴一下："哎呀，本来想安慰你来着，都是之前被你乱花我的钱气着了。有一说一，你这个人办起差来还是靠谱的。况且后来托江狄买骡车，你也花了自己的钱。这事我就原谅你了。"

说着，温小筠还十分好心地帮鄞诺盖上了一层被子。因为怕弄痛他，她还特别放柔了动作。

"那袋，"鄞诺回想着说，"也是你的。我鄞诺是什么人物？怎么可能被一个车马行老板当冤大头？"

温小筠刚放下被子的手不觉一僵。

鄞诺勾唇一笑，瞬间转移话题，声音也压得更低："刚才你到底查到了什么？"

温小筠翻了个身仰躺在床上，望着床顶小声说道："我检查了鹿肉的刀口，平整光滑，基本都是一刀砍成，很多都是顺着骨缝切割下去，手法娴熟，与杀害杜家小姐的手法极其相似。"

鄞诺眉梢一挑："那就是说，凶手很可能就是江狄？"

温小筠沉吟了一下，才回答道："反正江宅里的人脱不了嫌疑。"她又问，"鄞诺，切肉的手法在这里可以当成证据，叫人把这儿围起来吗？"

鄞诺摇摇头："刀口这种事见仁见智，没办法当作铁证。要想把江狄和案子联系起来，还要几件更硬的证据才行。"

"那明天就去杜家，江府和杜家必有联系。"温小筠肯定地说，眼皮却开始打起架来。没多时她就进入梦乡，发出了平缓的呼吸声。

鄞诺抬起头，侧望着温小筠安静的睡颜，目光幽幽，暗想：在疑似凶手的家里就这么睡着了，温小筠倒真是心大。还什么天才，处处犯傻气。等到这个案子结了，他就离开这里去从军，没有了他的帮助，看他温小筠破案子还会有这么顺利不？哼！

一想到日后温小筠失去自己的窘迫样子，鄞诺脸上就露出了得意的微笑。

第二日，温小筠还没有完全睡醒呢，就被鄞诺早早拎了起来，简单收拾了一番，去前面找了江狄夫妇告辞。

江狄倒也很够意思，直接送给他们一辆马车。骏马与车厢都比之前的不知金贵多少倍。说了些推辞的客套话，鄞诺与温小筠就驾着马车上路了。

由于不能被江家人看出破绽，鄞诺特意绕了一下路。行驶了一段后，鄞诺才找到一个岔路口，重新走回去往淼州府的路。

这一次，鄞诺将马车驾驶得又快又稳，温小筠的坐车体验不知改善了多少。不过她并没有什么心思注意这些。改变了方向后温小筠撩开车帘，凑到鄞诺近前说道："鄞诺，我总觉得事情哪里不对。"

　　鄞诺拖了拖缰绳，侧眸望了她一眼："我也觉得似乎哪里——"

　　他的话刚说到一半，车辕连接处突然发出一声刺耳的异响声。

　　温小筠的眼睛惊惧地睁大。什么情况？前面套住骏马的鞍子竟然脱开了！

　　眼看着车辕与马套在眼前飞快离去，鄞诺想都没想地纵身跃向前面想要拉住车辕和马套，却又哪里抓得住？他整个身子勉强探出一半，眼看着就要被甩飞出去！

　　马跑了，车头飞了也就罢了，可是眼看着鄞诺就要飞出去，温小筠一下子就急眼了！情急之下，她根本顾不得自己有多大本领，伸手就去薅鄞诺的脖颈儿。

　　就在这时，失去方向与动力的马车轧到了一块凸起的巨石！霎时间，整个马车开始大幅度侧翻！

　　鄞诺一个激灵，回身抱住温小筠侧身猛地一跃，在马车滚下山坡之前跳了下去，重重跌落在草地上。虽然时值深秋，野地上落满了厚厚的落叶，但横七竖八的树枝、石头还是硌得他的后背几乎废掉。

　　温小筠的眼泪也被摔了出来。尽管有鄞诺这样一个完美的人肉护垫，强烈的碰撞还是撞得她的脑子嗡嗡地响个不停。

　　鄞诺竭力用自己的臂膀与双腿做刹车器，费了九牛二虎之力，才在最短的时间停了下来。之后他忍着痛，挣扎着坐起身，扶起一旁被摔得头晕目眩的温小筠："温竹筠，你怎么样？没受伤吧？"

　　不等温小筠回答，鄞诺突然瞥到前方密林中出现了一个人影。他恨得一跃而起，放下温小筠就朝着那人急速追去！温小筠也被这个场面吓了一跳，竟然有人一路跟踪他们？她也顾不上疼了，扶着旁边的一棵小树，颤颤巍巍地站了起来。

　　此时，温小筠的身后却又响起一片窸窣的声音。她头皮一阵发麻，暗道：难道中了别人的调虎离山之计？这根本就是针对她而设计的一场阴谋？

　　温小筠突然想起，自己身上的虽是女装，却与杜莺儿遇难时穿的颜色很相近。她的双眼惊恐地睁大，难道杀人犯一早就在暗中盯住了她？！

第七章　荒村少女

身后的脚步声一点点接近，温小筠觉得身上的汗毛都一根根地竖了起来。

不行，必须逼自己冷静下来，她双手紧攥成拳，双眼快速扫描周围的环境。前面是直行大道，她肯定跑不过对方，唯一的路线就是斜侧方的密林小坡道。

半秒的时间都不到，一直静止不动的她就做出了选择。

跑！

想到即做到，她提着裙子拔腿就跑！万一身后真是那个分尸的恶魔，她可就惨了。温小筠拼命地跑着，耳畔全是呼啸的风声与后面沉重的脚步声。

温小筠的瞳仁狠狠一缩。他真的追过来了！正常来说，密集的树木肯定会减慢后面人追击的速度，可是对方的能力显然远超过她的想象。没绕过几棵树，她的后脖颈儿就被一只大手狠狠地拉住。

惊骇之下，温小筠迅速调出之前学习过的被绑架时自救的注意事项——第一，避免直接去看对方，以防激起对方敏感的自保神经；第二，顺从对方的要求，让对方放松警惕；第三，寻找时机，在有把握的情况下迅速逃跑。

于是她赶紧捂住自己的脸，半蹲下身胆怯地哀求道："好汉，感谢您的搭救之恩，小女夫家很有钱，他一定会重重地酬谢您的。"

身后的男人一把攥住她的后脖颈儿，膝盖一顶将她狠狠地撞倒在地，阴冷地笑："害怕吗？"

温小筹双手移到脖颈儿后，尽量抵着那人手上的力道，声音却更加惊恐："好汉不是来救人？那就是为了钱财。您放心，您要多少钱，小女夫家都会出的。只要您不伤害我，他们定然会如数交付赎金。"

在哀求的同时，她的余光一直在查看周遭的环境，下面就是一段斜斜的山坡。山坡上树木很少，枯草很厚，最下则是一条宽宽的大河。她只要抓住机会抱住脑袋滚将下去，滚得一定会比歹徒保持着平衡跑下去快。

而滚进河流后，她还可以游泳。万一歹徒不会游泳，她便有绝对的把握逃脱。

身后的男人听到温小筹的话笑得更加猖狂，俯下身子贴着她的耳朵，声音越发阴鸷残忍："我不要钱，只要你。"

温小筹的心瞬间一寒，顺从的方法显然不管用，那她就搬出后台，尽可能让对方惧怕。

她双手用力扳着身后男人的大手，发狠了地大骂："敬酒不吃你要吃罚酒！你以为我们真的是什么夫妇？告诉你，我根本就是个男人！为世人不容，才拐带了豪门嫡子私奔出来的！你要是敢动我一根汗毛，不仅我相好的饶不了你，就是我父母也会散尽万贯家财，追杀你到天涯海角！你以为我们躲避的是什么赌鬼哥哥？！我们躲避的根本就是郡王府的追兵！"

身后的男人听到这里突然一愣。温小筹这一段话里的信息量实在太大，他一时竟然不知道该从哪里拆解才好。

温小筹的目光陡然一寒。就是现在！趁着身后的男人愣神儿的一瞬，她猛地一缩脖子，双脚狠踢歹人的小腿，双臂抱住后脖颈儿与头部，一个翻身就朝着土坡下面直直滚将下去！

"该死！"歹人这才惊醒，顾不得小腿的疼痛，拔腿就要去追。

可是他才迈出一步，眼前就划过一道森寒的银光！歹人脚步一怯，这才看清是一支锋利的箭矢径直插入脚前的草地，溅起大片草屑与泥沙。他惊恐地回头，看见身后一棵参天大树上赫然站立着一位白衣男子。白衣男子手持弓箭，又搭上了一支箭羽，直接瞄准着他。

歹人的身子不觉一颤——白衣男子虽然蒙着面，一双凤眸却闪出异常犀利的光芒，仿佛下一刻他的箭矢就能准准地射进自己的心脏。

歹人狠狠一皱眉。他也是个习武之人，只从白衣男子身上凛冽的气势就能看出，对方武功远在自己之上。短暂地权衡之后，他迅速做出抉择，一甩手狠狠地扔出一只瓷瓶。瓷瓶蓦地炸出大团烟雾，他乘机头也不回地急忙跑进树林之中。

白衣男子没有追击，甩手把弓箭往旁边一扔，脚尖一点，流星一般从树上飞跃而下，朝着温小筠直直飞去。

那边温小筠的全部注意力都还在如何团成一个球护住要害部位，安全地滚进河流之中，忽觉手臂一僵，她就被人一把捞住拽了起来。

温小筠被吓得都要哭了，那个杀人凶手这么逆天吗？自己滚着都跑不掉？现在还在急速下行的惯性之中，她只要全力挣扎，就还有生还的可能！想到这里，她便挥舞起四肢，拼命挣扎反抗。那人却把她抱得更紧，同时弯曲膝盖，调整身形，尽量减缓下滑的速度。

"温兄，是我！"他急切地说。

温小筠目光一顿，反抗的动作全部熄火："白……白鹫兄？"

白鹫这才抱着温小筠勉强停在斜坡的底部。他拽下蒙面的锦帕，望着怀里的温小筠，凤眸微弯，闪出一抹明澈的光："是我。"

说完，他单手抱紧温小筠，另一只手用力拽住旁边的一株矮树，脚下一点，又跃向了前方。不多时，白鹫便把温小筠抱到了平地上。

温小筠现在还没有回过神来，双腿一软直接坐到地上，双手紧紧地攥着脖颈儿，大口大口地喘着粗气。

白鹫见状从腰上解下一个牛皮袋，拔开塞子递了过去："喝点儿蜜水缓一缓。"

温小筠接过水囊，仰头咕咚喝了一大口。冰凉微甜的液体从喉间滚落，她慌乱的心情才算缓解很多。喝完，她抬袖抹了抹嘴，在白鹫的搀扶下才勉强站起身。

"白鹫兄，多谢你又一次的救命之恩。"她递还水囊，微喘着气说。

白鹫伸手为她捋了捋额间凌乱的头发，微微一笑："不用谢，没有我，你也足够自救。那歹人跑不过你滚落的速度。"

温小筠望着白鹫惊讶地睁大了眼睛："白鹫兄早就来了？"

白鹫微怔，随即别过视线，带着几分羞愧地笑道："本来要在第一时间出手的，没想到温兄应对得如此机智，一不留神就成了万恶的旁观者了。"

温小筍本来要笑着自嘲两句的，听到这里，表情立时一变，皱眉盯住白鹜低声问道："你在跟踪我？"

白鹜脸上的笑容瞬间僵住。

温小筍更加难以置信，不自觉地攥紧白鹜的手，声音都跟着有些干哑："一次巧合也就罢了，两次就不是巧合。白鹜兄你为什么要跟踪我？"

白鹜顿了一下，忽然自嘲般地垂眸一笑："看来我还是大意了，卿若是女子，怕是会相信偶遇乃是天定的缘分。只是卿为君子，自然没有女孩子家那么天真的想法。"说着他抬起头直迎温小筍锐利的目光，笑容越发温柔，"抱歉，鹜将卿比作女子并无冒犯之意，只是莫名觉得卿身上带着一种不输女子的干净清澈。"

温小筍严峻的表情微微松动。白鹜还说别人干净清澈，他的皮肤本就白皙如玉，眸光又明亮，再衬上这样明澈的微笑，他的笑容才是比女子都清澈，都好看呢。

在直接喷出鼻血之前，温小筍赶紧低下头，心虚地抓了抓头发。也是这一低头，她看到自己身上的女子装扮。她惊慌地挥起双手急忙辩解："我这身衣服是因为——"

白鹜伸手抵住她的唇，眸光温暖："无妨，既是'暗中跟踪'，鹜都了解。"

听白鹜把"暗中跟踪"说得这般坦荡，温小筍的疑心也就消除了大半，觉得他应该是真的有什么特殊原因才跟着自己来的，不过在得到真切的回答之前，她还不能最终确定。

她张口刚要继续问，白鹜的手忽然又向她的鬓角伸来。

原来白鹜看着温小筍耳边的头发还夹着一根草屑，忍了又忍，终于还是忍不住地抬手帮她整理。正巧她抬头要说话，他修长的手指便猝不及防地碰到了她的脸颊，点到了她的唇。

他这突来的亲昵动作令温小筍的脸瞬时通红一片。

白鹜看到温小筍的反应，这才察觉到自己行为的失礼。他触电般地倏地收回手，表情也跟着僵硬、尴尬起来。

温小筍想笑一下打破尴尬的气氛，可是嘴角就像是被胶水粘死了一般，根本弯不动。

一时间，两个人都有些语塞。两个人各自干咳了一下，都想尽量打破尴尬的僵局，可是刚脱口的话又撞在了一起。

"其实——"

"那个——"

白鹜看了愣愣的温小筠一眼，忍不住笑了："其实卿与鹜两个大男人本不该如此扭捏。或许是因为卿的女儿妆的扮相太过艳丽，才令鹜失态至此。"

温小筠一脸茫然地眨了眨眼。

开了个头后，白鹜终于找回点儿感觉，微笑着继续说道："其实上一次和这次的相遇，都不是偶然，是白鹜专门来寻卿的，只因卿为白鹜特别调制的那一味药。"

"药？"温小筠顿了一下，恍然想起初遇时提炼的土方药物，"上次的药方详细给了白兄你的护卫，是不是他们操作时遇到什么问题了？"

说着，温小筠低头从怀里摸出一个小瓷瓶。瓶里面是消炎药药粒，还好她想事周全，将药换了瓷瓶。她上前递给白鹜："这份是精炼出来的，药效更好，还不怎么伤胃，先吃这个。一日一次，一次一粒。"

白鹜伸手接过刚要答谢，却听到后面树林中忽然响起一阵急促的脚步声，神色不由得微微一变。温小筠也听到了响动，把头一看，原来是鄞诺正拨开层层树枝往这边快速跑来。

"鹜的事，还请卿费心保密。"

"好。"温小筠下意识地答应，再回过头来，面前除了随风飘飞的几片枯叶，空空荡荡的再无一人。

温小筠的心也跟着蓦地空了一下。

"温竹筠，你怎么样？"鄞诺匆忙跑来，完全没有注意到温小筠的异样。

温小筠干咳了一下，努力拉回思绪："没……没事。"她的大脑终于重新开始运转，她转身跑向鄞诺急急问道，"对了，你追到那人了吗？是江家的人吗？"

鄞诺看到温小筠满身土、满头草屑的样子，顿时皱起眉头，一把抓住温小筠的手："你果然被人袭击了？"

"对，那人应该就是江狄，我急中生智，滚下山坡，中间被——"她刚要说被朋友救了，又想起白鹜交代给她的话，赶紧刹车改口，"被一个神秘人救了。"

般速度。"

温小筠用力把最后一口吐干净，才用衣袖擦了擦嘴，摆摆手："没事，人命关天，我这点儿小事算不了什么。"

"你现在穿着女装还不便进去。旁边有家药铺，正好是我朋友的。我去那儿给你找个房间，你洗漱一下换身衣服，咱们再进去。"

"好。"温小筠迈步就想走，没想到双腿却是软的，两只眼睛前面晃的全是金星。

"案情紧急，得罪了。"鄞诺见状没有任何犹豫，转过身背起她就朝着药铺走去。

温小筠的心紧紧揪起，一会儿进入杜家，她就要火力全开地分析每一处疑点了。而她这个一瓶水不满、半瓶水晃荡的门外汉，真的能当此重任吗？

"你可以。"温竹筠的声音再度响起，"破案推理其实并不难。敬畏人命，不遗漏所有细节，从动机、手法、第一案发现场去分析，每个人都可以成为神探。"

温小筠不觉苦笑了一下："大约在你们天才的眼中，就没有什么事情是难的吧？"

温竹筠顿了下，才说道："有时候，天才是一种诅咒。放下情感的干扰，跳脱出表面假象的限制，你会做得比我更好。"

他的话音刚落，温小筠眼前又忽然出现了那位笑起来有两个可爱小酒窝的美丽少女，耳畔又出现了她那软糯甜美的声音。

"不过是两个包子嘛，举手之劳，温兄切莫挂怀。"

温小筠用力闭上眼睛，暗暗提醒自己放下情感的干扰，跳脱出表层假象的限制，再度睁开眼睛，她的眼里只剩下坚定与冷静。

重新穿回男装的温小筠在鄞诺的带领下，再次走进杜氏钱庄。

这次他们进的不是后院银库，而是在早就候着的捕快的引领下走进前院的会客室。一进入那宽敞的厅堂，温小筠就看到了坐在主位的王知府与鄞乾化。

他们前面的地板上跪着三个人，两男一女。第一个男的温小筠认识，正是杜莺儿的父亲——钱庄老板杜掌柜。跪在他旁边的是个正拿手绢擦拭眼泪的窈窕少妇，二十七八岁的年纪，头饰虽然不多，但是件件精致名贵，湖蓝色的织锦衣裙裁剪合身，用料讲究。听到门口的动静，少妇不由得抬头一瞥，露出了一双杏圆的美丽眼睛，左眼角还有一颗别致的美人痣。她皮肤白皙，容貌娇俏，绝对是个能令人眼前一亮的一等美女。跪在最里面的则是个中年男子，一身仆人打扮，双手着地，肩头微微颤动地埋头跪伏，胆小得根本不敢抬头。

杜掌柜看到温小筠与鄞诺回来，目光陡然一颤，又扭回头恭敬地跪在地上，不敢再多看。双眼还扑簌扑簌地掉着眼泪的少妇也转回身，继续跪伏在两位大人面前。

察觉到杜掌柜的反应，温小筠眉头微皱。看来只不过一天的光景，杜家就又有了大变故。她目光再向里移，就见跪地男仆的身边放着一个盖着白布的担架，白布隆起的形状，正好是一个人形。

温小筠目光微怔，心想躺在那里的死人应该就是"猫耳朵"说的那个突然出现的真凶。她不觉在心里冷哼一声——这个真凶出现得真是太及时了，不仅及时，还足够"任人摆布"，直接成了一具尸体，让案子真真正正地死无对证。

"温刑房，"王知府看到温小筠与鄞诺，眼里立时现出兴奋的光，"你快来看看，这边案子有结果了。"

温小筠与鄞诺一齐躬身作揖："属下见过知府大人。"

在两个人低头的间隙，彼此的目光倏地交会。他们对如今的局势都已看清大半——王知府这一句话虽然简单，但是大有盖棺定论的气势，根本不给他们说不的可能。

低着头的鄞诺朝温小筠挑挑眉，示意她看看鄞乾化。温小筠心领神会地又跟着鄞诺转朝鄞乾化行礼，异口同声地说："属下见过推官大人。"

说话的间隙，温小筠不留痕迹地朝鄞乾化递了个眼色。鄞乾化直直地瞪着她，眉头紧锁。温小筠目光不觉下移，却看到了鄞乾化放在腿上的一只手冲着她比出一根大拇指。

鄞诺也看到了这一幕，低头小声说："叫你该怎么办还怎么办。"

温小筠又瞟了王知府一眼，知道这两位大人应该是意见不合。但是官大一级压死人，鄞乾化显然被压住了，在等着她语出惊人。温小筠不觉咽了一下口水，暗道：鄞乾化都破不了的局面，我直接否定王知府就能解决问题吗？

温小筠没有顺着王知府的话说下去，反而另起一行："属下有所失职，特向知府大人、推官大人请罪。"

王知府与郸乾化都没有料到温小筠会把话题转到这里。

王知府板直身子，沉声问道："有何失职？"

温小筠直起身子抬眼看着王知府，目光诚恳："属下本是刑房书吏，案发后所有的细节、证据、疑点、案情，都应该在第一时间记录详尽。可是属下却因别的公差而缺席，以致现在真凶出来，属下却半点儿文书都没有记录，这便是大大的失职。"

王知府听到这里，眉头瞬间舒展了一些："你也说是因为公差，既然不是因私废公，这便是情有可原，算不得什么过失。况且记录的工作很简单，也耽误不了什么，你自行把握进展即可——衙门里还有急务等着本官裁断。"说着，他又看向郸乾化："郸推官，断案的事本就是您的本职，命案既已侦破，剩下的事还要辛苦你了。"

郸乾化急忙探身，一把抓住王知府的手："王大人，不急不急，温刑房办事向来利落，不会耽误多少时间。正好下官也还有要请教王大人的事，等这边结束，下官再与王大人一起回衙——"

"这个……"王知府环视了屋中其他人一眼，显然并不情愿。

温小筠立刻上前配合着郸乾化加了一把火，再度弯腰行礼："知府大人勿急，属下自信书法上有些本领，书写极快，不过片刻就能记录完毕，不会耽误大人的行程，况且人命大案，其中细节肯定还要仰仗大人来裁断。"

王知府沉吟了片刻，才犹豫着同意了："好吧，你速速记录。"

温小筠从旁边的捕快手中接过文书笔墨，先走到杜友和面前自言自语地说："文书记录，需要知道凶手是何人发现，何人抓捕，又是如何丧命的。杜掌柜，请你如实详述。"

杜掌柜直了直身子，乌青发黑的眼睛看向一旁的美丽少妇："这事是小民的内人发现的。"

美丽少妇立时朝着温小筠跪了下去："回官爷的话，凶手的确是小女子发现的。"

温小筠抬眼瞥了她一眼，抬笔开始记录："汝何姓名？"

"妾身杜李氏。"

温小筠："地上死者何人？"

杜李氏："家仆贾八。"

"你如何判定他就是凶手？"

杜李氏按着地面的手微微蜷缩，立时呜咽着哭了起来："都是妾身相信错了人啊……"

温小筠说话的声音一凛："如实讲述！"

杜李氏用衣袖擦了擦眼泪，这才继续说道："妾身本是杜家续弦，并非莺儿的生母，可是因为与杜家原配情同姐妹，一直把莺儿当作亲生女儿一样疼爱。莺儿被逼着要嫁给老王爷后，几次三番寻死觅活。妾身看在眼里，疼在心上。后来莺儿以死相逼，妾身实在是拗不过，便同意助她从家里逃出去。而贾八就是妾身安排给莺儿的仆人……妾身叫他在外接应并照拂莺儿先出去躲躲再说，不承想那贾八竟然色心大起——"

说到一半，杜李氏的眼泪又哗哗地流下来，她再次泣不成声了。

温小筠丝毫没受干扰，冷声问道："杜莺儿是如何逃出杜府的？"

杜李氏又擦了擦眼泪，才继续回答："是妾身支开后院护卫，让人帮助莺儿先爬到树上，再跳上墙头，然后贾八在外面接应。"

"那么高的树，那么高的墙，你就不怕摔着杜莺儿？"

杜李氏急忙解释："官爷有所不知，莺儿虽然是个女孩子，却十分顽皮，登高爬墙是常干的事。也是我和老爷娇惯了她，把她养成和男孩子一般的性格。别说有人帮着，就是没人帮，莺儿自己也能爬上树去，比男人都要灵巧麻利呢。"

温小筠唰唰地快速书写，头也不抬地继续问："爬树和跳墙又不一样，你家墙那么高，你就不担心摔坏了她？"

杜李氏生怕别人误会，表情更加急迫："爬树之前，妾身就朝着墙外喊过话，贾八亲口回应说就在大树旁的墙根处，会让莺儿踩着他的肩下去，很稳妥的。"

温小筠抬了抬眼皮："杀人凶犯何等残忍，犯了案后必然会逃跑隐藏，你又是如何抓到他的？"

杜李氏抹着眼泪看向旁边跪在地上的男仆："是杜久发现的。"

仆人杜久听到提自己，立时打了个寒战，怯生生地跟着说："是……是小的发现的。贾老八跟小的是同乡，他常去哪里小的都知道。昨晚夫人听了小姐的噩耗，就叫小的带人赶紧去找贾老八，看看到底是怎么回事，可小的到了他家却发现他跑了。小的忽然想起前两天和贾老八喝酒时，在他家屋子里看到过一些叠好的春夏季的衣服。小的知道他前两天曾私自去过车行租车马，就想起他有个远亲在南方，于是带着人急急去截，最终在路上一座破庙里找到了他。

"贾老八一看我们追来，就着急地想要跑，可是被小的们堵在楼梯前。他一急，就跑上楼梯，一直跑到三楼。他估计想趁小的们不注意从三楼跳下来逃命，没想到跳下来时，他的脑袋撞在石头上，就这么……这么死了。

"在他的身上小的们找到了小姐身上的首饰、金钱，还在他家后院的小河沟里找到了剁人的斧子。他家只有一个瞎眼老娘，说是之前只听到贾老八杀猪剁骨头来着，其他的都不知道。小的们查看了，他家后院的偏房里全是血，还有小姐的一只耳环。"

温小筠点点头，心中却是冷笑。真是为难他们了，这么短的时间内，瞎话编得倒也挺圆。

"好，人证、物证俱全，之后我会一一核实登记。现在，把凶手身上的尸布揭开，我要记录死者的面貌。"

温小筠说完，鄞诺便抬步上前，一把揭开尸布。

那是一具头部血肉模糊的狰狞尸体，让温小筠看了都不觉掩面后退了半步。她虽然已经看过杜莺儿死后的惨状，但再次直面尸体时，还是有些难以接受。不过在难以接受的同时，她的眼睛也跟着倏地一亮，她一眼就看出了此案最大的破绽！更肯定了杜李氏与仆人杜久都在说谎！

一直耐着性子等待的王知府看到温小筠盯着贾八的尸体突然不动弹了，终于忍不住催促了起来："温刑房，你这文书怎么停了？案情俱已清楚，剩下的就不要浪费工夫了。快快记录，快快查验证据才是正事。"

温小筠缓缓地转过头望着王知府，目光犀利冰冷："回知府大人的话，属下可以判定，这里躺着的仆人贾八并不是拐走小姐的人。"

她此言一出，全场登时一片愕然。

王知府的脸瞬间就阴沉一片，他愤而一拍桌案怒喝道："温小筠！如今人证、物证俱全，容不得你在此信口开河！"

眼见屋中的气氛瞬间剑拔弩张起来，鄞诺不着痕迹地后退半步，朝一旁的捕快低头吩咐了两句。那捕快立时悄然退出了屋子。

温小筠扬起头，自信一笑："大人勿恼，在解释其中缘由前，属下想再问家丁杜久一个问题。"

王知府并不想节外生枝，张口就要拒绝，却被一旁的推官鄞乾化攥住手腕。

"王大人，不过是一句话，都是要记录进刑房文书里的，就是温刑房问了，也在规矩中。咱们凤鸣最重的就是《凤鸣律》，下官知道，大人您定然也是如此。"

王知府的目光微微犹疑。趁着这个间隙，鄞乾化迅速给温小筠递了个眼色。

温小筠立刻心领神会，转向杜久直接就问："杜久，贾八的声音是什么样的？"

杜久身子哆嗦了一下，刚要转头去看杜李氏，就被鄞诺猛地一嗓子震了一大跳。

"问你话，你看旁人作甚！"鄞诺手扶佩刀，怒目相向。

杜久被吓得差点儿哭出来，怯怯然跪在地上哆哆嗦嗦地就出了声："贾八的声音哑里哑气的，还……还结巴。"

温小筠双眼一亮，又转身望向王知府："回知府大人的话，属下之前曾与杜家小姐有过一面之缘。当时属下在包子铺不仅见过杜家小姐，更见过那斗笠男仆。那男仆虽然戴着斗笠，将脸遮住了大半，但是身材颀长，一看就是个年轻的男人。而这个贾八五短身材不说，还有些驼背，无论看哪一样，都和属下见过的斗笠男仆相差太多。"

王知府顿了一下，随即发出一声冷笑："只是一面之缘，对方又戴着斗笠刻意伪装，谁能保证温刑房你没有认错人？"

温小筠丝毫不怯阵，扬声回答："一个高个子想要伪装成驼背的矮个子很容易，反过来却是几乎不可能做到的事。再者，属下遇到的那位斗笠男仆十分年轻，且声音清亮，跟声音粗哑还结巴的贾八也对不上。"

旁边的杜李氏被吓得脸都白了，惊恐地瞥了自己的丈夫一眼。杜掌柜也正在瞪着她，目光却是十分凶恶。杜李氏赶紧低下头，战战兢兢地跪在原地。

王知府仍在不依不饶："那温刑房倒要先回答本官一个问题。见到那斗笠男仆的时候，你身边可有人做证啊？要知道，仅凭你一个人的说辞，是不足以推翻以上所有证据的，还须得另有人证或物证来证明你的话。"

温小筠目光微凉。按理说，她并没有涉及案情，应该就是个非常可信的证人，她的话足以当作证人证言。可是王知府竟然要她再去找证据、证人来证明她的话，明摆着是故意压着案情，不叫她翻案。

突然她拿笔的手紧攥了一下，一个想法瞬间浮现在脑海。

可是没等她发出声音，旁边的鄞诺便大跨步上前拱手大声说道："启禀大人，属下能为温刑房做证！"

温小筠惊讶地看着鄞诺。她见到杜莺儿和斗笠男仆时，鄞诺根本就没在场。

难道他要替她做假证？

王知府挑眉打量了鄞诺一下："怎么？鄞捕头当时也与温刑房在一起，见过那个斗笠男仆吗？"

鄞诺抬起头来，面无表情地回答："属下当时并没有在场。只是在与温刑房出去查案之前，属下交代了捕快毛尔德去寻那包子铺的店小二，看能不能从他的嘴里问出什么证言来。现在想想，唯一能证明温刑房所言不虚的人就是那名店小二。"

说着，他抬手击了一下掌，朝着门外的捕快说道："把证人带上来！"

温小筠望着鄞诺的目光已经由质疑变成了惊愕。原来在她换衣服的时候，鄞诺就将事情计划得如此周到了。而她刚刚想到的方法也是召唤包子铺的店小二前来，不想鄞诺却将这件事做得更早、更好。

像是感知到温小筠的惊讶，鄞诺朝着她瞥过来一抹得意的目光，仿佛在对她说——不用你培养，只要我想，就能做一名最出色的神捕。

不过转眼的工夫，包子铺的店小二就被带了进来。他一看屋子里满是官差大人，被吓得膝盖一软，立刻跪了下去。

鄞乾化温声安抚着说道："小二不必怕，今日查案，只需问你两句话，认两个人。"

店小二这才怯怯地抬起头："草……草民见过诸位大人，见过各位官差老爷。"

鄞诺挺直腰板儿，望向那名店小二，抬手一指温小筠："你可见过这位官差？"

店小二眯细了眼睛仔细看了看温小筠，忙不迭地点头："见过见过，当时还有一位可俊可俊的小公子送了这位官差大爷两个包子呢。一瞧就都是富贵人物，草民当时还多看了两眼呢。"

郑诺又问："那送包子的小公子身边还有什么人吗？"

店小二想了下，赶紧回答："还有一个打扮古怪的男人，穿的衣服宽宽大大的，头上还戴个大斗笠。"

郑诺又走到仆人贾八的尸体前，用尸布罩住尸体的头部，说道："你来看看，那斗笠男仆的身形与这个人可有相似？"

店小二一看旁边竟然还有具尸体，差点儿被当场吓哭。

郑诺放轻了声音："只是看看身形，确认完你便可以回家了。"

店小二这才颤颤巍巍地爬起来，挪着小碎步接近贾八。他虽然很害怕，但还是勉强对比了尸体与记忆中的斗笠男仆，然后面色铁青地摇着头连连否认："那天的斗笠男人比这个高好多，也瘦好多，不是一个人。"

王知府的脸瞬间变得阴沉起来。

郑诺循循诱导，继续问道："那日斗笠男仆的声音，你可还记得？"

"记得记得。"店小二赶紧又跪回远处，恨不能离尸体远远的，"一开始那位小公子看见包子就要吃，斗笠男人还凶巴巴地不让他吃，小的还特意帮着他们解围来着。小公子好像很淘气的样子，坐在桌子旁就不走了。小的说：'哪里吃饭不是吃饭，吃了饭，赶路才有力气，再说吃个包子不费多少工夫，说个话的工夫也就吃完了。'那斗笠男人才算勉强坐下，就看着小公子吃包子。"

郑诺急急追问："他的声音是什么样的？粗哑的还是结巴的？"

小二摇着脑袋否认："都不是，他年轻得很，声音也好听得很，就是有点儿凶。"

王知府沉着脸看了郑乾化一眼，抬手制止了郑诺接下来的问话："好了，温刑房的话算是有证明了。"

郑诺躬身行了礼，又转头对捕快说："带店小二下去吧。"

"是！"捕快们高声回应。

等到店小二离开之后，王知府又看了地上的杜氏夫妇一眼，冷声说道："温刑房，即便你看到的人不是家丁贾八，也说明不了什么。很有可能是贾八为了避免嫌疑，哄骗杜莺儿，把她交给了另外一个人，之后那个人把她带进自己家，再行禽兽之事。"

听到这里，跪在地上的杜李氏突然扑到了杜掌柜的身上，大声号哭起来："都是我的错，是我错付了人！都是我一时心软，被莺儿哭动了心，才由着她的脾气助她离家出走。想我们母女这么多年，虽然她不是我亲生的，我们却比亲生的母女还要亲近！我就这样把她给害了，以后到了地下可怎么有颜面去见我那苦命的姐姐啊……"

面对杜李氏的情绪，杜掌柜却半点儿耐心都没有，伸手用力一推，就把她推倒在地："你这个只会坏事的贱妇，我杜友和娶了你真是倒了八辈子血霉了啊！"

"岂有此理，"王知府怒而起身，"这里虽然不是公堂，本官与鄞推官也是在这里审案，岂容尔等刁民在此造次！"

"知府大人，"温小筼跨前一步，看着地上哭得几乎崩溃的杜李氏，冷冷说道，"此案中护送杜莺儿离开的人虽然不是贾八，却也正是这位杜夫人指派的，杜夫人与凶手之间必然有所联系。"

杜夫人倏地挺直身子，惊恐万分地瞪着温小筼："你……你血口喷人！老八就是我指派给莺儿的。可是那时他站在围墙外接应，我根本就看不见他。即使带着莺儿离开的人不是他，肯定也是他的同伙，隔着那么高的院墙，他们换没换人，我怎么可能知道？"

温小筼眼神黯淡："可是之前在下问夫人话，夫人可不是这么说的。"

"我……我刚才说了什么？"杜夫人气愤得直接站起身，指着温小筼的鼻子破口大骂，"你个鳖孙，别血口喷人！"

温小筼心中暗笑，狐狸已经露出了燥气的尾巴。她微扬着下巴，冷眼俯视着杜夫人："记录文案之初，我就问过杜夫人——墙那么高，你们怎么确定小姐跳下去就有人接着？夫人当时信誓旦旦地回答，您是最心疼莺儿小姐的，这点早就和仆人贾八交代过，您会在墙这边问他两句，墙那边的贾八则回答几句，确认无误了，您才会叫莺儿小姐爬树跳墙。"

杜夫人咬牙一笑："不错，这话是我说的，又怎么了？"

温小筼挥手一指地上的死尸，语气陡然严厉："可是仆人贾八分明就是个声音嘶哑的结巴！而接走杜莺儿的则是个年轻男人，他们的声音怎么可能一样？就这一句，足以看出你在说谎！"

杜夫人的脸色登时大变，她心虚地后撤半步，不想脚下一软，直接跌坐在地上。

"我……我，"杜夫人眼里满是惊恐，语无伦次，"我没有说谎，我是被逼的，我……"

一旁的郾诺看了这幅光景，心中不觉微动。他知道温小筠这个推断其实还有不完善的地方，但是急于结案的王知府显然不会给温小筠足够的时间去推论，所以温小筠便铤而走险，故意将还不能完全肯定的猜测变成一口巨大的黑锅，全部罩在杜李氏一个人的头上——温小筠为的就是打她一个措手不及，令她露出马脚，自己供出内情。

这一招打草惊蛇，温小筠用得可谓既准又狠。郾诺不由得暗自感慨，没有想到当初那个呆板的酸秀才也生出了如此深的城府。

温小筠那边的气势越来越盛。她步步逼近杜李氏，语气冷酷："被逼的？什么人能够逼迫你去坑害自己的继女？你口口声声说心疼女儿所嫁非人，一时心软放她离家出走。那你知道她要去哪儿吗？你有替她未来的生路和名声想过吗？"

"这……这……"杜李氏两只眼睛惊慌地转来转去，却一句话都接不上来。

"答不上来了？"温小筠冷冷一笑，"是你根本就没为那位'心爱'的女儿想过吧？叫一个千金大小姐跟着男仆人出逃，却没给她安排逃跑的方向和目的地，也没派出自己的心腹仆人，更不要说提前派出个丫鬟随行照顾娇生惯养的千金小姐。这是一个母亲能做出来的事吗？我且问你，从听到杜莺儿的死讯到现在，你可曾想到过去现场看你那苦命的女儿一眼？"

"我……我……"杜李氏将手紧紧地掐在一起，已然方寸大乱。

温小筠目光陡然一寒："你口口声声说将继女视如己出，比亲生的更亲，怕是早就把她视为眼中钉、肉中刺，欲除之而后快吧？！"

听到这里，杜掌柜再也忍受不住，狂叫了一声，如杀红了眼的野兽般瞬间扑到杜李氏的身上！他双手死死地掐着她的脖子："你这个贱妇！说！到底是跟哪个臭男人勾搭上了，敢害我的女儿？！"

旁边的郾诺看到，探手抓住杜掌柜的手用力一扳，就把他从杜李氏的身上拽了下来："掐死她还怎么问真凶？！"

几乎失去理智的杜掌柜瞬间被点醒，怔在了原地。

郢乾化看到这般场景，走到王知府近前低低说了句话："下官原也想着这案子怕是有别的隐情，如今看来，仇怨都在杜家门内，百姓们注意到的不过是豪奢富商家里的丑事。"

王知府听到这话，双目立时一亮。说者无心，听者有意，不论郢乾化是真傻还是假傻，他的这句话都打消了王知府心中隐秘的顾虑。

王知府本也不愿意背锅去当个明显的昏官，打消了这层顾虑，顿时觉得可以放开手脚，大干一番业绩出来，届时不仅不会招祸，做得漂亮了，怕是还能招来更好的官运。

"郢大人此话差矣，"王知府故意板下脸来，冷冷地看着郢乾化，"无论死者是何身份，凶手又是什么身份，在咱们为官者的眼里，都是子民百姓，绝不能有半点儿轻慢懈怠。如今既然查到了新的疑点，咱们身为父母官，定要一查到底！"

郢乾化退后半步，躬身作揖："大人明断。"

王知府这才看向温小筠，严肃地吩咐道："既然温刑房已经查出疑点，那就放开胆子一查到底！我焱州府今日多灾多事，明日还要破了钱庄火龙吞钱案，绝不能放任那些意图火烧整个焱州府的恶徒逍遥法外！今日本官就坐镇这儿，与郢推官一起为诸位差官们压阵，不惜付出任何代价，务必找出杜莺儿凶案的真凶！"

温小筠连并着当场所有衙役、差官齐齐屈膝行礼："属下领命！"

温小筠隐约能感觉到，自己被郢乾化当成了一把利刃，替他豁开了一张无形的利益之网，让他办案时可以不受任何压力与阻力的束缚。

低头行礼的郢诺，至此也完全弄明白了父亲的用心与处境。他与温小筠在明面上为破案厮杀，而父亲却一直在暗处与一股更可怕的力量缠斗厮杀——他与温小筠此时就是父亲手中的刀！

在郢诺的眼中，父亲也许不是什么天下第一流的推官，却绝对是一个务实尽责的推官。能让王知府一心只想草草结案不想声张的人，一定是焱州府的顶级权贵。

而早就看出疑点的父亲若是强硬着直接抗命，不仅不能顺利破案，还会横生枝节，让真正的凶犯得以寻机逃脱。所以父亲先是通过温小筠这样一个小书吏点破疑点，而后把此案的性质圈在富豪家族内部恩怨之中，不涉及更广的权贵，让王知府放下疑虑，心甘情愿地配合破案。

想到这里，鄞诺带着手下捕快，把杜掌柜、杜李氏与仆人杜久死死地按住并控制起来。

王知府沉吟了一下，又望向温小筠："温刑房，你方才所说皆为推测，可有什么证据做证啊？"

温小筠再度躬身作揖："回禀大人，要证明属下的话并不难。如果杜莺儿案真是杜李氏与仆人杜久合谋，那么贾八的身上必然存有破绽。我们只要对贾八生平活动轨迹和那个所谓的杀人现场仔细勘验，就一定能找出破绽，拿到证据。毕竟凶案发生的时间很短，仓促之间，就算再狡猾的凶犯，也不可能把现场收拾得完美无缺。"

王知府满意地点点头："好，那你与鄞捕头快快通知徐仵作，尽快对贾家后厨进行查验。"

"不必了。"说话的却是坐在一旁的鄞乾化。

王知府疑惑地转头："鄞大人此话何意？"

鄞乾化欠了欠身，微微颔首："徐仵作最是尽职尽责，温刑房所说之事，都在徐仵作的职责之内。现在，他定然已经在查。"

温小筠不自觉地与鄞诺对视了一眼。徐仵作认真敬业不错，可这背后更多的还是鄞乾化的吩咐与调度，不然鄞乾化绝对不会如此自信。

王知府双眼一亮："如此甚好，多管齐下，破案指日可待。"

正说话的工夫，门外就传来一声通传："回禀知府大人，徐仵作请见。"

王知府兴奋地拍了一下桌案："快传！"

不多时，一袭黑衣、低头颔首的徐仵作便走进屋来。行了礼后，他一点儿废话都没说，直接开始汇报工作："回禀知府大人、推官大人，经属下查验，贾八家杀的的确是猪，血迹全部是猪血。并且属下在后院的厨房外找到了一些猪毛，还有半颗磕碎的獠牙。因为他母亲八十大寿，他便拿出攒了一年的份例给母亲摆宴席祝寿。

"此事，周围的邻居都有佐证。属下在贾八邻居的口中还打探到，杜久父母的家也在贾八家旁边，而且因为府里的一些琐事两家人多有不和。属下就去杜久的家里打听些情况，正碰到杜久家在吃猪肉，当时就起了警惕之心。

"查问了几句后，杜久家人明显心虚，回答前言不搭后语。事后，属下在杜家厨房找到了剩下的猪肉，足有大半头。经对比，猪头獠牙的缺损部分与贾家后院角落找到的那半颗完全吻合，且在给贾八验尸之时，属下就在他的手上找到了被生猪的獠牙伤过的痕迹。由此可以证明，贾家当日的确杀过猪。而案发当日，贾八去集市买生猪的过程，属下也找到了几个人证。"

郓乾化眉头微蹙，问道："证人何时见到的贾八？"

徐仵作颔首，恭敬地回答："贾八早上就在集市里买菜、挑生猪了，午初前后才推着小车离开集市。"

温小筠及时接过话茬："属下在包子铺偶遇杜家小姐，正是在午初前后，由此推算，在墙外接应杜莺儿的男仆人绝不是贾八。而当夜杜莺儿就被人分尸而后弃在瘟疫鬼庄，中间的时间不过四五个时辰。贾八又要杀猪，又要为母亲准备寿宴，根本没有足够的作案时间，所以并不是真凶。

"可是杜夫人和仆人杜久不仅咬死了他就是凶手，更加伪造现场，拿走了猪肉，把猪血说成人血，显然是有意为之。而这样一个被排除了杀人嫌疑的家仆，却死在了杜夫人的指使之下，死在了杜久的围堵之中。属下有理由怀疑杜李氏串通家仆杜久，做下了拐骗坑害杜莺儿的恶行，更是杀死仆人贾八的幕后主使与直接凶手！"

"不是我！"一直跪在地上的杜李氏听到这番言论，惊恐地抬起头来，涕泗横流地朝着温小筠拼命磕头，"官老爷，官大爷，民妇是冤枉的啊——"

郓诺不动声色地捅了温小筠一下，用目光示意她务必速战速决。王知府对破案的热情转瞬即逝，稍微冷静一下，怕是又会忌惮起暗中的势力来。他们必须抓紧机会一举破案。

温小筠了然地点点头。叫犯人快速招供，她突然想到了一个十分靠谱的理论。此招一出，杜李氏与杜久必定会和盘托出。

想到就要做到，于是温小筠转身面向王知府与郓乾化："回禀大人，属下恳请现在就把杜家主仆三人迅速押解回司狱司进行单独审问。"

王知府与郓乾化对视了一眼。

温小筠这个要求十分合理。审案已经审到这个份儿上，是应该回衙门专门审讯了。

王知府率先站起身干脆地一挥手："好，将一干人等连死者一同带回衙门。"

旁边的鄞诺差点儿直接吐出一口老血，暗想：温小筠到底听明白他的话没有？他是要告诉温小筠在最短的时间内审讯出结果，可是对方的这个提议，分明是在拖慢审讯的时间。这个家伙不是第一天才吗？难道看不出王知府恨不得马上就飞回衙门，然后该干吗干吗去吗？

像是看出鄞诺的着急，温小筠转身对他细声说道："鄞捕头，将这三个人彻底分开，单独押送回司狱司，越快越好。"

鄞诺皱了皱眉。虽然他还摸不清温小筠的真实想法，但是事情到了这个地步，也只能听从对方的调遣。很快，鄞诺就指挥着捕快们把杜家主仆三人迅速押解出去，贾八的尸身也被快速地抬了出去。

王知府很高兴，终于可以脱身了。他脚步轻快地走向大门："鄞大人，这回咱们两个可以一起回衙了——"

"知府大人。"还没等鄞乾化回答，温小筠上前就打断了王知府难掩兴奋的话语。

"温刑房，还有何事？"王知府停住脚步。

"属下有一计策，可以在半个时辰内叫杜家主仆三人讲出所有的真话。"

王知府思量着点点头："也对，监牢里面刑具多，如今已然查出杜李氏与仆人杜久的嫌疑，可以直接对他们用刑了。"

听到这里，鄞乾化的眉不觉皱了皱，只是他除了望了温小筠一眼，依旧什么话都没说。

温小筠不禁在心里暗暗擦了把汗，暗道：真是要处处小心啊，不然万一被人诬陷入狱，直接就被用重刑，真是哭都找不到地方。

"知府大人，刑讯拷打虽然能叫他们开口，可是费时费力，也不一定能逼出真话来。属下的方法更快也更准确，并且有九成把握叫他们心甘情愿地说出所有真相。"

听到这里，王知府与鄞乾化都惊讶地睁了一下眼睛。审案过程中，口供从来都是一个难点，越是奸诈的罪犯，嘴里就越没有实话——温小筠这自信也有点儿太过了吧？

"有什么方法，温刑房直接讲吧。"鄞乾化终于开口催促。

温小筠凑近两人，将自己的灵感一五一十地说了个清清楚楚。

王知府却听了个云里雾里，直到回了州府衙门的司狱司，与鄞乾化按照温小筠的建议先行坐到审问室里屋的隔间中，都没有完全弄懂温小筠的用意。

坐在他身边的鄞乾化微微一笑："王大人少安毋躁，温刑房这是用人生来的恐惧和贪婪做文章。也许不用半个时辰，温刑房就能逼问出实情。"

"人生来的恐惧和贪婪？"王知府更是一脸问号了。

外面房间的温小筠却十分自信，叫人在屋子里面对面地摆了两张桌子，桌子后面各有一把椅子。

温小筠先坐稳在门口位置的桌子前。很快，杜李氏就被两名捕快押着送到了她对面的桌子后。

温小筠眼皮都不掀一下地整理着桌上的书册与笔墨："你们三个虽然是单独审问，但给你们开出的条件却是一样的。"

杜李氏坐在椅子上不安地扭动了一下身体："官……官爷您说的是什么意思？妾……妾身怎么听不懂？"

温小筠抬眼冷冷一笑，耐心地解释："你们三个人谁先说了实情，谁先指认了幕后主使与凶犯，谁就有立功减刑的机会。如果能说出重要案情，立功大者，甚至能功过相抵。但若是谁说了假话，耽误了官府的时间，除了直接承担杜莺儿分尸案的最重罪名，同时还要多打二十大板，以儆效尤。"

其实温小筠想起的审问招数就是"囚徒困境理论"，那样会最快——把一个案子中的几个犯罪嫌疑人关到不同的房间，然后开出能叫他们彼此背叛的条件。

两个共谋犯罪的人被关入监狱，在不能互相沟通的情况下，如果两个人都不揭发对方，则由于证据不确定，每个人都坐牢一年；若一人揭发而另一人沉默，则揭发者因为立功而立即获释，沉默者因不合作而入狱十年；若两个人互相揭发，则因证据确凿，两者都判刑八年。由于囚徒无法信任对方，因此倾向于互相揭发，而不是共守沉默。这一心理人性博弈境遇，被称为"囚徒困境"。

不过，这里杜李氏与仆人杜久伪造现场杀害贾八的罪名清清楚楚，所以根本不会有两个人同时不承认、同时轻判的可能。

所以温小筠把承担结果直接换成死刑会更吓人，这一次的囚徒困境显然也会更有用。果不其然，在她用一种漫不经心的态度说完条件后，杜李氏的脸色就变得异常难看。

"你不说也没事，自然有人想要活命——你的选择是什么？说。"温小筠拿起笔，做出要记录的样子。

就在这时，后面的门扇忽然被人推开。温小筠侧头一看，原来是扶着腰间佩刀的鄞诺大步走了进来。走到她近前后，鄞诺附在她的耳边神秘兮兮地低低细语了两句。

"那真是省事了，我这边也省得受累。"温小筠双眼一亮，脸上露出满意的笑容。随即她就收拾起纸笔，起身要跟着鄞诺走。

杜李氏彻底慌了，噌地站起身，伸手就要去拉温小筠："官爷，别听那混账瞎掰，您要问什么，妾身都说，妾身都说啊！"

两旁的捕快立刻按住她的肩膀，将她按回座位上："老实坐下！"

杜李氏仍然拼命挣扎，鼻涕、眼泪全流了出来："民妇全说，妾身全说！官差老爷，青天大老爷呀，您一定得听民妇的话啊，民妇说的才是真的……"

温小筠与鄞诺对视一眼，微笑着耸耸肩："不然咱们也给她个机会？"

鄞诺似笑非笑地瞥了杜李氏一眼，嗔怪似的对温小筠说："你这个人就是心软，见不得女人哭。也罢，本捕头也不是铁石心肠的人，那就听这妇人说说吧。"

温小筠是真的笑了。她忽然发现，在办正事和给别人挖坑这些事上，鄞诺与她有着惊人的默契，不过这样的生活才有意思。跟高手过招儿，自己会不断迎接新的挑战，才会不断精进，这样的生活她最喜欢。

剩下的事，就变得简单而顺利了。

杜李氏的说法是，自己也是受人胁迫的。女儿杜莺儿跟一位琴师有了私情，两个人都说是真心相爱，没想到却碰到王府逼婚，便要一起私奔。那个琴师本是杜李氏听人介绍给杜莺儿选的，出了这个事，她也是后悔不已，更不敢轻易答应两个年轻人。

可琴师却说杜莺儿已经怀有他的骨肉，一旦让老王爷娶回王府，杜莺儿身败名裂不说，更会给杜府带来杀身之祸。杜李氏一时被吓得不轻，只能答应帮助他们私奔。当时站在墙外面的男人就是那名琴师。

可是她万万没有想到，自己这一心软，竟然就把女儿送上了绝路，更没有想到杜家会遭遇铜钱火龙这样的灭顶之灾。她本来都劝了丈夫，反正女儿都跑了，杜氏钱庄遭受了重创，万一老王爷再知道杜莺儿逃婚，他们全家怕是都要赔上性命了，不如就把杜莺儿的事赖到铜钱火龙那帮子盗贼的身上，只说是被他们绑架了——正好铜钱火龙案和元宝小妖精绑架案都邪乎得吓人，这样至少能让王府的人不追究他们。可是后来杜李氏万万没有想到，衙门竟然那么快就识破了她和她丈夫的计谋。

当时关于杜莺儿已经怀孕还有跟男人私奔这件事，杜李氏半点儿都没敢跟丈夫说，更害怕因为是自己出的计策而被官府法办。就在这时，家丁杜久突然来哭诉，说钱庄被抢，那些个仆人们没良心也趁火打劫，偷抢了很多东西逃跑，其中就有贾八——他一直手脚不干净，不知道从哪里听到小姐跟人私通，便趁着小姐失踪，偷了小姐的首饰后才换班回家。

这样雪上加霜的情况让杜李氏又气又急，却也是"急中生智"，就叫杜久去想办法把小姐被害这件事转到贾八的身上。无论如何，她不能叫杜莺儿怀孕的事在这个要命的节骨眼儿传出去。后来杜久回来说事情办得很顺利，贾八跟他们争执时，自己摔到石头上磕死了。杜李氏听后，觉得正好可以把所有的黑锅都扣到贾八一个人的头上，反正他都是个死人了，替杜家担点儿罪名，就当是偿还杜家的恩情了。

听到这里，温小筠不觉阴沉下脸——杜李氏的狡猾远超她的预料，对方的这番说辞，看似合理，实际上却是错漏百出。就这么一点儿动机，根本不可能让杜李氏做出如此荒唐的行为。

就在她想要厉声戳破杜李氏的谎言时，郅诺直接出手猛地一拍桌案："无耻泼妇，杜久已经供出那琴师根本不是杜莺儿的情夫，他分明就是你的姘头！死到临头，还想着狡辩耍赖，判你个秋后问斩都是便宜了你！"

温小筠也跟着冷笑一声，拿起本子，拽着郅诺的手就往外走："走吧，心软果然是病，得治。白听她废话半天，只叫她在大牢里踏踏实实地待着吧。"

"走。"郅诺十分默契地抬腿就朝着门口走去。

"官差老爷等等，奴家……民妇什么都说！"杜李氏急得满头大汗，所有的防线全部崩溃。

郅诺的嘴角弯出一抹不易察觉的微笑。他刚才一面听着杜李氏的供词，一面观察着温小筠的表情——在杜李氏说到琴师是她为杜莺儿请来，并且和杜莺儿有私情的时候，温小筠的脸上出现了明显的怀疑神色。

再加上他在焱州府当捕头，虽然没有破过什么大案，却也办过一些小案，其中就有一起琴师与富商的妻子苟且的案子。在这样的案子里，富家小姐看上去很容易跟琴师有私情，可实际上，更容易勾搭上琴师的其实是富人家风韵犹存的当家主母。因为主母有足够的权利和金钱供养小白脸儿，同时还能创造出足够多的合适机会与其私会。

后来，那位富商的妻子虽然没多久就与琴师分手了，但还是留下了一些痕迹。富商发现之后恼羞成怒，差点儿把妻子打死。由于鄞诺当时出工时，琴师早已离开焱州府，他的任务就变成了救下奄奄一息的富商妻子，说服富商休妻就好，不要再伤人性命。

时隔一年，再次听到类似的案子，鄞诺第一时间想到的就是那名琴师。也是如此，他才想着冒险诈一下杜李氏。没想到，竟然真的被他赌中。

杜李氏捂着脸，哭哭啼啼地承认道："那琴师确是民妇的……民妇的相好。"

温小筠坐回座位上，执起笔，冰冷的目光刀子一般射向杜李氏："这次是你最后的机会，如若再有半点儿虚假，不仅要判你个杜莺儿案主使与贾八案幕后主使的双重罪名，更要记你个做伪证欺瞒官府的重罪。"

抱着双臂的鄞诺挑挑眉，残忍一笑："只看你这细皮嫩肉的，二十大板可就要打烂了呢。你就是侥幸没死，趴在监牢里也是一件'顶美'的事。要知道监牢里最多的就是虫蚁老鼠，顶着皮开肉绽的屁股，闻着自己的皮肉一点点腐烂，听着蛇虫鼠蚁一点点啃咬自己的声音，要熬到明年暮秋，绝对是你想象不到的'极致享受'。"

温小筠无声地给鄞诺点了个大大的赞。小伙子，心理战打得不错嘛，有前途。

经过这一番讯问，温小筠手中的笔终于飞快地运转起来。

于是，事情的真相终于渐渐浮出水面。

第八章　继母与琴师

　　杜掌柜长年忙着打理生意，独留年轻貌美的续弦妻子——杜李氏在家。一次访友的过程中，她的好姐妹向她介绍了一名琴师——单水昶。杜李氏当时就被单水昶的男色吸引，后来便以给女儿请先生教导诗书礼乐的名义将对方请到了家里。

　　不过两个回合，杜李氏就与单水昶有了私情。其间，杜李氏在单水昶的身上花费了大量金钱，单水昶也很会讨她的欢心，可是事情却在继女杜莺儿被王府看中后发生了不可逆转的变化。杜莺儿在苦苦哀求杜掌柜无果后，便对杜李氏以死相逼，更说出她已经和琴师单水昶两情相悦的事情。

　　杜李氏听到这个消息，如遭五雷轰顶，急急回去逼问单水昶。单水昶却拿出与杜李氏私通的铁证与杜李氏送他的财物做威胁，要她放杜莺儿跟他走。他还说杜莺儿已怀了他的骨肉，如果杜李氏不成全他们两个，就把自己受杜李氏诱惑的事情宣扬出去。

　　杜李氏又恨又恼，单水昶见状稍微缓和了些情绪，又顶着一副为她好的虚伪嘴脸劝说道："我最可人的小心肝儿，事情已然发展到这个地步，说什么都晚了。而且，一旦让怀有身孕的杜莺儿嫁到王府，不仅杜家会闹出焱州府第一丑闻，沦为笑柄，更会让老王爷感觉到被严重侮辱，事后杜家必定会遭到老王爷凶狠的报复。

　　"本来嘛，这个时候的我，大可以远远躲起来，让你们都找不到我。管你们洪水滔天，我自在外潇洒似神仙。只是合该我心软心善，念着对夫人您的感情，不忍夫人家遭受如此劫难，才想办法帮助夫人渡过难关。我最心爱的夫人哪，您好好想一下，小姐被人绑架失踪与小姐与人私通有了身孕，给老王爷送了一顶大大的绿帽子，这两种结果哪一种更惨？"

杜李氏当时身子就软了，无力地瘫在床上，一边哭一边骂单水昶没良心，要逼死她。

单水昶又上前与她好一阵缠绵温存。他一面疯狂，还一面柔情似水地呢喃低语："水昶本就是只喜欢夫人您一个的，只是杜莺儿死缠烂打，当时夫人又正在跟水昶怄气，不让水昶再进杜府。那些日子，我真是又伤心又绝望，想死的心都有了。

"可是这时杜莺儿倒贴着就上来了。我怎么都是男人，对送上门来的女人，一个把持不住就犯了错。如今我冒险要把怀孕的莺儿带走，并不是喜欢她，纯粹是为了给夫人您解忧。水昶一开始威胁的话其实都是气话，现在夫人您难道还看不清楚，水昶心里最爱的始终只有夫人您一个啊。

"如果夫人不相信，我愿意把所有财物和夫人的贴身衣物都归还，对外绝不提与夫人的私情，也不带杜莺儿走了。杜家的事，只让杜友和一个人去烦恼吧。我单水昶从此离开焱州府，孤独终老，再不回来。"

杜李氏本也不想再相信那个男人，但是禁不住他一阵温存的折腾，又加上对杜莺儿怀孕后果的惧怕，便半推半就地哭着答应了单水昶。她不仅全力帮助单水昶把杜莺儿接走，更在离别前被单水昶又骗走了一大笔私房钱。

听到这里，温小筠脸色冰冷一片——说到这个份儿上，杜李氏才算交代了实话。

虽然杜李氏的放荡与自私让人唾弃，但琴师单水昶的人渣属性更让人火冒三丈。那句话果然说得不错——不要听一个男人说了什么，要看那个男人做了什么。纵使单水昶的嘴里说出花儿来，他还是脚踏两条船，吃杜李氏的，拿杜李氏的，最后还让杜李氏心甘情愿地花更大的价钱让他把继女带走。在旁观者看来，真是何等的荒谬，何等的可笑。

温小筠停了笔，抬头注视着杜李氏冷冷问道："单水昶计划带杜莺儿去哪里，你知道吗？"

"单郎他，"杜李氏抬起头，满脸憔悴，"他只说要带莺儿去南边，别的也没多说。"

"那他平常住在哪里，你可知道？"

"他的家离杜家不远，就在三条街后的山菖坊。"

温小筠侧眸望了鄞诺一眼，给他递了个眼色。鄞诺默契地点点头。他明白，温小筠这是叫他第一时间派出人马全力追查单水昶。

那边杜李氏还在回答温小筠连珠炮似的问题，这边鄞诺扶着腰间的佩刀悄然退出了屋子。

温小筠将视线转回到杜李氏的身上，冷冷一笑："其实，你知道单水昶会把杜莺儿带到何地，又会如何处置她。"

杜李氏目光一怔："官……官爷您这话是何意啊？"

温小筠重重一拍桌案，愤而起身怒指着杜李氏："所以后面为了推脱罪名，你不惜指派杜久杀掉贾八，还在极短的时间内伪造出作案现场，就是因为你嫉恨杜莺儿抢了你的情夫。分别前，你给单水昶那么多钱财，根本不是被他说得心软了，而是你欲买通他，要他半路做掉杜莺儿！"

"冤枉哪！大人，民妇冤枉哪！"杜李氏听到这番指控，拼命地挣扎着要奔到前面。奈何两个捕快把她死死地按在原地，她只能拼命扒着桌面不住地向温小筠哀号："大人，民妇说的都是真话！您不是说但凡有半句假话，罪责都是民妇的吗？民妇可是半句谎话都不敢说啊。"

温小筠丝毫不为所动："你既然没有加害杜莺儿的想法，怎么又想着要杜久去谋害贾八？"

杜李氏目光一怔，嘴角微微抽搐，低下头怯懦地说道："是……是有一次民妇与单水昶吵架被贾八撞见。民妇觉得贾八他一定看出了我们的秘密，一直对他心有芥蒂。后来我就跟我家老爷说是贾八向着莺儿，帮衬着莺儿跟她一起跑了。其实是我找了个借口，给了他一些钱，叫他带着他老娘回老家。可我万万没想到，莺儿这一走，竟然就出了凶案。

"虽然民妇对杜莺儿没有那么喜欢，可她毕竟是老爷的女儿。再者说，之前她是被王府看上的人，就是借民妇一万个胆子，民妇也不敢在这个关口对她下手啊。后来杜久因为跟贾八有私仇，就上民妇这边来告状。民妇正害怕着呢——因为是单水昶带走莺儿的，民妇怕万一事情暴露，连带我们的私情都会被宣扬出来，民妇本没有杀人，更没想过要杀人，到时却要受单水昶的牵连，百口莫辩。所以一时被鬼迷了心窍，民妇才叫杜久去把这事落实到贾八的头上。"

执笔唰唰记录着的温小筠掀了一下眼皮，瞥了杜李氏一眼："这可是杀人的勾当，那杜久也敢听你的话？"

杜李氏直了脊背急忙辩解："杜久和贾八有十多年的仇怨。别说刚好有这么个千载难逢的机会，可以光明正大地逼死贾八；就是没什么机会，他也一直在诅咒着贾八要么死于非命，要么被下大狱。官差老爷，您可千万别听他的一面之词，听他说什么都是民妇指使的鬼话啊。虽然民妇授意杜久把事情落实到贾八的头上，但怎么布置现场，怎么逼死贾八，民妇可是一点儿都没有参与啊。"

温小筠脸上的笑容越发冰冷："你是没有参加，却打探出杜莺儿的死状与弃尸情况，详细地描绘给了杜久。"

杜李氏再也承受不住，捂着脸趴在桌子上泣不成声。

温小筠站起身，合上书册，一脸漠然地说道："有劳捕快大哥，把杜李氏先下到牢中，好生看管。"

"温刑房客气。"两个捕快向温小筠回了个礼后，一人一边拉着杜李氏的手臂将她带出了审讯室。

"真真是龌龊至极，臭不可闻！"王知府抬手一打门帘从里间隔断走出来，望着被捕快关上的门，一脸的愤恨嫌弃之色，"虽然是继室，这杜李氏与杜莺儿依旧是母女关系，竟被一个男人骗了，简直滑天下之大稽，脏污烂臭，难以想象。"

鄞乾化的脸上却没有什么表情，他跟着王知府走到主审官的座位前，转身就要坐到副审官位上。

王知府一看，一把拉住鄞乾化的手温和地笑道："鄞大人，破案审案之事，本就该是您主位。若不是此案差点儿引起一场火灾，本官断不会干扰鄞大人查案的。"

鄞乾化站直身子，微微颔首："王大人过谦了。"

"哪里是过谦，"王知府不容分说，把鄞乾化推到主位上，"之前是在民宅紧急查案，本官坐在主位上尚可。现在却是已经到了司狱司，术业有专攻，自然是鄞大人主位。"

鄞乾化点点头，半点儿废话都没有，抬步走向主位。

王知府也在副审官的位子上坐下。

"温刑房，"鄞乾化端直身子，望着温小筠正色问道，"对于杜李氏的供词，你有何看法？"

温小筠恭敬行礼："回大人的话，属下认为杜李氏的供词中，九成可信，尚有一成可疑。"

王知府眉头一皱："杜李氏真是个无耻泼妇，都到了这般田地竟还敢有隐瞒！"

"知府大人，"温小筠抬起头，"属下认为至此为止，杜李氏所说应是她知道的全部事情，站在她的位置上看，应该没有说谎。"

鄞乾化眉梢微动："你是说，那个琴师单水昶骗了杜李氏？"

王知府惊得眼皮跳了一跳："鄞大人何出此言？"

温小筠继续解释："因为验尸时，仵作婆婆已然确认杜莺儿是被人强行破处的。此事之前，她还是完璧之身，又何谈怀有身孕？"

鄞乾化满意地点点头："正是如此。"

王知府难以置信地问道："单水昶没有染指过杜莺儿，又为什么要冒着这么大的风险把她带走？难不成真的是与杜莺儿两情相悦，不忍她嫁给老王爷？"

鄞乾化又将目光转向温小筠。

温小筠立刻接过话茬："在临行之前，单水昶还不忘与杜李氏做苟且之事。所以从一开始他的目的就非常明确——利用一副好皮囊骗财骗色！他这样的男人怎么可能会对杜莺儿有真情？更何况现在我们基本能断定，斗笠男仆带杜莺儿出去的行为直接导致她惨死荒宅。由此可见，单水昶带走杜莺儿绝对另有图谋。"

说到这里，温小筠双眉不觉微微蹙了起来。

王知府注意到温小筠的表情，心情也跟着紧张起来："温刑房可还有担忧？"

温小筠看了鄞乾化一眼，低头回答："单水昶必然会在第一时间逃跑。属下是怕鄞捕头此刻才得了消息，不能及时将单水昶抓捕归案。"

"这点无须担心，"鄞乾化从严肃的表情中微微透出一点儿笑容，"鄞诺任捕快这些时日，并无什么建树，也就捉贼、拿逃犯这一点有丁点儿成绩。"

王知府听到这里，忍不住笑出了声："鄞大人你呀，还真是个半点儿夸张都不肯给人的小气鬼。这两年，咱们焱州府一直也没发生过什么大案、凶案，唯一有些让人头痛的也就是些小贼、盗匪——可是鄞捕头一上任，那些小贼、盗匪只要一出手必被抓。

"咱们的鄞捕头啊，抓捕人可绝对称得上是'百发百中'。他这样精干出色的捕头，可是本官在为官多年中仅见的一例。可是搁在鄞大人您的嘴里，就成了几乎拿不出手的一丁点儿成绩。本官和你说，就是鄞捕头应了这说法，本官都不应你鄞推官哪！鄞捕头可是本官治下的骄傲。本官可不容你亏待咱们焱州的功臣能吏。"

听到这里，温小筠略略有些意外。在她之前的印象里，鄞诺应该是个一心要出去闯天下、应付差事、心比天高、人比花娇的小捕头，怎么想都该是那种吃着碗里的、望着锅里的，梦想完不成、现实也没混好的一类人。她却没想到，他除了会做梦，还是个不折不扣的实干家。

鄞乾化又望向温小筠："对了温刑房，你与鄞捕头前去访查荒宅的主人可有收获？"

温小筠这才收回神思，赶紧把自己与鄞诺在江家的所见所闻全部描述了一遍。

"虽然现在还没有证据能把江家与杜莺儿案联系起来，但是根据江狄对属下的女子装束的反应与他独特的刀法，可以推断出江家有摆脱不掉的重大嫌疑。所以，鄞捕头就借着江狄袭击公差且意图对公差行不轨之事的由头，把江家紧急围了起来。"

王知府兴奋地一拍大腿："做得好！如果真是江家对杜莺儿下的毒手，那么居中联系的必然就是琴师单水昶。"

鄞乾化赞同地说："如果单水昶真的与杜莺儿有私情还好说，若是没有私情，那么他拐带杜莺儿就别有用意。现在只等鄞捕头将单水昶捉拿归案，一切案情就都明朗了。"

王知府重重地吐了口气，端正的坐姿也松散下来，懒懒地靠在椅背上："经过这几天的鏖战，案子终于有些眉目了。"他抬手揉了揉额头，望向温小筠笑吟吟地说："温刑房不愧是鄞大人的关门弟子。自鄞捕头之后，我焱州府衙又得一能臣干吏，真是天大的好事。温刑房啊，若不是这几日案情紧急，人命关天，本官一定好好摆桌酒席为你接风，给你庆功！"

温小筠也想跟着松一口气——毕竟这几天她几乎成了连轴转的陀螺，实在是太累了，可是不知道为什么，一想放松时，江狄那张狰狞而可怕的脸就会突然出现在她的脑海。她忽然有一种可怕的预感——事情怕是绝不简单。

"大人，杜家还有钱流案没有破，"温小筠顿了一下，还是忍不住出声提醒，"如果杜莺儿分尸案与钱流案有联系，怕是还好查些。可若是两个案子没有任何联系，钱流案那边的工程量，怕是要数倍于杜莺儿分尸案。"

王知府刚刚弯出来的一点儿笑容，又僵在嘴角。他抬手摩挲着下巴，表情凝重地说："是呀，这边人命官司一忙活起来，一时间竟把钱流案搁置下了。杜家案中最大的考验分明是那钱流案。"说着，他求助般地望向鄞乾化："鄞大人，依您看这两个案子之间到底有无联系？"

鄞乾化再度望向温小筠，目光灼灼："温刑房，此事你怎么看？"

温小筠略作沉吟，皱眉思量着回答："虽然说这世间有诸般巧合，但全部是巧合赶在一起的可能性实在太低。所以属下以为，两个案子恰好发生在一天，互相混淆的背后，很可能有着什么不为人知的联系。"

王知府重重地叹了口气，仰靠着座椅，一脸疲惫："温刑房言之有理，只是咱们当差的也都是些肉体凡胎的普通人，没有那三头六臂、钢筋铁骨的神仙本领。"说着他欠了欠身，坐直了一些，挑眉看向温小筠，"温刑房，今日查案已有重大发现，只等鄞捕头拿贼归来。趁着这个间隙你也赶紧回吏舍休息吧，养足精神才好接着打仗。"

温小筠抿了抿唇，很明显，是王知府自己想要休息了。她也不好接口，询问般地望向鄞乾化。

"王大人所言甚是，是该好好休息一下，"鄞乾化跟着点点头，"只是还有一事，下官要请示王大人。因着案情复杂紧急，所以鄞捕头请求与温刑房这阵子暂且就近住在荒宅的周围，等到案子了结利落了再回吏舍居住。"

"如此甚好，"王知府像是想走了，迫不及待地站起身，朝着温小筠摆了摆手，"只是这段时间委屈温刑房与鄞捕头了。"

温小筠单膝跪地行礼："分内之事，大人抬爱。"

王知府又看了鄞乾化一眼："鄞大人，咱们也先走吧。"

鄞乾化恭敬地行了个礼："今夜下官与徐忤作想再仔细验一次杜莺儿和贾八的尸身。王大人先请。"

"好，那就有劳鄞大人了。"说完，王知府转身先行离去。

鄞乾化也要跟着出去，经过温小筠时，略略停步："温刑房，你身上还带着伤，又与江狄一番打斗，今夜须得好生休养，别让伤势恶化了才好。"

"多谢大人，属下会照顾好自己的。"

鄞乾化抬手拍了拍她的肩，也抬步离去。

待屋子里只剩下自己一个人了，她才终于松了口气，身子也酸软成了一摊烂泥。就在她想扶着桌子坐一会儿时，门外忽然传来一阵脚步声。

温小筠急急抬头，却见一个带刀捕快正打开门帘子走进屋来。这捕快生得高高大大，皮肤黝黑，浓眉大眼，却一点儿也不凶，反而有点儿憨憨的傻气。

"温刑房，俺家鄞头儿给您留了张字条。"说着，他从怀里拿出一张字条递给温小筠。

温小筠疑惑地伸手，心想：难道关于案情鄞诺还要交代给她一些嘱咐？

"有劳捕快大哥了。"温小筠一面展开字条，一面微笑着谢过那个捕快。

那捕快羞赧地挠了挠头发："温刑房客气啦！俺叫史茌湖，他们都叫俺'大胡子'，您也叫俺'大胡子'就行。"

温小筠抬眼笑了笑："史大哥也没有胡子啊，怎么会叫'大胡子'？"

史茌湖"嘿嘿"笑了两声："俺以前是绿林上拦道的，不过没入什么山寨啥的，就纯粹是饥荒断粮实在没招了。俺没想到第一次拦道就撞上了鄞头儿，被他狠狠地打了一顿。不过他没对俺下杀手，还笑话俺这三脚猫的功夫也敢去拦道。

"后来俺哭着把实情告诉他了，没想到他不仅没抓俺报官，还给了俺一些干粮。俺当时看他穿着官服，就想着肯定是位了不起的大人物，就赖上了鄞头儿，非要跟着他混。俺们鄞头儿一看，也就心软下来，说只要俺能收住心性，按照他的约法三章去做事，就带俺进城。

"这不，一跟就是大半年，现在俺把老娘都接进城里来享福了。就是因为到底做过'胡子'，'猫耳朵'那个小飞贼就一直叫俺'大胡子'。一来二去的，衙门里的兄弟们也都这么叫俺了。"

温小筠忍不住笑出声："好，那以后我也叫你胡子哥。"

以前的温小筎虽然不爱出门，但也为了创作做过很多实地考察。她深知进入社会后需要与人有分寸地打成一片，对于文人气质不是特别浓的圈子，张口就叫哥哥、姐姐，是个拉近关系的好方法。

"大胡子"被这么一叫更不好意思了："俺年龄是比温刑房大些，那这个便宜俺就占了。"说完，他扶着腰间的佩刀转而就向门口走去，"鄞头儿吩咐俺帮您预备一匹马，说是一会儿您会用到。那俺先去帮您牵马。"

温小筎眍了眍眼睛。他连马都给她准备好了，难道真是查案需要她紧急跟上？这样想着，她赶紧打开字条，却见上面飞龙走凤地写了几行字。

　　你我既为公门中人，查案、破案就是天职本命。可是若把私人感情带入案子中，就容易偏颇。所以，破案时要竭尽全力，休沐时也要彻底放松。不然，一桩案子尚能支应，十桩、百桩下来，案子没破，自己就先疯了。

看到这里，温小筎简直要感动得热泪盈眶。

原来是她对鄞诺偏见太深。他到底是个好人，是个善良的男孩子。他是看自己陷在对杜莺儿的痛惜之情中有些难以自拔，特别写信来安慰自己、鼓励自己的。他将这些话写在字条上，一定是因为当面说有些不好意思。

这样想着，温小筎决定暂且原谅他卷跑了自己全部银子的事。正所谓冤家宜解不宜结，大家以后好好共事，好好愉快地生活，才是双方共赢的大欢喜结局。

温小筎怀揣着满满的幸福感继续看下去。

　　再说，咱们居住荒宅的事情已经成了定局。无论是为了身体康健还是居住舒适度，先回家的你都应该主动自觉地把屋子、院子清扫干净。这样不仅有利于你从凶案的忧郁情绪中解脱出来，更利于解除本捕头奔波劳碌之苦。当然由于你我休息的时间十分有限，所以你的动作一定要快一些，不然今晚你就只能继续饿肚子，住有灰土、潮气的屋子了。当然，这些窘迫我是不怕的，我只是单纯地为你着想。君当勤勉励。

看完所有的温小筎："……"

外面的"大胡子"顺利地牵来马匹，高高兴兴地走进屋子要来通知温刑房。可是他一进屋，就被眼前的场景吓了一跳。刚才还斯斯文文、微笑亲切的温刑房，此时却像发疯了一样，把手中的字条撕得粉碎。雪白的纸片漫天飞舞，纷纷扬扬地落在地上。温刑房像是还不过瘾，咬牙切齿地抬起脚，狠狠地蹍着那些无辜的纸片。

"温……温刑房？""大胡子"都给看傻了。如果可以选择，他一定不会再选现在进屋。

听到"大胡子"的声音，温小筠这才意识到屋子里已经进了人。她僵直地停住脚上的动作，机械地转动脖子，看到了"大胡子"呆滞的表情。

"喀，"她淡定自若地抬手掩唇轻咳了一下，"胡子哥，马匹牵来了？"

她微微笑着，仿佛刚才在屋子里疯狂发泄的那个人根本就不是她。

温小筠对付尴尬的不二法则——只要你忘记尴尬，厚脸皮地权当它不存在，尴尬就永远追不上你。果然，她这一招在这个环境下也一样好使。

经温小筠这样一岔开话题，"大胡子"真的就把刚才的情景神奇地忘掉了。他用力点点头："没错，俺已经帮温刑房牵进院子了。俺家鄞头儿说您一会儿一定会赶时间，一定要给您挑最快的马，还说您会需要一些洒扫收拾的用具，俺和兄弟们也都给您凑齐了。正巧今天俺们兄弟换班休息，您看看还缺什么吗？要是还缺什么，俺们兄弟就回家再给您找一些。"

听到这里，温小筠终于没有抗住打击，有气无力地垂下了丧气的头。毕竟她回荒宅里住是确定的，鄞诺又出去追拿嫌犯了。她几天没有休息好，鄞诺其实更加没有休息好。而且为了救自己，帮着自己好好查案，他后背的伤还一而再、再而三地恶化。

想人想事还是要往好的一面去想，她重重地叹了口气，无精打采地跟着"大胡子"向外面走去。

毕竟那宅子她是要亲自住的，而且看这个架势，怕是还要住很久。如果不赶紧收拾出来，最终受罪的还是她自己。可是等到她走到马前，她的眼泪还是掉了下来。

那匹马的确是骏马，就是背上驮着的小山一般的工具包袱十分吓人。她顿时两眼喷火，只想弄死鄞诺那个欠揍的家伙！

看着温小筠脸上的表情越来越扭曲，"大胡子"犹豫了很久，才试探性地出声问道："温……温刑房，您还好吧？"

温小筠咬牙切齿地狠狠吐出几个字："好，我很好。"

不想这么一说话，她脑子里突然灵光一现。

"大胡子"看着眼冒凶光的温小筠，顿时更害怕了："温……温刑房，您又想到什么了？"

温小筠缓缓地转过头："胡子哥，你有没有听过海螺姑娘的故事？"

大胡子都有点儿怀疑人生了："海螺……海螺姑娘？那是什么东西——哦，是什么人？"

温小筠眯着两只眼，笑得越发不怀好意："是一个能给人带来幸福的东西。小筠我现在想拜托胡子哥帮我寻一只海螺来，我要从里面找个姑娘出来。"

"啥？""大胡子"的脑袋瓜儿已经彻底停摆。

与此同时，在杜氏钱庄三条街外的山菖坊，郐诺正看着满屋子零落堆叠的杂物皱起了眉。

这里是单水昶的住所，郐诺带人闯进来时里面已空无一人。他们急急奔进主屋后，呈现在面前的是各种被丢弃的杂乱衣物、家具摆设。显然，单水昶离开前毁掉了所有的证据。

"郐头儿！"从门外急急跑进来一个捕快，"找到房东了！他说单水昶只在这里付了三个月的房租，还说他也不太了解单水昶，除了知道对方是个琴师，是个斯斯文文的读书人，其他一概不知道。"

这时又跑进来另一个气喘吁吁的捕快："郐头儿，按照您的吩咐把左邻右舍都问遍了。他们说单水昶从来不跟人套近乎聊天儿，也没人知道他什么时候走的，去了哪儿。"

郐诺挥了挥手，示意其他捕快快速检查屋中遗留的物品。

一个捕快上前担心地问道："郐头儿，单水昶那个家伙跑了那么久，咱们还在这里找线索，会不会耽误事？不然，您在这里查着，俺带几个兄弟赶紧去四处城门截人。"

"这个时候单水昶应该早出了焱州府。没有根据一通乱找，白白浪费人力。"

郢诺皱眉走到窗边的一条长形桌案前，用手指捻了捻桌上的灰迹，"只租了三个月的宅子，琴师的琴也不见，这表明他是早有预谋要逃跑的。"

捕快挠了挠头："出逃没有路引肯定会被别地的官府抓住。他要是早有准备，肯定会办官家路引。不然，俺再回衙门查一下单水昶的路引记录。"

郢诺目光微沉："你查不到的。"

那捕快满脸疑惑："为啥嘞？"

"'单水昶'这个名字明显是琴师看到山菖坊后随口起的假名。此人在衙门登记的路引也必然不是真名。"

捕快脸色登时一变："可伪造路引在咱们凤鸣朝一旦查实就是死罪，谁敢替他造假？"

就在这时，郢诺目光一闪，忽然注意到墙角的桌腿下有什么东西闪了一下。他弯腰拾起，才发现那是一颗莹白玉润的珍珠。

"郢头儿，这是什么？"捕快好奇地伸长脖子。

郢诺眉梢一挑，立刻问其他正在埋头翻查证物线索的捕快："有谁找到了针线？"

捕快们都是一愣，随即有一个捕快转身回到刚才的地方一阵扒拉。

"郢头儿，这里有针线！"说着，他便拿着一个针线板跑到了郢诺的近前。

旁边的捕快看着那针线板顿时觉得有些奇怪："咦？这针线不像是缝衣服的啊，细很多，也结实很多，不知道是用什么材料制作的。"

"这是穿珍珠项链的绳子。"郢诺嘴角勾起一抹意味深长的微笑。

"珍珠项链？"捕快们更是丈二和尚摸不着头脑了。

郢诺把那绳子和单颗珍珠装进随身携带的锦囊中，扶着腰间的佩刀就向门口走去："前几天负责驿站文书的小李子给母亲做寿请咱们兄弟去，他老母亲的脖子上不就戴着一条珍珠项链吗？"

近前的捕快恍然大悟，一拍脑袋："可不是，当时俺们还说小李子真孝顺，竟然舍得花钱给老太太买珍珠项链。要搁咱们，撑死了也就是给打个银坠子、金耳环啥的。"

郢诺目光越发坚定："在咱们凤鸣朝，出行必要路引。可是还有一样东西比路引更加有用，那就是驿站官员的家眷文书。"

鄞诺快步出了院门，朝着小李子所在的焱州驿站疾驰而去。

他们很快到了驿站。

听到捕快们问什么琴师单水昶的，小李子蒙了，表示从来没有见过这个人。

直到鄞诺把那颗珍珠连并着针线板一起扔到他的面前，小李子才支支吾吾地承认受人所托，给一名叫鸠琅的人办了去往京城方向的沿途驿站接待文书，一路上都可以免费入住官方的驿站。

一名捕快立时狠狠地啐了一口："直娘贼，披着官员家眷的身份大摇大摆地住驿站，不仅没人怀疑，还能一路好吃好喝的。要不是俺们鄞头儿在这里，谁能想得到去驿站抓捕人？"

鄞诺表情却阴沉了下来，目光也跟着冰冷一片："这小子如此上道，现在这个时节还敢去京城，怕是背后还有其他大影子啊。"

旁边的小李子却对单水昶、鸠琅什么的半点儿兴趣都没有，只哭丧着脸，半跪在地上拽着鄞诺的袖子："鄞捕头，小李子也是一时财迷了心窍。花钱给亲戚、仆人买驿站帖的官老爷们实在太多了，小李子真不知道这个人是逃犯啊。还望鄞头儿网开一面，不要将小李子告官，小李子家里还有八十岁的老母等着赡养呢……"

鄞诺俯身拍了拍小李子的肩膀："祈祷我们能够抓回逃犯，你还有条活路。你现在赶紧去衙门自首，把谁引荐的逃犯又是挂在哪位官员身上的事如实登记。"

说完，鄞诺直起身扶着腰间的佩刀匆匆而去。

"鄞头儿，那个'酒狼'啥的，现在要是没在驿站怎么办？没准他不敢停留，直接去了更远的驿站？"捕快兄弟担心地问。

鄞诺嗤笑道："你们觉得他厉害，他自己怕是更觉得自己厉害。他已经从咱们焱州府逃脱过一次，这次处处都更自信、更老练，十有八九就在城外驿站得意地品着美酒，暗骂咱们是酒囊饭袋呢。"

那捕快一怔。他家鄞头儿以前抓贼破案，从来懒得跟他们解释得这么细，现在不仅解释了，还解释得头头是道。明眼人都看得出，他这绝对是受了温刑房的影响。

果然，把驿站包围后，他们真的从驿站的客房揪出了一个身材苗条的小白脸儿。驿站仆人指认，这个小白脸儿就是拿着鸠琅的通行文书的人。

看着天兵一样突然出现在眼前的焱州捕快，单水昶的脸色立时惨白一片，他扔了手中的酒杯转身就想跑，却被郾诺一脚踩在地上。其间单水昶也拼命挣扎，甚至还大骂官府欺压良善。一个捕快被气得上前就是一刀把，不想却将单水昶给打晕了。

郾诺拍拍双手上的浮土，冷眼瞥了趴在地上的白面秀才一眼，高声喝道："捆起来押回衙门，这个家伙该是在道上混的，一定要捆结实点儿，防备他耍诈逃脱！"

"是！"

由于郾诺的谨慎，一路上再无波澜。众人回到府衙时，天色已经完全黑了。

郾诺叫手下的兄弟们把单水昶扔进牢房，转身就朝着司狱司走去。进了卷宗房，他一眼就看到将头埋进一堆书卷中奋笔疾书的父亲。

简单交接了单水昶的事情后，郾乾化又回到了书案前仔细登记。他头也不抬地说："诺儿，你也劳累一天了。这边有我，你先回去休息吧。等到单水昶清醒过来，怎么也要明日了。明日再提审他也不晚。"

郾诺上前两步："对了父亲，江家那边该如何处置？江狄连并着他家仆人的功夫都不低，我担心'猫耳朵'那几个人支应不过来。"

郾乾化执笔书写着，头也不抬地说："袭击官差是重罪，我已请示了知府大人，派出了足够的人手，今夜就会把江狄捉拿归案，明早点卯后第一件事就是分别提审单水昶与江狄。"

"对了父亲，儿子与温竹筠回来时中了江狄的套子，其间还遇到了一拨功夫高强的神秘人。"

郾乾化毛笔一顿，抬头问道："什么样的神秘人？"

"不像是江狄的手下，可是却拦着儿子回去救温竹筠。后来温竹筠说他那边也遇到了一个神秘的白衣人，还出手救了他。"

郾乾化望着桌前曳曳晃动着的昏黄烛火，思量着说道："说说你的想法。"

"儿子觉得，温竹筠对儿子撒了谎。"郾诺阴沉下脸来，"那些黑衣蒙面人并不想真的跟我交手，更像是在拖住我。可是他们为什么要拖住我？为了杀温竹筠？

温竹筠那个家伙手无缚鸡之力，杀他一箭就够了，何必如此大费周章？而且儿子急急奔回之时，隐约看到温竹筠像是在和什么人说话。他的动作神态间没有半点儿防备，就像那人是他的旧相识，还很得他的好感与信任。"

"我看也是如此，"鄞乾化思量着说道，"不过筠儿办事历来稳妥有主张。他既然不愿告诉你，就应该不会影响案情。"

"那父亲的脸上又为何有担忧之色？"鄞诺不太喜欢父亲对温小筠这种绝对信任的态度。

鄞乾化这才回过神来："为父只是在想，那白衣人很可能与帮着筠儿摆脱追缉令的神秘人物有关联。"

鄞诺惊讶地睁了睁眼睛："那岂不是要有手眼通天的能耐？"

鄞乾化低下头，继续书写案情分析："筠儿没说，我们就暂且先放下这事。等到明天单水昶审完了，你再去探探他的口风。"

"是，父亲。"鄞诺恭敬地点了下头，忽然又像想起了什么事一般，右手紧紧握住佩刀，"父亲，孩儿总觉得江狄这个人不好对付，以免生变，儿子还是亲自跑一趟。"

鄞乾化抬头冷冷地瞥了鄞诺一眼："事必躬亲是好事，可用不当就是蠢事。这几日你都没怎么休息，后面钱流案怕更是个无底洞——到时候你还拿什么拼？如此不分主次，不分缓急，你日后若真当了将军，也是个平白浪费人命的莽将军！"

鄞诺双目瞳仁狠狠一缩。平常碰到父亲这般苛责，他早就顶嘴回去了，可是现在一时竟顶不起来。他咬咬牙，最终还是没有反驳，躬身行了礼："儿子知道，父亲您也不要太劳累了。"

鄞乾化仍旧将头埋进厚厚的卷宗之中，再也不理会他。

鄞诺嘴角动了动，终是转身走出了卷宗室。走下台阶，他来到院子里，一抬头就见幽邃的夜空中繁星璀璨，忽闪忽闪地像是在对他说话。

偶然掠过一阵凉风，让他昏沉的头脑瞬间清醒了很多。他是真的有些累了，后背上的伤也在隐隐作痛。

不知道为什么，一想到后背上的伤，他就情不自禁地想起温小筠给他上药的情景。不得不说，温小筠的技术十分娴熟，他背部大面积的擦伤，在对方涂了药粉的凉凉手指下，不仅没有多疼，甚至还有一种奇异的舒适感。一想到那种诱人的舒适感，郸诺竟被自己吓了一大跳，惊恐地用力摇了摇头。自己究竟在想什么？！怎么会产生这么诡异的想法？

就在郸诺片刻失神的时候，一个人影忽然匆匆奔进司狱司的大院。

郸诺皱了皱眉，看清那人后随即叫出了声："'猫耳朵'。"

来人怔了一下，随即快步上前走进灯光的范围中，正是灰头土脸、风尘仆仆的"猫耳朵"。

"郸头儿，他们说您抓人回来了，俺就猜着您在这里。"

郸诺目光一寒："怎么？抓捕江狄发生意外了？"

"没有没有，""猫耳朵"连忙摆手，急忙解释，"'大胡子'带的人手很足，带的又都是咱们捕班功夫最好的，不会有啥事。而且那个江狄虽然一直喊冤，却跟个小鸡崽儿似的，老实着呢。估计后半夜他们就能把人带回来了。"

"如此就好。"说着，郸诺迈步就向马房走去。

"猫耳朵"忙不迭地跟上："那郸头儿，俺能回家了吗？打熬这几天，连顿饱饭都没吃上，俺都有点儿想家里那丑婆娘了，嘿嘿。"

郸诺白了"猫耳朵"一眼，刚想骂他两句，忽然想起这两日"猫耳朵"来回报信跑腿，也的确是辛苦了些，又想起屋子里的老父亲对他那个"莽将军"的断语，心下也就跟着软了些。

"行，你先回家吧。"

"猫耳朵"一听郸诺的口风就有些着急了："怎么？郸头儿，您这是还要去江家？"

早有捕快为郸诺牵了马来，他接过缰绳，牵着马就走出了府衙大门："我总是有些不放心。"

"猫耳朵"一把抢过他手中的缰绳："郸头儿，俺没得着啥空休息，您就更是了啊！白天俺就想提醒您，您后背的血都渗出来了，万一化脓，那可是要命的。再者'大胡子'都说了，郸推官吩咐他们去独立办差，您这会儿不回家好好治伤，大老远还去受那份罪干吗啊！"

见"猫耳朵"追着他到了门口外，郸诺也只得停下了脚步："我见识过江狄的身手，他轻功极佳，更看过他剁野兽，其中刀法、力量都是难得一见的高手。

他如果真是杀害杜莺儿的凶手，断不会轻易束手就擒。他万一从'大胡子'手里挣脱了，'大胡子'这身官皮还保得住吗？"

"猫耳朵"一愣："我的乖乖老天爷，没看出来那江狄还有那本事啊。"他随即转头朝衙门里喊了一声，叫人拉出自己的马。他又对郜诺说道："那俺也跟您一起回去。不过郜头儿您得答应俺一件事，中途在俺家停一下，俺家还有皇甫女侠给的上好伤药。无论怎么说，您都得处理好伤口再去。"

郜诺目光微怔，顿了一会儿才说："从瘟疫庄去江家的路更近，我身上也还有药，就去那边上药吧。"

"猫耳朵"翻身上了马："只是温刑房应该休息了吧？咱们回去不打扰他吗？"

郜诺也上了马，眉头却皱了起来："我给他布置了任务，叫他收拾荒宅，现在应该还没收拾完。"

"猫耳朵"听出自家郜头儿语气的异样，笑嘻嘻地驱马凑上前："郜头儿，俺怎么听出您有点儿后悔的意思了？也对，人家温刑房那样文质彬彬、娇气十足的一个贵家公子，被您这样往死了地使唤，也的确是惨了点儿。"

"他弱就该多锻炼！"郜诺想也不想地脱口而出，"就他那十指不沾阳春水的样子，能干什么活儿？这会儿估计也就刚把屋子的地扫了，指不定躲在哪个角落里哭呢。我这纯粹是替这个混账的世道提前锻炼锻炼他。"

说完，郜诺气呼呼地翻身上了马。

"猫耳朵"十足皮痒痒了的模样又凑上前："郜头儿，俺看人家温刑房实在是聪明得很，万一人家干活儿也很厉害呢？您再说这话不就是打脸了吗？"

"他要是干得好，我这脸就送你随便打了！"郜诺皱眉，抬手就要去扇"猫耳朵"。

"郜诺！"一个清亮的女声突然在后面响起，惊得郜诺的手不由自主地打了个哆嗦。不用回头，只从那标志性的声音里他就能听出，来人正是他的老娘。

"母亲？"他立刻回头，露出一个向日葵般无比灿烂的笑容，"您是不是担心父亲啊？父亲今夜要在衙门通宵，就在司狱司，您直接进去就行。"

旁边的"猫耳朵"听到皇甫涟漪的声音，老早就翻身下了马，上前迎接。

说话间，就从远处黑暗的街道出来三个骑马客。

为首的是个红衣少妇，穿着一身利落的骑马装，越发衬得其英姿飒爽。她两条漂亮的柳眉微微蹙着，怒视郾诺，蕴着一股腾腾的怒气。

来人果然是郾家主母——皇甫涟漪。她身后还跟着两个背着包袱的仆人，一行三人气势汹汹地朝郾诺和"猫耳朵"奔来。

还没走到近前，皇甫涟漪就忍不住呵斥："筠儿的身子还没养好，你就把他扔进鬼宅里，听你兄弟们说里面全是灰土，还刚下过雨，又潮又臭。筠儿他是最讲究干净的人，你难道不知道吗？以前衣服被水打湿一点儿，他整套衣服都要换。你趁人家现在落难，就这样欺负人家，不过分吗？"

皇甫涟漪连珠炮似的质问把郾诺的头直接逼成了两个大。

"母亲，莫动气，"郾诺忙不迭地翻身下马，走到母亲近前，扶住她的手臂认错求饶，"儿子错了，儿子错了还不行吗？大夫不是都说了，您的身子现在最不能的就是着急生气，您先消消气，有什么错处，儿子这就改还不行吗？"

皇甫涟漪甩给了郾诺一记白眼，狠狠地甩开他的手，转身抓住缰绳，一个翻身就利落地下了马："等你改？你这头小犟驴是什么脾气老娘还不知道？休得拿甜言蜜语来诳你老娘。"

郾诺态度良好地上前帮着母亲整理鞍辔，同时挤出一个虚假微笑："娘亲，您也是误会孩儿了。您想呀，温竹筠他一个大男人，还是要长期跟死囚、尸体打交道的大男人，却比女儿家家的都爱干净。这是什么？这是病！是病就得治！儿子为了帮表弟治病，那绝对是用心良苦、用意深远。"

"少给老娘扯犊子！"皇甫涟漪一鞭子打开郾诺的手，"要不是你爹说只能住在那儿，我肯定单给筠儿租个院子了。你要是真想改，这就跟我去给筠儿好好收拾收拾。"

"猫耳朵"谄媚地冲上前，演技浮夸地为自家郾头儿打着圆场："皇甫女侠，您说得太对了。您一定要带着俺们郾头儿回去，要知道他后背受了伤，正需要上药呢。您去了不仅能帮着温刑房收拾，还能叫俺们郾头儿乖乖包扎。"

听到儿子受了伤，皇甫涟漪立刻变了脸色，扳着郾诺的肩膀就要瞧："伤哪儿了？怎么伤的？哎呀，怎么流了这么多血？"

"没事的，娘亲，儿子没事的。温竹筠都替儿子包扎过了。就是下去抓嫌犯，儿子一时忘了伤，又裂开了些。"

皇甫涟漪略略顿了一下，随后又翻身上了马："也对，温家处理伤口的手法向来是一绝。筠儿帮你包扎，娘亲是放心的。那咱们赶紧走吧，娘亲帮着你们把屋子收拾收拾，还给你们带了吃的，你们好好休息一下。"

鄞诺干笑着点点头："都听母亲的。"

他一转头又看到"猫耳朵"也上了马，明显是要跟着他一起走，顿时沉下脸："'猫耳朵'，你回家好好歇着。"

"猫耳朵"不甘心地说："可是您不是还要去江家帮着押送嫌犯吗？江狄都能把您伤得这么重，'猫耳朵'还是跟着您去，好歹是个帮手。"

马上的皇甫涟漪一听这话，脸色就沉了下来："'猫耳朵'，你家鄞头儿叫你回家你就回家，有老娘在，我看谁敢再动我儿子一根汗毛！"

"猫耳朵"一想，皇甫涟漪的功夫不说当世无双，也是绝对一流的，更何况跟在她后面的两个仆人都是皇甫家数得上名号的剑客。有他们在，自己的确显得多余了些。

"好嘞！""猫耳朵"痛快地应了一声，"那就辛苦皇甫女侠啦！俺可就回家陪媳妇了，嘿嘿。"

说完，他双腿一夹马腹，撒欢儿般地就朝着自己家的方向奔去。

"出息！"鄞诺没好气地飞了"猫耳朵"一个白眼，可是转头又看到自己母亲冷若冰霜的表情，只得低垂下头乖乖骑上马，乖乖地跟在母亲身后。

"诺儿，我告诉你，你要是敢把我这唯一的外甥累出个好歹来，为娘的绝对轻饶不了你！"

鄞诺拧眉龇牙："哎哟——我的背好像真的疼起来了。"

皇甫涟漪狠狠地瞪了儿子一眼："疼也活该！"

一路上，除了快速打马扬鞭，皇甫涟漪都只是在和两个家仆交代如何帮温小筠收拾荒宅的事，半句都没理会鄞诺。

鄞诺自知理亏，也就乖乖地跟在后面，时不时地唉声叹气。如果可以滴血认亲，他是真想验一验，自己和温小筠是不是被抱错了。鄞诺越想，越觉得后背飕飕冒凉气。父亲无条件相信温小筠，母亲更是把温小筠捧在了心尖上。怎么看，怎么都像是他温小筠才是鄞家亲生的，而自己则是这老两口儿从河边野地抱回来的。

不过一想到回荒宅之后，他肯定会看到温小筠委屈巴巴的辛苦模样，又觉得十分舒坦，真是怎一个"爽"字了得？真想不通刚才跟"猫耳朵"在一起，他怎么竟然会忍不住心疼那个温小筠。明明在鄞家，他鄞诺才是最应该被心疼的人好不好！

一路奔驰，终于来到了荒宅前，看到眼前的景象，鄞诺却惊愕地睁大了眼睛，张大了嘴巴。

这……这怎么可能？

皇甫涟漪与两个剑客仆人也被眼前的情景惊了一大跳。在他们的想象中，这座鬼宅荒院怎么都应该是又破又黑的，可是现在不仅不黑不破，还是一片灯火辉煌。

院子外面挂着两盏明亮的黄灯笼，院子里的杂草也被清理得干干净净，露出一条别致的砖石小路，直通院里的正房。院子里的房子也一改之前纸窗破烂、门板横斜的鬼屋形象——窗户上新贴了洁白簇新的窗纸，门扇换成了全新雕花的木门。

屋里面灯火通明，亮堂堂的窗纸上，映出几个人推杯换盏、开怀畅饮的身影。

"这……这是怎么回事？"皇甫涟漪疑惑地望着自己的儿子。

鄞诺也是一脸茫然。不过他此时最庆幸的就是"猫耳朵"那个家伙没跟来，不然自己这张脸皮真的就要晚节不保了。

两名剑客仆人先行下马，刚走到院门前要为皇甫涟漪开门，就听院子里忽然响起了一串清脆的铃铛声。

屋里开怀饮酒的人动作一顿，随后紧闭的房门便被打开。先是走出来一个捕快模样的人，看到门口灯笼下的鄞诺，惊讶出声："鄞头儿，您回来了？"说完他赶忙扭头，对着里屋喊了句："鄞头儿回来了！"

紧接着就从屋子里走出七八个捕快，看着鄞头儿都是一脸的兴奋。

温小筠则是最后才出来。

看到自己这些皂班的兄弟，鄞诺的脸慢慢阴沉，成了黑锅底，他已经大概猜出是怎么回事了。

先出来的那名捕快一面迎接着走出来，一面乐呵呵地说道："鄞头儿，您也太不把我们这帮兄弟当兄弟了。您独自搬出来不说，还选了这么个破地方！'大胡子'招呼俺们兄弟时，俺们都气得不行。这样的地方不提前拾掇拾掇，可让人怎么住啊！"

说着，后面其他捕快也跟着附和道："可不是，咱们兄弟家干啥的都有，鄞头儿您提前说句话，俺们兄弟还能给这院种出花来呢！您真是太见外了，跟俺们兄弟都不说！"

温小筲也笑吟吟地走出院子，一眼看到皇甫涟漪，忍不住惊喜出声："小姨，您也来了！"

皇甫涟漪下了马，上前一把攥住温小筲的袖子："筲儿，快让小姨看看，哎呀！怎么才两天不见，你就又瘦了一圈了？"她爱怜地伸出手，抚着温小筲的眼角，"这眼眶都乌青乌青的了，是不是太辛苦了，没休息好？"

温小筲笑着摇摇头："小筲吃得好，睡得饱，小姨别担心。"她又望向鄞诺："倒是表哥，这几天才是没怎么休息，几乎就没睡觉。今天幸亏有这些捕快大哥的帮助，表哥终于可以睡个安稳觉了。"

"我谢谢你啊。"鄞诺咬着牙，从牙缝里狠狠地挤出几个字，"把我这些兄弟全叫出来，你倒是真不怕别人麻烦。"

温小筲眨巴着无辜的大眼睛："表哥这话就冤枉小筲了，这些捕快大哥不是小筲请来的。是小筲和胡子哥讲想要买回田螺拜一拜，请个会帮着收拾屋子的田螺女神仙出来。毕竟表哥你这几天都没睡，背上还受了那么重的伤。小筲又是个手笨的，万一屋子收拾不干净，让表哥你的伤口化脓就麻烦了。胡子哥一听这个院子原来是表哥你要常住的，当时就急眼了。捕班的兄弟们全要出去查案、抓捕人，他就叫来皂班的大哥们，说要帮着小筲收拾。"

旁边的捕快们听到温小筲的解释，纷纷上前抢着揽责任。

"鄞头儿，温刑房说的都是实话。俺们兄弟知道您不忍心麻烦别人，都是自愿来的。说实话，能替您办点儿事，俺们兄弟心里都可高兴了，毕竟这个机会难得。再说，就这一丁点儿的活儿，俺们兄弟三下五除二就全干完了，您可千万别怪温刑房。"

"是呀，"另一个捕快也着急地说，"都是俺们兄弟乐意的。"

鄞诺嘴角抽了抽，望着温小筠咬牙切齿地笑了笑："你们放心，我不怪他。"

看到自家儿子被迫认输的样子，皇甫涟漪忍不住笑出了声。

皇甫涟漪充满爱怜地抚着温小筠的头发："还是咱们筠儿聪明，小姨还为你担心呢，如今看来都是多余的。对了，小姨还给筠儿带来了换洗的新衣服、新被褥，今晚好好休息一下。"

温小筠重重地点头，笑得特别甜："让小姨担心了。"

皇甫涟漪微笑着叫剑客仆人把带来的物品抬进屋去，又冷着脸对鄞诺说道："娘亲本来还担心你和筠儿，现在看来，有筠儿罩着你，你应该会活得很滋润，娘亲也就放心了。之前听'猫耳朵'说你因办案受伤，娘亲还想去教训那疑犯。现在想来，你也老大不小了，自己的差事应该自己扛着了。你若是连自己都保护不好，还怎么配做我皇甫涟漪的儿子。"

鄞诺嘴角狠狠地抽搐了一下，拉过母亲的衣袖，一脸尴尬地小声说："娘，儿子的事就不劳您老费心了。您看这儿还这么多兄弟呢，您说话给儿子留点儿面子好不好？"

皇甫涟漪冷哼着瞪了他一眼："放心，你的兄弟们早都忙着搬东西去了。这次只是个提醒，下次要是再敢欺负筠儿，仔细老娘不扒了你小子的皮。"

鄞诺余光瞥着一直眨巴着两个大眼睛瞧热闹的温小筠。

皇甫涟漪也没有恋战，转而看向温小筠，脸上融化开一个春日暖阳般的甜美笑容："筠儿，小姨还要再去看看你小姨父，他那个人一查起案子来就跟傻子似的连吃喝都想不起来。"

她又转向两个剑客仆人："阿大、阿二，今晚辛苦你们跟着少爷去捉拿凶犯。看看是谁伤了少爷的背，你们就拿出鞭子来往死里抽！"

温小筠这才特别看了看后面两个站得笔挺、一身武者装扮的年轻男子，嘴角抽了抽。温竹筠的小姨真是够帅，够飒，够气派！

阿大、阿二齐齐作揖："堂主放心，阿大、阿二必不负嘱托。"

"哎呀，老娘，"鄞诺此时只想找个地缝钻进去，一手拉拽着一个，就把阿大、阿二往外面推，"我改主意了，今晚不出去了，就好好在家休息。我爹说了，一味拼命，不知休息，事必躬亲，是傻子行为。我可不想当傻子，您还是去衙门照顾他老人家吧。有阿大、阿二陪您走夜路，我也放心些。我这边有表弟一个人就行了。"

推完阿大、阿二，鄞诺又去推皇甫涟漪。

"哎呀，"皇甫涟漪嫌弃地躲开鄞诺的爪子，"行了，你当为娘没事做闲得慌吗？你不稀罕我管，我还不乐意管了呢。"

说完她转身走到马前，抓住缰绳，一个翻身就上了马："你爹也是，就知道说你不知休息是傻子，自己却要熬着那身老骨头连轴转，才真的是个大傻子。"她又冲着温小筠笑了笑："筠儿，你们一会儿好好休息，小姨先去看看你那傻子小姨父了。我要是不出面，他怕是要熬到天亮。"

"小姨放心吧。"温小筠微笑着向小姨告别。

只听几下清脆的马鞭响声，皇甫涟漪便带着阿大、阿二消失在夜色之中。

这边皂班的捕快们帮着收拾利落，也都笑呵呵地跟鄞诺告了别。不一会儿的工夫，偌大的院子就只剩下鄞诺和温小筠两个人。

鄞诺斜眼瞥了温小筠一眼，冷哼了一声，抬手拽拽门上的铃铛："这是什么？"

温小筠无所谓地耸耸肩："门铃，门扇合页那里设了机关，只要有人敲门、拽门，院子里面的铃铛就会响。"

鄞诺不屑地嗤笑一声："那要是有人翻墙而入呢？你这门铃根本就是个摆设。有心思搞这个，你不如养条狗管用。"

温小筠："……"

她惊奇地发现鄞诺说得竟然真的很有道理。她扫兴地撇撇嘴。

温小筠摊开双手，木然地摇头说道："铃铛是我跟捕快大哥们要的，不花钱。买狗可就要花钱喽，可是我没钱。"

鄞诺转身向屋里走去："给你个赚钱的机会。"

现在对于鄞诺的话，温小筠是半点儿都不想相信了："相信你鄞诺这张嘴，我还不如去相信鬼。"

鄞诺勾唇一笑，从怀里摸出一块碎银子，随手往后一抛："这是定金。"

温小筠下意识地一伸手就接住了那块沉甸甸的碎银子，两眼顿时放出饿狼一般的光——真的是银子。不过一想起下午鄞诺给自己的小字条，温小筠顿时又警惕起来。在鄞诺身上就没有白捡的便宜，这个家伙指不定又在哪里挖了坑等着她呢。

像是感知到温小筠愤恨的情绪，鄄诺停步转身，侧眸一笑："别瞎想，就是想请你再帮我上上伤药。"

温小筠抓着碎银子的手瞬间一抖，眼前忽然又出现了他之前健硕完美的身材。不会吧？他又来？

"怎么？"鄄诺侧眸扫了温小筠一眼，"这钱不愿意赚？"

温小筠恶狠狠地收起碎银子："这钱本来就是我的！我给你上药，那完全是因为我有菩萨般的心肠。"

她又恶狠狠地在心里加了一句：哼！反正露的人是你，我又不吃亏，还能给眼睛发福利，我怕谁？！

"对了，说点儿正经的。"她快步追上鄄诺，"叔父他不是派胡子哥他们去了吗？他怎么还要你再去一趟？难不成胡子哥他们遇到麻烦了？"

鄄诺转身迈上台阶："就是有点儿不放心。"

温小筠做了个无奈的表情："看不出来，你这个威风八面的'万人敌'，骨子里竟然这么婆婆妈妈。"

跟着鄄诺走进屋后，温小筠细心地为鄄诺打来两盆干净的温水。

鄄诺却被屋中明亮干净的场景惊了一下。温小筠顺着鄄诺的视线，看到了挂在墙上的一幅幅巨型国画，不觉自豪一笑。

"这些墙面太破旧了，本来都应该涂漆装饰的，可是时间太短来不及。我又是极爱干净的，最看不得破破烂烂、坑坑洼洼的墙面，于是就请捕快大哥们找来些宣纸，画了点儿四季花卉——一来遮丑，二来吸吸这屋里的潮味。等到过阵子这些画纸发霉了，就扔掉开始涂漆。"

鄄诺双目瞳仁不觉一缩，看着画中那些蓬勃繁盛的各色鲜花，忍不住地有些心疼。这么好看的画，温小筠说扔就扔了，真是暴殄天物。不过他很快又想起那张曾经让自己一败涂地的花香图，又恨不得抽自己两下。温小筠的东西，爱怎么处理就怎么处理，他才懒得关心。

堂屋中间摆放着一方崭新的桌子，周围是四把椅子。桌面上摆着热腾腾的饭菜，有鱼有肉，甚至还有蔬菜、油焖大虾。

"这些可不是我要点的！"温小筠单拽出一把椅子，示意鄄诺坐上去好让她检查伤口，"是捕快大哥们非要整来，说要庆祝你乔迁之喜的。那些新家具也是他们非要随的礼。"

鄞诺洗了手，没坐到温小筠那边，而是直接坐到桌前拿起一副干净的碗筷，大口大口地吃了起来。

"他们跟你又不熟，送礼当然是看着我的面子。"他狼吞虎咽地吃着，还不忘狠狠地瞪了一下温小筠，"怎么样？跟着我混，吃香的喝辣的，心里是不是乐开花了？"

"温小筠目前不想理你，并对你飞了一个白眼。"温小筠索性自己坐在凳子上，抱着双臂跷着二郎腿。

鄞诺忍不住一笑："小屁孩儿。"

几下把桌上的饭菜扫荡干净后，鄞诺从袖中抽出一方锦帕抹了抹嘴："好了，不跟你逗闷子了，赶紧帮我上药吧。"擦完嘴，他把锦帕叠好放在桌上，"先说好，以后刷碗、洗衣的活计都归你干。保护你的安全，已经让我损失很多了，你就在生活上补偿我吧。"

温小筠翻瞪着白眼，猛地站起身愤恨地一拍大腿："我温小筠从来都是最讲道理的人！有一说一，就凭你今天、昨天救了我两回，你的这些家务活儿我就接了。"

她说完，眼泪就流下来了。她弱得这样理直气壮、清新脱俗，也是没谁了。

鄞诺本以为温小筠会反抗，没想到对方服从得这样大义凛然，忍不住笑出了声，满意地点点头："不错，仇必报，恩必偿，你温竹筠就这点还像个爷们。"

说着，他洗干净了手和脸，大大咧咧地坐到温小筠面前的凳子上，三下五除二，去了上身衣服，露出昨晚温小筠为他包扎的背部。

温小筠一抬眼就看到了绷带上大片的血红，她的指尖抑制不住地颤了一下。

"抓单水昶下了不少功夫吧？背后的伤都裂开了。"她一面往清水盆里撒伤药，一面担心地问道。

"也没什么，许是赶路时骑马太快，忘了背上还有伤了。"

温小筠用有消毒作用的药水打湿绷带，小心翼翼地揭开早已与皮肉粘连在一起的血绷带。

鄞诺不觉轻"咝"了一声。

"很疼吗？"温小筠的手有些抖，虽然学过紧急护理，可是这样血肉模糊的情景还是让她有些难受。

鄞诺的眉头瞬间舒展，他道："你也太小看我了吧，这点儿小伤搁我这儿，根本就不算事。"

一点点地剪碎所有的绷带，温小筠用干净的手涂满鄞诺的特制药，一点点地为他清理、涂抹。

感受着温小筠指尖独特的触感，鄞诺的心蓦地颤了一下，放在腿上的手也在第一时间攥紧。

屋中的气氛也瞬间就变了，变得寂静又紧张。

鄞诺忽然想起之前想对温小筠说的话，后来一查案，竟然全给忘了，或许现在就是最好的时机，只是自己的想法又发生了一点儿变化。现在的他想告诉温小筠，以前的事自己暂且放下了，剩下的一年里，会好好配合对方查案、办案。

"温竹筠，"他忽然抬起头，声音低沉地说，"我有话想对你说。"

鄞诺已经想好，姐姐的事情，日后再去找父母问清楚。毕竟感情的事不能勉强，温竹筠如果真的对姐姐无意，牛不喝水强摁头，也是不行的。

"刚好，"温小筠一点点地为鄞诺涂着药，头也不抬地说，"我也有话想要对你说。"

鄞诺略略挺直身子，侧眸望着身后人。

温小筠嘴角勾出一抹苦涩的笑容："不然你先说，我后面再说。"

鄞诺顿了一下，做出了一个让他足足后悔了三天的决定。他决定十分大气地谦让一下："没事，你先说。"

温小筠拿起一小捆全新的绷带，轻手轻脚地为他重新包扎："我是想跟你道个歉。"

"嗯？"鄞诺笑了，"算你还有些良心，不过我向来大人有大量，之前得罪我的事，我就没想跟你计较。"

温小筠罕见地没有和他拌嘴，她的声音沉沉，透着一种无力的疲惫："我不应该为了自己一时解气，就把你绑在你不愿意待的地方。刑狱推断，不是一般人能承受的。我总有一种感觉，我这个人比较不祥，所到之处，所遇之人，都会因为遇到我而发生不幸的事。也许杜莺儿没有遇到我，没有送我那两个包子，就不会死。也许我半夜不去那个院子，不摸黑儿去井边，那个院子就不会有命案发生。我连迷个路都会被罕见的野狗追击。这样的我以后势必会遇到更加惨烈、更加血腥的案子。

"我不该因为看不惯你，就把你勉强留在这里破案。现如今，江狄和单水昶都已捉拿归案，也没什么特别危险的事了。等过几天我就亲自去和叔父与小姨说，请他们放你自由，去当兵还是闯荡江湖，都遂你心意。"

鄞诺的心狠狠地缩了一下，就像是被人用针扎在心尖最柔软的地方，他一时间竟然没能说出话来。

温小筠完全没察觉到鄞诺的异样，又在他的肩上系下了一个大大的蝴蝶结，这才转身去洗了双手，回眸望着鄞诺，绽开一抹明亮的笑容："估计结案也就是明后天的事，今天应该是最后一次帮你上药了。你要是独自出去闯荡，可要勤快些去医馆找大夫换药。虽然你是男人，不怕伤疤什么的，却还是要小心不要化脓。"

鄞诺双目瞳仁狠狠地一缩。温竹筠虽然换回了男装，但他可爱的笑脸却依旧比女子还要好看。

听着他分别的话语，鄞诺突然就觉得胸口一阵憋闷，实在堵得慌。他嘴角微微抽动，赶紧别开视线，自顾自站起身，拿起搭在脸盆架上的外套简单披上："谁用你假好心？正好我想说的也是这个事。这两天结了案子，我就离开焱州。破案子、验尸体，是你的志向，又不是我的，凭什么要拴我一年。"

说完，他不耐烦地踢开凳子，气呼呼地走向自己的卧室。

对于鄞诺的阴阳怪气和臭脾气，温小筠早就习惯了，所以也不生气，只快速把屋子收拾干净，将碗碟放在厨房的水池里就回屋去睡觉了。进屋之前，她又看了鄞诺房间紧紧关闭的门一眼，抿了抿嘴才转头走向自己的房间。

在她进屋后，对面那扇门忽然"吱"的一声打开一道细缝。

鄞诺看着温小筠毫不留恋地回了屋，顿觉心口更加气闷。他对这样的自己真是厌恶透了，恼怒地一关房门就趴在了床上，闭目沉睡。不知道是因为太累了，还是被身上的伤耗费了太多体能与精气神儿，趴在床上之后他竟然很快就睡着了。

不知过了多久，他双眼猛地睁开，蓦然惊醒。他到底在干什么？不是要去接应"大胡子"他们吗？怎么糊里糊涂地就上床睡觉了？

他噌地直起身子，不想背部的伤口一下被扯动，疼得立时倒抽了一口凉气。快速整理好衣衫后，他拿起挂在床头的佩刀就急急走出房门。

没想到一进堂屋，他就看到餐桌上摆着两碗热气腾腾的蔬菜汤，旁边还有三个小碟子，碟子上摆着好看的点心。白色的是六瓣梅花形的枣心酥，粉色的是掺了玫瑰花的芸豆糕，还有黄色的南瓜饼。

温小筠正掸着身上的水汽从院子里走进屋，一抬眼看到鄞诺，脸上立时露出一抹灿烂的笑容："来呀，鄞捕头，这是小姨昨天给咱们准备的点心，我又做了蔬菜汤。吃了早点，咱们一起去衙门点卯。"

鄞诺板着脸看了外面一眼，天色还没有全亮，只微微有些青色。他没有接温小筠的话，径直走到桌前，拿起一块点心就要往嘴里填。

温小筠的嘴角抽了抽，她道："我说你怎么不刷刷牙，洗洗手？你这个糙汉也太不讲究了吧。"

鄞诺瞥了温小筠一眼："要是把你扔到坟地睡几晚，你就不会在意这些琐事。"

不过鄞诺嘴上虽然强硬，身体还是做出了诚实的反应。他双手拍了拍，走到温小筠新换了水的铜制脸盆前，仔细地洗了手，又洗了脸。擦净脸上的水滴后，余光一扫，他竟然在脸盆架上发现了一支牙刷。

"那是小姨给你准备的，我的牙刷在别处，你放心用吧。"说着，温小筠坐在餐桌旁，端起碗，拿起点心就开始吃了起来。

收拾完的鄞诺清爽了许多："点卯回头再说，'大胡子'他们应该把江狄运回来了。咱们回府衙后，第一个要做的就是提审单水昶，或者应该叫他鸠琅。"

"鸠琅？"温小筠疑惑不解。

"单水昶是他的化名，"鄞诺耸耸肩，"不过估计这个鸠琅也是个假名，拍花子行当里的人没有真名。"

温小筠认同地点点头："抓捕顺利吗？"

"感觉就是个以色侍人的小白脸儿，没有什么能力反抗。"鄞诺坐回餐桌前，重新拿起筷子准备开吃。

"那就好，"说着温小筠又抬起头，指着桌上的餐点，眨巴着两只星星般的眼睛，忽闪忽闪地盯着鄞诺，"虽然是小姨带来的点心，但是我这么早就都收拾好了，是不是很够意思？"

鄞诺端碗的手微微一顿，冷眼望着几乎有些谄媚的温小筠："想要干什么，直接说。"

第九章　天下第一美人

温小筠"嘿嘿"一笑："鄞捕头，你看咱们马上就要分道扬镳，各自追逐梦想去了。看在我对你照顾这么周到的分儿上，你就把之前从我这儿拿走的银子还回来呗。"

就她说这一句，鄞诺差点儿被嘴里的蔬菜汤给呛死。

温小筠笑意盈盈地递过一方锦帕："不要急，我知道你这又点头又咳嗽的，就是想说'没问题'。"说着，她站起身，动作麻利地收拾起碗筷就往外面走去，"男子汉大丈夫，一言既出如白染皂，谁要是日后不承认谁就是小狗。"

鄞诺狠狠地拍了自己的胸口几下，总算把这口气顺了过去。

院外温小筠动作麻利地收拾了碗筷，脚步飞快地牵马出院，逃也似的翻身上马，最后还不忘丢给他一句话："明天走之前还我钱，坚决不许耍赖！"

然后，温小筠像生怕他反悔一样，风似的就奔上了街道。

鄞诺无奈地摇摇头，嘴里却忍不住轻笑出声。这个温小筠真是越活越回去了，以前冰冰冷冷地总是端着架子，现在反而活泼灵动，接起地气来了。要是没有昨夜那番对话，他怕是都要以为对方的本性里一直藏着这样乐观活泼的一面。

如今看来，应该是突然遭逢大难，为了在全新的环境里活下去，为了日后能够翻身复仇，这个家伙现在才不得已放下冰冷的架子，选择八面玲珑、四方讨好的处世方法。

鄞诺缓缓站起身，擦了下嘴，跟着走出家门。

前面的温小筠快马加鞭地赶着路，当然并不是怕鄞诺追上跟她讲不同意归还银子的事。她现在最心急的就是案子。虽然还没到衙门，但是她已经完全进入工作状态了。目前最紧要的事就是提审单水昶，弄清杜莺儿离开家后到底发生了什么。

温小筠没跑多久，身后就传来了鄞诺坐骑的马蹄声。她心道：他的动作倒真是快。

没等她回头看鄞诺，从前面就传来一声急急的呼喊。

"鄞头儿！温刑房！"

温小筠赶紧向前看去，就见"猫耳朵"骑着马正朝着她与鄞诺的方向急急驰来。温小筠眼皮不觉跳了跳，直觉告诉她，"猫耳朵"着急来报的必定不是什么好消息。

果然，一到近前，"猫耳朵"勒住缰绳，就上气不接下气地说道："温刑房、鄞头儿，江……江狄……"

瞬间奔到温小筠身旁的鄞诺急切地问道："江狄跑了？！"

温小筠额头上的汗都流下来了。据"大胡子"说，这次捕班派出的都是功夫最好的兄弟，押送个把嫌犯、凶犯回来，根本不在话下。更何况之前还有"猫耳朵"那几个兄弟，可以说派出的阵容相当强大。要是这样都能叫江狄跑了，那江狄的实力可就太可怕了。

"没……没跑，""猫耳朵"喘了一大口气，"是……是死了！"

"什么？"鄞诺额上的青筋瞬间暴起老高，"他反抗了？"

"猫耳朵"摇摇头："'大胡子'说他可听话了，根本就没有反抗。就是他家媳妇哭着送他，他还说'没事'，笑呵呵地就跟着'大胡子'他们上了马车。可是晚上到了衙门，'大胡子'一掀开车帘子就发现江狄七窍流血，瘫在车厢里了。"

温小筠脸色也变得十分难看："耳朵兄，这件事情背后怕是另有隐情。我需要知道江家所有的消息，他们的产业，他们何时起家，来到焱州府之前又是干什么的。不知耳朵兄你能不能打听出来？"

鄞诺听了不觉接话说道："'猫耳朵'以前在道上混的时候就是有名的'千里耳'。他的朋友极多，哪里的消息都能打听来，这点你不用担心。"

"鄞头儿，俺……俺还是有些担心的。""猫耳朵"挠着头发小心地说。

温小筠急忙说道："耳朵兄有什么为难的，尽管讲。"

"猫耳朵"将视线转向鄞诺，面有难色："鄞头儿、温刑房，那黑道上的消息，不仅能查，而且只要想查，多深、多久、多远的消息都能查到。只是有一点，从来没有白来的消息。"

温小筠顿时大悟，原来"猫耳朵"是缺钱了。

鄞诺眉头都不皱一下地从怀里掏出一个钱袋："这是宁员外家送给温刑房的赏金，不够的话，我这儿还有从他的身上搜来的另一袋官银。"

一旁的无辜群众温小筠同学顿觉自己悲壮躺枪，眼泪在心里流成河。别人家名侦探破案总是能挣大钱，怎么一轮到她，不仅不挣钱，看这个趋势，不把底裤赔出去就算不错了。

生活真是太难了。

那边"猫耳朵"倒也真是不客气，收下碎银子钱袋后，又一把接过官银钱袋："现在这世道，有钱能使鬼推磨。温刑房，有了这些钱，再加上俺'猫耳朵'的人脉，您放心，就是猴年马月的老消息俺都能替您打听来喽！"

"去去去，赶紧办事去，别贫嘴！"鄞诺不耐烦地催促。

"猫耳朵"朝温小筠和鄞诺作了个揖，便飞奔离开了。

"鄞诺，你是故意的！"温小筠怒视着鄞诺，"我才刚跟你说要把从我这儿拿走的银子还给我，现在你就全给我花了，哪有你这样破案的？！破案的人要都像你这样大手大脚的，还没抓到凶犯呢，就先把自己饿死了！"

鄞诺耸肩摊开双手，挑眉撇撇嘴说道："温刑房，请你不要以小人之心度我的君子之腹。你的身上藏有那么一大袋还未流通的'天赐官银'，要是我想整治你，直接交到衙门里，肯定会判你个盗银的罪名。而如今花到黑市里去，不仅好办事，更能以办差垫付的形式为你向官府申请报销。如果江狄是杀害杜莺儿的真凶，江家夫人势必会向官府缴纳大量罚金。到时候从里面给你拿出一份等额的碎银子，你就偷着乐去吧。"

温小筠将信将疑地撇撇嘴："我读书少，你可别骗我。"

"懒得理你。"鄞诺甩给温小筠一个嗤之以鼻的白眼，拽紧缰绳转身就回到了去往衙门的方向。

温小筠狠狠地哼了一声，忽然又想到一件事，急忙掉转马头跟上郐诺："对了，我那袋官银明明是我正经卖药赚来的，怎么会是还没有流通的官银？还有，为什么叫作'天赐官银'？"

郐诺侧眸冷笑："那批银子是专赐皇亲国戚的天子赐银，和其他赏银不一样，是御赐吉祥银，根本不会对外流通。你不是久居京城又见多识广吗？怎会不知御赐之物一旦外流，就会被视为大不敬？"

温小筠感到心一沉，发展到这里，白鸳的身份已经昭然若揭。

郐诺那边似乎说得还不过瘾，抻着缰绳继续挖苦着："还正经赚来的？这话说出去可有人相信？"

"我便相信。"一个清朗的男声忽然从侧前方传来。

郐诺倏地抬头，一个身着绛红色官服的男子乍然闯进眼帘。郐诺浑身的神经都在第一时间紧张并警惕起来。

只见那名男子高高地立于前方林地一株最高的大树的树冠上，具体讲，是脚尖轻点，稳稳地立在一株细长的树枝上，单手扶着粗糙的树干，容色清冷地俯视着郐诺与温小筠。

郐诺双目瞳仁狠狠一缩，只从那还没有婴儿手臂粗的树枝就能看出，来人轻功十分了得，绝不在他之下。

不过，比功夫更令人惊叹的还是对方的容貌。男子身材颀长英挺，身上绛红色的绸衣随风微动，衣袂翩跹，灵动飒然；一头乌黑的长发整齐地束在白玉莲花冠下；一双剑眉斜入云鬓，眉色如黛；凤眸熠熠生辉，只是静静地盯着你，就像能探进人心的最深处，令人不觉生出隐隐的惧意，不敢轻易与他直视；他的皮肤保养得极好，白皙如玉，在清晨朝阳的映射下，晶莹润泽，仿佛玉仙，更胜月神。

以前看到诗词里对于美男的各种描绘，郐诺都嗤之以鼻。男人而已，再漂亮又能漂亮到哪儿去？不过都是文人夸张的说法罢了。可是今天看到这位年轻的红衣男子，郐诺才觉得即使是之前看过的所有描绘美色的词语加在一起，在对方面前都会黯然失色。

他一时都有些难以置信，自己这个从来不看中外貌的钢铁硬汉，竟然会被眼前男子绝美的容颜深深震撼住。

旁边的温小筠更是难以置信地睁大了眼睛。这个突然出现在眼前的红衣男子，分明就是那些天赐吉祥银的主人——白鹜！他怎么可能会在这里，又会在这时出现？难道他上次说为了药才一直寻找她、跟踪她的话根本就是假的？他就是一直在跟踪她而已？

不过在警惕、防备白鹜的同时，温小筠还是忍不住在心里赞叹了一声，白鹜真的是太漂亮了。之前的白衣，他能穿出超尘脱俗的天人气质；如今一袭红袍，他同样能穿出一种人间承受不住的绚丽气质。好吧，主要是他这个人有"仙气"，所以穿啥都有一种逼人的神光异彩。

鄞诺不着痕迹地驱马上前，将温小筠无声地挡在身后，这才伸出双手前揖做了个打招呼的手势，扬声说道："敢问这位兄台尊姓大名，又因何要拦住我二人去路？"

白鹜明眸微弯，并没有回答。他脚尖一点，蝴蝶一般从树尖飞落下来。空中的几片树叶尚在飞旋，那一袭如火红衣便飘到了温小筠的侧前方。他躬身作揖，潇洒行礼，眉眼微弯，温柔一笑："舞草兄，别来无恙。"

被人家完全忽略的鄞诺额头暴出青筋。红衣男子长得再好看管什么用！还不是一样没礼貌、没家教。

等等！鄞诺的眉头忽然一皱。

红衣男子刚才叫温小筠什么？他回头侧眸，刀子一般的视线直直射向温小筠，用目光无声地逼问：你怎么又叫"五草"了？又是哪儿来的五棵草？

温小筠只能装作没看到鄞诺投来的冰冷目光，坐在马背上端直腰身，朝着白鹜作揖："白鹜兄。"

鄞诺眉梢狠狠一挑，这俩竟然是熟人？

温小筠继续道："不知白鹜兄突然来此所为何事？不过舞草却是有一句话想要先对白鹜兄说。"

白鹜唇角微弯："鹜大概明白舞草兄想要说些什么。"

温小筠眉梢微挑望着白鹜，目光闪过些许疑惑，不过很快又淡定下来："看来白鹜兄此次是有备而来了。那便请白鹜兄先回答舞草一个问题吧。"

白鹜："卿但讲无妨。"

听到红衣男子这一声"卿"，鄞诺眉头几乎拧成了一个大疙瘩。从被这个不知道从哪里冒出来的男人彻底忽视时起，他就开始讨厌这个没有礼貌的家伙。而现在听着对方竟如此厚颜无耻地当着自己的面，无比亲昵地称呼温小筠，他便把这个叫作白鹭的红衣男人视作有生之年最讨厌的人物之一。

温小筠双手拽着缰绳，俯视着白鹭，目光越发冰冷："白鹭兄知道我们的身份，知道我们正在查办的案子的细节，知道凶犯身份，甚至知道官府都不知道的内中隐情，对吗？"

鄞诺听到这番话，手瞬间紧紧按住腰间的佩刀。这样危险的人物，又身怀绝技，他不得不防。

白鹭微笑着点头，轻声笑道："不错，卿果然不是凡人，这些都猜得十分准确。不过既然猜到了如此地步，卿不妨再猜猜鹭的身份，如何？"

温小筠攥着缰绳的手寸寸收紧："初见白鹭兄时，白鹭兄带着一队锦衣带刀护卫，乘坐着雕刻瑞兽异禽的高级马车。首先，平民武者在我朝根本不允许携带佩刀，由此可见，白鹭兄的身份不是官家差使，就是公爵子弟。

"其次，官家差使，所乘车马有着严格的级别规定，而白鹭兄的车马规格之高甚至远超淼州知府王大人。再看白鹭兄年纪怕是还不及弱冠，即使再天才，也不该是能通过层层科考而放官出去的。再加上白鹭兄一出手就是天赐吉祥银，因此舞草判定，白鹭兄乃皇室宗亲。"

听着这番分析，鄞诺将眉头皱得更紧了。根据温小筠的描述与眼前男子的形象，他突然想起了一个在淼州府饱受争议的神秘人物。这样麻烦的人物，温小筠到底是在什么时候招惹上的？

白鹭唇角的笑容越发明显："不错，全部被卿言中。那白鹭此番前来的目的，卿又猜得到吗？"

已经猜出白鹭真实身份的鄞诺再也忍受不住，大手一挥，将温小筠连人带马一起护到自己的身后："四殿下，一直在给王知府施压要求草草结案、尽量不让杜莺儿案扩大影响的人，就是您吧？"

温小筠目光微怔，皱眉望着鄞诺的后背没有作声。其实她也猜出了白鹭向王知府施压的可能。既然有皇室宗亲的身份，那白鹭与淼州府最大的皇室宗亲——淼州鲁王必然有着千丝万缕的联系。而鲁王老王爷又是强娶杜莺儿的关键人物，他的亲近之人一直在暗中关注此中内情，又在此刻出现，绝对不会是巧合。再联系王知府中间突然发生的变化，很难不让人怀疑，给王知府施压的就是鲁王的人。

只是她虽然能猜出这么多的情况，却如何也猜不出面前的白鹭拥有四殿下的身份。因为她真的是初次来焱州府，连鲁王叫啥都不知道，又怎么可能知道他的亲信、家人的具体身份？

听到鄞诺这句问话，白鹭才终于转过脸来正视鄞诺，目光平静却又冷然深沉。他端直身子，负手昂然而立，望着鄞诺目光凉凉地说："鄞捕头，既然已认出本王的身份，为何不下马跪拜？"

鄞诺恨得差点儿把后槽牙都咬碎了。他也是猜那白鹭就是焱州府最为神秘的人物——当今鲁王的四弟，即鲁地的四郡王。可是他为什么要嘴贱地说出来？他说出来的第一个后果肯定就是要立刻下马跪拜啊！

看着白鹭一副鼻孔朝天的骄矜模样，鄞诺直咬得后槽牙咯吱作响。不过对方想要占他鄞诺的便宜，也不是那么容易的事。

"呵呵，"鄞诺倨傲地将下巴微微扬起，"我也是猜着说的，阁下便是真敢认哪。阁下若真要自认是我们鲁地的四郡王，就请拿出确实的证据。"

"一个小小的捕头，也敢跟我家殿下要证据？！"随着一声严厉的喝问，又从树上飞跃下一个黑衣青年。他唰地落在红衣白鹭的身后，随手抖开一件青色的蜀锦官服披在白鹭的身上。

白鹭的双臂略略伸直，黑衣青年便为他将青色官服穿得服服帖帖。

温小筠被眼前黑衣青年的这一番操作惊得睁大双眼。白鹭不是都穿好衣服了吗？怎么还要当众进行更衣？这也太讲究了吧？

她没想到更使人迷惑的行为还在后面。

帮白鹭穿好青衣之后，黑衣青年从怀中取出一条做工精致的素表朱里垂绿缘嵌青纽的大带，小心地帮白鹭系在腰间。之后黑衣青年左手往背后的包袱里一抓，竟然又拿出一顶五彩玉珠九旒冠冕，踮起脚动作熟练地稳住白鹭头上的簪钗，取下白玉冠，快速放进身后的包袱，重新系紧了他的发髻，端端正正地为他戴上了华丽的冠冕。

最后，黑衣青年单膝跪地，从袖口中又取出一块描金云龙的四彩小绶玉佩，恭恭敬敬地为白鹭佩戴在腰间。

高坐在马上的鄞诺嘴角狠狠地抽搐了一下。这一套正是货真价实的郡王服饰，为了向他证明自己就是四郡王本王，这个白鹭原地现场穿整套官服，出手也太狠了吧？

不过事已至此，他再不能拖延半分，扶着鞍辔倏地翻身下马，如同半路出来的黑衣青年那般，单膝跪在白鹭面前颔首行礼："卑职焱州府衙捕班捕头——鄞诺，拜见郡王殿下。"

下巴都要被惊掉的温小筠看到鄞诺的这番架势，也赶紧下马单膝跪拜在白鹭面前，有样学样地作揖低头说道："卑职焱州府衙刑房典吏——温……温小筠拜见郡王殿下。"

如果说白鹭、温小筠这边的气场是阳春四月、暖阳和煦，那旁边的鄞诺的头上就是阴云密布、雷电交加了。

他行完礼，径自站起身，伸手掸了掸衣摆的土，似笑非笑地说："四殿下，恕卑职无礼，您若是想自证郡王身份，腰间一枚玉佩足矣，又何必这般费事，连官服都要随身携带，整套展示？"

黑衣青年一下子被激怒，冲向前抬手指着鄞诺的鼻尖："还给你证明，你个小小捕头哪儿来那么大的脸？！"

白鹭挥手制止了黑衣青年接下来的话："好了，秦奇，鄞捕头没有恶意。"

黑衣护卫秦奇这才气鼓鼓地又站回到白鹭的身后。

"鄞捕头，之前你不是问本王是不是就是向王知府施压的人吗？"白鹭转而望着鄞诺，"本王可以肯定地回答你，没错。之前本王给王知府带话，叫他必须快速结案，且不能将案情中任何涉及鲁王府的事传扬出去。

"不仅如此，本王还给杜友和递了话——如果配合官府尽快把案子了结，本王就会告诉他杀死杜莺儿的真正凶手，并且还会发放给他一大笔抚恤金，以表达亲王府对未过门的杜家小姐的哀思之情。而本王此时现身，就是要去衙门办事。名义上是替老王爷出面，全力配合官府查案，实际上是给查案官员施压，不叫他们把案情影响无限扩大。"

听到白鹭突然将不能为外人道的事情和盘托出，温小筠脸色一变："可是这些并不是殿下的本意，对吗？"

白鹭微怔，目光缓缓转回到温小筠的身上，轻轻点了点头："卿果然是那个能够理解鹭的人。"

温小筠忽然想起了之前所有的细节，顿时越想越觉得害怕，瞪大了眼睛，难以置信地盯住白鸷："等等，郡王殿下，卑职还想问一句！卑职之前迷路，不会也是受您的指引吧？还有那些突然出现的恶狗，也是郡王殿下您故意叫小筠看到的吧？甚至是我们选择的荒宅，难道也是您有意引导的？"

听到这里，鄞诺只感觉头皮一阵发麻。那晚他之所以想到用鬼宅来刁难温小筠，完全是因为座下骏马行了几条街后，忽然就把方向转到了去往瘟疫庄的路口。所以当时的他灵光一现，顿觉用荒僻、破旧又恐怖的鬼宅来对付温小筠，真是太合适不过。可是他如今按照温小筠的话去回想，当时路上很可能被人动了手脚，沿路撒了些能吸引马儿的东西。

鄞诺再度挡在温小筠的前面，直视白鸷冷面说道："若真是如此，那说明郡王殿下早就知道会发生这么一桩凶案，甚至早就知道凶手是谁。恕卑职斗胆，如此看来，四殿下您身上可是有着难以推脱的重大嫌疑。"

听到鄞诺的质问，后面的黑衣青年一个怒目就冲上前来，抬手直指鄞诺的鼻尖："放肆！枉费我家殿下连官服都来不及穿，就急忙前来跟你们打招呼！你们竟敢这么冤枉我家殿下，小心我现在就治你们一个大不敬的罪过，叫你们吃不了兜着走！"

"秦奇，"白鸷沉下脸色低喝了一声，"你先回车队。"

"殿下，"秦奇不甘心地说，"您不能和如此无礼的——"

白鸷伸手按住秦奇的肩，微微一笑："好了，本王自有分寸。"

秦奇的眉几乎皱成了一团铁疙瘩，欲言又止地还想再争辩，却终是没有说出口，最后他恶狠狠地瞪了鄞诺一眼，才狠狠一拂衣袖，气闷而去。

"鄞捕头，本王在此更衣，并不是为了向你证明身份，实在是因为时间紧急。本王为了能在去衙门之前见你们一面，根本来不及换衣。本王来此就是想和温刑房透个底。"

听到白鸷提到自己，温小筠立刻躬身作揖，恭敬应道："卑职相信郡王殿下。这位鄞捕头为人正直、能力超群，自卑职进入淼州办案以来，多次救卑职于危难，是卑职最信得过的同僚。殿下有何吩咐，但讲无妨。"

白鸷上前赶紧搀扶起温小筠，温和地笑道："卿不必如此生分。我在卿这里不是什么郡王，只是白鸷而已。卿是白鸷的朋友，只这一点，请卿记得。"

温小筠抬起头对白鸷露出了一个礼貌又不失尴尬的笑容："好……好啊，白鸶兄有什么要交代的，尽管说。"

白鸶这才放开温小筠的手，轻轻地叹了口气："不瞒卿，白鸶虽然是郡王，与其他郡王并不一样。除了王兄，也就是当今鲁王殿下看鸶可怜，收在麾下，其他从老亲王府出来的兄弟郡王们并不看重白鸶。正是因着王兄的庇护之恩，所以成年后，鸶一直在为王兄做事。也是因着替人做事，所以白鸶的耳目尤其敏锐些。

"几年前，因着一些生意纷争，亲王府和一个叫作江狄的外来商客起了纷争。当时亲王府占了上风，江狄却一直怀恨在心。近来秦奇听到些风声，说是江家打算将所有产业都撤出焱州府，并要在最后对王府外围生意不利。谨慎起见，鸶便将秦奇派出打探消息。不想却叫秦奇跟踪到江家有人在半夜鬼祟地回到城里，趁着天黑去了瘟疫庄。

"因为江家人的功夫都很高，秦奇不敢靠近。等到江家人彻底离开后，他才敢进去一探究竟，不想遇到了一群罕见的恶犬，一时不得入内。后来秦奇有了准备，带些掺了迷药的肉块，才得以进入那座荒宅。

"起初秦奇并没有发现什么异常，跟随着地上的脚印走到了枯井近前，甩下铁爪飞刃，却从里面钩出一根人骨头。他被吓住了，急忙回来向我禀报。鸶当时第一个想法就是报官，可是后来又一想，王府里的亲王也好，外面分出去的郡王也罢，在我朝都是绝不能干政、涉军、从商的。

"此时如果明着报官，势必会牵出鲁王暗地里的经商行为，给朝廷猜忌鲁王的借口。毕竟现在的世道不太平，秉着多一事不如少一事的原则，鸶就想不走报官这一条路。可这又是人命关天的大案，如果白鸶知情不报，一来对不起自己的良心，二来更会放纵江狄那样的凶徒对我家王兄不利。于是鸶就想寻一个王府不露面却能叫此案大白于天下的完美方法。

"刚巧，与鸶相熟的卿也进入焱州府衙，在鄞推官麾下开始查案。于是鸶便心生一计，先叫秦奇在路上放置些能够吸引马匹的药草，将卿引到瘟疫庄的附近去一看究竟。"

听到这里，鄞诺想起了温小筠迷路遭遇野狗又丢了马的事，目光陡然一寒："所以郡王殿下就故意把手无缚鸡之力、什么武功都没有的温小筠引到了一群吃人的野狗嘴边？"

"绝不是，"一直淡然自若的白鸶听到鄞诺的质问竟也失了些分寸，有些急切地解释道，"本王早就叫秦奇再给那些野狗下好迷药，只是没想到中途发生了意外，野狗没有被迷倒，才让筠卿遭遇了恶犬。"说着，白鸳满目愧疚地望向温小筠，声音低沉了很多："情急之下，鸳再顾不得隐藏身份，只能现身挽救危险的局面。"

听到这里，温小筠后脊梁唰唰地出了好几层冷汗。虽然白鸳及时救了她，但是上位者的严密谋划、深沉心思，还是令她一阵一阵地打寒战。

这样一对比，从来都是直截了当的臭脾气的鄞诺显得单纯可爱许多。白鸳再美，再有气质，对于只想干好本职工作、顺便赚点儿小钱的平民百姓温小筠来说，都太有距离感了。

像是感知到温小筠与鄞诺的戒备，白鸳神色不觉黯淡了些，略略别开了视线，以掩饰自己眸中些许受伤的失落神色。

"虽然并不是鸳的本意，但毕竟令筠卿身处险境。筠卿若是怪鸳，也是人之常情。鸳后来才知道，原来之前秦奇去荒宅时，遇到的都是普通野狗，故能用普通迷药撂倒它们，而卿那天遇到的却是江家特别从乱葬岗找来的'碰棺材'。当天秦奇给下的普通迷药虽都被它吃了去，但这普通迷药跟尸毒比起来，实在是小巫见大巫，所以就出了'碰棺材'咬死卿的骏马的意外。"

被白鸳这样直接说中心事，温小筠才惊觉自己刚才想太多了，顿时感到十分惭愧，忙上前开解白鸳："白兄都提前给野狗下了药，而后面突然出现大野狗，谁都料不到。白兄已经在自己能力范围内对小筠的安全做了万全的保护，不是白兄的错。"

鄞诺忍不住翻了个白眼。温小筠怎么跟个女人似的？！人家美男不过两句甜言蜜语，他就把之前承受过的风险全忘了，真是丢人没出息。

听到温小筠宽慰的话语，白鸳脸上的愧疚之色不仅没有消减，反而更重了："鸳虽然从野狗的围攻中救下了卿，可是却现了身，也就不能再明着将卿引到荒宅之内。又因着最近淼州府的案子实在是太多、太大，鸳怕一拖延耽搁，江狄就会先一步逃离淼州府，所以便叫秦奇夜探鄞推官的家宅，匿名举报。

"不想当晚卿却和鄞捕头一起出门。秦奇急中生智，再度用出草药引马的方法，将二位引到荒宅中。许是冥冥中自有注定，这样却歪打正着地让筠卿与鄞捕快又发现了一具全新的尸体。一直在暗中观察筠卿和鄞捕头的秦奇发现了这么重大的变故，立刻回去通知了鸳。鸳当时就怕这次误打误撞会将郡王府与亲王府无辜卷进这桩凶案中，心下实在着急，就想着在暗中跟着卿，看看案子到底会往何处发展。"

听到这里，温小筠才恍然大悟，一把抓住白鹜的手臂急切地说道："所以后面遇到江狄对我们下手，白鹜兄才会在第一时间出现，出手把他打退？"

看着面前两个大男人毫不避讳地拉拉扯扯，鄞诺的眉头不由自主地皱了起来，他上前嗔怒似的埋怨温小筠："郡王殿下说跟你交朋友，那是人家礼贤下士，跟你客套客套，你别觍着个脸就当真了。"

拉下温小筠的手后，鄞诺又转向白鹜，尽量维持着表面的礼貌："如此说来，是卑职误会郡王殿下了，只是卑职还有一事不知。"

白鹜转头迎住鄞诺的视线，似笑非笑地说道："鄞捕头既然是筠卿信得过的人，便也是鹜的朋友，有问题就不必拘礼，鹜一定知无不言。"

"殿下一开始就说替王爷办事，压着王知府，叫他一定不要把杜莺儿的案子牵连到王爷身上。殿下后面又说为了王府的利益，不能明着出面揭发江家的罪行，只能在暗中相助。事情发展到这里，一切都在按着四殿下的计划顺利进行。可是您现在又为什么要突然现身，把这其中的一切原委都跟我们这两个外人和盘托出呢？"

鄞诺说着，直直地盯住白鹜，目光森然冰冷，眼中缓缓波动着的满是探究与怀疑。鄞诺问的，也正是温小筠想要问的。她将目光转回到白鹜身上，静静等待着他的回答。

白鹜目光微微一怔，随即低头轻笑出声，而后抬起头，目光温柔地面向温小筠："鹜也想问卿一个问题——在卿的眼中，鹜是一个怎样的人呢？"

温小筠被这突来的点名吓了一跳。不过她明白，白鹜这个问题必然有他的用意。她抿了抿嘴唇，思量着说道："首先，白兄是个大美人。"

鄞诺只觉脚下一个趔趄，差点儿没跌摔在地上。他一把按住温小筠的肩膀，皮笑肉不笑地从牙缝中挤出几个字："温小筠，你要记得咱俩是一起的，你这样明目张胆地丢人，我的形象也会跟着受连累的，好吗？"

如果可能，鄞诺现在就想挖个坑埋点儿土，把温小筠就地种成一株大菊花。

白鹜微笑着拿起鄞诺放在温小筠肩上的手："鄞捕头，你可能还不了解本王与温刑房之间的关系。我们之间不是外人，是患难中相扶的知己好友。本王知道，温刑房这番话必是认真的。"

说着他又望向温小筠，眸光缱绻，极尽温柔："温卿，无事，继续说吧。你的话我都爱听。"

鄞诺侧身扭头，抽回来的手紧紧地捂住嘴巴。再不捂紧了，他就要恶心地吐血了。

温小筠白了鄞诺一眼，转而对白鹜微微一笑，继续说道："小筠眼中的白鹜兄，自然是天下第一美人，而且白鹜兄又有着世上罕见的一流功夫。能有这番成就，白鹜兄在背后一定下了狠功夫。因此小筠猜测，白鹜兄并不想只叫人注意到自己的外貌，而是想向世人证明，自己绝不是空有外表，也一样是个顶天立地的男子汉。

"从江狄的事情上不难看出，白鹜兄既想着要保全王兄的尊严，又不忍冤案就此埋没。江狄是王爷势力的竞争对手，如果白鹜兄一心要整治他，完全可以在发现江家荒宅的尸体后就叫人把消息散播出去。凭着白鹜兄您郡王的权势，完全可以半点儿面不露、半点儿嫌疑都不担地就把案子捅到官府去。毕竟流言蜚语什么的，只消找个大嘴巴在酒楼、茶馆吹吹牛就可以弄得满城皆知。

"可是白鹜兄没有那么做，因为那样的话，王府的尊严和利益都保全了，枯井里枉死之人的冤屈就不一定能够昭雪了。包括这次白鹜兄在半路拦下小筠和鄞捕快，也是想着把案情的另一面及时告诉我们，助我们尽早破案。所以，白鹜兄，你是个好人。"

白鹜唇角弯出一抹意味深长的笑："其实白鹜只不过是个将死之人。"

听到这里，鄞诺与温小筠脸色都是一变。

白鹜笑得风轻云淡，仿佛在讲别人的故事："打娘胎出来，鹜就患上了一种怪病，几度病重近死。母妃生前曾为鹜遍请名医，他们却都束手无策，更给鹜下了个活不过十年的断语。如今算来，鹜距离寿尽也只剩三年时间。"

上次与白鹜同行，温小筠还没有真切感受到"只有三年的寿数可活"这句话的沉重。如今再次听到，她才真真切切地感觉痛心惋惜。

"这世上哪里有什么绝对的事？"她忍不住出声安慰，"白鹜兄，你现在身体这么好，功夫这么高，说不准就扛过那些病痛了。"

鄞诺眉梢微动，没有说话。焱州府神秘的四郡王天不假年的事，他早有耳闻。

白鹭脸上的笑容依旧风轻云淡："筠卿，鹭的身体自己知道，鹭对你说这些，并不是鹭怕死，而是鹭怕死得悄无声息，轻于鸿毛。所以，即便病痛再难挨，鹭都不曾懈怠学问与武功，为的就是能在这天地间留下一点儿鹭曾经来过的痕迹。

"自古君子就有三不朽——立功、立言、立德。鹭尚年轻，不敢奢望与圣人比肩，在这浩浩世间、苍茫人海中立下什么高尚的德行，便只能在立功与立言上寻求一点儿出路。可是我朝祖制，亲王、郡王不仅终生不能出封地，而且不能对各地官府的军政、财权染指半分。"

鄞诺目光放得很远，幽幽地说道："所以立功这一条路，郡王殿下该是行不得的。"

"是啊，这一条祖制说得好听些是供养皇室宗亲的后裔，"白鹭脸上的笑容越发苦涩，"实际上不过是想把一众宗亲豢养成没用的废物。鹭空有报国志，最终却受了皇室血脉的限制。既然不能立功，那鹭剩下的唯一一条路，便是立言。"

温小筠忍不住问："白鹭兄莫不是想要著书立说？"

白鹭微微一笑："正是，诗词歌赋、史册修订甚至奇门遁甲、刑狱推断，鹭都有所涉猎。只是越研究，鹭越觉得差了些什么。直到因为江狄的事暗中跟随了筠卿几日，鹭才恍然大悟。琴棋书画、诗词歌赋，都不是鹭最终的归宿，只有'一洗人间怨，清宁公道开'才应该是鹭的追求，也是鹭能为这世间做的一点儿益事。"

这一次轮到鄞诺惊讶地瞪起眼睛了："难道郡王殿下是想进司狱司与温小筠一起破案？郡王殿下，"鄞诺皱起眉头，"恕卑职无礼，即便是从事刑狱推断事务，也算是干预地方政事，依旧是与您宗亲的身份相违。"

温小筠刚刚被白鹭调动起来的情绪瞬间被鄞诺破功。尽管如此，她心里还是暗叹：对于白鹭来说，世间为何总有如此多的无奈？

白鹭并没被鄞诺打击到，看了鄞诺一眼，挑眉一笑："时机到了，鄞君与筠卿自会知晓。"

话音未落，白鹭纵身一跃，瞬间攀上枝头，风一般地消失在密林深处。

"白鹭兄——"温小筠还想说些什么话，眼前的世界突然一晃——她被鄞诺托着腰身与臀部扔上了马背。

“还白什么兄？你还想不想点卯了？”说着，鄞诺也蹿上了马背，猛地一甩马鞭，狠狠地抽在温小筠坐骑的尾部。

“鄞诺！”温小筠仓皇抓住缰绳，以免自己被摔下马背，同时恨恨地骂道，“你个挨千刀的，想要摔死我呀？你给我等着，我温小筠早晚弄死你！”

鄞诺嗤然一笑：“想弄死我？先追上我再说吧！”

说完，他双腿猛地一夹马腹，乘着骏马箭一般直直地飞射出去。

温小筠在心里把鄞诺凌迟了千百遍，忍着想吐的冲动，玩儿了命地疾驰狂追。

可是等到累成狗样的温小筠喘着大口粗气跟着鄞诺回到衙门，衙门早就已经点完了卯。

在吏房专门负责点卯的小吏的满腔怨念下，鄞诺连声道着歉：“木兄，对不住，明天我们一定点上卯。”

说着，他就拉住温小筠的手，急忙奔向后院刑房。直到进入司狱司大院里的回廊，两个人才放慢了脚步。鄞诺也松开了温小筠的手，弯下腰，双手撑在两条大腿上换着气。

“官府最重衣冠礼仪，你快把衣服整理利落。估计这会儿王知府和我爹都已经在司狱司了。”

“好，我这就弄。”温小筠听话地整理衣服。

鄞诺一眼瞥见她内翻的衣领，嫌弃地伸手帮她扫了一下：“对了，有件事我必须提醒你。四郡王告诉过你他的名字是什么吗？”

“白玉寒，白鹜啊。”温小筠眨眨眼。

鄞诺冷笑了一声：“兖州四郡王的本名分明是——竺逸澜。那个家伙一开始告诉你的就是假名，还口口声声说什么‘知己’‘至交’‘自己人’。哼，这里面到底有几分真几分假，你仔细品品，掂量掂量着吧。”

说着，他转身就朝着司狱司大堂走去。

温小筠抬起头，愤恨地鼓起腮帮子：“这点有什么想不通的？他要是一开始就亮出郡王的身份，谁还敢跟他交朋友？如此尊贵的身份，要是直接摆出来，不是想叫人畏惧就是想叫人攀附，那才不是真心交朋友的好不好？总之我的朋友我自己心里有数，就不劳捕头大人您在这儿咸吃萝卜淡操心了。"

温小筠的底线从来都是说她可以，说她家人和朋友就坚决不可以。

鄞诺脚步一顿，转身看向温小筠，目光锋利得比刀子还尖。他咬牙一笑："好，很好！也怪我有眼无珠，竟然白痴到将好心喂给了不识好歹的白眼儿狼。只是你要记得，今日以貌取人，日后自有你哭的时候。到时候，你可千万别来我这儿诉苦。"

说完，他愤恨地甩了一下衣袖，大步离开。

温小筠朝着他的背影冷哼一声。枉费之前她一心想要跟鄞诺和平共处，现在看来，他和她就是命中注定的八字不合！过几天自己就要跟他分道扬镳了，真是一件大好事。

于是在接下来的路上，两个人一直自觉地保持两米的间距。一个气呼呼地鼓着腮帮子，一个咬牙切齿地磨着后槽牙，谁也不理谁。直到走到司狱司堂室的大门前，两个人才勉强统一了步调，并肩登上台阶，等候门口护卫的通传。

"捕班捕头鄞鼎言、刑房典吏温小筠，请见大人。"

温小筠注意到，站在门口两边的除了司狱司的侍卫，还有两个锦衣侍卫。这两个侍卫的衣服制式与她当初在河边遇到的那些侍卫的一模一样。

想到之前白鹜当着他们两人的面，急急穿官服的样子，温小筠不觉双眼一亮——白鹜已经先到衙门了。真是没想到他穿衣服的速度快，赶路的速度更快。她与鄞诺骑马以最快的速度赶来了，竟然还是落在了白鹜的后面。

等到屋子里传出一句"进来吧"，两边捕快才抬步上前，一人一扇，推开了门。鄞诺熟门熟路，拔腿就往台阶上走，温小筠亦紧跟其后。

能够在这么短的时间内再度见到白鹜，真是一件让温小筠再开心不过的事。进入屋子后，温小筠微微抬起头，用余光拼命地在屋子里寻找着，却见堂上主位正坐着笑容和煦的王知府，在他旁边还有一位锦衣青年。

那锦衣青年身上的衣服与白鹜临走时穿的一模一样，很显然就是白鹜本人了。温小筠惊喜地微微抬起头，可是在看清那锦衣青年的脸部时，却惊讶地张大了嘴巴！

怎么会这样？那名锦衣青年的脸上戴着一张长着獠牙的恶鬼面具，血红的眼睛，高高耸起的青绿色颧骨，瞧着就让人脊背生寒。

看到温小筠和鄞诺望着锦衣青年的惊愕眼神，王知府立刻板着脸责备道："温刑房、鄞捕头，不可无礼，这位是咱们焱州郡王——四殿下。四殿下幼时也是容貌惊人的美男子，不想意外受了伤，所以对外才都戴着面具的，尔等不得无礼。"

锦衣青年笑着摆摆手："原是逸澜这面具吓人了些，不怪别人。王大人，言归正传，逸澜来此本是配合办案的，还是尽快切入正题吧。"

温小筠的耳朵不觉动了动。虽然白鹭故意压低了声线，但她还是从话头话尾听出了他的原声。看来面具后的人，就是白鹭没错了。不过既然白鹭此处装作不认识她，她也就只管专心破案就好。

王知府点点头，恭敬地回答："郡王殿下说的是。"他又转向温小筠与鄞诺，端着姿态说道："本官与鄞大人本来在停尸房查验尸体，不想郡王殿下亲临。你们二人先去寻鄞大人，我这边与郡王殿下交代一下案情发展。"

"是。"温小筠与鄞诺齐齐颔首行礼，刚要站起身向外面走，就听面具下的四郡王不急不缓地说了个"慢"字。

两人脚步一顿，转过身来望向面具下的四郡王。

面具下的四郡王却将目光转向了王知府："知府大人，逸澜也想看看那凶手，不知合不合规矩？"

王知府双目瞳仁微怔，顿了一下，才勉强笑道："郡王殿下哪里的话？您本来就是配合破案的，只要您想看，当然合规矩。"

温小筠不觉和鄞诺对视一眼。

二人心里不约而同暗道：白鹭这是要搞什么鬼？

于是在几个郡王府侍卫的护卫下，四郡王、王知府、温小筠、鄞诺一行四人齐齐走进了阴森冰冷的停尸房。

"好了，这里不宜人多，你们在外等着。"四郡王对身后的侍卫吩咐着。

"是！"侍卫恭敬地退出房间。

而一旁的王知府进入停尸房，闻到里面腥臭的气息后，脸色立时惨白一片。他忙掏出一块锦帕捂住口鼻，匆匆跟四郡王道了句歉，就往门口奔去。

对此，温小筠倒是很理解王知府。他应该是上了年纪，加上多年无凶案，又兼着这两天根本没有休息好，疲累交加，一时受不住这新鲜尸体的刺激，也是正常。

温小筠与郾诺对视一眼，两人便一起走向屋中央，那里的长条桌案上摆放着一具新鲜的尸体。

屋里的徐仵作正戴着白油布手套，仔细检查着停尸台上的尸体。他旁边上风向还站着两个仵作学徒：一个提着验尸专用的工具箱，里面装着各种工具，比如银针、醋瓶、酒瓶、钳子、竹镊等；另一个学徒在铜盆里清理着徐仵作刚刚替换下来的擦尸抹布。

郾乾化也站在上风向，也戴着验尸专用的白油布手套，穿着和徐仵作一样的简便验尸服，外面也同样套着一件白色的验尸罩衣，款式很像那种整身带袖子的围裙。唯一和徐仵作不同的是，郾乾化手中拿着一封书信，正低头仔细分辨着。

温小筠毫不犹豫地走到尸体的上风向，从怀里拿出记录文册，又从腰间口袋里拿出毛笔与墨囊。准备好之后，她立刻站到徐仵作身旁开始记录。

"抱歉，在下来迟了，这就开始记录。"

徐仵作皱着眉专注着验尸，像完全没有听到温小筠的话一般，没有任何反应。

其中一个仵作徒弟礼貌地向温小筠点点头："温刑房，徐师父就是这个脾气，碰到尸体，定然要在第一时间检验。现在还没到点卯的时候，您来得已经很早了。等到师父清理完尸身，就会开始尸状描述。"

温小筠略略惊讶，早就过了点卯的时间，仵作小哥怎么还会这么说？不过她很快明白了其中缘由。应该是江狄的尸体运来时，还远远没到卯时，徐仵作一听到消息就急急带着两个徒弟来检验了。人一忙，时间就会过得特别快，所以他们才会一时间没意识到现在早已天光大亮。

温小筠也不忍心打断他们的思绪，便没有纠正，只是点点头："多谢小哥。"

她往郾乾化那边看去，只见他两眼乌青，脸上的皱纹也比昨天多很多、深很多，像是一夜之间憔悴了好几岁，显然也是一宿没睡。她再看验尸的徐仵作，也是一样的状态。

温小筠的心中油然升起一种敬佩的情感。世界上的所有人都在认真地按照自己的命运轨迹前行。生命、思想，从来无所谓高级、低级，有的只是各得其所，各合时宜。

她这样想着，越发小心谨慎起来，乖乖地站到徐仵作的旁边，一边随时等候徐仵作的验尸结论，一边急切地想确认躺在验尸台上的人到底是不是昨天见过的那个江狄。

只见那具尸体面色乌黑，双目紧闭，牙关紧咬，七窍有流出的血迹。一道狰狞的刀疤从他面门斜穿而下，更显得死相狰狞可怖，令人望而生畏。

温小筠不觉咽了一下口水，脚下也跟着微微后移半步。她可以确定，这正是昨天的江狄。

鄞诺扶着腰间的佩刀，大步走向前，看到尸体的面目时，双目瞳仁狠狠一缩。显然，他也确定了死者不是别人，正是江狄无疑。

就在这时，在门外运了半天气的王知府终于走进了停尸房，用锦帕把鼻子、嘴巴捂得严严实实的，沉着脸色来到鄞乾化近前："鄞大人，尸体查验得如何了？"

鄞乾化头也不抬地说："这里有一封遗书。"

"遗书？"四郡王与王知府齐齐疑惑出声，"那这个人是自杀？"

鄞乾化看着手中的遗书，微微摇头："自杀还是凶杀现在还不能定论。"

说着他将那封遗书放在旁边桌案的一个铜托盘上，回头望向王知府："徐仵作这边验尸已经出了结果，需要及时记录。这封遗书不如等回到堂室当着郡王的面再仔细研读。王大人意下如何？"

王知府点点头，表示非常同意："也是本官心急了，合该如此，合该如此。"

那一边的徐仵作缓缓站直了身子，抬手一处处地指着江狄的尸体，对着温小筠沉声说道："今收到男尸一具，年龄三十岁至三十五岁之间。经人指认，为焱州府江家家主——江狄，死亡时间在昨夜丑正前后。男尸脸部有一处贯通伤，从左眉骨蜿蜒至左颊，虽有皮肉翻出，却早已结疤，是一处陈年旧伤。除此之外，男尸脖颈儿及身体其他部位的皮肤完好，没有任何外伤、擦伤，皮下亦无瘀青。

"男尸发顶完好，没有任何钉楔斧凿的痕迹，耳孔也无受伤痕迹，且下体完好，没有任何凶器刺入的可能。但是男尸指甲发黑，眼皮乌青，眼球通红暴突，鼻窍出血。牙齿正常无变色，形状完好，嘴角淌血，嘴唇被咬破，应该是他毒发时痛苦挣扎所致。死因，现可证实为中毒，但在检查中发现咽道喉咙处却无毒药痕迹。进一步检查，食道肠胃里仍然没有任何毒物。"

屋中的人听到这里，都疑惑地皱起了眉——就连飞速记录着尸状的温小筠都不觉停了笔皱起眉头，目光沉重地望着江狄惨白的尸体。

王知府用锦帕捂着口鼻，瓮声瓮气地问道："既是中毒，怎么嘴巴、喉咙甚至是食道、胃里都没有毒？会不会是那毒的毒性过了，早就滑进了肚肠？"

鄞乾化摇着头否定道："据押送的捕快讲，昨夜将江狄押上车时他还很正常。妻子扑到他的身上，他还有力气把妻子抱下车。一路上并无异常，回到府衙后，捕快上车叫人，看到的就只是一具尸体了。这其中间隔只有一个时辰，这么短的时间，毒药根本滑不到肚肠。"

徐仵作点头应和道："鄞大人说得不错，仅在一个时辰里就能把这样一个健壮的男人毒死得无声无息，药性一定非常凶猛。这样霸道的毒药如果是吞咽服用，死者喉咙与胃部必然会有毒物残留。"

"如此，又代表着什么？"一直站在窗户边的四郡王也忍不住问出了声。

"代表这毒药并不是以吞服的方式进入死者体内的。"温小筠斩钉截铁地说。

王知府惊讶地睁大了眼睛："不是吃的？难不成是如迷雾、迷烟儿之类能吸进鼻子的毒药？"

四郡王点点头："不是吃的喝的，也只能是吸入的方式了。"

鄞诺扶着腰间的佩刀上前一步，果断否定了四郡王的话："迷烟儿式的毒药根本不可能。我们押送嫌犯的马车虽然也罩着窗帘、门帘，里面却是个四处漏风的木笼子。更何况为了尽快把疑犯带回，整个车队都是快马扬鞭地快速进。在这种情况下，迷烟儿、迷雾什么的根本起不到作用。"

徐仵作重新打量着江狄双目怒睁的尸身："鄞捕快说得不错，而且烟雾状的毒药也很难有这么大的毒性，更不要说在四处漏风的囚车里。"

王知府只觉得自己的太阳穴都疼得突突直跳："不是吃的，不是喝的，也不是闻的，身上连个针眼都没有，那这个江狄到底是怎么中的毒？"

徐仵作抬头看了鄞乾化一眼。

鄞乾化表情凝重，将目光转向了温小筠："我与徐仵作反复商议过，都没能找出下毒之人的手法。"

顺着鄞乾化的目光，屋中众人齐刷刷地望向温小筠，默契十足地一起期待着这位屡创奇迹的少年天才再破奇案。

鄞诺看着温小筠，眸光不觉沉了又沉。他知道，自己父亲这一次是真的被难住了，要想尽快破案，只能把温小筠的潜力充分又全面地利用起来。可是，连资深推官与资深仵作都被难住的问题，温小筠真的能够顺利解决吗？

最后面的四郡王也在静静地望着温小筠，目光幽幽，等待温小筠接下来的表现。

正扮演着文书小配角的温小筠忽然感觉到后背一寒，机械地转动脖子，木然移动着两只大眼珠子，莫名紧张地环视屋中众人。

王知府看着温小筠，着急火燎地问道："温刑房，你要是已经看出破绽，就别揣着了，快快讲来。"

温小筠心虚地吞了下口水，强装镇定，心里却在哭泣。

她怎么就看出破绽？怎么就知道答案？

不行，不能认输！温小筠在心里为自己打着气，活了这么些年，还没有碰见过什么能难住她的事。她又灵敏又冷静，又大胆又机智，本领很高强。既然凶手犯了罪，就一定会留有破绽。

温小筠咬着嘴唇，缓步踱到尸身面前。她唯一比徐仵作和鄞乾化厉害的就是掌握一些他们所不知道的知识。虽然她没有深入研究过医学，但也知道毒素、病菌的传染方式大概有几种类型。

她的目光在江狄的脸上、身上寸寸移动，同时，她努力回想着那些堆积在大脑深处的庞杂知识。

一旁的王知府急不可耐地又要上前询问，却被鄞乾化伸手拦住。

"王大人，给他一点儿时间。"鄞乾化望着温小筠仿佛入定一样的专注神态，温声对王知府说着。

王知府皱了皱眉，一时也被温小筠忘我的样子唬住，再没敢上前打断。

他们旁边的鄞诺按在刀柄上的手寸寸收紧。虽对温小筠的天才早有领教，只是他真的很好奇，这一次温小筠会选择以何种方法解决难题。

位于最后面的四郡王也不觉移动了一下臃肿的面具，不想错过温小筠的任何细节。

温小筠在心里一条条地默念总结着，毒素和病毒之类的传播方式应该有共通之处，可是对于病毒自己并不了解，有什么方法可以帮助自己打开思路呢？

温小筠皱眉苦苦地想。忽然，她眼前一亮。据她所知，有些疾病会通过血液、母婴、两性行为等方式传播——后两种自不必说，并不符合这个案子，而血液传播则可以进一步分析。

除了输血不洁，还有一种特别要注意的传播方式，那就是如果一个健康的人，皮肤有所破损，一旦接触了病人身上的病毒或是鲜血，就很可能被感染。温小筠想到这里时，目光正好停在了江狄那张被狰狞刀疤破了相的脸上！

她的大脑飞速运转起来——除了皮肤破损的伤口感染，还有一种情况，就是手上有病毒或是不洁物，却揉了眼睛，擦了鼻子。想到这里，温小筠屏住了呼吸，站在上风向细细地端详江狄狰狞可怖的脸。目光寸寸移动，她终于找到了预想中的重大破绽。

"可以先检查这里。"她抬手指着江狄那双充血暴突、到死也没闭上的眼睛，目光幽幽，"如果这里有问题，真凶就能跟着一起浮出水面。"

屋中众人听了无不惊骇。

王知府难以置信地问："怎么就这么一会儿的工夫，温刑房不仅把中毒之谜破了，甚至连凶手都能认出来？难道这江狄身上有什么确凿的证据，之前大伙儿都没有发现？"

四郡王与鄞诺都情不自禁地向前两步，想要看看温小筠到底在尸体上面发现了什么。

温小筠伸手指着江狄的脸部，看着徐仵作兴奋地说："徐仵作，一般中毒，不是服用毒药、被蛇虫叮咬之类就是用鼻吸入毒药，对不对？"

徐仵作更加不解："可是这三条，江狄一条都不符合。"

温小筠摇摇头："不对，他有一条是符合的，就是通过蚊虫叮咬将毒液扎进皮肤中。"

"可是徐仵作与鄞推官不是都查清楚了？江狄身上连个针眼都没有啊！"王知府急急道。

温小筠自信一笑："没有针眼或是其他伤口破损，是因为江狄的身上本就有一处现成的伤口。"

听到这句，徐仵作立时皱起眉头，急急上前仔细查验江狄脸上的那道旧疤痕。

"果然如此，江狄脸上的伤疤有一处破损，露出新的皮肉。"徐仵作说着，猛地向徒弟一伸手："烛台、细竹镊、银针！"

仵作小徒弟手脚麻利地从仵作工具箱中取出细竹镊，又端着烛台小心地照亮死者的脸部。

借助着光亮，徐仵作细细地检查那道伤口："新露出的皮肉成黑紫色，与旧伤疤原有的颜色混在一起，所以之前被忽略。"他又拿过银针仔细检验，"此处有毒，毒性凶猛。"

温小筠继续补充着说："死者双目暴突，眼周乌青，应该也是受了毒药的感染。"

徐仵作又转而检查眼睛，一番残忍的检验后，得出结论："果然如温刑房所说，眼角也含有剧毒。"

"天哪，"王知府不自觉地倒退半步，"这样隐蔽阴狠的方法，凶手到底是何方神圣？"

停尸房里的人听到王知府的这声感慨，也都跟着沉下了脸色。虽然温刑房已经道破了最关键的下毒手法，可是这个案子却变得更加复杂可怕。

"温刑房，"王知府又看向温小筠，"那破凶手的身份——"

郓乾化抢先一步截住王知府的问题："王大人，现已验尸结束。郡王殿下还在这里，大家不如移步司狱司堂，在那里再进一步分析。"

经对方这么一提醒，王知府赶紧回头看了四郡王一眼，恭敬地请示道："因着一心查案，下官竟怠慢了四殿下，还请四殿下见谅，请移步司狱司堂。"

四郡王轻轻摆手："王大人不必如此客气。逸澜说过，此番前来就是全力配合官府破案的，又何来怠慢一说？"

"殿下宽仁，"王知府摆手做了个"请"的手势，"请。"

四郡王点点头，没有停顿，抬步走出了停尸房。王知府连并着一众衙役、侍卫依次跟着走出去。

第十章　状元郎

温小筠与郓氏父子和衙役走在最后。刚走两步，她回头看向徐仵作："徐仵作，听说您后来又将杜莺儿的尸身仔细检查了几遍，可还有什么新发现？"

"在她的指甲里发现了一点儿皮肉和血迹，很可能是抓伤凶犯所致。"徐仵作继续复查着江狄的尸身，头也不抬地说。

温小筠眼中满是疑惑："可是江狄的身上并没有什么抓痕啊。"

郓乾化沉声说道："昨夜我将杜莺儿身上所有疑点都记录了，咱们先去司狱司堂，在那里我再与你细讲。"

"好。"温小筠又与徐仵作打了声招呼。

再度回到司狱司堂，温小筠刚迈过门槛，就看到座上的王知府按捺不住地望向她："温刑房，快说说你的推断，凶手究竟是谁？"

温小筠侧眸看了郓乾化一眼。

郓乾化却转头从仆役手上接过盛放着江狄遗书的托盘，踱步到屋子的中央，昂首望向王知府与面具下的四郡王："王大人、四殿下，温刑房刚刚任职，连卯都没点过一次，很多办案流程并不熟悉。还有一些不能忽略的线索，需要下官补充。

"这里有一份关键证物，也就是从江狄的身上找到的遗书。如果这封遗书是真的，可以对江狄的罪行有个佐证；若是假的，则伪造这封信的人，很可能就是杜莺儿案真正的凶手。伪造得再逼真，也不如真，其中定然会隐藏一些破绽。下官想要将这份遗书念一念，不知王大人可否允准？"

"鄄大人，"王知府微笑着说，"本官说过，刑狱推断本就是你的术业。如何破案，全凭你做主就好。"

旁边的四郡王单手支着座椅的扶手撑着脸，望着温小筠目光幽幽，像是走神儿了，完全没接住鄄乾化的话，只自言自语般地喃喃说道："还没在衙门点过卯吗？那温刑房还不算是真正的刑房司吏呢。"

王知府一脸不解地望向戴着面具的四郡王："四殿下，您在说什么？"

四郡王自嘲地笑了笑："无事，无事，大人们继续推断就好。"

鄄乾化根本没受四郡王的干扰，将信递给旁边的一名胥吏，示意对方朗声读。

那人接过信件便朗读起来："各位大人，本人江狄，鲁地章平县人士。自幼家贫，父亲嗜赌成性，唯母亲一人辛劳耕作。除去农活儿，她闲暇时则纺织浣洗，无一日休息，无一时得闲，不过三十七八的年纪，她的背便佝偻得如同老妪一般。江某常恨不能早日成家，担起赡养母亲的担子，为她老人家分忧一二。

"可是每每江某放下书本拿起镰刀，母亲便伤心落泪，只恨不能叫江某专心读书。江某虽放下了手中的镰刀，却将定要学有所成的誓言放在了心上。所幸十年寒窗昼夜不辍，终小有所成，一朝乡试考得解元，再入会试取得第五。一时乡邻看中，官府力荐，都以为在接下来的殿试中，江某定能一举中第考得进士。"

听到这里，温小筠惊讶地睁大了双眼。老天爷，乡试解元可就是乡试第一名啊！在这个年代的科考中，学子们最厉害的成绩就是"连中三元"，即在乡试、会试、殿试中连得三个第一。虽然江狄只考得了一个"元"，那也是非常了不起的成绩，而且会试第五的成绩在全国看去更是一流水平。

温小筠真的想不到，那个脸上有着吓人刀疤的男人还曾有那样辉煌的过去。其实如果去掉脸上那道吓人的刀疤，他长得也挺帅气的。再想到他的身手，温小筠不觉"啧啧"摇头。这样一看，江狄简直是文武双全、多方面复合型人才，真的是令人难以置信的强。

屋中其他人听了，也是一脸的惊讶。

王知府望着那封遗书，满目惊愕："乡试解元，会试第五？这个江狄的本名是不是江自在？五年前，这个考生可是被当地的官员大力推荐过，本官也曾看过他的文章，说是会试第五，若不是犯了圣人忌讳被无奈黜级，他本应该是当年会试第一名——会元哪！别说乡邻看中，当地官府力荐，他这个很可能一举'连中三元'的天才学子，在整个鲁地都曾轰动一时。"

温小筠吃惊地睁大了双眼。她知道"连中三元"是科举考试中百年不得一遇的传说级荣誉，而那个刀疤江狄竟然是差点儿一下子就连中两元的传奇人物！

就连不甚说话的四郡王，听到这里也坐直了身子。他曾经与江狄在生意场上交过手，却从来没有想到过，这个江狄竟然就是五年前震动山东文坛的寒门学子——江自在。

"这么大的差别，"站在旁边的鄞诺怎么都不能相信，"会不会是这个江狄假托的身份？当年盛传的江自在，可是面如冠玉的翩翩少年。他左手执剑可破武状元，右手执笔骂尽贪官。这样的人物，怎么会和杀人凶犯江狄是同一个人？"

堂室里，就只有鄞乾化一个人平静如常。他将双手略略放低了些，看着王知府淡淡答道："五年前，下官刚好去章平附近查案，正巧碰到当地官员宴请江自在，与他有过一面之缘。因着被那年轻人一身的文采惊艳到，下官对他印象十分深刻。现在的死者江狄，脸上虽然多了一道狰狞的刀疤，可是容貌、体态与五年前的江自在完全吻合。下官敢肯定，这个江狄就是五年前的江自在。"

说完，鄞乾化不顾众人眼中的震惊与疑惑，转头向胥吏点头示意继续诵读。

胥吏低头继续："那年，江某怀着母亲殷切的希望，拿着乡亲父老们的周济，带着满腔的热忱踏上了进京赶考的路途。不料江某还没走出鲁地，家乡就传来噩耗。原来是江某那不争气的父亲因为江某的成绩越发得意忘形，不仅在赌场上输光了所有积蓄，更把母亲和祖宅一起输了出去。除此之外，他还赊欠下大笔的高利贷。

"债主们纷纷上门要钱要房，逼得我母亲几欲投井自尽。可怜她老人家的心里还念着江某，所以才强撑着最后一口气，想为江某保留最后一点点钱物，等到江某日后高中进京打点之用。不想江某那禽兽不如的父亲，连这一点儿钱物都不给母亲留，两人发生了激烈的争执。

"混乱之中，母亲拿剪刀捅杀了父亲。面对父亲的尸体，母亲才想到，父母亡，孩子须守孝三年。不仅如此，生母手刃生父，更将是江某一生的污点。她的行为无异于将江某的大好前程全部葬送。绝望之下，江某那可怜的老母亲心智大乱，悲愤绝望之下投井自尽。

"江某收到噩耗后仓皇回程奔丧，等回到家宅时，一切已物是人非。祖宅被外地客商占了，父母的尸身被草草卷起埋进了乱葬岗。所有的人都明白江某这一世的功名算是走到头了。他们虽然私下仍有接济，但是面对高利贷的权势却都敢怒不敢言。

"可是即便这样，高利贷的爪牙们还是处处逼着江某还债——江某连能遮风挡雨的片间茅屋都不曾有了，未婚妻子也转嫁他乡。那时的江某浑浑噩噩，只想追着未婚妻子再看她一眼，然后便自我了结。不想追到外乡之后，江某却遇到了一桩奇事、一个奇人。"

堂室中所有人听到这里，都好奇不已。他们实在想不到曾经那样一位天之骄子，到底遭遇了何等诡异的事，才变成了一个毫无人性的杀人淫魔。

胥吏沉稳的声音仍在继续："江某先是沿着未婚妻远嫁的路线来到了一个全然陌生的小镇，看着她被人用大红花轿娶进家门，看着她不施铅华为别的男人洗衣浣纱。因江某身上还存着她的订婚信物，便在她浣衣回家的路上偷偷出现，本想着将信物归还，与她话别。

"不想她却对江某百般讥讽，更将订婚信物随手扔进溪流之中。江某羞愤难当，只觉这一生再无留恋。回到暂居的客栈后，江某想要衣冠整齐地寻个去处，了结残生，不想正出门时，却遇到了店家老板娘被仇家打劫。江某当时一心求死，遇到这种场面便觉正合心意，带着几个恶棍做陪葬，死后还能落个见义勇为的好名声。

"于是在打斗中，对于袭来的刀剑，江某不做任何抵挡，只是一味地冲杀。不想强盗人数太多，江某最终体力不支。就在危急关头，店家老板娘突然撒出满地的银锭，趁强盗们愣神儿的工夫，抓住江某跑上二楼，并向窗外扔了大把的银子。远处的行人看到后全冲了进来。

"仇家们眼看事情不妙，仓皇地捡起地上的银子就逃跑了。等到危险过去，江某便昏倒过去，再睁眼醒来，已经是三日后。清醒以后，江某才发现脸面被刀伤破相，再不能恢复。江某本就是一心求死，当时的心就更灰了。不想店家老板娘不仅日夜看护着江某，更变卖了客栈的家产，陪着江某四处散心，也开始做一些小买卖。那时，江某才知道老板娘的名字叫元娘，客栈的生意是家里传下来的，她父母前几年病逝，只剩下一个驼背老仆人跟随左右。"

听到这里，鄞诺不觉看了温小筠一眼。

王知府敏锐地察觉到鄞诺的动作，不禁问道："鄞捕头进过江府，对此可有什么想法？"

鄞诺躬身作揖，恭敬地回答："回大人的话，属下见过那位元娘，猜想着江狄遗书中说的驼背老仆，应该就是之前我们差点儿要撞到的老仆人。"

王知府点点头，不无感慨地说："都说患难见真情，那元娘倒也算是个机敏的女子，看来后面江家偌大的产业，都是在她的助力下才建成的。"

胥吏继续念道："因着江某心里总想着出人头地，即便不参加科考取仕，也想要创立一番事业。元娘便带着江某将生意一步步做大，直到做进焱州府，总算是闯出了一番成绩。只是人生从来都如浮萍一般，起伏不定。江某踌躇满志地想要干一番大事业，不想刚进入焱州府就被焱州权贵——鲁王的势力打压。"

听到这里，坐在角落里的四郡王不悦地轻咳了一声。

王知府一时也变得尴尬起来，刚想叫停，胥吏却已经自顾自地念了下去："由于损失甚重，伤了江家产业的根基，江某一时间烦躁不已。就在这时，江某忽然遇到了一名少女，一名被人贩子拐带的少女——瑶妹。

"看到她的第一眼，江某就失了魂魄，只因那女子长得与江某曾经的未婚妻几乎一模一样，只是更加年轻，更加柔弱。江某没有任何犹豫，直接挪用进货的款项，把那名少女买下。只是元娘不同于其他的女子，不仅是江某的妻子，更是江某的恩人。江某一面不舍得元娘伤心，一面又不愿错过瑶妹。于是江某又单独买下一处宅子，将瑶妹安置在那里。

"只是看着元娘一日日操劳打点生意，又怕江某灰心气馁，总是变出各种花样来哄江某开心，江某心中越来越愧疚，不知不觉也就疏远了瑶妹。直到瑶妹怀孕的消息传来，江某才改变主意，想要接瑶妹回府——因为元娘虽然千般万般好，却不能为江某诞下一个孩子。不过江某心中虽然欢喜，却也不忍心把这消息直接告诉元娘，总想要找个合适的机会，再好好告予她听，可这样也在无形中冷落了身怀六甲的瑶妹。

"终于有一次江某出门办事，可以腾出半天的时间去见瑶妹，就买了很多首饰、补品，想要去给瑶妹一个惊喜。不想江某却在别院门口看到了瑶妹的丫鬟站在院门外的一棵大树下，只从她左右张望的神情就能看出她正在给人把风。江某心头登时一凛，甩手一个石子儿将她击晕，又捆紧捂上嘴扔进马车里后，飞身跃进院子，一路屏息悄然走到卧房的窗外。

"听到里面一对狗男女竟然在光天化日之下就做着无耻之事，江某周身的气血腾然涌起！而贱妇一句带着奸夫的孩子去继承江家产业的话，更是令江某怒发冲冠。盛怒之下，江某冲进房间，徒手捏碎了一对狗男女的脖子。那一刻，江某理智全失，只觉得瑶妹死后的样子像极了当年未婚妻讥笑江某的样子。崩溃之下，江某将瑶妹的尸身拖进后厨毁掉。

"等到江某跌坐在后厨终于清醒了些后，才发现自己犯下了滔天罪行，可是事已至此，后悔亦无用。简单梳洗换了衣服后，江某先出门走到马车上，解开了丫鬟的绳索，只说江某已经发现奸情，情夫从后门逃走，贱妇要远卖外地，不想再留着这座宅子，叫那丫鬟另找人家去。好在那丫鬟本也是被临时雇来的，发生了这么大的事，根本不敢多问，拿了结算的工钱就逃命似的跑了。

"之后，为了隐藏罪行，江某便将那对狗男女的尸身处理了，运到以前买下的瘟疫庄打算就地掩埋。不想突然蹿出几条狗，争相撕咬。那些本是江某特意散养的恶犬，用来看守那片荒地，不叫外人随便占用的。谁知一段时间不见，狗竟然招来了城外乱葬岗专门撞棺材的'犬妖'。它们远远地闻到血腥气就瞪红了眼睛扑上前来。

"江某起初被吓了一跳。跃上房顶之后，看着那些狗扑抢、撕咬着的画面，江某才觉得积压在心里多年的恶气终于出了。一直到月上中天，狗们心满意足地散去，江某才跳回院子，失魂落魄地将碎屑填埋进废井。

"那一刻，江某并没有感觉到报复的畅快。

"没道理，这个世间没道理。

"没道理无耻狗贼们在这个世上活得逍遥自在，江某那苦命的娘亲却只能投井自尽。

"没道理，这个世间没道理。

"没道理恶人可以逼死良善，自己却高居大宅。

"没道理，这个世间没道理。

"没道理江某寒窗苦读十数载，一元一登科，最后却连殿试的资格也无。

"没道理，这个世间没道理。

"没道理婚约可以被人随意丢弃，登高踩低，而痴情的那个人却只能任她随意奚落讥讽，将七尺男儿的尊严一脚践踏进泥地里。

"为何痴情的人，总被错付？

"为何等待的人，总被辜负？

"为何诚恳的人，总被侮辱？

"江某一面埋，一面哭，哭到月落西天，哭到曦光再起。直到翻尽最后一寸染血的土地，江某才踉踉跄跄地站起身，浑浑噩噩地回到外郭的家宅。元娘当时看到我是什么样的神情，我已记不清，唯一记得的就是元娘轻声的安抚、温暖的身体。

"也许江某从来都是个人面兽心的伪君子。因为从那一日起，江某就抛弃了以往所有的信念与理想，一日日只是享乐消耗。元娘问我我也不说，只是一日日地吃喝嫖赌，放纵度日。元娘到底贤惠，一面打理生意，一面委婉规劝。只是她不知，以前的江狄已经不在了。后来一次在外鬼混中，我又遇到了曾经的人贩子，即将瑶妹卖给我的那个阿九。"

温小筠瞬间站直了身子，转头望向鄞诺。鄞诺也正望着她。人贩子阿九，应该就是曾经的单水昶，现在的鸠琅。杜家琴师与江狄的关系终于找到了！

"后来呢？"王知府的注意力却仍然在那封遗书上，忍不住追问道。

胥吏继续读道："阿九说，他手上还有几个上等姿色的雏儿，若我喜欢便先让我挑。若是以前，我定然是不会理他的。可是今时不同往日，我端着酒杯看着他笑，说'再漂亮的我都不要——我只要瑶妹那个样子的，价钱可以提高三倍'。我这本也是一句戏言，没想到过了几个月，阿九真的带来了另一个'瑶妹'。

"我欣然接受了。只是这一次我不再有真心，甚至多了一颗残忍的心。我在瘟疫庄深处找了一处有地库的废宅，将另一个'瑶妹'塞住嘴巴后拴在里面，隔两天去给她带点儿吃食。就这样，越折磨她，我就越快活。直到她再也承受不住，我便像当初对待瑶妹一般处理了她。

"我疯狂地迷恋上了这种感觉。后来，又死了另一个'瑶妹'。我开始主动去找阿九，阿九却说相似的人好找，长得几乎一样的人就难多了。我把价格提高到五倍，阿九都没能应下这差事。直到有一天，阿九突然找上门来，说只要有十倍的价格，他便能为我寻来一个更美、更年轻、更有活力的'瑶妹'。"

温小筠的心瞬间跌进谷底，她缓缓地抬起头望向鄞乾化，目光沉重："人贩子阿九看上的就是杜家小姐——杜莺儿对吗？"

鄞乾化点点头，回应了温小筠的猜测。

胥吏又继续念道："江某听了阿九的话，便着急追问何时能够将新的'瑶妹'买回来。阿九却作了难，几番欲擒故纵后，才告诉我那女子的情况不像之前的'瑶妹'。之前的那些'瑶妹'都是从外地买回的，而这一位不仅就是焱州府里的人，更是焱州第一钱庄杜家的千金小姐。他要想把她诱哄出来，必会大费一番周折。

"也许越是难以得到的就越吸引人心，阿九这样一说，我对杜家小姐反而越发志在必得。最终我把价格又翻了一倍，才终于说动阿九出马办这件事。阿九到底不同于别的人贩子，皮囊好，嘴巴甜，为人阴狠又贪婪，为达目的不择手段。很快，他就真的混进了杜家的后宅。

"然而就在事情快成了的时候，阿九忽然传来消息，说焱州鲁王看上了杜莺儿，要强娶她入门。阿九带着所有定金上门找我，说绝不敢得罪焱州鲁王，这个买卖实在是没法做了。不过他很快就改了主意，因为我把价格又翻了一倍。本来对于杜莺儿我就是志在必得的，更何况如今又传出她忽然成了鲁王的未婚妻的消息。我江狄由名动一时的外籍富商沦落成杀人喂狗的禽兽，全拜王府的淫威所赐。所以这杜莺儿我无论如何都要得到手，用以侮辱焱州，侮辱鲁王。

"都说有钱能使鬼推磨，有了钱的阿九果然就办成了差事，将活蹦乱跳的杜莺儿完完整整地带进了我的屠房。做完一切后，我回到外郭的家宅。本想第二天就去荒宅收拾残尸，没想到元娘却被猫儿抓伤了。这世间我最愧对的就是元娘，我不想她受一点儿委屈，更何况是留下疤痕。

"我去到外山寻找隐者取药，没想到回来时刚好遇到一对夫妻。巧的是，那女子穿着那身衣服的样子所给人的感觉竟然和刚刚被杀掉的杜家小姐给人的感觉很相似，那女子就连笑起来的样子都与杜家小姐的模样有几分像。我本来想收手的，但是心中的执念就像魔鬼一样纠缠着我，令我不得安稳。我最终在马车的车辖上做了手脚。

"我本想伪装一个车祸现场，反正皇甫夫妻之前就经历过一场车祸，之后只要把男的扔下断崖，女的带走就可以了。可是没想到两个人从马车上跌下来竟然没事，好在我还藏了后手，叫人引走了男的，自己上前去收拾另一个'瑶妹'。不想我这般周密的计划，最后还是没有成功。"

温小筠听到这里不觉眉头紧皱。这里有一个重要的纰漏，别人不知道，就连鄞诺都不知道，只有她和——想到这里，她不觉抬起头，朝着副座上的四郡王望去。这个纰漏只有她和白鸳知道。

遗书的故事也已进入尾声，胥吏道："事情败露后，我第一个想到的就是焱州不能再待了，必须马上离开，只是还没跟元娘讲清楚原委，宅院外就被一群捕快团团围住。虽然他们打的旗号是袭击官差，但我明白，一定是杜家'瑶妹'的事情败露，才令官府寻到这里。看着那些穿着官服的捕快，我忽然想到坐在堂上断案的官员，一时间如坠寒潭冰池。这么多年，江某都在活什么呢？如何把自己活成了这样人不人鬼不鬼的丑陋样子？

"那一瞬，江某忽然就放下了，放下所有的执念与贪婪。至少在临死之前，江某不想再混沌下去。或许江某在心里一直等着这个结束的时刻。座上大人，以上便是江某所有的供述。所有罪行都是江某一人所犯，江某认罪，愿受一切责罚果报。江自在敬禀百福，顿首再拜。"

当胥吏念完最后一个字，司狱司堂室内寂寂无声。所有的人表情都很沉重，就连平日里最爱下断语随意评论、批判的王知府也没了言语。

江狄的遗书给所有人都带来极大的震撼。这震撼中有惋惜，有痛心，更有愤怒，可就是没人能轻松将批判的话说出口。

还是鄞乾化最淡然平静，抬手将放着遗书的托盘递给温小筠："温刑房，你且仔细看看，寻寻有无漏洞。"

温小筠顿了一下，才上前接过那封遗书。

"温刑房？"看着温小筠眉头皱了又紧、紧了又松的表情，王知府忍不住问，"温刑房，你可是发现了什么破绽或线索？本官看那遗书，怎么想都觉得是真的，并不像别人伪造的。那这个江狄到底是不是杀人凶犯？"

可是王知府又越说越纠结："如果是凶犯，他就不应该被别人毒死，而应该用毒自杀才对。如果不是凶犯，他又怎么能写出这样详尽的内情？"

温小筥望着手中的遗书："回大人的话，其中的确有几处明显的疑点，只是属下还需要一些佐证，才能坐实属下的怀疑。"

王知府不自觉地看了身旁的四殿下一眼："好，温刑房需要什么佐证，只管提。"

"多谢大人。"温小筥朝着王知府躬身行了礼后，又转向郾乾化："推官大人，属下想先核对一下江狄的笔迹。请大人再派一行人去江家搜集江狄的手书。"

郾乾化面色清冷地说："江狄初入焱州府时，曾买下大批的土地房产。契约文书都是由他本人在衙门书写而成。昨夜本官已从户房调出江狄在衙门的手书留底，经反复对比，确认这封遗书正是他本人的笔迹。"

王知府不觉自豪地说道："咱们的郾大人可是鲁地书法一绝，刑狱鉴别手书笔迹更是放眼整个凤鸣无敌手的独门绝技。既然郾大人都说这封信是江狄本人书写无疑，那此案也就算是彻底告破了。"

这样说着，他脸上不禁露出如释重负的笑容。

温小筥转身朝着王知府单膝跪地，双手将铜盘高高举过头顶，大声说道："回禀大人，如此属下更加肯定，杀害杜莺儿之人并非江狄！"

"什么？"王知府惊讶地站起身，"温刑房，你可知道你在说什么？"

"温刑房，"旁边一直支着手托着腮的四郡王终于懒懒地开了口，"虽然是人就会犯错，这件案子却不同，牵连颇深又骇人听闻，一旦处理不当，传了偏颇的消息出去，怕是会引起不小的恐慌。温刑房你可要想好了，若是草率莽撞，说错了话导致延误破案，后果可不是你一个小小的刑房吏担待得起的。"

王知府瞬间拉下脸，面沉似水地朝着四郡王略略颔首："殿下说得对。"

"回王大人、殿下的话，"一旁的郾诺抬步上前，从容屈下左膝朗声说道，"属下曾与江狄打过照面儿，对他的身手略知一二，他的武功确是一流。如果他是被人毒害，能摸到他脸上刀疤的很可能是亲近之人。如果都是家人间的毒害，江狄案便与杜莺儿案一样，是豪门大户内部的明争暗斗。这种私密隐情，世人定然会十分关注——这不是恐慌的关注，而是窥探豪门秘闻的好奇之心，同时也会更加同情老王爷。他老人家选定的未婚妻竟然就这样毁在继母与其情夫手中，后面又牵连出一桩骇人听闻的连环杀人案，如何不让人唏嘘感慨？"

温小筠不觉双眼一亮。鄞诺这话说得十分漂亮，冠冕堂皇，不着痕迹地就去掉了身为鲁王代言人的四郡王所有的疑虑。剩下的，就看白鸳的段数了。想到这里，温小筠不觉抬起了头，等着看戴着面具的四郡王到底会如何回应。

戴着面具的四郡王听了鄞诺的说辞，垂眸沉吟片刻，之后略略坐直身子，望着温小筠似笑非笑地说："本来呢，本王就是来协助官府断案的。本王说到底只是个破案的门外汉，该如何断案，还是要听你们这些专业人士的。"

王知府忙笑着圆场："没有殿下的帮助，此案也不会如此顺利。"说着他又望向温小筠："温刑房，你说江狄并不是真正的凶手，那你是从何处看出的破绽？还有那杀害杜莺儿的凶手到底是谁？"

温小筠恭敬地回答："回大人的话，属下看出的破绽有四。第一，江狄的遗书上说是看上了属下伪装后的外貌，想着在车辕上做手脚将属下拿下。可是属下与鄞捕头和江狄的初遇，就是因为一场意外的车祸。那时的江狄明显看到了鄞捕头的身手，自然会知道这种把戏伤不了我们的性命。江狄那么聪明的一个人，不该犯下如此低级的错误。

"第二，从他的书信上可以看出，他很享受报复的过程。可是杜莺儿在离家出走当天就被人弃尸荒宅。减去分尸并处理后续的时间，再减去从杜氏钱庄到杀人现场最后到弃尸地这几处的行路时间，中间剩下的处理时间可以说非常短。可是他要的是长时间报复少女以取乐过瘾，这并不符合他的遗书里描述的性格。

"书信里还有一个关键的信息，江狄为了买下杜莺儿花了大笔银钱。江狄并不是富家公子，可以说比一般贫寒学子的起步还要低。他这样的人即便大富大贵了，骨子里还是会残存着些勤俭的作风。白白花了那么多的银子，他本能上也会想多享受一会儿。可是杜莺儿死得太快了，那么多的银子，还没玩儿出点儿响动呢，就没了。这一点无论怎么想都不符合江狄的行事作风。

"第三，这封遗书在属下听来明显是认罪书。听上去，其实更像是他要和官府坦白，自愿接受任何刑罚的认罪书。只是因为他死了，所以人们才会下意识地把从他身上搜出的认罪书当成遗书。再者，若是一个人畏罪自杀，一般会在自己家里或是衙门的牢房。犯人在马车上仓促自杀的情况，实在是太少了，也不合乎人性。

"第四，因为和鄞捕头在半路上突然被偷袭，属下实在吓坏了，脑子里飞快运转的都是怎么自保逃命，对身后之人的声音与行为没有太多分析。如今听了江狄本人感情这般细腻的遗书，属下才回想起之前偷袭属下那人的言谈举止与江狄的区别。那个人故意压低了声音，有些江狄的感觉，可是言语直白恶俗，半点儿本人气质都没有。"

王知府疑惑地问："他当时做的事情可是杀人劫掠的勾当？他会不会是故意隐藏自己的习惯，用来伪装身份？"

温小筠摇摇头："当时的情况是，属下已然落在了他的手中。凭着他的作风，不会叫属下再活多长时间。这种情况下他应该非常亢奋，会展露出最真实的自己。"

王知府不觉抬起手，揉捏着自己那疼得简直要爆炸的太阳穴："竟还有这些细节。"

面具下的四郡王却笑着开口了："温刑房这几条说得还是很有道理的，只是不知后面又该如何查案，才能找到可以证明这些推断的证据呢？"

温小筠立刻接上："回四殿下的话，当务之急就是把江家所有有利害关系人都带回衙门审讯。"

鄞诺面色肃然地上前一步："回禀各位大人、四殿下，正好属下之前派出的对江家监视的人还在，现在急派出人手应该很快就能将江家人带回衙门。"

温小筠不觉朝鄞诺投去了一抹赞许的目光。她虽然不想承认，但是真的办起事来，鄞诺与她总是有着惊人的默契。她点点头："如此甚好。只是为了证言、证词的完整性，还请鄞捕头传下话去，主要的仆役、丫鬟也要带来。"

鄞诺："那我让捕快们把那堆鹿肉也带回来，交由徐仵作对比伤口。"

温小筠对鄞诺的细心越发地赞叹。他不愧是当过一段时间的捕头的人，实战经验还是很丰富的。

"鄞捕头思虑甚是周详。"她说。

受到温小筠真心的赞美，鄞诺的嘴角抑制不住地微微上扬，这是他听到的从温小筠的狗嘴里吐出来的第一句好话，一时不由得心情大好。不过瞬间之后，他意识到自己的行为不妥，赶紧低下头和四郡王、王知府、鄞乾化行了辞礼后迅速转身出去做事。

四郡王听到这里也站起身："知府大人，既然案情进展顺利，本王看了也十分放心，回去也自会和王兄讲明这其中原委，请他老人家放心。"

王知府忙不迭地站起身殷勤相送："让郡王殿下受累了。"

四郡王抬手扶着自己的脖子，姿态慵懒地抻了抻肩膀，抬步就要往门口走去。可就在目光落在温小筠的脸上时，他脚步忽然一滞，面具之后的凤眸微弯，露出一抹意味深长的莫测笑容。

王知府以为四郡王想到了什么事，赶紧上前一步："下官送送四殿下。"

四郡王轻笑着伸手拦住了王知府："大案未破，王大人与鄞大人还有诸多事宜要处理，就不用送本王了。本王等着你们彻底破案的好消息。"

"属下定当竭尽全力！"王知府恭敬地应道。

四郡王转开目光，在两名侍卫的护卫下大步走出司狱司堂室。

温小筠也学着其他差役的模样，退步到堂室门口，躬身作揖，颔首相送："恭送郡王殿下。"

经过温小筠时，四郡王抬手按了按她的肩："能有温刑房这一般的能吏干吏，实是我焱州之幸。日后有机会，逸澜定要和温刑房多多切磋。"

温小筠眸色微动，再抬头，看到四郡王已经走出了屋子，正与从外面走回来的鄞诺打了个照面儿。

鄞诺颔首止步："恭送郡王殿下。"

四郡王转到鄞诺身上的目光瞬间冰冷一片，不屑地轻哼了一声，没有半分停留，快步走过。

鄞诺的眉头皱了一下，刚才四郡王如何对待温小筠，他可是看得清清楚楚。此人和温小筠就是自降身份的"逸澜"长"逸澜"短，搁在自己身上，就是一个字都不屑于说的样子。不过，对于这种明显到瞎子都能看出来的区别对待，他已经习惯了，完全不会放在心上。

他直起身子，大步走回堂室，对着王知府与鄞乾化作揖行礼道："回禀两位大人，命令已经交代下去，将江家所有相关人员都押送过来。"他侧眸又望了温小筠一眼，继续道，"证据、证物也会一并送来，为保险起见，就连他家的猫儿也会逮过来。因为昨夜属下亲眼看到他分割动物，即便是对待自己家的猫儿，他的态度也很恶劣，也许在猫儿的身上也能找出些许细节。"

温小筠用力地点点头。

她的推理能力也许比鄄诺强一些，但他心思的细致与严谨却比她强很多。

王知府赞许地看着鄄诺："鄄捕头做得很好。"他又望向鄄乾化："鄄大人，接下来您有什么安排呢？"

鄄乾化拿着江狄的遗书不觉皱起了眉："接下来提审杜家琴师——单水昶。他另一个名字叫作鸠琅，实际的身份很可能是个人贩子。下官总是隐隐觉得，这个人贩子怕是与杜氏钱庄的钱流案也有关联。"

王知府的脸登时就垮了下来。他本想乘机休息一下，下午户房、兵房那边还一大堆事情等着他去做。可是牵连到差点儿引发大火灾的钱流案，他又必须第一时间处理。

王知府脸上的疲惫神色实在太过明显，逼得鄄乾化不得不抬头说道："王大人，这几日淼州接连出事，您忙前忙后的一直也没得休息。这边不过就是审个人贩子，下官足以应对。等到审问出结果，下官会及时向大人汇报。"

王知府这才放松地呼了口气："如此也好，那就辛苦鄄大人了。"他一边朝着门口走去，又一边说，"对了，听闻鄄大人昨夜整理案情也是一夜未睡。鄄大人你也不要太辛苦了，要是把身体熬垮了，就什么事也办不了了。"

话音还没落，王知府就走得无影无踪了。鄄诺忍不住笑出了声，却被自己的父亲甩了一记锋利的目光刀片。

"该做正事做正事，不要因为旁的事分神。"

鄄诺脸色一变，虽然有些不服，却还是低下了头："是，推官大人。"

鄄乾化坐回主审官的位置上，端正官帽，冷声道："提审杜家琴师——单水昶。"

很快就有衙役带着单水昶来到了司狱司堂室。温小筠跟着鄄诺一起站到堂室里侧，静待鄄乾化亲自审问。

由于对那个以皮相为生的骗子、人贩子——单水昶实在太感兴趣，温小筠不觉伸长了脖子，仔细观瞧着跪在前面的单水昶，想看看他到底长什么样。

不过这一眼就令她大失所望。身材单薄的男子跪在地上，半蜷着身子，畏畏缩缩的。虽然还没看到正脸，但是温小筠已经很肯定，这个家伙半点儿气质都没有。她真是纳闷儿杜家夫人是怎么看上这个家伙的。

郓诺冷笑道："别演戏了，之前逮你的时候，不是挺义正词严的吗？怎么现在就怕成这样了？"

就在这时，门外又传来了通禀之声。郓乾化、郓诺、温小筠不觉抬起头，望向门口方向。

没想到刚刚离开的王知府竟然又回来了。

只见他跨过台阶一脸歉疚的样子："哎呀呀，真是忙得人头晕眼花，差点儿连正事都要给忘了。"

郓乾化欠身站起，礼貌回答："大人去而复返，可是有什么重要的事？"

"还真是有点儿事，"王知府苦笑着，"有些事忘了和郓大人交代。"

温小筠与郓诺不觉对视一眼——王知府还会有什么重要的事？

郓乾化看了堂下的人犯单水昶一眼，便站起身打断了王知府的话："王大人既然来了，正好一起坐堂审问人犯。"

王知府目光一滞，很快就反应过来，明白了郓乾化的意思，点点头说道："本官正有此意。"

说完，他便带着两名衙役大步走进堂室。

温小筠嘟了嘟嘴，心知能让疲累不堪的王知府去而复返的事情，一定不简单。不知为何，她总有种不祥的预感，预感王知府的背后还有一个人，在暗中遥控着案件的进展。

很快，王知府就在庭审副座上坐好，端起旁边茶几上的一杯茶水，一盖一盖地撇着浮茶叶，静等着郓乾化开始审问。

"堂下所跪何人？可知因何事被差官拿回我淼州府衙？"主位上的郓乾化正襟危坐，目光凉凉地俯视着下面，不怒而威。

跪在地上的单水昶低垂着头，整个后背高高地弓起，颤抖不止。

郓诺扶着腰间的佩刀，上前一步怒喝道："大人问话，须得如实回答！"

地上的单水昶终于怯怯地抬起头，额上尽是紧张的汗水："大……大人，小人是封州人氏，名叫王密，实在不知官差老爷们为什么要抓小人回来啊……"

他这话一出，郓诺差点儿给气笑了，上前一步抓住单水昶的肩膀提到半空，冷笑着质问："单水昶，在驿站里的时候你可不是这么说的。怎么？想要抵赖——"

他一句话没说完，双目瞳仁立时狠狠一缩，抓住那人肩膀的手死命一提，凑近了细致打量着那人的脸："你……你是谁？！"

鄞诺这话一出，屋里的人都被吓了一大跳。

王知府手中的茶杯剧烈地颤了一下，差点儿没摔到地上。把单水昶捉拿回来的可是他们鲁地第一捕快兼扬州府衙的骄傲——鄞诺，这其中怎么可能有错？王知府第一个怀疑的就是监狱狱卒监管不力，立刻对身边的衙役低声说道："快去把看押单水昶的狱卒带过来。"

那衙役低声说了"是"，便快步走出司狱司堂。

另一边的温小筠看到鄞诺的异常，也是一脸震惊，立刻撩着衣摆跑上去一看究竟。只见那一直低着头的男人在鄞诺手中瑟缩着脖子——大滴的汗水和泪水把他脸上的脂粉冲刷得乱七八糟。他那两只眼睛显然画了浓重的眼线，被眼泪拖出几道脏污的黑线。

温小筠难以置信地后退半步。男人的脸上虽然已经是一塌糊涂，可在残余的地方还能看出他所化面庞的精致与完备。

"大……大人，小的真的什么都不知道啊……"陌生男子紧紧地拽着鄞诺的手腕苦苦哀求，"小的是冤枉的啊……"

鄞诺伸手狠狠地抹了一把那男人的脸，抬手一看，上面厚厚的全是混在一起的脂粉、眉粉。

"怎……怎么可能？"鄞诺望着自己的手，脸色顿时惨白一片。

温小筠赶紧把那男人从鄞诺的手中解脱出来："先别急，审审再说。"

这个时候，门外的衙役高声通传："回知府大人，已将司狱司的司狱带到门外！"

屋子里唯一面不改色的也就剩下焱州推官——鄞乾化一个人了。

鄞乾化先是询问般地看向王知府："王大人，这……？"

王知府一面挥手示意门外的衙役进来，一面对鄞乾化解释道："鄞大人，这人犯是鄞捕头亲自抓回来的，随行的还有那么多一等一的捕快，定然不会出错。现在忽然来个大变活人，一定是狱卒那边出了差池。"

说话间，焱州司狱带着两个狱卒低着头快步走进屋来，恭恭敬敬地站到屋子中央。

王知府皱眉怒道："你们看看堂下这人，可是一直关押的单水昶？"

司狱和狱卒们回头一看，都被吓得差点儿打了个趔趄。

司狱指着陌生男人惊恐地说："这……这个人是谁？昨天抬进来的那个人不长这样啊。"

王知府狠狠地一拍茶几："那便是你们玩忽职守，叫人把人犯调了包！"

司狱和狱卒扑通一下跪在地上。

司狱带着哭腔委屈地喊着："卑职冤枉！昨夜推官大人特别交代一定要仔细看管这名人犯，且不能因为他昏迷不醒就掉以轻心。卑职听了后，就特别搬了条板凳，坐在牢房外一直亲自盯着他啊！"

"回知府大人、推官大人的话，"眼看着局面越来越混乱，温小筠不得已转向王知府，恭敬地请示道，"据属下观察，单水昶与王密调包一事应与司狱无关，问题很可能出现在驿站鄞捕头捉拿单水昶之时。"

鄞乾化终于等到温小筠出头说话，才转头望向王知府，商量般地说道："王大人，不妨先听听温刑房的看法。"

王知府黑着脸狠狠地瞪了司狱和狱卒两眼，这才勉强点了点头表示同意。

温小筠转向鄞诺递了个眼色："鄞捕头，烦劳你帮我把嫌犯的脸托起来，不要让他乱动。"

鄞诺疑惑地皱皱眉，却还是选择在第一时间相信温小筠。

温小筠又对门口的捕快说了句："烦劳打两盆热水，再拿三条布巾过来。"

王知府不解地问："温刑房意欲何为？"

温小筠回身行了个礼，恭敬地回答："回知府大人、推官大人的话，这个王密应该就是昨日抬回衙门的单水昶。属下刚才草草观察了一下他的脸，化得极为精细，残留部分明显能够改变他本来的样貌。要到现在这样的磨损程度，大概需要一天的时间，这与单水昶被抓的时间吻合。如果是半夜被人调包，脂粉不会损毁到这样的程度。"

王知府微蹙着眉，还是不太明白："那你现在给他洗脸，是想看清他本来的模样？"

温小筠回头看着被鄞诺钳制住脑袋的王密，勾唇一笑："有人说过，凡大补之物，百步之内必有剧毒；毒蛇出没之处，百步之内必有解药。所以属下想，这精致的妆容既然能帮他瞒天过海，上面也会写着这件事情的答案。"

她这话一出，别说王知府，就连鄞诺听了都有些吃惊，被鄞诺扶住脑袋的王密更是被吓得一颤。

主位上的鄞乾化虽然深谙各种推断的手段，也知道温小筠这是故意把话说玄来诈王密的底的，却一时也没想到能从那张脸上面看出什么来，最后便依旧沉着地坐着，静观温小筠如何施展本领。

很快，衙役便把温小筠要的热水和布巾端进堂室。

温小筠拿起布巾用热水浸湿拧干，头也不抬地问："鄞捕头，你任职也有一段时间了，对道上很多术术应该都有些了解吧？"

"温刑房是问易容术？"鄞诺很快领悟，蹙眉回忆着说，"的确，鄞某之前查案时，就碰到过犯人乔装易容后实施诈骗的案子，不过那易容的水平比这个可粗糙得多。"

说着，鄞诺不觉低下头仔细端详手中的那张脸。

温小筠点点头："普通小案的成本低，做出来的效果自然粗糙。"她走上前去，一手扶住王密的头，一手拿热布巾开始给他擦脸："王密，你虽然不是单水昶，但是故意易容成他的样子，穿上他的衣服，助贼逃跑，愚弄官府，你这个罪名也不小啊。"

王密被吓得差点儿又哭出来，奈何鄞诺铁钳子似的大手死死地捏着他的下巴，让他哭都哭不痛快。

"官……官爷，草民冤枉哪！草民什么都没做，什么都没说，什么都不知道哇……"

温小筠冷笑了一声，用力扯下他眼皮上土法制作的假睫毛："不知道？你倒是真能扯谎！若真不知道，那你怎么会易容成单水昶的样子来欺骗办案的官差？"

不过温小筠表面上虽然在逼问王密，实际上她的注意力都在他的脸上。

只要技术够，不同质地、颜色、形状的眼影就可将眼睛的形状完全改变，将原来的气质彻底掩盖；脸部的阴影与粉底完美结合，不仅能改变脸形胖瘦，更可以改变五官的立体程度；再加上各种款式的眉型、发型，就可以将人的外貌完全改变——现在这个王密的脸就很完美。

忽然一偏头触到旁边鄄诺冰冷的目光，温小筠赶紧皱眉摇摇头，强行把飘远的思绪又拉了回来。

旁边的王知府和一众捕快看着温小筠脸上时而苦大仇深，时而露出一抹诡异的笑容，时而又深沉严肃的样子，不觉都咽了一下口水。难不成那个王密的脸上真的有字？还是只有温小筠一个人能看见的那种？

只有鄄诺一个人知道，温小筠这厮指不定又走神儿到哪儿去了。他狠狠地一捏王密的下巴，凶恶地催道："刑房问你话呢，赶紧回答！"

王密眼泪掉下来，呜呜咽咽地说："大……大人……草民也想说……可是您掐……掐着小民的嘴，小民实在是说不出啊……"

鄄诺手上的力道这才松了些许。

于是王密就在鄄诺的钳制与温小筠热布巾的双面夹击下，开始委屈巴巴地讲述："小民原是借宿在驿站的，正好住在那个鸠琅的隔壁房。出事那天，小的正在客房里看书，忽然就听到门外有人吵架，仔细一听，里面有鸠琅，还有一些自称是淼州捕快的人。

"小民本想去扒着门缝看看热闹，没想到鸠琅转身就推开了小民的房门。小民刚想问问他是怎么回事，他反手就把门闩上了。他用衣袖在小民的脸上那么一摆，小民就觉得闻着一股甜甜的香味，转眼的工夫眼前忽然一黑就晕过去了。等到小民再睁眼醒过来的时候，就看到一个人影突然从窗子跳出去，看那背影就是鸠琅没错。

"小民当时就感觉事情不妙，赶紧爬起想要出去叫人，却没想到才打开门，一群人扑上来要给小民上镣铐。小民着急得想要叫喊，可是嗓子根本说不了话。越不能说，小民越着急。这要是万一被人当成什么逃犯，一下子给关进牢房再也出不来了，小民可不就要冤死在牢房里啊？家里还有八十岁的老母需要养老送终，小民肯定不能就这么死了，就挣扎着想要逃，哪儿承想最后被官爷们一刀把儿戳晕了，然后啥也不知道了……"

王密越说越伤心，眨巴着两只大眼睛，泪水扑簌簌地滚下来。

温小筠怀疑，要不是鄄诺钳制着王密的下巴，他肯定会号啕大哭起来。于是，她动作温柔地为王密拭去眼泪，轻声问道："从听到门外的争吵声，到昏迷又清醒，这段时间大概有多长，王密你还有印象吗？"

王密目光一顿，随即拧起眉头好像在用力地回想："中间小民昏过去了，还真想不起来过了多久。"

温小筠转而望向鄞诺："鄞捕头，你抓捕单水昶时跟他怎么说的？在门口发生了什么事？一共又用了多久的时间？"

鄞诺沉吟着想了一下："我们一开始进入驿站的时候，先找到在后面喂马的驿卒，跟他打听有没有叫作鸠琅的人。驿卒想都没想就要带我们上楼，不过我看大厅里也站着不少在聊天儿的人，就叫捕快把大厅的人看住。见一个清秀书生也在其中，我当时就起了疑心。当时一群人都在围着他聊天儿，听到我们说话，他开始也不着急，而是把桌面上一堆象牙签一根根收起后，说是要回楼上拿包袱。

"我本人跟着他走上楼，中途象牙签撒在台阶上，他要捡。我知道那是他故意捣乱想要乘机逃脱的把戏，就叫捕快替他捡，甚至叫捕快进屋替他拿包袱，而我则抓住他的手。他就开始耍赖，先是跟我们要什么缉拿文书。文书就在我的怀里，我拿出给他看。他又叫嚷着什么'欺负良民，官府随便拿人，不讲理'之类的，来来回回又要废话。

"手下兄弟不想跟他废话，刚想要给他戴上锁链，他就说要回房里拿衣服，然后不等捕快反应过来，转身就进了后面的房间。我唯恐他要跑，立刻冲上前去一脚踹开房门，甩出锁链就把他套上了。见他拼命挣扎，手下兄弟一个不耐烦，就用刀把儿敲了一下，然后他就晕了。"

温小筠目光陡然一冷："也就是说从在二楼发生争吵，到鄞捕头踹门而入一把抓住单水昶，不过眨眼的工夫？"

鄞诺松开王密的脑袋，肯定地点点头："没错。还有一点，这个王密的身形与单水昶非常相像，脸的形状也大略相似，连当时穿的衣服都是一样的。我怎么都想不到，只是关门、踹门的工夫，人就被换了。"

王知府一听到这番说辞，脑瓜儿又开始疼了起来。他抬手揉着太阳穴，感觉无比糟心，这一天天的都是什么事啊？之前是神出鬼没的元宝小妖精，然后是恐怖的杜莺儿案，后来又是死得神不知鬼不觉的江狄的案子，现在竟然又出来一个瞬间换脸术。王知府只觉得自己的官场之路，实在是太艰难了……

在场的其他衙役连并着刚刚被带进来的司狱和狱卒也是听得蒙了。难怪鄞捕头会被单水昶骗到，在这么短的时间内，根本不会有人想到单水昶会变成另外一个人。

温小筠又看向王密："你在屋里听到的争吵声，就是鄞捕头说的那些吗？"

王密把头点得跟拨浪鼓似的："对对，就是那些个话。"

温小筠："你们只不过是萍水相逢，他的声音你怎么可能会如此清楚？"

王密顶着满是汗水和泪水的脸，不假思索地回答："因为那个鸠琅在驿站里说他会看相，还受过啥高人的指点，前一夜就在空盆里变出过蛇来。他说啥是啥，说啥变啥，实在是太吓人了。别说草民，只要是在驿站住下的人对他印象都可深了，实在是想要让人不注意都难。

"驿站里住的很多是达官贵人，他们一看，都把鸠琅当成了活神仙，一股脑儿地都在他那儿算命。后来大家都还说他算得老准啦，都在他那儿花了不少钱呢。我看着新鲜，又不舍得花钱，就老站在旁边听他给人算命。再说他的声音又特别好听，我想不记住都难。"

"满嘴胡言！"温小筠声音陡然一凛，猛地挥手薅住王密的脖颈儿，声音冷厉，"你根本就是单水昶的同伙！还敢在这儿妖言惑众，企图蒙骗官府，我看不对你动刑你是不会说实话了！"

屋中的人都被温小筠这突然的一嗓子吓了一跳。

本来就头疼得不行的王知府更是跟着打了个激灵。

王密被吓得浑身一哆嗦，赶紧攥住温小筠的手腕，鼻涕眼泪齐飞，苦苦地哀求、解释："冤枉啊！官爷，小民说的句句都是实话！"

"老实点儿！"鄞诺上前一把打掉王密的脏手，双手一扳，便将对方的手反剪到身后，以防对方突然袭击对温小筠不利。

温小筠拿起脏兮兮的布巾举在面前，冷笑着说道："你这鬼话骗骗别人还行，就是在本刑房这里行不通。这种程度的易容术在本刑房这里根本算不了什么。

"第一，眼线、眼影虽然被你故意哭花，可是依然能看出很大一部分都涂进了你的双眼皮中。同样，这也需要你不断睁眼、闭眼，左右对比，才能画得妥当。

"第二，你体形与单水昶相近，穿的衣服与单水昶的一样，就连脸的形状也很相似，又那么巧就住在单水昶的隔壁。这世间可能有巧合，但是不会有这么多的巧合。

　　“第三，如果单水昶真是个能在瞬间改变人相貌的妖怪，那他都已经毒哑了你，又为什么不把你永远毒哑？那样不是更叫你百口莫辩地去给他当替死鬼吗？唯一的解释就是，你们根本就是一伙的！平常应该单水昶在明，你在暗，没有危险时，你们可以玩儿玩儿大变活人的戏法什么的，用来诓骗无知百姓的钱财；危险时，可以李代桃僵，使出一招金蝉脱壳的计谋。反正事后你只要推脱自己晕过去什么都不知道就行了。即便官府疑心你与他是串通的，但没有什么实际犯罪的证据，撑死也就关你几个月，或是打顿板子了事。”

　　听着温小筠连珠炮似的质问，王密脸色越来越白，最后直接瘫坐在地上，难以置信地翕动着嘴唇，似是想说话，却一句也说不出来。

　　温小筠俯下身凑近王密惨白的脸：“你们钻了官府的漏洞，不花钱白住驿站，一来是驿站安全，不会有人盘查；二来是看准驿站里来往的人大多非富即贵，最不济也会在官府有个小差使。可是你们忽略了一件事，驿站怎么也是官府的一个分支，突然出现逃犯，他们也会配合着封锁客房，核查剩余物品。

　　“鄞捕头的突然出现，你们根本没有料到。单水昶能在仓促之间利用收拾牙签、要缉拿文书、撒泼耍赖来给你争取易容时间，已经算是非常难得了。他拼命闯进你的房间后闪身藏在门后，鄞捕头踹门而入时，你就站在大门正中间。你拼命挣扎，吸引走他们全部的注意力。就在他们离开房间后，真正的单水昶快速跳窗逃脱，完成了这一出金蝉脱壳的表演。只是整个过程发生得实在太过仓促，你易容的那些工具肯定还留在屋中来不及处理。”

　　王密下意识地挣扎了一下，似乎还没放弃反驳。

　　眼看着王密一脸不死心的样子，温小筠从鼻腔中发出一声不屑的嗤笑。她眯细了眼睛，微笑着摇了摇头，无所谓般地说道：“我知道你想说什么。你想说，即便在你的房里搜出些易容的工具来，也不能证明那些东西就是你的。你会说完全有可能是那个妖怪单水昶只用了一眨眼的工夫，就给你化好了装后遗留在那儿的。”

　　说着，她目光陡然一凛，声音瞬间冰冷犀利：“可是，你们两个江湖骗子平常变戏法忽悠富商、官家亲戚的道具肯定不少吧？只要我现在知会一声，叫人把你和单水昶的房间内所有的物品都收集到衙门来一对比，你就再无赖账的可能！”

　　王知府听到这里气得头发都要竖起来了，重重一拍桌案：“大胆狂徒，事到如今还敢抵赖！看来不给你上刑吃点儿苦头，你是不会老实了！"

说完，他转头看了郐乾化一眼。郐乾化立时从桌案上拿起行刑尺，厉声命令道："与贼一窝，巧言令色，欺瞒官府，重重杖责二十！"

王密对官府的行话历来十分清楚——如果是"杖责二十"，那基本就是重举轻放，双股的表面皮开肉绽，内里却不会受伤，休息个十几天，伤口就结痂了，依然能活蹦乱跳地想干吗干吗；可前面要是加了"重重"两个字，那就表示两股虽然表面不会出血，只是有点儿瘀青，里面却是伤筋动骨，多半会落下残疾。

想到这里，他的脊背瞬间出了一层冷汗。他立时朝着郐乾化和王知府跪拜磕头："大人饶命，大人饶命，我这里有一封书信，还望大人们看了能饶小的不死。"说着他赶紧从怀里掏出一封书信，哆哆嗦嗦地打开信封，"大人们一看这封信，一定会——"

可是他的话才说到一半，便永远也说不下去了。因为就在信封打开的一瞬间，从里面瞬间腾出猛烈的火焰！

王密惊得甩手就要扔，可是那火焰就像长了眼睛，嗖一下猛扑到他的身上。他那件在牢房里打了一夜滚儿的沾满尘土的衣服瞬间被烧成一团火球。

"啊啊啊！"王密痛苦地挣扎，拼命打滚儿！眨眼的工夫他忽然扑到离得最近的温小筠身上，一把抓住她的手，像是要把满身的火焰都引给她！

温小筠本来是要逃的，可是再快也快不过疯狂的濒死之人。她的手腕就像是被燃烧的烙铁死死地钳住一般，她痛得发出一声凄厉的惨叫。

郐诺瞬间就急了，再顾不得灼人的烈焰，飞步扑向前一脚踹飞王密，拼命救下温小筠。

整个堂室瞬间乱作一团，衙役们都在第一时间护住了郐乾化与王知府。

等到郐诺一脚把火人踹飞到墙角时，用衣袖捂着口鼻的王知府立刻指着门口大喊："快！快护我出去！"

而郐乾化却在第一时间站起身对着门口的护卫厉声大喝："快救火！快打水，搬灰土！"

喊完之后，他死命拨开护卫的衙役，一头朝着温小筠冲去："筠儿！"

眼看着温小筠半只手臂仍在着火，他急得眼泪都逼了出来！

很快，王知府就冲到了院子里。

衙门不同于民宅，在各个大房屋前都会放置大铜缸，为的就是万一遭到天灾或人祸，突起火灾，可以在第一时间就近担水救火。而鄞乾化所说的灰土，则是这阵子为了修葺破损的房舍而囤的大袋大袋的灰土，此时正好用上。

一时间，肃穆威严的州府衙门司狱司堂立刻乱成了一锅粥。捕快们匆忙的脚步声，惊慌呼救的叫喊声，水桶与铜缸碰撞的哐当声，水花四溅的哗啦声，听得王知府心头一颤一颤的。即便是跑到了院子里，他都觉得不安全。

捂着口鼻最后回看了混乱的司狱司堂一眼，他愤恨地跺了一下脚。刚刚从他的角度看过去，那个火人王密分明把温小筠抱了个结结实实。那样迅猛的火焰是他生平仅见，只看王密的样子，就知道温小筠这下就算不被烧死，怕也要被烧毁容，烧残疾，这可让他怎么去向郡王殿下回话啊！

王知府狠狠一甩袍袖，晦气十足地带着亲信护卫急急奔出了司狱司堂。只是他不知道，在他离开的同时，对面的房顶上忽然飞过来一抹褐色的身影。那人一直在暗中注视着司狱司堂的一举一动，在温小筠突然被袭后，终于再也忍受不住，冒险现身欲一探究竟！

就在那神秘男子快要冲下房顶之时，一个人忽然冲破拎水桶救火的人群，抱着温小筠冲了出来。神秘男子立时蹲下身，重新潜伏在房脊的阴影之下。

紧跟在后冲出来的是淼州推官鄞乾化。

"快，拎一桶干净的凉水！"鄞乾化急急地命令。

鄞诺疾步奔到一处空旷的地方，将温小筠轻轻地放在地上，一直小心攘着温小筠受伤的手臂，不叫她烧伤的手掌碰触脏污。鄞乾化急忙转身从捕快的手中接过一桶清水，小心地为她清洗伤口。

这时从门外又急匆匆地跑进来一个小捕快，看到院子里的鄞诺，立时惊呼着冲了上去："鄞头儿！俺听说温刑房被火烧了？严不严重？"

房顶上的男子眸光微沉。这个捕快他认得，正是鄞诺最亲近的小跟班之一——毛尔德。按理说，他现在无论如何都该离开，可是不看到温小筠安然转醒，始终放不下心。而半躺在鄞诺怀中的温小筠双目紧闭，眉头深锁，满头都是痛苦的汗珠，让人看了怜惜不已。

"'猫耳朵'，举着温小筠的胳膊！"鄞诺头也不抬地命令道。

鄞乾化却一把抢过这件差事，小心翼翼地托举起来。"猫耳朵"立刻接过水桶，继续为温小筠清洗伤处。

这时听到消息的徐仵作也带着徒弟赶了过来。

"推官大人！郫头儿！"小徒弟急急喊道，"我家师父拿来了包扎的布带和伤药。"

早就清洗好全身，换了干净衣服的徐仵作则二话没说，提着衣摆快步跑到近前，又用"猫耳朵"的水净了手，这才取出药箱里的银质剪刀，开始为温小筠剪掉烧焦了的衣袖。

郫诺则从怀中掏出两个小瓷瓶，拔开瓶盖就往温小筠的伤口上倒。

闻到药水气味的徐仵作不觉目光一怔。那两瓶药他早就听说过，是顶名贵的伤药，对于伤口、疤痕有奇效，对于烧伤、烫伤也很管用，是郫捕头的师父临行前送给郫捕头的十件宝物之一。

第一件是避火又避水的火浣衣。世上的火浣衣大多使用又硬又厚的石棉掺杂制成，而郫捕头的这件，可是用传说中的火浣鼠的皮毛编织而成的——光这一件衣服就可以说是价值连城。剩下的九件宝贝，有七件都是疗伤的药。

而众人眼前的这两瓶，虽然不是最救命的，却是造价最高昂的。

其实徐仵作很想告诉郫捕头，温刑房的手虽然被烧伤，但情况并不是十分严重。用他带来的伤药及时处理，事后每天再抹一点儿郫捕头的特效药，不过半瓶的用量，温刑房的手便会彻底康复。有了郫捕头最金贵的名药，到时候温刑房连伤疤都不会留下，根本不用像现在这样，一下子把两瓶全给倒上——当然，这样会好得更快。

可是徐仵作侧眸看了看郫捕头发狠的表情，仿佛对方仍在嫌弃两瓶药水都不够。徐仵作只得咬了咬舌头，选择一如既往地闭嘴保平安。他目前唯一能做的，就是在那些金贵的药水从温小筠的手上滴落之前及时缠上绷带，小心包好。既然郫捕头已经暴殄天物，他就不能更加暴殄天物了。

郫捕头之前提起温刑房，还一脸不乐意呢，怎么就这两天的工夫，对温刑房这么舍得，这么好了？人心果然是最复杂的东西，他一个仵作再厉害也看不懂。

可能是这一剂猛药终于发挥了作用，紧闭双目的温小筠忽然舒展了眉头，表情也不再那么痛苦了。

郫诺这才松了口气。

郫乾化悬着的心也落回了原位："诺儿，先把筠儿抱到后面我的卧房，再叫医官好好给筠儿查一查。"

郓诺点点头："好，孩儿这就带他去。"

等到徐仵作彻底包扎好，郓诺这才重新抱起温小筠，快步走向后堂。郓乾化、"猫耳朵"连并着徐仵作师徒也都担心地跟了过去。

看到这一幕，房顶上的男子终于放了心，不再犹豫，倏地转身，瞬间离开乱成一锅粥的焱州府衙。

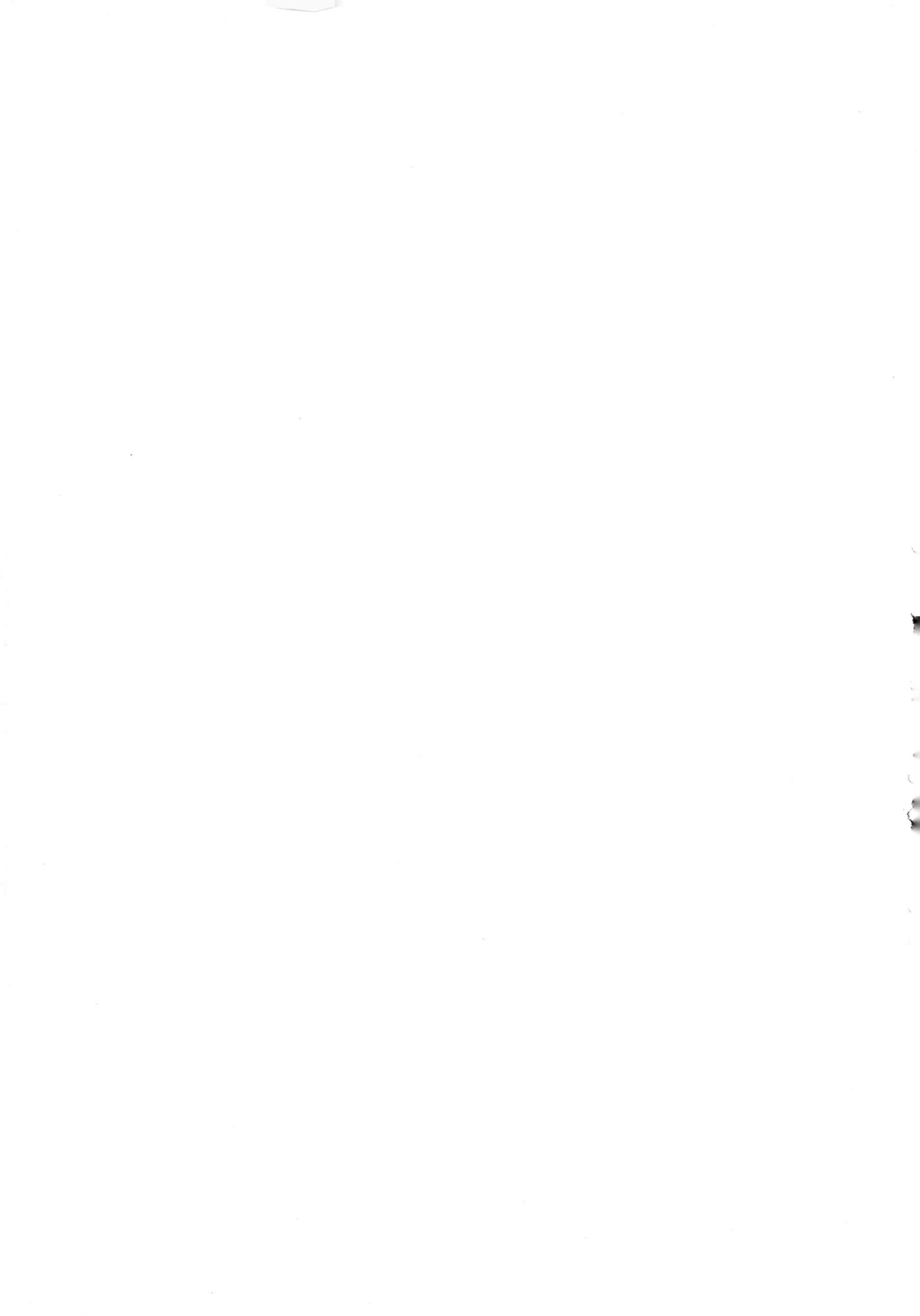

神捕

菌紫荼 著

下 册

青岛出版集团 ｜ 青岛出版社

第十一章 "面具"四郡王

半个时辰后，躺在床榻之上的温小筠猛地吸了一口气，双眼瞬间睁开，却被眼前的情景吓了一跳。

最先闯进她的眼帘的是鄞乾化担心的脸，站在他旁边的则是"猫耳朵"，再后面一点儿是个穿着灰色长衫、一副老中医打扮的白胡子老爷爷。目光再往后移，她又看到了屋子里的徐仵作师徒。

大家都在望着她，目光急切，充满担忧。温小筠这才想起之前被着了火的王密抓住手的事。她分明记得是鄞诺救了她啊，可是鄞诺现在又在哪里？

像是看出了温小筠的心思，"猫耳朵"忙转头看向门口方向："鄞头儿，温刑房醒了，他醒过来啦！"

温小筠顺着"猫耳朵"的目光看过去，才看到半倚着门框、抱着双臂、一脸满不在乎地抬头望天的鄞诺。

听到"猫耳朵"的话，他翻了一下眼睛，发出一声哼笑："'猫耳朵'，你真是少见多怪，又不是什么大不了的伤，他醒了就醒了呗。"

"猫耳朵"抽了抽嘴角，刚才还趴在床上急急要老医官检查仔细点儿、再仔细点儿的人又是谁来着？

"嗞——"温小筠一个没注意碰到了手上的伤，不觉吃痛地倒吸了一口凉气。

鄞乾化立时扶住温小筠："筠儿别动，这只手烧伤了，还不能碰别处。"

温小筠这才看到自己那只被包裹成大白粽子的右手。真是难为了包扎的人，竟然还给她保留了五根手指的形状，看上去，就像是一只大号的棉布手套，鼓鼓囊囊的，很是滑稽。

在郪乾化的搀扶下，温小筠慢慢直起身子："叔——"她刚吐出半个字，才发现这里仍是衙门的地盘，立刻改了口，"郪大人，那个王密怎么样了？还能不能救活？我看他之前的样子不像是故意自焚寻死的，怕是被同伙坑了，信上应该设了什么机关。"

郪乾化拿过一摞被子垫在温小筠的身后，苦笑了一声："傻孩子，都到这个时候了还想着案情。还有，你也不必避讳，这屋里的叔叔大爷们都是跟了叔父多年的老朋友。在他们面前，你不必避讳。"

"猫耳朵"害羞地搔了搔头："嘿嘿，俺辈分小，是温刑房的弟弟就行。"

实在忍受不住的郪诺上前踢了"猫耳朵"的屁股一下："脸面呢，你比我都大一岁。"

"猫耳朵"龇牙一笑："就算大一岁，也是郪头儿的小弟。"

温小筠忍不住笑出了声，忽然又想起自己的右手被火舌舔舐时的可怕场景，笑容也僵在了嘴角。

像是看出温小筠的担心，"猫耳朵"急忙摆着两只手宽慰道："温刑房您千万别担心，烧伤表面看着厉害，可是咱们郪头儿出手却比风都快。兄弟们说，他一脚踢飞了小火人，那火也就跟着飞走啦！温刑房这边多是烧伤……再说俺们郪头儿可是把自己身上最金贵的药都给温刑房您用上了，保证以后一定留不了疤！更能保证您的小手还跟以前一样白白细细，嫩嫩滑滑……"

郪诺的脸"腾"的一下就红成了个大苹果，在温小筠看来，还是那种进口的深红蛇果。

郪诺恼羞成怒地又一脚踢在"猫耳朵"的屁股上："不是刚打探消息回来吗？怎么这么闲？赶紧干你的活儿去，没有正形的家伙。"

温小筠忍不住笑出了声。

郪乾化望着温小筠，目光凝重，还是不放心地嘱咐道："筠儿，虽然诺儿及时出手，但是这次的烧伤还是很严重。老医官说你一个月内都不能活动，每天都要用药水清洗，再换干净的绷带。"

白胡子老医官抬手捋着胡子，点头补充道："虽然鄞捕头的药很金贵，但是后面结痂、脱痂的过程也要很小心，不可牵动皮肉伤口，方可不留下疤痕。"

"筠儿这是为官家受的伤，可以休息些时日。"鄞乾化看着温小筠满是绷带的手，目光沉了又沉，"暂时先不要在荒宅住了，回家去让你小姨好好照顾你吧。"

温小筠一听，双目登时一亮，心里都快要乐出花儿来了。

这样光明正大、堂而皇之地窝在小姨家吃现成的，喝现成的，天天躺在床上装小猪佩奇的日子简直不要太爽有没有？

可就在她差点儿乐出声来的时候，温竹筠再度开口："手中的案子没有完成，擅离职守，懈怠不积极工作，会被时空系统处以心绞痛的惩罚。"

温小筠："……"

她有一句骂人的话不知当讲不当讲。不过她不会轻易妥协："温竹筠，你有点儿人情味好不好？杜莺儿案和江狄案，我这两天就能破，这时候休息一下怎么就不行了？"

温竹筠回话的语气冷冷的："第一，我不是人，已经被你烧成灰了；第二，你先接手的是杜氏钱庄钱流案——钱流案顺利告破，此案才算真正完结。"

温小筠把后槽牙磨得咯吱作响："我的手伤了好不好？我无比重要的右手受伤了好不好？你们时空系统到底有没有人性？我这只手要是废了，回去还怎么给你们时空系统继续创作！"

温竹筠波澜不惊："你说得对，这个任务本就没有人性。请谨记'自己救活自己不求人，嘿，就是不求人'这个任务的名字。这是一场关于平息时空怨念的惩罚之旅，惩——罚——惩罚之旅。"

温小筠默默地举起这阵子偷偷修炼的时空屠刀，真想把温竹筠直接剁成包子馅儿。

"筠儿，"鄞乾化见温小筠的表情忽然痛苦起来，立时担心地问，"是不是不舒服？不然叔父这就叫人送你回家。这些天，你连吃顿踏实饭的工夫都没有，也需要好好休息。"

温小筠一把抓住鄞乾化的袖子，猛地抬头，脸上都是眼泪。她大义凛然地说道："不！叔父，轻伤不下火线，咱们焱州府接连遭遇劫难，先后又伤了那么多人的性命，如今更是把火烧到咱们焱州府衙来了。这样严峻的情势，小筠怎么能退居二线？又怎么能安下心休养？！

"而且，小筠坚决不回鄞宅，要是让小姨看到这伤，肯定会伤心。看到她伤心，真真是比剁了我这只手还要让我痛心。再者说，您现在把小筠送回家，可是比直接杀了小筠更让小筠难受啊！越是困难，就越是要顶住压力。破案，我温小筠就是有条件要上，没有条件创造条件也要上。所以，叔父您一定不要让小筠休息啊！小筠活下去最大的动力就是洗冤禁暴，为天下寻公道，为百姓谋清明！"

她这番话一出，除了鄞诺，屋中人无不动容，就连钢铁硬汉鄞乾化看了，眼眶都不觉有些潮湿。他知道，这孩子表面上虽然显得乐观又轻松，但是心里一直记挂着温家的惨案。为了能早一日在官场立足，这孩子背地里已经使出了全部的能量——不顾休息，不顾体能，甚至不顾生死。

不过鄞乾化毕竟不是皇甫涟漪——面对这样的温小筠，他真心觉得男子汉就当如此有血性，合该这般拼搏。他反握住温小筠的手安抚般地拍了拍："筠儿，你的心叔父都明白，叔父理解你也支持你。你且放心，放手去做事，叔父在后面为你撑着。"

"猫耳朵"、看病的老医官，还有其他一些亲近的捕快看了这般场景，不觉都对温小筠肃然起敬。要说焱州府第一敬业尽职的，以前非他们最敬爱的推官大人——鄞乾化莫属，可是如今面对几乎要拼出性命去的温小筠，推官大人的敬业也险些要被比了下去。每一个人都忍不住地偷偷抹眼泪。

只有鄞诺一个人忍不住嘴角抽搐。这个世道是怎么了？怎么这么浮夸的演技都没人能看出来了？温小筠的表演难道就没一个人看着尴尬吗？他瞬间领悟了屈子的那句千古名句——"众人皆醉我独醒。"他一直忍住没笑出来，已经是对他自己非常大的考验了。

"诺儿，"鄞乾化转头瞥向鄞诺，语气瞬间从春天直接大跨步冲进凛冬，"这些日子你和筠儿住在一起，筠儿每日的洗漱、清理、换药、吃饭都要你照顾。"

鄞诺差点儿一口老血直接喷出来："老爹，我是他的表哥，又不是他的保姆。所有的事都要我帮他，那他如厕是不是也要我帮忙？"

温小筠被这话吓得一激灵，立刻摆手拒绝："叔父，没事的，那些事小筠自己一个人能行。”

鄞诺嫌弃地翻了个白眼，扶着腰间的佩刀就要往门口走。

鄞乾化眉头登时一皱：“诺儿，你要去哪儿？”

鄞诺脚步一滞，望着门外，目光放出很远，其神色忽然正经了：“无论如何，鸠琅都是在我的眼皮子底下逃脱的。这对我来说是奇耻大辱，我一定要亲手把他逮回来！”

这句话瞬间把温小筠的思绪拉回到现实。是啊，继杜莺儿、江狄之后，又有一个鲜活的生命在他们的眼前消失。案情变得越来越复杂，越来越凶险了。她总觉得，杜氏钱庄钱流案就像是一头隐藏在黑暗中的凶残巨兽，时刻张着血盆大口，龇着锋利的獠牙，等待着在黑暗中迷失了的人走到近前。

鄞乾化与屋里其他人的表情，也跟着沉重起来。他们知道，杜家的案子是个开头，其中内情怕会牵连极广，没准会让整个焱州府都跟着震动一番。

一旁的老医官递上一碗汤药：“温刑房，你受伤了，还是暂且不要伤神的好，先趁热喝了这药吧。”

温小筠伸出左手接过，甜甜一笑：“多谢医官老伯。”

鄞乾化叹了口气。就在他刚想跟鄞诺交代些话时，门外忽然传来一声响亮的通传——

“知府大人到！”

屋中人都是一惊。紧接着，除了温小筠，所有的人都站直了身子，恭恭敬敬地候在两边，等着王知府出现。

随着一阵沉稳的脚步声，王知府终于出现在门口。

只见他单手一撩官服前摆，大步跨进门槛。

“温刑房，你可好些了？”

温小筠挺直了身子，向前点点头：“有劳王大人记挂着属下，属下只是烫到了手，并无大碍，现在已经好多了。”

王知府满意地笑了笑：“这样本官就放心了，你且躺着别动，一定要好好休养。”说着他走到温小筠近前，坐在床边，望着她笑得越发慈祥，“别的事你都不用操心了，如今只有一条，就是好好把伤养好。”

说到这里，王知府又望向鄞乾化：“对了，鄞大人，审案之前，我本来是有事要对你说的，可是后面一乱就给耽搁了。"

郾乾化恭敬行礼："王大人有话只管讲。"

王知府又看了看温小筠，目光中忽然生出些许愧疚之意："之前没想到，邪魔外道竟然会把火烧到衙门，更没想到温刑房竟然受了伤，不过，这样也许正能够帮着温刑房分分责任。"

郾诺不觉蹙了眉。这话在他听来，可不像是什么好话。

王知府继续说道："简而言之，就是刑房来了个新帮手。此人非比寻常，不仅推断刑狱的本领一流，更是京城推官世家——温推官的关门弟子。"

温小筠双目瞳仁狠狠一缩，能称得上是京城推官大家的，不就是温竹筠他们那个温家吗？她不觉望了望郾乾化与郾诺，见他们的脸上也是一片茫然与疑惑。

正说话的工夫，门外忽然又响起一阵脚步声。有人在外面介绍着："白司吏，知府大人与推官大人都在里面，咱们新来的刑房胥吏——温刑房也在里面。"

另一个清朗的声音轻轻地应了句："有劳兄台指引。"

王知府双眼不觉一亮，立刻高声喊道："白司吏来了吗？快快请进。"

紧接着就从外面走来一个穿着灰色书吏服的年轻男子。等看清他的脸，温小筠刚喝进嘴里的汤药差点儿没一口喷出来。

只见那男子走到众人面前，恭敬行礼："在下白玉寒，白鹭，新任焱州府刑房司吏。"

郾诺的肝一颤。怎么回事？怎么才一眨眼的工夫，白鹭就取代了温小筠成了刑房吏的头头儿——刑房司吏了？他这才想起早上白鹭为什么会在半路拦截他们——白鹭这是事先给他和温小筠通个气。因为这儿还有王知府，郾诺虽然满腹疑惑，一时间也不好说出来。

王知府看向温小筠，歉疚一笑："温刑房，实在是遗憾，由于你一直没有到衙门点卯，刑房司吏一职就一直空缺着。吏房司吏又刚巧接到了别处的举荐信，在不知情的情况下，就为白玉寒点了上任卯。不过你们两个都是青年才俊，只要日后在一起协作破案，便不愁好前程。"

温小筠的胸口憋着一口老血。怎么回事？她到手的刑房最大官的位置就这么飞了？虽然对方是白鹭吧，可是仍然无法改变她从刑房老大突然变成小弟的悲惨事实。她轻轻地咳嗽了一声，抽动的嘴角勉强挤出一丝微笑："王大人抬爱，卑职本就没有点卯，也没有妄想过刑房司吏的位置。只要能破案，卑职做什么都是一样的。"

王知府满意地拍了拍温小筠的肩膀："年轻人就是要如此，好好干。"他又对鄞乾化笑着说道："好了，就不耽误鄞大人审案了。前面照磨司的照磨有事来找本官几次了，这会儿得去和他核对一下重要卷宗的事。"

鄞乾化站起身："恭送知府大人。"

等到王知府脚步轻快地离开司狱司后，鄞乾化才对着白鹭冷声说道："以后你们就是一起共事的伙伴，闲余的客套话就不说了，现在提审江元氏主仆。"

听到鄞乾化的命令，温小筠偏着身子小心地从床上挪了起来："江家的人都已经到衙门了吗？"

看着温小筠高高举起大馒头似的手，鄞乾化略略皱眉："温书吏，若是你的伤——"

没等鄞乾化说完，温小筠就扶着床帏坐起身，一面用两只脚找着鞋，一面截住鄞乾化的话："没事的，推官大人。属下这伤并不严重，不影响审案的。"

鄞乾化无奈地叹了口气："也罢，这案子是你一直经手的，中途换人对破案不利。"

白鹭最是心思敏锐，听到鄞乾化明里暗里这样提醒，便上前一步，躬身作揖微笑道："推官大人，属下现在虽然是主管刑房事务的刑房司吏，却是刚刚入职，其中甚多细节不懂。所以这次案子的推断还是由温刑房主导为好。"

鄞乾化点点头："白司吏想得周到，既然如此，此案便仍由温书吏主持审问吧。"

提好鞋子的温小筠闻言，急忙对鄞乾化道："对了，推官大人，之前属下曾叫毛捕快去打听一些江家的消息。现在毛捕快回来了，属下想在提审之前先把毛捕快打探来的消息归纳整理一下。"

鄞诺也扶着腰间的佩刀上前一步："这件事，是属下与温书吏一起商议后决定的。属下也想和温书吏与毛捕快一起商议一下。"

温小筠心里翻了个白眼，之前鄞诺还称呼她"温刑房"，现在刑房老大的位置成别人的了，自己就由一个刑房小老爷变成了跑腿书吏小碎催。

真是一个无情冷酷又现实的世界。

"嗯，"郓乾化点点头，"提前多准备些是应该的。"他又转向白鹭："白司吏，正好你也在，就先留下来与他们一同商议参谋吧。"

听到这里，温小筠不由得嘴角微微抽搐。

虽然郓乾化面上的话说得很客套，但是那冰冷的语气、严肃的表情，分明处处都写着"你刚来，还没资格深入案件，不要随便插手捣乱"。

白鹭听明白了上司话里的弦外之音，不过半点儿气恼都没有，反而十分有涵养地淡定一笑："推官大人、诸位同僚，白鹭毕竟刚刚任职，对这案子的前因后果尚不清楚，贸然插手，怕是反而会拖慢查案的节奏。虽然白鹭已经任刑房司吏一职，但是这一次还请宽容白鹭先做个记录文书的书吏吧。"他又望向温小筠，眸光温柔："温刑房不必有负担，有什么需用的，只管知会白鹭，白鹭定然全力以赴。"

郓乾化看向白鹭的目光略略柔和："也好，那白司吏便与本官先去司狱司堂做些准备。"

说完，郓乾化便带着老医官转身离开。白鹭向温小筠、郓诺躬身行了礼，亦随着郓乾化走了出去。

"猫耳朵"这才长舒了一口气："俺的个乖乖老天爷，这个世上怎么会有那么漂亮的男人？"

说着，他伸着脖子探头望向外面，将两只眼睛眨巴得溜圆，脸上写满难以置信："郓头儿，您觉着那个叫'白雾'还是啥的，会不会是女扮男装的千金小姐、贵公主啥的？他那皮肤比剥了壳的鸡蛋还白嫩，那五官相貌，真叫一个标致，真真是活脱儿的一个下凡仙女、奔月嫦娥。俺'猫耳朵'的心啊，现在还在扑通扑通跳个不停呢！"

郓诺一抬手，狠狠地拍了"猫耳朵"一下："瞅你那点儿出息，他的脸就是再漂亮，骨架子也是男人相！你看过跟你家郓头儿我一样高壮的女人吗？"说着，他转头望向温小筠，从鼻腔中发出一声不怀好意的冷笑，拍着温小筠的肩膀继续对"猫耳朵"道，"你应该回头看看这个小身板，低矮孱弱，才真真跟女人一个样……"

温小筠瞬间黑脸，左手狠狠一挡，打飞郓诺不老实的手："再敢乱调侃，我可就骂人了！"

"猫耳朵"脸上赶紧堆出笑来，伸手殷勤地为温小筠捶背捏肩："温刑房别生气，俺就是这张嘴贱，啥屁话都说，其实最像女人的是俺才对。您别看俺表面胆子大，实际上胆子可小啦。您看见死人，还能面不改色地断案找证据，俺看见了可是要三天都睡不着觉呢。"

郿诺面色冷得像是凝了一层霜，没好气地从温小筠的肩上打掉"猫耳朵"的手："装什么蒜，上次进枯井捞人骨头，我看你可是比谁都快。"

"猫耳朵"搔着头发"嘿嘿"一笑："那不是郿头儿您调教得好嘛。有了您的英明管教，胆小鬼也能夜探阎王殿，偷偷去薅阎罗王的小鼻毛。"

温小筠忍不住笑出了声，抬手掩唇干咳了两下："好了，时间紧迫，耳朵兄，你赶紧说一下这次打探得来的消息吧。"

说到这里，"猫耳朵"脸上的笑容瞬间收敛，凑近温小筠与郿诺，神秘兮兮地说："郿头儿、温刑房，你们猜俺这次去打探消息花了多少钱？"

温小筠瞬间意识到了事情的严重性。

"那些银子都花了？"她皱着眉问。

郿诺脸上的神色也正经起来："那些银子加起来，堪比知府大人一年的俸禄。你是挖到什么吓人的猛料了？"

"猫耳朵"目光灼灼："岂止是吓人，连鬼听了都会被吓破胆。"

温小筠还是有些不放心："消息来源可靠吗？"

"温刑房放心，俺这次找的是有过命交情的兄弟，又下了血本，消息一定可靠。"

温小筠不放心地看了门外一眼，又对郿诺努了努嘴："郿捕头，烦劳你关一下门，在提审江狄家人之前，一点儿消息都不能泄露出去。"

郿诺虽然不喜欢被温小筠支使，但这次还是听话地去办了。"猫耳朵"还处在大消息的兴奋中，等到郿诺回来，就一五一十地讲了一遍。

听完，温小筠与郿诺对视一眼，这其中的隐情的确够骇人听闻。

"耳朵兄，你速度快，有一事还要辛苦你去办。"她沉吟着说道。

"温刑房您别客气，有事只管吩咐。""猫耳朵"拍着胸脯，大义凛然地应道。

"烦劳你再回一趟江宅，把厨房里所有的厨具、换洗衣服都带回来，还有江狄的墨宝、毛笔之类的。"

"猫耳朵"重重地点头："俺去去就回。"

然而就在"猫耳朵"要快步离开时，温小筠却又一把拽住了他的衣袖："对了，耳朵兄。"

"猫耳朵"迅速回头："温刑房还有什么吩咐？"

"这两天一直叫你跑来跑去的，我知道，即便轻功再好、体力再强的人都经不住这么折腾，"温小筠嘴角牵起一抹苦涩的笑容，"实在是辛苦你了。"

"猫耳朵"心中不觉一暖，脸蛋儿跟着就红了。他不好意思地挠着头"嘿嘿"笑道："温刑房哪里的话，这几天大家伙儿都辛苦。推官大人都没怎么睡觉，鄞头儿后背受伤了也在硬扛，就是温刑房你还有一句'轻伤不下火线'呢！俺就是跑跑腿，最不辛苦。"

鄞诺抬手拍了拍"猫耳朵"的肩："好了，快去做事吧。等这差事完了，我请哥儿几个去'乐之楼'好好喝一顿。"

"得嘞！有了鄞头儿这句话，您就等我好消息吧！""猫耳朵""嘻嘻"笑着，一溜烟儿就跑没影儿了。

温小筠不自觉地抬头看了看鄞诺。

鄞诺被她看得一时有些毛，不自然地别过视线，避开了温小筠那一双明亮的大眼睛："你……你看什么？"

温小筠甜甜一笑："没什么，我只是忽然听到'乐之'这两个字，觉得很熟悉。"

鄞诺一脸不解："难不成你有朋友也叫乐之？"

温小筠大步向前，微笑着说："可不是，小时候我最喜欢吃它——吃它带来的点心呢。"她又回过头，笑着说，"乐之，'乐'也有喜欢的意思，'之'亦可代指'它'。乐之——喜欢它。看来那'乐之楼'也的确深受你们的喜欢，应该也是个不错的吃处。你们去吃酒，也要带上我一个。"

鄞诺嘴角也不觉跟着微微上翘，迈步跟上温小筠："知之者不如好之者，好之者不如乐之者。乐之楼的老板是个很有趣的人，下次带你去吃一趟你就明白了。"

温小筠兴奋地眨眨眼："一言为定。"

鄞诺无所谓地耸耸肩："驷不及舌。"

由于司狱司堂被火烧损了，再一次提审案子相关人员时，鄞乾化将临时提审地定在了监牢里的刑狱房。

跟着鄞诺走进刑狱房时，温小筠不觉皱了皱鼻子。比起宽敞明亮的司狱司堂，刑狱房就显得逼仄矮小了很多，而且被灯油熏得发乌的墙壁上还挂着各种刑具，沉甸甸，黑漆漆，看着就令人脊背生寒。

房间上首位与司狱司堂一样，摆着一个红木桌案。鄞乾化已经端坐在桌后，表情凝重地望着前面跪地听审的一男一女。

两个人温小筠都认识。

女的穿着朴素，脖子上戴着佛珠，虽然跪在地上，脊背却挺得笔直。她双手不自觉地捻着长长的蜜蜡佛珠，微微颔首，双目微闭，姿态不卑不亢，仿佛完全不受这阴暗恐怖的环境影响。

跪在她旁边的正是江家的用人——铁伯。他整个人都跪伏在地上，本就佝偻的背显得更鼓更圆了，就像背了一个小铁锅。他的头和双手都碰着地面，几乎趴在地上，却不像一开始的王密那样畏缩，他的背虽然也在微微地颤抖，却不是因为怯懦，而是因为他在哭泣。

他不断地呜咽，哭得很是伤心。从他发出的那些破碎的音节中，大约可以听到"主……人……"两个字。看得出，他正因为江狄的死而悲伤得不能自已。

温小筠的心情瞬间沉重起来。

在这个案子里，无辜死去的人已经太多了，是时候结束这一切了。

她再往旁边看去，白鹭已经在侧边的记录书桌前坐好，铺展了纸张后，又姿态优雅地研起墨来。听到响动，他抬头瞥了门口一眼。看到温小筠后，他眉眼微弯，微微颔首和她打着招呼。

温小筠也跟他点头示意，然后大步走到刑狱房中央，与鄞诺一起朝着鄞乾化躬身行礼。

"属下刑房书吏——温小筠，拜见推官大人。"

"卑职捕班捕头——鄞鼎言，拜见推官大人。"

"繁礼就不必了，"鄞乾化冷冷地说，"开始审案吧。"

"属下听命。"

"卑职听命。"

之后鄞诺手按着腰间的佩刀大步走到一旁，独留温小筠一个人在中央。

温小筠直起身子，整了整肩上的绷带，转过身俯视着江元氏，厉声问道："台下所跪何人？"

江元氏手上佛珠一滞，微微欠身行礼："民妇江元氏——故去的江狄之妻，听候大人问话。"

这时她旁边哭得不能自已的驼背铁伯才略略直起了身子，用衣袖胡乱抹了把脸上的泪，声音沙哑哽咽："草……草民铁军，故去家主江狄的管家，听候大人问话。"

温小筠审视着地上的两人，双眼微眯："江元氏，你的丈夫猝然离世，你为何半点儿都不伤心？"

江元氏眉心微动，再度闭上双目，两行清泪终于从她的眼角缓缓流下："天地万物，皆有生死，亦有生灭。生死，生灭，不过蔽日浮云。风起云散，风动云又来，并不真切，只有本心才是不增不减、不生不灭。心死则灯灭，心不死则死亦如生。在民妇心中夫君的心仍在，民妇与夫君之间不过隔了一气阴阳。早晚有一日民妇肩上因缘了结，也是要扔了这具躯壳寻求真正的本心去，届时与夫君又可重聚。所以民妇无悲之有，无心可伤。"

一时间，整个刑狱房都跟着安静了下来，只有白鸷扶袖提笔，唰唰快速书写的声音在细细作响。

温小筠眉梢微挑，又看了一看继续伏在地、悲痛得不能自已的铁伯，不由得冷笑一声："真是好心态、好口舌。"

江元氏沉稳依旧，闭着的双目连睫毛都不动一下："那夜差官大人与捕快大人易容改装，扮作一对夫妻前来我江家诓骗，才是真正的好心态、好口舌。"

白鸷手下的笔尖不由得一顿，座上鄞乾化的眉头也跟着皱了起来。

鄞诺的脸却在第一时间红透了。本来官差查案，乔装打扮隐藏身份都是常用的手段，可是忽然被江元氏这样诘问般地说出他与温小筠扮成夫妻的事情，他还是在第一时间羞愧得要死，恨不能挖个地洞把自己埋进去。

温小筠狠狠地皱了皱眉——这个江元氏远比她想象的难以对付，对方只一句话就让自己与鄞诺失了上风的气势，陷进了尴尬的泥潭。

不过温小筎可不是吃素的。揣度人物心理、推断人物行动逻辑什么的，她最有经验。

"我们替官府查案，自有分寸，每一个行为都有理有据，合情合理。"温小筎轻描淡写地滑过去，又紧接着说道，"倒是江夫人的行为，不是那么合情理哪。"

说着，温小筎目光陡然一冷，冷声质问道："江狄为什么会在赶往州府衙门的半途中猝死，江元氏你可知情？"

江元氏睁开眼睛，抬头直视着温小筎，目光坦然："民妇不知。"

"好一个冷静自持的江元氏，"温小筎咬牙一笑，"只是现在这样冷静，又为何要在江狄离开之前痛哭流涕，死死地抱着他不放手？难道那个时候，江夫人你就不觉得什么'生死''生灭'都是虚空无物、无喜无悲的吗？"

江元氏双目瞳仁微顿，手上的佛珠再度捻动起来："民妇终是不曾得道的凡夫俗子，夫君此一去，民妇已然感觉到将是永别。'永别'二字乍现，民妇心中大恸，所以才会失态。只是现在夫君已然仙去，民妇再无可悲之事，自然也就放下了，接受了，淡然了。"

"哦？"温小筎哼笑一声，"江夫人是早就知道江狄的死期，还是早就知道他的罪行？"

江元氏不由得蹙起眉头："民妇是隐隐感觉夫君这几年越来越不对，可是并不知道他究竟做了哪些事情。"

温小筎紧咬不松口："即便再相信佛法，再看淡生死，对自己夫君猝死以及为什么会死这样的问题，难道你就不关心吗？"她继续加料，"难道说，他的死跟你有关——你早就做出了预判，如此才能在这里不慌不忙、不惊讶、不悲痛吗？"

江元氏眸光瞬间一凛，捻动着手中佛珠的动作越来越重："关心又如何？追问又如何？难道关心了，追问了，民妇的夫君就能活过来吗？"

温小筎忍不住鼓起掌来："好，很好。既然您不问，那就让本刑房一点点跟您讲吧。"说着，温小筎双手背在身后，站到江元氏的面前，"江狄死于毒杀，而且是他的亲近之人才能用到的下毒方法。而从他来府衙的路上，唯一有机会接触他、给他下毒的人，就是你——江夫人。"

听到温小筎凌人的逼问，一直伏在江元氏身旁的铁伯猛地抬头，沟壑纵横的脸上满是混着灰土的脏污眼泪。他难以置信地瞪大眼睛，直直盯住温小筎：

"官……官爷，您这话是什么意思？难不成您是在怀疑俺家夫人？这话您可不能乱说啊！俺家夫人一路扶持着主人从苦日子走来，可是用尽了心思，吃尽了苦头！

"俺家主人破了相快要病死时，夫人一直在身边；生意最困难时，夫人把自个儿所有嫁妆都卖了，日日跟主人吃糠咽菜；就是后来主人看上了别的女人，夫人也从来没有说过半个'不'字！夫人这样的女人不说是天下第一好娘子，也不能被人这么冤枉哪——"

哭着跟温小筠争辩后，铁伯又朝着鄞乾化的方向跪伏在地，拼命磕着头，发出一声又一声急促的闷响。

"还请青天大老爷明察，青天大老爷明断！老奴家夫人可是这世上顶顶好的女子！谁都可能是凶手，就是她不可能啊——江家的产业一开始是夫人打下的，现在又是她一个人在苦苦支撑！但凡她要对主人有半点儿疑心，都不会这样为难自己！老奴一向听得咱们焱州推官大人可是方圆百里千里都难碰到的一位大青天，还请推官大人一定要为俺家夫人主持公道啊……"

铁伯越喊情绪越激动，头骨磕在地上发出沉闷的声响，令人听着十分揪心。

一直淡定自持的江元氏看到此番情景，终于破功动情，急忙去搀扶年迈的铁伯，声音哽咽道："铁伯……铁伯，清者自清，元娘不会有事的，快……快起来。咱们不磕了，咱们不磕了……"

看到自家夫人忽然落了泪，铁伯忙不迭用袖子揞住自己的脸，侧过身子，避开江元氏的视线："夫人您怎么流眼泪了？您的修行不能大喜大悲，老奴不磕了，不磕了，夫人您别伤心……"

江元氏含泪点点头："好，好，鄞大人是咱们焱州的青天，多少年了，他没有冤枉过一个好人，咱们也一定没事的。"

看到这番场景，站在旁边的温小筠一时间有些无措。毕竟接触刑狱才几天，她审问的经验相当不足，再加上定力也不如鄞乾化修炼得那样强，经江家主仆这么一闹腾，思路竟然有些凌乱。

她下意识地向鄞乾化投去了求救的视线，早就洞悉一切的鄞乾化则已经把目光转向了鄞诺。

温小筠入职总共不过几天，鄞诺却是有了两年经验的老捕头——若连这点儿场面都不能应付，不能帮温小筠化解困局，他这么大岁数就算是白长了。

"江元氏、铁老伯，"鄞诺非常自觉地前跨一步，冷着脸说道，"这里虽是刑狱房，却是因别的事由临时选定做了刑讯房，并不代表你们就是疑犯。官差问你们话，也不过是例行公事。你们不要东想西想，有什么答什么，只是不得有半句假话！你们可明白了？！"

江元氏朝着鄞诺的方向颔首一拜："民妇明白，官爷有话只管问。"

这个时候，鄞乾化才沉吟着开了口："本官当不得'青天'二字，唯有'认真'二字。江元氏、铁军，你二人只需如实回答。"

"江元氏拜谢大人。"江元氏恭顺行礼。

趁着他们说话的工夫，温小筠已经把被打断的思绪重新找了回来。她轻咳了一声，快速找回状态，继续踱步至江元氏近前，冷声问道："江元氏，你跟江狄见最后一面的时候，先做了什么，后做了什么，所有的动作细节都要说清楚，不可遗漏。"

江元氏跪回到原位，抬手拭了眼泪，回忆着说道："在捕快们刚把江家围起来的时候，民妇就已经察觉到了些许不对。江郎把自己关在屋子里烧了很多东西，民妇进去时惊讶地发现，他竟然把母亲的牌位也一起烧了。那时，民妇就隐隐感知到了他有赴死的心。这些年虽然不知道他到底做了些什么，可是夫妻本就是最亲近的人，他的变化，他的堕落，民妇都看在眼里，隐隐约约也知道他做下了些难以挽回的事。

"他本来是天之骄子，不想岁月竟将他蹉跎至此，临别之际民妇才失了态扑了上去。民妇最先只是控制不住，冲到马车近前拽住他的衣摆，后来攀上车和他抱在了一起。江郎抚着民妇的背好声安慰，说'欠了别人的，别人欠我江狄的，都不重要了。重要的是，我就要解脱了，这该是好事'。然后江郎为民妇抹去眼泪，又动作轻巧地将民妇抱下马车，便毅然决然地转身进了马车。任凭民妇再怎么哭喊，都不再理会半句。"

"还有其他的动作吗？比如江狄为你擦眼泪，你又为他擦眼泪了吗？"温小筠目光灼灼，一点点指引着。

江元氏不觉低下了头："民妇当时整个脑子都是蒙的，只知道胡乱地抓住他、抱住他，其他的动作一时也想不起来了。"

温小筠转而看了郇诺一眼。

郇诺立时对着门口高喊了一句："叫当时负责缉拿江狄的捕快进来！"

一直默默记录的白鹭将温小筠与郇诺的默契全部看进眼里，执笔的手不觉收紧了半分。

很快，"大胡子"捕快便从外面匆匆走进来，先是对郇乾化行了礼，又对温小筠与郇诺行了礼："温刑房，郇头儿。"

温小筠点点头，简单回了礼后，就开门见山地问道："胡捕快，在将江狄押送回衙门之前，江元氏奔出相送，其中你还记得江狄有为江元氏擦眼泪的动作吗？"

"大胡子"皱着眉头回想了下："擦了，当时还是俺看不下去，上去催他们快点儿。"

温小筠话锋忽然一转："那江狄又流眼泪了吗？"

"大胡子"撇撇嘴，有些不屑地说："流了，一个大老爷们儿，凄凄惨惨的。俺们兄弟当时看到了，他给自己的媳妇擦眼泪，他的媳妇也给他擦了眼泪，两个人难舍难分的。那江狄脸上本就有刀疤，俺看着眼泪流进刀疤里，还跟着打了个寒战呢。"

此话一出，全场顿时一片沉默，因为他们都还记得在停尸房里徐仵作与温小筠说过的话。

温小筠冷笑着向前踱了半步，目光冰冰地逼近江元氏："江元氏，你可知江狄之所以猝死，就是因为脸上的刀疤处被人抹了毒药？不仅如此，在他的眼角也发现了同样的毒药，而且是发作时间非常短、毒性特别强的毒药。而符合下毒时间，并且有机会下毒的，全程就只有你江元氏一个人。再加上江狄武功高强，寻常人等根本近不了他的身，更不要说去碰他逆鳞一般的眼角和刀疤。事到如今，你还有何话说？"

江元氏听到这里，脸色立时惨白一片，眼里第一次现出慌乱之色。她紧紧地攥着手中的佛珠急忙抬头："元……元娘实在不知夫君为何会……"话说到一半，她嘴唇颤抖着再也争辩不下去。她抬手捂住嘴，抑制不住地泪如雨下："江郎……竟然是被人毒杀……"

温小筠丝毫不受对方状态的影响："在伤感之前，请你先回答我的问题，你能不能自证无罪？若是不能，现在的你就是毒杀江狄的最大嫌疑人！"

江元氏一直端正的身体终于失了力气，整个人无力地跪趴在地，自言自语般地说："这、这让元娘如何自证？元娘哪里知道江郎他如何中的毒？"她的目光也开始惶恐起来，最终她又想起座上的郧乾化："推官大人，民妇冤枉，只求推官大人明鉴，还民妇一个清白……"

温小筠目光凉凉地俯视着江元氏："郧大人断案最是公正，只是在没有证据能洗脱你的嫌疑之前，只能先将你关押入狱。如果你没有证据——"

"俺有证据！"一直伏的铁伯猛地直起身子，"主人是老奴毒杀的，并不是俺家夫人！"

温小筠目光微微一滞，随即冷笑着说："铁伯，我知道你护主心切，可是你并没有近距离接触江狄的机会。这样做伪证，不仅救不了你家夫人，还会把你自己搭进去。"

铁伯急红了眼，梗着脖子辩解道："俺说的都是真的。老奴就是看不过主人一直辜负夫人，欺负夫人。自从进入焱州府，主人他就变了，寻花问柳不说，什么脏的、臭的都往屋里藏。不单是这些，他还挪用柜台公账，那些银子可都是维持生意最重要的本钱哪！更何况老奴早就察觉到主人的丑恶罪行！他以为只有天知地知，却不知道每笔银子的进项、出处，老奴都看得清清楚楚。"

铁伯越说越气愤，到最后已经是咬着后槽牙狠狠地控诉："上面那些还不算，老奴更知道他在荒宅干的无耻勾当！这样的人留着，就算他进了监狱，夫人一定也会不惜血本去救。不如就让他早点儿死！能帮这世道除去一大恶人，能帮夫人去掉心头的毒瘤，老奴死而无憾！"

温小筠眉梢微挑，嗤笑一声："倒是难为你这位忠仆开头哭得那样伤心，演技真是一流。"

铁伯咬牙一笑，发了狠般索性站起身来，仰头直视着温小筠，目光坚定，毫不畏惧："老奴伤心，是因为夫人，也是因为以前的主人！老奴情真意切，更行得正坐得直，不怕别人戳脊梁骨！"

"铁伯！"江元氏强撑起身子，眼泪如断线的珠子般落下，"你这又是何必？终究是元娘对不住你——"

"夫人，"听到江元氏的唤声，铁伯决绝的目光中忽然闪过些许柔色，"您不必说了。往后铁伯再不能服侍您了，您自己也要好好的。"

说到后面，刚才还横得简直要吃人的铁伯，气势弱了下来，声音哽咽。

江元氏再也承受不住，掩面而泣。

旁边的白鹭一直行笔如飞，只是记到这里，不由得顿住了笔。难道这就是事情的真相吗？他不觉看了郾诺一眼，却见对方的目光一直盯在温小筠的身上，那嘴角还不觉弯出一抹浅淡的笑容。

白鹭不觉皱了皱眉，却也看出了事情的端倪——真相远远不止如此。

"所以说，"温小筠双手负在身后，认真地总结道，"江狄不仅是杀害杜莺儿的元凶，更是荒宅连环杀人案的始作俑者——如今他也认罪了。而江家仆人铁军由于积怨已久，终于在江狄临行前对他痛下杀手。这个案子就此告破，对吗？"

铁伯再度跪地，朝着郾乾化重重磕头："老奴的主人虽然死在老奴的手中，却是他咎由自取，罪有应得。老奴在决定出手时就料到了会有这一天。现今老奴坦白认罪，愿意承担一切罪责，是杀是剐，决不后悔！"

郾乾化略略坐直身子，抬眼望了一下温小筠："温刑房，本官还有三个问题，你且向江元氏主仆二人问清楚。第一，毒药从何而来？第二，可还有江狄犯罪的铁证？第三，江家可有与人贩鸠琅勾结往来的证据或线索？"

温小筠躬身一拜："回禀推官大人，属下还有些个流程要走，做完剩下的事，这些问题就都能一一迎刃而解。"

郾乾化点头应允："可。"

温小筠随即对郾诺使了个眼色。

扶着腰间佩刀的郾诺立刻抬起双手，凭空击了两下掌："带证物上来。"

立刻有两个捕快抬着一个大背篓走了进来。郾诺又叫人抬来两张条案，摆在江元氏与铁伯面前。捕快们将背篓里的东西一一放置在条案上。

只见条案上面有几把剔骨尖刀，两块切割好的鹿肉，还有一个笼子，里面装着一只猫儿。

不知是不是错觉，白鹭总感觉江元氏在看到笼中的猫儿时，双目瞳仁不自觉地缩了一下，随即又飞快别开视线，恢复如常。白鹭不觉对事情的真相更加好奇了。这个案子虽然是自己把温小筠引进去的，但他也不知道案件的全部。事情发展到现在，很多事情已经超出他的意料。

"铁伯，请你看一下，这些可是江府的刀具？"

铁伯伸着脖子眯细了眼睛来回看了两圈："没错，这是俺们厨房的东西。"

温小筠缓步走到条案前，随手拎起一把超大个儿的斩骨刀："现在看来，江狄就是分尸案的凶手。那他会用什么工具来进行分割呢？"

铁伯皱着眉头回想了一下："因为俺家夫人身子不好，大夫说阴寒太重，需要时不时补补，所以府里每个月都会现宰杀些小鹿给夫人补身子。那些砍剁骨头的菜刀，大约每隔半年就会重新打造一批。老奴记得一两年前，主人就开始打造双份，一份送到家里的厨房，一份放在库房备用。主人很可能就是用的那一批备用的刀具。"

温小筠点点头："的确，按照江狄的遗书所写，我们找到了案发现场的小院子，在里面找到了杜莺儿的一片指甲残片。经过比对，我们确认那处小院子就是案发现场，里面的确是有一套和这些一样的刀具。"

铁伯急急追问："可是距离瘟疫庄不远处的荒僻小院子？"

温小筠："不错，就是那里。"

铁伯苦涩一笑："那里也是我们江家的一处小库房，最早主人藏别的女人就是在那里。看来主人犯罪的铁证终是被找到了。"

温小筠撇撇嘴："或许吧。"

她一面说着，一面拎着超级大个儿的斩骨刀掂了掂，不想手上一滑，斩骨刀就落到了地上。温小筠尖叫一声赶紧跳开，生怕斩骨刀一下剁到自己的脚面。

随着一声铿然的金属撞击之声，斩骨刀最终躺在了青石砖面铺就的地面上。

郅诺按住佩刀的手骤然一紧，以防备任何突然的情况发生。

其他人也跟着惊了一下。

斩骨刀平静之后，温小筠脸上满是歉疚之色："没想到这菜刀竟然这么沉。"她又看向铁伯好奇地问道："本刑房还有一件事情想要验证。这些菜刀都是铁伯你常年用的，而江狄之前虽然练功习武，但对于庖厨之法应该不熟练，毕竟君子远庖厨嘛。可那些尸身上的刀口平整顺滑，便是多年的屠户也未必能做得比这熟练，本刑房想问一下，这其中有什么缘由吗？"

铁伯皱了皱眉："老奴年轻时倒有把力气，但是近两年已经没有那个力气了，都是跟在厨房里打打下手，不过俺们江家之前倒是请过一个好厨子。那时主人因为跟夫人感情正好，总想着亲自下厨给夫人料理饭食。后面那个厨子走了，主人却学到了一手好刀功。夫人也说君子远庖厨，但是主人他好像上瘾了一样，每每宰杀都要包揽，亲自料理。"

温小筠挑眉一笑："原来如此，那就劳烦铁伯你把菜刀放回条案上吧。"

铁伯顺从地探身上前，拾起斩骨刀就要放回条案之上。可是他刚拿起斩骨刀，一只大手就紧紧地攥住了他的手腕。铁伯身子一震，抬眼看去，却见郫捕头正攥着他的手腕，将他的手连并斩骨刀一起举起至面前。

"铁军，你说你不亲自操刀，可是我看你这拿刀的姿势却很熟练哪。"郫诺似笑非笑着说道。

温小筠默契地走到近前，一手接过铁伯手中的斩骨刀，一手扳开他的手掌，认真地对比着刀柄说道："真是奇怪，铁伯明明已经不再斩骨，手上的老茧与刀柄上的凹痕磨损却很一致哪。"

铁伯额头登时滑下汗来，脸上挤出一抹干笑，有些结巴地辩解道："奴才这两年上了年纪才不干体力活儿的，这些都是以前干活儿时磨的。"

温小筠目光陡然一冷："刚刚你才说江家的砍刀几个月就会换一批，而你都好几年没干过重体力活儿了，这刀上怎么还会有你的手留下的磨损痕迹？而且看这磨损痕迹，只有经常用它大力劈砍重物才能出现。这不是与你刚才说的全部矛盾吗？！"

铁伯面色立时惨白一片，下意识地缩起脖子就要后退，不想郫诺另外一只手却朝着他佝偻的后背直直而去。

铁伯的眼里登时闪过一丝狠戾之色。

白鹭一眼看见，倏地起身惊声提醒："温兄，小心！"

郫诺的反应却是更快——在铁伯探手想要去夺温小筠手中的斩骨刀时，他反手一扳，脚下又飞过一个扫堂腿，将铁伯牢牢地按压在地上。

"扒开他的后背！"温小筠急忙命令。

郫诺手中的长刀瞬间出鞘，闪电般划过铁伯后背的衣衫，立时，铁伯的身后露出一片平坦的后背。

屋中所有人都吃了一惊。之前的铁伯不是一直佝偻着身子，是个大驼背吗？

可是他被郏诺按压在地上，展开后背，却是半点儿驼背的影子都不见。

郏乾化与白鹭都没料到事情会往这个方向发展，都不觉惊讶地睁大了眼睛。一旁的江元氏见到这番情景，脸色立时惨白如纸，瘫坐在地上，再没了之前的装腔作势。

温小筠看着地上的铁伯，不由得从鼻腔中发出一声嗤笑："我该怎么称呼你？铁伯？铁军？抑或铁掌柜？"

被郏诺牢牢地钳制在地上的铁伯听到温小筠的这番话，不由得露出震惊的神情，梗着涨红的脖子，眼里写满了难以置信："你……你究竟是谁？你怎么可能知道？"

温小筠微笑着转身将斩骨刀放回条案之上，头也不回地说："还记得那晚我与郏捕头在你家借宿吗？那时我们险些要被你的鬼把戏骗到了呢。"她转过身，双手抱臂，似笑非笑地俯视着地上的铁伯，"不得不说，铁掌柜你真的是非常谨慎的一个人，做什么事情都想得非常周到。不过刚巧本刑房也是一个十分周到的人，无论做什么事情，都喜欢多留后手。"

在经过最开始的震惊之后，铁伯已经冷静下来，松下脖子的力道，脸贴在地面上不屑一笑："反正杀人的罪过我都认了，现在怎么样都是你们套话的把戏。人死大过天，我铁军这条命就搁在这儿，还需要你们准备什么后手？"

温小筠目光陡然一寒，声音瞬间尖厉起来："你这么快就自认罪行，不过是怕牵连更多的人，甚至牵扯出一桩更大、更复杂的杀人案！你以为装死就能蒙混过关吗？！"

听了温小筠的话，铁伯突然愤怒起来，挣扎着想要扑向温小筠："哪有什么别的大案、杀人案？你这个小白脸儿休得血口喷人！"

郏诺的脸色顿时一沉，都被他钳制在手心里了，怎么可能还能任由对方肆意挣扎？他双手交叉狠力一拧！铁军再度被郏诺扼住要害，动弹不得。

"不过我的后手可是要到最后才会讲到，希望你有点儿耐心。"温小筠浑然不惧，微微一笑，继续说道，"起初我伪装了一下，跟着郏捕头要到远郊打探消息，没想到中间却发生了意外——与要保护铁伯的江狄意外相撞，我们的骡车损毁，无奈只能随着江狄住进江家。夜晚如厕，我不小心迷路，意外转到后厨，碰巧撞到了江家杀鹿的情景。"

听到这里，郢诺不觉挪开了视线。他们两个分明就是对江家有所怀疑，才半夜去打探敌情的。虽然官府办案，怎么都会有说辞，但是夜行偷潜这话，实在是有些好说不好听。不过经过温小筠这么一修饰，局面就好看多了。

温小筠面色如常地瞥了郢诺一眼："郢捕头，能不能把那晚你所看到的情景复述一遍？"

郢诺眉心微蹙，回忆着那晚的情景说："当时我与温刑房刚好走到后厨后院门口，看到厨房燃着灯。透过纸窗的人影，可以看出里面有个人正在斩骨剁肉。斩骨刀很沉，剁在案板上的砰砰声院子里都听得清。"

温小筠："那个人体形大概是什么样的？"

"身材颀长，看样子是个年轻男子，"郢诺思量着说，"只是烛影绰绰，看不太真切。"

"那厨房里还有什么人？"

"还有一个身材佝偻的老者。"

"他们是同时出现的吗？"

郢诺摇摇头："高个子年轻男子砍剁完鹿肉后，转身离开了窗子，好像是去拿什么东西。等了一会儿，他才又出现在窗口。也就是前后脚儿的工夫，又出现一个身材佝偻的老人。两个人整理了一下，高个子年轻男人才从厨房后门走出。"郢诺说着，将视线转到地上的铁伯身上，"那个人走进院子里，我就看清楚他的长相了，正是江狄本人。紧接着，驼背老人也端着大盘的新鲜鹿肉走了出来，正是现在的铁伯无疑。"

温小筠抬手整了整肩上的绷带，郢诺绑得实在是有些紧了，勒得她血液循环有点儿不畅。她又问："两个人走出来时，是什么样的情况？"

"江狄步履从容，新洗了手，正在整理袖口。而铁军费力地端着鹿肉托盘，气喘吁吁，满头大汗。"

温小筠又望向伏在地上的铁伯："铁伯，那晚的情形与郢捕头所讲的，可有什么出入？"

铁伯嗤笑了一声："他说得没错啊，可是那又能怎么样？"

温小筠挑挑眉："你认可这些事实就足够了。"

说着她转向郢乾化，颔首行礼："推官大人，那晚的情形，无论谁看了都会觉得砍剁生鹿的人是江狄，而身材佝偻的老仆人就是铁伯，可是其中却有一点不合常理。"

屋中人都不觉看向温小筲，等着她接下来的解释。就连已经打算破罐子破摔的铁伯都不觉抬起了头，要看看这个娘娘腔的家伙到底能讲出什么破绽来。

温小筲又转身拎起那把斩骨刀。由于常用的右手绑着绷带，左手拿着非常吃力，她几乎是调动起整条手臂的力气才将它举起来展示在众人眼前："答案非常简单，用这样重的一把斩骨刀将一头活鹿迅速剥皮并熟练地肢解，是一件非常费力的事情。即便对方是个习武之人，用刀剁砍之后也不会轻松得跟什么重活儿都没干过一样。"

她又望向鄞诺："鄞捕头，都说你是个万人难敌的功夫高手，力气也非常大。我想请你来估量一下用它来斩骨的难度。"

鄞诺给一旁的"大胡子"使了个眼色。

"大胡子"带着另外一个捕快立刻上前把铁伯钳制住。

鄞诺走到温小筲近前接过那把斩骨刀，放在手上掂了掂，又从条案旁边的竹筐里捡出一条肥大的猪腿放在条案上，用斩骨刀砰砰地剁了几下。肉倒是很容易劈开，只是猪大腿粗硬的骨头连着几下都没砍利落。

放下斩骨刀，鄞诺拿过一个小捕快递来的手巾擦了擦手，思量着说道："这斩骨刀形制特殊，我以前从来没有看过这样形状的斩骨刀，只是随手砍了几刀，虎口就一阵阵地发麻。所以，要想在很短的时间内把一头半人高的小鹿劈砍利落，一定很费力气。"

温小筲继续问道："若是有着庖丁那般高超的拆牛技巧呢？"

鄞诺又回望了那刀刃闪着寒光的斩骨刀，眸光沉沉："即便技巧再高，使用这把斩骨刀都会比较费力，只不过技巧好的厨师操作起来会顺利一些，快速一些。"

温小筲点点头："那江狄走出后厨的时候，可有显露疲态？当然，在下当时也在，看江狄步履从容，气息平稳，一点儿干过体力活儿的样子都没有，当时就起了疑心。可是当时毕竟夜黑天暗，温某人的感觉也许并不准确。"

鄞诺微微扬起下巴："虽然我并不是什么万人难敌的功夫高手，但功底总算还是有些的，听一个人的气息、步伐是能够推测出他的劳累程度的。诚如温刑房所说，那一夜的江狄虽然洗了手，但是气息平稳，步伐轻快，不像费过什么力气。"

"明白了，辛苦鄞捕头。"说着温小筠又望向鄞乾化，总结道："回禀大人，事发当夜，属下与鄞捕头在看到厨房窗子上的影子时，都认为那个人就是江狄。虽然有上面那些疑问，却没有机会真的拿来这把专用的斩骨刀进行实验，直到徐仵作查验江狄尸体的时候。虽然江狄留下遗书自认了罪行，但是他的双手却没有发现任何因长期握重器而磨损的痕迹，大约是多年养尊处优惯了，连早年间练剑的茧子都几乎退干净了。"

温小筠说着，声音陡然尖厉，两道冰冷的目光刀子一般射向被人钳制住的铁伯："再加上徐仵作在杜莺儿的指甲中发现了一些皮屑、血迹，证明杜莺儿在生前做过激烈的反抗，甚至极有可能抓伤了真正的凶犯。"

这时一直隐忍没有发声的江元氏忽然发出一声冷笑。她高高仰起头望着温小筠，眉梢眼角尽是讥讽之色："江狄没被抓过又如何？杜家小姐是被人拐骗出来又卖给江狄的。其中杜家小姐很可能会发现拐骗之人的无耻，激烈的反抗之举与尖利的抓伤痕迹，在诱拐的过程中发生的可能性难道不会更大一些吗？"

温小筠点点头："江夫人说得很有道理，在下一开始也想过这种可能，直到衙门的捕快们在发生过命案的屋室角落里找到杜莺儿的半片指甲，才将江夫人假设的情况推翻。"

江元氏死死地攥住手中的佛珠，瞪圆了眼睛："那也没有直接的证据能够证明杜家小姐的死与铁伯有半点儿关系！"

温小筠轻蔑一笑："与他不一定有关系，与你却一定有关系！"说着她抬起左手狠狠一挥："来人，撸起江元氏右边手臂的衣服！"

立刻有捕快气势汹汹地冲上前去。

江元氏立刻惊恐起来，紧紧抱住双臂护在胸前："你……你们要干什么？！"

被压在地上的铁军立马急了眼，梗着通红的脖子爆炸般地瞬间挣扎起来。

鄞诺眼看"大胡子"他们竟然差点儿被铁伯挣开，一记飞腿直扫铁伯刚刚站起的双腿，同时从腰间解下一根牛筋绳，扑将上去三下五除二就将铁伯捆了一个结结实实。

铁伯只能眼睁睁地看着江元氏被人强行捉住手臂。

江元氏在挣扎中把整条佛珠都拽断了，滚圆的珠子噼噼啪啪撒了一地。她的手臂被人强行拽直，撸起宽大的衣袖，露出一截儿白皙的手臂——上面赫然出现几道深红的血痕，分明就是抓痕。

眼看再无可躲避的空间，江元氏索性不挣扎了，任由捕快拽着她的胳膊，只怒视着温小筠，阴狠一笑："有抓痕又能证明什么？不过是我家的猫儿不乖，我才被抓伤，如何就能证明是杜莺儿做的？"

温小筠狠狠地皱了下眉。她一定有办法找出确凿的证据。

"呵呵，"温小筠转而走向放置在桌案上的猫笼子，"想来你也是这样对江狄、对仆人们解释的吧？只是江狄心疼你，才会把怒气发在猫儿身上；仆人们畏惧你，根本不敢多问，更不会多想——而我这个小人物就不同了。"

温小筠拎起猫笼子，再度展示给众人看："猫儿的爪子何等尖利？抓痕势必窄且深，伤口两壁平整。而人的指甲则不同，宽且薄，用力抓过，伤口比猫儿抓过的可就宽很多了，而且因为摩擦力很大，伤口内壁势必粗糙。两厢略一对比，就能看出哪个是猫儿抓的，哪个是人抓的！"

江元氏立时梗住，眼里终于出现了真正的恐惧与绝望。

按住江元氏的捕快立刻按照温小筠说的仔细检验江元氏的伤口，大声回道："禀推官大人，江元氏手臂上的抓痕与猫爪的抓痕并不吻合，明显是被人的指甲抓伤的。"

郓乾化轻轻点头，又沉声问道："温刑房，这两项的确都可以作为证据。只是本官尚有一处疑问，只凭厨房烛影与一点儿抓痕，其实并不能直接推出铁军与江元氏就是杜莺儿案的元凶。你是如何确认这一环的？"

温小筠放下猫笼子，朝着郓乾化解释道："回大人的话，从荒宅的主人推到江狄的身上时，属下就对刚来淼州府不过几年的江家的背景产生了疑问。他们家刚一进入淼州府就被打压，做了一笔亏本的买卖，后来在生意经营中又屡遭挫折，而且桩桩件件都是伤筋动骨的血亏。即便如此，江家却还能一次次地尝试，源源不断地开启新生意。可是明面上，他们家并没有什么称霸一方的厉害生意。于是属下就起了疑心，派出人手广泛打听江家的背景，没想到这一打听，却打听出了一个令人惊掉下巴的消息。"

温小筠将视线缓缓转回到江元氏的身上，继续道："原来这江元氏在江湖上也有一号。图州的缘来客栈，在十年前曾经是图州道上令人闻风丧胆的一家黑店。客栈傍河而建，虽然规模不大，但是装潢精致，别有意趣。表面上看，老板娘生得极其美艳，除了几个伙计、女佣手脚麻利会伺候人外，还有一名手艺十分高超的厨子。只是有一点，客栈的房费比别人家贵出三倍。

"一般平民住客或是手头拮据的旅客，根本不会考虑缘来客栈。只有不惜钱财或是天黑错过宿头的人，才会投宿那里。可暗地里，那就是一家黑店，碰到行路的富商肥户，他们必会出手。缘来客栈分工明确，风情万种的老板娘负责打理生意，并将通过不正当手段得来的银子分散到其他买卖中。一开始，他们还只是买来女孩儿在周围城镇开设暗娼妓馆，后来规模大到开设赌坊生意。

"而后厨那名厨艺高超的厨子，负责布置机关、杀人劫掠财货不说，更会把人拆解了喂给护院的恶狗。因此他在江湖上也有个诨名——'铁犬牙'。人前他总是佝偻着腰扮作老态，实际上却是个身高八尺有余的健壮年轻人。"

听到这里，在场的所有人都不觉倒抽了一口冷气。温小筠语气虽然平缓，描述出来的场景却令人不寒而栗。

"大胡子"都跟着缩了一下脖子。

白鹜的面色也是越来越寒。他在反省，是自己的"触角"伸得还不够长远，还是对于江家这种二流商人小角色没有足够重视。除却遗漏的江狄就是江自在的身份，他更没有查出江元氏竟然有黑道老板娘的背景。

白鹜那细微的表情变化，并没有逃过鄞诺的眼睛。他在心里冷哼了一声，这位神秘的郡王殿下一定是在反省自己怎么没把对手的身份查得这样深入详细。对方当然查不到这些，也就只有"猫耳朵"那种专走消息一脉的老江湖才能换来这种陈年旧案的秘闻隐情。

鄞乾化依旧不动如山，沉声说道："所以在知道这样的背景后，温刑房就开始倒推案件中所有的破绽，从细节处一一找出推翻江狄就是凶手的结论？"

温小筠点头回答："正是如此。得到了这些消息后，属下就把案件的所有细节都捋了一遍。而鄞捕头把江家相关的仆人都带回了衙门，更将江宅仔细搜查了一遍。那些仆人最初很畏惧，但是禁不住衙门的威慑与暗示——暗示他们的主人已经认罪，如果他们隐瞒半分，就将受到同罪牵连。"

听到这里，鄞诺不觉勾唇一笑。江元氏与铁伯的确很有手段，派去审问的兄弟们开始怎么问都没有收获，他听了结果后也有些苦恼。不过他忽然想起了温小筠的单独审问、各个击破的审问方法。果然没有僵持多久，那些仆人就陆陆续续地把真相一一交代了出来。

温小筠继续说道："根据仆人们单独的相互证词，可以证实一个足以颠覆本案之前所有推断的事实。"

鄞乾化挺直身子略略前探："从江家仆人处问出了什么证词？"

温小筠沉声回答："以杜莺儿的死亡时间为原点，前后各推出一个时辰的时间段内，江狄一直都在家中的书房里写字，从来没有出过江家。"

"够了！"江元氏闭着眼睛竭力怒吼一声，"不要再说了，元娘认罪！"

看到江元氏绝望的模样，被捆成粽子一般的铁军再也抑制不住，泪如雨下："元娘，是铁军办事不力露出了破绽，没想到临死了，也要牵连你。铁军对不住你……"

江元氏无力地垂下了头，气急而笑，笑得双肩都在颤抖："呵呵，铁军你与我之间的账，哪里就算得清楚了？就这样吧，我欠了别人的，别人欠了我的，都不重要了。重要的是，咱们都要解脱了，总该是好事，呵呵。"

"江元氏，"温小筠眸色冰冷，自带一种迫人的威严，"如今你既然已经认罪，那就把你们如何将目标定在杜莺儿身上、如何联系到人贩子鸠琅等细节一一交代，省得再多受刑罚。"

江元氏缓缓抬起头来，微笑着望着温小筠。

早在之前的挣扎中，她整齐干净的发髻就已经散乱了，苍白的脸颊也因激动而显出了些许红晕。她像是喝醉了酒的人，笑得越发癫狂："罪都认了，总是逃不过一个死刑，我又为何要说？为何要讲？想在我元娘嘴里套出话来，你这个小白脸儿还嫩得很！"

鄞诺眉头狠狠一皱，愤然上前一步："大胆刁妇！你以为你的牙口硬得过这满屋子的刑具吗？"

他本不想太明显地出面帮着温小筠的，只是现在这个案子发展得越来越无法收拾。鸠琅的同伙不仅死了，更在死前差点儿一把火将整个焱州府衙给烧了。这样的消息传出去，到时还破不了案，焱州府衙一定会沦为天下人的笑柄！这个案子早已不是把杀害江狄与杜莺儿的凶手找出来那么简单了。

而那个神秘又手眼通天的人物——鸠琅，既能骗过淼州第一钱庄的老板与老板娘，更能轻易获得驿站行文，甚至还能养出一个与自己互换的替身，更能算到王密走投无路的最后一步，从而提前设置好致命的机关，在王密的心理防线被彻底攻破前一步，为他留一步看似救命实际上却是必杀的夺命招数。这样一个可怕的人物，背后势必藏着一股更加可怕的势力。

所以无论如何，他们都必须撬开江元氏与铁伯的嘴巴，从他们口中得出有价值的信息。但江元氏说得不错，她与铁军都是道上混迹多年的丧心狂徒，真的把他们逼急了，再想撬开他们的嘴巴，绝对不是一件简单的事。想到这里，郾诺不觉再度把目光转到了温小筠的身上。他在等着，看温小筠会怎么做，又会如何说，才能撬开这两个人的嘴巴。

却见温小筠望着江元氏，眼中忽然现出了兴奋的光。她轻笑了一声，随后说道："元娘，我不仅知道你的嘴巴的确很硬，更知道一件你根本不知道的事情呢。"

江元氏不屑嗤笑："大话谁都会说。"

温小筠目光陡然一寒："元娘，你知道我为什么没有把抓痕与铁军联想在一起，而是直接想到你的身上吗？毕竟这可是一桩奸杀案，怎么想，都应该是铁军被抓才对呢。"

面对温小筠的问题，江元氏显得意兴阑珊。她松了挣扎的力道，放平了跪着的双腿，懒懒地坐在地上瞥了温小筠一眼，"呵呵"地笑了："事到如今，说这些还有什么用？随着官爷您高兴吧。您想怎么说就怎么说，想说些什么就说些什么。"

"混账，""大胡子"眼看着江元氏对温小筠如此不敬，不由得怒火噌噌直冒，"你已经被缉拿进官府，哪里还有你当大爷的份儿？"

温小筠微笑着摆摆手："无妨，胡捕快。"

"大胡子"这才愤愤地罢了休。

"之所以把抓伤联想到元娘你的身上，只是因为江狄的一个动作。"

江元氏眉梢微动，却仍逞强装作不感兴趣的样子，侧着头根本不去看温小筠。

"江狄走进院子时，看到一只温驯的猫儿后突然大发脾气，更要铁军把猫儿扔了，还说伤害主人的畜生，为什么要留着。"温小筠半点儿不生气，耐心地说，

"我猜想，那话既是说猫儿，又是说铁伯。说猫儿伤了主人，无非是抓伤、咬伤；说仆人伤了主人，不是给主人引祸拖累，就是背叛暗害主人。

"如果是后一种，我想面对铁军差点儿被我们撞上时，江狄应该不会舍出性命去搭救，所以很可能是前一种。当然这里先不急着说铁军，就先说那只猫儿。既然有了抓痕，后面又恰巧出现杜莺儿指甲的事，我在第一时间联想起元娘你来，就不奇怪了。"

江元氏目光一僵。

温小筠微微一笑，继续加码："看得出，江狄是非常在乎元娘你的。可是从那晚你们两个的相处方式上我又感觉，表面的江狄对夫人表现得并不好。后来在饭桌上，你们两个人也交谈甚少。即便作为初次见面的客人，我与郓捕头也能感觉到你们夫妻间的隔阂与距离。这证明什么呢？证明你们夫妻之间出现了问题。至少表面上江狄与元娘在互相置气。"

听到温小筠的话，江元氏苦笑一声："温刑房说得不错，早在半年之前，江家就在筹备离开淼州府的事宜了。除了生意不顺，照顾不到外地的赌坊与暗娼院，主要原因还是江郎与我产生了分歧。"

对面的铁军梗着脖子不忿地冷笑："他想要离开你哪里是半年前的想法？自打与你成亲他就后悔了。他总觉得自己清高，自己与众不同，哪里真就看上你这包子铺的老板娘了？"

江元氏脸上立时现出怒色："不是的，刚成亲那三个月，江郎从未嫌弃过元娘！即便知道元娘并非完璧甚至不能生育，他都没有嫌弃过元娘。"

铁军气得竟然流出眼泪来："元娘！都死到临头了，你还没有看清吗？江狄只会喜欢清白的你！是，没错，他不在意你并非完璧，甚至不在意你生不了孩子。可是他在意你开赌坊，嫌弃你拉皮条、养暗娼。你把客栈卖了，各处的暗窑也转让了，甚至不惜跟我分道扬镳也要跟着他走，还要一心完成他人上人的愿望，死心塌地地跟着他。

"可是他呢？收钱的时候是高兴了，转脸知道了你重操的旧业竟然是暗娼窑、赌坊、高利贷，成亲还没到三个月啊，他就要休了你，弃你而去。他对你的感情到底有几分，你到现在还看不清吗？"

江元氏终于说不出话来，低下了头，眼泪大颗大颗地滚落："是……是哪，江郎是不够喜欢元娘，可是元娘就只喜欢那样的他，那样光明磊落的他……"

作为旁观者的温小筠目光不觉沉了又沉，就连心情也跟着沉重起来。无论怎样坚强、狡猾、贪婪、残忍的人，都有自己的致命弱点。而江元氏的致命软肋就是江狄，即便她大约就是杀害江狄的凶手。

但是只从"猫耳朵"打探来的消息与江元氏这么多年的行动轨迹来看，江元氏对江狄是动了真心的。反过来，铁军的三寸要害便是江元氏。只要她不着痕迹地戳中他们两人的致命弱点，就能一点点撬开他们坚实的嘴巴。

只是真的走进了两个人的内心之后，温小筠的情绪也不觉波动起来。其实不仅仅是温小筠的内心，屋中的氛围也跟着沉重了起来。

面对江元氏伤心欲绝的样子，铁伯嘴角难以抑制地抽动了几下，绝望而又无奈地闭上了眼睛。对于江元氏，他总是不能狠下心去责怪，去苛责。

眼看着江元氏的情绪又要落在绝望的荒原之上，温小筠不由得微微皱眉。她给对方的应该是希望，如果江元氏彻底绝望，自己便更撬不开对方的嘴了。

"元娘，其实江狄对你的感情，远比你想象的深沉。"温小筠声音低沉，转身走向最主位，站在鄞乾化的桌前，微微颔首行礼，请示道："大人，属下想借江狄绝笔一用。"

鄞乾化点点头，抬手拿起放在桌上的遗书递交给她。

下面的鄞诺与白鹜不觉对视一眼。他们对温小筠这样层层递进、不慌不忙的审问方法都很惊讶。可是在他们两个意识到竟然跟对方——这个自己讨厌的人莫名有了默契之后，又都在同一时间嫌弃地别过了视线。

一只手拿着遗书的温小筠缓步走到江元氏近前，将遗书展示在她的眼前，声音低哑："意识到这次的事情已经败露，你终于肯下狠心置江狄于死地，让他替你们背下所有的罪名，你好带着铁军乘机逃脱——是对他彻底绝望了吗？"

听到温小筠的话，江元氏渐趋于灰暗的眸子再次有了波动。她先是愣了一下，顿了一会儿后，终于茫然地抬头，茫然地看着那封遗书，茫然地伸出手拿到自己的面前，低下头，茫然又缓慢地一个字一个字、一句话一句话地看了起来。她仿佛已经失去了人类的所有感情，只剩下一具木然的躯壳，又仿佛已经沉浸在最复杂的情感之中，却沉重得只能做出人类最原始的动作。

温小筠声音低缓地继续说道："抹在他脸上的毒药在发作时会非常痛苦，会很痛。尤其是在他脸上的伤疤和眼角处，会更痛。可是他却始终没有发出任何声音，没有做任何挣扎。从他这封亲笔遗书中可以看出，他原来是想等着官府审判，心甘情愿地接受任何刑罚制裁。

"他原没想着会死得那样快。可是在他意识到已经撑不到那个时候后，便做了人生中最后一个决定。他决定在沉默中挨过那些撕心裂肺的痛楚，好成全你们的毒药，成全你们的心意，不给你们留下任何一点儿破绽。"

第十二章　错付的爱情

江元氏目光一颤，攥住信纸的手难以抑制地颤抖起来，眼泪化作滂沱的雨，整个人泣不成声。

温小筠哀伤地叹了口气，继续说道："可是你和铁军根本就没有想到，江狄早已下了决心——无论官府查不查得清杜莺儿的死因，他都要把这罪过清清楚楚、明明白白地揽在自己的身上。在决定跟着官府走的时候，他就没想着活。也许他是想着也为你们做一件事，也许他是想着用自己的命来抵偿欠你的情，又或者，他只是想寻一个契机，彻底摆脱你们和他自己。"

听到最后，江元氏再也承受不住，将那封遗书紧紧地抱在怀里，伏在地上失声大恸。

"这……这怎么可能？"对面的铁军开始变得慌乱起来，自言自语般地说道，"元娘，你别听他瞎说，江狄怎么可能会替咱们去死？他之所以不叫不喊，是因为我将药力提猛了三倍！他会死得非常快，根本来不及叫喊挣扎。"

温小筠扭头厉声呵斥道："怎么，在家里烧了江狄所有的东西、烧了他娘的牌位、伪装出他想要自杀的情况的你，是不是难以相信江狄真的就没想过活这个事实？你这是欺人不成，反倒自欺成功了吗？！"

"你懂个屁！"铁军恼羞成怒地骂道，又看向江元氏恨铁不成钢地怒道："元娘你千万别忘了，就在事发之前他又跟你提分手，他这根本就是又要甩下你自己去快活。他就是个贱人，一直想着的都是那个甩了他、改嫁富商的未婚妻，心里一丝一毫都没有你的影子。他一面嫌弃你，一面又不舍得你的钱！他就是个贱人！他比我都不如！我是禽兽，他才是最恶心的臭虫、臭蛆！"

"住嘴！"江元氏猛地抬起头来，双目喷火一般地怒视着铁军，"我不许你这样说他！"

江元氏情绪越来越激动，甚至要挣扎着冲破捕快们的钳制去扇铁军的嘴巴。

"江郎不是你这种人能够诋毁的，你不配！要不是你总要跟着我，要不是我心软拒绝不了你，忘不了你的救命恩情，我和江郎绝不会走到这个地步！"

这一句话如晴天霹雳，骤然劈落在铁军的头顶，令他登时浑身一颤，面色死灰一片。他梗着脖子，难以置信地望着江元氏，眼中眸光碎成一片片。

他嘴角颤了两颤，最终牵起一抹苦涩又讽刺的笑："我……我不配？呵呵……我铁军是配不上你元娘，还是不配站在他江狄的旁边？"铁军脸上的肌肉扭曲地抽动着，他苦苦地笑道，"元娘，这么多年，我是不是太惯着你了？都让你忘了当初逃到缘来客栈时是怎样的脏臭可怜、无依无靠？"

"够了……"江元氏低下头紧紧地抱着江狄的遗书，声音嘶哑，"铁军，你的恩情我元娘没有一日忘记过。可是你有没有想过，如果江郎真的是为了钱，他为什么过得一点儿也不快活？明明跟我在一起，他最不缺的就是钱啊……"

铁军笑声越发尖厉："呵呵，随你元娘怎么说吧。总之到了最后，也是和你死在了一起，我铁军没什么好后悔的，更没什么想说的。你既然觉得我铁军不配跟你们夫妻站在一起，砍头之后去喝孟婆汤，我就多喝几碗！不然我铁军这个甩不掉的狗皮膏药还会来恶心你们，纠缠你们这对天仙配！"

温小筠向鄞诺使了个眼色，鄞诺便立刻会意，抬步走到铁军的近前，一手撕下他脸上的褶皱伪装，一手死死地按住他的脖颈儿，将他的头狠狠地压在地上，令他一时再说不出话来。

"元娘，"温小筠走到江元氏的面前，缓缓蹲下身子，声音轻柔，低低地说，"我们已经查清，受我那日女装刺激而出手欲夺我性命的人并不是真的江狄，而是这里的铁军。江狄也没有禽兽到去残害那些女孩子，对吗？江狄生前是什么样的人，元娘你应该最清楚。他可是曾经差一点儿就'连中三元'的天之骄子，仗义执剑，锄强扶弱，潇洒执笔，骂尽天下贪官。

"他活着，最重视的应该是自己的名声、自己的操守。可是为了你，这些他都可以舍弃，甚至是自己江家唯一的血脉的身份。现如今，你与铁军断然逃不过死刑。难道你就真的忍心让那样一个干净的男子蒙着'连环杀人案'的魔鬼名声，没有任何尊严地死去吗？你的江郎，活着的时候不能施展才华，死了以后更要叫万人唾骂厌弃，难道元娘你真的忍心吗？"

江元氏头垂得低低的，大口大口地呼吸却仍觉得窒息难忍。她只觉得温小筠的话一句比一句诛心，一句更比一句要她的命，扎得她的心血肉模糊，扎得她的灵魂支离破碎。

"不是的……"她拼命地摇着头，颤抖的哭音不知在否认着什么，"不是那样的……"

温小筠缓缓伸出手，要去拿江元氏怀里的遗书。江元氏本能地躲避，似乎死都不愿意放手。

温小筠目光沉了又沉，最终叹了口气，站起身："江狄在遗书里，写了几句话——

"'没道理，这个世间没道理。

"'没道理无耻狗贼们在这个世上活得逍遥自在，江某那苦命的娘亲却只能投井自尽。

"'没道理，这个世间没道理。

"'没道理恶人可以逼死良善，自己却高居大宅。

"'没道理，这个世间没道理。

"'没道理江某寒窗苦读数载，一元一登科，最后却连殿试的资格也无。

"'没道理，这个世间没道理。

"'没道理婚约可以被人随意丢弃，登高踩低，而痴情的那个人却只能任她随意奚落讥讽，将七尺男儿的尊严一脚践踏进泥地里。

"'为何痴情的人，总被错付？

"'为何等待的人，总被辜负？

"'为何诚恳的人，总被侮辱？'"

温小筠说完，整间刑狱房顿时陷入一片凄然之中，就连旁边的壮汉——"大胡子"和几个捕快，听得她那样轻若无闻又重如千钧的动情感慨，眼眶都情不自禁地潮湿了。

郵诺与白鸳也不觉抿了抿唇，各自别开了视线。

"不要再说了，"江元氏恳求般地哭泣，双目紧闭，拼命摇头，"不要再说了，我求求你，不要再说了……"

温小筠凝视着江元氏的目光却是越来越坚定："这些话，看似是在控诉这个世界，其实他真正在控诉的是自己的心。他在恨自己为什么不够强大，强大到可以保护自己最亲的人；他在恨自己的心为什么不够坚定，面对感情的羁绊总是不能果断决绝，以致一步步泥足深陷，等到惊醒时，已经溺在深渊里再也爬不出来。

"或许在刚刚知道元娘你的真实身份时，他曾经想过要感化你、改变你，让你放下屠刀，停止作恶，即便不能立地成佛，也可改过自新，为这个世间多做一点儿善事。可是后来他不仅没有改变你、感化你，反倒被你牵连着拉进泥潭永不翻身。尽管如此，他一直都没有放弃挣扎，尽管那些挣扎仍是徒劳。"

"求求你……"江元氏整个人都跪趴在了地上，额头深深地埋进地面，滴下的眼泪沾上了灰土，只有两只手仍在紧紧地抱着江狄的遗书，"我真的求求你，不要再说了……"

温小筠像是根本没有听到她的话，说话语气越发冰冷，目光越发坚定："我说过，我这个人做事最喜欢留后手。我的后手，就是派人打听了能打听出来的关于你们的所有消息，甚至江狄为第一个死者——瑶妹雇佣来的那个丫鬟，也有捕快找了出来。根据她的证词，当年的江狄与瑶妹的真相，该是这样的。

"瑶妹本来是被拐进一个暗娼院的苦命女孩儿，没想到就要被人强推进院子前，突然看到路上有个行人路过。于是她乘机踹了看守的下体后急急呼救。那个行人听到呼救，竟然真的出手相救。也许是暗娼院的打手们怕事情败露，在被那个行人痛揍几下后，连瑶妹都顾不上了，转身就跑了。

"在瑶妹看来，那个行人尽管脸上有着可怕的刀疤，却是天神下凡一般的大好人。后来那个行人带着瑶妹逃离了那条僻静的街巷，本来想着给她一些银子，让她逃命去。可是瑶妹认准了那个行人——因为她家里父母早死，她被寄养在叔叔婶婶家，苦活儿累活儿都是她干不说，还要日日挨打。婶婶下手极黑，叔叔对她竟有禽兽之意，最后更把她嫁给一个痴傻的残疾人，只为了能收到比正常人高出三倍的聘礼。

"所以瑶妹才拼着命地逃了出来，却没想到刚出狼窝又入虎穴，还没逃出多远，就被人贩子盯上，要被拐进暗娼院。一路上她惨遭那些经手人挨个儿地欺负，本来觉得自己脏得都不配活在这个世上，可是一想到早死的爷娘，又不甘心就这样轻易断送了性命。她一直想着要逃，想着要活，直到遇见了那个行人——那个行人就是江狄。只是她没有想到，那次遇见却是江狄走向人生悲剧的真正开始。"

　　温小筠环视着屋中的众人，继续讲着："江狄本来狠心要把瑶妹赶走，但是面对瑶妹的苦苦哀求，最终还是没能将心狠到底，只得先把她安置在一处暂时荒置的库房小院，怕她一个人住着害怕，还临时帮她雇了一个小姑娘。那个小姑娘就是我们寻到的证人。"

　　温小筠说到这里，郵诺又默契地抬手击了一下掌，望着门口方向沉声说道："带证人！"

　　随着一阵急促的脚步声，"猫耳朵"带着一个年轻女孩儿快步走进刑狱房。

　　那少女穿着粗布衣裙，大约第一次进入这样吓人的环境，所以很是害怕，一直咬着嘴唇低着头，两只手紧紧地攥着衣裙前摆，局促惊惧得连大气都不敢出。

　　江元氏疑惑地抬起头，蒙眬的泪眼仔细辨认着眼前的人物，却发现根本不认得对方。

　　"回禀推官大人，""猫耳朵"单膝跪地，恭敬行礼，"属下毛尔德特带人证王怜儿听候问话。王怜儿是杜莺儿案中的死者之一——沈瑶生前的侍女。"

　　少女王怜儿听到介绍自己，赶紧俯身跪下，头垂得低低的，一动也不敢动。

　　白鹭不由得抬头扫了郵诺一眼，对方与温小筠竟然在这么短的时间内就做了这样细密的安排。思虑之周密，安排之得当，实在是让他叹为观止。不过转眼间，他又觉得这些也是可以想见的，毕竟连他的天赐吉祥银都给花出去了，若是再办不出点儿成绩来，才真是要让人惊讶。想到这里，他不觉在心里默默将郵诺骂了两遍。

　　另一边，座上的郵乾化微微颔首，望着堂下的少女沉声问道："王怜儿，何方人氏？来由如何？"

　　少女肩膀颤动了一下，双手扶着双腿，抬起眼皮怯懦地望了郵推官一眼，谨慎地回道："回……回青天大老爷的话，民女是鲁地临县人，幼时跟着家里搬进咱们焱州府。爹爹原来靠担水营生，娘亲靠替人浣衣换些补贴。民女成人后就辗转于一些大户人家里做帮佣，这两年攒了点儿钱，就回到家里和爷娘开了个豆腐坊，不再出去了。"

白鹭执笔飞快地记录，书写速度几乎与王怜儿说话的速度齐平。鄞诺睨了白鹭一眼，心中冷哼，没想到这个养尊处优的闲散郡王，干起小书吏的活计来竟然这么称手。

鄞乾化又问："王怜儿，你可认识一个名为沈瑶的女子和一个名为江狄的男子？"

王怜儿这才略略抬起些头，怯怯地望着鄞乾化："回大人的话，怜儿认识他们的。那是两年前怜儿干的一份短工，江狄江大老爷雇怜儿去照顾沈瑶姐姐。"

"你可知他们二人是何关系？"

王怜儿皱眉回忆着说道："他们二人的关系很……很奇怪。"

坐在旁边的江元氏此时也缓过来了些精神，听到这里忍不住冷哼了一声："不过是没有名分的姘头罢了。"

"不是的，不是的，"王怜儿急急摆手解释，"怜儿虽然只是个丫鬟兼小厨娘，那些个败坏别人名声的事情却是万万不做的！"

温小筼走到王怜儿的近前，温声安慰："怜儿别急，慢慢说。"

看到长相清秀又面善的温小筼，王怜儿这才放松了些，点点头："官家大爷，小怜说的奇怪，不是江大老爷和沈姐姐有什么不清楚的关系。小怜觉得奇怪，是因为他们两个之间实在太干净了。"

温小筼："怎么个干净法？"

"小怜做过很多次帮佣短工，在大宅子里的就不用说啦，一般的大老爷在外面单独安置一个姑娘，不是怕主家太太生气不敢领进家门，就是不认真对待的，压根儿就没想着让人家女子进门得名分。可是这位江大老爷与沈姐姐既不是什么兄妹亲戚，也不甚相熟。沈姐姐进院的第一天小怜就到了，从那儿以后不过一个月的光景，江大老爷进来总共也没超过三次。

"而且每次江大老爷都特别避嫌，都是坐在院子里跟沈姐姐聊天儿谈事情。不瞒您说，小怜儿第一次看见江大老爷的时候，还挺害怕他的呢，毕竟他脸上的疤太吓人了，可是后来接触几次才知道江大老爷可是个斯斯文文、礼貌得不行的书生大好人呢。"

江元氏的眼里仍然满是怀疑之色。

"哦？"温小筠悄然瞥了江元氏一眼，又望向王怜儿，故作疑惑地问，"他们都谈了些什么事情，小怜儿你可知道？"

王怜儿重重地点头："知道的，小怜儿都知道的。前边不是说了嘛，江大老爷特别避嫌，每每进院子都叫小怜儿在跟前帮着倒茶水，所以每回他们说的话小怜儿都听得特别清楚。其实他们每次说的也都是差不多的话，沈姐姐想要留在江大老爷身边，哪怕是一辈子做个丫鬟，只要能报恩，都是心甘情愿的。"

温小筠："那江狄是怎么回答的呢？"

王怜儿眨着两只大眼睛认真回答："江大老爷每次都不同意。第一次来的时候他说先让沈姐姐暂时住下，自己出去帮忙给沈姐姐找个好去处，只让她放心，断然会替她找个谋生的好出路。第二次江大老爷说是找到了能学刺绣的好地方，那里的绣娘师傅不仅有本事，脾气还好，调教出来的绣娘不仅能赚钱，身价高，很多好人家还都愿意娶呢——听得小怜儿都跟着动了心呢。

"小怜儿当时就忍不住插嘴，说：'那个绣娘师傅俺也听过，老有名气啦！想拜她为师的姑娘那可海了去了！'江大老爷当时就笑了，说要是小怜儿也想去，就在家多陪着沈姐姐一起练刺绣，回头绣出点儿模样来了，他就拿着一起给绣娘师傅看，还说只要我们两个肯用心，他一定想办法让绣娘师傅收我们两个为徒。那天晚上，小怜儿可是高兴得都睡不着觉了呢。"

温小筠目光越发温柔："看来江公子的确是个大好人。"

"嗯，"王怜儿非常认同，"虽然江大老爷表面上不怎么爱笑，脸上的疤痕还凶巴巴的，整个人总是冷冰冰的，但真的是个难得的大好人。"

说着，王怜儿脸上又现出些许惋惜之色："只是可惜小怜儿没有那个命。那天之后，只要干完活儿做完饭，小怜儿就跟着沈姐姐一起来回刺呀绣呀。终于绣出点儿眉目来了，俺们两个就等着江大老爷过来。"

温小筠忽然又加了个问题："沈瑶也和小怜儿一样满心欢喜，只想去绣娘那里吗？"

小怜儿抿了抿嘴，思量着回答："其实沈姐姐跟俺还是有点儿不一样。她时常一边学着刺绣，一边叹气。俺问她为什么不高兴，她说'其实江大老爷那样人品好又有身家的人，真的是太难碰见了，要是能留在他的身边，那一定是上辈子积下了大德的。只是一看人家应该就是有家室的，所以对外面的女子多余一眼都不看呢。'"

江元氏不觉冷笑一声："那个贱人本来打的就是这个主意！只是不想想，她那个德行也配？！"

王怜儿并不认识江元氏，只是听得别人忽然这样说她曾经要好的姑娘，立时就生了气："才不是，沈姐姐只是觉得江大老爷是个大好人。江大老爷跟她把话早就说明了，她也就知道了，根本没有为难人家江大老爷。"

江元氏陡然直起身子，眼神瞬间凶恶起来："你这个小毛丫头懂个屁！"

"元娘！"温小筠厉声喝止。

不知为什么，温小筠在江元氏这里有了威信——听到温小筠的喝止，她也就没再为难王怜儿。

"小怜儿，"温小筠半蹲下身子，望着王怜儿安抚似的说，"为什么后来你们还是没能去成绣娘那儿呢？"

王怜儿叹了口气："终究是俺们没有那个命。那天上午，俺像往常一样去买菜，可是回到家里后却发现沈姐姐不见了。跟着她一起不见的还有江大老爷给她置下的一些新摆设、新衣服、新首饰，家里各种值钱的物件，还有早就给她的盘缠包。一开始俺还以为是遭贼了，可是家里哪处都很整洁，甚至连摆放方式都和沈姐姐平常的习惯一样。

"俺问了邻居阿婶，阿婶说是有辆马车来接沈姐姐。沈姐姐还给俺留了话，说她另有好去处了，还托邻居阿婶给我单独留了点儿碎银子，说叫俺好好学刺绣，别辜负了江公子的一片好意。俺当时就蒙了……等到晌午的时候，江大老爷来了，俺就一五一十地都跟江大老爷说了。江大老爷当时就黑了脸，只说了一句'坏了'，转身就要走。俺看江大老爷那个样子，还以为是发生什么大事了，就叫住了江大老爷。没想到江大老爷直接给了俺两个大银锭，可足足有二十两呢！"

温小筠好奇地问道："为什么要给你那么多银子？"

王怜儿那张小脸几乎皱成了一团："这个俺也不知道，江大老爷只说叫俺赶紧回家，绣娘那里不能去了，以后不用再来了，也不要跟外人说这段时间照顾过谁。他还说他是个不祥的人，谁沾上都没有好结果，叫俺一定不能跟外面的人说认识他。俺当时被吓住了，就急忙收拾行李离开了小院子。"

说到最后，王怜儿像是忽然间想起了什么，"唰啦"一下仰起头直直地望着温小筠："对了，官差老爷，带俺来衙门的官大爷说江大老爷担上了什么污名，叫俺小怜来做证，俺才放下豆腐坊的事急急赶来了。俺可跟您说，江大老爷可是一个大好人，坐怀不乱的柳下惠都比不过他。他更是俺们家的大恩人，没有他，小怜儿现在还在为奴为婢地伺候别人呢。这样的人怎么会有什么污名？他一定是叫人给诬陷埋汰了。小怜儿求求差官老爷们可一定耐心地好好查查，千万不能冤枉了好人啊。那样好的人，要是还会坐牢房，吃牢饭，可就是没天理了呢。"

她这话一出，屋中立时一片静默。

才止住些情绪的江元氏听到这里，立时别过了脸，再难接受眼前的事实。

温小筠抿了抿唇，勉强控制住情绪，嘴角牵起些许笑容："放心吧，小怜儿，你先去证词那里按个手印，确保你说的每个字都是真实的。我们一定会查明真相，绝不冤枉一个好人。"

王怜儿立时抬起手，竖起三根手指无比郑重地说道："俺王怜儿说的每一个字都是真的！俺王怜儿这辈子都不敢进衙门来，可是为了给江大老爷做证，就是再害怕，俺也要来说真话。"说着她还狠狠地瞪了旁边的江元氏一眼："要是有谁敢冤枉江大老爷和沈姐姐不清不楚，俺小怜儿第一个就不干！"

说完王怜儿提起裙角，义愤填膺地站起身来，快步走到白鸳面前，痛快利落地签了字画了押。直到后面"猫耳朵"上前带着王怜儿离开，她还用充满期待的目光望了温小筠一眼。

等到刑狱房重新归于平静，温小筠才重新走到江元氏的近前："元娘，你见过江狄的未婚妻，对吗？"

江元氏凄然一笑："见过，伤过江郎的贱人，我怎么可能会放过？"

郅乾化眉头立时皱了起来："在瘟疫庄连环凶杀案之外，还有命案？"

江元氏脸上虽然还挂着泪，眼神却变得冰冷起来："杀十个人是一个死，杀十一个人也是个死罢了。不错，那个贱人也被我做掉了！铁军说杀人他是最有瘾的。原来他是想着一个人去，可是我不依。伤过江郎的贱人，我一定要亲眼看着她死！我不仅要铁军折磨她，还要那贱人在人间彻彻底底消失，没有人能找到她！"

温小筠面色清冷："所以从人贩子手中买来沈瑶后，你就特别嘱咐手下，变着法儿地折磨她，还要把她扔进暗娼院，最后再扔给铁军处置，对吗？"

江元氏咬牙一笑，笑容也开始变得狰狞凶狠："没错！手下跟我说那个贱人中途被江郎救走了，我就气得要发疯。只是害怕江郎知道暗娼院也是我和铁军的，才一时间没有出手。直到后来，我终于找了一个空隙见到了那个贱人。她起初不认识我，在听了我是江夫人后，立刻跪在地上谢我。呵呵，她竟然谢我？不过我不会被那贱人表面的伎俩骗过去！被那么多脏男人糟践了，还想要跟着我的江郎，她就是比猪都恶心的贱女人！就该像猪一样死！

"我不过轻飘飘地说我很可怜她，再加上我不能生育，江郎也该有些个姜室，又看她是难得的漂亮可人儿，就想把她收在身边。我才说了一句，她就欢天喜地地拜了又拜，还说什么"半点儿别的心思没有，就想给江家做个丫鬟，做牛做马，结草衔环，以报救命之恩"。呵呵，贱人的心思怎么会瞒过我的眼睛？于是我就把她带走了，带进另外一处闲置的库房院，给她灌了迷药，让她一边被铁军强弄，一边被剐砍！"

听到这里，屋中每一个人都不觉脊背生寒。

江元氏与铁军才真的是杀人狂魔！

温小筠眸光一沉："后来沈瑶就成了那口荒井里的第一具尸骨？"

江元氏挑眉一笑："没错呢，那时铁军已经忍了很久不杀人——一来是淼州府不比之前的缘来客栈，要想找到痛快过瘾的地方和流程总要费些心思；"像是想到了什么，江元氏脸上的笑容又忽然僵硬了起来，"二来，我本来也是真的想要改了那些见不得人的嗜好。不同于挣钱的路子，杀人过瘾但风险太大，万一叫江郎看出端倪，他一定不会原谅我……"

温小筠皱了皱眉。她知道，确认案情细节与江狄罪名的关键时刻就要来了。她不着痕迹地转变了讯问方向："所以你们成亲三个月后，他跟你提出分手，并不是因为发现了你和铁军的全部勾当？"

江元氏抬头看了一下被捕快狠狠按压在地的铁军，面无表情："那个时候，江郎只是发现我们开的是家黑店，并不知道我们还有赌坊和暗娼院的生意。不过，他那样骄傲的人，光是黑店就已经让他受不了。元娘到今天还记得江郎初进缘来客栈的时候，是如何英俊潇洒，便是最普通的一件灰袍穿在他身上，都是极好看的。"

江元氏回忆着，目光渐渐温柔，像是初春的冰河解封，现出点点希望的波光。

"那时，他脸上还没有伤，比画儿上的人还美，他的眼比墨都黑，比星儿都亮。那时他还很爱笑，即便早就存了寻死的心，却依然温柔地对待每一个人。有客人调戏元娘，他总是会非常聪明地给元娘打圆场，既解了元娘的围，又不会扫客人的兴。他总是喜欢坐在最靠窗的位置上独自喝酒……元娘去和他说话，他总是有很多新奇的故事，就好像在这个世上没有他不知道的事。"

地上的铁军绝望地闭上了眼睛。他再没有半句话想说，也不再有半点儿留恋。

江元氏却像是陷进了深深的回忆，自顾自地说着："铁军一开始就对江郎动了杀心，可是江郎身上根本就没有什么多余的钱。因此，我与铁军第一次发生争吵。当天入夜，我忽然发现铁军正在磨他单独打造的斩骨刀，就知道他要动手了。我赶紧跑去客房，想要把江郎带出去，不承想他的屋子空空荡荡的，根本就没有人。"

江元氏静静地诉说着，神思随着她的目光飘得很远。仿佛这里并不是司狱司的刑狱房，她也不是一个待捕的罪犯，仿佛时空瞬间回到了她与江狄初见的时候，仿佛江狄还没有悲惨地死去。

屋内所有人都不忍心去提醒她，打断她，只是静静地听，静静地记录。

温小筠亦然。唯一不同的是，在静静聆听的同时，她看到了从铁军的嘴角缓缓淌出的一抹殷红色的血。他的头被人狠狠地按在地上，脸紧紧地贴着地，双目紧闭，脸色已经乌青一片，若不是在温小筠的角度，很难看出他的异样。

她双目瞳仁紧紧一缩。铁军到底是用毒高手，也许是终于认清了自己在江元氏心中的地位，也许是终于绝望，再没了活下去的勇气。可是温小筠并没有提醒任何人铁军自尽的事实，怕一旦打断此刻的江元氏，对方的情绪便会崩溃，很可能再有什么变数。她好不容易才打开江元氏的心房，一定要让对方讲出此案的所有细节才行。

跪地的江元氏低垂着头，无力地说道："江狄要被捕快带回衙门之时，铁军终于忍不住，再度献计要杀掉江狄。我本来没同意，铁军却把江狄半路跟踪皇甫夫人还串通了外人设计要抓他的事情讲了出来。"讲到这里，江元氏悲切地跪伏在地上，"那时我被铁军的话气到了，觉得我把心都掏出来给了江郎，可就是焐不热他的心，他竟然又为了一个长相酷似那贱人的女人联合外人来对付我们。于是我便同意了铁军的建议，双手涂抹剧毒，借着分别的机会，对……对江郎下了手……"

温小筠轻轻地叹了口气："其实江狄一直最爱的人，就是元娘你，他的心里从来半个别人都没装过。"

到此为止，温小筠联系着"猫耳朵"重金挖出来的江元氏的背景，终于把这件案子的始末全部捋清楚了。

温竹筠熟悉的声音再度响起："你真的捋清楚了？"

温小筠自信地点点头。

温竹筠微微一笑："那好，我便把这案子的始末以影像的形式在你的脑子里走一遍，作为核对你的答案的参考。"

他话音刚落，温小筠的脑海中就出现了一个清晰的画面。

那该是十年前江元氏——即元娘的故乡。那是一个夜晚，有一个浓妆老妪笑嘻嘻地打开门帘，送出几位中年男人。

老妪满脸堆笑地为他们引着路，还不断说着自家姑娘如何金贵，平常人都是难得一见的。其中一个恩客哂笑了一声，随手抛给她两块碎银子。

殷勤地把恩客们送出小院，老妪捏着碎银子满意地咬了咬，满口都是银子的纯正味道。她龇牙一笑，忙揣到怀里收好，再抬头又换了另外一副面孔，从厨房端了一大盆热水，快步走回屋子："哎哟，我的小心肝儿哟，可苦了你喽。"

屋子里大床上，躺着一个发丝凌乱的女人，正是元娘。几乎被揉皱的被子下，是她大片青紫的皮肤。

老妪眨巴眨巴眼睛，挤出些眼泪，上前帮着擦拭："我的小心肝儿哟，娘知道你受苦了。娘年轻时为了养活你，什么苦都吃过，咱们女人要想混口饭吃就是难啊。"

床上的女子一动不动，没有半点儿生气。

元母一面擦拭着元娘的身体，一面整理被褥，却一眼瞧见床头几个银光闪闪的银锭。她混浊的老眼立时放出贼亮的精光，拿起就要往怀里塞。

元娘目光陡然一寒，立时扑上前去，一把将银锭夺回："多少钱都叫你赌去了，现在又拿我的命去赌！你自己怎么不去死？！"

她猛地直起身子，两只眼睛怨毒地瞪着老妪。

老妪瞬间也恼了，两只手齐上就要去夺："要是没有你这个拖油瓶，老娘早嫁给富商当夫人了！这么多年老娘为了你这个浪蹄子吃了多少苦，你现在翅膀硬了，要跟老娘要横了是不是？！"

元娘丝毫不退让："你嘴上说得好听，这么多年，哪一件不是为了你自己！要不是你，我会永远都不能生孩子吗？我这辈子都嫁不了人！有你这样的娘，还不如没有！"

激烈的争执中，两个人愤恨地扭打在了一起。

直到元娘被打急了，抄起针线篮里的剪刀朝着老妪的胸口直直地戳了下去。被滚烫的鲜血喷了满面，她才惊醒过来到底发生了什么。她茫然地看了看手中的剪刀，又看了看地上死相狰狞的老妪，她的手一颤，剪刀便跌落在地。

怔了一会儿后，她才仓皇起身，胡乱穿上衣服，又用盆里的清水洗了把脸。再度确认地上的母亲已经彻底断气，元娘才在巨大的惊悸中迅速做出决定。她急急奔向厨房，用大锅里剩下的热水将身体彻底洗净，重新梳洗后穿戴整齐，又从后山挖出多年的积攒——她一点点偷偷埋下的银子，打了个包袱，将院子的大门紧紧锁死之后，便一头扎进黑夜之中，再也没有回头。

逃亡路上，她隐藏了容颜，伪装成灰头土脸的老妪，不敢住客栈，只敢住最便宜的小店。直到走到缘来客栈，元娘才想着距离老家足够远了，应该足够安全了。住进客栈时，她仍用了老妪的身份，一边打听这个小镇的消息，一边寻找着有什么店铺转让的消息，想用自己的本钱在这里做些小买卖。

她却没想到自己竟然住进了一家黑店。那时的店老板还不是铁军——铁军是这家黑店老板的继子。

因为铁军天生结巴，又发育得慢，所以很受歧视。平日里的苦活儿、累活儿、脏活儿都是他干不说，继父和继兄们稍不如意就打他骂他。住店的元娘偶然看到铁军被继兄们欺负，且他手上的伤口都已溃烂，便好心拿出一些伤药，还告诉了他改变结巴的小窍门。结果铁军在她的面前竟然真的不结巴了。

可是元娘与人再次打听店铺的时候，叫黑店老板看出了她身上隐藏的银子。当夜，黑店老板就叫两个儿子准备趁当晚住入的两个普通客人离店后的空当，对元娘下手。

毕竟是见过各种男人丑陋的样子，元娘警惕性极高。在黑店老板带着两个儿子埋伏在房门外的时候，她故意点燃蜡烛，脱下衣衫露出真容，做出要换内衣的样子。眼看老妪瞬间变成了皮肤白皙、身材玲珑有致——年轻貌美的少女，纸窗外的老板父子三人眼睛都看直了。他们临时改变了决定，决定先享用一番再杀人劫财。

隔着纸窗，元娘装作察觉到有人偷窥的样子，惊恐地求饶。她装出以为外面的人只是要劫色，对他们说自己一个弱女子在外，不敢反抗，只求保命，还说怎么样都依着他们，只要他们不害她性命就行。

父子三人心里简直要乐开花了，心想那女人能听话任他们玩弄简直再好不过。于是，他们三个一起像饿狼一样亟不可待地冲进屋子。就在他们急忙解开衣服的时候，元娘突然屏住呼吸甩出早就准备好的剧毒药水，朝那毫无准备的三人的眼睛、口鼻泼了去。

她原想着大不了就是一死，死前能抓住一个垫背的就值了。她这一下直接让黑店老板的两个儿子的眼睛瞎了，他们倒在地上痛苦地打滚儿号叫；黑店老板勉强闪过，捡回一命。看着两个儿子受了重伤，他当时就急红了眼，扑上前要一把掐死元娘。只是他万万没有想到，就在元娘被他扼住喉咙奄奄一息的时候，一柄斩骨刀横空而落。大片鲜红的血水漫天泼洒，元娘将眼睛睁了又睁，才看清了血雨帘幕之后铁军淌满眼泪的脸。

在那儿之后，她才知道铁军的结巴并不是天生的，是童年时期被继父、继兄不断虐待给吓出来的。

由于已经有过一次杀人经验，这一次元娘表现得很镇定。她先是静坐在原地，看着铁军打开床下机关，把继父和继兄长挨个儿扔了进去——那里直通地下的分尸房——然后等着铁军对她动手。只是铁军不仅没有对她动手，反而给她披好了衣服，肩并肩挨着她坐了下来。

那是一个很漫长的夜晚，血泊之中，两个人就那样静静地坐着，谁也没有说话。

后来，元娘就成了缘来客栈的老板娘，而铁军则成了驼背的后厨厨师，重新做起了黑店的生意。在元娘的经营下，缘来客栈的生意变得比以前好很多。他们虽然还是会干些杀人劫货的勾当，频率却比以前低很多。一般只是在碰到油水特别多的且落了单的外地商人，或是铁军杀人的瘾上来实在按捺不住的时候，才会重操旧业。

除了经营客栈，元娘又用挣来的银子叫铁军在外开了赌坊和暗娼院。大约是报复心理作祟，元娘对于院里买来的姑娘都非常凶狠苛刻，实在有不听话或是残废了的，就扔给铁军发泄处理。

时间一长，元娘与铁军二人便形成了一种非常奇怪的关系。两个人并不是夫妻或情人，铁军却对元娘言听计从。也有碰到大麻烦，元娘不得已要用身子去平事的时候，铁军便候在门后，又当保镖又当皮条客。只是每每这种时候，铁军心里都是恨的，当晚也必然会做掉一个姑娘发泄心中的恨意。

他们两个原以为这种关系会一直延续下去。因为元娘在心里是不愿嫁给铁军的，只是把他当亲人。铁军也模糊地意识到这一点，并不敢对元娘提出过分的要求。

直到江狄的出现，将缘来客栈的平衡瞬间打破。看到元娘总是不自觉地偷看江狄的样子，铁军第一次慌了。他知道，这和元娘看自己的眼神完全不一样。即便委身于那些用得到的达官显贵时，元娘眼中也从来没有出现过这般热切的神色。

于是他第一次打破"非肥羊不动手"的规矩，要对江狄痛下杀手。

元娘着急去江狄的客房报信，不想屋里却是空空荡荡的，半个人影都没有。焦急的元娘忽然发现桌面上留了一封书信，展开一看，里面是江狄的笔迹。他说很感谢元娘这些天对他的照拂，无以为报，只能把剩下的最后一些盘缠连带着母亲家传的信物作为回赠。

元娘当时就意识到江狄要去寻死，匆匆收起书信，就奔向客栈大门。好在江狄当时并没有走出多远，元娘才打开客栈大门，就在一片如霜的月色中看到了他的身影。

她刚想叫出声，一道寒光却突然奔着她的面门袭来！元娘登时一凛！她竟然忘了，因着赌坊的竞争，结下了仇家。道上捎来信，说对方寻仇就在这两日，她一时着急竟然给忘了。

她勉强躲避过那致命的一击后，身后的铁军瞬间扑将上前与杀手缠斗在一处。

来的仇家有七八个人，而她的缘来客栈，搭上她自己总共也就五个人。虽然这些年跟着铁军学了些功夫，但是在高手面前也只能勉强自保。

这一仗打得很是凶险。很快，元娘与铁军就处在了下风。而闻声惊醒的三个手下听到动静后出来没抵挡几下，就被来人杀了个干净。情急之下，元娘和铁军打算先进入暗道。不想江狄听到响动，折身回来，在看清元娘遇袭后急忙出手。

元娘一回头，就看到了江狄以一对多在拼命厮杀的样子。她从没想过，那样温文儒雅的一个书生，竟然有着如此高强的武功。闪转腾挪之间，江狄一个抄手就夺下对方的长剑，动作如行云流水，飒然飘逸——元娘看得愣住了。

眼看局面就要被江狄控制住，杀心大起的铁军也抄起斩骨刀冲了上去！没用多久，几个杀手就死的死，伤的伤。

元娘欢喜地跑了过去，不想角落里竟然还埋伏着一个杀手！此时这厮跳出来，大刀寒光闪闪地就朝着元娘劈了下来。江狄一看毫不犹豫地扑身向前成功地保护了元娘，但自己的脸却永远留下了一道狰狞的刀疤。

重伤的江狄一连昏迷数日，元娘则衣不解带地照顾了他数日。后来又足足养了一个月，江狄才算恢复。元娘也终于用柔情打动了江狄，让他觉得人生还没有真正到绝路。最终他答应与元娘成亲。

自从下决心嫁给江狄，元娘便想着跟铁军划清界限，甚至提出只带着来时的那些本钱走，与铁军一起打理的所有产业她都不要，甚至连钱财一分不要都行。

铁军听了后，当即抓住元娘的胳膊，两眼愤恨得要喷火一般："就为了个小白脸儿，你竟敢跟我提分家？！"

"他不是什么小白脸儿！"元娘望着铁军，目光异常坚定，"他是元娘这辈子的良人。有了江郎，前半世元娘经的那些苦才会真正地过去。"

听到这句，铁军犹如五雷轰顶，猛地掐住她的脖颈儿，第一次做出伤害她的事。

"那我呢？"他声嘶力竭，早已泪流满面，"我铁军对元娘来说，就永远是个上不了台面的碎催？！"

元娘仰着头望着他，凄然一笑："你就是我，我就是你——我是铁军的头脑，铁军是元娘的手脚。"

铁军身子猛地一震，双目眸光碎成一片片。

"在决定跟江郎走的时候，元娘就没想过活着走出缘来客栈。铁军杀了元娘，元娘绝无半点儿怨言。只是有一点，无论活着还是死了，元娘都跟定了江郎。"

铁军手上的力道渐松，最终仰天嘶吼一声，推开元娘踉跄而逃。

那一夜，铁军在屠房狠狠地劈砍了一番，才算将心中的怒气发泄些许。元娘站在门外听着里面传来凄厉的号哭才算放了心。她知道，铁军终会同意她与江郎的婚事。

到底令她没有想到的是，在决定跟着江狄永远离开这里时，伪装成驼背厨师的铁军又出现在了她与江狄的面前。

元娘将江狄支开，转头看着铁军，眉头刚要皱起来，就见他面无表情地说："元娘是铁军的心，离了你，我不能活；铁军是元娘的手脚，离了我，你也活不好。"

元娘的心狠狠一缩。在这之前，她原本狠下决心金盆洗手，从此断绝那些血腥的脏污烂臭，跟着江郎干干净净地活下去。可是现在看到铁军，听了他这番话，她才真正意识到，那些血腥的脏污烂臭早已经成为她血肉的一部分——她离不开它们。

于是面对铁军，她唇角微勾，弯出一抹阴鸷的笑容。

铁军也笑了。他知道，他们这辈子都不会再分开。

后来铁军以娘家老仆人的身份，跟着元娘一起随江狄四处闯荡。缘来客栈与赌坊、暗娼院的买卖全部兑了出去换成了现银，供他们在外打拼。

前三个月，他们的生活很惬意。元娘的体贴与床帏之中的本领都让江狄叹为观止。他越来越迷恋元娘，甚至渐趋于疯狂。郎情妾意，又有良仆在侧，生活幸福得让江狄都不敢相信这一切都是真实的。他想上天在一处坑死了他，却又在别处宽厚阔绰地补足了他——他应该知足。

直到三个月后，元娘选好了一个适宜发展的小城镇。因为在那里，她碰到了以前给她提供姑娘的人贩子团伙，那个城镇也是他们的据点之一。人脉有了，关系有了，地盘有了，元娘心痒了。明面上她只告诉江狄要再开家客栈，实际上却派出铁军暗地里先去开设新的暗娼院。忍住三个月没有折腾过的铁军早已快憋疯了。

或许是三个月的相处令元娘与铁军对江狄放松了警惕，只觉得他是个一心诗书的风雅人，对于其他事务都是不关心的。他们到底小看了江狄——凭着他的聪慧与敏感，没下多少功夫，他就察觉到元娘操持生意的背后还有一些神秘的事情。起初他是信任元娘的，毕竟生意上的事，元娘比他懂太多。

直到有一夜他无意撞到铁军形迹可疑地悄悄潜回宅子，才隐隐感觉到事情有些不对劲。他凭着智慧，没费多少周折就查出了元娘开设暗娼院的事情。他几乎要呕出血来——这样大的打击，他接受不了。

第二日清晨天还没亮，远赴外地办事连夜赶回来的元娘，刚脱了狐裘大氅，解了外衣要上床与江狄好好缠绵一番。江狄却走到外屋方桌前，执起酒壶，直截了当地挑明了所有的事情。

"念在夫妻一场，元娘又对江某有救命之恩，江某可以不去报官，"他一杯接着一杯地喝着酒，容色清冷，"只是暗娼院的事必须马上停了，拐来的姑娘们也要全放了。"

元娘当时就慌了，上前指天立誓，说全部听他的，他说什么她就去做什么，只要日子还能像以前那样过。

江狄喝完最后一杯酒，决绝起身："夫妻缘尽于此，你且好自为之。"

说完，他只拿起一件外袍，什么家当盘缠都没拿，一人一骑，奔出了郊外新置的宅子。

元娘急得光着脚穿着单衣就追了出去。那时江狄已经骑马奔出去老远，元娘却不弃不舍地在雪地中一直追逐。她大口大口地喘着气，只觉得自己的肺都要炸开了，却还是没能看到江狄的身影。

她不肯放弃，徒步跋涉在雪地中，直追到天光大亮，直追到世界一片惨白。她手脚僵硬地摔倒在雪地上，扎在雪地中失声痛哭。她曾经放弃了所有，还是没能留住她的江郎。再艰难、再脏污的时候，她都没有想到过死，这一次却只想冻死在雪地里，再也不起来。

绝望之中，一双湖蓝色的缎面男靴忽然出现在她的眼前。她恍然抬头，闯进眼帘的是江狄泪流满面的熟悉脸庞。江狄笨拙地脱下自己的白裘大氅，狼狈地裹在元娘身上，将她打横抱了起来。

元娘却伸出几乎冻僵的手摸索着抚上他的脸，直起身子凑了上去，冰冷的唇带着濒死的疯狂瞬间滚烫如火。激烈的纠缠之中，他被她死命地摁在雪地上。

苍天为被，雪地为床，铺着那一袭狐裘，她与他血泪交融，至死方休……

事后，江狄哭得像个孩子一样。他说，他是一条沙漠里困顿的鱼，翕动着干涸的嘴唇，濒临死亡，她却是致命的毒药——他喝了就会死，只是他到底没有选择。可即便没有选择，他仍没有放弃与命运抗争。从那一天起，元娘到哪里，江狄就跟到哪里。他不仅花重金遣散了那些拐卖来的苦命女子，甚至逼着元娘再次贱卖了产业，离开了刚刚落脚的小镇。

铁军气得要死，却拗不过元娘。元娘也再度发誓真心悔改。于是他们三个过了一段很艰难的苦日子。江狄并不觉得苦，到处奔波，只想把元娘、铁军真正带到正路上。

元娘一个月挨得，三个月挨得，铁军却再挨不得。面对铁军的诱惑，元娘决定再度铤而走险。她让江狄与自己去做正经买卖，而让铁军再度潜入暗处勾连人贩子团伙，重新安排暗娼院的生意，毕竟暗娼院几乎是一本万利的生意。

再加上元娘早就摸清了恩客们的嗜好，对暗娼们百般苛待——别处姑娘不敢接的活儿、没有的花样，元娘这里都接、都做。正经生意虽然元娘也会做，但是她的胃口早已被撑成无底的黑洞——正经生意缓慢又辛苦的回利根本填不满她那深深的欲壑。

由于对江狄特别有了提防，这一次发展得很顺利。只是有一处细节，却是元娘也没有注意到的，那便是铁军的变化。

驼背的老仆人本就是以前令肥羊们放松警惕的伪装，现在为了瞒过江狄，对外办事时，铁军就恢复自己真正的身形，甚至在有意无意中，竟开始从方方面面伪装成江狄。勾连人贩子团伙时是江狄的打扮，折腾摧残姑娘们时，他也是整个装扮成江狄的样子。

元娘与江狄那一次在雪地的温存，深深地刺激了他。他开始幻想自己就是江狄，只有那样他才能做上亲近元娘的梦。虽然只是梦，但也是他难以奢望的幸福。

另一边，江狄毕竟与元娘最亲近，虽然没有再抓到过元娘、铁军的证据，但还是暗暗觉得事情有变化。再花起元娘经手的钱，他心中总是不舒服。慢慢地，江狄开始躲避元娘，疏远元娘，独自经营着正经的生意。

元娘起初还没有当回事，后来生意越做越大，便想着带江狄去更大的城市发展。她只想要江郎开心一些，于是他们来到了淼州府。但是能垄断很多小城镇黑白两道生意的元娘，到了更大的焱州府，曾经的招数却都不那么好使了。不仅如此，她更受人算计，被焱州鲁王的势力打压。这一下元娘和江狄的正经生意几乎赔了个血本无归。元娘心头的恨意上来，立刻叫铁军再度发展暗娼院与赌坊生意，终于在破产前挽回了局面。

可是这一下，更令江狄加重了内心的猜疑。他循着蛛丝马迹，终于寻到了暗娼院的附近。就是那一次，他在暗娼院的后门撞到了扭送着一名少女要进院子的情况。面对少女的呼救，江狄毫不犹豫地冲上去解围。暗娼院的手下们虽然没有见过江狄，但是早就被铁军下了死命令，凡是见到与铁军打扮相像的男子，一定要躲得远远的。所以他们没做任何挣扎，掉头就跑。

这一下，江狄终于落实了心中的猜测。然而更令他震惊的还在后面——他救下的那名女子，竟然长得和曾经的未婚妻一模一样。只是江狄到底是心善理智的，迅速收回了神思，只把那女子当成一个普通女子，没有任何仇恨，也没有任何别的感情，想着安顿好她的去处就好了。

那名女子名叫沈瑶。即使她一而再再而三地表示要跟着他，他的心都没有半分犹豫。纵然元娘再恶，再凶残，他真正爱的到底只有她一个。

可是转过脸来，面对现实中的元娘，他已经失望至极。尽管元娘为了向他表示自己改过自新的决心，从来都给自己化最简单甚至是平庸的妆容。可是她改变的终究只是外表，内心不动分毫。现在的江狄已经累了，改不动她了，甚至想过改变自己，可是良心的谴责令他夜夜难眠。于是他再度决定离开元娘和铁军。只是这一次，他不再挑明，打算疏远她后，默默离开就好。

江狄了解元娘，元娘又何尝不是最了解江狄的人？他这些变化，她都看在眼里。知道江狄救下了那个与他的未婚妻几乎一模一样的贱蹄子后，元娘把所有的怨恨都对准了瑶妹。她觉得是那个贱人勾引了她的江郎，令她的江郎变了心。于是她趁江狄不备，带着铁军把瑶妹接走了。他们没有回江宅，而是去了另外一处闲置的库房。

在那里，铁军毫无人性地大干了一场。元娘心中的怒气得以发泄，这才作罢。

在意识到瑶妹失踪后，江狄突然发觉自己如果就这么走了，等于放任元娘与铁军继续作恶。两难的抉择中，他选择了在暗处与元娘作对，想尽可能减少些冤孽，替元娘赎罪，替自己赎罪。他虽然没再离开元娘，却再也没有碰过元娘。他怕一旦再碰元娘，终会无可救药地彻底沉沦。

元娘只以为江狄为了瑶妹不爱她了。两人貌合神离的情况下，铁军提议杀了江狄。这一次，元娘不再强硬。她心如死灰地说，即便江狄不要她，不爱她，只剩下一具躯壳，她也要他。只有看到他，她才觉得自己是个活人。即便在他的眼里，她只能看到满满的厌恶。后来元娘开始叫人贩子专门寻找与瑶妹相似的少女，用来报复泄愤。

江狄各种招数都试过了，还是感觉不能撼动元娘的黑色产业，便想着要带元娘离开焱州府。这样，元娘那些已经扎根的黑色产业怎么也会受些损失。

可是就在江家开始安顿各种产业的时候，元娘与江狄却在庙会上看到了一个比沈瑶更像那位未婚妻的女子，这位女子正是杜家千金——杜莺儿。看着江狄突变的脸色，元娘不由得恨意丛生。她觉得都是因为那个贱女人，才让她的江郎疏远了她。再加上后来知道杜莺儿就是焱州鲁王看中的未婚妻，生性记仇的元娘更加愤恨了。因为鲁王的势力差点儿灭了他们江家，所以她绝不能轻易放过那个贱女人，放过那个老王爷。

于是她便买通人贩子，把目标定在杜莺儿的身上。这次人贩子团伙派出了最干练的招牌人物——百面琴师鸠琅来对付焱州第一钱庄的杜家。事情进展得非常顺利，唯一的小插曲就是她小看了杜莺儿。与那些从贫苦人家出来的弱女子不同，杜莺儿身上竟然带着些三脚猫的功夫。就在铁军给杜莺儿灌药的时候，杜莺儿突然反抗，在元娘的手臂上留下了一道深深的抓痕。

所幸药效很快发作，杜莺儿就像是煮熟了的鸭子，再也挣扎不起来了。铁军抛完尸体，元娘就想着第二天带着铁军彻底离开江宅。杜莺儿毕竟是鲁王的未婚妻，影响力远超寻常女子……

没想到意外再次出现，当晚，假扮夫妻的温小筠与鄞诺就出现在了江家附近。被杜莺儿激得杀心大起的铁军立时被温小筠的装束刺激到，而元娘却察觉出事情并不简单，离开的关口出现这么两个人，怕是其中有鬼。但元娘默认了铁军的杀人计划，管他们是不是无辜，直接杀了是最保险的方法。

由于准备得仓促，元娘和铁军都忽略了另一个重要的人，那个人就是一直在暗中观察着元娘与铁军所有动作的江狄。前一夜，因无意间看到了元娘给手臂上药的情景，他本能地就要上前。只是这个想法刚刚出现，他就停下了。对于元娘，他已不能距离太近，更不能关心——他怕会控制不住自己。

只能把隐忍的怒气发泄在那连主人都不认识的猫儿身上。若是放到以前，他断然不会虐待猫儿，尤其是当着客人的面。他为自己的行为感到羞耻、畏惧，觉得也许跟着元娘久了，自己真的受到了影响。后来在看到很少说话的铁军竟然开口为皇甫夫妇说话，他顿时生出了些许防备心。再仔细打量那位皇甫夫人，他忽然发现了问题的关键所在。

难怪他在看第一眼时就觉得皇甫夫人眼熟，原来皇甫夫人穿着的配色莫名地与杜莺儿失踪那日的穿戴有些像。尽管她们两个人长得根本不像，但整体看起来就是诡异地相像。江狄心中又多了一层提防——直觉告诉他，元娘与铁军可能会在离开之前，最后再出一次手。

第二天一早，他就做了两手准备。事情果然如他所料的那般，皇甫夫妇坐上马车离开后，铁军就离开了江家别院。江狄也一路随着铁军抄近路在山林间疾驰。令他没有想到的是，铁军竟然在半路直起腰身，换了装束，而那装束分明与他的别无二致。江狄只觉得脊背一阵阵发寒！不过那时的情势根本不容他多想，稍有不慎，就会被铁军发现。所以他继续隐匿行踪，悄悄地跟在铁军的后面。直到角落里的他亲眼看着皇甫夫妇的马车倾覆，第一个想法就是出面制止铁军，不想树林之上却出现了一群黑衣蒙面人。他一个惊吓就慌了阵脚，不想竟然被皇甫公子眼尖发现，掉头就朝着自己追来。临走前，江狄最后看了那些黑衣人一眼，判定这些人根本就是一路保护着皇甫夫人的。眼见一场危机解除，江狄便放心地离开了此地。毕竟现在还不是暴露的时候，至少现在他还放不下元娘。所以，他就这样跑了。可是他才回到家，连口气都没来得及喘，外面就传来了捕快围捕的消息。那一刻，江狄终于想明白了，皇甫夫妇必然是官府的探子。天下没有不透风的墙，该是元娘与铁军的罪行终于被官府察觉，官府才派出两个暗探前来查案。其实前一晚，他在后厨院子帮着元娘接最新鲜的鹿血后，走到院子里时，就感觉到了那两个人在角落的阴影处。

仅从摔下马的动作他就能看出，皇甫公子的功夫十分了得。所以，皇甫公子的气息他一开始是没有察觉的。倒是旁边的皇甫夫人，一看就是没有功夫的人——她那略带凌乱的气息根本就没有瞒过他的耳朵。只是有了元娘与铁军的江家，已经不再是良善之家，只要没有明面上的打斗行凶，江狄就不愿意与任何人为难。瞬间的迟疑后，江狄选择装聋作哑，只当没有看到。

现在想想，江家也好，元娘、铁军也罢，都到了最后关头。可是真到了最后关头，他又无法眼睁睁地看着元娘独死他独活。在书房来回踱步许久，他才想到了一个方法。

同流合污的他早就该死了，那就用最后的死亡来给自己赎罪吧。他担下所有的罪名，江家的全部家产就能被抄没。而元娘肯定会来监牢探视他，他到时就在监狱里用自己的性命做筹码，劝说他的元娘改邪归正。如果她不能，那么他就在监狱里告发她与铁军。所有的罪名，他和他们一起承担，一起赴死，一起赎罪。

但是让他当面承认那些可怕的罪名他又做不到……千难万难之下，他便想出了一招用自供书交代罪行的方法。反正供罪书呈上去，他说不说话也没有关系。

事情发展到这里，温小筠眼前的世界忽然又一晃，雾气再度弥漫整个空间，风再起。白雾消散之时，温小筠便又回到了现实世界。

她望着跪在地上哑声交代着案情经过的元娘，目色不觉沉了又沉。有时候，所见未必是真相，真相亦只是冰山一角，人心永远潜伏在水面之下，沉寂深邃，明灭莫测。

温小筠俯视着元娘，冷声质问："我相信，他虽然曾被父母、亲事、仕途一连串的打击给打倒过，但是重活一次后，凭着他的聪明才智，总可以东山再起，重新创立一番别样的辉煌。可是他遇到了你，元娘。为了你，他放弃了干净的未来，放弃了最珍惜的名声，放弃了重来一次的性命。他做了这么多的事——他对你的感情难道会比你的少吗？"

元娘木然抬头，自言自语般地喃喃说道："元娘……江郎……"

温小筠眸色微沉："元娘只道是江郎负了元娘，却没想到辜负了感情的那个人，从来都是你自己。"

元娘凄然一笑，视线缓缓地掠过前面的铁军，眸光瞬时一滞。

温小筠不觉给郜诺使了个眼色。

元娘毕竟是最了解铁军的人，只看他一个动作，就能洞悉他的心理，更何况是这样僵死的状态。

元娘眨了一下眼，忽然"呵呵"地笑了起来，双目立时淌下两行殷红黏稠的血泪。

鄞诺立时冲了上去，一手扳起她的头，一手薅住她的两只手腕，急切地吼道："人犯要自裁！"

其他衙役立时慌作一团，鄞乾化站起身，挥手指向门外厉声喝道："去请老医官！"

温小筠的脸色顿时一变，这并不是她想要的结果。但是她却没有冲到元娘近前去救人——她就站在原地，指着门外停尸房的方向，厉声大喊："够了，江元氏！"

猛地听到这个称呼，元娘身体立时一颤。

温小筠说话的声音微微颤动，带着一种莫名的心酸与伤感："江元氏，无论如何，你都是江狄的结发妻子。江狄为了你甘愿付出他最珍贵的东西。现如今铁军已然伏法，所有真相也已水落石出，我只希望你能承担你应该承担的那份责任。活着接受你该受的审判，活着接受你该承受的罪名，活着接受你该承受的刑罚，无论是剐刑还是砍头，你都要撑到最后一口气，用自己的性命去承受。因为只有这样，你才能把江狄'连环奸杀案凶犯'的罪名摘去，真正还他一个公道。"

元娘身体猛地一阵抽搐，双手紧紧揪住衣襟，"哇"的一声呕出大口鲜血。鄞诺一急，赶紧掐住她的脖子，唯恐她再吞下什么毒药。

元娘却挣扎着哭了起来，声音尖锐凄厉，两只淌血的眼睛紧闭，慌乱地寻找着温小筠的方向："你能还江郎清白名声？你能还……你能还我江郎清白？"

鄞诺厉声喝道："江狄不过是些包庇罪，只要你活着认罪伏诛，签字画押，他杀人的罪名自然可去！"

这时一个身影突然出现在温小筠的身旁，递给她一件东西。温小筠侧目一看，那是一个小纸包，再抬头，白鹙那张异常俊美的脸便闯进眼帘。

他皱眉说道："毒药是铁军的，解药也必然在他的身上。鹙刚刚从他的尸身上搜检出来，卿看看可否行得通？"

温小筠会心一笑："有劳白兄，一定能行。"

说着温小筠便走向前去将小纸包递给鄞诺。鄞诺扳着元娘的下巴，强行给她灌了下去。刑狱房的衙役们这才停住脚步，安静等待，看着那药会不会起效。

经过一番剧烈的咳嗽，元娘中毒的情况终于缓解了一些，整个人瘫在地上剧烈地喘息。老医官经过号脉检查，最终确认元娘已然没有性命之忧。

等到局面再度平静下来，座上的鄞乾化端正了身子，厉声说道："江元氏，你伙同下属铁军，开设黑店多年，劫掠财货，残害性命数十条；筹办暗娼院，逼良为娼，迫害良家妇女数百人；更为泄一己私欲，残害少女十数人。其中最近一起人命案，便是焱州杜氏之女——杜莺儿。以上诸般罪行，你可认罪？！"

元娘挣扎着身子，朝着鄞乾化的方向深深地跪拜伏地："大人所言罪行，罪妇元娘都认，元娘服罪。"

白鸳立时拿着书写好的认罪书走到元娘近前，将笔递到她的手中，指给她大概的方向。

看着元娘用颤抖的手在雪白的纸上用黑墨一笔一画地写下自己的名字，温小筠终于松了一口气，一直紧绷的弦也跟着松弛了下来。

温小筠睁开眼睛，眼前的场景已经变了。她顿时无奈了，这又是哪里？不过她很快反应过来，这里是她和鄞诺的新家——瘟疫庄荒宅。

一个声音忽然响在她耳畔："卿醒了？"

温小筠循声望去，却看到端着药碗的白鸳正坐在床前，目光温柔地望着她。

咦？温小筠望着白鸳，满目疑惑地挣扎着坐起身："白鸳兄怎么会在这里？"

解答她疑惑的却是另一个不耐烦的声音："他是厚着脸皮非要跟来的。"

温小筠循声望去，一眼看到倚靠着门框的鄞诺。

她瞬间黑了脸，白鸳刚刚用绝世美貌与打动人心的温柔一笑才创造出来的美妙氛围，一下子就被鄞诺那个家伙的语气给打破了——真是扫兴。

"你干吗这么说人家白鸳兄？"温小筠狠狠地翻了鄞诺一个白眼，"你不也是赖在我的卧房吗？"

鄞诺倚靠着门框，转着手上的托盘，没好气地回了温小筠一个白眼："你当我愿意？本来按照咱们说的，这个案子破了本捕头就挂印而去，逍遥自在。结果您老人家的手这么一伤，我家老娘就逼着我伺候您三个月。哼，你这个罪首不领情也就罢了，竟然还要反咬我一口？"

"是谁敢咬我们家诺儿啊？"皇甫涟漪清亮的声音忽然从门外传来。

温小筠不觉双眼一亮，只见皇甫涟漪小心地端着一碗热粥疾步走进屋里，她的身后还跟着不苟言笑的郾乾化。温小筠忍不住"扑哧"一下笑出声来。

她家这位推官大人，在外冷酷得简直堪比阎罗殿的判官，可是一跟在自家妻子的身后，莫名就给人一种忠犬八公的样子。

不过这个想法要是叫别人看出来，尤其是那个欠揍的郾诺，她肯定要被他给撕着吃了。所以温小筠赶紧热情地打起招呼——"小姨、叔父，你们来了"，用来掩饰自己刚才的小心思。

皇甫涟漪先是白了自己的儿子一眼，又朝着温小筠绽出春风一般和煦的笑容："筠儿，你怎么样？感觉身子好些了没？"

郾诺认命地叹了口气，端平托盘接过母亲手上的粥碗转身朝着温小筠走来："娘亲，您忘了？儿子后背也受伤了。他温小筠就是点儿小烧伤，还能躺床静养，儿子马上就要出门去抓人贩子鸠琅了。"

皇甫涟漪像是根本没听到自己儿子的诉苦，直接走到温小筠近前，一把抓住温小筠没有受伤的手，半嗔怪地说："筠儿，可把小姨给吓坏了，你还跟你叔父说不要告诉我，却不知道这样反而更让我担心。"

郾乾化也跟着走到近前，只是静静地站在皇甫涟漪身后，没有说话。白鹜见状立时站起身，恭敬地为皇甫涟漪和郾乾化让出位置。

温小筠"嘿嘿"一笑："小姨，您别担心。小筠就是被吓着了，您看小筠现在不是好好的吗？"

皇甫涟漪不放心，上下左右仔细打量着："没事就好，没事就好。只是你这手烧伤了，日常行动就不方便了。筠儿既然要和诺儿在外面住，小姨也就不说什么了。只是有一点，筠儿你有什么不方便的都叫诺儿替你办，让他照顾你。"

说话间，皇甫涟漪才终于看清身边白鹜的脸，不觉发出一声惊呼："天哪，怎么会有这么漂亮的男孩子？"

后面郾诺与郾乾化一起皱紧眉头，尴尬地齐声咳嗽了两下。

皇甫涟漪没好气地白了后面郾氏父子一眼："人家小伙子就是长得漂亮，古语有云，'爱美之心人皆有之'。你们两个又在后面咳嗽什么？"

这下子郾氏父子恨不得直接找个地缝先钻进去躲一躲了。

温小筠真是爱死了她家小姨这直来直去、敢作敢当的直爽性格。她笑着握住皇甫涟漪的手，给她的叔父兼小姨父郾乾化打着圆场："小姨，这位是白鹜，白玉寒，我们衙门刚来的刑房司吏，也算是外甥的上司了。与外甥一同办案的，特来看看我。"

皇甫涟漪顿时疑惑起来："刑房司吏？之前不是定的你吗？怎么突然就——"

像是生怕妻子再说出什么惊人言论，鄞乾化开口截住了她的话茬儿："衙门吏房都安排好了的。"

鄞诺也默契十足地配合着自己的父亲，使出浑身解数转移话题："对了，父亲、白刑房，关于抓捕鸠琅的事情，你们还有没有别的要交代的？没有的话，我就先去接应'大胡子''猫耳朵'他们。"

白鸶看了鄞乾化一眼，轻声说道："白鸶对案子了解得还不多，全听鄞大人与温书吏的吧。"

鄞乾化瞬间沉下脸来："根据江元氏的证词，鸠琅所在的人贩子团伙在临县有据点。一个鸠琅都如此难对付，你们这次去临县查访必须暗中行事，没有万全准备不能出手。"

鄞诺点点头："儿子也是这么想的。父亲放心，从儿子手中逃走的人，儿子一定要亲手把他抓回来。"

温小筜忍不住接话说道："叔父，只从王密的死状来看，鸠琅的手段就不是一般人贩子能够达到的。光是表哥一个人去抓，我还是有点儿担心，不如让小筜也跟着一起去查访吧。小筜眼力、记忆力都好，肯定能帮上忙。"

"不行！"皇甫涟漪一口否决，"从来到淼州，筜儿你一天都没休息过，现在又受了伤，必须好好休息几天。"

鄞乾化选择了一个折中的处理方式："诺儿去临县，也要先打探几天消息。筜儿先休息两天，等他把那边的情况摸清了，你再去也不迟。"

温小筜点点头："好吧。"

"那父亲、母亲，任务紧急，儿子就先去办事了。"鄞诺将手上的托盘递给白鸶，转身拔腿就走。

"哎，"皇甫涟漪又急忙站起身，"诺儿你等一下，为娘帮你拿了上好的伤药，你先装着。"

没想到鄞诺早已经跑进了院子，皇甫涟漪回头对温小筜说了句："筜儿先吃点儿粥，小姨这就回来。"

说完，她就提着裙子风风火火地追了出去。

看着猫捉老鼠一样的妻子、儿子，鄄乾化无奈地叹了口气。

白鹭又坐回到床边上，耐心地为温小筠舀了一勺粥，细细吹凉，递到温小筠的唇边："多吃些，身体才能恢复得快些。"

温小筠听话地张嘴吃了一口，忽然又想起了什么，望着鄄乾化，声音低沉："叔父，江狄的污名真的能够洗刷吗？"

鄄乾化目光微滞，随即露出一抹无奈的笑容："筠儿在刑狱房说得不错，江狄的罪名只是包庇，人证、物证都能证明他对连环凶杀案并不知情，也没有牵涉其中，他不会枉担罪名的。"

温小筠哀伤地叹了口气："只是可惜了他那样一个人才，最终却落得了这样的下场。"

鄄乾化摇摇头，沉声解释："有些事情，处理的手段可以灵活变通，可是原则这等事决计不能更改松动——只要松动了一次，后面就会有无数次。江狄虽然是个人才，心志、定力到底没有修炼足够。

"他或许曾想过以身饲虎，救虎也要救苍生，却不想自己被虎吃进肚里，终会成为虎的一部分。虽然说不上是为虎作伥，也是白白浪费自己的性命与前程。虎定然要吃人，借口说得再漂亮，也是它们不能更改的凶残本性。在他决心松动自己的原则时，他的命数就已注定。"

白鹭也跟着叹了口气："要做个好人、善人，真的很难。"

鄄乾化微微一笑："你们还是孩子，才会觉得难。其实一点儿也不难，只是相比而言，妥协于欲望更简单一些。"说着，他脸上的表情也变得郑重起来，"只是向欲望妥协虽然容易，终究是一条歧路，就算可以得到一时的甜头，终究还是会把自己搭进去。因为欲望是无穷尽的，一旦陷入其中，便会一步步失去本心。但只要多些定力，多些警醒决断，多些手段，人就可以驾驭欲望。收虎归笼，才能做成真正的大事。"

"那可以打败那些不择手段的无耻小人吗？"温小筠仰起脸来望着鄄乾化。

鄄乾化俯身拍了拍她的肩，笑道："好人不能斗过小人，只有智慧之人可以。智慧的好人是无敌手的。"

温小筠目光一怔。白鹭端着汤匙，听着鄄乾化的话，也微微有些愣怔。

"你们到底都还是些孩子，"鄞乾化脸上的笑容越发慈善，"只是叔父相信，等你们长大了，都会是无敌手的人。好了，总是管着你们，你们总也长不大。叔父还要回衙门做事，顺便也帮你们把聒噪的小姨带走，你们好生休息。"

"谁是聒噪的小姨？"忽然出现在门口的皇甫涟漪佯作生气的样子，没好气地瞪着鄞乾化。

鄞乾化瞬时又恢复成往常成熟的模样，转身朝着门口走去："夫人莫怪。"

皇甫涟漪又好气又好笑地叉起腰："算了，不跟你一般见识。"

在鄞乾化走出屋子后，她忙上前走到温小筠近前小声说道："筠儿，你叔父连着两日没睡了，小姨先去看着他。没有小姨，你叔父他这一下又不知要拼到什么时候。"

温小筠撩起被子就要下床："那小筠送送小姨、叔父。"

皇甫涟漪不由分说把温小筠按回原地："你就给我好好躺着休息，听话。"她又望向白鸳，盈盈一笑："白司吏，就烦劳您多担待着些。"

白鸳立时站起身恭敬地行礼："鄞夫人放心，温书吏既是白某的下属，更是白某的知己好友，白某一定尽心。"

皇甫涟漪满意地点点头，才追着鄞乾化快步离开。

屋子里一时就剩下白鸳与温小筠两个人，气氛竟然在一瞬间有些尴尬起来。不过似乎尴尬的只是温小筠一个人，白鸳又舀了一勺粥，细心地吹凉，要喂给她吃。

刚才明明不觉得有什么，现在温小筠的脸噌的一下就红了，她尴尬地笑了笑，使出吃奶的劲来才找出了一个不那么尴尬的话题："对了白鸳兄，你明明是郡王府尊贵的郡王，怎么会突然想到来衙门当差，还是职位最低的刑房小吏？"

白鸳微微一笑，将汤匙递到温小筠的唇畔："哪里就是最低的了？白鸳手下不是还有筠卿吗？"

温小筠机械地吞下温粥，心里淌下两行眼泪——为什么经她这么一折腾，局面更加尴尬了呢？

"好了，不和卿说笑了。"白鸳用汤匙帮温小筠刮了刮唇边的残粥，"卿还记得鄞诺之前说的我朝有王亲不得干政、从军、做事的规矩吗？"

温小筠重重点头，不好意思地从白鸳的手中接过整个粥碗，仰头一口喝了个干净，含混不清地回答："记得的。"

白鸷好脾气地拿出锦帕，抬手要为温小筠擦拭嘴角："那也应该记得白鸷说过，不想此生就那么浑浑噩噩地过活？"

温小筠又点头："之前白兄说过的小筠都记得，只还是觉得白兄以郡王之尊，忽然到州府衙门来做一个小小书吏，让人想不通。"

白鸷唇角微弯，涩然一笑："在回答筠卿这个问题前，白鸷先讲个故事吧。"

温小筠不觉把身后的被子卷了卷，靠坐出一个最舒服的姿势来，眨着两只晶亮的大眼睛，认真地听白鸷讲述那过去的故事。

"很多年以前，有一名妙龄少女——白家小姐，在淼州府声名鹊起，不单单是因为她容貌绝伦，更因为她才华横溢，堪称无双。当时有两个年轻人，他们是一对至交好友。年轻一些的身上带有祖辈爵位，家族已然没落，他却求知进取，小小年纪就曾语出惊人。成年之后，他更是一路科考一路登科。

"年长一些的则是当时的鲁王世子，他知道自己必然会承袭鲁王之位，也同时会受封地王的诸多限制，终此一生不可能有什么建树，便一心在珠宝赏玩、赏诗鉴画、享乐人生上面。"

温小筠目光一顿，直觉告诉她，白鸷讲的肯定不是现在的老鲁王，很可能讲的是上一任鲁王，也就是白鸷父亲的事。

白鸷的讲述还在继续："那两个人都看上了惊艳才绝的白家小姐，而白家小姐却选择了年轻人，并顺利地嫁与他为妻。情场得意，就只剩下仕途前程，于是年轻人辞别故里，孤身前往京城参加科考。这一考，他便中了当年的状元。"

"那白小姐和她的夫君真是天造地设的一双良人。"温小筠忍不住地感慨。

白鸷表情却变得凝重起来："当时人人都这样想，只觉得天下所有的福气都叫那个年轻人占去了。可是这世间哪有什么占尽福气之人？年轻人在高中回乡的路上就遭遇了意外，失踪在荒山之中。"

温小筠震惊地睁大双眼："那后来呢？白家小姐不会被那个鲁王世子——"

白鸷苦笑着摇摇头："那倒也算不上什么趁火打劫。白家小姐嫁给年轻人后的日子其实过得很清苦。年轻人的父母早亡，年轻人一出意外，已经有了一个两岁儿子的白家小姐又怀有身孕，她的日子过得就更艰难了。她一时伤怀，日日以泪洗面，很快就承受不住，病倒在床榻上。

"世子并没有强迫，也没有什么乘虚而入，只是一直在暗中照拂。所有的行为也都在礼数之内，虽然后来也曾几番通过书信表白，却始终没有半点儿逾矩。直到白家小姐的长子患上一种怪病，花费无数，如何都支应不过来时，白家小姐才最终嫁给了当时马上就要成为鲁王的世子。

"鲁王继位后，因娶了这样一位女子，还带着两个外姓孩子，这件事在王室中立时掀起轩然大波。只是鲁王一意孤行，任何人都撼不动他的抉择。"

温小筠不觉感慨万千："没想到在王室之中，还会有这样纯粹的感情。"

白鹜却又叹了口气："只是好景不长，鲁王很快病故，白家小姐也跟着亡故，只留下一对异姓兄弟在王室之中艰难求生。其中的哥哥不愿过这样的生活，早早地离开了；可是弟弟却被前任鲁王早早定下了郡王的名头，再离开不得。只是王室兄弟众多，在夹缝中求生何其困难。更不幸的是，小郡王几乎继承了其母全部的美貌，在一众兄弟中更遭歧视。"

"白……白兄？"温小筠望着白鹜的目光里满是惊恐，"难道……？"

白鹜略略将身子低下，将脸凑到离温小筠近一些的地方："筠卿看看鹜下颌这里。"

温小筠凝眸细看，白鹜的皮肤乍看上去白皙又完美，但是凑近了看，下颌处独有点儿淡淡的疤痕印记。

白鹜苦笑一声："这个和江狄的不同，江狄是保护元娘而受伤所致，我这个却是保护自己，自残所致。"

温小筠不觉攥紧了拳头，无论如何都难以相信："自……自残？"

"别的事情就不多说了，只是外人羡慕的容貌，曾经给白鹜带来很多难言的苦楚。为了不受这张脸面的牵累，白鹜曾一心要毁了它。直到现在，别人印象中的白鹜脸上都有一道疤痕，并且因为这道疤痕羞于示人，才戴上了丑陋的面具。

"这一世，白鹜不想浑浑噩噩地白活一场，白鹜也想做些有意义的事。如果郡王的身份对白鹜来说是个限制，那白鹜就绕开它，需要时，甚至可以抛弃它。白鹜不想活成一个酒肉郡王，只想活成一个真正的人。"

听着这种种往事，温小筠已然震惊得什么话都说不出。

白鹜却毫不在意般地淡然一笑："当然，把这些事情贸然展示给卿看，又把白鹭郡王的身份透露与鄞捕头知道，到底是白鹭孟浪了。只是通过这几日的观察，白鹭明白若是在你们二人面前隐藏身份，凭借你们的聪慧，定然会一点点发现白鹭的破绽。若是到时因为不知晓白鹭的初衷而产生什么猜忌误会，反倒会平生嫌隙。"

"不会不会，"温小筠急急摆着双手，"白鹭兄你不用说了，你的心意我都明白了，以后绝对不会再问些令白兄为难的话了。"

白鹭抬手抚了一下温小筠的头发："过去的事白鹭从未放在心里。白鹭只是想要努力一些地活着，不和那些兄长们一样，活一辈子都只是行尸走肉。"

听到这里，温小筠只觉得自己的心都要软得化开了。白鹭绝对是那种父母嘴里常提到的别人家的好孩子——有学识，长得美，身世好，还比别人更加努力。人家都这样掏心窝子地对待自己了，自己绝对要对得起人家的信任！

她拍着胸脯郑重地说道："白兄既然这么信得过我温小筠，小筠一定会帮白兄保守秘密！"说着，温小筠又看了看门口的方向，略略有些心虚地补充道，"至于那个鄞诺，他虽然嘴巴臭，为人刻薄，爱记仇，小气，还总喜欢欺负人，但是人品方面还是很有保障的，讲起义气来更是没得说。回头我给他好好讲讲这其中的隐情，他一定靠得住的。"

白鹭微笑着点点头："鹭信得过卿。"说着他伸手接过温小筠手中的粥碗，站起身就朝着房门走去，"筠卿好生休养，鹭不多打扰了。"

温小筠一只手撑着床沿，挪着身子就要下床："睡了这么一觉，我早就没事啦！正好我也有事要出去，顺道送送白鹭兄。"

白鹭脚步一滞，忽然回眸："筠卿还有何事要这么急着去办？"

温小筠涩然一笑："虽然是查案，但之前与那杜家小姐总算有过一面之缘，更受过她一饭之恩。现在真凶伏法，案子了结，我也想去送杜家小姐最后一程。"

看着温小筠强撑着笑容，努力不露出什么悲戚的表情来的样子，白鹭心中不觉一软。他转过身来，望着温小筠的目光越发温柔："白鹭也正有此意。虽然白鹭与那杜家小姐素未谋面，但她的案子却是白鹭人生中接触的第一起人命案。如今案件已结，白鹭也算是见证了公门还逝者公道，怎么也应该在今日去送送那杜家小姐。"

听到这句，温小筠立时问道：“送送？难不成杜家小姐今日出殡？”

白鹜点点头：“杜家小姐年纪尚小，按说小三日就要下葬，只是因着查案不得已才推延些许时间。今日巳时就已葬入城东杜家的祖坟，此时送葬队伍都该散了，白鹜正打算去祭奠一下。”

温小筠一只手快速提好鞋，又捡起床头的外套，忙不迭地说道：“多亏白兄打听得细致，不然小筠这趟不知要走多少弯路呢。”

白鹜将空碗随手放在旁边桌上，好脾气地上前帮着温小筠整理外套：“这大概便是咱们的默契与缘分吧。”

温小筠望着白鹜，眼里都是感激佩服，略略后撤半步诚意颔首：“以后还要在白兄手下当差，来日方长，赖蒙照拂。”

白鹜连忙上前搀扶，笑言道：“今日起与君携手，同袍同泽同进退。”

“一言为定！”温小筠手攥成拳，笑着举在面前。

白鹜眉眼微弯，亦抬手成拳与其相抵：“金玉不移。”

跟着白鹜骑马行到集市的一家酒肆前，温小筠有些不好意思地开了口：“那……那个白鹜兄，小筠能不能求你一件事？”

白鹜勒马回头，疑惑地问道：“筠卿有话但讲无妨。”

温小筠抿了抿嘴巴，鼓足了勇气开口道：“我身上的钱都被郅诺征用了，他说案子完了就报销回来还给我。可是我又想给杜家小姐买坛酒，就想——”

还没等温小筠说完，白鹜便笑着打断了她的话：“筠卿勿忧，上次筠卿补充给鹜的药，鹜还没来得及感谢筠卿呢。”

说着白鹜便掉转马头，朝酒肆而去。

温小筠红着脸紧跟在后面：“白兄，你不是说咱们是朋友吗？之前的药本来都收过重礼，上次补充的药是小筠送给你的。”

白鹜只是一个温和的眼神，就止住了温小筠接下来的客套话。温小筠抿住了嘴巴，只能在心里想，无论如何一定要记下人家花了多少钱，等到从衙门拿回钱了就还给人家。

白鹜直接点了一坛上好的女儿红，还有两碟顶好的下酒菜，又嘱咐店家拿来一个稳妥的食盒装好。

温小筠立刻下马，想要去接过来自己拿着。没想到还没等她接手，另一人忽然出现将食盒半途拦了去，又从怀中掏出一锭银子，交给店家结账。然后那人在温小筠还没反应过来的时候又朝着白鹜行了个礼，便迅速消失在温小筠的视线中。

温小筠："……"

搞错没有，刚才那个人不就是白鹜的侍卫秦奇吗？原来秦奇一直在暗中护卫白鹜。

"筠卿？"马上的白鹜望着温小筠，轻声地问，"怎么了？"

看着对于自己的豪奢配置没有半点儿自觉的白鹜，温小筠不由得感慨地笑了笑："开着布加迪威龙去当小文员，说的就是白兄你啦。"

白鹜眉梢微挑："不？不什么？"

温小筠转身上马，粲然一笑："没什么，是我家小时候的俏皮话，说白鹜兄你低调奢华有内涵。"

白鹜笑了笑："承蒙夸奖。"

于是，在暗卫的护送下，温小筠与白鹜再无半点儿迟滞，一路向城东而去。

不多时，终于来到了杜家祖坟，温小筠和白鹜在早就探好路的秦奇的带领下，一路走到杜莺儿的墓前。

在一众老旧的坟茔中，杜莺儿新砌的坟墓特别显眼。

温小筠走上前去蹲在杜莺儿的墓碑前，一面从食盒中取出三只酒杯，摆好两盘酒菜，一面自言自语地说着："杜家小姐，承蒙你的一饭之恩，才让小筠在这个陌生的地方遇到困难的时候，得以及时调整好心情和状态，去应对未知的挑战。却不承想，那一眼既是你我的初识，更是永诀。小筠虽然已经尽力查案，只想着还你一个真相，惩罚那些残忍的恶人，但对于你……小筠心中却总是有着难言的愧惜，还想着有机会的话，怎么也要和杜小姐你好好吃顿酒，交下你这一个朋友……"

说到后面，温小筠声音已经有些哑了。

白鹜默默走上前，静静地拿起一杯酒，缓缓地洒在杜莺儿的墓前。连洒了三杯后，白鹜又斟满另外两杯，一杯自持，另一杯递到温小筠的面前。他目光沉静，声音轻缓："筠卿，好的法制总会叫恶人胆寒，你、我与鄞捕头，竭力侦破更多的凶案，洗清更多的冤案，便是对杜家小姐最好的告慰。"

温小筠顿了一下，忍着眼里的泪意，接过酒杯哑声说道："这一杯谢杜家小姐对小筠的一饭之恩，也敬咱们未来的刑狱推断之路。我温小筠在此立誓，定要尽心竭力，洗冤除暴！"

白鸳也举起酒杯，目光无比郑重："与君携手，愿洗尽人间冤，求清宁公道开！"

温小筠与之重重碰杯，澄澈的酒液在阳光下撞出晶莹的光。她仰头一饮而尽，翻手一亮杯底，一字一句地说道："洗尽人间冤，清宁公道开！"

回去的路上，两人在郊外一前一后地骑马而行。

路两旁树上金黄的秋叶在午后阳光下簌簌飞动，偶有几片飘落，乘风飞旋，飘向更远处的黄色草地。一切都很安静，就好像世间万物从来都是这般安静。

温小筠那目光随着落叶飘飞得很远，心情却始终沉甸甸的，再也轻快不起来。

"对了，筠卿一会儿可还有别的事？"白鸳恍然回头，望着温小筠轻声问。

"啊？"温小筠这才回过些神来，弯眸一笑，"没什么别的事。白兄呢？不回郡王府吗？"

白鸳回过身："除了来祭奠杜家小姐，白鸳今天还有一件事必须做。"

温小筠双腿一夹马腹，快步追上白鸳："什么事啊？有用得上我的地方吗？能帮得上忙的话，小筠一定尽力。"

白鸳微微一笑："原是没想要筠卿帮忙的，如今看来正正好。筠卿且随我来。"

说着，白鸳打马扬鞭，瞬间加快了速度朝着前路飞驰而去。

看着白鸳翻飞的衣袖，温小筠眰了眰眼。正正好用到她的事？会是什么事？这样想着，她也骤然加快了速度，急急跟了上去。

这一次，两人走的路却不是朝瘟疫庄的方向，而是通向焱州府城另一处热闹的街市。

骑马跟在白鹭的身后，温小筠好奇地左右观瞧。比起东城那边高档正规的店铺，这个地界显然要杂乱热闹得多。虽然还没入夜，几家青楼的门口已经出现了揽客的人。上面飘着粉色帘幕的三层楼里，不时飘出阵阵丝竹之声。

几家青楼并不相连，中间还隔着一些赌坊和首饰行。有人成群结队、呼朋唤友地往赌坊走，也有衣着华丽的恩客带着歌姬倡优模样的艳装女子出入装潢气派的首饰行。

街道前方还有各种酒肆、茶楼，有酒肆的小二肩搭着白布巾热情地招呼着客人，也有坐在茶楼前拉着二胡的盲人乞讨者。

熙熙攘攘又热闹繁华的街景一下子就吸引住了温小筠的眼球，她驱马来到白鹭近前，好奇地问道："白兄，白兄，这个地界一看就是三不管的鱼龙混杂之地，你特意带我来这儿是要做什么啊？"

白鹭侧眸神秘一笑："到了地方筠卿就知道了。"

说完，他就翻身下了马，朝着前方一处光线昏暗的小巷走去。

温小筠心中的好奇更加浓重了，直折磨得她抓心挠肝，恨不能一下就知道。只要有线索，大案小案的隐情自己都能慢慢推断出来，可是面对白鹭，她却什么也猜不出来。白鹭各方面都实在太神秘了，让她根本看不透。

心里暗中着急的温小筠也翻身下了马。不想没走几步，一直在暗中跟随的秦奇再度现身。他恭敬地从二人手中接过缰绳，又抬手指向巷子口最深处的一家店铺，沉声说道："回白公子的话，属下已经探明，您要的东西就在前面那家店铺里。"

白鹭点点头，带着温小筠就往巷子里走。拐了两个弯，二人眼前的情景瞬间大变，那里有一间挂着暗黄色帘子的赌坊。

赌坊外面的街道上人虽然不多，赌坊里面却是人声涌动。

两人掀开门帘，缓步走进赌坊，却见面前是一间偌大的厅。大厅四围摆了很多赌桌，呈半圆形环绕，每张桌子前都围了不少人。而圆弧小桌的中央，摆着一个大大的骰桌，那里更是里三层外三层地围满了人。

温小筠好奇地踮脚观看，发现几乎所有人灼热的视线都集中在摇骰盅的美女身上。

骰桌被人用白漆画出的直线分出好几个区域，最中间的是骰盅开盅的地方，下面是两大扇形的区域，中间各书着"大""小"二字。桌面上放着大量碎银、铜板，还有不少元宝，银灿灿的，一堆一堆，直瞧得人心里痒痒。

第十三章　三教九流与江湖秘闻

骰桌里面立着一位妙龄少女。她只穿了一件唐式抹胸襦裙，性感的锁骨、圆润紧致的肩膀、纤细白嫩的手臂全露在外面，诱得周围男人的眼睛都要看直了。连温小筠都不觉咽了一下口水，没想到这里的生活这么丰富多彩。

不对不对——温小筠用力地摇摇头，想到哪里去了？现在最急迫的事情不是要弄清楚白鸷为什么会带她来这里吗？

不过很快，温小筠就又开起小差来了。因为在她看来，那个少女是最引人注意的；而在赌坊的人看来，长得比天仙还美的白鸷，才是最令人惊讶、注目的。

温小筠很快注意到了这一点，有些尴尬地干咳了一声。她就这样被白鸷的美貌遮盖住所有的光环，也实在太可怜，太没有尊严了好不好？

看着周围不是长得凶巴巴就是猥琐吓人的各种禽兽男人，温小筠非常自觉地站前一步挡在前面，尽力护住白鸷，不让他被不怀好意的人觊觎。白鸷一眼便看穿温小筠心中所想，虽然有几分感动，却还是忍不住笑出了声。她想保护自己的心是好的，可是却忽略了一件事，那就是两人的身高差。所以，她挡在前面的作用基本可以忽略不计。

"哎？这位小美人儿……"一只毛乎乎的大手忽然从侧方伸出，朝着白鸷的衣袖直直抓来，"特意女扮男装混进咱们这销金窟来，可是专门找爷们来乐乐的？"

温小筠瞬间怒目而视。

只见近前一张赌桌前半倚着一个长相猥琐的男人，长长的下巴向前勾着，鼻子旁边还长着一颗黑黑的大瘊子。温小筠将白鹜护在身后，望着那个瘊子男冷冷一笑："这位兄台，言语如此轻佻，意欲何为啊？"

瘊子男"扑哧"一下笑出声，两眼直勾勾地盯着白鹜："这么轻佻，当然是想要轻薄轻薄你们这两位女扮男装的千金大小姐啊。"

旁边的人听到瘊子男的话，都不怀好意地笑出了声。

温小筠却丝毫不惧，昂首说道："此地不仅鱼龙混杂，更是藏龙卧虎，贩夫走卒有之，一掷千金者有之。谁也看不清谁背后的水有多深，若只是简单地以貌取人，怕是进这销金窟容易，出去就没那么顺利了。在外面混，要想活得安稳长久些，就不要贸然出手。"

说着，温小筠一把打掉瘊子男伸来的手。

瘊子男一愣，紧接着脸"噌"地就红了，心里虽然后悔自己的确有些冒失，但被别人这样盛气凌人地奚落，脸上有些挂不住。

"哟，你这个小屁孩儿怕是毛儿都没长全，口气倒是不小，"瘊子男捏搓着自己的下巴，斜着眼上下打量着温小筠，目光陡然阴狠起来，"也不问问咱们爷们是谁，拿这种不咸不淡的扯淡话吓唬谁呢？当咱们爷们是吓大的？！"

说着，他朝着左右招呼了一声，立时站出来七八个大汉，凶神恶煞一般把温小筠二人围在了中间。

温小筠侧头，用低得只有白鹜才听得到的声音小声问道："白兄，你带我来这边，对此地熟不熟？会不会有掌柜小二什么的来替咱们解围？"

白鹜微微皱眉，凑近温小筠的耳畔："我也是第一次来，第一次面对这些人，唯一用得上的就是角落里的秦奇，对面敢动手，秦奇的暗器就能叫他血溅当场。"

温小筠心道：是个狠人。

随即，她尴尬地笑了笑，用最低的音量回答："能不杀人，咱们尽量不杀人，办正事才是最要紧的。"

白鹜认真地点点头："卿言之有理。实在不行，鹜就亲自动手，打晕七个八个，尚在能力范围之内。"

温小筠苦笑着"呵呵"两声："那也先别走到那一步，我这儿也有个不成熟的小方法，应该可以应对。"

"小美人儿，下次说大话之前要先挑挑对象，咱们爷们可是天不怕地不怕的，就怕小美人儿不够听哥哥们的话哟……"

温小筠那边却是一点儿也不怕："你当然不怕，我们自然更不怕。只是你也说这里是销金窟，进了赌坊自然就有赌坊的规矩，你要是想和我们兄弟杠上，咱们就牌场上说话！小爷我只用一两银子就能赢光你身上所有的银子！"

温小筠不仅研究过各式各样的魔术，更学习过记忆法，再加上自身不错的记忆力，玩点儿小牌、推个牌九什么的根本就不在话下。更重要的是她有极佳的眼力，若是有人想要用隐藏手法出千要诈，一定逃不过她的眼睛。

瘩子男听到这话，像是听到什么可笑的事，捂着肚子嚣张地笑了起来："爷们还以为你有多豪气，出手就是一两银子？"

周围的人听了不觉哄堂大笑。

温小筠仰起头淡然一笑："我这一两银子，就是能攻破兄台的全部家当。第一盘，我若是赢了，兄台要付我双倍筹码，也就是二两银子；第二盘，在下就用桌上所有银子，也就是三两银子做注，若还是我赢，依然是翻倍得钱，也就是六两银子；第三盘，在下的赌注就是六两银子加三两银子，若还是在下赢，就得十八两银子。依此往复，直到第十盘，其间，若我输了任何一盘，身上所有的银子就全给你。"

那瘩子男听了不由得朝着左右"嘿嘿"一笑："就这么一两银子，也想十盘连胜？说出去也不怕人家笑掉大牙？"

听到这里，温小筠心中胜算顿时多了几分。对付这种大街上随处可见的人渣混混儿，温小筠有着绝对的自信。

"怎么？一两银子就把这位兄台吓着了？不敢跟我们兄弟比试了？"

瘩子男狠狠一拍大腿："比就比！还怕了你们不成？"说着他打量白鹭的目光越发奸邪轻佻起来，"只是一旦叫咱们爷们赢了，可就要这位千金小姐陪着咱们爷们乐和乐和……"

温小筠皱起眉头，刚想再挖苦那瘩子男两句，却被白鹭按住了肩膀。他轻声说道："不怕，万一筠卿输了，鹭再打晕他们也不迟。且还有秦奇垫底，筠卿莫怕。"

温小筠郑重地点点头，瞪着前面那些渣滓咬牙说道："明白，撸起袖子就是一个字——干！"说完她扬起下巴，不屑地望着痦子男："陪就陪，只要你们有命受着，咱们哥们儿又有什么豁不出去的？！"

温小筠气势十足地说着，余光瞥到角落里表情严肃、严阵以待的秦奇，心里底气更加足了两分。

很快，好事的围观群众就给他们腾出来一张桌子，摆上了温小筠要求的牌九。在洗牌的过程中，温小筠仔细检查了那些牌，还好都是干净的，没有什么机关。在这个过程中，温小筠还悄悄嘱咐了白鹭，叫他知会暗处的秦奇一起盯着牌桌，只要对方出千玩儿猫儿腻，一定要当场捉住他。

赌场里的人最痛恨出老千，只要抓住了明面上的证据，即便是赌坊掌柜出来，也不会轻易有二话。实在不行，还有白鹭与秦奇的功夫做保障。温小筠就不信了，凭着她的智慧和白鹭、秦奇超强的武功，他们还整治不了这群人渣了。

事情的发展远比她想象的还要顺利——第一盘，温小筠轻松获胜。

痦子男玩笑似的扔过二两银子："不就是二两银子吗？只当给你们两位小娘子买糖吃了！"

周围人又是一阵大笑。

第二盘，又是温小筠得胜。

这一次痦子男依旧十分豪气地扔过来六两银子："这些银子就只当是给你们两个大姑娘陪酒的赏钱了。"

温小筠将银子放好之后，不急不忙让骰娘洗着牌，笑吟吟地说道："这位兄台，一局一给钱实在是麻烦得很，不如咱们就先把这十盘打完，但凡有一场输了，这些银子全给你，若是在下一连气赢了，你到时候再给我们结账如何？"

痦子男的身后有人怂恿般地说道："痦子哥，人家两个小娘子都这么豪气，你可不能输了阵仗哟。"

痦子男咬牙一笑："放你娘的狗屁！咱们爷们什么时候服过软？"说着，他嘭地一拍桌案："十盘就十盘！老子就不信赢不了你了！"

温小筠唇角微勾，不再理会他，只自顾自地打起牌来。只是没有人注意到，就在二楼一处雅间中，有两个人正坐在茶桌旁侧着头观察着一楼发生的一切。

"鼎爷，还是您的眼光毒，若是老郝一开始就下去解围，便看不到这么精彩的一幕了呢。"

那名被称为鼎爷的男子勾唇一笑，抬手端起桌上的白瓷杯盏，轻轻地啜了一口热茶："更精彩的怕是还在后面。"

"能令鼎爷您说出'精彩'两个字来，我老郝可是要好好瞧瞧呢！"自称老郝的男子笑吟吟地眯细了眼睛，仔细看着楼下发生的一切。

很快，第三局温小筠赢了。紧跟着，第四局她也赢了。一直等温小筠赢到第五局时，瘩子男脸上的笑容已经完全消失。

赌坊里所有的人都望着温小筠"噼啪噼啪"打牌的动作，眼睛都直了。这人能赢一盘并不出奇，能连赢三盘就很不简单了。他们所有人都盯着温小筠手下的每一个动作——由于她一只手受了伤，绑在绷带里，所以洗牌的活儿全交给了骰娘；码好牌后，她单手拿牌打牌，所有动作都光明磊落、坦坦荡荡，没有半分出老千的可能。

到第五局，人们已经笑不出来，也议论不出来了。温小筠不仅出牌利落，而且在一盘棋局中后部分，还能根据现有的牌不断预言瘩子男手中要出的牌是什么花色、点数。一张张牌，一句句锥心的预言，已经令众人看得眼花缭乱，听得心惊肉跳。

兴头一起来，人们甚至连喝水、上厕所都给忘了。他们一个个都屏息凝神地看着温小筠，看她一张张打牌、算牌，生怕错过每一个精彩的瞬间。一直到了第十局，瘩子男已是满头大汗，打牌的手都抑制不住地颤抖起来。

"好了！"温小筠潇洒地亮出最后一副牌，倏地站起身，笑望着瘩子男得意地说道，"第十盘，在下也赢了！"

人们先是怔了一下，随即爆发出热烈的叫好声，更有好事者吹着口哨儿起着哄："刘瘩子，愿赌服输，赶紧给钱吧！"

瘩子男面如死灰，哗啦一声推倒面前所有的牌："输就输，说吧，俺爷们一共输给你多少银子？"

温小筠抬手点着手指，语调轻快地计算着："第一局本金一两，赢钱二两；第二局本金三两，赢钱六两；第三局本金九两，赢钱十八两；第四局本金二十七两，赢钱五十四两；第五局本金八十一两，赢钱一百六十二两；第六局本金二百四十三两，赢钱四百八十六两。"

"俺的个老天爷！"人群中立时发出一声惊呼，"那就是一共七百多两了，七百多两可以盘下好几间铺子了！"

痦子男脚下一个趔趄，差点儿没摔到桌子底下！他家所有现银都拿出来也没有七百两啊！

然而温小筠还在继续说："第七局，本金七百二十九两，赢钱一千四百五十八两；第八局，本金两千一百八十七两，赢钱四千三百七十四两；第九局，本金六千五百六十一两，赢钱一万三千一百二十二两；第十局，本金一万九千六百八十三两，赢钱三万九千三百六十六两。至此一共是五万九千零四十九两！"温小筠说着，单手向前一摊，"给钱吧！"

别说痦子男要瘫倒在地，整个屋子里几乎没有任何一个人再站得住。

那可是将近六万两的银子！六万两银子是什么概念？焱州府首富宁家的两个绸缎庄、三个当铺、若干土地良田，全加起来也不过五万两左右的银子！而这个小白脸儿竟然只用一两银子翻手之间就赢得了六万两银子？！这怎么可能？这到底是怎么算的？

痦子男那脸色由紫变青，又由青变黑，后槽牙咬得咯吱直响。忽地，他猛地挺直了身子，指着温小筠的鼻尖厉声大喊："你这个龟儿子出老千！咱们爷们跟你拼了！"

白鹜眸光一寒，抬手就奔着痦子男的咽喉而去！

温小筠一眼瞥到白鹜的动作，知道那痦子男肯定要被白鹜痛揍一顿，心里正在解气间，却见一个人影突然闪现——此人一把薅住那痦子男的脖颈儿，向前狠狠一按，就把他的脸拍进了桌面之中！

白鹜眉头一皱，倏地收手，回身将温小筠揽进怀里，护着她站在了原地。

温小筠却惊讶地睁大了眼睛："鄞诺？"

没错，突然出现的人正是焱州府衙捕快——鄞诺。只见鄞诺把痦子男狠狠地按在桌面上，反折着他的手臂冷笑着说道："好你个刘痦子，在这销金窟都敢闹事，我看你是活腻歪了！"

刘痦子疼得眼泪都飞出来了，脸贴着桌面忙不迭地求饶："哎哟哟，鄞头儿，您老人家千万别生气！哎哟，俺这个老腰哟，可禁不住您这么大力气……"

鄞诺没好气地抬手扇了他一个巴掌："刚才我和郝掌柜看得清清楚楚，人家小姑娘根本就没出千，是你技不如人，还敢找碴儿？"

温小筠脸色瞬间就沉了下来，心道：你才是小姑娘！你倒推回去投胎十八回，都是小姑娘！

刘瘩子忙不迭地求饶："不敢了，不敢了，郓头儿您大人有大量，就先饶了咱们这一回吧。"

这时，赌坊掌柜才忙不迭地挤到前面，堆着笑打着圆场："郓头儿，您别生气，这个刘瘩子也是咱这里的常客，想来是晌午多喝了几口酒，才拎不清楚事得罪了贵宾。您看在我老郝的面子上，就先饶了他这一回吧。"

温小筠听到这里，才知道原来郓诺与赌坊掌柜一直在暗中观察自己。只是郓诺此时不应该在外县搜寻人贩子团伙的消息吗？怎么还会在焱州府，而且还是这种声色犬马的场合？

却见郓诺抬起头来，望着温小筠，似笑非笑地说道："郓某这才看清，原来尊驾是位男子，方才失礼，还请兄台多多包涵。"

温小筠是真的很想直接干掉郓诺这个欠揍的家伙，一了百了。

白鹜转过脸来，望着郓诺微微一笑："这位兄台不必拘礼，如果有事，直接说就可。"

郓诺嘴角的笑容却在瞬间僵了僵。他这才注意到，只不过一眨眼的工夫，白鹜这厮竟然把温小筠抱在了怀里。

郓诺冷哼了一声，扳着刘瘩子的手，力道寸寸加狠："这位兄台，刘瘩子已被郓某制伏，您可否放开您家的小兄弟了？·　　　　　"

白鹜这才放开了温小筠："难不成郓兄想说的就只有这个？"

郓诺将视线直接跳过白鹜，落在温小筠的身上："这位小兄弟，赏个面子，我郓诺在此做和事佬，你们也别叫刘瘩子给六万两了，就是卖了他们全家，敲骨吸髓，也出不来这么多银子。不如就让郓诺折个中，叫他拿出二百两来还了这赌债吧。"

被按在桌面上的刘瘩子立时哭出了声："二百两，二百两咱们爷们也拿不出来啊……"

温小筠眨了眨眼，为难又犹豫地说道："赌债是万万推不得的，再者说，'六万两''二百两'，您这个折中调停也调得太偏心了吧？"

郓诺手上更加用力，厉声呵斥着刘瘩子："你哭什么哭？谁人不知道你怀里藏着银票，不多不少就是二百两，还不赶紧拿出来？！"

一听到鄞诺的话，刘瘩子立马挣扎着捂住了自己的兜，泪眼汪汪地苦苦哀求道："鄞头儿，鄞爷爷哟，瞧您这话是怎么说的？咱们爷们身上怎么会有那么多银子？"

人群中一个看热闹不嫌事大的人没安好心地起哄道："刘瘩子，你就别装了，你家夫人不是刚支出二百两叫你去看宅子盘铺面吗？要没有这笔钱，你今天也不会进这销金窟不是？"

听到这句话，人群中立时泛起一片口哨声。

有人笑着叫喊："赌债也是债，最欠不得，要是人家债主咬死了让你还六万两，岂不是要怄死你个刘瘩子吗？今天这是有鄞头儿在，才帮着你说话打圆场，你可别不知足。"

"就是就是！再说今天也是你刘瘩子非得招惹人家两位小公子，咱们可都是站着撒尿的爷们，可别跟个老娘们儿似的说话不算数啊……"

人群中一阵接着一阵地哄笑，刘瘩子都快给听哭了。

"你们这群没德行的玩意儿……不带你们这样坑老子的……"

鄞诺脸色噌地沉了下来，拽着刘瘩子的胳膊朝后面狠狠一抡，就把刘瘩子直接摔在了地上："帮着你说话，你还不识好歹起来了。这销金窟的赌债有谁能抵赖？今儿是我鄞某人好心，出来帮你说话。既然这二百两银子你不舍得，那就去还人家六万两吧。"

说着鄞诺一拂衣袖，转身就要走。

地上的刘瘩子急忙扑上前，猛地抱住鄞诺的大腿，一把鼻涕一把泪地哀求道："鄞头儿别生气，咱们爷们给，这就给还不行吗？您老千万别不管咱们啊——"

说着，他伸手从怀中取出一张银票，颤颤巍巍地举了起来。

鄞诺勾唇一笑："算你还识相。"

他接过银票，没有任何犹豫就装进自己的怀里。旁边刚要笑着收钱的温小笃不觉僵在了原地，她的脸随着鄞诺手上的动作瞬间皱成了一个愤怒的小鸟的表情包。这个家伙怎能如此不要脸？

就在她骂人的话即将脱口而出时，一旁的郝掌柜及时递上一句客套话："看两位贵客的样子，该是初次进咱们销金窟，郝某人怠慢了。如不嫌弃，请移步二楼先吃点儿茶点，二位若有什么想要玩儿的，郝某人亲自作陪。"

温小筠眉梢微动，明白销金窟的掌柜并不是多么优待他们，他这么做的目的是要亲自看住她，不叫她在赌场"大杀四方"。她把客人们全赢遍了，不利于他们招揽生意；若是把赌场的局全赢遍了，更是直接割了他们的肉。不过，她来赌场也根本不是为了赌博。

温小筠回头看了看白鸶，见他也正望着自己微微点头，立时明白了他的意思。

"好吧，郝掌柜，劳烦您在前带一下路吧。"

郝掌柜抬手一指前面的楼梯："二位贵客这边请。"

温小筠点点头，便与白鸶并肩而行，只留下鄞诺站在原地，一个人孤独地感受着深秋冷风吹。本来就看着温小筠和白鸶忽然来的默契劲特别不顺眼的鄞诺，这下又享受了一遍被人全然无视的待遇，他的后槽牙立时咬得咯吱作响。

郝掌柜走了几步，忽然看到他的鼎爷脸黑得简直比墨斗鱼喷出来的墨还黑，立时回头补充了一句："鼎爷，您还愣着干什么呀，一块儿上来喝茶吃点心。"

鄞诺翻了翻白眼，抱着双臂，冷哼了一声跟了过去。

走上二楼，又跟着郝掌柜环着走廊经过几间屋子，温小筠和白鸶最后走进拐角一间挂着水晶珠帘的房间。

这里与外面赌场的装饰很不一样，墙面挂着名家字画，窗户两旁帷幔飘飘，角落里还燃着沉香。这里真是无一处不清雅，无一处不清幽。

屋子中间有一张棋桌，上面摆着一副残局。靠着走廊的窗子前还有一张椭圆形的茶桌，上面摆着一把白瓷茶壶，旁边零落地摆放着几只杯子，还有吃了一半的茶点。

温小筠立时想到之前鄞诺与郝掌柜躲在角落里观看自己与白鸶的事，看来这处就是他们方才待的地方了。

像是看出了她心中所想，鄞诺走到她的近前，从怀中掏出那张银票在温小筠的眼前晃了晃，笑着说道："刚才要是没有我，你们不仅拿不到这二百两银子，怕是还要跟人家大打一场。别以为你们功夫高，就能在无赖那里讨到什么便宜，怕是最后不仅会坏了事，更会平白无故惹一身臊。就因着这个，你难道不应该好好谢谢我？"

温小筠忍住愤怒，冷哼一声，目光凶狠地盯住鄄诺："能得到别人真心道谢的，都是厚道的人。像你这么刻薄又爱欺负人的，不被人骂就是便宜你了。"

看着鄄诺恶意逗弄着温小筠，白鹭脸色不由得变得更加阴沉。鄄诺那边正晃着银票，这边白鹭一个皱眉，伸手就朝着那张银票探去。

鄄诺余光一闪，身子一避就躲过了白鹭的偷袭。他嘴角一扬："我说白兄，您功夫好，我鄄诺却也不是吃白——"

他后面一个"饭"字还没说出口，那边温小筠就近一挥手，轻飘飘地就从他的手中夺下了那张银票。

她扬手得意地晃了晃，挑挑眉坏坏一笑："是是是，鄄捕头不是吃白饭的，是白——吃——饭的。"

笑完，她便将那张银票装进里襟口袋。

鄄诺侧头一笑，抬手照着温小筠的额头就是一个栗暴："好好好，就你最机灵总行了吧。"说着，他一把拉住温小筠没受伤的手臂，将她引向茶桌，"说吧，你们两个忽然到这里来，是想办什么事？"

温小筠不自觉地看了郝掌柜一眼。

鄄诺笑了一声："放心吧，老郝可是我的忘年交，最是信得过的，你有什么话直接说就行。"

白鹭从怀中掏出一封信，直接递到郝掌柜的手中："郝掌柜，白某是听了朋友的介绍，才来此地寻找一件东西。郝掌柜看了书信就明白了。"

郝掌柜接过书信，抽出信纸低头看了两眼，脸色登时一变。他抬起头，疑惑地望着白鹭："白公子真的是为此物而来？"

白鹭目光清冷："郝掌柜只说，东西在不在你这儿就可。"

郝掌柜将书信叠好小心地塞进袖口，目光中仍然满是狐疑："若别人问，那肯定就是没有。但是白公子都找到咱们大东家的头上了，郝某人就只能说实话，东西的确就在这里。"

"烦请郝掌柜将它拿出来，白某人自会出价购买。"

郝掌柜略略迟疑，终于还是抬手拍了两下掌。很快，一个小厮进来了，恭敬地站到郝掌柜的身边。

郝掌柜低头吩咐了几句，那小厮又闪身出去。没过多长时间，小厮托着一个檀木方盒子走了进来，恭恭敬敬地把盒子放在茶桌上。

郝掌柜朝他摆了摆手。小厮躬了躬身，转头又离开了，只是在离开之前，把门窗都关了一个严实。郝掌柜这才走到茶桌前，抬手掀开檀木盒子的盖子。

温小筠与鄞诺对视一眼，都好奇地上前探头查看。

这一看不要紧，两个人的眼睛差点儿没瞪圆了，盒子里竟然是鄞诺之前交给"猫耳朵"的那几锭天赐吉祥银。

郝掌柜为难地望向白鹜："白公子，不瞒您说，这些宝贝还是鼎爷的手下——'猫耳朵'抵在咱们销金窟的，当时折了三百两银子才探听到道上有名的缘来客栈十多年间所有内情。今天您要买，当然可以。只是销金窟有销金窟的规矩，入手三百两，出手必须九百两才可。"

"白鹜自是明白。"说着，白鹜毫不犹豫就从袖中拿出两张银票放在茶桌上。

看着白鹜这番豪气冲天的动作，温小筠和鄞诺的眼睛瞪得更大了。

温小筠在心里直接淌出两行眼泪——她之前可不可以不要那个天赐吉祥银，直接要这九百两银子？正在她痛心疾首地伤感时，白鹜端起那檀木盒子走到她的面前，柔声说道："筠卿，这是你我知己之情的见证，之后无论再有什么理由，都不可叫人骗去了。"

温小筠的脸上立时现出愧疚之色。

鄞诺攥着茶杯的手骤然收紧，薄如蝉翼的白瓷茶杯竟然应声而碎。

人精一般的郝掌柜早就看出了这三个人错综复杂的关系，立时掏出手绢上前打着圆场赔着笑："哎呀呀，我就说这批茶具做工不精细，买办的混账还跟我拍胸脯保证——上回我刚倒热水就碎了一个。一时疏忽竟然给鼎爷用了这样的次品，郝某人真是该死。鼎爷快看看有没有伤到手吧。"

温小筠耸耸肩，撇撇嘴："咱们鄞捕头那可是传说中的'万人敌'。郝掌柜，你放心，这不过是一点儿薄瓷片而已，哪里就能伤着咱们的'万人敌'大哥了？"

鄞诺拿过郝掌柜的手绢，擦着身上残余的茶水，望着温小筠咬牙一笑："这么瞧得起鄞某人，我谢谢你了。"

"哎呀，"温小筠摆摆手，十分"大度"地笑了笑，"咱们亲戚之间哪里还要这么客气？"

不等鄞诺再回答，温小筠又笑意盈盈地瞥了鄞诺一眼，率先开口反问道："对了，咱们的'万人敌'——鄞大人，您不是公务在身吗？怎么还有闲情雅致来这销金窟找人叙旧、喝茶、吃点心、看美骰娘？"

听到这里，鄞诺擦拭的手不觉一顿，抬头看向温小筠："因为销金窟也是个绝好的消息站，你能找到天赐吉祥银被卖到这里，难道就想不到'猫耳朵'相当一部分的重要消息线索都是从这里得来的？"

温小筠瞬间皱起了眉："你是说在这里也能打听到鸠琅的消息？"

鄞诺又转向郝掌柜，笑笑说道："没错，你们也看到了，我和老郝虽然是忘年交，但是只要一涉及生意，这位郝掌柜就连爹妈都是不认的，什么消息都是明码标价。你们来之前，我正跟老郝在这儿讨价还价呢。"

郝掌柜脸上立时堆出笑来："在商言商，郝某人绝对不是见钱眼开的守财奴——实在是郝某人身后还有大东家，身前还有上百号兄弟等着吃饭，一枚铜板都得掰开了花，需要郝某人仔细算计。不然大东家挣不着钱，郝某人就要丢了饭碗；郝某人挣不着钱，这上百号兄弟就得喝西北风——"

"得得得，老郝你给我打住啊。虽然知道你没说出什么烂大街的上有八十岁老母、下有襁褓婴儿嗷嗷待哺这种借口，就已经是给我面子了，但是我就是懒得听你这套说辞。"

郝掌柜先给白鸳、温小筠倒了两杯新茶，又给鄞诺重新换个杯子，倒上茶水笑吟吟地端到他的面前："郝某人不说啦，只要鼎爷体谅就行。那鸠琅的身份实在不简单，道上的规矩，郝某人实在是不敢破。不过凭着和鼎爷您的关系，价格嘛，郝某人就咬牙吐血，再给您让最后一回——二百两，那是一文钱也不能少了。"

听到这里，温小筠一口茶水直接喷了出去。怎么又是刚好的二百两？这次她亲自挣来的二百两银子，不会又叫鄞诺惦记上了吧？想到这里，温小筠不觉捂紧了衣襟里的银票，决定再多温存一会儿。毕竟查案是她的天职，要是真的没有别的办法，她也只能忍痛割银票。

却见鄞诺一手端着茶碗，一手捏着杯盖撇去浮茶，抬头瞥了一下郝掌柜："老郝，我实话跟你说了吧，旁边这个小个子是我的亲表弟，而对面那位白公子是我公门中新进的僚属。我们三个人，分明就是一起的。他们的银子，也就是我鄞某人的银子。"

听到这里，温小筠捂着胸口的手更加紧了，心道：可爱的小银票呀，不是温爸爸不爱你，实在是破案不得已。毕竟你也不愿意看着缺德的时空系统给爸爸添点儿心脏病什么的折磨不是？

郝掌柜那视线也不觉扫过温小筠，明显也惦记上了那二百两银票。他"嘿嘿"一笑，对着鄞诺说道："我说这二位怎么如此出色呢？原来都是咱们自己人！好说好说，鼎爷您有什么只管说，郝某人都听着呢。"

白鹜脸色登时一沉，抬手按了按温小筠没受伤的手，对她点了点头。虽然没有说什么，但是温小筠已然明白，白鹜是说打探消息的钱，他可以代她出。

温小筠皱眉郑重地朝他摇了摇头，用只有两个人才能看懂的目光对他说：我已经很麻烦白兄了，这里的事，我温小筠自己能解决，不能再麻烦白兄了。要是再让白兄破费，以后我温小筠就不跟你玩儿了！

看着旁边两个人明目张胆地眉来眼去，鄞诺只觉胸腔憋闷无比，又气愤无比，就好像一口陈年老血堵在喉头，时时刻刻都想喷将出来。他艰难地咽了一下口水，勉强把想要揍人的冲动压下去，对着郝掌柜狠狠一笑："所以方才他们掏的那三倍溢价，也就算是我鄞某人出的。郝兄，我家'猫耳朵'把天赐吉祥银兑给你，在你这儿才折价三百两，转手你就收了九百两——一进一出，你这就白白赚了六百两银子。

"你也别当我们三个是什么都不懂的冤大头，那天赐吉祥银，虽说世面上少见得紧，可根本没有什么人敢买。一旦叫人发现私藏天赐吉祥银，告了官，那就是'王府盗窃犯'的大罪名。只要被冠上这个名头，别说九百两，就是九万两也买不回一颗项上人头。所以这东西放在你这里，不仅是有价无市的水中月、镜中花，更是暗藏祸端的不祥之物！"

看着郝掌柜脸上的笑容渐渐消失，鄞诺不觉笑了笑，自顾自地掸掸袖口残茶："他们这两个人方才给钱那么痛快，就是因为我不想叫你为难。只是九百两的溢价里，就已经含着我这次跟你讲价的二百两了。这笔买卖你要是做，九百两给你，天赐吉祥银和鸠琅背后的消息给我。若郝兄你不做，我们三个这就带着九百两的银票回去。而那个天赐吉祥银，你就留着自个儿慢慢欣赏，守株待兔，等着下一个绝世傻狍子来买吧。"

郝掌柜刚才还春风和煦的一张笑脸登时就绿成了苦瓜模样："哎哟，我的亲鼎爷，亲兄弟哟，"郝掌柜为难地一拍大腿，"瞧您这话是怎么说的？郝某人怎么越听越糊涂，越听越觉得不对劲？"

鄞诺冷笑一声，把桌上的银票拿起来就要收回。

郝掌柜终于哭出了声："好，好，鼎爷，您说怎么办，咱们就怎么办。郝某人这就都告诉您行不行？"

鄞诺这才笑着又把银票拿了出来："这就对了。"

郝掌柜忙不迭地收好银票，终于开始讲述："鸠琅可是'风门'里的头牌大少爷，凡是他看中并亲自出手开的'条子'，那都是一等一的尖儿货！他们'风门'在临县外郭有个据点，平时不常用。不过那据点到底在哪儿我也不清楚，我能说的就只有这些。这次鸠琅逃得狼狈，身上的家伙连带着赚来的银子和盘缠都没来得及拿。依照他现在的近况，只能是就近回到据点补充吃饭的家伙和盘缠。"

鄞诺将九百两银票往茶桌上重重一拍："多谢了，改日请郝兄吃酒。"

说完，他扶着腰间的佩刀，大跨步走出房门。温小筠与白鸶对视一眼，朝着郝掌柜利落地抱拳告辞，便追着鄞诺的步伐急急而去。

这一次，他们并没有再走前门，而是避开耳目，从后面的小门沿小路出了销金窟。

鄞诺从仆人那里接过马来，牵着就往前面走。等到远远地甩开了销金窟，三人走进一条僻静的小巷子，鄞诺这才回过头来，望着温小筠冷冷地说道："行了，你们两个玩儿够了就先回去吧，我先去临县办事。"

温小筠急忙问道："可是根据元娘的证词，那人贩子团伙的据点并不在临县啊？"

鄞诺眸光沉了又沉："元娘与铁军的供词虽然不会有错，但是'风门'那帮人鸡贼得很，即便是合作伙伴，也不会轻易能摸到他们真的底细。他们给元娘和铁军看的那处据点，应该只是个假象。"

"但是'猫耳朵'他们不是都去了元娘证词说的那里吗？你现在要去临县，不把他们先叫回来吗？"

鄞诺勾唇轻笑："在没有确凿的证据前，买来的消息与元娘的证词都不可完全相信，也不可完全不信。保险起见，现叫'猫耳朵'他们按照原计划换装去查，而这个新出来的临县我一个人先去探访就行。一旦找到线索，再把所有人马合到一处，聚而歼之。"

看着鄞诺轻描淡写毫不在乎的样子，温小筠不觉抿了抿唇。鄞诺这个家伙，虽然有时候讨厌得很，但真的办起事来还是非常有担当的，很靠得住。

只从销金窟郝掌柜张嘴就要二百两银子这件事，就能看出鸠琅背后的"风门"组织很不好对付。单是一个元娘，身旁就有铁军和江狄那样武功一流的高手，更何况是更加丧尽天良，专做断人子孙、灭绝宗祠这种伤天害理的恶事的"风门"组织，高手可能更多。加上聪明如王密都逃不掉被"风门"灭口的命运，而那个鸠琅更是能从鄞诺的眼皮子底下悄无声息地逃走。怎么想，那个临县"风门"的窝点都该是个吃人不吐骨头的龙潭虎穴。

可是即便如此，鄞诺还是毫不畏惧地只身前往。这并不是他傲慢或是自信，只是因为他的担当与勇敢。面对最危险的事情，他永远会冲在最前面，不叫自己的兄弟枉死一个。

"鄞诺，临县凶险，不用我说你自己心里也知道。你这样单枪匹马去闯，未免太过危险，不如我与你同去，需要的时候，两个人也能有个照应。"白鹭望着鄞诺，面容严肃，认真地说道。

鄞诺差点儿来个原地趔趄。他扶着马背，望着白鹭哭笑不得地说道："我说郡王殿下，别人不知道您的身份，我和小筠却是知道的。您也说那是个危险之地，我一个小小捕头怎么敢让您这样的千金之躯轻易涉险？但凡有点儿意外，我们鄞家可是赔上十条性命都担不起这个责任。您就别说笑话吓唬我这个小捕头了，行吗？"

温小筠抬眼看了看左边的鄞诺，又看了看右边的白鹭，不由得后撤半步，尽量离这两个人都远一些。

"筠卿？"像是发现了温小筠的异常，白鹭侧眸担忧地望着她，"卿卿的脸色怎么这样苍白，可是伤口又痛了？"说着他从怀中拿出一方锦帕，动作温柔地为她拭去了额角的汗："抑或是方才与人对赌累着了？"

看到温小筠的脸色果然如白鹭说的一般难看，鄞诺也皱起了眉头。他一面上前侧过身子，动作极其自然地挡住了白鹭为她擦汗的手，一面伸手搭上她腕间的脉搏："都说你虚了，不在家好好待着，非要出来乱跑。怎么样，身体受不住了吧？"

她拂去鄞诺为她把脉的手，抬起头看着两人微微一笑："我没事，只是又想到杜家小姐遇害时惨烈的样子了。那样一个美好又无辜的生命，还没来得及完全绽放，就被恶人们盯上，残忍摧折。我心中既愤恨又哀伤。造成今天这种局面，元凶固然是元娘与铁军，但其中那个诱骗犯琴师——单水昶——鸠琅，他的作用更是关键。

"如今既然已经查出他的藏身窝点，我怎么都做不到在家老老实实地坐着、等着。一饭之恩当涌泉相报，更何况我现在本身就是以破案为生的公门中人。所以鄞诺、白兄，你们两个一起去临县摸排鸠琅的行踪的话，一定要带上我温小筠。我虽然不会功夫，眼力却很毒。只要其中有可疑的地方，一定瞒不过我的眼睛。"

"筠卿，"白鹭担忧地望着温小筠受伤的那只手，"不是白鹭不愿意带你去，实在是你的身子虚弱，正是需要休养的时候。这时跟着我们东奔西跑不说，更有可能直面凶犯，抵挡难以预测的危险。你的身子会吃不消的。"

鄞诺也皱着眉补充了一句："这一点，白鹭说得倒是有道理的。从进入焱州府，你就没睡过一个安稳觉，还接二连三地受伤。你就这样跟着我去临县，怕是贼人还没捉到，自己的身体就先垮了。"

温小筠仰起头望着白鹭，目光越发坚定："白兄，我知道你参与刑狱推断是不想虚度人生，而是想做一些不让自己后悔的事。但是你毕竟是郡王之尊，难道就非要跟着鄞捕头以身犯险，去捉拿那一两个与你不相关的小贼吗？"

白鹭的目光也跟着变得严肃起来，他道："若鹭心里真的有什么郡王之尊，就不会煞费苦心地进入焱州府衙当一个小书吏。白鹭进入焱州刑房，就是想做一些有意义、有挑战的事，不然窝在郡王府混吃等死，和行尸走肉又有何区别？"

温小筠点点头，又郑重地说："鄞诺、白兄，我温小筠虽然平时嘻嘻哈哈，好像什么事都不放在心里，但是对于每一个案子，对于每一个无辜的受害者，小筠都投入了全部的心力。现在到了鸠琅案的关键时刻，你们要是把我丢在家里，不仅不会使我的伤势减轻，反而会让我颓丧低落，加重身上的伤。如果你们真的为我好，就带我一起去。而且你们两个都是一等一的绝世高手，有你们两个的保护，我又能有什么事？"

鄞诺与白鹭对视一眼，终是无奈地叹了口气："如此也就随你吧。"

白鸶抬手朝着半空中打了个响指，从巷子的另一边便走出一人两马来，来者正是白鸶的护卫——秦奇。

温小筠接过缰绳刚要上马，没受伤的手臂却忽然被人拽住。

"等一等。"那人唤住了她。

温小筠疑惑回头："白兄还有什么事要嘱咐吗？"

"筠卿，你的手受了伤，现在脸色又苍白得吓人。此去临县路途遥远，鸶担心你独自骑马不便，不如暂且与鸶共乘一匹如何？这样，若筠卿有什么不舒服的，鸶还能及时照应着些。"

再度被忽视的鄞某人不觉黑了脸。

温小筠看了看自己受伤的手，又看了看白鸶，微笑着下了马，宽慰着说道："白兄别担心，你看我这上马下马不是挺利落的——哎？"

她一个"吗"字才说了半个音，后脖颈儿就被人薅住瞬时拖向后面。

鄞诺阴沉着脸，伸手把温小筠捞到自己的近前，望着白鸶，目光凉凉："四殿下，您现在虽然是府衙刑房司吏，但到底还是千金之躯，我们这等粗人就别近您的身了，不然回到家里，连累您家郡王妃也要闻着我们这等贫民糙汉的汗臭味，影响就不好了。"

白鸶微微一笑："鄞捕头过虑了，因着被大夫断定只有三年好活，所以白鸶推了所有的亲事。别说什么郡王妃，便是连个侍寝的妾室，白鸶可是都没收过一个呢。"

鄞诺的嘴角狠狠一抽。白鸶不仅反驳了他的论断，顺便还表达了自己有多可怜。但凡他有半点儿人性，都不会再调侃下去——这四殿下真是够狠。

鄞诺转眼再看温小筠，对方果然同情起白鸶来了。

她狠狠地瞪了鄞诺一眼，打抱不平道："鄞诺，你别仗着嘴皮子溜就欺负白兄。"

温小筠不着痕迹地拂掉鄞诺拉拽着的手，转身拽住缰绳，抬脚踏上鞍蹬一个翻身就上了马。她座下的骏马抬头扬蹄发出一声嘶鸣。

"白兄、鄞诺，"温小筠侧头看着他们淡淡一笑，"你们别忘了，我的个子虽然比你们的矮，可还是个顶天立地的男子汉，身体强壮，心智成熟。你们以后谁要是再把我当成小姑娘一样护着，可别怪兄弟我翻脸不认人哟。"

说完，她双腿一夹马腹，倏地扬鞭，帅气地冲向前方。

望着温小筠潇洒的背影，鄞诺不觉勾唇一笑，回望了白鹜一眼："走吧，白兄，咱们可别让他温小筠抢了先机。"

说着，他亦翻身上马，打马扬鞭急急追上。

"殿下，"角落里的秦奇悄然出现在白鹜的身后，怒视着温小筠与鄞诺的背影，恨恨说道，"他们怎能对您如此无礼！"

白鹜望着那两人渐渐远去的背影，不觉弯眸一笑："无事，或许这才是正常人之间的交往方式。高高在上也是一种束缚——本王在高处坐久了，也乏了，这样接接地气也很好。"

秦奇皱皱眉，还想再说些什么，终是咬住了嘴唇，再度退身隐没于阴影之中，消失在外人的视线之中。

另一边，温小筠骑马在前，一路马鞭挥甩，踏风而行，骑得好不尽兴。忽然听到身后追上来一阵急促的马蹄声，她侧眸望去，赶来的正是鄞诺。她眉梢微扬，得意扬鞭："怎么样？没有你们两个的帮助，我骑得也很好吧？"

鄞诺抬眉瞥了她一眼，唇角勾出一点儿坏坏的痞笑："跑那么快？认得去临县的路怎么走吗？掉头吧，你走错了。"

温小筠干咳了一声，硬着头皮顶住尴尬："喀喀，我这是为了证明我能骑马，特别出来展示两步。"

鄞诺笑着挑挑眉，随即迅疾勒马掉头而去。

温小筠暗暗抹了一把辛酸泪，人果然不能得意忘形。是哪个圣人说过来着？人得意过了头准没好事。她硬着头皮掉头追上去，这一次选择面无表情地对于刚才的事绝口不提的应对策略。

鄞诺在前面跑得很快，而白鹜则耐心地等在原来的路口。对于走错路的尴尬问题，白鹜默契又体贴地选择避而不谈："咱们三个这样的行头去查访还是太显眼了，出城之后及时换掉才好。"

马上的温小筠点点头："鄞诺他抓贼暗访什么的很有经验，一会儿问问他有什么安排。"

"好。"白鹜点点头。

鄞诺依然安排在"猫耳朵"家进行换装。

再次进到猫嫂的房间，看着猫嫂兴奋地为自己展示一件又一件精致的女装，温小筠不觉黑了脸。她嘴角抽搐着露出一抹苦笑："嫂子，这次不是只有我跟鄞诺两个人，就不用再换女装了吧？"

猫嫂举着手中水蓝色的束腰小裙，望着温小筠眨巴着两只晶亮的大眼睛兴致满满地说："鄞头儿说了，这次是暗中打探消息，要是三个大男人一块儿行动，难免会让人警惕，可是兄妹三人一起赶路去寻亲访友，就自然得多啦。"

她展示着那水蓝色的裙子，在自己的身上比量着："温刑房您快看看，这款式、这布料，都是顶好的呢。这几件衣裙还是俺们没成亲时，'猫耳朵'正风光着，倒手了几圈珠宝送给俺的呢。只是现在俺锅台灶沿的脱不开身，没机会穿了呢。"说着，猫嫂不无遗憾地摸了摸脸上的胎记，"不过那些其实也都是诓骗人的托词，俺毕竟天生就是个无颜女子，穿得太招摇了，反倒会被人笑话哪。"

温小筠接过裙子笑着说道："嫂子哪里的话，嫂子身段好，模样又好，人家贵妇人都时兴往脸上贴花黄呢，那一点儿胎记若是略施脂粉妆笔，定是最时兴的一抹印花。等着小筠一会儿帮嫂子画一画，保准锦上添花。"

猫嫂一手捂着脸，一手佯装生气地甩了一下，害羞地笑道："要不是咱们温刑房温文尔雅，一表人才，嫂子肯定要啐你调笑俺呢。"

温小筠拿着裙子又捡起之前猫嫂准备的整套女装，"嘿嘿"一笑："哪里调笑了，小筠说的都是摸着良心的大实话。"

说着她一打帘子，进了里屋去换衣服。

有了上次的经验，这次她穿得非常顺利。猫嫂绾发的技术也是一流的好，不一会儿就帮温小筠梳妆打扮妥当。

"哎呀，俺的老天爷，咱们温刑房就是长得漂亮，穿上这身简直就是仙女落凡尘呢。"

猫嫂一面推着温小筠走出房门，一面朝着门外的鄞诺和白鹭热情地推介着。

院子里的鄞诺和白鹭也已经换好了衣服，听到动静纷纷转过脸来。虽然之前已经看过温小筠的女装，但是此时见猫嫂又给她绾了妩媚娇柔的堕马髻，衣裙也更加飘逸柔美，两个人还是不觉眼睛都看直了。

温小筠一抬眼就看见鄞诺身上的捕快服已经换成一身黑色便服，皂色缎面长靴干练利落，窄袖束腰简洁帅气，再配上他英朗俊逸的容颜，分明是个倜傥不群的少年侠客模样。

温小筠再看白鹭，对方像是为了多少要遮住些他那惊世美貌的巨大杀伤力，这一次没有再穿仙气飘飘的白色儒衫，而是选择了一件灰布长袍，发上也只简单系了个灰布幞头。不过温小筠相信，即便只穿两片破麻袋，白鹭也绝对能穿出贵公子的范儿来。

谢过了猫嫂后，温小筠将目光转到那两个人的身上，不满地鼓起了腮帮子："我就有一个问题，为什么每次都要我穿女装？"

抱着双臂的鄞诺耸耸肩，撇嘴说道："你见过我们两个这么高的小姑娘吗？咱们三个站一起，你就是穿着男装都最像个女的。"

"你——"温小筠抬手就要去拔发上的银簪，想要一下扎死那个欠揍的家伙！

"好了好了，"白鹭笑着打着圆场，"我叫秦奇准备了一辆马车，咱们'兄妹三人'还是坐车去临县吧。"说着白鹭又望向鄞诺："鄞捕头，白鹭查过府衙档案，有幸比你年长半岁。此去探查线索，可否辛苦你称呼我一声兄长？"

鄞诺咬着后槽牙一笑："不辛苦，不委屈。大哥、小妹，咱们这就启程吧。"

猫嫂不由得掩唇一笑，又给温小筠拿来一个包袱："鄞头儿、白司吏、温刑房，一路小心。"

辞别了猫嫂后，鄞诺走到门外，果见一辆不新不旧、不大不小的马车已然停在了门口。

"这样的马车，正适合咱们的身份，大哥你有心了。"鄞诺说着，抬步跃到马车的前面，非常自觉地当起了车夫。

白鹭则搀扶着温小筠，缓步登上马车："二弟、小妹，咱们这次出门，是要去看望寡居的姑母。可是到了临县，才发现姑母竟然将家宅卖给了别人，而咱们家里却半点儿消息都没收到过，因此咱们兄妹特别焦急，生怕姑母出了什么意外，故要留在临县仔细打听消息。"

温小筠俯身钻进车中，同时疑惑地问道："那位姑母可是真有其人？"

白鹭打着车帘子也跟着进入车厢："确有其人。秦奇的姑母就在临县，前不久忽然变卖了家宅，不知所终。这一次，咱们借用秦奇的名头——我叫秦奇，鄞捕头叫秦诺，筍卿叫秦小筍。"

进入车厢后，温小筍才惊喜地发现里面除了侧边的两排座位，中间那面车厢壁的位置竟然还有一张铺了被褥的小榻，正可以容一个人躺下休息。

温小筍不觉感激地望了白鹜一眼："白兄有心了。"

白鹜眸中的笑意犹如和煦春风，直叫人看得心里暖暖的。他说："记得唤鹜为兄长。"

温小筍甜甜一笑："大哥好！"

车厢外鄞诺听到这一声被吓得虎躯一震。温小筍也就表面上像个女的，一开口就跟张飞结拜刘备、关羽似的要多粗豪有多粗豪。他抿了抿唇，还是忍住了调侃温小筍的冲动。至少在白鹜面前，他并不想把跟温小筍的关系闹得太僵——自己已经够被孤立的了，他不想更被孤立。他高高扬起马鞭，甩出一声清脆的声响，"驾"了一声，驱马前行。

刚开始赶路，白鹜就叫温小筍躺在床榻上好好休息。

温小筍也没有多推辞。

因为她现在真的很需要休息。无论是身体还是脑力，她都快到极限了。这边白鹜刚刚为她盖好锦被，那边她就沉沉入睡，连道谢的话都忘了讲。

看着她浓密的睫毛在白皙的皮肤上投下两道弯弯的影子，睡颜沉静又安详，白鹜忍不住伸手为她整理了一下鬓角的碎发。

直到现在他都很难相信，这样一个年轻、乐观、睿智却又简单的少年，竟然与那样一个惨遭灭门之祸、满眼仇恨的男子是同一个人。他该叫对方什么？温珺紫，抑或是温竹筍？

几年之前，白鹜曾有幸在京都见过这位有着凤鸣国第一天才名号的少年。那时的他正在帮助温父查案，整个过程中严谨认真，却又冰冷高傲，直令人觉得可望而不可即。万万没有想到，一场天降的灾祸竟然把他的性情改变到如此地步。

想到这里，白鹜不觉自嘲一笑。或许美貌对自己来说是一种诅咒，而第一神童、第一天才的名号对于曾经的温竹筍来说，也是一种束缚吧。毕竟现在的他破起案来依旧和多年前一样气势逼人，光芒四射。只是一旦离开案件，他便露出了自己那可爱的本性。

想到这里，白鹜嘴角的笑容又变得轻松起来。很难想象，他竟然会用"可爱"这样的词来形容一个男子。他又为温小笃披了披被角，才起身坐到旁边的窗前。那里放置着秦奇细心准备好的一摞书。

白鸳随手捡起一本，倚靠着车厢，缓缓翻开书页。在完全沉浸到书中的世界前，他又忍不住望了温小笃一眼。她正嘟着嘴唇侧了侧身子，换了个舒服些的姿势。

白鸳又笑了。是的，温小笃真的是一个可爱的人。

他捏紧书页顿了顿，终于翻开书本，不再神游物外，开始认真地读起其间的文字来。

这一程路，鄞诺行得特别稳当。除了背上的伤令其不能再轻易做大动作，更是因为他担心温小笃的身体吃不消。

晚饭的时候，他们正行进到一处荒野林地中。

温小笃迷迷糊糊地醒过来，刚要问怎么解决晚饭问题，白鸳就递过来一个小食盒。

"秦奇特别准备了点心还有一些清水、器皿，已经在外面烧水了。"

温小笃双眼一亮，掀开被褥坐直身子，接过食盒后，就看到里面有酥酥的自来红月饼，还有做出千层花瓣样式的玫瑰酥，此外还有一些造型精美的白胖豆沙包、粉红色糯软诱人的芸豆糕、切成菱形花刀的青瓜片。她草草地扫了一眼，竟然足足有十几种点心之多。

"跟着大哥混，这生活简直不要太滋润！"温小笃"嘿嘿"笑着伸手就要抓点心。

白鸳却一把按住了她的手："笃卿莫急，洗过手才好进餐。"

话刚说完，白鸳才意识到自己竟然握住了温小笃的手。

"热水烧好了！我还用秦奇准备的砂锅做了——"外面的鄞诺一把掀开车帘子，探进半个身子正兴奋地喊着话，却没想到一抬眼竟然看到了这诡异的一幕。

看着车中的情景，鄞诺脸色登时一变，掀着帘子的手瞬间紧攥成拳，竟然很有把拳头直接挥出去狠狠地砸在白鸳的脸上的冲动。

温小笃赶紧抽回手——这样的情景可不是她想要的。

"对了，咱们的方法，我忽然觉得有一点儿不妥。兄妹探访，是常规的查案方法，但对于瞒过骗子高手——鸠琅来说还不足够。咱们正好下车商量商量这其中的细节。"温小筠抱着点心盒子倏地站起身，微弯着腰就朝着车门口走去。

白鸳怔了一下，也点着头认真地说道："也好，这次的对手不是寻常的江湖骗子，在出手之前，商量得细致一些总没有错处。"

说着，他也站起身，跟着温小筠匆匆下了车。

直到那两个人从自己的身边依次走过，鄞诺才有些回过神来，他的眉头不觉紧紧地拧在一起。

他用力捂住自己的嘴。他现在只想狠狠地抽自己几个嘴巴，一定是受伤发烧神志不清，怎么这么恶心的想法都能出现？不对！鄞诺忽然意识到，问题不是出在他身上，而是出在那两个人身上。温小筠一言一行到底都有着他们鄞家的影子，他绝对不允许温小筠做出任何有辱鄞家门风的事！尤其是跟那个来路不明、目的不明、用心叵测的四郡王。

鄞诺终于打通心结，狠狠一拂车帘，黑着脸下了车。

难保这位四郡王不动什么鬼心思，毕竟这厮好好的郡王不当，忽然来做刑房小吏这件事就处处透着诡异。从今天开始，看住温小筠那个家伙不被竺逸澜带跑偏就是他鄞诺工作的一部分——一切为了家族的荣誉。鄞诺点点头，暗自下了决心。

此时温小筠与白鸳已然走到了鄞诺架起来的篝火边。

鄞诺阴沉着脸，不动声色地走到两人的中间，拿起烧火棍拨弄着火堆："秦奇准备的马车上东西很全，我看到车后面的行李格里有砂锅，还有清水袋，就先烧了热水。可惜这荒郊野地的没有什么茶具、茶叶，小筠你身子虚，就凑合着先用碗喝点儿热水。我看行李格里还有椒盐什么的调料，白兄先和我去前面的河里抓几条鱼来，左右把晚饭准备好了，再商讨案子的细节也不迟。"

温小筠举起怀里的点心盒子，眉眼弯弯，笑着说道："虽然我特别喜欢吃鱼，不过今晚不用去捕鱼啦。白兄带了这么多好吃的点心，现在又有热水喝，为了节省时间，咱们一边吃一边商量就行了。"

鄞诺抬眼瞟了一下点心盒子，面无表情地点点头："也行，凑合着吃几口，反正我也没什么讲究，吃什么都是吃。"

白鸳直起身子，视线径直穿过温小筠，微笑着说道："筠卿喜欢吃鱼吗？既然喜欢吃鱼，捕鱼回来也不费什么事的。"

说着，他抬手凭空击了两下掌。

鄄诺皱起了眉，回望着白鹜轻笑了一声："我说四殿下，您是不是对徒手捕鱼有什么误解？"

白鹜那目光依旧定在温小筠的身上："没有误解，不过弹指之间的事而已。"

鄄诺直接给气笑了，站起身刚要反驳，就觉得身后忽然掠过一阵迅疾的风。

武人的直觉令他瞬间警惕起来："什么人？！"

第十四章　探案三人组

郾诺瞬间抽出别在腰后的短剑，直直指向来人。

来人却是个认识的人。

温小筠回头望着来人，不觉惊讶出声："秦奇秦护卫？"

只见背着包袱还一手拿着一根叉鱼棍的秦奇朝着他们点点头示意后，就径直奔到白鹜的近前，恭敬地单膝跪地，回禀道："殿下，鱼都是新叉的，卑职还带来了您常用的汝窑茶具与餐具。"

说着他放下两根叉鱼棍，又解开身上的包袱。

包袱里外裹了两层。第一层包袱被秦奇铺展开来，当作野餐垫。第二层包袱打开后，秦奇先是从里面取出一个托盘放在餐布的正中央，而后从腰间取下一个水囊，走到旁边清洗了双手后将水囊擦拭干净，才又走回餐布前打开里面一个小些的包裹，取出一套天青色的汝窑茶具，动作熟练地摆放在紫檀托盘上——正好是一个茶壶，三个小杯子。茶具形制考究，造型别致，令人一眼看了就忍不住想要拿在手中仔细把玩。之后，秦奇又拿出三只汝窑小碗、三个汝窑盘碟、三双镶银象牙筷子。

整个过程行云流水一般迅捷流畅，看得温小筠眼花缭乱。果然，富人世界的快乐她根本就看不懂，就连随行的茶具、餐盘都是天青色细开片的汝窑瓷器啊。

汝窑啊！眼前的这位白鹜兄，竟然一拿就是两套。

郓诺却被白鹜的这番花式操作整得更生气了。他觉得竺逸澜的这种行为，分明就是忽悠不谙世事的小女孩儿的。这位四殿下一定对他家这懵懂的小表弟居心不良，意图不轨！这样想着，郓诺不觉又挪了挪身子，争取把温小筠彻底挡在自己的身后。

白鹜对此虽然没有表示什么，看向郓诺的目光却寸寸冰冷了起来。

那一边的秦奇动作还在继续。他小心翼翼地从"万能包袱"里取出一个茶叶包来，用郓诺烧好的热水沏好了茶，就又拿起两根叉鱼棍，用水袋里剩余的水将其仔细冲干净，头也不抬地对郓诺说道："烦劳郓捕头拿一下车后的佐料。"

郓诺显然不愿意就这么把温小筠一个人扔在白鹜的面前，刚要转而支使白鹜，温小筠同学就美滋滋地跑到车后去了："我去拿，我去拿！辛苦秦护卫啦。"

等到一切收拾好，秦奇就蹲在火堆前专心致志地烤起鱼来。

白鹜抬手一指铺好的餐布，笑望着温小筠，礼貌地让道："筠卿，先坐下吃点心，喝些茶水吧。现在天冷了，所以鹜特别带了暖胃的金骏眉，筠卿尝尝，看看是否合意？"

在好吃的、好喝的面前，温小筠果断抛弃了要和白鹜保持距离的想法，笑得两只眼睛都成了小月牙儿，急不可待地坐在餐布上，放下点心盒子就要先喝茶："合意，肯定合意。白兄准备得这样豪奢，小筠看着就合意。"

不过在端起茶具之前，她忽然想起了秦奇拿茶具前都要先洗手的讲究，紧接着又想起车上白鹜制止她的行为，瞬间明白白鹜摸到她的手完全是个意外，半点儿暧昧的意思都没有。只从秦奇的习惯她就能看出白鹜这个养尊处优的郡王殿下肯定有洁癖。这会儿吃人家的，喝人家的，她就必须足够尊重人家的习惯。

于是她又收回了手，站起身走到火堆前拿起郓诺烧水剩下的一些凉水，认真地洗了手。她还不忘记招呼郓诺一声："表兄，你也来洗洗手。"

郓诺的眉梢不觉一动，看来他和温小筠虽然性格有不合，但对于和谁是一家人、和谁又是外人这个问题，温小筠还是很清楚的。对方首先担心的是他要洗净手才能吃饭，而不是先想到那个白鹜——这样还算这小子有点儿良心。这样想着，郓诺的心情终于跟着松快了些，他大步上前拿过温小筠手里的水囊，先帮她洗起手来。

白鹜这边，秦奇早就给准备好了专门的洗手水袋和锦帕。一切都准备好，三个人便围着紫檀茶盘坐好喝起茶水来。

"表兄、白兄，咱们说说原来的计划吧。"温小筠迫不及待地拿起一块点心。

郧诺和白鸳不觉对视一眼。

郧诺赶紧皱眉别开视线："这个是我和白司吏一起想出来的方法。我知道你应该是觉得进展太慢，不过我已经想过了，鸠琅之前从焱州脱身后，优哉游哉地行进在各个驿站之间，其实并不是漫无目的地瞎转悠。在王密被烧死后我就仔细研究过他们那条路线，正是去往京城的方向。依照'风门'的习惯，在办完一个大案后，所有门下的弟子都要分散开各自蛰伏一段时间，等到风声过了再慢慢出现，而后集合。

"可是这个鸠琅不仅没有任何低调的迹象，还堂而皇之地往京城的方向走。要知道，这次他拐卖的少女不仅仅是焱州第一钱庄的千金小姐，更是鲁王未过门的侧妃。这件案子的严重性与波及面在'风门'里绝对算得上一顶一的大案了，除去他性格上自大骄狂的原因，我猜想京城方面必然还有一个更为重大的任务或是活动在等着他们。

"可是现在他却被咱们半路打乱了行程，不仅去往京城方向的道路被拦截，身上携带的重金珠宝也都遗落在了驿站里。如果京城方向的那个任务对他来说非常重要，那么他应该就会在短时间内紧急再凑一笔银子，或者再做一单大案。咱们兄妹三人先假借着探访姑母的事四处招摇，时不时再露露身上满是银锭的包袱。"

温小筠点点头："听上去很靠谱。"她又抬头问道，"可是咱们哪里来那么多银锭？"

郧诺勾唇一笑："傻孩子，一看你就没在道上混过。道上有一种'假借银'的调包计，即用铅芯灌注的假银锭去兑换别人的真黄金或是真碎银。这等道具'猫耳朵'最在行——他常年备着上好的铅芯银，就是为了我们钓鱼破案用。"

"那鸠琅本来就是道中高手、一流大骗子，能骗过他吗？"

这时秦奇已经烤好了鱼，恭敬地放在三人的托盘上，还按照白鸳的意思，特别给温小筠放了两条。

温小筠拿起盘子里的烤鱼，笑吟吟地说道："秦护卫，辛苦你了。一共四条烤鱼，你是大功臣，你先吃。"

秦奇望着那条冒着热气的烤鱼冷面拒绝道："多谢好意，秦奇不用。"

"一起吃吧。"白鹫微笑着端起汝窑小茶杯。

秦奇立刻恭敬颔首："是。"

他从怀里拿出一双紫檀筷子，接过温小筠盘子里的鱼夹好，就回到篝火旁自顾自地吃了起来。

鄞诺笑着用银筷子叉住烤鱼，笑望了一眼："多谢秦兄，各方面都是好手艺。"

说着他横着咬了一大口烤鱼，一边吐着刺，一边自信地说道："铅芯银子嘛，咱们又不凑到他的眼前给他细看，就是在路上有意无意地显露一角。临县既然是他们的一个窝点，他们的眼线自然会多。这种江湖行当都跟狗似的，很有地盘观念，一般窝点周围不会再有其他大型团伙，所以消息应该会很快传到他的耳中。

"届时咱们兄妹三人佯装走散，你带着银子包裹在街头焦急问路，我和白鹫在暗中保护你。只要对方出现，分辨出他们是哪门的，我就第一时间放出信号，招呼'猫耳朵''大胡子'带着援兵过来。这期间白司吏就带着你快速甩开'风门'的人，我便跟踪着他们，摸进他们的大本营。真正确定了鸠琅的踪迹，我不会打草惊蛇，只先跟紧了他。直到'猫耳朵'他们到了，再把鸠琅连并这个'风门'的窝点一锅端！"

温小筠眨了眨充满疑惑的眼睛："你有绝对的把握能区分出那些对我出手的人到底是不是'风门'的人吗？而且即便是'风门'，你又怎么肯定他们就一定和鸠琅有关？"

鄞诺用袖子抹了把嘴，晃动着手中的烤鱼，耐心地讲解："回答这个问题前，我先问你，在销金窟里，郝掌柜与我说的行话你听懂了几分？"

温小筠皱着眉回忆了一下："好像听懂了，又好像没听懂。"

她那懵懵懂懂的样子，让鄞诺和白鹫看了都不觉轻笑出声。

白鹫端起汝窑茶杯，略略抿了一口茶水，才抬头望向鄞诺："鄞捕头，道上的事，我与筠卿都不如你，还要烦劳你讲解一二。"

鄞诺也端起茶杯，畅快地一饮而尽，这才笑着说道："江湖人谋生，都有独特的技艺，也就产生了许多谋生的行当。简单来说，可以用'三教九流'和'五花八门'来概括。"

"'三教九流'？"温小筠好奇地问道，"里面讲的也不全是'风门'那样的坏人吧？"

鄞诺点点头："你且耐心听。'风门'与行当黑话的事，正要从这里讲起。"

"好，我听你说。"温小筠点点头，听话得就像是个乖巧的小学生，"不过'三教九流'中的'三教'，不应该是'儒、释、道'吗？"

"你说的只是其中一种说法，"鄞诺微微一笑，"在江湖中，'三教'又有上中下之分。'上三教'，就是人们都知道的'儒、释、道'；'中三教'，说的则是'文、武、匠'。"

温小筠一脸不解："文臣、武将和工匠？"

"并不是，"鄞诺微微一笑，"这里的'文'，说的是和'文'沾边的那些行当，通指说书卖唱的艺人；同样，这里的'武'说的是和'武'有关的行当，也就是指那些打把式卖艺的武人。"

温小筠眼睛瞬间一亮，抢答道："我知道了，那个'匠'字说的就是各种工匠手艺人。"

鄞诺环抱双臂，满意地点点头："嗯，孺子可教也。"

温小筠兴趣满满地追问："那'下三教'呢？又是啥？"

"'下三教'指的是'须、绰、蔽'三个流派。"

"啥？"温小筠顿时一脸蒙。

白鹭微笑着说道："该是'莫须有'的'须'、'风姿绰约'的'绰'、'遮天蔽日'的'蔽'。筠卿也许不常在民间走动，才会不知这些市井秘闻。"

鄞诺却是狠狠一皱眉，打量着温小筠，满目狐疑："不对呀，你不是从小就博览群书，见识过人吗？怎么可能这三个字都没听过？"

温小筠顿时倒抽了一口凉气，后背瞬间就被激出了一层冷汗。她竟差点儿忘了，她的身上还背着"凤鸣朝第一天才少年"的包袱呢。

白鹭却听出了鄞诺话中的讽刺之意，瞥了鄞诺一眼，冷笑了一声，道："学识再广博，也是书本里的见闻，没有真在这江湖走一走，又怎能知这些'三教九流'的秘闻？"

白鹭这话倒是歪打正着地打消了鄞诺刚刚产生的疑惑。他认同地点点头："白兄这话也对，我在读书时也没听过这些秘闻，后来离家闯荡江湖才一点点摸清楚。"

温小筠心中暗暗松了一口气，不由得感激地看了白鹜一眼，又迅速开启了大脑风暴。

"三教"的"上"是"儒、释、道"，"中"是"文、武、匠"，而"下"则是"须、绰、蔽"。只从一个"下"字就能分析出来，"须、绰、蔽"都是一些被人瞧不起的卑贱勾当。"须"字和"绰"字到底是什么意思，她是真的分析不出来，可是"蔽"字就不同了，"蔽"一般指遮蔽、欺骗。

想到这里温小筠双眼倏地一亮，尽量隐藏住自己的兴奋，捏住下巴，露出一副天才少年认真思索的样子："这'下三教'，怕不就是些骗子、小偷之辈了吧？"

"也不完全是，"见到温小筠思绪跟得这样快，鄞诺算是将刚才的那点儿怀疑完全抹去了，继续解释道，"'须'字指的是那些流浪在街头给人画像、出卖文字墨宝的文人；'绰'字指的则是那些当街占道耍猴儿驯狗、弄鼠敲蛤蟆的卖艺人；最后的那个'蔽'字才说的是小偷、乞丐之流。"

温小筠听得两眼直放光："耍猴儿驯狗我知道，竟然还有弄鼠敲蛤蟆的卖艺人？"

鄞诺忍不住抬手在温小筠的额头上轻敲了一下："江湖之大，可藏污纳垢，又藏龙卧虎。你没见过的新奇玩意儿多了去了。赶明儿个有机会，本捕头带着你们二位贵公子好好去瞧瞧玩儿玩儿。"

这次温小筠一点儿也不嫌弃鄞诺手欠。她兴奋地点点头："连销金窟掌柜的对你都那么热络，想来这江湖人、江湖事你还真知道不少。今天的承诺我和白兄可都记下了，鄞诺你可要说话算数哟。"

望着温小筠孩子气的样子，白鹜忍不住笑出了声。

温小筠转过脸来："白兄是不是喜好安静，不喜欢这些喧闹聒噪的事？"

"怎么会？"白鹜抬手用衣袖遮着小啜了口热茶后笑着说道，"好奇之心人皆有之。改日有机会，鹜一定与二位同游，共赏这大千世界的千般惊奇、万种古怪。"

温小筠高高举起茶杯："好，君子一言，金玉不移！"

白鹜与鄞诺不觉相视一笑，各举起自己的茶杯，与温小筠的撞在一起。

清亮的汝窑瓷杯铿然作响，声响清脆！

鄞诺："君子一言，金玉不移。"

白鹜："君子一言，金玉不移。"

仰头喝了这杯茶，温小筠又兴奋地继续追问道："说完'三教'，那'九流'又有些什么讲法？"

鄞诺放下茶杯，表情认真："'三教'说完了，'九流'也分上中下。'上九流'的说法是'一流佛祖，二流仙，三流皇帝，四流官，五流烧锅，六流当，七商八客九种田'；'中九流'则是'一流举子，二流医，三流风水，四流批，五流丹青，六流相，七僧八道九琴棋'；'下九流'的说法嘛，更有趣些，'一流巫，二流娼，三流大神，四流帮，五剃头，六吹手，七戏子，八叫花子，九卖糖'。"

鄞诺这一嘴堪比相声专场的流利贯口下来，直接把温小筠都给听乐了，就连白鹜的嘴角也忍不住微扬起来。

"鄞捕头，你这一遭江湖走得真是值呀。"温小筠大大咧咧地拍了拍鄞诺的肩膀。

鄞诺脸上的表情更加得意起来："这些还都是'九流'里面的说法，'九流'之外说法也不少，比如还有一个'五花'。"

温小筠尝试着猜测："可是江湖版的'五花八门'？"

鄞诺笑着点点头："没错，除了'五花'，还有'八门'。而其中'五花'的说法，来源于五行——金木水火土。换句话讲，就是'车船店脚牙'。不是有句老话吗？'车船店脚牙，无罪也该杀。'说的就是这五个行当里藏污纳垢，有很多奸恶之徒。所以同'九流'一样，也被归为下品行当。而'八门'也可用八个字来形容，即'金、皮、彩、挂、平、团、调、柳'。'金门'是指相面算卦、测字看风水之类的行当；'皮门'说的是那些行走江湖的郎中、药贩子之类；'彩门'则是——"

温小筠脱口接道："这个好解释，耍杂技、变戏法的。"

鄞诺点点头："不错，'彩门'后面是'挂门'，和'彩门'很接近，是打把式卖艺、舞枪弄棒之流；而'平门'说的是那些评书、鼓弦、弹唱的艺人；'团门'说的是走街串巷卖唱的乞丐或是歌姬；还有一个'调门'，说的是一些搭棚扎纸活儿的棚匠、画匠，一些吹鼓手和打幡儿抬杠的也是'调门'行当；最后的则是'柳门'，说的是那些梨园行里搭台子唱戏的各种班子。"

鄞诺一行行、一门门地讲，各行各业、三教九流的人物百态图，便依次在温小筠的脑海中掠过。她就好像随着鄞诺一起把这个世界走了一遭，真的好长见识。一旁的白鹭对于这些的了解虽然比温小筠强很多，但这样详尽、生动的讲解也还是头一遭听到，一时竟听得入了神。

鄞诺也讲得兴起，环视着温小筠与白鹭，表情越来越严肃，目光中闪动着神秘的气息："除了'三教九流''五花八门'，江湖上还有一个最为隐秘的部分，那便是更为阴险的'四大海湖'。这个'四大海湖'也被人称为'下四门'，指的是'风''火''池''妖'四门。'风门'是指拐骗贩卖人口的人贩子；'火门'是指用一些虚假巫术骗钱的半仙儿；'池门'也称'雀门'，指的就是开赌场、设赌局的人；'妖门'则是指用年轻妇女的色相设局诈骗的团伙。"

"这其中的'风门'，拐骗良家少女、少妇的，被称为'开条子'，切口也叫'开条子'。假如是拐卖男童、女童，切口为'拍花'。男童为'搬石头'，女童为'抢观音'或者'折嫩条''摘桑叶'。在销金窟，郝掌柜说的'开尖儿货条子'，就是说拐卖富家小姐、少妇，或是长相为万里挑一的绝色美人。"

温小筠这才恍然大悟，明白了鄞诺之前与别人的那些行话到底说的是什么。

鄞诺拿起烤鱼咬了一口，望着前面的篝火，若有所思地说道："这其中各行有各行的规矩，各门派也有各门派的习惯。这几年我虽然没有破什么大案子，但是对这些有不少了解，和'四门'的人也打了不少交道。只看鸠琅和王密的做派，就能看出他们那一支'风门'的习惯。只要是他们一伙的人，我定然能将他们认出来。"

温小筠点点头，也开始跟着拿起自己的烤鱼，才咬了第一口，下一秒整张脸就憋得青紫一片。

"喀喀……"她放下盘子痛苦地掐着自己的脖子——她竟然被一大根鱼刺卡住了。

白鹭见到立时急得站起身："可是被鱼刺卡住了？"

"废话！"鄞诺第一时间扔了手中的烤鱼，抄起镶银象牙筷扑上前，一手掐住温小筠的脖颈儿，一手撬开她的嘴，转向火堆一面，用镶银象牙筷压住温小筠的舌根，皱眉仔细寻找她喉间的鱼刺，"四殿下，可有铜镊？"

白鹭赶紧看向秦奇："阿奇，可带着茶镊？"

秦奇立刻将烤鱼放回火架上，起身奔至马车后面的行李格，又风一般地跑了回来，展开一个长方形的刀具袋："殿下，不仅有银茶镊，还有银镏金的蟹八件。"

郓诺一眼看见那刀具袋里有一柄银汤匙，立刻扔下筷子，拿过汤匙去压温小筠的舌头。见白鹜又及时递上银镊，郓诺接过来，看准了温小筠喉间偌大的鱼刺，将镊子探进去一下子就夹了出来。

虚惊一场后，郓诺洗了洗手又捡起被自己扔到餐布上的烤鱼，冷眼瞥着温小筠，继续吃。秦奇看了看郓诺，又看了看火架上的鱼，也决定继续吃。

白鹜倒了一杯热茶递给温小筠，微笑着说道："筠卿喝点儿水，一会儿就好了。"

温小筠接过茶水，含着眼泪哑着声音说了声："多谢白兄，让白兄和二位见笑了。"

郓诺吃完鱼骨上最后一块鱼肉，抬手就把叉棍连并着鱼骨投进火堆，用大拇指抹了一下嘴，轻笑着说道："连鱼刺都不会吐，还爱吃什么鱼肉，吃你的点心去。"

刚要对郓诺说声谢谢的温小筠瞬间黑了脸，一口气喝完热茶，转而朝着白鹜露出一个大大的笑脸："多谢白兄。"

郓诺一口鱼肉没咽利落，差点儿被自己的口水呛着，急忙拿起自己的茶杯喝了一口水，这才顺下了一些气。放下茶杯后，他怒目瞪着温小筠不说话。他才是那个把他温小筠从鱼刺的魔爪下解救出来的人，为什么要谢白鹜？！

转脸看到郓诺又在莫名其妙地瞪自己，温小筠毫不示弱地哼了一声，再用目光回敬他的凶恶：显摆你眼睛大啊！在座的哪个眼睛也不小。

两个人正莫名其妙地缠斗在一起时，白鹜忽然又递过一个盘子，温柔地笑着说道："难得筠卿喜欢吃鱼，既然不擅择刺，便用这一盘吧。鹜已把鱼骨剔除，筠卿小心着试试。"

温小筠讶异地回眸，却见盘子里整齐地码放着都是挑拣好的鱼肉。她接过盘子，又看了看白鹜的盘子，那里还有小半条烤鱼，大半的鱼肉都已从鱼骨上剥下："白兄，这不是你的那条鱼吗？我吃了，你又吃什么？"

白鹜笑了笑，眸光潋滟，温柔如水。他重又拿起刀具袋中的蟹八件，动作娴熟而优雅地拿捏着做工精致的蟹八件，耐心地为温小筠择着鱼刺："小时候，因着总要吃药，便不怎么沾荤腥；长大了，对这些鱼肉也就真的不喜起来。筠卿放心用，鸳吃点儿点心就可。"

温小筠看着白鸳手下完完整整到几乎可以直接做标本陈列的鱼骨，不禁惊讶出声："这鱼骨被白兄剔得真整齐，还怪好看呢！白兄你真厉害！"

"其实，"郸诺忍不住皱起眉头，"从人的喉咙里准确地拔出鱼刺，难度更大。"

温小筠睨了郸诺一眼："多谢你。"

郸诺："……"

美美地吃着鱼肉，温小筠又开始继续之前的话题："郸捕头的方法固然可行，只是有一点不足。"

郸诺没好气地从盒子里拿起一块点心，解恨地咬了一大口："哪里不足？"

"费时了一些，行动起来比较被动，变数也比较大。咱们露富之后，就只是等着对方出手，可如果对方没有出手，或者是在这样非常的时期里谨慎起来，先叫外面的人对咱们出手。这之后我们再想去捉鸠琅，就麻烦得多了。"

郸诺一掀眼皮："嫌我动作慢？那你的动作又能有多快？"

温小筠与白鸳相视一笑："哎，我的动作不仅快，还很有挑战性，刺激得很，只看您这位资深捕头能不能豁出去。"

郸诺脸色更黑了："笑话，你一个大男人都豁出去穿女装了，我还有什么豁不出去？"

温小筠狠狠地瞪了郸诺一眼："你再敢提女装试试？！"

白鸳又给两个人斟了茶水，笑着说道："筠卿如何安排，鸳便如何做。"

郸诺嘴角抽了抽，坐在餐布上，胳膊搭在腿上，冷笑了一声："白兄，你可是他温小筠的上司，怎着还要听他的话了？分明他该听你的才对。"

白鸳侧眸一笑："听筠卿的话，总不会错。"

郸诺忽然觉得，自己出来查案带着这两个人，纯粹是自己为难自己。

用完晚饭，白鸳又在秦奇的照顾下洗漱了一番。

看着秦奇准备周全的牙具、牙盐，温小筠眼睛都直了。她望着白鸳的眼睛不觉带了几颗闪亮的星星，心道：跟着大佬混的日子就是滋润！

郸诺则依旧是一脸的生无可恋，心道：这位四殿下到底是来破案，还是出来郊游的？

秦奇收拾好一切杂物后，又再度隐身于树林中，暗中保护白鹭。

鄢诺非常自觉地坐到了外面赶车的位置上。

白鹭扶着温小筠上了马车后，又望了鄢诺一眼："鄢捕头，你身上带着伤，也赶了一整天车了，晚间你好好休息一下，让白鹭驾车，如何？"

鄢诺挑眉一笑："白兄，这点儿小伤鄢某人还受得住。温小筠他这几日基本没休息，你比我细心，又不招他烦，晚上还要辛苦你多照应着他些。"

白鹭点点头："那便辛苦鄢兄了。"

说完，他抬手掀起车帘就进了车厢。

里面的温小筠正坐在车窗前，撩着窗帘，望着外面。

夕阳西下，落日的余晖给空旷的林地和田野披上了一片温暖的红。

"筠卿，如何不躺下歇息？"白鹭走到温小筠的对面俯身坐下。

温小筠转过头来望着白鹭，眉眼弯弯盈盈一笑："之前一路都是我在休息。白兄虽然武功高强，总归也和小筠一样是这苍茫人海中的一名红尘客嘛，既然和小筠一样，咱们就轮流着休息吧。"

"静坐于我更方便养神。"白鹭笑得越发温柔，"在家里时，鹭打起坐来，时常就是一整夜，筠卿不必为鹭忧心。"

温小筠疑惑地眨了眨眼睛："盘腿一晚上？那么厉害？"

白鹭双腿已经盘坐在座位上，摆出打坐的样子："筠卿勿忧，且安心休息。"

说完，白鹭便闭上了眼睛，不再说话，仿佛老僧入定一般寂静平和。

温小筠这才觉得眼皮沉重得几乎睁不开。她最后又望了车厢的门帘一眼，现在已经入秋，夜晚更深露重，外面的鄢诺和秦奇又该如何过夜呢？说到底，都是刀子嘴豆腐心的纸老虎。

这样想着，温小筠从床榻边拿起一件披风俯身走出车厢。

她一打开厚实的车帘，就能感觉来势凌厉的秋风在脸上冷冷地拍。她不觉打了个寒战，并没有说话，只是小心地走到正在驾车的鄢诺的身后，抬手为他披上披风，轻轻地拍了拍他的肩："辛苦你了。"

说完，不等鄢诺回答，她又弯腰俯身钻回车厢里。

其实在温小筠掀开车帘时，鄢诺就已经察觉。起初他还以为对方有什么事要对自己说，不想对方却什么都没说，只是动作轻柔地为他加了件衣裳。在温小筠柔软的手指触动他耳后的脖颈儿时，他的身子倏地一僵，僵硬得甚至连温小筠说了什么他都没听清楚。直到温小筠离开，他都没敢回头去看一眼，只是伸手拢了拢披风的前襟。

旷野的风却在瞬息之间变得不那么冷了，不知那披风是用什么材料做的，只是简单披了一下，竟然就这般暖和。他身体暖和了，思绪便也跟着活络了些，不觉又想起晚饭时温小筠讲给他们的方案，那些话在他的心头久久盘旋，让他的精神莫名亢奋。

真是好一招自入虎穴，温小筠不过在原本的计划上简单改变了几处，这次行动的效率就能提高近十倍，说是神来之笔都不为过，事情变得越来越刺激，越来越有挑战性。鄞诺唇角不觉勾起一抹兴奋的笑容，手中的马鞭倏地甩动，于静谧的夜色中霍然劈开一条通往全新世界的征途。

骏马蓦地扬蹄嘶鸣，带着车上三个各怀本领、各有志向的年轻人驶向充满挑战的莫测前方。

临县外郭，河道边一处客店。

此去二三里，只有稀稀落落的四五家房舍，又与河道这边隔了大片的树林。没有路灯，林木又长得苍郁浓密，夜路非常不好走。所以一到天黑，客店里的小二就特别清闲。

虽然在白天的时候，他也一样很清闲，清闲得甚至能和掌柜的、厨子和买办打好几圈麻将。一般情况下，陪伴着他的就只有前后两门门口拴着的凶恶大犬。不过晚上总归是要更清闲些的，因为白天他总还要给往来车辆的马匹添草料，还要一日三顿喂食大狗们肉骨头。

不过今天很幸运，车马行人不多，店小二一天到晚除了喂狗时逗弄两声，基本没有说过话。这会儿他正哈欠连天地趴在大厅的柜台上有一下没一下地不住磕头犯着困。只是他不知道，就在三里外的树林中，一辆马车距离他已然越来越近。

车上驾驶位的男子抬头看了看，透过斑驳的树影的间隙，看到月已上中天，现在已经是后半夜的时候了。

马车停了，他回头看了看车厢，帘幕沉沉，就好像里面的人也沉沉地睡去了一般。男子解下身上的披风，整齐地叠好放在旁边，之后动作轻巧地跳下马车，走到马车后面的行李格前掀开盒盖，拿出自己的官府佩刀别在腰上。一切整理停当，他抬手轻轻地敲了两下车厢，才头也不回地离开了马车。

顷刻，车厢的门帘忽然被人从里面打开，那也是一个年轻男人，只是因为夜太黑了实在看不清他的容貌。他接替之前男子的空位置，坐在前面赶起车来。

终于，马车停在了那家客店的门口，立时引起一阵疯狂的狗吠声。

店小二激灵一下彻底清醒，在意识到来了客人后，双手在桌面上慌乱地寻找着。终于，他找到那方白布巾，搭在肩膀上，眯缝着两只尚未完全清醒的眼睛，热情地招呼了上去。

他一路小跑着来到门口处，看到那辆不大不小的马车，眼睛登时放出精亮的光。上前热情地牵住马车的缰绳，他仰起头堆出满脸的职业微笑："这位爷，可是住店吗？"

坐在前面的年轻男子不觉抬头望了客店的样子一眼，只见那客店虽然装修不甚精致，但是占地极广，很有几分规模，眼前的院墙门口挂着两个黄色的灯笼，灯光将中间牌匾的字迹幽幽映亮——"来福客栈"。

年轻男子不觉勾唇一笑，继续望着院子对店小二说道："可有上房一间？我与妻子要在贵店投宿。"

店小二将脑袋点得跟拨浪鼓似的："客官放心，咱们这儿可是几十年的老字号，多好的上房咱们都有！"说着，他扬声朝着客店里面高喊了一嗓子："来喽！贵客到，小厮照顾车马来呀！"

他的话音刚落，就从里面又小跑着出来另一个仆役。

年轻男子这才算放了心，动作利落地跳下车，之后又转身望向车里，柔声说了一句："夫人，找到一家客店，可以好好休息一下了。"

店小二顺着年轻男子的话，抬起头不觉好奇地望了两眼，想要看看车厢里的女子到底长什么样。不过他的愿望到底落空了，倒不是车厢里的女子长得不好看，而是他们客店门口挂着的灯笼的灯光实在太昏暗了，让人根本看不清来人的长相。

不过虽然看不清客人们的细致长相，店小二还是看清了那名少妇悄悄抬手拭泪的动作。而且她是用左手擦拭眼泪，因为她的右手用绷带高高地吊了起来，乍看之下还很严重的样子，应该不是做菜或是寻常时摔的。店小二更加迷惑了，也更加好奇了。

仆役牵走马车后，年轻男子随手给了店小二两块碎银子："这些够吗？"

"够了，太够了，多谢公子打赏。"店小二脸上几乎笑出了一朵大菊花，忙不迭地点头应承。

说着他抬手一摆，指着里面的客店："公子、夫人，这边请。"

将他们领进二楼的上房后，店小二热情地招待着说："客官稍等，小的给你们准备些吃食。"

说着他一抬头，忽然看到了温小筠的目光。哎哟，我的老天呀，人家夫人长得真是美，虽然看上去忧心忡忡的，蹙着眉，吊着手臂，可人家就是有一种病西施的美。他再转过头来，却差点儿没被那个年轻男人的美貌惊得栽一个跟头。老天爷他的祖宗啊，怎么会有男人长得这般好看？

不过店小二毕竟是专业的店小二，立刻抑制住自己震惊的情绪，笑吟吟地转身要去准备吃食。

"哎，"不想年轻男子却叫住了他，"不用了，我们夫妻已用过饭，小二哥也早点儿去休息吧，我们夫妻这就睡了。"

店小二犹豫了一下，刚要再说些什么，不想人家两个人已经把门关得严严实实的，径自去休息了。店小二顿了一下，想着吃的喝的不用，客人总得要热水吧，于是便一路小跑进厨房去打热水。

屋子里的两人确定是白鸶与温小筠。白鸶将门关严实后，举起手指放在唇边对着温小筠比了个嘘声的动作。温小筠也一改之前的娇弱悲戚，朝着白鸶点了点头，然后环视着屋中的环境，两只眼睛瞬间一亮。

鄞诺原来的计划是伪装兄妹露富，然后坐等临县的"风门"中的人对温小筠出手。郊外用晚餐时，温小筠听完整个计划就不觉蹙起了眉头，想要改变鄞诺和白鸶原来的计划。

那时的鄞诺问她怎么改，她微微一笑："鄞捕头，你不是刚说过'车船店脚牙，无罪也该杀'吗？听到这句话，我就想黑暗世界里的各处势力其实都是有勾连的。就好像元娘的黑店，他们不仅看到落单的肥客就会出手，还以黑店为基点，向外衍生出了暗娼院和地下赌坊等一系列生意。

"'凤门'从字面上看，只是专门买卖人口的缺德组织，可是在他们的大本营，也就是临县窝点，活动起来肯定不能打着拐骗贩卖人口的招牌吧？所以他们和元娘、铁军的套路应该是一样的，在地下进行着丧尽天良的非法勾当，在地面上打着合法集会、经营的幌子。"

鄞诺立时想到了什么："应该是客店。临县的客店往来行人多，而且与很多或车马行都有往来，消息最是灵通，在无人时中转贩卖来的女孩儿们也会很方便。我们正可以从此处着手。"

白鹭听到这里，抬头望了正在洗涮杯盘茶壶的秦奇一眼，轻声道："秦奇，你的姑母是临县人，你对临县可有了解？"

秦奇听了立时解下腰间的手巾，一面擦着手，一面走过来回答："回殿下的话，属下儿时经常去临县姑母家，长大后虽然不常住了，但对城里各处依然很熟悉。"

鄞诺问道："秦护卫一身好武功，又心细如发，观察力定然不错。只是不知这临县里可有什么客栈车马行显得奇怪些？"

"奇怪的客栈？"秦奇皱着眉回忆，"倒还真有一家客栈比较奇怪。那家客栈的老板很爱养狗，很多还是大块头的恶狗，白日里凶得很，很多客人都不敢去。"

温小筠忍不住问道："那家客栈在临县哪里？开了多少年？"

"临县外郭，毗邻河道，开了有十几年了。"秦奇说着，从袖中取出一块雪白的素锦方巾，双手托着递到白鹭的面前。

温小筠皱皱眉："《酒酸与恶狗》，这是小孩子都学过的典故，一个能把客栈开了十几年的老掌柜怎么可能不知道？"

鄞诺点点头："一家生意不好甚至是亏损的店铺，却一开就是十几年。事出反常必有妖，他们定然还有别的挣钱方法，不然十几年不可能维持得下来。"

白鹭接过锦帕举止优雅地擦着手，沉吟片刻说道："而且毗邻河道，位于人烟稀少的外郭城郊，隐蔽、安全的同时，交通还很便捷。"

鄞诺点点头："这样看倒的确是一处运输中转暗处货物的好地方。"

温小筎卷起餐布一角，用手在地上画出一块区域："秦护卫，烦劳你把这临县与焱州府，连并着鸠琅被抓的驿站的位置大概标一下，河道与临县的各个城门也都标一下。"

秦奇从地上捡起一根树枝，一边思量着回忆，一边谨慎地画着。没多久，他就按照温小筎的要求把要点画了出来。

鄞诺用手比量着其间的方位与距离，点点头说道："奔往京城的驿站虽然和临县是两个方向，其中却有一处河道来去临县非常方便。而这家客栈正在其中的要冲地段，的确值得一试。"

温小筎点点头："如果这家客栈真的是'风门'的一处窝点，事情就好办多了。如果不是，晚上也可以普通住宿，反正在哪儿睡觉都是睡。"

鄞诺一掀眼皮："那你打算怎么试探？要是打草惊蛇的动静大了，蛇可就跑了。"

温小筎望了白鹭一眼，神秘一笑："这一次由我和白兄去住店，装扮成兄妹，而鄞捕头还是捕快。"

鄞诺眉梢一挑："我还是捕快？别说他们很可能就是'风门'的人贩子，就是普通老百姓、正经店铺的掌柜听了也要颤三颤。别回头还没等我进去呢，全跑干净了。"

温小筎眨了眨眼睛："鄞捕头，并不是要你去闯人家的客栈，而是叫你当我和白兄的背景板。"

三个男人一听这话，都疑惑地望向温小筎："什么叫作背景板？"

"这事还要从白兄的身份说起。"

白鹭略略皱眉："我的身份？"

"现在起，白兄就是一名江洋大盗，最好是外地有着真实名头的那种。你本来是看望妹妹，才来到鲁地焱州府。不想焱州府接连出了几桩大案，大盗技痒难耐，趁乱混迹城中劫掠财货，却被官府发觉，一路通缉捉拿。因着这次的事情闹得很大，妹妹家也被发现，为了护住妹妹，大盗不得已只能带着妹妹一起乔装打扮。当然，他们的行李中带了大量钱财珠宝。而鄞捕头则不必进入临县去搜捕，那样太刻意了，很容易叫那些比狐狸都精的人贩子闻出味来。"

鄞诺这么一听，却忽然担心起来："虽然秦护卫和白兄的功夫都很好，可那毕竟是'风妖'窝。单单一个鸠琅就已经很难对付了，里面保不齐还有其他高人。而且小筠你半点儿功夫不会，纯粹就是个拖后腿的，秦奇还不能露面，就你和白兄直接闯进去，我还是不放心。"

面对鄞诺关切的目光，温小筠不觉笑了笑，豪气十足地抬手拍了拍鄞诺的肩膀："放心，凭着我的聪明和眼力，再加上白兄的功夫和秦护卫暗中保护，怎么都能撑到第二天白天。倒是鄞诺你那边的事需要多费费心思。如果临城道上这边你有人脉，就最好不过了。到时你在黑道上也散出去大盗流窜的消息，这样临县'风门'的人才会相信。做完以上全部的事，你再收起捕快佩刀，乔装打扮，偷偷潜回临县来接应我们。"

鄞诺的眉头还是越皱越紧，他问："如何接应？"

温小筠又小声把接应的计划讲了一遍。

说完之后，她抿抿唇望着鄞诺："只是表哥你任务比较复杂，不仅需要随机应变，更要以身犯险。"

鄞诺抬手弹了一下温小筠的额头："你们还是在明处以身犯险呢，只是简单地隐藏踪迹，对我鄞诺来说根本算不了什么。"说着他又像是想到了什么，望着温小筠道，"不过你这个黑吃黑的想法，的确比我们的方法有效很多，只是不知为何，我总觉哪里仍有些破绽。"

"就是兄妹关系那里有破绽。"一直沉默如空气的秦奇忽然开了口。说着他看了自家郡王一眼，只见白鹜默然点头，这才暗自松了口气，面无表情地继续补充："江洋大盗千里探亲尚能自圆其说，可是后面带着妹妹一起逃命就有些不合理。殿下，属下觉得您与温刑房与其假装成兄妹，还不如未婚夫妻来得靠谱，最好还是那种没有成亲、私订终身的。"

温小筠无言。为什么她忽然能从秦奇那张没有任何表情的脸上看到一股仿佛熊熊燃烧的兴奋情绪？

白鹜蹙着眉，眼神非常之凝重："阿奇所言倒也有几分道理。"

"什么道理！"鄞诺登时就急眼了，抬手指着温小筠，"你要是和他假扮夫妻或者心上人，你们两个就要住一间屋子。温小筠再怎么说也是我的表弟，是我鄞家的人，就这样随便跟陌生人共居一室过夜，我这个表哥——不答应！"

白鹜嘴角微扬，弯出一抹浅淡的笑意，却不似平素那般温煦无害，带着一点点迫人的锋芒：“为了查案办差，共居一室又有何不妥？”

温小筠的嘴角抽了抽，这次她又闻到了一种莫名的火药味。看来粗线条不讲究的郅诺和精致考究的白鹭终究合不来。所以说，做人还是要中庸一点儿，像她这种傻呵呵的什么都能包容下的人朋友才多嘛。其实她也不想和白鹭共居一室，毕竟男女有别，但是为了查案，也实在是没有办法。不过白鹭那么君子，人品那么有保障，郅诺又在暗处，肯定不会发生什么意外。

于是她开口打断了郅诺与白鹭的争论：“郅诺，我跟人假扮夫妻又不是第一次。你放心，我已经很有经验，再者说我和白兄都是兄弟，也不是外人。”

郅诺气得站了起来，两只眼睛似乎在喷着火，想都不想地一口拒绝：“我不同意！刚才你还说在哪儿睡不是睡，现在又说跟谁睡不是睡。温书吏，你现在好歹是个女儿家的模样，说话可不可以矜持一点儿？”

可是温小筠接下来的一句话，立刻令气急败坏的郅诺哑了火。

“郅捕头，刚才说我的计划仍有漏洞的人，不正是你自己吗？咱们仔细想一下，其实计划的漏洞的确就在此处。”温小筠仰头看着他，篝火橘色明亮的光在她的眼中跃动，语气十分坚决。

“我——”郅诺才说了一个字，就咬到了自己的舌头。

不得不说，他刚才隐隐感觉有瑕疵的就是这里，现在恨不得直接把舌头咬掉，再吞下肚去。搬起石头砸自己的脚的悲痛，莫过于此。

“表哥放心，”温小筠将语气忽然放柔了，“白兄和秦护卫，一明一暗，我们怎么都能撑到天亮。只是这期间，你需要先去临县周边的县市通知各个衙门有大盗流窜的事。如果有周边的县城黑道上的人脉能把‘大盗进鲁’的事传扬出去，那就最好不过了。”

郅诺揉了揉针扎似的太阳穴：“这些都好办。”

温小筠这才显出些笑的模样：“那真是太好了。”说着她表情又再度凝重起来，“之后有一件重要又危险的事，需要表哥你去做。”

郅诺眉梢微动：“何事？”

温小筠环视了一下周围的环境，又看了看对面的那三个男人，示意他们凑近些。讲完自己的计划之后，温小筠再度望向郅诺：“表哥，如何，这票你做得做不得？”

郢诺微怔，随即倏地笑了，抬手又在温小筠的额上来了个栗暴："有我郢诺在，就没有做不得的事。"

回想着之前四人商议的情景，温小筠脸上不觉露出笑容。因材分工，调配得当，前世的她可是从来都没有想到自己竟然还有当领导的天赋。

就在这时，白鹜忽然冲她做了个噤声的动作。温小筠立刻把思绪收回，警惕地看向门口。

白鹜欠起身子凑近了门口一些，果然听到窗户的角落有人蹑手蹑脚地接近，并停留在外面窥探着。

温小筠也探身向前凑近白鹜，用只有两个人才能听得清的音量说道："刚才就看那小门童很奇怪，说要给送吃的，这会儿不知道又会找些什么借口来。正经店家怎么会这样过分地热情？分明是来探咱们的虚实。"

白鹜无声地点点头："如果是带着很多钱的普通人，今晚他们怕是就要对咱们动手。"他眼角微寒，淡淡一笑，"鹜与卿卿既然已经变身为江洋大盗，自然不会叫他们好过。今夜就怕他们不动手。"

温小筠眨了一下左眼睛，会心地笑了笑："没错，你我皆是猎手，就等禽兽们来自投罗网。"

白鹜笑容越发温柔，忽然握住温小筠的手，提高了音量关切地说道："卿卿，是东川连累了你，才让你受了这么重的伤。快让我看看你的伤口，不及时上药的话，怕是会留下疤痕。"

温小筠立时一唱一和配合着说道："东川哥，如今还说这些个话做什么？东川哥放心，卿卿不疼的，一点儿也不疼。"

白鹜一面解开温小筠肩膀上的绷带，一面沉声说着："卿卿今夜且忍一忍，明日天亮，东川就带你去找最好的大夫。"

"可是咱们出来得匆忙，路上的盘缠都不足，哪里还有钱浪费到去请大夫？"温小筠说着话，两只眼睛却一直环视着屋中的布局与摆设。

白鹜抬头望了望房顶："没事的，卿卿。你忘了东川是为了什么才匆匆带你出来的了？"

温小筠故作惊喜："走得那样匆忙，卿卿还以为东川哥什么都没来得及拿呢。原来你都带出来了？"

白鸳给温小筠烧伤的手重新换了绷带："明天随便拿出一件小的寻常物件去典当，不仅够你的医药费，就连咱们坐船和一路吃喝的盘缠都全了。今晚先凑合着用些伤药，卿卿早点儿睡吧。"

温小筠却忽然红了脸，别过头去："可是人家和你还没有拜过天地，没有媒人，没有聘礼……就这样和你共处一室，人家日后还要怎么见人？"

温小筠说着，自己都差点儿没吐出来。

没办法，这样子说，一来是要完全符合东川与心上人之间的关系；二来是要展现出矫揉造作的扭捏之态，好给白鸳留下一个很不好的印象，早早断了两人日后孽缘的可能。

事实上，温小筠这一招，的确给白鸳留下了非常深刻的印象。

看着温小筠笨拙地模仿却不得要领的样子，白鸳不觉笑出了声。

他心中满是止不住的怜爱，眼里不觉露出些许爱怜的神色，余光瞥了一下门外的方向。他知道，店小二正窥视着他们的一举一动。

白鸳忽然伸出手捋着温小筠鬓角的碎发，头微微俯下，近距离地凝望着她，声音轻柔："卿卿都跟着东川出来了，如何不是东川的人了？没有媒人、没有聘礼又如何？今夜良辰，顶上那星、那月、那银河就是东川与卿卿的良媒，就是你我的见证。聘礼之事更是好办，不仅东川这一身的奇珍异宝都是卿卿的礼物，就连东川本人今夜都是送给卿卿的礼物。"

说着，他不觉凑近了温小筠的耳畔，呼吸间尽是道不尽的暧昧和浓得化不开的浓情蜜意。

温小筠直接被吓得一激灵！白鸳这样的人说什么话都能让对方神魂摇荡，心如鹿撞！果然人长得美就是有优势。

白鸳勾唇一笑，倏地起身，双手向前一托便将温小筠打横抱起。温小筠只觉眼前天地猛地一晃，竟然就跌进了白鸳坚实的怀抱里。她的鼻尖忽地蹭过他的下颌，一阵若有若无的奇楠香气倏地入鼻，幽雅沁凉，直令她越发心旌荡漾。

荡漾什么！温小筠立时狠狠地掐了一下手心！人家白鸳不过是做戏给客栈店小二看的，她怎么能胡思乱想呢？

白鸳微微一笑，抱着温小筠走向床榻的同时，挥袖扑灭了桌上的蜡烛。

屋子立时漆黑一片。

这香艳的一幕看得门外的店小二忍不住直咋舌。

里面的男人和女人虽然身上没带啥钱，但都是上好的货色，自己只把他们两个绑了交给坛主就是大功一件！想到这里，他挨着纸窗又凑近了些，竖着耳朵、流着口水仔细听着里面的一举一动。只是他不知道，里面的人早在灭灯的一瞬间就迅速分开。

白鹭放下温小筠后，立刻向床榻走去。郓诺仔细和他讲过，一般的黑店在床榻之下都有机关，就如元娘的缘来客栈那般——店小二带"肥肉"们住进去的房间，床榻都能翻起来。

简单一些的，里面藏着持刀的凶徒，只等床上的人翻下去就乱刀砍死；讲究一些的是在下面坑洞里插满尖刀之类的暗器，"肥肉"们要是翻进去，就会被扎成一堆真正的肥肉；而最为复杂的则是在里面有一条暗道，能把人直接摔进连通的地下室。

铁军就有那种暗道，"肥肉"们最终直接掉到他的屠夫桌案上。在他们被摔得七荤八素的时候，他直接挥刀剁砍，既快捷又省事。

白鹭此时去检查，一来是怕真的上床时中了黑店的圈套；二来是防备与外面僵持时，身后还会突然出现敌手，将他们两面夹击。

"东川哥，不要……不要这样……"轻轻跃到地上的温小筠一边嗲声撒着娇，一边扶着墙面蹑手蹑脚地走到窗子前。她要将窗子打开一条缝隙，以防备对方下迷烟儿。

很快，两个人都将各自分的任务完成了。

温小筠打开了窗子，而白鹭仔细确认过，那床是一张土炕，基本是实心的，没有任何夹层机关。

"好了，卿卿，东川是和你说笑的。"白鹭借着窗外浅淡的月光笑着说道，"卿卿身上还有伤，东川就是再急，也忍得下这一时。东川今夜就只抱着你睡觉，不做旁的，好不好？"

温小筠循着声音轻手轻脚地走向白鹭，不想挥着的双手忽然被人捉住，紧接着她的嘴唇一凉就进去了一个奇怪的东西！

温小筠一愣。入口的东西口感微苦，还带着些许的凉意，没费多大力气就滑进喉咙，被她咽了下去。

原来白鸶喂了她一颗药丸。她这才想起，这也是傍晚的时候郫诺交给白鸶的。

当时她看见郫诺从他自己身上摸出一个小瓷瓶来，还兴奋地凑上前："这不会也是你师父给你的十件法宝之一吧？"

郫诺冷笑一声："这种程度的小药丸，还用我师父他老人家费心？你真当我这几年捕头白当了。"

"难道是在抓捕黑道人士时，郫捕头你搜来的？"温小筠好奇地眨眨眼睛。

郫诺故作神秘地挑挑眉："等到你真有本事从客店里安然无恙地出来了我再告诉你。连自己都保护不了的笨蛋，不配知道本捕头的秘密。"

当时她还没好气地冲着郫诺哼了一声，道："吊人胃口，不厚道。"

现在真的身处可疑的客店之中，再想起郫诺之前的话，温小筠心头竟然一暖。傻瓜郫诺，好话都不会好说，实际上把所有细节都替她和白鸶想到了，只是嘴巴非要得罪人。还说她是笨蛋，郫诺自己才是个超级大笨蛋。

白鸶从腰间解下水囊，凭着感觉递到温小筠的手中，好声好气地劝慰着："好了，不逗卿卿了，东川保证今夜躺在自己那边，绝对不会对卿卿无礼。"

温小筠知道，郫诺的药丸要用水送下才最为有效，遂仰头喝了一大口，又把水囊摸黑儿送回到白鸶的手中。

"嗯，我最信东川哥了。"说着，两个人便摸黑儿上床，随着一阵窸窸窣窣的脱衣服声响，各自躺好静静睡去。

而此时，纸窗一角黢黑的小洞中，一只贼溜溜的眼睛正阴险地转动着，似是想要穿破屋内的黑暗，把里面的情形看个清清楚楚。可是里面实在太黑，而走廊里又燃着一盏昏暗的油灯，所以任凭他瞪红了眼睛也没将屋内的情形彻底看清楚。

不过听着里面的女人浪得不行的话和两人半推半就的动静，店小二心都跟着一颤一颤的。再配上他印象里那对狗男女勾人的俊模样，想象着里面正在上演着不可描述的香艳画面，店小二肚里的馋虫都险些要被勾出来了。

可是正听到兴头上的时候，里面的男人竟然把话锋一转，真去睡觉了，外面的店小二懊丧得直跺脚。他奶奶的，狗男女就给我听这个？！店小二心里翻腾着各种肮脏的污言秽语，愤恨地从怀中掏出迷烟儿筒，小心对准纸窗上的小洞，猛地一口气吹了进去。

他们家的迷烟儿特别加了料，用不了多大一会儿，里面的两个人就会沉沉地睡死过去。这样想着，店小二心情又变好了些，里面的那个小白脸儿关键时刻胆怯了其实也是好事。他听他们刚才的话，分析这两个人应该是私奔出来的，尤其那个小美人儿很可能还是个雏儿。这样更好，那个叫什么东川的没那个命尝鲜，就留着给他们兄弟！

第十五章　杀进贼巢，直捣黄龙

店小二一想到里面两个人的美貌，身子就燥热得要命。他又恨恨地吹了几大口，直到把一支迷烟儿全部吹干净，又等了片刻，确认里面再没有动静，这才端起地上的托盘一溜风小跑地下了楼。

一路上没有半点儿停顿地跑进后面的暗房门前，他急促地敲了敲门，听到里面喊了声"进"，才站在门口抚了抚胸脯，缓了口气，一把推门而入。

"哥儿几个！今晚不仅有'大肥肉'，还能开'尖儿货条子'！男的比女的还俊，女的还等着咱们哥儿几个开苞去——"店小二环视着屋中的众人兴奋地说着，两眼直冒绿光，可是后面半句话还没说完就哽在了喉头，再也说不出了。他紧张地吞了一下口水，把剩下的话全咽了回去，瞧着坐在屋中间的男人，不自觉地缩了缩脖子，气虚地后退了半步，咧着嘴龇着牙"嘿嘿"一笑："九……九爷……"

这间暗室虽然算是机关房，里面却很宽敞。屋里的摆设其实也和正常房间的差不多，只是墙壁上设置了很多烛台，屋中央摆放了几张桌子，里屋还有几张床。平时没事，"风门"的兄弟们来了，便一边消遣一边聊天儿，喝酒打牌，甚至是在里面调教女人。要是有事，这里就是临县"风门"的专门会议室。

店小二之前只看到了屋子中央的方桌周围站了一圈人，还想着是兄弟们在晚上运"条子""石头""桑叶子"的货船到来之前在打牌赌钱消磨时间呢。

不想他这一说话，屋子里所有的人都转头看向他。众人转头侧身的间隙，露出了一个端坐在主位上的男人。

店小二的身子立时跟着一颤。他在门里的地位太低，坛主、堂主们的行踪根本轮不到他知晓。而忽然出现在他们坛口的这个男人，就是整个鲁地"风门"的顺位第九的坛主——千面郎君小九爷。在"风门"中，他以浊世佳公子的出色皮囊与琴棋书画无一不精的儒雅风度著称。

虽然表面上看去千面郎君小九爷就是一个人畜无害的文弱书生，实际上他的手段非常凶残，别说对待那些充当货物的"白猪"手下丝毫不留情，就是对待自己的兄弟们，手段也十分凌厉。

曾经就有几个女子被九爷拐带出来。本来那是"风门"专门接的一件差事，要给外地青楼寻摸头牌苗子。九爷几经筛选，看中了两个皮相极佳的"尖儿货条子"。可就在事情的真相被揭开的时候，其中一个女子突然发疯似的闹将起来，不仅大骂九爷无耻不说，还疯狂地冲上前去抓九爷的脸。

就是女子这一个根本没有得逞的动作，把九爷彻底惹怒。当着买家和一众"尖儿货条子"的面，九爷拿出随身的铜镊子、小银剪，开始整治。就是他们那些平日里做尽阴损事的兄弟和青楼买主，看着这样残忍的场景也忍不住脊背发寒。等到兄弟们按照九爷的吩咐，把那"尖儿货条子"点了"天灯"后，九爷这才动作优雅地用锦帕拭了拭下颌，淡淡一笑，说道："让贵客们见笑了，虽说鸠琅罚了最漂亮的'条子'，可是有了这事，其他那些'条子'才会真正省心又听话。只是这事到底是鸠琅毁了人数的合同，少交了一个人的份额。这样吧，之前谈好的价钱，鸠琅让出一半，权当是赔罪。"

青楼买主们茫然地对视了一眼。

负责买办的青楼管事立时走出来感谢道："九爷哪里的话？九爷这么做还不都是为了剩下的孩子们好。虽然少了一个人，但是能换得其他姑娘的真心也是值得的。我们没有额外感谢九爷就已经是咱们爷们占便宜了，可请九爷千万不要再说什么赔偿的客套话。"

最后，九爷还是执意从人头钱里减去了"血葫芦"的份额。

像是这样吓人的例子，在他们九爷的身上实在还有太多太多。因此各个坛口的兄弟们只要一听九爷来，都会紧急调出成色最好的"条子"和品相最好的珠宝，一路小心应对着，半点儿忤逆调笑都不敢有。

好在对于平常听话做事的兄弟，九爷也不会吝惜财物，该打赏就打赏。只是一旦有兄弟起了二心，或是开始威胁到他与"风门"的利益，九爷便会使出各种残忍的手段，将人折磨得恨不能马上咬舌自尽。

不过比起他残酷的手段，更让"风门"的兄弟们印象深刻的还是他真正的长相。几乎每一次露面，他的样貌都会有很大的不同，但是也有唯一一处相同，那就是无论他的相貌怎么变，整体都是长相俊美的翩翩公子、文弱书生的形象。

如今在这一屋子长相堪比狼虫虎豹的糙汉子中，忽然端坐着一位俊美文雅的儒生，店小二想都不用想，立刻就认出此人正是他们鲁地"风门"中神龙见首不见尾的九爷，心头立时紧张起来。要他们九爷出手的案子，不是难度非常大就是酬劳多得吓人。只不知这次值得他老人家亲自出手的案子，到底是什么样的大案。

总之，对于这位在"风门"里几乎是传说一样的人物——九爷，店小二是天然地畏惧。

店小二认得不错，端坐在众人中央的正是"风门"九公子——鸠琅，同时也是杜莺儿案与江狄案的重要线索人物——单水昶。只见鸠琅勾唇一笑，单手一转，手心中便多出了一把折扇。

"小二莫惧，进来把门带好。"鸠琅笑吟吟地摇着折扇，"接着你刚才的话说下去，咱们客店究竟来了什么人？"

店小二哈着腰恭敬地走进屋，赔着小心把前面客房忽然住了一男一女的事讲了一遍，最后还不忘给自己表表功劳："小的把迷烟儿都吹好了，只等兄弟们过去享用。不想今夜九爷忽然来了，那这第一口鲜正好送给九爷做礼。"

屋中的众人听了这段话，脸上立时露出了兴奋的光，有的甚至摩拳擦掌地现在就想冲过去下手。

有的直接起哄说道："要说还是咱们九爷有福气，刚才还说要紧急干票大的，现在就有现成送上门的买卖，就连晚上给九爷您暖床的雏儿都准备好了！"

在众人的笑声之中，鸠琅却不由得皱起眉头。

刚才起哄的一个兄弟见了，立刻凑上前关心地问道："小九爷，您这是怎么了？怎么连店里有生意您都高兴不起来了？"

鸠琅有一下没一下地摇着折扇："只是听到一个名字，莫名觉得耳熟。"

店小二大惑不解地问道："九爷，您是听到什么名字觉得可疑？"

"东川……"鸠琅眉头不觉蹙得更紧了，"东川……难道会是他？"

他周围一屋子的兄弟都是一脸不解地左看看右看看，一时都没能明白鸠琅的意思。

却又见鸠琅啪的一下合起折扇，攥着折扇自言自语道："不可能，两地相隔千里，他怎么可能会来临县这个小地方？"

一个手下终于忍不住出声询问："小九爷，您到底想到什么了？"

"素手谪仙盗——东川独，你们可曾听说过？"鸠琅抬起头，皱眉环视着屋中的众人。

站在他最近处的手下不觉恍然道："就是那个号称'能上九天宫阙盗灵药，能下五洋捉神鳖'的素手谪仙盗——东川独？"

经这么一解释，屋中的人都惊讶地睁大了眼睛。

"传说那谪仙盗一双妙手出神入化，本尊的真容更是无人得见。可是他不是只在金陵一带活动吗？怎么可能会到咱们临县？"一人道。

店小二额头上的汗登时就下来了，声音一时也跟着结巴了起来："可是小的看那个小白脸儿不像那么厉害的人物啊，连自己相好的都搞不上，根本就是个软蛋。而且他要真是谪仙盗那么厉害的人，怎么可能会被俺的蒙汗药拿下？"

面对众人七嘴八舌、你一言我一语的质疑，鸠琅面色沉了又沉，手上的折扇忽然被慢慢打开，一会儿却又倏地敛起。

他思量着说道："也不一定就是谪仙盗，毕竟'东川'这个姓氏虽然稀少，也不是没有。"他目光陡然一寒，"如果真的是东川独本人到了鲁地，江湖上肯定有风声。"

说着，鸠琅猛地抬起头，朝着一众手下厉声命令道："且不管是真是假，总是要仔细排查一下。李海，你带着两个兄弟立刻前往临县；竹青，你带着两个兄弟去仔细打听一下，周边的县城里有没有谪仙盗的风声。"

立时有两个壮汉从人群中走出，恭敬地回答："坛主放心，属下一定仔细打听。"

鸠琅摆摆手："事不宜迟，你们且快快行动，明日晌午之前，一定要有个确切的消息。"

"九爷放心，兄弟们一定打探仔细！"名叫李海的手下朝鸠琅匆匆施了一礼，转头就带着几个兄弟急急出了暗室。

赶紧退到旁边给人家让路的店小二一时间有些蒙。直到李海带着人完全走出屋子，他才心虚地挠着头发，怯生生地向前走了两步，低着头看向鸠琅："九爷，那今晚这生意还做不做啊？"

鸠琅不觉皱起了眉头："做，为什么不做？既然送上门来了，这买卖自然要做。"

"可是您不是担心他是素手谪仙盗——东川独吗？"

鸠琅摇了摇折扇："我本也只是怀疑，还没有确定。如果那个男人不是东川独，他，还有他姘头的身子和财货，小爷我都要；若是东川独，小爷我就要他们的命！"

屋中的人本来以为若是东川独，九爷就会多少放些水，做点儿人情。毕竟大家都是在道上混的，那东川独又是在江湖上响当当的人物，一旦两方拼命，自己坛口这边未必不会受损失。

一个手下忍不住上前问道："可是九爷，那东川独在金陵一带也是个有头有脸的人物。轻易让他折在咱们这里，他那些把兄弟肯定会来找咱们报仇。他的命对咱们来说，和阿猫阿狗的命也没啥不同，一不能换钱，二又有祸端。把他杀了，对咱们又有什么好处？"

鸠琅又重新打开折扇，轻轻地摇动起来，只是盯着面前烛火的目光越发阴冷，笑容阴鸷："若是寻常，他的命于我们来说一文不值。今夜却是不同，他的命于我们来说，价值千金。"

"那……那个女的呢？"店小二参着胆子问。

鸠琅一掀眼皮，冷笑了一声："今夜九爷来临县不为挑'白猪'，纵然那女人堪比天仙，也留给兄弟们享用了。"

他此话一出，屋中的人的眼中登时放出贪婪的绿光。

虽然平常拐卖来的女子都要被他们轮流享用，但其中的顶级货色，尤其是那些尚未经历人事的雏儿——他们是绝对不能轻易染指的，因为顶级货色的头一次通常都会卖出非常高的价格。有了这一点儿噱头，整个坛口都能跟着分一杯羹。

其实女人只要不难看，吹了灯进了被窝儿基本都一个样，所以兄弟们谁也不愿意为了那点儿乐子，平白无故少赚很多银子。况且他们这一支"风门"规矩极严，一旦坏了事，将要面临的惩罚，是他们任何一个人都不敢面对的。

没想到今天晚上九爷竟然会给他们开这么大的一个特例。这些人都是人中色鬼、饿狼，这肥肉眼看就要掉到嘴边上了，谁能不眼馋？

一个个的都摩拳擦掌，跃跃欲试。其中一个人凑上前"嘿嘿"地坏笑着："九爷，那您看咱们是要等到明天晌午李海他们带回消息来了再动手吗？"

鸠琅啪的一声合上折扇，眼中精光闪闪："不必，现在就动手！"

店小二彻底蒙了："可是小九爷，您刚才不是还说必须弄清他们的消息吗？怎么这会儿又要对他们出手？"

"如果那两人轻易被咱们擒下，那男子便绝无可能是东川独。财色兼收的好买卖，咱们为何要错过？"鸠琅缓缓站起身，耐心地解释着，"可若一时间他没被擒下……"

店小二急不可待地接话道："要是一时半会儿没被咱们擒下，就证明那个男人是有真本领的东川独？"

鸠琅嗤笑一声："非也，即便他们真有过人的本领，也未必就是真的东川独。届时还要等李海他们的消息回来了，才能确定他们的身份。"

"还是九爷您思虑周全！"

手下们虽然说的是恭维话，但是对千面郎君小九爷的佩服都是真心的。

"动手吧，小爷亲自给你们坐镇！"鸠琅折扇一挥，冷声命令道。

随着他这一声令下，"风门"临县坛口中手段最阴毒、本领最高强的二十门徒顿时鱼贯而出。这一群几乎没有半点儿人性的恶徒趁着黑夜悄然登上了二楼客房。店小二在前面带路，脚步轻巧地将众人一直带到白鹭与温小筠的房门前。

到了目的地，店小二不觉又退了几步，压低着声音跟鸠琅细细地说："小九爷，吹进去的那些强力迷烟儿此时应该已经发挥效力，里面的二人应该早已睡得跟死猪一样。"

鸠琅点点头，朝着旁边的人轻轻地打了两个响指。

人群中立刻走出两名身材彪悍的壮汉。他们正是临县"风门"坛口的头号打手，以力气著称，虽然长得彪悍，反应力却是一流，近身肉搏战中鲜少遇到敌手。

两个人脚步轻巧地走到房门前，其中一个先伸手摸了摸门缝所在，随后从腰间抽出一柄特制的薄刃刀，小心地推进门缝之中轻轻地向上一划，门闩被悄然打开。因着客店的门闩都经过特别设计，一旦被撬开，就会被绳子拖拽住，根本不会发出任何声响。

另一个人默契地推开门，眼前立时出现黑漆漆的一片。两个人侧身闪进屋里，屏住呼吸蹑手蹑脚地在屋中行走。虽然是摸黑儿行事，但这客店里的每一间屋子他们都再熟悉不过，就是闭着眼睛都不会碰到任何一件摆设。

他们一路毫无迟滞地走到床铺之前，其中一个走到床头，另一个防备着候在床尾，不给里面的人任何逃脱的可能。当然，二人这也只是因为怀疑对方是东川独才特别做的防备。毕竟普通人只要闻了他家特制的迷烟儿就会睡成一头死猪，即便是被人生砍了扔到锅里乱炖，都不会有反应。

其中一个人掀开床帏，另外一个人伸手就要去掐男人的脖子，不想手上碰到的却是冰冰凉凉、硬硬邦邦的东西。那贼人瞬间睁大眼睛，难以置信地低吼道："怎么会？"

另外一个帮忙的人压低声音问道："什么？"

"糟了，"双手在床上来回逛摸的人惊呼一声，"被子底下都是枕头，这里根本没有人！"

另一个人惊恐地抬头，急忙环视着整个屋子，问道："他们怎么可能扛住咱们的迷烟儿？！"

摸枕头的人猛地抬头，直直看向旁边的窗子："他们是不是逃了？"

"不可能，窗子对着的就是咱们的后院，那儿总有人巡逻，根本没有响动和异常。"

"那他们是飞了？"

两个打手还没反应过来，突觉脖子骤然一疼，眼前的世界便开始天旋地转着飞起漫天雪花来。雪花世界蓦地一转，又变成了一团漆黑，他们便不省人事了。

听到屋里的动静，外面的人立时惊叫起来："大李、二李？！"

回答他们的却是两人重重倒地的声音。

一直在人群中央的鸠琅立刻低吼一声："他们还在屋里，射杀床前人唯一的角度，就是房顶！"

众人一听立时醒悟过来，又蹿出两个擅长暗器的打手！他们一只手拽过门扇，半推拉着挡在身前，另一只手迅速掏出身上的暗器，朝着鸠琅指点的房顶位置飞射出无数银针。

正蹲坐在房梁上的温小筠没有想到对方竟然这么快就识破了她和白鹭的藏身之地，眼看着银光闪闪、细密如雨的暗器银针带着呼啸的风声朝着他们的面门直直破空而来，身上的汗毛都在同一时间齐齐参起！

旁边的白鹭却似早有准备一般，瞬时张开双臂将温小筠死死地护在怀里，转身一跃，闪电般飞落房顶。

门口的暗器凶徒立时惊呼一声："他们现身了！"

紧随着那些声音一起飞出的是另外一拨更为猛烈的毒针雨。

可是白鹭的身形更快，每一步都走在暗器凶徒的预判之前，他唯一有些吃力的是还要护着怀里半点儿武功没有的温小筠。白鹭心知再没有两步，定然会叫暗器凶徒们抓到破绽齐齐攻击他的要害。真到了那一步，就是秦奇疾驰来援也根本赶不及救他。

就在跳跃至屋中的方桌前时，他心中倏地生出一计，单腿猛地一钩桌腿，便将整张桌子狠狠地踢向门口！

随着一声砰然巨响声，两个暗器凶徒一起被门扇撞得飞出老远！

趁着暗器停歇的这个工夫，白鹭环抱着温小筠直直冲向窗口，臂膀狠狠地撞碎窗子，带着温小筠飞出房间。

整个过程中，温小筠都紧闭着眼睛，双臂焊死了一般死命抱着白鹭纤细的腰肢，根本不敢跟他分开片刻。她倒不是在占白鹭的便宜，只是单纯地晕车、晕船、晕飞机……

白鹭这一顿猛操作，对于温小筠来说可不仅仅是简单地旋转跳跃，她闭着眼就可以，而完全就是急速过山车、海盗船外加飞机遭遇凶猛气流的结合体！她要忍住强烈的呕吐冲动，不吐白鹭一身，真的是太难了。不过即便再难忍也要忍，她很清楚自己要做什么。

之前与白鹭假装上床睡觉，白鹭凭借着武功高手一流的耳力察觉到店小二暂时离开，就带着她飞到了房梁上。其实如果只是为了安全，她和白鹭应该立刻逃离客栈，但是他们不能。

她和白鹭不仅要一直候在客房里，等待着贼人朝他们下手，更要在其中找出重要的线索与证据，直到能够确切地证明鸠琅就在此处——这个环节最困难，因为即便这家店就是一家杀人劫货的黑店，甚至就是销金窟中郝掌柜说的临县"风门"的窝点，也不能证明鸠琅就在其中。

直到跟着白鹭狠狠地撞出窗子的同时，被转得七荤八素的温小筠才终于能确定鸠琅就在这里。她虽然一直没有和鸠琅打过真正的照面儿，对他的手段、事迹却做了全面的分析研究。鸠琅不仅是个阴险狡诈、手段高明的聪明人，更是个自负自大、爱挑战、爱刺激的大反派。

而她和白鹭选择的大盗身份，正是南边最厉害的神偷大盗。只凭着"东川独"的名号，鸠琅势必会生出争强斗狠之心。而他们这一次黑店的行动，从方方面面都印证了她的猜测和判断。首先，寻常黑店对待要下手的"肥肉"，不会有着这样精密的计划与安排。通常情况下，就是店家把人迷晕，然后屁颠屁颠地来捆人搜身。而之前那两个先头兵的行动很谨慎，并且还有防备，明显已经在怀疑白鹭就是传说中的素手谪仙盗——东川独。

其次，也是最重要的一步，在先头部队遭遇挫折之后，外面立时变换策略，派出了两名使用暗器的高手。这样一环套一环、滴水不漏的策略安排，背后显然有人在指挥。不动声色又沉稳自信，更招招致命，很符合鸠琅性格的侧写。虽然也有巧合的可能，但是她一路严密推理地走到现在，完全巧合是另外一个陌生人的概率基本等于零。

就在温小筠一面煎熬，一面努力调动所有大脑细胞迅速分析的同时，白鹭又抽出腰间的软剑，左一扫，右一刺，干倒了两个候在院子里的小喽啰。

而一直隐藏在墙头阴影处的秦奇也终于收到了白鹭的信号，专门挑着白鹭的角度，不断飞出淬了毒的飞钉利刃，一钉一个人地不断解决着从残破的窗子里飞跃出来的追兵。

只是除了从窗子里追出的人，楼里的鸠琅早就又安排出了人手——他们从各个暗门急速飞到院子里，将已经攀到房顶之上的"东川独夫妇"团团围住。

鸠琅也缓步走下台阶，望着立在飞檐尖端的一男一女，冷笑出声："何人如此大胆，敢闯我九爷的地盘？就请你报个万儿吧！"

随着鸠琅的出现，之前还漆黑一片的客店宅院立时燃起无数火把，将这处江边建筑映得灯火通明。

这句黑话温小筠倒是听懂了，"报个万儿"就是要对方报自家名号。

她不觉侧眸望去，只见偌大的宅院中站着几十个擎着火把的恶煞壮汉。而在他们的正中央，立着一位衣袂飘飘的浊世佳公子。虽然他的长相与那天伪装过的王密的不甚相同，但看身影、气度就能猜出，此人必是鸠琅无疑。

温小筠终于跟着松了一口气，真是"踏破铁鞋无觅处，得来全不费工夫"。

鸠琅，终于找到你了！

立在房顶之上的白鸳踏前一步，站在最边缘的飞檐之上，俯视着下方冷冷一笑："不过住个店，怎生就要报万儿了？难不成本公子的房钱少了你们的？"

院中的鸠琅立时一怔。那处飞檐是房顶最尖、最细的装饰部分，根本没有任何承重能力，就更别说往上站个大活人了。他一向自诩脚下轻功天下难寻敌手，如今看到房上的男子，顿觉遇上了对手。

"这位兄台真是会说笑，"鸠琅"啪"的一声甩开折扇，慢悠悠地扇着风，"如果你们真是普通住客，怎么好好的床铺不去睡，专门找那房梁蹲守呢？咱们明人不说暗话，直接报万儿亮个相不好吗？没准呢，兄台报出名号，咱们还能攀上辈分来呢。"

温小筠厉声说道："我们为什么要上房梁？不上房梁，就要被你们的迷烟儿给撂倒了，我们不上房梁自保，难不成乖乖束手就擒，等你们这家黑店把我们二人剁成包子馅儿？"

鸠琅故作惊讶地睁了睁眼，摇着折扇笑望着左右两边："看来人家这是把咱们当成人肉包子黑心店了呢。"

他左右的手下们立时哄笑一片。

鸠琅又望向房顶，笑吟吟地说道："九爷我分明是收到小二的报信，说这位公子腰间佩带长剑，依着我《大鸣律》，无论你是什么剑客、侠客，只要没有官身，都应扭送官府问罪。反观二位，入住时没露任何官身，也与真正的官府中人相差甚远，我们这等遵纪守法的小店见了，当然会生出些防备之心。既然你们带着长剑，那我们当然会害怕你们身上有功夫喽！保险起见，只好选择趁你们睡着了的时候，将你们捆起来再押送进衙门喽。"

"好一张利口，死人怕是都能被你说活了。"温小筠冷笑上前，眉梢高高扬起，眼里满是不屑之意，"既然你们不承认是黑店，我们也无意与你们纠缠。我也不妨明摆着告诉你们，我们两个就是官府中人！既然只是误会一场，不如咱们就此别过，你们继续开你们的迷烟儿小客店，我们二人继续赶我们的路，如何？"

温小筠知道，对鸠琅这种警惕性极高、冷厉又自负的人来说，直接报出东川独的名号，反而会让他怀疑。这般遮遮掩掩、犹抱琵琶半遮面的架势却会令鸠琅肯定，白鹜就是东川独本人。

说完，温小筠拉住白鹜的衣袖笑笑，说道："赶路要紧，咱们别和他们一般见识。"

鸠琅目光陡然一寒，甩手就是一记闪电飞刀。

白鹜眉头一皱，倏地横剑，只听得喤的一声脆响，那飞刀便被长剑扫了出去。随后白鹜将长剑背在身后，动作优雅又迅速。他俯望着人群中央的鸠琅，目光很冷，语气更冷："既然话都已经说开了，店家掌柜又为何要强留我们？"

鸠琅仰头一笑："在下怎的不知话已经说开了？"他阴鸷的目光在白鹜与温小筠的身上来回打量，"还敢说自己是出来办事的公门中人，是私奔出来的贼人还差不多吧？"

旁边的喽啰们立时哄笑起来。

更有人起哄道："这对狗男女根本就是出来鬼混偷情的，哪家的衙门会有这样的好差事？说出来咱们爷们也去乐和乐和！"

白鹜面色越来越寒。

温小筠则冷笑着质问："我也没听过你们这样的守法店家，不仅半夜偷袭，现在更不让客人离开。这样'正经合法'的'好买卖'内里有什么奥秘哪？不妨拿出来说一说，我们二人也想跟着长长见识呢。"

面带冷笑的鸠琅忽然敛了笑意："东川独，你真当我们鲁地的坛口是瞎子，是傻子，可以叫你来去自如，任意而为吗？"

"你——"温小筠立时装出被人说中、气急理亏的样子，要继续争辩。

白鹜挥手挡住了温小筠已经燃烧到头顶的怒意，转而又望向鸠琅："事到如今，我看这位仁兄也就别卖关子了，对我们有什么意图，大可以直接说。"

鸠琅收拢扇面，作揖朝着白鹜款款施了一礼："东川兄不要多想，小弟'风门'阿九，只是仰慕东川兄已久，又因着从来自认轻功一流，早就想着若是有机会，一定要南下找东川兄切磋切磋。如今听得手下禀报，门市里来了个东川公子可以下手，阿九立时想到了金陵素手谪仙盗的东川独，无论如何，都想要见识见识东川兄的身法手段，所以才用那几道'开胃小菜'先行招待一番。如今，阿九甘拜下风。都说'江湖一线，相见即是缘'，阿九诚心想请东川兄入我坛口一叙，不知东川兄肯不肯赏这个脸？"

听到这番话，温小笱既踏实又紧张——踏实是因为鸠琅所有的身份都已经确认，隐藏在阴影中的秦奇肯定会尽快通知鄞诺带领援兵前来剿贼；紧张的是，即便秦奇不走，只凭他们三个人的力量，要深入虎穴与鸠琅近距离打交道，风险也是非常大的。

她不觉看了白鹜一眼。白鹜亦转过视线，望向温小笱。两个人虽然没有说话，却都从对方坚定的目光中得到了答案。为了拴住鸠琅，不让他疑心逃跑，这场鸿门宴他们必须要赴。白鹜伸出手摆在温小笱的面前。温小笱抿了抿唇，深吸了一口气，抬手握住。随着一阵呼啸的风声，白鹜便带着温小笱落地。

白鹜先是朝着鸠琅回了礼，淡淡道："既然九公子如此盛情，那么东川只好恭敬不如从命了。"

鸠琅用余光瞥了旁边的温小笱一眼，"呵呵"笑道："能够结识东川兄，是阿九的福气。来，二位随九郎这边来，九郎一定要好好招待二位一番。"

说着鸠琅抬手做了个请的手势，示意白鹜与温小笱在前面走。

白鹜唇角微勾："九公子客气了。"

说着，白鹜便拉住温小笱的手，带着她一起走向前面。

毕竟是第一次直面这种丧尽天良的人贩子，温小笱跟着白鹜走在人群中央，承受着那些人面禽兽各种目的不纯的复杂目光，还是忍不住有些厌恶畏惧。只是"鸭子"既然都已经赶上架了，就没有再胆怯的理由，想到这里，温小笱不觉挺了挺腰板儿。

他们与鸠琅的较量这才刚刚开始。

跟着鸠琅一阵穿堂绕室，他们最终走进了一间装修精致又奢华的茶室。自打迈进门槛的第一步，温小笱就觉得自己的眼睛已经看不过来了。

一进门她就看到一扇又高又大的八宝屏风。扇面描绘着诸天三界各色神仙，雕工精湛，无论是端坐正中的各色神尊，还是乘坐应龙的九天玄女等一众神话人物，每一个都雕刻得栩栩如生。不过最让人惊叹的还不是镂空屏风精湛的雕工，而是上面镶嵌了数不清的珠宝。神尊脖颈儿上的项链用的是真的珍珠，粼粼波动的海面用了大量会反光的珍珠贝点缀，此外更有松石、玛瑙、翡翠等各色珠宝不计其数。

刚刚将所有手下都屏退了的鸠琅一眼看到温小筠痴愣的目光，不由得一声嗤笑。

"这位姑娘，若是喜欢这八宝屏风，在下送你一扇即可。"说着他又向里屋望了一眼，"不过，后面还有更好玩儿的物件，阿九劝姑娘全部看完一遍再做打算。"

温小筠笑着点点头："那小女子便拭目以待了。"

说完，她便跟着白鹜也绕过了屏风走向屋里。

事实上，她与白鹜无一刻不在提防着鸠琅。鸠琅这个比狐狸都狡猾的家伙，忽然说想请他们聊天儿叙情，其中一定藏着什么凶险的用意。他们必须时刻警惕，千万不能着了他的道儿。

前面自顾自走着的鸠琅却似完全没有意识到温小筠和白鹜的心理活动，一边走着，一边抬手指向前方，自顾自地解释道："不瞒二位，阿九平常是最爱安静的一个人，最喜欢养养花，钓钓鱼。即便是在这小小茶室，阿九也养了一缸金鱼观赏。"

温小筠不觉皱了皱眉——直觉告诉她，鸠琅现在说金鱼，绝对不会真的只让她和白鹜观赏。跟着鸠琅走到墙角，一个约两米宽的青花瓷大型鱼缸便出现在了温小筠的面前。

那鱼缸下面用红木架子托着，里面盛着一汪清澈的净水，水底错落有致地摆放了些七彩鹅卵石，还有两株在水中漂漂荡荡的深绿色的小水草，七八尾寸把来长的红色锦鲤在其中灵活曳动。

尽管温小筠心中还有警惕，但在看到那些红彤彤的锦鲤时，她的眼睛还是跟着明亮了一下。锦鲤的好运属性果然非常强大，即便是身在危险之中，忽然看了这样一缸可爱灵动的锦鲤，都会让人没来由地放松心情。

"听闻东川兄见过这世间最罕见的珍宝，阿九便想着和东川兄来斗斗法。"鸠琅从袖中取出一柄暗器飞刀把玩着，用刀刃轻轻地敲击鱼缸的边缘。

白鹜不动声色地伸手拽了一下温小筠，把她完全护在自己的身后，淡然一笑，说道："江湖传闻向来不足信。东川经手的大多是些俗物，并不如九公子的这缸锦鲤活泼有趣。"

鸠琅"哈哈"一笑："我知道，东川兄是在笑阿九这缸鱼不是稀世珍品，没有珠宝玉器那般受人赏识。不过那些都是凡人眼界，阿九这缸鱼奇就奇在不俗而已。"

温小筠配合着捧了句哏："这不就是一缸鱼吗？鱼还分什么俗雅？"

鸠琅用手中锋利的刀尖剐蹭着鱼缸的边缘，发出一串刺耳的声响："准确来说，是这鱼缸不俗。"

温小筠眨了眨眼睛："难不成这是什么名贵瓷器，或者是什么大师的手笔？"

白鹜望着那鱼缸，目光沉静又严肃地说道："非也，这鱼缸看似做工精美，但花纹线条生硬僵直，毫无美感；青蓝色过于暗淡且多杂点；器型不考究，圆不是圆，长圆又不够对称。说是笨拙都算抬举了它，笨重粗糙而已。"

温小筠："……"

白鹜果然是个不食人间烟火的贵族公子，见识够广，眼光够毒，品位够高。可是他就这样直接没有丝毫掩饰地看到什么说什么，也未免太伤人了吧。人家贼头儿难道不要面子的吗？

没承想，人家贼头儿鸠琅还真的就不要面子。听着白鹜这般不留情面的话，鸠琅不仅没有丝毫生气，还爽朗地笑了起来："哈哈，东川兄方才还自谦说没经手过什么好东西，要知道这根本入不了东川兄法眼的鱼缸，在寻常富人的眼中也已经是很不错的珍藏品了呢。不过就凭东川兄的这双慧眼，阿九也能看出，东川兄经手的宝物绝对都是世间罕有的。"

"哎？"温小筠不觉疑惑出声，"九公子，你自己也说这鱼缸是中上之姿，远远够不上不俗、珍贵什么的，难不成你就是想要考一考我家东川的眼力？"

鸠琅啪的一声单手打开折扇，慢悠悠扇了两下："非也非也，这凡胎瓷面只是它的一层伪装，它的真身是西海龙宫蓄水的器物，通体乌黑，没有半点儿花纹。"

说着，鸠琅用刀划掉鱼缸那层青白相间的瓷釉面，果然露出里面乌黑如铁的坚硬质地。

温小筠的嘴角抽了抽，她还以为鸠琅会拿出什么样的噱头来套白鹜的话呢，没想到竟然是这样糊弄三岁小孩儿的说辞。

看到温小筠眼里的不屑之意，鸠琅也并不生气，将折扇合起放回袖中，攥住飞刀暗器的手狠狠一戳水缸的黑色部位，只听轰然一声巨响，青花瓷的大水缸立时碎成一片齑粉！

温小笃不觉捂住鼻子后退半步。

白鹜也在第一时间用衣袖捂住了口鼻。

只等着那阵灰土终于沉淀散去，温小笃才看出那鱼缸的出奇之处。瓷器水缸虽然破碎，但是里面那一汪澄澈的清水却依然凝聚着，凭空组成之前的水缸形状，一点儿没有溢洒，也一点儿没被灰土弄脏！

白鹜也被眼前的这一幕给惊到了。

"这……这怎么可能？"温小笃震惊地伸出手，手指却穿过凉凉的软水壁，进到清水之中。

里面的触感与普通清水的没有半点儿区别，凉凉的、软软的，抓也抓不住。里面的锦鲤却受惊不小，刚一被她触到便如流星一般飞散而去。温小笃疑惑地抽回手，清凉的液体随着她的动作泄漏些许，却没有彻底崩塌。她不觉捻了捻手，这触感实在太过神奇。

鸠琅脸上的笑意更甚，自豪地微扬起下巴："这龙宫蓄水器是有灵魂的，即便缸体碎了，里面的水仍被它的魂束缚着，所以不会洒。"

"可是这么珍贵的大鱼缸被九公子这样轻易打破了，是不是太过暴珍天物了？"温小笃皱着眉问。

鸠琅摇着折扇笑着说道："既然这水缸有灵魂，就证明它是有生命的。更因为它是龙宫圣物，所以它生命的顽强远超我们的想象。它的身体就是地上这些黑灰色的粉末，只要之后将其重新收集，再放到瓷泥中一起烧制，水缸便又会重回人间。"

温小笃和白鹜都不觉低下了头，看向那些神奇的粉末。

鸠琅唇角忽地一勾，单手一挥，宽大的袍袖便将地上的粉末尽数收纳。

"九公子倒真是好功夫。"温小笃赞叹一句后抬起头，却又被眼前的场景惊到了——之前还稳稳地摆在红木水缸架上的软晶体清水忽然不见了。

白鹜的眉头也不觉皱了起来，看来这鸠琅脚下、手上的功夫都十分厉害，他刚才不过低了一下头，鸠琅竟然就能在无声无息中把那团清水连并着那么多鱼全部变没。这样想着，白鹜不觉又将警惕提高了几倍。

对于温小筠与白鹜的惊讶，鸠琅似乎很享受，掂了一下沉甸甸的袍袖，似笑非笑地说道："都说这龙宫蓄水器的残渣可以入药，像这样捣成粉末入药，人吃了就能长生不老。"

听着鸠琅越来越离谱的话语，温小筠不觉翻了个白眼："既然能长生不老，怎么不见九公子食用？即便自己不舍得吃，进献给皇帝，也是天大的功劳哪。"

鸠琅忙不迭地摇头："呵呵，这世间有多少寻求长生不老的信徒，就有多少作死的亡魂。只要是打着长生不老名号的灵药，最后都会让人成疯成魔，严重的直接一命呜呼。不巧的是，本人就是一名贪生怕死的小鼠辈，自觉这辈子已然混得很好，轻易绝不肯把自己的这条命赌出去。"

温小筠不觉点点头："看来九公子不仅人长得俊朗，头脑也很通透明白呢。这个道理看似简单，其实却很难参悟，更难自控。只凭这一点，就能看到九公子未来前途无量。"

鸠琅摇着折扇"呵呵"一笑："承蒙伊人夸奖。不过姑娘不必急着做决定，后面还有更精彩的宝物在等着二位呢。"

说着他转身跨步向里屋走去。

温小筠不觉与白鹜又对视了一眼，龙宫蓄水器竟然还不够精彩？不过温小筠可不相信这个世界上会有什么龙宫，会有什么神物。她不觉又捻了一下手指，眼见不一定为实，这其中肯定有着不能为人道的秘密机关。

思量间，温小筠与白鹜又走进了里间屋。里面这间才算是真正的茶室，屋子中间一棵两人都怀抱不拢的大树被一劈两半。

温小筠不觉眯细了眼睛，才发现那并不是普通的树，竟然是一种生长着天然玉石的树化玉！

树化玉的两端雕刻着《山海经》中各色神奇的生物，只有中间部分被打磨得非常光滑平整，上面摆放着一个紫檀茶海，茶海上是一应俱全的各种茶具——金泥紫砂壶、银质茶筐、湘妃竹的茶刷，还有在热水中变幻着七彩颜色的小茶宠。金泥紫砂壶上落着特别的款印，应该是出自哪位名家之手，她再仔细看过去，茶海上面所有的器物都标着同样的款印。

饶是温小筠这种外行人都看得出，随便在树化玉茶桌上拿起一件来，在外面都能成为难得一见的宝贝。

见多识广的白鹭并没有被眼前的阵仗吓到，抬眼环视着四围的环境，声音懒懒地问道："若是之前的水缸只是凡间俗品，那么这间屋里的宝贝的确更精彩些。可是有了龙宫蓄水器的加持，纵使这些器物都是大家的孤品，也都失去了比较的资格。"

鸠琅笑着点点头："就说东川兄见多识广，果然名不虚传。"他转身走到茶海主位，放下折扇，扶着衣袖开始一一摆弄那些茶具，"只是又让东川兄猜错了，真正精彩的宝物还未出来。"

温小筠的鼻子险些给气歪了，她阴沉着脸狠狠地瞪着对方愤恨地说道："九公子可一可再，不可再三再四，既然是要给我们看的宝贝，为什么不一次性全拿出来？九公子要是再这样，我可就当成是你在故意耍我们了。"

"姑娘莫气，"鸠琅笑着解释，"不是鸠琅想要两位生气，实在是这些宝贝脾气太大，平常根本不愿轻易露面，更不要提一日之内接连出现了。说实话，今天能够再重温一下这些宝贝，还是阿九沾了二位的福气了呢。"

说到这里，鸠琅大袖忽地一闪，树化玉茶海上立时多出一只碧玉花瓶。那碧玉被打磨得极薄，弯弧处竟然像是透光一般。碧玉花瓶里还插着两支凤尾、两支孔雀翎。

鸠琅笑笑："今日我们不妨用宝结交，既展示诚意，又增长见识。不知两位意下如何？"

白鹭刚要说话，却被温小筠伸手拦下。

"九公子可是想要与我们斗宝？"

鸠琅摇着折扇点点头："正是。"

"我这里倒是真的有一件宝贝。"

鸠琅手中的折扇一滞："在哪里？"

温小筠抬手指了指自己的眼睛："就是我这双招子——它虽然不能鉴宝，鉴别人心却是一鉴一个准。"

鸠琅不觉皱眉："鉴别人心？又如何鉴法？"

温小筠勾唇一笑："现在就能鉴别。我们与九公子素未谋面，如今只是初见，九公子便拿出这样的珍宝，这并不符合常理。一般来说，九公子做出这番举动的原因，可能有两种——第一种是珍宝另有玄机，九公子只为测试我们的反应与本领；第二种则是九公子天真烂漫，极易相信人，没有什么戒备心。可是从初识到现在，任谁都看得出，九公子性格谨慎、机敏，行事风格多变。所以答案显而易见，不会是第二种，只能是第一种。既然识破了这一层，那就让我们把目光重新放到珍宝上，去找寻其中的玄机到底是什么。"

在凤尾和孔雀翎的旁边，还竖着一枝半开着粉色花朵的花枝。说是半开，其实那花已然全开，只是像麦穗一般低低地垂着头，花瓣也都懒懒地靠扰在了一起。

"难不成这件才是九公子口中真正的宝贝？"温小筠不觉走上前仔细观瞧。可是除了那花儿已经蔫了，再没有半点儿精神，其他的温小筠一点儿都没看出来："可是我怎么觉得这凤尾、这孔雀翎和这蔫耷耷的花儿就是普通的物件，连珠宝都称不上啊。"

说着温小筠又向白鹜投去了求助的目光。

白鹜微笑着点点头："卿卿说得没错，这些的确都是普通的物件，就是那个碧玉花瓶也并无特殊之处，一般劣质的碧玉会被人打磨得很薄，一是掩饰干涩的玉质，二是用高超精湛的技术为其增添价值。"

"非也非也，"鸠琅说着，"这凤尾、孔雀翎或许都是凡物，唯独这花儿可是仙界圣品。"

"又是仙界圣品？"温小筠却没有把目光放在那花儿上，而是前后左右来回审视着那方树化玉大茶台，"刚才的青花瓷鱼缸是龙宫蓄水器，这次蔫耷的小粉花儿别不会是什么瑶台神草、阆苑仙葩吧？"

"卿卿，"白鹜眸眼微眯，半是微笑半嗔怪地说道，"或许彼之蜜糖我之砒霜，但既是人家的心头好便不可轻慢。东川虽入了盗道，君子之德却从不敢忘。你不可无礼，坏了为兄的名声。"

温小筠嘴唇微翘。白鹜这话明面上是在呵斥她的无礼，实际上却是在讽刺挖苦鸠琅，在对他用激将法，试图挑动起他的情绪，好令他更容易露出破绽。她只是没想到从来都是谦谦公子人如玉的白鹜，损起人来也这样有水平。

温小筠一面在心里高看着白鹜，一面揖起双手故作男儿姿态，夸张又做作地对鸠琅施了一礼："小女子方才说错了话，在这里向九公子赔礼啦。"

当然这一礼也没有白施，借着弯腰低头的工夫，温小筠又仔细看了看茶台下面——下面倒是没有任何机关，宽厚的树化玉桌面下除了鸠琅的两条腿，啥也没有。

暗暗注视着温小筠行动的白鹜一时也困惑起来，这鸠琅的神仙戏法真是令人看不透。他侧眸望了温小筠一眼，心里又生出些许底气来。他一时看不明白不要紧，且看筠卿之前的表现，这一次也一定会有办法。他且只静静地看筠卿发挥，万一不行，还可以带筠卿杀出去。

白鹜将视线平静地移回到鸠琅的身上，不觉蹙眉。他到底小看了这位"风门"鸠琅，不知道他的功夫能不能撑到援兵来驰。

鸠琅根本没有意识到白鹜已经神游天外一大圈了，为两位客人摆好茶水后，这才不急不忙地整了整衣袖，"呵呵"一笑："东川兄不必动气，这位妹妹的话说得也没有错，这枝'蔫巴奄拉'的小粉花儿正是出自王母瑶台，是一种能听懂人言、能与人嬉戏玩耍的调皮小花仙儿。"

温小筠看了面前的金泥紫砂小茶杯一眼，虽然真的有些口渴，这一杯却是万万不敢喝的："能嬉戏玩耍的小花仙儿？这个可是稀奇。"

"来来来，"鸠琅抬手示意白鹜也入座，"请东川兄安坐，阿九这就为二位请这花仙儿来与君同赏同乐。"

白鹜微微一笑，撩起长衫下摆坦然落座。就在他坐稳之时，碧玉花瓶中蔫奄小花儿的花枝忽然颤了一下，紧接着从靠拢在一起的花瓣中间缓缓地探出两株软弹的花蕊。

温小筠不觉惊讶地睁大了眼睛。

此时，蔫巴的花瓣形状也发生了改变，变得润泽肥厚起来，花瓣贴合在一起就像是蝴蝶收敛着翅膀。而后又从花枝梗上生出很多绿叶枝条，连带着粉花儿的花枝一起长高长粗，新芽成细枝、细枝长新叶，新叶捧出小花苞，小花苞绽成更多的蔫奄的蝴蝶般的小粉花儿。

不过眨眼的工夫，单独的小花枝就从那半米高的碧玉花瓶中长成了一株半人高的奇特花树！

纵然在前世看过太多神乎其神的特效魔术，如今近距离地看到这神奇的一幕，温小筠还是忍不住跟着倒抽了一口凉气。这……这究竟是怎么做到的？！

鸠琅看了看温小筠与白鹜面前稳稳的茶杯，不觉勾唇一笑："许是因为阿九茶艺不精，让二位贵客看不上。也罢，正好这花枝也是位醉花仙儿，咱们便换茶为酒，上主菜吧。"

说着，他大袖一挥，树化玉桌面上的紫檀茶海连带着上面的纷繁的茶具立时消失不见，取而代之的是八碟水晶盘、一只细嘴掐腰银酒壶和六个银光闪闪的细脚杯。

水晶盘上分别摆着金黄色半透明的呈桂花形状的桂花鱼翅，色泽红亮、粒粒分明、软弹饱满的佐以数粒可爱的小樱桃和鲜嫩碧绿的薄荷装盘的"樱桃肉"，此外还有醇香扑鼻的大菜——佛跳墙、红花绿油菜装点的莹透如玉的烧鹿筋、果冻一般的抹茶莲子蒸奶酪、洁净如白雪堆砌的方块茯苓红枣糕、如粉红色千层花瓣一般的蛋黄酥、整只整只肥美红亮的蒸螃蟹。

在这样寂静的深夜，温小筠眼睛不仅看直了，嘴角的口水更是都要流出来了。她不觉在心里惨厉哀号——这样一桌色香味俱全的美味佳肴能看，能闻，甚至还能伸手摸一摸，可就是偏偏不能吃，这绝对是人间惨剧，惨绝人寰！

鸠琅环看着满桌的酒菜也不觉露出了满意的笑容："有朋自远方来，阿九自当尽心招待。正好如今又请来了小花仙儿一起玩耍，就请二位放下所有戒备，尽情享用。"

说着他单手一摆，示意温小筠和白鹭入座。

温小筠嘴角抽搐了一下。他们现在还不能坐，于是她选择用转移话题的方法来应对眼前的难关。

"多谢九公子的美意，"她又施了一礼，"只是比起这满桌的珍馐美馔，小女子更好奇这株能自己生长的小花仙儿到底会和咱们如何玩耍。"

鸠琅直起身子，一手执起银质细腰酒壶，一手挽着宽大的袍袖，动作娴熟地为两个人倒着酒："要说这小花仙子的游戏方法，二位一定很熟悉，便是酒桌上最常见的酒令。"

斟完酒的鸠琅俯身回到自己的座位上，又端起自己的酒杯，刚要说点儿祝酒词，这才发现温小筠和白鹭根本就没有半点儿吃喝的意思。他的眉头不觉恶狠狠地皱了起来，脸上的笑容也在同一时间变得冰冷一片，他拿起筷子来先行夹菜："都说东川独如何胆大，今日一见，也不过尔尔。阿九真心宴请，怎的就连一口菜、一口酒都不敢吃、不敢喝呢？"

温小筠在心中冷冷一笑。她能断定，鸠琅这个家伙一定会在酒水饭菜里下药。

白鹭也不觉望了温小筠一眼，要想尽量拖住鸠琅，就不能让他对自己这个东川独的身份起疑心，而一直戒备不吃不喝，肯定不符合"金陵第一盗"——东川独的形象。

鸠琅自顾自地斟了一杯酒，小啜了一口，摇摇头，笑道："要知道东川独最大的特色并不是文雅，而是胆大。他曾中过锦衣卫的陷阱，前面尽是锦衣卫一顶一的高手，后面则是插满尖刀的陷阱。面对山穷水尽的绝对困境，东川独选择纵身跃下陷阱。就在所有人都以为东川独这是破罐子破摔的自杀之举时，他突然挥出带鞘的长剑瞬间抵住迎面刺来的刀剑，利用那仅有的一点儿冲击力，纵身弹向陷阱侧面的土壁！这一次他手脚并用，借着攀踩土壁的冲劲，更借着一众锦衣卫大意的间隙，冲开了一条血路，生生拼杀出去。

"这一战，东川独声动天下。江湖上所有的人都对他惊叹不已。要知道即便是轻功最好的人物，都不能保证能从那绝境中的尖刀阵全身而退，稍有不慎就会被扎成一个巨型的马蜂窝。可以说，与其冒着被扎个透心儿凉的危险，还不如直接去跟锦衣卫们死磕。可是东川独不仅做到了，更做出了新高度。

"还有一回，东川独要跟师父分道扬镳，东川的师父便拿出了一瓶剧毒药水，并且放出话来，只要东川独敢把毒药喝了就立即跟他解除师徒关系。在场的人看着东川的师父随便往地上洒了一点儿，就将一只一人多高的巨犬当场毒死。人们都觉得东川独不是跟师父暂时缓解关系，就是不理他师父的刁难，直接离开。没想到东川独二话没说，抄起毒药瓶仰头一饮而尽。据传他当时就吐了血，可是即便满嘴鲜血，都能对他的师父露出笑脸。最终，他终于和那丧尽天良的师父断绝了关系。在东川独那里，就没有不敢做的事，没有不敢喝的酒。"

说着，鸠琅倏地抬头，阴冷的目光刀子般投在白鹭的身上："今日阿九不妨就直来直去，开诚布公了。咱们明人不说暗话，阿九这酒里摆明了就是下了剧毒，为的就是验证这位兄台是不是东川独本人！如果不是，阿九定然叫你们两个死在这里；如果是，阿九的毒药也定然会叫你们二人把命留在这里。要知道不仅阿九的幻术天下第一，阿九的毒药亦是世上无双。东川的师父的毒药虽然性烈，但到底还有解药。可是阿九这毒药，任凭你们寻到天涯海角，也绝对寻不出一份解药来。如何？二位贵客，不知你们到底有没有胆接下这两杯毒酒？"

温小筠与白鹜的脸色都是一沉。"风门"鸠琅果然狡猾似狐，都到了这个地步，仍然不忘记试探他们。

这毒酒不喝，鸠琅必定起疑，两方一旦发生争斗，温小筠与白鹜或许能保住自己，从"风门"全身而退，却肯定会叫鸠琅这条狐狸半路逃脱。如此，他们这番抓捕鸠琅归案的行动便彻底宣告失败，即使之前有接连破案的事实。而差点儿被贼人一把火把焱州司狱司烧个底儿掉的焱州府衙，也势必会成为天下人的笑柄。

可是如果喝了这两杯毒药，温小筠很确定，自己和白鹜绝对会当场吐血数升，惨烈而死。

他们哪一条路都不能选，哪一条路又都不能不选。

白鹜的脸色也跟着难看到了极点，他已然做出了决定。

白鹜的决定便是自己做出端起酒杯的动作，假装要喝下毒酒，然后抓住鸠琅大意的一瞬间偷袭，擒住对方后迅速套进大麻袋里，再带着他和温小筠一同从"风门"逃脱出去。

做好决定的白鹜缓缓抬起手，稳稳地端起杯子，掀起眼皮瞥了鸠琅一眼："既然是由人调制出来的毒药，总归会有解药。九公子自信这天下就没有能解开你毒药的人，东川便自信这天下就没有东川解不了的毒药。"

说完，他不再有半点儿犹豫，直接将毒酒端到唇边，张口就要喝。借着举杯仰头的动作，白鹜余光一瞥，看到鸠琅先是惊讶了一下，旋即又露出得意的笑容，对方整个身子也都跟着这一变化放松了不少。

白鹜目光陡然一寒，就是现在！可就在他即将出手去擒那鸠琅唯一的破绽时，温小筠却一把抓住了他的手臂。

"不能喝！"温小筠一看白鹜要喝毒酒，立时就急眼了。

温小筠这一声吼不仅拽住了白鹜，更惊走了鸠琅一瞬间的走神儿——白鹜刚悬起来的心便掉进了千年坑洞里。

鸠琅喝着小酒冷笑一声："这位姑娘怎么了？莫不是知道他东川独的本事，怕他真被毒药害死了？"

温小筠却是勾唇一笑："我家东川哥哥只是脾气执拗，又不是死心眼儿。你真以为我们两个是傻子吗？什么毒药都要喝？如果说只有喝毒药才能表示出诚意来，那我们这边也带了美酒，而且还是没有处理过的原生态健康品。如今满桌子的菜都是九公子准备的，那至少酒该归我们管了吧。”

说着温小筠抬手就从白鹭的腰上解下盛酒的水囊，捧着上前两步走到鸠琅的近前，抬手就把鸠琅面前的那盘佛跳墙推开，为鸠琅重新斟了一杯酒。

鸠琅的眉头瞬间拧成了个大疙瘩，他没有想到，东川独身边的小女孩儿竟然这么厉害，只是轻飘飘的一句话就破了他的两难死局。

不过人家姑娘破得了这死局，他一个行骗高手中的高手，自然也破得了。他才不相信东川独和这个小姑娘会那么好心给他喝免费的酒水。既然他这边会下毒，那么东川独一样会下毒。东川独的酒，他绝对不会沾染一点儿。这样想着，鸠琅举起温小筠刚刚为他倒满的酒，笑呵呵地说道：“哎呀，能够尝到东川兄自己的酒，阿九真是三生有幸——”

他话还没说完，手上一抖，满杯的酒水立时泼了一地。

“哎呀呀，”鸠琅睁大眼睛故作惊慌之态，“真是可惜了，枉费了东川兄的一片好意。”

捧着酒囊的温小筠不觉冷笑了一声：“无事无事，小女子这里还有两个消息要告诉九公子。”

鸠琅这才直起身子疑惑抬头：“姑娘但讲无妨。”

温小筠：“两个消息呢，一个是好消息，一个是坏消息。”

鸠琅和白鹭都有一瞬间的愣神儿。

“坏消息呢，就是我们的酒有毒。”温小筠眨巴着两只眼睛兴趣满满地说着。

鸠琅忍不住接话：“那好消息又是什么？”

温小筠高高举起酒囊：“好消息就是这酒有的是！来，九公子，让我给你满上我们祖传的制毒秘方，送你到西天！”

鸠琅被吓得赶紧伸手捂住酒杯的杯口，赔笑着说道：“好姑娘，好姐姐，阿九认错了还不行吗？阿九刚才也就是为了活跃一下气氛才故意扮丑。现在咱们两边说好了，你们喝你们的酒，阿九喝阿九的酒，绝不互相干扰。”

温小筠这才重新收起酒囊，噘着嘴巴装作满心不乐意的样子说道：“那怎么玩儿行酒令？小女子还等着跟小花仙儿一起玩儿游戏呢。”

鸠琅故作高深地笑了笑：“玩法很简单，咱们三人，轮到谁，谁说话。说话的人说对了，对方就喝一杯酒；若是没说对，就需要自己喝一杯酒。”

温小筎抱着酒囊重重点头："听上去好像很有趣。"说着她忽然又想起了什么，"只是小女子学艺不精，酒量也不好，你们两个大男人可不要欺负我。"

鸠琅坐直了身子，兴致勃勃地道："那便由阿九开始吧，第一句——

"田字不透风，十字在当中，十字推上去，古字赢一钟。"

他说完，白鹜与温小筎对视一眼，然后两个人各自喝了一杯酒。

这次轮到白鹜了。他端着空酒杯，目光沉静地望向窗子，随口道："回字不透风，口字在当中，口字推上去，吕字赢一钟。"

温小筎开心地打了个响指："我们也对上了，现在轮到九公子你喝酒了。"

鸠琅笑着为自己满了一杯酒："这酒阿九喝得，只不是现在喝，姑娘还差一句话呢。"

温小筎皱皱眉，鄙视地扫了鸠琅一眼："你出的题目我们东川哥哥也对出来了，怎么就还差一句话，九公子你不会是想要耍赖吧？"

鸠琅修长的手指轻轻点敲着桌面："方才只是东川兄一人对出了行酒令，姑娘你却还没有说。"

温小筎暗暗咬了下牙。她不是想不出词，只是在想办法弄清鸠琅这场活动的真实目的。而想要弄明白他的用意，便要跳出他画出来的框框，想到这里，她不觉挑眉一笑："小女子当然知道，若是说出行酒令便不用受惩罚。可是不受惩罚，便看不到这件宝物的稀奇了，对吗？"

鸠琅点点头："嗯，姑娘说得不错。"

温小筎笑望了身边的白鹜一眼："反正小女子不是大君子，不用在乎颜面，如此这一盘小女子就认输吧。"

鸠琅听了这话不觉一怔，随即恍然大悟般地笑了起来："姑娘年龄虽小，智慧可不小。也罢，阿九这么一玩儿上竟然真的把正事给忘了，现在就看看咱家的瑶台小仙子究竟醒了没有。"

温小筎也跟着看了看那棵挂满蔫耷耷的小粉花儿的花树，不觉弯眸一笑："那小女子我就认输了。"

她的话音刚落，碧玉花瓶中的花树便颤颤巍巍地摇动起来，随之一起发生的还有阵阵弦乐鼓声，缓缓而动，由远及近，由小渐大。温小筎眨了眨眼睛，这音乐欢快悠扬，听得人心情大好。

随着弦乐鼓声终于到了近前，蔫耷耷的小粉花儿的花瓣终于缓缓绽开，直到完全张开，呈现出如一只只蝴蝶展翅的娇美模样。忽然咚的一声，鼓声骤然停歇，花树枝头粉红色的鲜花便旋转着飞下来，两旁的花瓣一张一合，俨然真实得如蝴蝶一般，款款靠近温小筠的面前，轻轻停落在她的肩头。

鸠琅笑着喝了一杯酒："瑶台小花仙儿终归下凡了！"

白鹜也惊讶地睁了睁眼睛，表示对这一幕十分不解。

紧接着，鸠琅又与白鹜进行了几圈行酒令。不多时，温小筠的身上便落满了碧玉花瓶上的蝴蝶花瓣。

沾着花瓣的同时，三个人都喝了不少酒。不过白鹜的这个水袋里装的是果酒，并不醉人。温小筠一直在观察着鸠琅，他的酒原本是要拿来招待自己和白鹜的，想来不会是水。两边喝的同样多，温小筠和白鹜这边脸色基本没变，鸠琅的脸颊早已是酡红一片。

鸠琅再一挥袖，碧玉花瓶便消失不见。

"如今阿九很有诚意地展示出自己的珍宝，就看东川兄可有什么宝物能令阿九眼前一亮了。"

白鹜皱了皱眉。

温小筠在心里淌下两行眼泪。还是那句话，别人破案是要赚钱的，唯独她温小筠破案总是要花钱。抓个人贩子，自带各种解药、各种酒水、各种暗器还不够，这个家伙还要带各种宝贝吗？即便白鹜身份再尊贵，出来"客串"小吏破案，身上也不可能随时带着稀世珍宝吧？这样想着，温小筠忽然摸到自己怀兜里一处鼓鼓的地方。她双眼一亮，立时有了主意。

"东川哥哥，"温小筠仰起头望向白鹜，"我算是看出来了，这位九公子宴请咱们是假，想要跟咱们斗宝才是真。"

白鹜微微一笑："卿卿以为如何？"

温小筠视线又转回到鸠琅的身上，目光里充满斗志："斗宝其实是件有趣的事，只是我不高兴九公子前面用毒酒来试探咱们。这次斗宝的事就交给我吧！我一定要亲自赢了他。"

鸠琅玩味的目光上下打量着温小筠："姑娘这么有自信吗？只是咱们这条道上斗宝的规矩，不知道姑娘听没听过？"

温小筠微微扬起下巴："我可是安分守己的良家少女一个，又不是你们道上的，有什么规矩，九公子你直接讲就好了。"

"斗宝输的一方，可是要帮着赢家办一件事。"

温小筠脸色登时沉了下来。

白鹫却已经看出温小筠的意图了。他伸手覆住她的手背，温声说道："无妨，卿卿只管坚持本心，即便输了，东川也会再取来更多更好的送给卿卿。"

所谓箭在弦上不得不发，已经到了这个关口，又得了白鹫的谅解，温小筠便不再有任何犹豫，从怀兜里掏出一个布袋，双手紧攥着放在桌面上，瞪圆了眼睛死死地盯着鸠琅："那您可瞧好了。"

说着，温小筠打开布袋，从里面拿出五锭银元宝整齐地摆放在桌面上。

起初鸠琅还以为是什么了不得的宝贝，伸长了脖子探前仔细瞧。当他看到第一锭银元宝时，双目瞳仁狠狠一缩，紧接着又皱了皱眉，难以置信地抬头看了看温小筠，又看了看白鹫："姑娘你真的确定就用这几锭银子跟我比，不是拿错了袋子？"

温小筠郑重地点点头："没错，就是这五锭银子。"

鸠琅再也忍不住，抚掌大笑："小姑娘毕竟是小姑娘，竟然想得出用这五锭银元宝来跟阿九斗宝。莫说那龙宫蓄水器与瑶台小花仙儿，便是之前阿九茶桌上的茶壶的价值都远远不止你这几锭元宝的。"

温小筠伸手摆弄着那几锭银元宝，抬眼一笑："这几锭银元宝斗的就是九公子你那两件稀世珍宝。"

鸠琅笑容渐敛，注视着温小筠的目光越发阴冷："这话说出来，可就是姑娘存了轻慢阿九的心。在这等场合下，姑娘便是在打阿九的脸了。"

看到鸠琅开始生气，温小筠也敛了笑意，目光变得阴狠起来："小女子我半点儿轻慢之心都没有！小女子我就是要堂堂正正地打赢这场斗宝！"

鸠琅冷笑一声："就凭姑娘你这几锭银子？"

"凭两个理由。"温小筠直面迎住鸠琅刀子般的目光，丝毫不惧。

鸠琅环抱双臂，仰靠在座椅靠背上，阴鸷的目光闪着寒光："姑娘请讲，只是有一条，若是姑娘讲不出个子丑寅卯来，可要承担惹怒阿九的后果。"

温小筠拿起一锭银元宝，将底面落款的地方展示给鸠琅："第一，这些元宝并不是普通的元宝，是御赐之物，乃是当今圣上赐给淼州鲁王的金贵之物，也就是老百姓白话里的'天赐吉祥银'。这些御赐吉祥银虽然也是银子，却不是用来流通的。这些元宝代表着鲁王尊贵无比的皇家血脉，更代表着他老人家的圣眷长隆。九公子你号称龙宫蓄水器与瑶台小花仙儿不是人间俗物，而这些'天赐吉祥银'同样不是人间俗物。"

鸠琅意外地挑挑眉——他的确没有想到这些看似普通的银元宝竟然还有这样的身份。他伸手拿起一锭，掂量着仔细观瞧，这才发现银元宝的形状和成色的确与普通元宝大不相同。

他放下银元宝，脸上阴鸷的表情淡去很多："是鸠琅眼拙了，这些元宝的确不是俗品。"

说着，他又抬起头来望着温小筠似笑非笑地说："只是姑娘这'天赐吉祥银'是人间至尊赏赐之物，阿九那两件宝贝却是神兽界与仙界至尊之物。龙宫与天宫，怎么都压得过皇宫才对。所以这一盘是东川兄与姑娘输了呢。"

温小筠笑着摇摇头："非也非也，我们的'天赐吉祥银'出自皇宫没错，可是九公子的这两件宝贝却不是来自龙宫与天宫，只是人工所得。"

鸠琅面色陡然一寒："姑娘是在说阿九耍诈作假？"

"小女子可没有这么说，"温小筠笑笑，"不过这也正是小女子能赢下九公子的第二个理由。"

温小筠说着，站起身环视着屋中的摆设。是时候揭秘"风门"魔术的时候了，之前她虽然被那些眼花缭乱的特技眩花了眼睛，但是通过这期间的观察，已经发现了一些端倪。反正要捉拿鸠琅并羁押着他逃出去的可能性实在太小，她和白鸳目前就只能焦躁地等待郅诺带着大部队及时来援。

"第二个理由到底是什么？"鸠琅望着温小筠，眼中蕴着起伏的怒气。

"小女子先前也曾认识一位'彩门'的先生，他的名字叫作萨斯顿。他曾经告诉过小女子，即便再厉害的魔术也要遵从三个原则：第一条，表演前绝对不说明接下来所要表演的内容；第二条，绝对不第二次表演相同的魔术；第三条，绝对不向观众透露魔术的秘密。而九公子方才的行为也正在其中。"

鸠琅脸上的笑容已经开始有几分狰狞："姑娘倒是说说啊，阿九是怎么变出那些骗人的'戏法'的？若是姑娘说不对，便要对污蔑阿九的行为负责。江湖规矩，届时即使是东川兄出面求情，我们临县'风门'也绝对不会放过姑娘你。"

"九公子别急，"温小筠说着缓步踱到鸠琅的近前，伸出手摊开在鸠琅的面前，"演绎戏法的三原则，正着看就是变戏法之人的成功要素，可若是反着来看，也就成了揭秘魔术的指导方法。九公子先看看，小女子手中这件是什么东西？"

鸠琅不觉低头细看，却见温小筠细嫩白皙的手上什么都没有。

像是看出鸠琅的疑惑，温小筠配合着他的目光动了动指尖："九公子请看这里。"

鸠琅顺着温小筠的指引向下看去，果然在她的指尖看到了一点儿透明的东西。那东西像是一团水，却凝固了形状；又像是一块剔透的白水晶，质地却是软糯很多——综合来说，就像是一块用水做成的纯透明年糕。

鸠琅面色立时一沉。

温小筠以细长的指尖捻动着那点儿"透明水晶年糕"，眉眼弯弯，笑得很是开心："不知道九公子还记不记得之前小女子好奇那件龙宫蓄水器，曾经把手探进水团之中？这点儿残迹就是那团无缸之水的'水缸'呢。"

鸠琅后仰身子重新靠在椅背上，面色阴冷："这又能证明什么？都说了龙宫蓄水器虽然破碎，却留下了一点儿魂魄，才能护住清水不四溢。你这点儿奇怪的东西，没准就是蓄水器的魂魄残留。"

温小筠忍不住大笑出声："哎呀呀，九公子你的想象力真是丰富呢。还是让我来告诉你吧，这根本就不是什么蓄水器的残魄，而之前的水缸也并不是什么龙宫神器。它根本就是一团烘干过的黑黏土糊成的假水缸，其中嵌好了几处龟裂，只要看准位置轻轻一击，就能在瞬间变得粉碎。而里面的清水之所以凝结不洒，只是因为它的表面包着一层软软的透明外皮。"

鸠琅的两条眉毛瞬间竖了起来，他道："你胡说，这世间哪有这种怪东西？"

温小筠耸肩一笑："很不巧，还真有。九公子不知小女子虽然出身良家，却也跟着方士高人学过一些炼丹烧炉、碎矿制药的本事。在众多矿石中，小女子的高人师父就曾用其中一种为小女子调制出一种世间罕有的奇特玩具。那种玩具的触感和外观，就跟现在小女子手上的残迹的一模一样。高人师父选中的那个矿石的名字就叫作硼砂！"

鸠琅眼中的寒光立时惊碎一片。她……她怎么可能知道？！

白鹭的嘴角忍不住微微上扬，这一点他倒是可以为温小筠正名，她说的都是实话。别说什么硼砂，什么碎矿制药，温小筠还能用硝石制作冰块，用淤泥锻炼身体。那样玄而又玄的本事，又岂是鸠琅这种人间俗物能够比肩的？

温小筠的解释还在继续："因着那玩具又透明得像水晶，又软糯得像糯米团，还一点儿不粘手，所以小女子给它起了爱称——水晶泥。"

听着温小筠言之凿凿的分析，鸠琅脸色越来越寒，眼里已然现出点点杀意。

白鹭暗暗攥紧了拳头。不过他深知现在还不是撕破脸皮的时候——温小筠替他冲在前面打头阵，现在正是该他出手善后的时候了。

"九公子，这场比试算东川输了。"白鹭略略欠身，诚恳地说道。

鸠琅疑惑地皱了皱眉，随即甩开折扇轻笑着说道："按照这位姑娘的说辞，这场比试的确是阿九输了，东川兄此言难不成把阿九当作输不起就要掀桌子的土匪莽夫了？"

温小筠转目看了看白鹭，谨慎地选择默不作声。

白鹭眉梢微挑："虽然'天赐吉祥银'的确很珍贵，但是九公子说得不错，'天赐吉祥银'就只是人间至尊赏赐之物而已，而九公子的龙宫蓄水器与瑶台小花仙儿无论真相如何，题目都是天宫。王宫对天宫，就是东川输了。"

鸠琅哈哈一笑："果然是金陵第一谪仙盗，有面儿，有气度。既然东川兄这般君子，阿九我也就不再藏着掖着地绕弯子了。其实阿九煞费苦心地整出这般排场，一来是想要考验二位是否就是真的素手谪仙盗，二来则是想要讨教讨教素手谪仙盗的真本领。"

说着，鸠琅又笑吟吟地看向温小筠："如今只看这'天赐吉祥银'，就可知道二位不是白白经过焱州，顺带手的还将焱州鲁王的宝库给洗了个干净。这般胆魄，这般手段，实在令阿九佩服不已。"

温小筠又给自己斟了一杯果酒："刚才九公子还说要开诚布公，现在怎么又给戴起高帽来了？连番考验我们的行径，怕是一开始就是盯上了什么宝贝吧？"

鸠琅环视了一下周围的情景："如今更有一件千载难逢的宝物——蓬莱得了一颗巨大的龙珠，如今正要赶着往京城送去。"

"龙珠？"温小筠好奇地问道，"先是龙宫蓄水器，怎么如今又多出一颗龙珠了？别不会也是有人在用变戏法的手段吧？"

鸠琅笑着摇摇头："非也非也，那颗龙珠虽被称为龙珠，却是一颗货真价实的东珠，足有拳头般大小，浑圆灿亮，实在是一件稀世珍宝。"

温小筠心中陡然一凛。鸠琅是"风门"中人，和专门的江洋大盗并不相同，更何况盗取贡品龙珠的难度不用想都知道很大。可是现在他却坏了规矩，急于出手，背后一定有原因。

再想到杜氏钱庄中各种奇异的鬼火钱流，她便直觉感应到那个案子中定然有精通各种矿物质元素的高人。杜莺儿被劫案又与钱流案的案发时间有惊人的巧合，所以她现在很有理由怀疑钱流案的作案人与鸠琅的"风门"有着千丝万缕的联系。

温小筠望着鸠琅突然冷笑一声："既然九公子猜出我们曾在焱州作案，那小女子也想问一句，轰动天下的焱州钱流案是不是也是你们的手笔？"

鸠琅哈哈一笑："是，也不是。只不过这个答案关系一众兄弟的身家性命，要在两位把龙珠拿回我临县'风门'的客栈时，阿九才能告知。"

温小筠和白鸷对视一眼，彼此从对方的眼中看到了自己想要的答案。

温小筠冷笑着说："龙珠这般珍贵的贡品，其护卫一定非常严密，也意味着非常危险。稍有不慎，把命丢在其中都有可能。要我二人冒着这么大的危险，却不能把实情全部告知，九公子，你难道就觉得我们这样好打发？"

鸠琅眉心微皱，随即无奈地摇了摇头："事到如今，看来阿九怎么都瞒不过去了。也罢，如今阿九就把所有事情和盘托出。不瞒东川兄，我们临县'风门'虽然平常只是'风门'，但是在我们的背后还有一个非常强大的暗世界组织。"

"'风门'都已经这么厉害了，后面竟然还有更强的组织？"温小筠是真的很惊讶。

鸠琅点点头："那势力便是凤鸣温香教。阿九虽然是'风门'中人，但是经手管理的却不仅仅是'风门'一脉，除此之外，焱州'彩门''妖门'也归阿九管理。"

鸠琅继续解释着说道："而下个月七号，正是温香教的堂主遴选大会，各路人马要重新票选当堂主，其中财宝金钱是很重要的一项考核。不瞒两位说，焱州钱流案正是其中的一个案子。有内部消息，杜氏钱庄将会收到焱州鲁王的一笔地下收入。依据凤鸣皇家祖制，亲王、郡王一律不得干政、从军、经商，所以焱州鲁王明面上除了奢侈享受，混吃等死，什么也不能干。"

"不过即便是混吃等死，人家也混出了新高度，玩出了新花样，更爱财爱到无以复加的地步。不过呢，这些都只是表面功夫，谁知道那个老不死的鲁王这般疯狂敛财是为了什么。"

鸠琅眸眼微眯，弯出一抹意味深长的笑容："当然，这些只是明面上的理由，老鲁王真正的用意到底是什么，谁也说不好。"

温小筠看了白鹭一眼，心情有些忐忑。白鹭早就说过他算是鲁王的半个代言人，可是实际上做的事并没有偏袒徇私。不过之前那些事，基本都和鲁王没有太大关系，而现在的焱州钱流案，基本就算查到鲁王的头上了。在这种情况下，白鹭还能不能完全保持冷静客观，温小筠心里实在有些没底。

像是看出了温小筠的担心，白鹭伸出手轻轻地覆住她的手背，安慰似的拍了拍。

"哎呀！"

后面忽然响起一个人惊慌的呼喊声，随着那声呼喊一起而来的，还有一股扑面而来的热水。有了那声呼喊的提醒，温小筠、白鹭都在第一时间反应过来，握在一起的手迅速分开，朝着两边各自闪避。

两人才刚侧身，那冒着热气的沸水便洒在了两人座位的间隙。

看到这种情景，鸠琅立时皱起了眉，厉声呵斥道："阿山，休得无礼！"

原来是一个端茶水的男仆脚下一不小心打了滑，倾翻了手中托盘上的茶水所致。那个叫作阿山的男仆看到鸠琅生气，立时跪在地上，卷起袖子慌忙擦拭着温小筠与白鹭的座椅。

温小筠摆摆手："没事的，我自己来就好。"

她正要起身抖抖裙摆上的水渍，却惊觉那名叫作阿山的男子竟用蘸了热水的手指在她的座椅上迅速写出一个"诺"字来。

温小筠的心略咯噔一下，她再仔细打量了一下这名叫作阿山的男子。只见他五十多岁的样子，皮肤黝黑，身材佝偻，唯独那蘸了水的手指被冲掉了些许褐色，露出一点点光滑的皮肤。若是单独看手，此人也就不过二十岁左右的样子。

鄞诺？！温小筠心头一惊。这名叫作阿山的仆人竟然是鄞诺假扮的？！

阿山表现得倒是镇定得很，收拾完座椅后，就托着茶盘低着头踩着一溜烟小碎步快速离开了。

"卿卿，衣服可湿了？"白鹜并没有看到仆人阿山给温小筠展示的字迹，只是看到温小筠的裙摆都被热水打湿，一时心疼起来，直接脱下自己的外衫就罩在了温小筠的肩上。

温小筠心脏现在还是怦怦地乱跳，脸颊也跟着红了起来："东川哥哥，我没事的。"她笑着说，又转头望向鸠琅："九公子，你继续讲，别叫小女子打扰了你们男人的正事。"

白鹜扶着温小筠坐下，眼里仍然满是不放心。

鸠琅忍不住"呵呵"笑了两声："谪仙盗到底是谪仙盗，有君子之风又懂怜香惜玉呢。"

温小筠佯装红着脸低下头，实际上她的大脑正在急速运转。鄟诺是什么时候回到"风门"的客店的？在那么短的时间内他就把散布消息的任务全部完成了？还是说他根本就没有去别处，一直隐藏在周围，忽然抓到了机会就伪装成里面的某个仆人的样子混进了客店？只是一个简单的"诺"字，却给温小筠带来了数不清的疑问，令她的心情七上八下，跌宕起伏。

那一边的白鹜安抚好了温小筠，这才回到自己的座位上，转目望向鸠琅，勾唇一笑："所以九公子想要我东川独冒着生命危险去盗那颗稀世龙珠，之后再趁东川不备，偷袭暗害了东川，如此便可一点儿风险不冒、一点儿本钱不出地拿着稀世龙珠去往总坛竞选坛主？呵呵，不得不说，九公子真是好算计！这样稳赚不赔还一本万利的买卖，就是东川本人也想不到，九公子却在片刻之间就把此等阴谋诡计想得这般周全，东川只是佩服得紧。"

第十六章　三大门主

鸠琅声音一顿，站起身急忙辩解道："东川兄误会阿九了！能与东川兄相识结交，一直是阿九梦寐以求的事。阿九断断不会生出那等龌龊卑鄙的想法。"

"九公子的想法卑不卑鄙我们不知道，"温小筠不屑地哼笑一声，"我们唯一知道的就是，九公子为了温香教票选坛主大典要设计我家东川哥哥，让他冒着生命危险去给九公子抢珠子。"

"东川兄、小姐姐，你们千万不要误会我！最开始阿九的确急需带着稀世珍宝去总坛。"鸠琅立时再次辩解着，"可是在见识过二人身上过人的本领后，阿九才突然想出一个更有效的方法。"

温小筠不屑地哼了一声："怎么？新的方法是不要珠子了，还是不让我家东川哥哥冒风险了？"

"卿卿，"白鸶温声劝止，"东川相信九公子不是无礼的妄人，说话莫要如此咄咄逼人。"

温小筠没好气地哼了一声，白了鸠琅一眼，暂且不说话了。

鸠琅这才坐下身子，笑望着白鸶："东川兄，不怪姑娘，实在是之前鸠琅失了礼数。"

白鸶眉梢微动："只是不知九公子的新方法到底如何？"

鸠琅脸上的表情忽然变得凝重起来："盗取稀世九转龙珠也是阿九临时想到

的方法。不瞒二位，其实本来要盗取九转回龙珠的人并不是阿九，而是我们温香教的老七。阿九主理风坛，而老七主理巾坛，也就是外面说的'巾门'。之前的焱州钱流案就是他们的手笔。"

温小筠猛地一惊！天哪，她万万没想到竟然在这里会查到关于钱流案的直接线索。她不觉咽了一下口水，余光瞥了白鹜一下，看他却仍是一副不动如山的沉静模样，就好像天大的消息也不会撼动他分毫。

鸠琅的话还在继续："老七也是阿九竞选坛主的最大对手。阿九本来已经遴选了足够的'尖儿货条子'做贡，没想到老七竟然做出了钱流案，把焱州鲁王的心尖儿肉都剜去给温香做花红了。这些还不算，他们更看准了祥瑞贡品——九转龙珠。一旦叫老七得手，那这三年一度的坛主遴选大会，阿九便半点儿希望也无了。"

鸠琅越说脸色越阴沉："不瞒二位，阿九之前遭了难，身上的重器所剩无几，唯一的筹码只剩之前那批万里挑一的'尖儿货条子'。对方若是没有九转回龙珠的加码，也许凭着阿九的三寸不烂之舌，在遴选大会中还能拼出一线生机来。可是若叫老七把九转回龙珠弄到手，那阿九之前三年的准备就算泡了汤。只要东川兄能盗得九转回龙珠，那颗珠子就是东川兄你的了。哪怕东川兄得手之后便永远离开临县、离开鲁地都没问题。只要这珠子不叫老七得到，阿九怎样都没问题。"

温小筠的心倏地一紧。

鸠琅这段话对于她来说不啻于晴天大响雷。她之前推断得果然没有错，杜莺儿案与钱流案连带着那么多巧合，背后果然有着惊人的联系。真是"踏破铁鞋无觅处，得来全不费工夫"，出来追击鸠琅，竟然也能把钱流案一起破了。这令她如何能不欣喜？

"可是按照九公子的话，温香老七应该早就盯上了那颗大龙珠，这样一来，如果真去盗宝，那么我家东川哥哥不仅要面对朝廷鹰犬，还要对付温香老七？就是我家东川哥哥再厉害，也没把握出师必捷啊。"温小筠撇着嘴巴耸耸肩，一脸天真地一步步埋着伏笔，给鸠琅挖着坑。

鸠琅"呵呵"一笑："这点倒是请姑娘放心，老七已经盯了很久，更准备了很久，只是到现在他都没找到合适的切口下手罢了。正巧，阿九平常的人缘就最好，巾坛哪里都有眼线，所以对他们那头的消息十分清楚。"

温小筠在心里冷哼了一声，他们那个环境里怎么会有纯粹的兄弟情？肯定是他花钱买的眼线。

"老七他们应该万万想不到，我们风坛会有高人辅助，能够半路截和！阿九这边又有了他们的准确信息，届时趁其不备突然袭击，胜算一定非常之大。"

"只是一旦成功，"白鹜皱着眉发问，"那温香老七就能咽下这口气吗？"

"呵呵，"鸠琅眼里的笑容越发阴冷，"他肯定咽不下，不仅咽不下，到时候还会一路追着珠子来我风坛寻我的碴儿呢。"

白鹜微微一笑："只是凭着九公子的本领，一定不会让那温香老七寻到吧？"

鸠琅放松了身体，懒洋洋地倚靠着座椅，慢悠悠地摇着折扇："呵呵，老七虽然厉害，但我阿九凡事占尽先机，岂会那么容易就让他找到？到时候呀，右边是东川兄带着珠子远走高飞，左边阿九加急赶路进京，先行一步进入总坛，就剩他一个人像没头苍蝇似的乱撞去吧，哈哈……"

温小筠与白鹜对视一眼。静默片刻，两人不由得会心一笑。他们都知道对方真正的打算。鸠琅是想要盗取九转回龙珠的东川独成为温香老七的靶子，把所有的危险引开，自己好安安静静地一个人去往总坛参加遴选大会。

一件稀世珍宝，在鸠琅的设计下，就能引得东川独与温香老七两股势力飞蛾扑火、鹬蚌相争。不得不说，这个鸠琅心机果然了得。只是他千算万算到底算错了一点，那就是白鹜与温小筠并不是真正的江洋大盗。

温小筠想，如果是真正的"金陵第一盗"——东川独，肯定会禁不住九转回龙珠的诱惑与考验。不过她和白鹜也肯定会接下这差事，不仅是因为言行举止要贴合东川独的形象，更因为此事涉及焱州钱流案。他们不仅要接，还要把祸水东引，带着温香老七一起来寻鸠琅的麻烦，届时再把这两股势力一起端掉。

鸠琅不是在自诩鹬蚌相争中得利的渔翁吗？她温小筠就要和白鹜、鄞诺一起告诉他，谁才是能笑到最后的渔翁，谁又才是整盘棋局的操控者。

"好，"白鹜端起温小筠为他满上的果酒，望着鸠琅，目光灼灼，"这个活儿，这个货，我东川独接了！"

说完，他仰头一饮而尽。

"好！"鸠琅也端起酒杯，站起身朝着温小筠、白鹜二人肃然敬酒，"不愧是素手谪仙盗，阿九在此敬二位一杯！"

说完，他亦仰头饮尽杯中酒，之后爽快地一亮杯底，笑望着二人说道："那阿九便把那珠子现在的情形讲给二位听。"

温小筠也端着酒杯小啜了一口。事情发展到这里，她头脑里那根紧绷的弦终于可以放松一些了。

"这次的九转回龙珠，被鲁地蓬莱的官员视为九天祥瑞，"坐回座位上的鸠琅一边伸筷夹着菜，一边介绍着，"这个祥瑞的名头一旦被朝廷认可，经手的官员们便都升职有望。所以对蓬莱的官员们来说，九转回龙珠不仅十分贵重，更是一次关乎他们仕途升迁的契机。所以他们从鲁地都指挥使中借来了一名高手帮着押送祥瑞进京。那名高人，人称虎将军，是咱们鲁地有名的'万人敌'。这几年东北边境频起战火，西南海贼、倭寇屡屡生乱，这位虎将军可谓两边奔波，杀敌无数。"

听到"万人敌"这个称呼，温小筠不自觉就想起了鄞诺。鄞诺还只是空有名号，并没有真正经过战阵的考验，就已经这样厉害，何况久经战阵的"万人敌"——虎将军了？最起码人家那个绰号一听就很威风厉害。

"那他们现在行到了何地？温香老七又做了什么准备？"白鹭沉声问道。

"因为这次送的是九天祥瑞，不是一般的珠宝，所以押送的流程和以往的很不一样。需要选择良辰吉日，再由八字相合的军士谨慎押送。昨天算来，明后两天就是虎将军押送宝物路经我临县之时。

"而温香老七的动作也一直在其中穿插。他先是找出了虎将军对各种女人的喜好，随后便从'妖门'借来了一名人间尤物——粉姐儿——她半路傍上了虎将军不说，更改换了身份。虎将军名义上收她做了祥瑞侍女，实际上她却是他的随行情人。为了创造各种盗宝的机会，粉姐儿几乎使出了浑身解数，终于成功地成了近距离看护宝贝的侍女，只等时机成熟，就将其像狸猫换太子般彻底调包。"

白鹭目光沉了又沉："避其锋芒，专攻其软肋，从内部下手，温香老七的谋划也真是周全得让人脊背生寒。"他抬起头，望着鸠琅又问道，"只是到底能不能确认他们路经临县的具体时间？"

鸠琅皱眉思量着说道："焱州钱流案之后，焱州府便封锁了全城的出口，要想把焱州第一钱庄整整一座仓库的银钱都搬出来，怎么也要几天时间。阿九细细推算了一下，今夜他们应该就已经进了临县歇脚。"

白鹭点点头："押送祥瑞的队伍一般都会选择沿途的驿站休息。临县的驿站在何方位？"

"就在此处十里之外的城郭中。"鸠琅急忙回答。

白鹭皱着眉看了身旁的温小筠一眼："卿卿有何想法？"

温小筠勾唇冷冷一笑："真是巧，这些都在我们的杀伤范围之内。"

鸠琅疑惑地望着温小筠："姑娘可不要小看了这其中的利害。温香老七的功夫，即便是阿九本人也不是他的对手。"

温小筠笑得更轻松了："我没有轻敌，也没有信口开河——我说的就是真话。"

白鹭微笑着给温小筠打着圆场："世人都说'金陵第一盗'天下无双，其实东川独从来都是成双的两个人。在外，东川探珍宝，斗奇兵，决胜千里之外；在内，却是家中卿卿出谋划策，运筹帷幄之中。"

温小筠脸不红心不跳地点头接住白鹭这好一番的夸赞，直起身子，望着鸠琅自信地浅笑："九公子，并不是我与东川哥哥夸口，我们两个就是有本事在无人察觉时把那九转回龙珠盗出。只要给我们两个时辰，九转回龙珠就能呈现在九公子这处中转的客店之中。"

鸠琅的两条眉毛几乎要拧在一起了，他道："这……这怎么可能？"

温小筠"呵呵"一笑："就是非常可能，只要现实真如九公子推算的那样，虎将军带着珠子就在十里之外的外郭驿站，而'妖门'的粉姐儿也已经骗得看护宝物的侍女身份，我们二人就能在神不知鬼不觉的情况下，将九转回龙珠带来此处。"

鸠琅乜斜着眼睛，还是一脸的不可置信。

"不过要想我们二人做成此事，九公子还需答应我们二人一件事情不可。"

鸠琅将信将疑地问道："何事？只要在阿九的能力范围之内，阿九定当竭力。"

温小筠看了白鹭一眼，露出一抹意味深长的微笑。

白鹭立时领会，转而望着鸠琅说道："东川不要什么九转回龙珠。东川知道，一旦真的带着珠子走了，就会和温香教结仇。珠子虽然珍贵无比，却也危险无比，放在东川的身上，只会给东川带来无穷的灾祸。东川要折出五千两的银票，此事方可下手。"

温小筎满意地点点头——她和白鹜之间也默契得惊人。她又补充了一句："除了五千两银票，我们还要九公子之前所有戏法的诀窍与手法。只是不知道九公子舍不舍得将那手艺外传？"

鸠琅先是愣怔了一下，盯着温小筎和白鹜，目光来回波动。

温小筎知道，鸠琅正在算计衡量，其实她与白鹜也在算计鸠琅。他之前用巨大的利益来诱惑、鼓动东川独，他们现在就用同样的招术来诱惑、鼓动他，正所谓"以己之道还施彼身"。

在来回犹豫考量了几圈后，鸠琅终于咬牙做了决定："好，给二位这两个时辰的时间……"

温小筎与白鹜对视一眼，不约而同地笑了。

"那便请九公子熄灯吧，我家东川哥哥这就要去也。"她道。

鸠琅心中虽然还有疑虑，但到底好奇东川独的手段，便微笑着挥手灭了屋中所有的蜡烛。

因着事先知晓东川独会摸黑儿行动，所以在黑暗中的鸠琅便警惕地竖起了耳朵，仔细听寻着屋中的一举一动。令他惊讶的是，在屋子的两个方向同时响起风声。

鸠琅不觉皱起眉头，难道那女子与东川独一人一个方向离去了？可是之前看那女子的身形动作，分明是半点儿武功都没有的门外汉，怎么可能只是在眨眼之间的熄灯片刻就练出了世间第一等的轻功步法？

想到这里，鸠琅的心也跟着忐忑起来，他从来不信任何人，这一次怎么会放任他们两个人一起从自己的眼皮子底下溜走？如果是那样，自己真的是天字号第一的大傻瓜。他终于再也忍受不住，不过瞬息之间，房间里的蜡烛再度燃起。温小筎却仍在屋子里，正拿起筷子要夹菜吃饭。

鸠琅惊讶地睁大了眼睛，方才两处方向截然不同的风声竟然都是东川独一个人的功夫？这怎么可能？那样神乎其神的功夫连他见了都要望洋兴叹。

温小筎伸出筷子已经夹住了一小块红亮诱人的樱桃肉，刚要往嘴里放，忽然记起这道菜很可能是放了毒的，都已经溢出到口腔的口水，也被这个吓人的想法吓了回去。

"我说九公子，现在我家东川哥哥已经在外面拼死拼活地为您卖起力气了。

咱们这晚饭就别下毒了好不好？怎么样都是要吃饭的。"

鸠琅欠身笑着说道："姑娘莫生气，这些饭食并没有毒。姑娘请放心食用。"

温小筠这才放松了些情绪，伸出筷子左一块肉、右一块素菜地甩开腮帮子吃了起来。

而在客店的另一端，两个黑色的人影正躲在两边墙角的阴影中屏住呼吸躲避来回巡查的小贼。直到小贼手中灯笼中橘黄色的光影渐渐远去了，两个人这才呼出了一口气。

像是在同时间感应到对方的存在，两个黑影不约而同地抬头对视一眼。尽管入目皆是黑漆漆的一片，两个人还是都望到了彼此的眼神。其中一个黑影略略站前，借着远处的灯火渐渐露出一个手势来。另一个黑影立时会意，以迅雷不及掩耳之势跃到他的近前。

"鄞兄，盗得九转回龙珠，你可有成算？"白鹜将声音压得极低，低得连近前的鄞诺都几乎要听不见。

原来早在鄞诺蘸水写字提示温小筠之时，白鹜就已经识破了他的身份。后来鸠琅讲述虎将军的事时，白鹜瞬间记起祥瑞九转回龙珠的事自己也曾听过。

虽然那祥瑞是在蓬莱的地界发现的，并不属于焱州，但是焱州鲁王可是整个鲁地的鲁王——但凡是鲁地的祥瑞大事，鲁王与一干郡王都会早早知晓，毕竟是他们鲁地的祥瑞。

而对于跟鲁地都指挥使借调虎将军的事情，白鹜之前就曾特意打听过。对很多内情，他知道得比鲁王甚至是都指挥使与蓬莱的官员都清楚。再加上眼前忽然出现的鄞诺，于是他立刻心生一计，并在桌子下点了点温小筠，叫她配合自己。

他当时还担心只是一个手势、一个眼神，温小筠会不太清楚他的用意。可是令他惊讶的是，温小筠不仅默契地完成了他的设想，而且在与鸠琅的周旋之中，表现得远比他设想的还要精彩。

"白兄，虎将军是有名的'万人敌'，诺自然听过。"黑暗中鄞诺轻轻地点头，"你们方才在屋里与鸠琅的对话我亦知晓。盗珠引贼的事情只管交给我，你只要保护好温小筠就好。"

出于慎重，白鹜伸手抓住鄞诺的手臂，语气严肃地又加了一句嘱咐："切记，事后引贼才是关键，两个时辰，打的就是所有人都措手不及，届时所有的势力必须全部出动。"

郾诺不觉皱了皱眉："明面上的力量已经召回，恐怕他们来得要稍晚些。届时还要看咱们四个的功夫，事不宜迟，我先走。"

白鸷点点头，松手放开了郾诺："那么这一次鸷就与郾兄唱一出好戏。"

郾诺嘴角微翘："一出无与伦比的双簧好戏！"

说完，他环看了一下周围的情况，确认没人注意后，一个纵身便越过墙头，猫儿一般轻巧地翻跳出"风门"的客店。

外面就是一片密集的树林，他箭一般的身影直直地冲进婆娑的树影之中。

这一边温小筠和鸠琅喝酒吃肉，吃得好不快活。而另一边，白鸷仍停留在"风门"的客店之中暗中保护温小筠。还有第三方，那就是郾诺。

他先奔向他来时的树林空地。那里还藏着一个人，便是郡王影卫——秦奇。秦奇早在郾诺翻跳出客店时，就注意到了他。

秦奇之前一直藏在外面谨慎地保护自家郡王殿下，得到白鸷和温小筠的指令后，就悄悄地离开客店，远去一处隐蔽的地方对着郾诺离去的路线放了个信号。他没想到去临县散播消息的郾诺竟然会回来得那么快，几乎是在他回到客店的外围的同时，回到他身边的。

当时他还很惊讶。

郾诺笑笑说："朋友遍天下，只不过是放出几个假消息，跟几个关键人物打个招呼，消息便会自行散下去。"

秦奇说："那如何召回淼州的捕快呢？不仅路程远，而且没有官府的手令或是郾捕头亲临，怕是召不回吧？"

郾诺点点头："秦护卫说得是，只是白鸷与温小筠两个人进去，我到底不放心，亲去外地或是把手令交给别人，都不稳妥。"

秦奇点点头："也罢，你们官府的事情不归我管。如今既然已经确认鸠琅就在此处，你便与我尽快把殿下和温公子接出来，之后再想办法叫来援兵抓贼。"

郾诺定定地望着秦奇忽然笑了，月光透过树叶的间隙投在他的眼中，映出点点不怀好意的寒光。

秦奇不觉打了个寒战，没来由地往后退了退："你……你想对我作甚？"

直觉告诉秦奇，鄞诺肯定没打什么好主意。

鄞诺微笑着拍了拍秦奇的肩："我家小筠和你家白爷临行前是不是把一应身份令牌都交给你了？"

秦奇一面从肩上拿掉鄞诺的手，一面回答："正是。"

"我的令牌还有用，所以不能拿去调动焱州的捕快，我本人更有用，同样不能离开此地。小筠和白兄的令牌对焱州的捕快来说一样有用。那就辛劳秦兄跑一趟，去搬救兵来。"

秦奇想都没想就直接拒绝："焱州衙门的公差跟秦奇没有半点儿关系。秦奇作为影卫，必须时刻跟在殿下的左右，护佑殿下的安全。"

面对秦奇这块死板的硬石头，鄞诺不觉翻了个白眼。他忽地一愣，不对，自己刚才翻白眼表示不屑的动作不是和温小筠一模一样了吗？真是近朱者赤近墨者黑。按照他的脾气，原本说到这里他就不想再理会秦奇了。爱怎样就怎样吧，反正他从来都是独来独往的一个人，根本没想过借用别的力量。可没想到在这个岔口他竟然想起了温小筠。如果温小筠面对秦奇，一定不会轻易认输，一定会绞尽脑汁在最短的时间内说服秦奇。

而现在他只有两个时辰——不在最短的时间内安排好，就完不成任务，甚至会连累温小筠与白鹜丢掉性命，所以他绝对不能退缩。几乎只是眨眼的工夫，鄞诺就有了主意。

鄞诺语速很快地诘问："按照秦兄的说法，你是不能离开白兄半步了？"

秦奇："正是。"

鄞诺："那之前为何离开白兄，远去几十里之外给我放信号？"

秦奇："那是殿下的命令。"

"殿下为何会下这般命令？是否因为他与衙门有关？"

秦奇略略皱眉："正是。"

"秦兄与衙门无关，白兄却与衙门有关。秦兄只与白兄有关，只履行白兄的命令，负责解除白兄的危险。现在两个时辰调度好一切，正是白兄的命令。如果两个时辰内鄞某人没有完成任务，秦兄也没帮着鄞某人叫援兵来，白兄不仅会干砸差事，更会陷进巨大的危险之中难以自拔。也许有了秦兄的帮助，白兄自己可以脱身。可是白兄根本不可能只顾自己——不然他就安安生生地在郡王府当个闲散郡王、逍遥富豪了。所以为了白兄的命令、白兄的安危，秦兄只能选择帮助鄞某去叫救兵来。"

秦奇不觉皱起眉来，一时间竟觉得有些无言以对。

鄞诺继续加码："更何况现在的'风门'高手如云，又机关重重。鄞某刚才抓住一个端茶的小喽啰易容混进其中都差点儿被那些手下发现，一旦白兄和温小筠正面与'风门'开战，我又远在十里之外，只凭秦兄一个人，能保证白兄不受一点儿伤害吗？"

秦奇："……"

"更何况你们影卫绝不止一个人。"鄞诺越说越自信，"我相信只要一支穿云箭，隐藏在各处的郡王影卫都会前来与你会合。秦兄如果实在担心白兄这边，大可以先行到安全的地方再放出穿云箭。之后秦兄只要把怀中的两块官府的令牌交给那些影卫兄弟，告知他们召集救兵的事，就大可以交给他们去做。而后，秦兄再转头回到这里。鄞某相信，凭着秦兄的脚程，一定耽误不了多少工夫——"

鄞诺这边话还没有说完，秦奇仓促地说了声"告辞"便风一般地隐没了身形。鄞诺这才擦了一把汗，没想到自己真的有从温小筠那里偷师的一天。

鄞诺最后回头望了灯火通明的客店一眼，眼里寒光乍现，心道：温竹筠，终有一日，你会后悔教会我这么多；终有一日，我会超过你，并把你远远地甩在身后，站到让你难以企及的高台之上。

林间忽有夜风吹过，掠过树下的一块空地，携着几片干枯的落叶翩然而起。刚才那里还站着两个人，现在却空空荡荡，再没有半个人影。

秦奇走得快，鄞诺走得更快。

一路攀高踩低，跃树翻墙，鄞诺走的路线几乎就是条直线，努力用最少的时间、最小的力气到达押运九转回龙珠的虎将军的驻扎地。

没有用多长的时间，他就来到了鸠琅所说的那处驿站。此驿站不比别处，筑有四幢高楼，原是凤鸣开国皇帝——太祖竺元璋平灭叛军后，没收前朝高官的宅邸改建而成。原本不是驿站，而是被当朝状元李德海收为己用的。

后来太祖皇帝整顿吏治，大杀天下贪官。那一年，与李德海同届的新任官员一共有五百三十一人，太祖皇帝判了五百三十六名新老官员贪墨罪，并判处死刑。当年的新任官员无一幸免，到了后来，官府连给贪墨官员判罪定刑的官员都不够了，情急之下，朝廷只得利用死刑在后面一些的官员戴着镣铐处理公文，审断案情。也就是说，公堂之上坐着的是死刑官员，公堂之下跪着的也是死刑官员。一时成为千古笑谈。

即便做到这个程度，凤鸣太祖皇帝似乎还不解气，最后更想出了把罪行严重一些的贪墨死刑官员制成跪地额首认罪伏法的人体标本，陈列于各级衙门内室，以示警戒。

而这间驿站也是陈列贪官的人皮偶以警示后人的一处场所。李德海的人皮偶就曾跪在这处驿站长达数十年，因此这处驿站也就成了鲁地官场一处非常特殊的驿站。鄞诺也曾慕名而来，循着当年的痕迹仔细参观过，对这处驿站的构造、环境、布局都十分熟悉，没想到这些知识现在刚好派上了用场。

他选的这处墙角正对着驿站的马厩，几乎没有任何戒备。他在这里可以通过观察车马规格判断出护送九转回龙珠的队伍到底有没有在这里驻扎。

答案显而易见，马厩里满满当当地拴了很多身披锦缎的骏马。那些锦缎平常人根本没有资格用，是专门供给各地祥瑞护送队的。这样，鄞诺就确认了虎将军入住在此间客栈。

鄞诺微微弓起身子，在墙头、房顶上小心地飞跃移动。他顺着一层又一层的楼角向上攀登，身形矫健如猿，轻巧似猫儿。一直来到最后面一进的贵宾院，他才寻了一处阴影角落停住了脚步。

正对面是一幢三层小楼，每一层都灯火通明。鄞诺不觉趴低了些身子，眯着眼睛仔细瞧。只见几个仆役正端着托盘，上面盛放着不断散着白烟的各色美食，鱼贯走进正厅。

正厅里灯光大亮，透过橘黄色的窗纸，隐约可见里面摇曳着各色腰肢纤细的舞娘。其中还有一个身材高壮的男子，正举着酒杯，仰头仔细端详着那群身材婀娜多姿、凹凸有致的美女。

鄞诺的心不由得一沉。这下可就麻烦了，虎将军不仅没睡觉，还带着一众女子跳舞吃夜宵，兴致大好，精神百倍，门外更站着一排排护卫。

鄞诺不觉微微皱眉，这九转回龙珠要是藏在货运箱子里还好偷些，要是正被

418

那虎将军当众展示把玩，盗宝这件事基本就算完犊子了。

他正思量着，忽然看见三个小厮正朝这边走来。其中一人架着鸟笼子，一人抱着一个大水盆子，还有一人托着个猫笼子。

鄞诺立时屏住呼吸侧身隐藏进更深的阴影里。

"哎哟我的老天爷，那个什么龙珠真是神物，又大又圆又好看，灯光一照还亮闪闪的呢。"架着鸟笼子的小厮忍不住感叹。

"那可不是，要不说是老天爷赐给咱们凤鸣的祥瑞呢！"抱着水盆子的小厮夸张地用手比画着，又神秘兮兮地看了一下左右，压低声音对同伴小声嘀咕，"不过俺听说，这个大宝贝祥瑞可不是什么人都能看的，要不是粉姐儿说装宝贝的盒子今天白天一直有响动，怕发生什么意外，就连咱们虎将军都不敢动呢。祥瑞那可是要一直装在礼盒中好好地供起来的。等到了巡抚大人和鲁王那儿，祥瑞被检验后放进盒子里用封条封起来，就是发生天大的事，也不能再打开了呢。"

"哎哟我的亲娘，"托着猫笼子的小厮也是一脸的惊恐，"那咱们跟着看了大宝贝不会有啥报应吧？"

"报应个屁！这可是天大的福缘，"要不是手中有东西，抱着水盆子的小厮恨不能扇同伴一巴掌，"上面有他虎将军个儿大的顶着，咱们兄弟又怕啥？"

随着三个小厮的声音渐行渐远，鄞诺这才从黑影中小心地探出头来。确定周围再没有人员走动，他才又把目光重新调回到贵宾房那间灯火通明的正厅。

他暗暗咬了咬后槽牙。真是怕什么来什么！刚才他还想千万不要在正厅，这会儿倒好，宝贝直接在众人面前展示着呢。估摸着两个时辰的时间已经过去大半，如果他不能在一刻钟内快速得手，就赶不回客店。

不过他半点儿埋怨温小筠和白鹭的想法都没有。他知道，十里地的距离，只有把时间定在两个时辰内，鸠琅才会来不及逃脱。只要他这边牵引得当，就能把粉姐儿背后的"巾门"老七引向"凤门"，到时候才能给他们来个一锅端。

可是不埋怨归不埋怨，发愁也是真发愁，他到底该从何处下手才能速战速决，一箭三雕？鄞诺仔细地检查着周围的环境，意图找到一个可以出手的突破口。

忽然，他的眼前又出现了刚才那三个小厮的样子。

猫笼子和鸟笼子他都是从小玩儿到大的，一眼就认得，而与那两个拿笼子的小厮一起出来的小厮端的水盆子里应该不是食物或脏水之类的，很有可能也和其他两个笼子里的一样，装着的是什么活物儿。

是乌龟！

鄞诺的双眼立时一亮。一定是乌龟，自古祥瑞圣物，不能轻易打开，就怕凡人压不住仙气，令仙物跑了。

九转回龙珠，顾名思义，就是龙的圣物。那么能与龙摆阵压在一起的就会是右白虎、南朱雀和北玄武。这三件吉祥物一直护送着九转回龙珠到京城，才算完成使命。

鄞诺不觉勾唇一笑，已经有了盗宝的办法。心里有了算计的鄞诺，猫着身子小心地飞出院子。

贵宾楼的后面就是驿站之外，有大片的空地，前面都是守卫，这边却有空子可钻。他先是小心地蹲到后面的墙根处，听到墙内的窗子旁有侍女在说着话。

"你们都小心着些！现在确认祥瑞没事，咱们就有功，要是出了什么岔子，你们就是死一万回都偿还不了。现在大将军高兴，喝酒助兴，你们几个可不能糊涂，那个粉姐儿心思不单纯，你们可不能由着她的性子来。一会儿大将军喝完酒，咱们就要把祥瑞送回宝库，专门看管。"

旁边响起几声恭敬的"是"。

鄞诺微微一笑，现在即便是确认九转回龙珠就在屋子里也不怕了。而且通过这段对话，他也确认粉姐儿就是"巾门"老七的人。之前所谓九转回龙珠的盒子发出异样的声响，一定就是他们"巾门"装神弄鬼的把戏。看来这一次他不仅要防着虎将军，更要防备着粉姐儿乘机偷走九转回龙珠。

心中做好打算，鄞诺又悄然退走，重新攀上无人处的围墙，跃进院子里，转头朝着刚才闲聊的小厮们离开的方向走去。对于这座驿站，鄞诺真的很了解，顺着小厮的方向，他便回忆出前面的偏房通常为货房所在，依此推断，那些假冒的圣兽就应该被安置在了此处。

鄞诺又是一路疾行，他的脚步毕竟比慢悠悠的小厮们快很多。那一边小厮们放好东西刚回身锁好门，这一边鄞诺轻巧的身影就已经攀上了货房的房顶。

离家出走的几年里，他也可以溜门撬锁，但是这一次要向"风门"与"巾门"学习，尽量不留下明显的痕迹。于是他小心翼翼地掀起瓦片，从房顶钻了进去。

屋中没有灯，到处都是黑暗的一片，鄞诺用力闭了一下眼睛，再度睁开，才借着从房顶的漏洞照进来的月光看清了屋子里大体的摆设——两个笼子、一个大水盆正摆在屋子中央的长桌上。

鄞诺嘴角弯起一抹坏坏的笑容，心道：诸位兄台，为了拯救更多人的生命，只好先对不住你们了。

没有半点儿犹豫，他先是拎起鸟笼子放在猫笼子的近前。黑夜中伏在笼子里的白色的猫儿嗅到气味缓缓地睁开双眼，燃起一对绿莹莹的幽光。然后鄞诺打开猫笼子的小门，猫儿那对绿莹莹的幽光慢慢地眨了眨；他再打开装着鸟儿的笼子，只听一声凄厉的莺啼骤然刺破屋内平静的空气。

猫儿目光陡然一凛，箭一般冲向前方，鸟笼子甚至都被它直接撞下桌台。

鄞诺抿抿唇，默哀一秒之后，毫不犹豫地端起水盆，动作轻巧地将那只乌龟放在地上。随后他顺手抄起一个小托盘揣进怀里，按着桌面纵身一跃，瞬时攀上房梁，身子倏地一摆就又从房顶钻了出去。盖好瓦片后，他一路沿着房脊迅疾而行，瞬息之间便飘然落在贵宾院的院门边的角落里。

虎将军与粉姐儿应该都是一顶一的高手，他不敢落得太近。

此时院子里端着托盘的小厮们还在来来回回地忙碌个不停，贵宾室门前的护卫们虽然看似警醒，实际上应该存有很大的盲区。看准这点儿漏洞，鄞诺立时从怀里掏出小托盘，深吸了一口气，然后装出一副惊慌失措的模样来，举着小托盘踉跄地奔向贵宾厅："不好啦，不好啦！瑞兽都跑了，都快被'白虎'吃光啦！"

院子里的所有人都是一惊。

有个胆小的仆役手上一抖，盘子顿时跌落，把方才还平静欢快的氛围陡然惊破。

门口的护卫听了立时握紧腰间的佩刀，警惕地朝着鄞诺的方向望来！

像是在印证鄞诺的呼喊，后面的储物间立时响起大片惊恐的呼喊声："俺的老天爷呀！万里挑一的'朱雀'被'白虎'吃得就剩下毛啦！"

"'玄武'的脑袋也被咬掉了啊！"

"快……快捉'白虎'！快关院门！"

眼看着那边已经乱成一团麻，护卫终于受不住，转身就去拍贵宾室的大门："大人，大人！瑞兽们出事了！"

所有人的注意力不是被隔壁院子的动静惊住，就是转而投向正厅的虎将军那里，没有一个人注意到鄞诺已经趁着纷繁杂乱的声响从众人的盲区攀上了贵宾楼二楼的房顶。

　　相比一楼的灯火辉煌，二楼有间屋子却是漆黑一片。鄞诺知道那是杂物房，那里不仅可以通向一楼的宴会厅，更面对着荒野密林，是最佳的逃生选择。

　　如果是往常，他这样直接潜进杂物间，又从里走出来悄悄地走向楼梯，肯定会被同为"万人敌"的虎将军与"妖门"的高手粉姐儿察觉。但是此时哪里都是混乱一片，任凭功夫再高的高手也听不到鄞诺这一点点动静。

　　通过楼梯口的光，鄞诺看到一脸络腮胡子、满脸横肉的虎将军在听到门口急促的敲门声后，立时怒目圆睁，将手中的酒杯猛地扔开，噌地站起身，抄起旁边的宝刀，气势汹汹地向门口冲去。

　　鄞诺睁大了眼睛，目光寸寸移动，终于在里边的一张条案上看到了一个嵌了金线的大红漆紫檀木盒。

　　不过鄞诺并没有急着出手，他的目光在周围急速地移动，很快找到了一个穿着粉裙子、肤白貌美、杏眼红唇、胸大腰细的美艳女子。比起其他惊慌失措的粉裙侍女，那名女子目光镇定，动作可疑。别人都在往外面瞧，只有她一个人慢慢地后退着，不断接近着宝珠盒。

　　鄞诺眉头一皱。很显然，那个女子就是出身"妖门"却被"巾门"借来的粉姐儿。她定然认为眼前的混乱景象是自己的同伙所为。

　　鄞诺清楚，要是被粉姐儿占了先机，之前的事情自己就全部白做了，而且还成了一个为虎作伥、为贼人做嫁衣的冤大头。这可不是他鄞诺的性格。

　　可是现在直接出手，他一样讨不到便宜。听到动静的粉姐儿与虎将军定然会在第一时间发现他，那样虎将军就会反应过来，第一时间收好宝贝，不让他和粉姐儿任何一方占到便宜。

　　时机转瞬即逝，他出手就会提醒虎将军，不出手就会便宜粉姐儿。

　　鄞诺额头上的汗都出来了。紧要关头，他忽然记起温小筠的套路——当事情看似进入绝境时，温小筠总会避开表面上看似仅有的两个致命选择，另辟蹊径，选出另一个生门来！

　　几乎只在电光火石间，鄞诺的眼前瞬间一亮，他从怀中摸出一个小黑陶瓶，瞅准粉姐儿前面的另一个侍女的后背用力掷去。随着"哎呀"一声惊呼，那侍女立时捂住了后肩急急回头。这一回头不要紧，她一眼就看到伸手要去够宝盒的粉姐儿。

粉姐儿一个心虚立时缩回手。

挨打的侍女也不知道到底是什么砸了自己，刚要问，就听到门前传来一声粗厉的严喝——

"粉姐儿！你是圣兽的饲养人，快去看看究竟是怎么回事？！"

那是站在门口的虎将军在大声呼喝。

这一下粉姐儿再没有拖延的机会和理由，只能提起裙角，脚步仓皇地奔向前去。屋子里的其他人也不自觉地跟着往门口拥去。所有的护卫都警惕地防着前面，却单单忽略了身后那一点点死角。就是这点儿死角，对于鄞诺就已足够。

他眼看着虎将军和粉姐儿都已经走出房门，甚至走下台阶愤怒地吩咐众人前去查看，而屋子里的侍女们也都拥向了门口，把虎将军与粉姐儿后面的视线堵了一个严严实实。

鄞诺目光陡然一寒，身体的每一寸肌肉都紧绷得狰狞起来。就像平地突起一阵疾风，他瞬间跃下高高的楼梯，直接奔向屋里面条案上的宝盒。仓促之下，他不能开锁，只能抄起宝盒就急匆匆地跃上楼梯。

门口位居后面的侍女只觉得身后一片黑影飞过，急忙警惕地回头，却发现后面空空荡荡的，半个人都没有。她疑惑地眨了眨眼，还以为是自己的错觉，刚要转回头继续看前院的热闹，突然浑身一颤，满身的汗毛登时竖起。她难以置信地转过脖子，动作僵硬得就像是个木偶娃娃。就在她将目光一点点转到屋中央的条案上时，无数细密的血丝立时根根暴起，瞬间攀上她的整个眼球。

"祥瑞不见了！"随着一声惊天动地的凄厉嘶喊，所有人的视线都急忙掉转。前面的虎将军和粉姐儿更是第一时间反应过来，急匆匆地拨开众人往屋里冲！

而此时的鄞诺早已飞跃出二楼，一头扎进深深的密林。紧跟在他身后的是一拨更比一拨凶猛的急矢箭雨！感受着身后杀气腾腾的呼啸而过的嗖嗖箭矢破空声，鄞诺提起十二分的功力，同时心里感慨那号称"万人敌"的虎将军的确不是浪得虚名。

他的动作已经足够轻、足够快，如果是寻常将领，根本不会在这么短的时间内就摸清他的逃跑路线，更不会在这么短的时间内就调集齐这样一批训练有素的弓箭手急急追来。他只要稍有不慎，怕是就要被身后的箭雨射成马蜂窝了！别说祸水东引和去解救温小筠、白鸶了，现在的这个情形，就是他自己都泥菩萨过河——自身难保！

而在后面紧追不舍、迅疾飞来的大片箭矢中，独独有一支飞得特别凶狠。不仅飞得快，那支箭矢的准头还特别准。鄞诺在前面发了狠地快步奔跑，它便在后面瞄准着他的后背心，一下更比一下快地嗖嗖飞！

眼看那支箭矢就要顶进他的衣衫，却见鄞诺身形猛地一闪。箭矢立时扑了个空，嘭的一声直直扎进前方粗壮的树干中。而黑暗中的这一切，全部落在了箭矢主人的眼中。

那人正是带队疾行而来的虎将军！只见他两只凶恶的眼睛瞪得如铜铃一般。虽然林地中光线幽暗，但他是久在军营中打拼的老将，什么夜袭倭寇、偷袭东北女真军，就是比这再黑个十倍的夜都经历过，所以借着婆娑树影间的皎洁的月光，是足以将前面小贼的身影看得清清楚楚的。更何况他的箭矢还是特别定制的，月夜下银光闪闪，若是一般小贼见了那道阴冷无比的阴间夺命箭，绝大多数会像见了苍鹰俯冲的小田鼠一般，呆傻在原地愣怔等死。可是面前的小贼不仅没有半分畏惧，竟然还能在千钧一发之际躲过。

只这一个动作，就在瞬间激发出了虎将军所有嗜血的斗志！他一面飞奔疾驰，一面弯弓搭箭，眯着眼睛，仔细寻找前面小贼的身影——却只见小贼如猴子一般蹿上大树后，动作轻巧地跃到树梢，如振翅的飞鸟般在各个尖细的树梢上不断地跳跃飞旋。

虎将军目光不觉一怔，心中不觉赞叹一句：好轻功！

本来最初他被借调来一路护送祥瑞进京，心中还老大不乐意，暗骂这个世道、这个朝廷真是烂到骨子里了。想他一员悍将，本应该冲在南北最前线，上阵杀敌，用性命与鲜血拼出不世功勋来！可是却因为他站错了队，跟错了人，就被人生生地从战场上揪下来扔到了角落里，撸去所有的功勋，混吃等死，慢慢腐朽。

更可笑的是，自己还要当个小喽啰，被逼着押送什么狗屁祥瑞去京城。此等愚蠢行为，朝廷难道不是自废手脚、大材小用吗？因此这一路上，他才故意离经叛道，做下很多不合规矩的事。那些人既然要废了他一身的功勋，那还不如直接拿走他的命！他倒要看看朝廷的那帮子窝囊废到底会怎么处置他！

直到现在遇见这样一个心思缜密、胆大包天的小贼，他浑浑噩噩的心智才终于被唤醒。如今又看到小贼一身的不世轻功，虎将军兴奋得后槽牙都要咬碎了，嘴角不觉勾起了一抹残忍的微笑，心道：很好，很好，你这蟊贼，须得再跑快一些！竟然偷到你家虎爷爷的头上了？！你可千万别被你家虎爷爷逮住，不然你家虎爷爷定然要割下你的人头当尿壶！

这样想着，他脚下骤然发力，瞬时攀上树干，朝着前面的那抹黑影匆匆追去！

画面再切换到前面的鄞诺。对后面虎将军越来越狠的追势，他完全感知得到。若是平常，他一定有自信不被对方抓到。狗屁的虎将军、狼将军，他鄞诺收拾的就是那些不务正业的牲口将军！但现在他抱着一个偌大的木盒子，就难免落了下风，只求崎岖的地形能给自己一些助力。

可就在此时，一道阴冷的银光忽然从侧面急速飞来。鄞诺眉头一皱，知道那并不是虎将军的弓箭，而是一把匕首。他侧眸扫去，却看到一个窈窕的黑影正从侧面朝他直直追来。

鄞诺心头一惊——不好，"妖门"的粉姐儿竟然也追来了！这一下，鄞诺陷入了前有饿狼后有猛虎的危机中。

两方夹击，且这两方都是心狠手辣的高手！面对如此绝境，鄞诺只觉得浑身的血液都跟着沸腾起来。没有任何犹豫，他抱着木盒子掉头就朝着粉姐儿追击来的方向急速冲去！

粉姐儿还以为自己要再追那个蟊贼一阵子，毕竟只看他竟然在自己与虎将军的眼皮子底下，堂而皇之地把宝物偷走，他就绝对不是凡人。后面她更眼睁睁地看着号称"万人敌"的虎将军已然施展出全部功力，竟然都追不上那个蟊贼，就知道今天她是遇到高人了。

不过对方到底是什么来头，她大约也猜得到。九转回龙珠这场局，她与"巾门"的七少爷谋划良久，耗费心血无数，整个布局前前后后几乎堪称完美。而这个小贼不仅一下就挑选了最关键的时间节点，更一下子就识破了她的身份。这般巧合只能证明，他们温香教出了内鬼！

不过无论对方到底是不是自己人，敢从她粉姐儿的嘴里抢吃的，她就一定要对方的命！所以在虎将军带领弓箭手们急急追出的同时，她也从人群中悄然退出，换下一身飘逸的粉裙，从另一条小路急急追上。

只凭着虎将军那一道比一道响亮的箭矢破空声，她就能判断出小贼逃跑的方向。终于追到近前，粉姐儿眼看在虎将军越来越猛烈的攻势下，盗宝小贼终于现出一点儿疲态，便不再犹豫，果断追击出手。

虎将军的战力实在比她这次供职的"巾门"众人强出太多。"巾门"从来都是以巧取胜、以智制敌，不过以巧取胜、以智制敌换个说法就是战力太差，差到每办一个大案，都不得已要向其他坛口借人才能办。对于这一点，粉姐儿一直嗤之以鼻。

可是今夜的情况实在太突然了，"巾门"谁都没想到，自己苦心经营算计着怎么摆平虎将军，却有人一直在暗处谋划着如何算计自己，真是年年打雁，今年却被雁啄了眼。正是因为如此，所以这次冲在最前线的就只有她粉姐儿一个人。可是即便如此又如何？她粉姐儿的手段一样毒辣高明！不然"巾门"为何不借别人，偏偏要借她？

如今眼看小贼就要气竭败在虎将军的箭下，她便如龙腾海、蛇出洞一般迅疾出手！她已然计算好时机，自己先扔出几柄飞刀在前，争取彻底打乱小贼的阵脚。只要他一个不留神，就会被后面紧紧追咬的箭矢射穿。那边虎将军看到小贼中箭，肯定会在瞬间放松警惕，她便趁此时机果断出手，抢过宝盒，趁着夜色迅速逃走。

她知道，经过这样一件事，一旦叫虎将军再度得到九转回龙珠，他一定会正经起来，无比认真地保护祥瑞宝物。别人再想下手，难度绝对不啻于徒手登天。她成功盗回九转回龙珠、力挽狂澜的机会只在那一瞬。

只是粉姐儿到底没等到那一瞬。她万万没想到，本应该仓皇逃窜、拼命躲避的小贼，面对着她的飞刀暗器，竟然一下子掉转方向朝着她的刀锋直直冲来。不过粉姐儿到底是粉姐儿，面对小贼作死的举动很快就冷静下来。她动作飞快地摸出下一柄飞刀，甚至发出了一声冷笑，心道：天堂有路你不走，地狱无门你闯进来！好呀，今儿个老娘就先刺穿你一只眼睛！等你疼得嗷嗷叫时，再被虎将军的飞箭刺个透心凉！到时老娘再趁人不备，夺走宝盒！

这样想着，粉姐儿手中的飞刀已然脱手，朝着那径直奔来的小贼飞速而去！

另一边，鄞诺一眼瞥见粉姐儿的手中突然暴起一道逼人的寒光，立时做出反应，虚晃一枪，瞬间侧过了身子，流星改道般瞬间滑进旁边的树林。

粉姐儿眉头一皱，还没弄明白是怎么回事的时候，面前一支带着急促呼哨声音的箭矢便朝着她的面门飞射而来！

不好！粉姐儿周身的鲜血都在那一瞬间凝结，再想转身躲避已然来不及。除了刚才那个小贼，虎将军手里的飞箭就没有射空过！

只听得扑哧一声，冰冷坚硬的箭矢瞬间射进她的臂膀。她只觉得自己迎面撞在了一个偌大的铅球之上，身子猛地一震，便朝后面重重地跌去。

"射中了！"虎将军的一名亲卫亲耳听到前方响起沉闷的倒地声，立时兴奋地叫喊起来。

虎将军也忍不住嘴角微扬。他就说，这个世上能躲过他飞箭的人还没出生！不过虎将军虽然得意，脚下却半点儿懈怠也没有，反而加快了速度冲向前方。他一点儿也不担心什么狗屁龙珠，只关心那个小贼到底是何方神圣。

只是当亲卫伸手将那中箭的小贼一把拉起来的时候，所有人都惊讶地睁大了眼睛。小贼虽然蒙着面，可他们只看她的身形也能判定对方是个女人。

"怎……怎么可能会是个女的？"亲卫攥着女人的胳膊的手掐得更紧了，这贼的胳膊的手感柔软，跟男人铁一般坚硬的臂膀完全不同。

虎将军的两只虎睛立时怒瞪了起来，当听到被抓的盗宝贼竟是个女人时，他心里已然有了判断。

"放开她！"虎将军俯视着地上的女人，冷声命令。

"可是将军，这个女贼狡猾得很，卑职要是不抓紧了，万一叫她——"

"放开她！"虎将军唰地抽出腰间的佩刀，语气冰冷坚硬，威严赫赫，不容人有丝毫质疑。

亲卫咬了咬牙，这才有些不舍地松开了手，将那女人一把扔在地上。

"呵呵，"中箭的女人狼狈地趴在地上，却忽然发出一声低低的冷笑，"将军，想来您已经认出奴婢了呢。"

虎将军前跨一步，高大的身影罩在女人身上："你不是盗珠者。"

他语气越发冰冷，单手一扬，瞬间挥起长刀。

粉姐儿的目光骤然惊碎成一片片。凄惨的月光下，她只看到那长刀锋刃上的寒光宛如游龙一般闪过。

不远处树冠上的鄞诺立时倒抽了一口凉气。他原想着虎将军和粉姐儿怎么也能斗些个回合，再由粉姐儿带着"巾门"徒众追着他去"风门"会合。怎么粉姐儿这么快人头就要落地了？！

不过即便粉姐儿真的被虎将军砍头，鄞诺也不会出手。他得保住自己的命，才能抓紧时间在两个时辰内把九转回龙珠送回客栈，那关乎温小筠与白鹭的安危，这才是最重要的事。

这样想着，鄞诺微微侧头，已经开始寻找悄无声息地离开此地的最佳路线。然而就在他错开视线的那一瞬，虎将军的长刀猛地斜劈而下！粉姐儿绝望地闭上双眼，可是等待她的并不是利刃豁开皮肤血肉的痛感，而是肩头撕裂一般的刺痛！原来虎将军挥刀砍下了粉姐儿肩膀上的箭尾，半截儿羽箭倏地横飞出去。

剧烈的疼痛让粉姐儿瞬时满头大汗。她咬紧牙关，伏在地上大口喘着粗气，缓了一会儿，才捂着痛到麻木的肩膀回过头，不解地望向虎将军。

虎将军嗤笑道："不必多想，本将军并不是真的沉迷女色。本将军知道，你虽然不是直接盗宝的人，却一定是盗贼的同伙。"

粉姐儿的柳眉紧紧拧起。刚才的一瞬间，她很想跟虎将军解释一下，自己与刚才那个挨千刀的该死的小贼并不是一伙的。可是她很清楚，虎将军的话也不一定说他们是一伙的，他只是认定她的目的不纯。可是自己的目的的确不纯，她实在无从辩解。

她捂着痛处忽然"呵呵"地笑了，笑她的荒诞与可悲。想多少英雄，都在她粉姐儿的裙下心甘情愿低下高贵的头，贪婪又无耻地对她俯首称臣。万万没料到，今夜她却叫一个连脸都没露一下的男人整得这般凄惨可怜，还是哑巴吃黄连——有苦说不出的那种。

"你笑什么笑？！"之前的亲卫一下子被粉姐儿轻蔑的举动给激怒了，上前狠狠地扯下她覆住半张脸的黑布，"要是不老实交代你作案的同伙，回去刑讯轻饶不了你！"

粉姐儿缓缓地抬起头，娇媚的容颜在月光下散发着淡淡的光晕。她却根本没有理会那个自顾自叫嚣着的小亲卫，她的目光始终定在虎将军的身上。她笑着问："将军，您是不是一开始就在提防粉姐儿？"

虎将军微微扬起下巴，却没有回答半个字，将长刀入鞘，挥手就对身旁的亲卫做了个手势。

两个亲卫立刻上前，从腰间取下绳子，就要将粉姐儿捆绑起来。剩下的亲卫则打起火把，开始仔细检查粉姐儿的近前以及附近的草地，唯恐错漏一处，让那九转回龙珠给跑了。没办法，他们将军的脾气他们是最了解的，将军他老人家压根儿就不喜欢这件差事，把他老人家逼急了，性命都不会吝惜。

"将军，"粉姐儿忽然急急唤了一声，"九转回龙珠并不在粉姐儿这里，您难道就不想再去追一追吗？"

已经转过身准备离开的虎将军脚步一滞，回过头，望着地上的粉姐儿"呵呵"一笑："有你在，自然找得到那珠子的线索。"

眼看自家将军似乎还想要跟这个女贼说话，周围的亲卫便放慢了捆绑粉姐儿的速度。不过他们依然严密地站了一圈，唯恐那女人乘机逃跑。

粉姐儿想施展巧舌如簧的本领为自己争取一线生机，然而虎将军根本不给她继续说话的机会。

"本将军唯一好奇的，"虎将军颇为玩味地笑着说道，"就是那贼子到底是粉姐儿你的什么人？竟令你不惜挺身迎箭也要助他脱身？"

这话一出，粉姐儿差点儿一口老血直接喷出来。那个狗屁小贼，她脑子是彻底坏掉了才会帮他挡箭！

"将军，"粉姐儿声调忽然放柔，护着肩膀伤口的手慢慢转移至衣服前襟的脖子处，"粉儿想对将军说，粉儿与刚才的那个盗宝贼真的不是一路人。"

像是听到了什么可笑的事情，虎将军扶着腰间的佩刀仰头大笑："呵呵，粉儿，那你平白无故的又为何接近本将军？"他眸光忽然一凛，"你可千万别说什么是真心爱慕本将军，拼着性命也只想以身相许的鬼话。"

粉姐儿以修长的手指灵活地解开第一个纽扣。对于虎将军的讥讽，她眉眼弯弯，始终含着笑，好像一点儿也不生气："将军也许不信，但是妾身想说，妾身是真的仰慕将军。妾身身上可还有证据呢。"

听到那女人不着四六的话，众人瞬间都有些疑惑。近前的亲卫忽然一眼看见粉姐儿衣衫半解，鼻血差点儿没喷出来。

虎将军两道粗重的眉毛瞬间拧成一团。这一路上，他和粉姐儿可没少缠绵温存，自然知道她的衣衫之下是何等风景。可是现在这个局面，又当着他这么多的手下，她为何做出如此下贱之举？！眼看着粉姐儿刺啦一声撕开插着箭簇的衣衫，虎将军握刀的手瞬时攥死。

"贱人！"虎将军再也看不下去，大喝出声，"这么多人，你也要色诱吗？！"

粉姐儿忽然挺直身子，朝着虎将军妩媚一笑，眉梢眼角尽是勾魂摄魄的大胆挑逗："将军，且看粉姐儿对您的这一片心——"

她话还没说完，眼角忽然寒光一闪，劈手揭下整片衣衫，猛地朝人们的眼前一挥，只听得嘭的一声巨响，那件黑衣竟然炸出大片的白烟儿，瞬间把众人团团包住！

虎将军和众亲卫一个不防备，就叫那片白烟儿扑了个正着，一股辛辣浓烈的气息立时直冲鼻窦，直令人又咳嗽又粗喘，眼睛、口鼻都被烧得火辣辣地疼，一时间简直比窒息还难受。

虎将军动作最快，直接用衣袖捂住口鼻，可即使这样，也被那团白烟儿整治得不善。

等众人淌着眼泪、鼻涕地捂好口鼻，再挥着袖子从白烟儿中跑出来的时候，地上的粉姐儿早已不见了踪影。

虎将军的脸色登时阴沉如蕴着大雷暴，他抽刀猛挥，立时把身旁的一棵树拦腰砍断："她身上带着伤，按着血迹去找，就是掘地三尺也要把人给我揪出来！"

第十七章　鄑诺对阵万人难敌的虎将军

　　与此同时，鄑诺抱着宝盒施展全部轻功本领，在密林树梢间纵横穿梭。他余光时不时警惕地环看周围的环境。

　　温香教与"巾门""妖门"比他想象的要难对付得多。他若有一个不小心，怕是半路就要被他们拦截下来。好在凭着他的身手，又占了先机，逃跑并不是什么难事。很快他就调整了方向，奔着鸠琅的客店直直而去。

　　与此同时，在密林的另一边，因失去了上衣只能用手捂着肩头与前胸的粉姐儿在林中疾步穿梭。

　　已然是深秋时节，黎明之前的夜晚最是寒冷，可是心急如焚的仓皇与肩头还留着箭簇的重伤令粉姐儿半分寒冷都觉不出。尽管她已经跑得够快了，但仍然感觉自己不够快。后面的追兵可是号称"万人敌"的虎将军，她只看他之前追击小孟贼的样子就能推断出，受伤的自己并不是他的对手。

　　衣服、脸面什么的，在性命面前屁都不是，她一个叱咤江湖十数年的高手，绝不能在此地翻船。

　　她没了命似的狂奔，额前的发梢已然被汗水濡湿。她大口喘息着，只觉得肺都要跑炸了。不知过了多久，她的眼前终于出现了一片没什么树木的开阔地。

　　粉姐儿捂着前胸，仰头在周围的林木上来回查看。可是除了张牙舞爪的狰狞树影，她什么都没看到。就在她气急败坏地想要骂人之时，一团幽蓝色的火苗忽然从地面上升腾而起。

粉姐儿目光微怔，那团火苗摇曳伸展着，竟在眨眼之间腾开一米多高的大火花！即使是蓝色的火苗，这般高大时也是十分刺眼的，粉姐儿不觉侧头微闭上了眼睛——不然在这样深的夜里，她怕是什么都看不见了。

忽然，一个稚嫩的娃娃音从前方传来："呵呵，粉姐姐这般狼狈的样子，棋棋还是第一次看到呢。"

粉姐儿用力闭了闭眼睛，这才敢直视那团蓝色的火焰。方才那足有半人多高的火焰此时却变成很小的一簇，被人托在手心中跳跃着，就像是一只欢快的小鸟。

粉姐儿终于看清，来人竟是一个只到她胸口的蓝衣的小男孩儿。那孩子不过八九岁的模样，头上扎着小孩子常扎的双丫髻；白白的脸蛋儿圆乎乎的，就像是一团洁净可爱的糯米圆子；两只乌黑的眼睛又大又圆，在蓝色火焰的映照下忽闪忽闪的，比清泉还清澈，比水晶还璀璨；小巧的鼻子虽然还没有长开，却已能看出一点儿挺拔来；粉嫩的小嘴唇饱满可爱，水盈盈的像是偷吃了谁家的蜜。

他单举着右手——那托着火焰的小手肉乎乎的，任谁见了都忍不住想要捏一捏。

如果不是早就见识过这孩子的本领，粉姐儿也很难相信，就是这样一个看似人畜无害、人见人爱的小奶娃，竟然就是温香教赫赫有名的"巾门"老七——棋如意。

听到棋如意的挖苦调笑，粉姐儿脸色立时一沉，皱眉怒道："老娘过来帮着你们'巾门'，是看在老堂主的面子上。可你们'巾门'就是这么办事的？！眼睁睁地看着老娘差点儿被虎将军砍死也不冒个影儿出来救一下？！怪不得别人都说你们'巾门'吝啬、胆小、不仗义，老娘今天才算是真正领教了。"

棋如意却是半点儿也不生气，笑吟吟地抬头望着粉姐儿，学着大人的样子奶声奶气地劝慰道："粉姐姐别气，若我们'巾门'不出手拦截，那虎将军可是早就追上粉姐姐了呢。"

察觉到小屁孩儿的角度刚好能把自己看个精光，粉姐儿恼恨地抱紧了双臂。

她刚要骂人，后背忽然觉得一凉。她警惕地回头，却见一件粉色的衣衫正在她的背后凭空伸展，周围却没有任何一个人。那件衣服好像自己有了生命，悬浮在夜空中铺陈张开，最终缓缓地披在了她的肩头，将她紧紧地包裹起来。

粉姐儿一面整理着衣衫，一面嫌弃地冷笑："就会弄这些虚的，没个实在。"

棋如意调皮地摇了摇头："恐怕在粉姐姐心里，谁都不如那位英明神武的虎将军实在呢。"

将衣服穿好大半，却因为那半截儿箭簇不得已要袒露半条臂膀的粉姐儿一听这话，不屑地哼了一声："棋如意，你说反了，应该是他虎将军对你家粉姐姐于心不忍。"

"这话倒是没错，"棋如意笑着说，"棋棋正是看出那虎将军不会真的杀了粉姐姐，才犹豫着没有现身的。把虎将军在场的所有画面都交给粉姐姐你，才不会真的激怒他。不然直面硬碰硬，便是棋棋与粉姐姐加起来也不是他虎将军的对手呢。"

像是又回想起了虎将军，粉姐儿脸色更加阴沉："先不提他，只说半路突然出来截和的小蟊贼，咱们筹划了那么久的九转回龙珠竟然就这样被他抢走，咱们到底该怎么办？"

粉姐儿越说越气，说到后面忍不住攥起了拳头，却不想这一个动作牵连了肩膀上的箭伤，疼得"嘶"的一声倒抽了一大口凉气。

看到粉姐儿肩膀上的伤，棋如意略略皱眉，抬手将那团蓝色的火焰举到粉姐儿肩膀的近前，表情忽然就正经又认真起来："粉姐姐暂且忍耐一下。"

说着他深深地吸了一口气，而后猛地吹向那蓝色的火焰，蓝色的火焰立时喷向粉姐儿肩头露出的那半根箭头。

灼热的刺痛感立时令粉姐儿咬紧了牙关。不过须臾的工夫，棋如意将那团蓝色的火焰取回，他的另一只手上已然多了个带血的箭头。

粉姐儿知道，刚才的火焰一来是棋如意割伤口取箭头时为了转移她的注意力；二来是清理伤口，不让伤口有化脓的可能。

棋如意把玩着手中带血的箭头，表情突然变得阴鸷了起来："不仅敢从我棋如意的手中抢东西，更不顾同门情谊，让粉姐儿这么美的臂膀落下了疤痕，我棋如意一定要活剥了他的皮灌水银！"

棋如意阴鸷冰冷的目光令粉姐儿打了个寒战。

"如意，"粉姐儿从腰间的口袋里取出必备的伤药、绷带，单手撒上药粉，收起药瓶后又自己包扎起来，"你可是有了铁证？你也说同门有情谊，若没有铁证，同门相残，老堂主一定不会轻饶了咱们。"

棋如意目光冰冷，冷冷勾唇："这次的证据再铁不过！'风门'老九，哼，你家七少爷这就去屠了你满门！"

棋如意只这一句话，就令粉姐儿的脊背唰的一下出了一层冷汗。

即便距离这里最近的只有"风门"一个据点，但是要屠灭人家满员，也绝对不会是易事。况且老七的巾坛素来以战力豆腐渣著称，此时要与风坛死磕，无异于以卵击石。

像是看出了粉姐儿的心中所想，棋如意不觉发出了一声轻笑："粉姐姐，不要小看我们巾坛，你只要想一件事就会知晓——我们巾坛虽然表面柔弱，但是说下的每一句承诺、接下的每一个任务，可从来都没有失手过。当然，这次的失手我们也决不允许！吃了我的就要给我吐出来；害了我的，我就要他的命！"

粉姐儿目光微征。的确，他们"巾门"虽然弱小，但却从来都是言必行、行必果，不然就棋如意这么一个小屁孩儿，怎么也排不到"风门"老九——鸠琅的前面，拿下了温香老七的名分。

"只是，"要一下子屠灭同门整个据点，粉姐儿还是有些畏怯，"屠灭同门，老堂主那里应该不会轻饶了咱们吧？"

棋如意托着火苗单手忽然往上撩了一下，蓝色的火焰立时像是真正的鬼火一般，自己飘游到了半空中。

"这次的事，是风坛与巾坛的恩怨，粉姐姐不在其中，可以先回去休息一下，好好养养伤。粉姐姐还是要尽量把所有疤痕都去掉才行。"

"如意——"

粉姐儿的话还没说完，飘浮在空中的蓝色火焰倏地爆炸，瞬间绽出强烈的光芒。

粉姐儿赶紧转头闭上了双眼。等到一切又归于黑暗寂静之时，站在粉姐儿眼前的白团子小男孩儿早就不知所终了，就好像从来没有出现过什么蓝色的火焰。

这时从密林中又走出两个人来，清一色的黑衣，清一色的黑色布巾遮面。

其中一个人拎着一个大袋子，恭恭敬敬地托到粉姐儿的面前："粉姐姐，我们老大吩咐了，一定要好好照顾您。在这儿不远处就有一家正经客栈，您可以在那里先疗伤休息。"

粉姐儿一把推开那个布袋，凝视着巾坛老七消失的方向，几乎一字一句地狠狠道："老七有一句说对了，这般设计陷害于我的同门，是该要好好'报偿'。既然你家老大的原意是动刀子，我粉姐儿也一定要手刃仇敌，叫他明白这世间最不该做的事，就是坑害了我粉姐儿！"

说完，她又看了那鼓鼓囊囊的大布袋一眼："我的报酬先帮我收好，这次不用涨钱，手刃小贼就当是送给你们的小礼物了。"

说完，粉姐儿抬脚疾行，迅速隐没在黑暗的树林之间。

画面回到"风门"的客店，抱着宝盒的鄞诺再度攀上了客店的墙头，看准了时机后，轻飘飘地翻墙而过。按照之前约定好的，鄞诺小心地来到白鹜藏身的角落。

"鄞兄辛苦。"黑暗中的白鹜伸手接过宝盒，却发现宝盒上了锁。他想也没想就直接从袖子里拿出一把万能钥匙，不过转了几下就轻松打开了。

鄞诺挑眉一笑，压低声音调侃道："想不到凭着'东川兄'之尊，竟然也会带着此等不入流的物件。"

白鹜不以为意："既然'东川兄'是天下第一谪仙盗，道具自然要准备得齐备一些。"

鄞诺抬手拍了拍他的肩："盗宝引贼我做到了，悄无声息的华丽亮相就交给你了。"

白鹜却抬起了头，望着鄞诺露出一抹意味深长的微笑："自是不在话下，只是还需要鄞兄与秦奇帮衬一二。"

鄞诺疑惑皱眉——怎么个意思？

与此同时，正在房间里与鸠琅喝酒吃肉的温小筠满足地打了个饱嗝儿，仰身靠着椅背，微微一笑："今晚可是我这几天以来吃得最丰盛、最饱的一顿了。"

鸠琅："……"

眼前的这个家伙真的就是之前那个可爱的小姑娘吗？怎么她无论是吃相还是做派都跟个糙老爷们儿似的？

鸠琅抬眼瞥了墙角的沙漏一眼，寒着脸说道："姑娘是吃饱了，可是答应给阿九的菜却还没端来呢。现在已经过了两个时辰了。"

温小筠斜瞥了那个沙漏一眼："不是还差一点点吗？九公子明明说那沙漏全部清空，才算是两个时辰。"

她话音刚落，房顶之上轰然发出一声巨响！

温小筠与鸠琅惊得齐齐抬头，却见房顶不知在什么时候破了一个大洞，赫然露出上面的星空！

伴随那声巨响的是大片飞散的白烟儿，与此同时，一个飘然似仙的白色身影自白烟儿中缓缓下落。只见他白靴轻巧点地，将白色的丝缎袍袖倏地一摆，便傲然立于二人的面前。

这番动静可不小，惊得温小筠下巴差点儿掉下来。鸠琅急急又抬头，房顶的瓦片却又安然无恙地铺回了原位。若不是还有一点点缥缈的白烟儿，那里完整得就像刚才什么都没发生过一样。怔了一下，鸠琅才站起身，笑着向白鸳拱拱手："素手谪仙盗果然不凡，阿九真是佩服得五体投地。"

白鸳容色清冷，眸色如常，单手一扬，便将一枚珠子展示在了鸠琅的面前。

温小筠难以置信地又看了一下房顶，心道：我的个香蕉棒棒锤，白鸳也未免太厉害了吧？

可是事实上，还有两个人参与了白鸳的整个表演秀，那就是秦奇和鄄诺。

当白鸳华丽地秀出大片白烟儿从房顶降落时，背后却是鄄诺和秦奇用黑布巾捂着口鼻，趁着白烟儿障眼的时刻，运用内力把瓦片瞬间掀起。白鸳跳下去后，两人又快速合上瓦片，最后又凭借一块黑布把身形隐藏在房顶上，因为在黑暗中，别人根本看不出端倪。

这件事难就难在要调匀呼吸，尽量轻缓，不能叫房中的一众高手察觉。

白鸳侧眸望了手中的九转回龙珠一眼，眼里浮现出一抹得意的微笑。

鸠琅却根本没有心思再去深究人家的表情，客气了两句后，便抬步走向白鸳，两只眼睛就没从九转回龙珠上移开过半秒。

鸠琅越看越震惊，越看越眼馋，情不自禁地伸出手想去摸一摸，他的指尖都在微微地颤抖。

九转回龙珠在烛火的映照下散发着明亮又不失柔和的光，投在鸠琅的眼里，折射出璀璨的光。他多想一把就将九转回龙珠抢到手中紧紧握住，仔细把玩，可是又怕粗鲁的动作破坏了那宝物的圣洁光辉。

珍宝就是珍宝，真的能够给人无穷的力量。无论他身处何等凶险的处境，曾经遭受了怎样的挫折，只要一眼看到它，所有阴云都在那一眼中烟消云散。

可就在鸠琅屏息凝神，按着激动的心，抬着颤抖的手，就要触到九转回龙珠那柔滑的"皮肤"时，一只罪恶的手倏地就把九转回龙珠攥住抢走了。鸠琅一口气没捯过来差点儿被自己的气息噎死。

"你——"他气急败坏地瞪向元凶。

温小筠攥住九转回龙珠，将手背在身后，用余光给白鹜使了个眼色。

白鹜立时领会，略略移步，刚好背住鸠琅的视线，转手就接过了九转回龙珠，不着痕迹地藏进袖口。

温小筠微微扬起下巴，冷笑着质问："九公子，我们二人可是履行了承诺，在两个时辰之内把珠子给你盗来了。之前答应过我们的要求，你不会转脸就给忘了吧？"

她早就听说过，无论是多么强大的盗贼恶人，只要抓住了他们的心尖儿好，就能令他们在一瞬间失去理智。

毫无疑问，无论是稀世珍宝还是温香教坛主之位，都是鸠琅目前最渴求的东西。最渴求的东西，往往就是一个人最致命的软肋。不然凭借着鸠琅正常的智商，一定会在看到九转回龙珠的同时想到丢失宝贝的虎将军与因被人半路截和而气急败坏的巾坛老七。

鸠琅实在是被温小筠搔到痒处，急不可待地伸手就要去够温小筠背在身后的九转回龙珠，同时赔着笑脸央求着："好姐姐，您就别逗弄阿九了……"

温小筠摊开两只空空的手掌，注视着鸠琅，表情却变得严肃起来："九公子，道上有道上的规矩，你这样不兑现承诺就要强抢，可是不合规矩呢。"

眼见九转回龙珠不在温小筠的手上，鸠琅目光瞬间变得阴狠起来。他抢夺着九转回龙珠的手猛地一捞，立时紧紧地圈住她的脖子，另一只手上突然多出一把短刀，紧紧地抵住她白皙娇嫩的脖子，面对白鹜扯唇轻笑："东川独，你真当我们温香风坛是你想来就来、想走就走的地界吗？"

白鹜脸色登时一变，抬手举起九转回龙珠，瞪着鸠琅，目光冰冷："九公子费这千般辛苦、万般算计，要的不就是这颗珠子吗？你若是敢动我家卿卿分毫，这颗珠子立刻就会成为一片齑粉！"

鸠琅目光一怔，却又瞬间恢复冷静。他伸出舌头轻扫薄唇，笑容邪恶又阴毒："不过就是颗珠子而已，这颗没了，阿九还能寻到别的珠子。只要九转回龙珠确实丢失，那么随便阿九找颗大珍珠来，都是真的九转回龙珠。"他余光又扫了一下惊愕不动的温小筠，唇角的笑容越发嚣张，"只是东川兄家的卿卿，死了一回后，可就寻不到第二个了呢。"

"东川哥哥，别听他胡说！"温小筠一边拼命地缩着脖子，一边竭力嘶喊，"他要是真的不在乎那颗珠子，都不用挟持我，直接就把我给宰了！可是他没有，我的性命对于他来说一文不值——他在乎的只有那珠子，要命地在乎！"

"闭嘴！"鸠琅眉头立刻拧了起来，抵住温小筠脖子的匕首凶狠地寸寸深入，一道细细的血线立时从刀锋下冒出来。鸠琅"咯咯"地笑了起来："现在就看你和珠子谁更命大，我和你家东川哥哥谁更心狠。"

"鸠琅，"白鹭双目瞳仁紧紧一缩，捏着九转回龙珠的手寸寸收紧，"你若敢伤她，我便要你们整个'风门'做陪葬。"

"哟，"鸠琅挑眉一笑，"现在你都自身难保了，还在这儿空口白牙地说大话，真是笑死个人了呢。"

可是他嘴上这样说，抵住温小筠脖子的短刀到底松了些。

"是否为大话，届时你就知道了。"白鹭捏着九转回龙珠的手却半点儿劲没松。

鸠琅笑得更加轻狂："嘀！屠我'风门'满门？就凭你们两——"

可是他一句话还没有说完，一把呼啸的暗刃突然从天而降，直直射向鸠琅的天灵盖。只是鸠琅的功夫到底不错，只听着风声的动静他就已经提前预判出危险，仓皇松开温小筠，转身撤步，便躲过了那从天而降的危险。之后他抬头向房顶望去，却见一个蒙了面的黑衣人已然从房顶飘然而落。

捂着脖子迅速跑离鸠琅的温小筠也忍不住抬起头，却一眼就认出了那个蒙面人的身份。

郅诺的眼睛的形状独特又漂亮，即便蒙着面，也令温小筠一眼就将他认了出来。

鸠琅余光瞥了狠狠搠进地面的利刃一眼，不觉得意一笑："哼，竟然还埋伏着帮手，只是这位帮手手劲挺大，准头却不怎么强呢。"

鄞诺挑了挑眉，不怀好意地轻蔑一笑："九公子是不是觉得刚才那一刀，你躲得很轻松？"

鸠琅笑容微顿——直觉告诉他事情不会那么简单。不好！他顿时醒悟，想要转身闪躲却还是晚了一步，一柄锋利的长刀已然抵住了他的脖子。

"别动。"后面的男人声音平缓冰冷。

温小筠的脸上漾出抑制不住的得意笑容。站在鸠琅身后的杀手虽然也蒙着面，但她还是看出那正是白鸷的影子护卫——秦奇。

她这才明白，原来鄞诺之前那一刀瞄准的是鸠琅擒住她的位置。如果鸠琅不躲开，脑袋就会被飞刀开瓢儿；如果鸠琅要躲开，就必须放开她。两个选择，无论哪一种，鄞诺考虑的都是她的安危。

想到这里，温小筠心中不觉一暖。纵使鄞诺对她本人不好，但是对共事的同伴与手下，那都是绝对可靠又值得依赖的。

鸠琅也意识到了鄞诺真正的用意，这样一想，再联想起之前黑衣蒙面人那一飞刀的准头和力度，便已知道前面的黑衣人的功夫在自己之上。

他不觉暗暗咬牙，都怪自己之前太过急切，着了东川独和那个小荡妇的道儿，一心都扑到了九转回龙珠的身上，防备才大意了。如今他竟陷在近身全是对手，还没一个自己人的危险境地。

想到这里，他反倒冷静了下来。是呢，他怎么就给气糊涂了？这里可是他的地盘，他怎么可能叫一群外人给围攻算计？

"你倒是个在行的，"鸠琅侧眸瞥了身后的杀手一眼，忽地发出一串阴冷的笑声，"呵呵，只不过……"

看着鸠琅故弄玄虚的样子，秦奇厌恶地皱眉，手中的长剑更加迫近鸠琅的脖子。

白鸷也感觉到似乎有哪里不对，不自觉地拉过温小筠，想要把她挡在身后。不想他抬手却拉了个空——鄞诺早就张开双臂把温小筠圈进了自己的"势力范围"中。

白鸷眉心微皱，刚要做些什么，却听鄞诺猛地发出一声厉喝——

"小心！"

白鸷惊愕转头，却见秦奇后面的墙壁上突然射出三道银光，奔着秦奇的膀后直直而来！

听到鄄诺的示警与身后的风声，秦奇第一时间做出反应，侧身就要躲。可是又哪里来得及？他的脚才错开一点儿，三根细细的银针便刺进了他的臂膀。

秦奇咬着牙没发出半点儿声音，可是眼前却抑制不住黑暗一片，身上就像是被人抽出了整个骨架一样，使不出半点儿力气。

"秦奇——"白鸷惊呼出声，伸手迈步就向秦奇扑了过去。

鸠琅得意一笑，原地旋了个圈，周身蓦地腾起大片白烟儿。连一眨眼的时间都没有，鸠琅就消失得无影无踪。

温小筠的心猛地一沉，坏了！她一时竟大意了。鸠琅不仅仅是个靠皮相骗财骗色的人贩子，更是个手段高明的魔术师。他要是长出毛来，绝对比狐狸还精。紧急当口儿，鄄诺一把将温小筠揽在怀里，同时亮出长剑警惕地检查周围。

白鸷急忙扶起秦奇，刺啦一声撕开他肩膀的衣物，果见三根银针深深地扎进他的臂膀之中。白鸷双目瞳仁狠狠一缩，那些银针显然淬了剧毒，秦奇的整个肩膀都变得乌青起来，三根银针的周围最为严重，几乎变成了深紫色。

鄄诺一眼瞥到倒在白鸷怀里的秦奇的目光都有些涣散，立时掏出怀里的一瓶解药："快给他服下，这是万毒散。"

说着，他抬手就抛了过去。

白鸷下意识地伸手接住，撬开秦奇开始打战的牙关，强行给他灌了下去。

温小筠紧张得汗都淌了下来。即便她这一个外行人也能看出秦奇情况的凶险。一般来说，只有一个人濒临死亡时，双目的瞳仁才会开始涣散，可见秦奇方才的情况非常凶险。

白鸷把药给秦奇灌进去后，又对鄄诺急急说了句："有劳兄弟护佑片刻。"

说完白鸷扶着身子瘫软的秦奇坐在地上，自己则与秦奇面对面地盘腿坐下，一手拉拽着秦奇的手臂，一手猛地挥掌重击他的臂膀。只听得"噗"的一声，秦奇猛地吐出一口浓黑的血水，之后，身子一歪便倒在白鸷的怀里彻底昏了过去。

白鸷动作也很快，一侧头就避开了那口污血，随后小心地搀扶着秦奇让他平躺在地上。

"东川兄放心，"鄄诺一面戒备着周围，一面宽慰着白鸷，"有兄长给奇兄逼出毒针又打出毒血，再加上我的万毒散，奇兄不会有大事的。"

白鸶还是不放心，伸手去撑秦奇的眼睑，检查他的瞳仁："话虽如此，还是要带着他尽快出去找医师才行。"

"还想着要出去？"鸠琅尖细阴鸶的声音忽然响起，"你们这辈子都别想出去了！"

鄞诺一把将温小筠推到白鸶的近前，自己挡在最前面，长刀直指声音传来的方向，厉声道："有种就出来单挑，躲躲藏藏的算什么男人？"

像是听到了什么非常可笑的事，鸠琅笑得更加嚣张："九爷我是个男人没错，可若如此就中了你的激将法，才是个愚蠢的男人。"

他的话音刚落，墙壁上的窗子轰然而塌，随之而来的还有漫天扬起的灰土、石屑。

温小筠被呛得立时用袖子遮住了脸。白鸶直接张开双臂，将温小筠整个护在了怀里。

鄞诺没有在第一时间捂住口鼻，而是想到了更加可怕的事情。鸠琅很可能趁着这道机关开启，向他们射箭或甩毒针。只看秦奇中毒的程度就知道，万一他们全部中毒，就真的是全军覆没，没有半点儿回转的可能。

直到烟雾渐渐散去，温小筠这才能够睁开眼睛。透过越来越稀薄的飞尘，她这才看清，鄞诺竟然在第一时间甩出一件宽大的衣服，将他自己连并着白鸶和她一起罩了起来。

像是感知到什么异常，温小筠突然觉得后面有什么不对，急急回头，却看到了一个惊人的场面！

鄞诺护住的是他们的正面，而护住他们背面的，却是刚刚还瘫在地上的秦奇。只见他抓起旁边的餐桌，竖放着挡在众人的身后，而那张木头桌面上已然被几支尖利的箭矢穿透了一半。温小筠再往下看去，秦奇虽然扎着马步勉强支撑着身体的平衡，可是双腿却抑制不住地颤抖着。

温小筠当然知道，能令秦奇从濒死中瞬间迸发出惊人力量的，不是别人，只有白鸶一个。只是不知他那一颗护主之心有多么强烈，才能创造出这样令人难以相信的奇迹。

而白鸶则单单只是护住了温小筠，把背后完全交给了秦奇。就好像他早就知道，只要秦奇还有一口气，还没有死透，就一定会重新站起来保护自己。

这样的情感，虽然与自己没有半点儿关系，但是她看在眼里，就是忍不住地动容。

"哎哟哟，"鸠琅轻轻拍着手掌，轻笑着从烟雾中走出，"到底是东川独，前面有人用后背挡箭，后面有人拼死效力。此等场景叫人看了，真真是感动得不得了呢。"

听到这话，温小筠心头猛地一颤。她突然意识到，秦奇那边的桌面都被射穿了，而鄄诺只是披了一件衣服，又怎么去抵挡那些杀伤力极强的利箭？

像是看出了温小筠的心中所想，鄄诺微微抬起头，冲着温小筠勉强弯了弯眼眸："无妨，我家师父的火浣布乃是世间少有的宝物，水火不侵，刀枪不入，一点点飞箭奈何不了我。"

他尽力说得轻松——只有他自己知道，遮面的黑布下的唇角早已淌出血来。

温小筠根本不信鄄诺的鬼话。防弹衣还结实呢，子弹打在身上的冲击力一样让人疼得要死。她立时上前直起身子，撑住鄄诺的胸膛，皱眉骂道："什么时候了还逞英雄？疼死你也活该。"

白鹭也快速去扶住秦奇。温小筠一面撑住鄄诺，一面透过他的肩膀向来人的方向瞪去。

那里的鸠琅正从烟雾中缓步走出，他的身后影影绰绰，似乎有一团黑雾在晃动。随着灰尘丝丝缕缕地散去，温小筠这才看清，那根本不是什么黑雾，而是临县"风门"的大片歹徒！他们有的拿着弓箭，有的举着长枪，有的比画着长剑与大刀。总之，这些人都全副武装，将站在中间的四个人包围住。

一时间，温小筠只觉得自己的双腿都软得不像是自己的了。可是她绝不能倒，不能弱，更不能退。都说狭路相逢勇者胜，这个关键的时候，但凡自己这边退后半步，都会落得个万箭穿心的下场。

"啧啧，看看东川兄，如此英雄却只能在这里做困兽之斗，"鸠琅笑得越发开心，"真是令人看了异常心酸呢，所以干吗不把珠子交出来呢？交出来，九爷我就能留下你们其中一个人的性命呢。"

白鹭冷冷一笑："想要跟我们玩儿挑拨离间的把戏？你还嫩点儿。"

鸠琅脸色登时一沉。

"可不是呢，"温小筥轻笑着插话，"像九公子这种不把手下当回事的人，自然看不出什么叫作真正的情谊。只要是个人就能从方才的情形看出来，我们四个为了彼此，早已把生死置之度外。什么'只活一个人'的内斗把戏对我们来说，根本就是个笑话。"

鸩琅不屑地嗤笑，微微扬起下巴："这个世上就没有买不到的东西，撼动不了的人心——如果不能，只能说明筹码没有找对而已。"

温小筥眼珠转了转，点着头调皮地笑道："嗯，九公子这句话嘛，说得倒是没有错。我们几个人自然是可以被买动的。否则今夜我们又怎么会这么巧地出现在九公子您的'风门'客店呢？不仅如此，我们对于您的大体动静也了如指掌。九公子——哦，不，或许小女子应该称呼您一声鸩琅——鸩公子呢。"

鸩琅脸色瞬间一沉，像是想到了什么异常可怕又异常恶心的话，五官变得异常扭曲难看。温小筥的这句话直击他的心头，令他瞬间想起一个最厌恶的人。

鸩琅周围的一干手下感受着他身上冷森森的杀意，都不觉咽了一下口水。

温小筥知道自己的心理暗示终于起了作用，心中略略轻松了些，剩下的就是尽量拖时间了。按照计划，焱州府衙的援兵马上就要赶到了，到时候局势一乱，她、郪诺、白鸳和秦奇四人一定能够逃出生天！

"你是说，"鸩琅眯细了眼睛，目光生寒，"这一切都是巾坛老七做的？"

温小筥轻笑了两声："难道就许你鸩琅算计人家'巾门'老七，而不许'巾门'老七算计你吗？那你也太自私了吧？"

鸩琅不屑勾唇："这个世道就是这么不公平，从来只许我鸩琅算计别人，别人却根本够不着你家九爷爷！"

温小筥刚想继续拉锯，冷不防前方突然传来一个奶声奶气的声音——

"是谁在算计我'巾门'棋棋呢？"

鸩琅的目光陡然一怔，温小筥也惊讶地转过了头。

只见在半空中，突然浮现出一个小人儿的身影。

温小筥难以置信地眨了眨眼睛，这才确认空中的确有个小孩子。

只见那个小人儿唇红齿白，肤白貌美眼睛大，实在可爱得不行。

小孩儿缓缓从空中步步逼近鸩琅。

郪诺立时附在温小筥的近前解释着："这个就是'巾门'老七，他的声音我不会听错。"

温小筠顿时更加惊讶了，"巾门"坛主怎么可能是个不到十岁的孩子？

不过她好奇归好奇，当下保住命才是最重要的！于是温小筠一手拉着郫诺，一手朝着"风门"鸠琅就跪了下去。

"九公子，"温小筠一时竟有些结巴，"盗宝珠不是……不是不想给您，而是现在不安全……兄弟们拼着性命盗来的宝贝，怎么也不能轻易折了。"

空中的"巾门"老七听到这话，面色立刻冷若冰霜："鸠琅，我再问你一句话，这一次的盗宝真的是针对我们巾坛？"

鸠琅一时有些气虚语塞。

棋如意立时怒道："那么今日就休怪我棋如意犯戒灭你的门了！"

说着他单手一扬，手心中立时出现一团蓝色的火焰，跳跃着，散发出诡异的幽光。

鸠琅狠狠地瞪着棋如意："如意，你先等一下，我鸠琅虽然不是什么君子，但凡事总得讲个'理'字，你先派人来搅我的局，诓我去盗九转回龙珠，就是为了现在找借口来办我们风坛吗？这样卑劣、低级的手段，你就不怕老堂主事后追究吗？"

空中的孩童冷笑一声："你也承认你是卑鄙小人！你个厚颜无耻的小白脸儿，我知道你口才好，不跟你绕！盗宝贼就在你这儿，你跟我玩儿什么花招儿？七少爷我今天就是要毁你鸠琅的容，要你九公子的命！"

说着，他挥手就甩出一道蓝色的火焰，直直朝着鸠琅袭了过去。

鸠琅一看跟那个胡搅蛮缠的小屁孩儿实在讲不清道理，立时飞出一道暗器，直奔那道蓝色的火焰！"巾门"唬人的把戏他鸠琅也是略通一二，那道蓝色的火焰不过是唬人的噱头，实际上就是一个燃着火焰的暗器。

只听一声脆响，两把飞刀在空中立时撞出一道刺目的火花！

"哼，不过如——"鸠琅眼角的笑容还没弯出趋势，便僵在了原处。

棋如意甩出的原本只是一团小火苗，却在与飞刀碰撞时瞬间炸出熊熊烈焰！

"九爷小心！"鸠琅身边的手下一眼看到鸠琅竟然还在发愣，直接扑上前去，将他按在地上。

风坛的其他手下也都急急抱头趴在地上。

为了尽量避免被空中的爆炸波及，他们都紧紧地捂住耳朵，可是预想之中的爆炸迟迟没有发生。

鸠琅皱着眉头抬头查看，却看到棋如意站在半空中捂着肚子大笑着，甚至笑弯了腰。他抬手指着鸠琅的方向，夸张地笑出了眼泪："哈哈，小白脸儿子，胆子小，遇到事情变草包！人人夸他相貌好，原来是屎壳郎掉进白面缸——只有表面俏！"

鸠琅立时气得火冒三丈，额头都快被凸起的青筋撑炸了。他跟跄着从地面上爬起来就要往前冲："你个有娘养没爹教的小王八犊子！九爷爷今儿个跟你拼了！"

后面的一群手下赶紧拼命拽住他，急忙劝架。

"九爷，九爷！咱们不跟他们巾坛的小屁孩儿一般见识！老堂主毕竟还在，咱们有话跟他好好说啊……"

"说个屁！"鸠琅这一下是真的被气着了，抬脚猛踹，就把那个手下踹得滚出老远。

另外一个不怕疼的手下又抱住鸠琅的大腿："九爷九爷，您看看，他们巾坛整个儿都出来了，咱们只有几个兄弟，好汉不能吃眼前亏啊……"

鸠琅听了一愣，这才冷静下来，抬头环视周围，只见棋如意两旁的房顶和围墙上，已然站满了拉着弓箭的巾坛手下。

鸠琅只觉得脑袋里嗡的一声，瞬间空白。

围墙外一棵耸入云霄的百年古树上，温小筠正坐在最粗的一条树杈上，倚靠着粗大的树干，捧着秦奇给白鸶准备的精致点心，晃悠着双腿，兴致满满地吃着。

"哎，我说鄞表哥，那个'巾门'的头领小孩儿还真是挺气人的，我要是鸠琅，被他那么戏耍，肯定也会火冒三丈呢。"温小筠越说越觉得开心，"不过那个鸠琅就是欠收拾，眼看着他差点儿被气死，真是解恨！"

早在棋如意与鸠琅飞火撞飞刀时，鄞诺就背着不会武功的温小筠，白鸶则背着余毒未清的秦奇借着众人的盲点迅速逃出了客店。他们攀上了最近、最高的树，现场观看里面的最新战况。

鄞诺站在树干另一边的树杈上，扶着树干望着院子里的情况，不屑地哼笑了一声："之前甩掉粉姐儿和虎将军逃命的时候，我躲在另一棵树上，恰巧就听到了那小孩儿在和手下人说话。别说，一开始我还真没想到，巾坛的当家人竟然是个七八岁的小屁孩儿。"鄞诺一面说着，一面探出手从温小筠的手中抢走裹着油纸包的点心，也不嫌脏地大口吃了起来，再说话时声音都有些含混了，"不过江湖险恶，能在'巾门'闯出名堂来的当家人，一定不会真的只有几岁，这里面肯定有猫儿腻。"

温小筠白了鄞诺一眼，倒不是不舍得给他吃东西。现在基本上都天亮了，鄞诺应该是这一晚最累的人，飞毛腿——"猫耳朵"跑得估计都没他快，没他多。温小筠翻白眼是因他太不讲究——连她咬过一半的点心都吃，真是太令人无语了。

"被粉姐儿和虎将军追？"另一根树杈上的白鹜听了鄞诺的话，不觉问出了声，"如此，当时鄞兄的情况应该很凶险吧？"

说完，他抬手从袖子里取出一方锦帕。

鄞诺满以为白鹜是要递给自己擦嘴好回答他的问题，伸手就要去接，没想到白鹜转而递给了温小筠。同时，白鹜还不忘温柔地嘱咐了一句："卿卿的脖子可还痛？要不要上些伤药？"

温小筠微笑着摇摇头："没事的，就是个小口子，这会儿早好了。"

黑着脸的鄞诺愤恨地收回手，愤恨地咬了一大口点心，却差点儿没被噎死。

"虎将军算什么？粉姐儿就更别提了，搁我鄞诺这儿都是毛毛雨，小菜一碟。"鄞诺没好气地用袖子擦了擦嘴，"我鄞诺是什么人？这一趟盗珠之旅，那走得轻松极了，根本就不费吹灰之力。"

温小筠撇着嘴巴耸了耸肩。虽然她很信得过鄞诺的本事，但是这次的对手可是"万人敌"和"妖门"的妖女，用脚指头也猜得到虎口拔牙有多难，不然鄞诺之前也不会说被两方合力追击了。不过现在的鄞诺毕竟是个大功臣，出于厚道的本性，她也就没在人家的兴头上泼冷水。

"现在他们在里面正打得热闹，"温小筠接过白鹜的锦帕，一面擦着嘴，一面思量着说道，"咱们的援兵要是能在他们两败俱伤都喘不上气的时候出现，将这两拨贼人一锅端了才好呢。"

鄞诺皱眉估算了一下时间，又算了算"猫耳朵"和"大胡子"带着一众捕快从异地加急赶来的速度，估摸着回答："要是顺利的话，应该差不多能——"

他的话还没说完，一道黑影突然风一般地蹿上了树。

鄞诺与白鸳气息皆是一顿，停了所有的动作，警惕地看着树下的来人！

温小筠最后一个察觉到异样。只是等她低下头去检查来人的时候，人家已经攀到离白鸳最近的一根树枝上——来人正是之前中毒不轻的秦奇。

到底是鄞诺珍贵异常的万毒散，功效不是徒有其名的，后面白鸳又亲自帮秦奇逼出了毒血和毒针，所以在白鸳背着秦奇跃出"风门"的客店没多久后，秦奇基本就能够自主行走了。

原本按照白鸳和温小筠的意思，秦奇就应在树上和他们待着，静静周身的血脉，总比动着更有利于控制毒素。

可是秦奇非说万毒散乃天下奇药，药效非常凶猛，自己的毒已经算全解了，还说现在是非常时期，每一个环节都不能出岔子。之前按照鄞诺的吩咐，他把白鸳和温小筠的衙门令牌交给其他影卫，并叫那名影卫急急去召来焱州府衙的捕快。这会儿影卫应该已经带来一点儿确切的消息了，保险起见，他先去问问情况，以确保援军及时到达。

听了秦奇的这番说辞，温小筠和鄞诺也就不好再说些什么。白鸳只是点了点头，默认了秦奇的想法。所以秦奇便先行离开去联系其他影卫同伴，这会儿刚刚得到最新的消息，就急急地赶回来报信。

温小筠不觉直起身子，仔细地听着他们的对话。

"殿下，不好了，焱州的捕快在半路上遭遇了'风门'另一个支脉的伏击。元娘说过的那个地方，也真的有一处'风门'的小据点。大约'风门'早就知道了衙门的动态，在他们急急回援向临县方向奔来时发起了伏击。这会儿两边正在交战，一时半会儿过不来。"

鄞诺和温小筠眉头都是一皱。如此岂不是要坏事了？如果没有援兵的话，除了鸠琅和棋如意彻底两败俱伤的情况，不然要想把这两大帮子贼人全部收拢逮捕，就凭他们四个人根本不可能。毕竟人家是两大贼巢合二为一，没有大部队援兵做保障，仅凭他们几个，功夫再强也制伏不了这么多人。更何况"巾门"的手段尤其厉害，那个"巾门"小七爷——棋如意神出鬼没，任谁都抓不到踪迹。

温小筠正想着，一张雪白的娃娃脸突然出现在了她的面前，近得对方的鼻尖甚至都能挨到她的鼻尖——只见那张白糯米团子的脸上忽然浮现出一抹宛如旧人偶娃娃般诡异的笑容。

"小姐姐，小姐姐，吃着夜宵看着热闹，可还开心呀？"

温小筠立时倒抽了一口凉气，浑身的汗毛倏地竖起，要不是她的双手死死地扒着树干，险些就要从高树上摔下去。

鄞诺、白鸳、秦奇皆是一惊！他们三人已经是世上难得的高手，可就是这样，对于"巾门"坛主——棋如意的突然造访却没有任何察觉，这无疑令他们又错愕又自责。鄞诺第一时间扔了装着点心的油纸包，抽出长刀来，一手抓着树枝，荡起身子，朝着那个吓人不浅的小屁孩儿直击而去！

"哥哥真坏！"棋如意一面在树枝间来回跳跃，一面目光阴冷地盯着鄞诺，"哥哥想要棋棋的命哪……呵呵……"

棋如意动作娴熟地在树枝、树梢间翻转跳跃，灵活得就像一只小猴子。

眼看鄞诺已经冲在最前面和棋如意缠斗起来，白鸳一把抄起温小筠的腰，转身就要跳离此地。

温小筠还陷在突然"见鬼"的恐惧中没回过神来，就又随着白鸳的动作狠狠一顿。她再抬眼，却见前方古树的树冠上站着一名粉衣女子，借着微弱的曦光可以看出她眼里阴险的笑意。

温小筠不觉抱住白鸳的腰，悄悄地往后躲了躲，顺势低了低头，心道：这一个个的，要不要武功都这么高强啊？

这一低头不要紧，温小筠又看到了带着一众弓箭手前来围击的"风门"九爷——鸠琅出现在树下。

只见他眯缝着双眼抬头仰望着，眼里挂满了不怀好意的笑："东川兄、小姑娘，咱们这是又见面了呢。"

"好了，"对面的粉姐儿捏着手绢掩唇妩媚一笑，"我就说咱们一堂的兄弟，不应该轻易手足相残，现在果然找到问题的来由所在，就是这三个可疑的人搞的鬼。"

温小筠这才惊觉，之前客店里陷入混乱后为什么动静忽然小了起来，原来是中间突然悄悄出了个粉姐儿。

温小筠猜得不错，事情的关键就在粉姐儿的身上。就在棋如意和鸠琅急红了眼要开始拼杀之时，粉姐儿忽然出现，几句话就将鸠琅的逻辑缺失处问了个大概。

这样一分析，棋如意也终于冷静了些许。

其实棋如意出现的时候，粉姐儿就在暗中跟着进了客店。和高调出场的棋如意不同，粉姐儿一直非常细心地留意着在场的每一点儿变化。

由于近两年"风门"与"巾门"的积怨，棋如意的目光全在偷珠贼和鸠琅的身上，而鸠琅同样也被棋如意激怒得一时忘记了本心。只有粉姐儿，不仅将蒙面偷珠贼的一举一动全看在眼里，就连温小筠与白鹭的动作细节都一点儿没落下。

她亲眼看着这四个人齐齐翻出客店的围墙。她那时有点儿急，本想着第一时间给鸠琅和棋如意示警，叫他们把所有的注意力都一致掉转到东川独的身上，千万不要叫他们跑了。可是还没等粉姐儿喊出声，东川独他们四个人竟然就稳稳地坐在了最近的树上，开始悠闲地吃东西观起战来。

粉姐儿虽然惊讶得不行，却也察觉到事情怕是不简单。出于多年的专业直觉，她总觉得这件事情的背后定然有着天大的文章。于是她小心避开树上东川独的视线，站在角落里小声地劝慰、提醒棋如意和鸠琅两组势力。

棋如意和鸠琅毕竟都是一顶一的聪明人，经粉姐儿一提点，顿时察觉出事情不对劲。于是他们三个暂且停战，假装继续冲突的样子，实际上却在一点点地隐匿身形，去接近院子外面的东川独等人。

终于，他们看到一个黑影突然蹿上了树干。粉姐儿怕事情生变，就加快速度，欲将东川独几个人立刻拿下！

鄞诺和秦奇再度跃向前面的树枝，一前一后地护住抱着温小筠的白鹭。

鄞诺回头给白鹭使了个眼色，小声道："东川兄先攀上树顶，那里左右都可走，这里交给我和奇兄。"

白鹭点点头："有劳二位。"

说着，他单手攀住上面的一条树枝，抬腿就要往上跃。

可是就在这个关键的时刻，一支利箭嗖的一声破空而来，径直射进白鹭手中那条树枝的根部。只听咔嚓一声脆响，树枝便应声而断！

温小筠只觉得眼前的世界霎时一颤，整个人便跟着白鹭一起往下急速坠落。她被吓得不由得尖叫出声，然而一眨眼之后仓促的失重感骤然而停——原来是白鹭及时做出反应，携着温小筠又攀住了另一条树枝。

就在两个人拽住枝条来回摇摆的时候，温小筠又看到了鸠琅那张阴险的笑

449

脸。原来鸠琅在下面看准东川独要跑，急急抢过手下的弓箭，抬箭就是一击，随后又撇下弓箭瞬间攀上巨树。

白鹭刚刚站稳之时，正是鸠琅攀到与他齐平之时！

如果可以，温小筠真的很想哭着喊声"妈妈呀，这些妖怪实在太可怕了"！可是她知道，这个时候绝对不可以胆怯，一定要尽快想出拖延时间的办法来自救。

就在鸠琅从腰间抽出一把匕首，挥手就要取白鹭咽喉的时候，抱住白鹭腰身的温小筠突然闭着眼睛大喊了一声："你们不想要九转回龙珠了吗？"

鸠琅挥刀的手倏地一顿。虽然那一瞬间也就只有零点几秒的工夫，可是对于高手白鹭来说足够了——他一个回身便飞到另一枝树杈上。郅诺与秦奇见了也及时跟上，再度护住白鹭和温小筠。

这一下若想要从树冠上再度对白鹭发起进攻便难了，鸠琅愤恨地咬咬牙，攀着枝条跳到了对面一棵大树的树冠上，保持了一段安全距离。

"小白脸儿，"正拽着上面两条垂下的树枝荡秋千的棋如意"嘻嘻"地笑道，"你还嫌七少爷我说你，你看看，煮熟的鸭子都能叫它给飞了，你说你是不是很没用？"

"小犊子！"鸠琅怒瞪了棋如意一眼，凶恶地吼道，"你给我闭嘴！"

"你想让我闭嘴，可是七少爷的嘴又没长在你的脸上，是你想闭就能闭的吗？"棋如意顽劣地吐着舌头，"嘴长在我的脸上，我偏就不闭！"

鸠琅气得差点儿直接吐血。

粉姐儿见状急急跳到近前，冷声打着圆场："如意，大敌当前，你就不要调皮了。"

棋如意冷冷地哼了一声，这才又望向温小筠："喂，我说小姐姐，大庭广众的你这么搂着一个男人的腰，怕是影响不好吧？"说着，他转着眼珠子，嬉笑着上下打量温小筠，"棋棋我看你和他应该也没成亲吧？"

对于这种皮孩子式的人物，鸠琅没办法，她温小筠却有的是办法！她家里七大姑八大姨的，表弟、表妹不少。逢年过节家族大聚会，那些皮孩子聒噪哭喊的场面堪比蛤蟆坑。在无数惨痛的教训之下，温小筠专门研究了一下怎么对付皮孩子，收效非常明显。跟皮孩子相处守则第一条，自己不能被皮孩子的话题牵着走，要抓住皮孩子的心理，知道在他们恶搞行为的背后的核心欲望，用他们感兴趣的话题牵着他们走。

"小如意，姐姐我不会武功，为了逃命别说是抱个大男人了，只要能保命，就算是只猴子都必须要抱呀……"

忽然"变成了猴子"的白鹭："……"

鄞诺直接喷笑出声，笑得十分幸灾乐祸。

秦奇则黑了脸色，表示自己的主人无辜躺枪他很不高兴！

温小筠略略松开白鹭，扶住树干，小心地在树枝上站稳，望向棋如意笑着问道："话说回来，小如意，你也想要杀我们吗？"

棋如意点点头，语气寻常得就像是在和朋友聊天气一样："嗯，小姐姐，只要看过我们真身的人都得死，所以我们必须杀了你们。"说着他又像忽然间想起了什么似的补充了一句，"不过只要东川哥哥和小姐姐你把龙珠老老实实地交出来，棋棋保证，会痛快地砍下你们的人头，绝不多折磨你们。"

他真诚地保证着，忽然又看到了一旁的鄞诺，目光忽然变得凶狠起来，抬手愤恨地指着鄞诺："这个小贼除外。敢从七少爷手里抢东西，就是给我一座金山，我也要将他抽筋扒皮点天灯！看我七少爷折磨不死他！"

温小筠嘴角微微抽搐：皮孩子真没人性，要砍她的人头还说得跟多照顾她似的。

不过表面上她却没有畏惧分毫，只弯起嘴角笑着说道："小如意，你说的是我们交出珠子的情况。那如果你们没有得到珠子，会杀了我们吗？"

棋如意笑眼弯弯，笑容天真而甜美："当然也要杀啊！反正珠子就在你们的身上，不交出来，棋棋我就直接把你们杀了，然后慢慢仔细地去翻尸体，总能找得到。"

"可若珠子不在我们的身上，杀了我们，你们就再也找不到珠子了怎么办？"温小筠问得也很认真。

鸠琅实在不想听棋如意再废话下去，凶横地将两人诡异的对话打断："少废话，时间这么短，你们根本没有地方藏珠子。珠子就在你们的身上！现在九爷爷就要你们的命！"

温小筠赶紧躲到白鹭的背后，急急说道："要是在我们的身上，出了客店我们直接就跑了，还会站在距离你们这么近的地方看热闹？既然我们没有跑，那龙珠就一定被我们藏好了。"

鸠琅不屑地冷哼了一声，抬手再度亮出手中的飞刀："找不到珠子，今天我也要把你们杀了喂狗。"

鄞诺上前一步，脚下的树枝忽悠悠跟着晃动了两下。他冷笑着俯视鸠琅："想要杀人，先过了我这一关再说！"

当看清鄞诺的长相时，鸠琅双目瞳仁狠狠一缩。此时的鄞诺没有蒙面，直接露出了本尊容颜——这长相就是化成灰鸠琅都会认得！

"你是焱州捕快？"鸠琅眉毛几乎拧成一团，脸上的表情瞬间变得更加阴沉起来，"我要你的命！"

说着，鸠琅挥刀就朝着鄞诺刺去！

鄞诺唇角微勾，抬手一横，便将鸠琅进攻的刀轻松击开："想要我命的人多了，你还不够格！"

鸠琅气急，转手又从腰带中抽出一柄软剑，蛇一般地就向鄞诺的后心发动起第二拨夺命攻击。

鄞诺用力一踩树枝，整个身子瞬时侧弯避过了这一击。同时他伸手攥住一旁的枝条，回身抬腿猛地一踢，鸠琅的左臂便被狠狠踢中。

"啊！"鸠琅吃痛，闭着眼急急后跃到另一枝树杈上，脚下一个不稳差点儿直接掉下去，晃悠了两下之后才算勉强站住身形。

棋如意这一下看得更加开心，盘腿坐在最上面的一个树杈上，不知从哪里掏出来的瓜子，一面噼啪噼啪小松鼠似的嗑着，一面看着下面的热闹："捕快小哥哥加把劲嘿！将鸠琅打个乌眼青！七少爷就不折磨你，直接砍你的人头！"

对面的粉姐儿无奈地扶住额头撑着眼角，暗暗提醒自己：不能生气，不能生气，生气长皱纹。

要不是有老堂主的特别宠爱，她有的时候也特别想把棋如意那个皮孩子暴揍一顿。

两边受欺负的鸠琅简直要气爆了，气急败坏地狠狠瞪了棋如意一眼，攥紧软剑，就要对鄞诺再一次发动攻击。

这时温小筠忽然急急发声："九公子，冷静点儿，你不是不想杀我们的吗？"

鸠琅抬眼望着温小筠气急而笑："我怎么可能会放过你们？"

温小筠耸肩一笑："树下面那么多弓箭手都是你专门挑过的吧？要是真想杀我们，你们直接放箭就可以了，又为什么会大费周章地亲自爬上树来抓我们？"

鸠琅眉头瞬间一皱。

温小筠又抬眼望了望树杈上面的棋如意，"呵呵"地笑了一声："九转回龙珠对你们真的很重要。所以在找到珠子之前，你们都不舍得直接把我们杀了呢。"

棋如意"嘿嘿"一笑："小姐姐，你们以为得不到珠子，我们就不会折磨你们了？你想得未免太简单了些吧？"

温小筠毫不在意地耸肩一笑："那我想点儿复杂的好不好？就比如你是如何使出悬空飘浮的诡计来的怎么样？"

棋如意目光微微一滞："怎么？小姐姐也能看出来？"

温小筠点点头："其实如意你站的地方一直都是各种房顶或围墙，只不过脚下的一方黑布隐藏住了你所有的秘密——你用的不过是障眼法。"

鄞诺听着不觉与白鸶对视了一眼。他们都很清楚，温小筠这是在利用话题尽量拖延时间，为他们逃命争取出最充足的时间。

他们两个与秦奇都在悄悄地调整身形，只等到抓住对方的漏洞后，可以带着温小筠一起急急逃命。

棋如意听了温小筠的解释，脸色瞬间沉了下来："不开心，不开心，七少爷的手段被你说出来了，七少爷不开心——"

就在他说到这里时，一个低沉的男中音忽然响起——

"最该生气的，难道不是本将军吗？"

在场的所有人都是一惊，尤其是粉姐儿和棋如意，因为那声音分明就是虎将军！两人不约而同地往树下看，果然"风门"的一众手下都已经被虎将军的人代替，而原本的"风门"执箭的人则全部瘫倒在地。

鸠琅的心猛地一缩。亏得他之前一直把东川独当作捕蝉的螳螂，而自己和温香教则是整个行动的主导，是螳螂之后的黄雀。现在看来，真正隐藏在后的黄雀应该是虎将军才对。

粉姐儿和棋如意都被吓得不轻，不自觉地又往后退了退。他们知道这就代表官府的援军已经到了，这个东川独难道已经被朝廷收买了？转目再看看鸠琅认出的那个焱州府捕快，粉姐儿和棋如意心里都更确认了这个猜想，所以刚才一切的闲散心思都瞬间收敛，与鸠琅互递了个眼神后，迅速达成共识。

他们三个到底同是温香教的，如今突然面对官府的正规军必须团结。迅速杀掉东川独等四人后，他们必须马上逃跑。棋如意与粉姐儿循着方才虎将军声音发出的方向急忙去寻，竟在客店一处的房顶上寻到了虎将军的身影。

只见他大大咧咧地坐在房顶的最高处，一手扶着上翘的弧形飞檐，一手拿着长弓随意地搭在腿上，眯细着双眼，似笑非笑地遥望着这边。

温小筠询问般地看了郢诺一眼。

郢诺也正看向她，无声地点点头，像是在回答她的问题：没错，那个大胡子将军就是虎将军。

白鹜也小声地宽慰着说："我与虎将军虽不相识，却也知道他的战力数倍于府衙捕快，现在我们应是无虞了。"

温小筠一颗心这才放松了些许，虽然没有焱州府衙的捕快们做援军，忽然多了一个"万人敌"——虎将军，那也算安全了。

虎将军将视线在对面来回扫，最终落在了粉姐儿的身上。他目光陡然一寒，冷冷地说道："粉姐儿，本将军想到过，你该是个盗宝贼，却没想到你和人贩子窝也是一伙的。如此这般丧尽天良，真真是令本将军后悔在林子时怎的没有直接砍了你。"

"将军真是冤枉粉姐儿了，"粉姐儿一面装作惶恐地辩解，一面扶着树干悄然移步躲到树干的后面，"粉姐儿只不过是个江湖小贼，哪里就有胆量去干绝人子孙、断人香火的阴损事了？将军您一定是看错了。"

虎将军咬牙一笑，瞥了院子里一眼。

那里，一些兵丁正搀扶着不少正从地窖里被解救出来的年轻女子。

"本将军赶来的时候，看你们正在窝里斗，就乘机端了你们的老巢，如今人证、物证俱在，岂容你们一班恶人无耻狡辩？"

听到这里，鸠琅上吊的心思都有了。经此一役，他"风门"在焱州最重要的据点被端掉，不仅重要财宝皆丢失，这一批专门调度出来的上好的"尖儿货条子"也全部失去。这下他别说是跟棋如意竞选坛主之位，不被老堂主追责法办就不错了。

他心一缩一缩地痛，额上满是汗珠，扶着树干的手指深深掐进树皮。他还不能认输，必须活着离开此地，只要人还活着，就总有东山再起的那一日。想到这里，他趁着虎将军与粉姐儿纠缠的空当，悄悄挪步，就连杀死东川独等四人的事都不打算掺和了。三十六计走为上计，他这就要走！

一直在防备贼人逃脱的鄞诺抬眼就看到了鸠琅的动作，跃步挥刀就朝着鸠琅迅疾攻去！就在此时，一支响箭突然破空而行，比鄞诺和鸠琅的动作更快更狠！

温小筠一眼看到虎将军从房顶上倏地起身，举弓扬手，从后背唰的一下抽出箭来搭在弓上朝着鸠琅的方向就是一箭！她忽然担心虎将军会直接射死鸠琅，他们还要抓住鸠琅回去审呢！

没想到白鹜忽然急急喊了一句："诺兄小心！"

温小筠这才看到，虎将军的那箭竟然不是瞄准人贩子——鸠琅，而是瞄准了鄞诺的后心！

大惊之下，温小筠脚下一个不稳，差点儿直接掉下树枝。可是她根本来不及担心自己，因为已经眼睁睁地看着那箭射进鄞诺的后心！

虎将军望着射出的箭矢，不觉得意地笑出了声："小贼，从本将军的手中偷东西，就该付出十倍的代价。"

他知道自己射出的箭没人能躲得过。

而这一箭鄞诺的确没有躲过。毫无防备地被射中后背后，他猛地喷出一大口鲜血，直直朝着树下跌落下去。

突然看到鄞诺中箭吐血的样子，温小筠只觉得心脏猛地一缩，周身的汗毛都在瞬间倒竖起来。她抓住一旁的树枝，整个身子跟着甩出大半，惊恐地尖叫着！这一声尖叫直接把她的眼泪都引了出来！鄞诺，你一定不要死！

眼看着鄞诺从面前跌落，白鹜将温小筠按在树干上扶好后，第一时间跃下树枝，箭一般地俯身而下，直至飞到鄞诺的近前时竭尽全力伸出手臂一把抓住鄞诺的肩膀，另一手顺势攀住一处经过的树枝。他脚下一个飞腾，倒旋着打了个圈就停在了一处粗大的树杈上，同时死命地将鄞诺往上拽。

而此时的整体氛围就像是被什么东西按住了暂停键，所有人都愣在原地。那个黑衣人不是和虎将军一样都是官府的人吗？怎么倒先自相残杀起来了？

温小筠扒在树枝上看到白鹜半路救下鄞诺，心情都没有放松片刻，直到忽然看到鄞诺对她眨了一下眼睛，缺氧的大脑才有些缓过劲来。她忽地想起之前鄞诺身上的超级火浣布衣服，他曾披着那件衣服为她和白鹭挡暗器。它既然能挡住鸠琅手下近距离射来的暗器，自然也能为他挡住虎将军远距离的飞箭。

只是虽然不至于被箭刺穿，虎将军蛮横的力道还是令他受了些内伤，才会一时喷出大口鲜血，但总算没有伤及性命。

就在这危急关头，温小筠余光忽然瞥到鸠琅再度隐身要跑，而虎将军又搭起了第二支箭，要射向去搭救鄞诺的白鹭。

显然虎将军不仅把鄞诺和白鹭当成了粉姐儿和棋如意的同伙，更把他们两个当成了犯罪分子的首脑，毕竟按照之前几个人的走位和外貌，任谁都会觉得白鹭和鄞诺是其中最显眼、最厉害的。

只在电光火石之间，温小筠就决定必须在最快的时间内扭转局面！

第十八章 "巾门"门主只有八岁？

"龙珠在我这儿！"温小筠扶着树枝朝下面大声呼喊。

这一句话似一道平地惊雷，无论好人坏人，官府的还是做贼的，都齐刷刷地把目光转向了温小筠。

鸠琅停止了逃跑，他的手第一时间摸向腰间去拿最致命的暗器。那女人并不会武功，他一下就能杀死她！他带着她的尸体趁乱逃脱比带着个活人轻松多了。

粉姐儿与棋如意则在最短的时间内跃向温小筠。

棋如意双手往后一背，瞬间抽出看家武器——锋利无比到能瞬间斩落敌人首级却连一个血珠都不会沾的双月弯刀！而粉姐儿则从腰间抽出自己真正的武器——只要一个飞抽就能斩掉敌人一只手臂的金刚蛇骨鞭。

他们两个只想在虎将军出手之前将温小筠带走，哪怕是各自带走一半，也不能让鸠琅抢了先。

白鹭和鄞诺都被眼前的这一幕吓住了——温小筠就想死得这么快吗？

秦奇一眼看到白鹭担忧的神情，二话不说抄起温小筠的腰，就带着她往树冠逃。

温小筠却仍在对白鹭喊话："东川哥哥把珠子给九爷！"

白鹭立刻醒悟过来，掏出九转回龙珠狠命掷向鸠琅！

画面再度出现瞬间停滞，鸠琅眼见九转回龙珠直奔着自己的脑门儿砸来，一时竟有些傻眼。

被秦奇抱着的温小筠急切地大喊了句："九爷一定要保护好珠子，快跑啊！"

虎将军瞬时被这句话激怒："他跑不了！"

说着，他将箭锋紧急转向鸠琅。

就在鸠琅本能地伸手去接九转回龙珠的瞬间，虎将军一箭射中他的臂膀。鸠琅惨号一声，从巨树上骤然跌落。到最后他都没能摸到那在空中打着旋儿飞行的九转回龙珠。

棋如意和粉姐儿看到这一幕，瞬间收起击杀温小筠的想法，纷纷借着树枝、树干的力量急急转头，直奔九转回龙珠而去。

白鹜和鄞诺及时出手。白鹜先是把鄞诺用力向上甩，然后自己紧随其后。两个人分别奔向不同的人，白鹜冲向棋如意，而鄞诺则奔向粉姐儿。鄞诺手中的长刀直指她的面门而去。

粉姐儿满心满眼都在半空中划出一道晶亮光线的九转回龙珠上。她一定要第一个得到旋在半空中的九转回龙珠，哪怕是棋如意本人来抢也不会让！她眼前却突然寒光一闪，半路飞来一把夺命长刀，直奔她的眉心！

那正是鄞诺挥出的一刀！粉姐儿被逼无奈，只能甩头躲避，伸出的手也跟着扑了个空。

鄞诺瞬间得了先机，单脚狠踩就近的树干，整个人瞬时倒挂金钩般朝着那颗刺目的九转回龙珠凌空就是一脚！他这一脚没踢向别处，竟朝着远方的虎将军狠狠踢去！

避过危险的粉姐儿望着鄞诺登时大怒，把手中的金刚蛇骨鞭甩得巨响，朝着鄞诺的脑袋狠狠击去！鄞诺及时调整身形，踏着一众枝杈、枝条，借力打力地和粉姐儿缠斗着。

粉姐儿将蛇骨鞭使得行云流水却又凶险异常，招招夺命。那蛇骨鞭不仅是用精钢炼成，还长着倒刺，只要挨上人一点儿，就能卷下大块的皮肉，所以跟她对战的人绝不能有半点儿疏忽。

这边粉姐儿夺珠失败，那边已经与白鹜交上手的棋如意登时变了脸色，随手撒出大片白烟儿。随着一阵震耳欲聋的爆炸声，他身形一晃就要消失。却不想白鹜对此就像早有准备一样，挥袖遮住口鼻，没有半点儿迟滞地往爆炸声最响亮的中心冲去。

这一下可急坏了站在最上方的秦奇。他撇下温小筠就朝着自家主人直直冲了下去。他绝不能眼睁睁地看着自家主人受到半点儿伤害。

最远处的虎将军本来已经将箭再度对准郢诺。这一批发生内讧的贼人里，他最看不上眼也是唯一关注着的人物就是郢诺假扮的黑衣人小贼。虎将军根本没想到对方在中了自己的一箭后竟然还能什么事都没有地继续投入战斗。最诡异的是那支本该将黑衣人的身体整个儿洞穿的利箭，也在黑衣人翻身腾跃的过程中被甩了出去。

这可严重打击了他的自尊心。去他的抓贼找珠子，他虎将军一定要手刃此贼！可是还没等他那支箭射出，灿亮异常的九转回龙珠便如流星一般朝着他的左眼直直飞来！

几乎是本能的动作，虎将军瞬间调整箭尖的方向，瞄准点就变成了那颗九转回龙珠。

在十万火急的关键时刻，虎将军的一名刚刚攀上树干的亲卫一见自家将军就要秒射鲁地进献的祥瑞，甩着两道夸张的眼泪就跃向自家将军，猛地抱住他精壮的腰身，委屈地哭喊道："祥瑞不能射啊！将军手下留情！"

虎将军手中的箭矢一颤，便与那颗九转回龙珠擦身而过。他眉头狠狠一拧，无奈地松开长弓挥手一抓，便将飞来的九转回龙珠抓了个正着。不过也是这样，他才忽然意识到了一个关键的问题。偷盗宝珠的小贼怎么会把九转回龙珠扔给自己？小贼明明有更好的机会夺下这颗九转回龙珠才对。

而另一端的粉姐儿眼见九转回龙珠被虎将军重新抓住，自知再无希望，随手向郢诺甩出几十枚银针，同时又像棋如意一般撒出大片障眼烟雾便准备要逃。郢诺也想像白鹜一样，及时地冲进障眼烟雾中，把粉姐儿缉拿归案。无奈后背的箭坑疼得他气息大乱，又扑哧喷出一口鲜血。

树上的温小筠眼见郢诺的嘴角再次淌出血沫来，又是担心又是焦急，不防备眼前忽地一黑，整个人便失了所有的气力和感觉，从树上晃晃悠悠地直接栽下来。

郢诺余光忽然瞥到坠树的温小筠，再也顾不得去抓那劳什子疑犯粉姐儿，单脚猛地一端就近的树干，就瞬时改变方向朝着温小筠飞扑过去！却不知重伤在身令自己早已失了大半力道，就在要抱住温小筠的瞬间，身上的伤口骤然崩裂，疼得他倒抽了一口凉气。

他飞到温小筠的身下后再难支撑，直接被昏厥的她砸了个正着，要抱托住她腰身的手也只能简单地撑起托在她的胸部，随后两个人一起往地面栽去。

白鹫看到温小筠掉下去，急切地大喊了一声"秦奇"，掉头一跃，便朝着温小筠追了下去。看着自家主人一见到温小筠有危险，就什么都不顾地扑身而去，秦奇不觉皱起眉头，但是手上的活计却一点儿没有落下。

烟雾团中心的棋如意本就被白鹫用牛筋绳套住了双脚，秦奇只要冲上前去趁着他的身体失衡把他的双手束缚住，就能彻底捉住那个小糯米团子。所以这一边没有什么好担心的，他唯一担心的就是自家殿下那突如其来的变化。

那一边，白鹫挥手就向温小筠抓去，想要将她整个人都捞起来，不想这么一捞，却捞到了鄞诺的手臂。

鄞诺本可以更早地做出反应，将温小筠拦在旁边的树干上，可是他的手忽然抵在一片意外的柔软中，大脑便轰的一声只剩下麻木的空白。于是他也就错过了拯救温小筠与自己的最佳时机。直到白鹫从上面忽然拽住他的手，他这才回过神来。

不过走神儿的代价是非常惨重的，他在没有任何防护的情况下直接摔在了满是碎石头和枯树枝的地面上，就这一下差点儿把他的后背摔得粉碎。然而还没等他痛呼出声，上面的温小筠便重重地砸在他的胸腔上。只听噗的一声，他再也忍不住，吐出了大口鲜血。

白鹫的情况算是最好的。他拎着温小筠的腰带，双膝弯曲，勉强站在了鄞诺的身旁。眼看着鄞诺那一大口鲜血就要喷在温小筠的脸上，他提着她的腰带赶紧将她拽了起来。

昏迷中的温小筠就感觉自己是个大号的橡胶棒棒锤，被人挥动着忽悠一会儿下去，忽悠一会儿上去，终于晕得不行，勉强睁开了眼睛。

映入眼帘的第一个画面就是白鹫的脸，他正扶着她的腰身和后背，想让她靠着一旁的古树坐下来休息。

"筠卿醒了？"看到温小筠睁眼，白鹫不觉又将动作放柔了几个度，一手摘下腰间的水囊，递到她的面前，"摔痛哪里没有？要不要先喝点儿水？"

温小筠茫然地转了转眼珠，想要尽快清醒一些，把面前的情况摸清楚，可是模模糊糊地却看到了地上正在痛苦扭动着身体的鄞诺。

她不觉扶着白鹜的手，挣扎着就要站起身，望着鄞诺关切地问："鄞诺，你怎么样了？"

听到温小筠的声音，鄞诺赶紧忍住身上的痛，用手肘撑着地就要爬起来，可是一抬眼就看到白鹜一手搀扶着温小筠的胳膊，一手环着她的肩膀，简直就是抱在一起了。

他瞬间黑了脸，噌的一下原地跳起来，抹着嘴角的血迹，瞪着白鹜，咬牙切齿地恨恨说道："刚才被猪砸了一下，能没事吗？"

温小筠茫然地看向白鹜。

白鹜完全无视鄞诺凶恶的目光，转而望着温小筠，略有歉意地说道："都是鹜不好，拉住筠卿还不够及时，以至于砸到了下面的鄞诺。"

迷茫中，温小筠恍惚记起自己跌下树的时候，好像有一道人影不管不顾地冲下来扑向自己。当时她还本能地以为是鄞诺，没想到原来是白鹜，而鄞诺只是因为站在自己的下方，被牵连着砸到而已。

她的表情瞬间就不好了。

"你这个小气的男人！"温小筠黑了脸，从白鹜的手中接过水囊，没好气地瞪着鄞诺，"平白砸到无辜的你，我也很抱歉，可是你却张口就骂人家是猪。我告诉你，你要是再这么刻薄莽撞下去，别说是什么神捕，这辈子啥事都干不成，最后搞不好连媳妇都讨不着！"

白鹜见温小筠误会，急忙开口解释："筠卿误会了，其实救筠卿的人——"

可是他一句话还没说完，臂膀处就挨了重重的一拳。他不觉皱眉，愤而抬头，却看到鄞诺一面用力地推开他，一面拉住他怀里的温小筠就要往外拽。

"别的先不说，即便是外姓，现在你也是我们鄞家的人，在外面和别的男人搂搂抱抱，丢的还不是我们鄞家的脸？"

一听这句，温小筠鼻子都要气歪了。这个家伙不仅骂她是猪，还打人家白鹜，今天要是自己不好好教训这个鄞诺，她就不姓温！气急之下，温小筠猛地冲向前，用自己的大脑门儿狠磕鄞诺的面门："不许动我家东川兄！你才有伤风化！你才是猪！"

鄞诺本可以轻松躲开温小筠这凶残的一击，无奈之前被她砸得太重，想要闪身躲避，喉咙里却又涌出一股腥甜的血沫，才忍住没有丢人地喷出来，鼻梁就遭遇了有生以来最厉害的一击！

鄞诺痛得大脑嗡的一下瞬间空白，鼻梁又酸又涩，只觉得鼻梁骨都碎成渣渣了。他捂着鼻子痛得弯下了腰，缓了好半天还没缓过劲来。

温小筠一时有些心虚。哎呀，她会不会下手太重了？毕竟鄞诺的身上还带着伤……一旁的白鹭无奈扶额，只能说，为帮这两个人解开误会，自己已经尽力了。

上面秦奇带着被捆成粽子一般的棋如意也从树下跳下来了，却被眼前的情景直接弄傻。

这究竟是怎么个情况？

小萝卜头棋如意眼睁睁地看着鄞诺被撞疼鼻梁，跳着脚"哈哈"大笑道："六月债，还得快！叫你偷小爷的珠子！遭报应了吧？哈哈哈，活该，活该，真活该！"

鄞诺猛地直起身子，挥手朝棋如意的脖颈儿就是一手刀。棋如意毕竟身子不如成人强壮，鄞诺这一掌又是气急了的——小屁孩儿"呃"的一声，两眼一翻就晕了过去。

温小筠无奈地叹了口气正要说话，却见一道泛着寒气的银光忽然抵住鄞诺的脖颈儿。

鄞诺皱眉侧目，抵住他的脖颈儿的正是一把利剑。他的身后传来一个低沉的男声："别动，一动头就掉了。"

鄞诺一颗心瞬间一沉，看来这个虎将军就是跟他杠上了。

温小筠忽然看到鄞诺被虎将军威胁，一时间也有些急了："虎将军，您抓错人了，这位不是贼！这位是焱州府衙的捕头，是专门来到临县抓贼的！"

虎将军咬牙一笑："呵呵，抓贼的捕头怎么也会偷珠子？莫不是你们焱州府官匪一家亲，亲得连表面文章都懒得做了，捕头直接当贼头儿使？"

鄞诺睨着虎将军，目光轻蔑："我鄞诺要是贼头儿，还会把珠子往你那儿踢吗？"

虎将军挑挑眉，冷哼了一声："本将军怎么看是你和贼人们内讧失误才踢到旁边的呢？"

"那要怎样将军才肯相信我们的身份？要看我们的衙门腰牌？"鄞诺一面不

屑地哼笑，一面伸手去摸腰间的令牌。

　　可是他预想中的腰牌并没有出现，腰带下空空荡荡的，什么都没有。鄞诺心里咯噔一下，心想要完犊子。他这才想起来，不单单是他的腰牌，就是温小筠和白鹭最新领到的腰牌都叫他交给秦奇，让对方代转给其他暗卫送到"猫耳朵""大胡子"那里去搬救兵了。

　　虎将军冷冷嗤笑一声："连腰牌都找不到吗？要不要本将军帮你编个腰牌丢了或是转交给别人了的借口？"

　　鄞诺面上没有半点儿怯色，轻笑了一声，说道："虎将军，请您仔细回忆一下之前的场景。鄞某人当时的脚法可没有半点儿失误，无论是时机还是技巧，为的都是将那珠子完好无损地送到将军的面前。"

　　虎将军微微皱眉，随即又舒展平整，"哈哈"笑道："本将军不妨实话告诉你，能从本将军的箭下逃走的，目前也就你一个人而已。所以即使你闹出什么腰牌来，本将军也要治你的偷盗罪责！"

　　"你这是挟私报复！"鄞诺气得鼻子都歪了。

　　温小筠看到鄞诺的样子，就知道要坏事，连忙迈前一步，扬起下巴对着虎将军说道："虎将军，先不论我们的身份，这里的主要贼人一共有三个。一个叫鸠琅，从树上摔下来后就昏迷了，跑不了；一个叫棋如意，被鄞诺打晕在地也跑不了了；而第三个不仅是最重要的，更与将军您交往甚密，那人就是'妖门'的头牌妖女——粉姐儿。我们几个左右都逃不出您的手掌心了，现在最应该派兵继续追击的，不是那位粉姐儿才对吗？"

　　虎将军眯细了双眼，上下打量着温小筠，发出一声不屑的嗤笑："敢这么跟本将军说话，你这个丫头好大的胆子。"

　　温小筠面不改色："再晚一些，粉姐儿可就要跑远了。他们这种贼一旦逃远，可就抓不回来了呢。"

　　虎将军转眸看了一下林子的深处，抬手凑到唇前打了个呼哨。

　　从林子里立时蹿出三个黑衣甲士，其中一个的肩上还扛着个黑色的布袋。布袋很长，只从那凹凸的形状就能看出，里面装的是个人。

　　三名甲士快步走到虎将军的近前，将麻袋扔在地上，便朝着虎将军齐齐跪拜复命："回禀将军，唯一逃脱的女贼已然擒住，请将军示下。"

虎将军唇角微勾："三名被擒贼首与这四个内讧小贼一并就地处斩，只带着他们的人头回去复命即可。"

温小筲脸色登时一沉，刚要亮出自己的看家本领来说服虎将军他们不是贼人，却觉肩上忽然一沉。

她不觉侧眸望去，却见白鹭按住了她的肩，径自向前一步，直面着虎将军昂首说道："虎仲珊，你且看看这是何物？"

说着，白鹭取下腰间的一方玉牌递了过去。

虎将军先是被那一声冰冰冷冷的"虎仲珊"吓了一跳，随后伸手接过玉牌后仔细端详了一阵，额上忽然滑下一滴硕大的冷汗。他难以置信地抬起头，望着白鹭的目光里满是惊诧之色："您……您是——"

白鹭及时一摆手，打断了虎将军接下来的话："我是有些累了，还要烦劳虎将军就地扎营稍作休整。"

说着，白鹭背过双手就朝着前面的客店走去，而虎将军也就真的让他走了过去。走了两步，白鹭才回过身来朝着秦奇和温小筲使个眼色。

温小筲跟着秦奇快步走了上去。没走几步，温小筲忽然发现鄞诺还愣在原地，赶紧回身伸手去抓他的胳膊。

不想虎将军却出了手，一把攥住温小筲的手腕，冷冷地说道："敢从我虎仲珊的手中偷珠子，就该料到今日。他的人头，我要定了。"

白鹭听到虎将军的话，侧眸转身，投在虎将军身上的目光刀子一般锋利："鄞捕头的公门身份已经确定无疑，虎将军还是执意如此吗？"

虎将军转身望着白鹭，单手扶着佩剑："敢问尊驾台甫？"

白鹭眉梢微挑："免尊，在下不过四殿下座下一个门客。"

虎将军像是听到什么可笑的事，扶着腰间的佩剑"呵呵"笑了起来："四殿下于虎某人有恩，若是四殿下本尊至此，虎仲珊就不能不卖四殿下一个面子。可尊驾只是一个门客而已，面子可就没有那么大了。"

说着，他脸上的笑容倏地收起，朝着自己的手下甩了个眼色："把这黑衣贼人拿下，本将军要将他就地正法！"

白鹭的脸色登时一变。虎仲珊说得没错，身为四郡王的自己是曾于对方有恩，可是那点儿恩情比起虎仲珊不按常理出牌的个性来说，实在不够强硬。

"虎将军，"温小筲眼看白鹜在虎将军那里撞了个软钉子，立时冲到前去要与虎将军谈判，"我们这次的行动，本来就是引蛇出洞。鄞捕头盗取宝珠，一来是要镇住'风门'的鸠琅，二来是要把'巾门'的老七——棋如意也引进客店。如果虎将军您与鄞捕头交过手，应该知道他的实力。虎将军您已经堪称'万人敌'，而鄞捕头却能在您的手中盗取宝珠。这样的本领，如果不是他故意为之，'巾门'棋如意也好，'妖门'粉姐儿也罢，都抓不到他的行踪。天赐祥瑞，牵连甚广，在下恳请虎将军三思。如果还有什么要核对的，稍后我们的援兵来了，什么腰牌、令牌的也就齐备了。即便虎将军如何都要动私刑，也不差这半天儿的工夫，不如——"

眼看着自己的话让虎将军的目光一点点迟滞起来，温小筲正想亮出心理学的撒手锏，鄞诺忽然拽住她的手臂，将她拉到后面。他自己则跨步向前，昂首挺胸，直面着虎将军，抬手抹去唇角的血迹，勾唇冷冷一笑："虎将军，说到底，你想要杀鄞某人，并不是因为我盗了珠子，只是因为鄞某人从你的手下逃脱，你愤而不平罢了。"

虎将军脸色骤然一沉，手上的长剑唰的一声出鞘半寸。他咬牙一笑："是又如何？本将军就是生气了，想要弄死你，你又能奈我何？"

鄞诺抽出别在腰间的匕首，在手上把玩着锋利的刀刃，轻笑两声，喟叹般地说道："实在是可悲、可叹哪。"

周围的兵甲一看鄞诺亮出兵器，都将手上的兵刃齐刷刷地对准鄞诺。

其中一名亲卫厉声大喝："放下兵器！"

虎将军见鄞诺面色轻松到丝毫不以为意的样子，不觉生出些许兴趣，摆手屏退了周围的兵甲，望着鄞诺冷笑着说道："现在才知道害怕？可惜晚了。"

说着，他长剑彻底出鞘，高举着一点点地瞄准鄞诺的脖颈儿。

鄞诺倏地抬头盯着虎将军，两只眸子明亮异常："我是在说你可悲，在叹你可叹。想你一个本应冲杀战阵的'万人敌'大英雄，现在只能干些送珠子的破差事。在官场上受过的种种不公待遇，一点一滴地加重了你心里的怨念，最终无处发泄，只能把所有的恨意、怨念都发泄在我这个小贼的身上。你这般如何不可悲？又如何不可叹？"

虎将军眉头狠狠一皱，笑容越发阴骘："死到临头，还有心情感叹别人？"

鄞诺直直迎住虎将军射来的目光，自信笑道："但凡虎将军您还有点儿当初'万人敌'的样子，此时想着的不应是怎样杀了我，而是怎样打败我。"说到这里，鄞诺唇角的笑意愈浓，"又或者，当将军这么多年，已经令虎仲珊你畏怯胆小，不敢再跟高手过招儿比试，成了一个彻彻底底的缩头乌龟。只因为你现在已经变得怕输且输不起了？"

"敢诽谤我家将军？"虎将军的一名亲卫再也听不下去了，冲上前就要去打鄞诺的嘴。

"住手！"

亲卫没想到开口的却是自家虎将军。

"你们带着擒住的三个贼首先回客店。"虎将军冷冷地分配。

"将军，"亲卫不放心，凑到近前谏言，"除了那位四殿下的门客先生，其他三个人虽说自己是公门中人，但到底没有经过可靠的验证，属下们还是留——"

虎将军皱眉挥手打断了自家亲卫的建议："你家将军到底是个'万人敌'，若是连这三男一女都抵挡不住，那'万人敌'的名头岂不成了天大的笑话？你们全回去办事，此地留本将军一人足矣。"

见谏言无效，那名亲卫纵然有一百个不放心，对于虎将军的命令，也只能如数执行。

等到虎将军的手下们将鸠琅、棋如意、粉姐儿全部套进麻袋里扛走后，方才还发生激烈搏斗的林地中，就只剩下虎将军与温小筠等五人。

温小筠望着杀气腾腾的虎将军和鄞诺，心里不觉捏了把汗。从鄞诺一开口，她就明白鄞诺要对虎将军施展激将法。可是鄞诺难道忘了，现在的他前胸后背可是一堆伤，哪一处都伤得很重。

现在的他要如何去和名副其实的"万人敌"——虎将军比武？

虎将军回手将佩剑重新插回刀鞘之中，斜着眼睛望着鄞诺："怎么个话说的？难不成你这个重伤欲死之人还想要跟本将军比试比试？"

鄞诺还想再笑两声，无奈一开口，喉咙里就是腥甜一片。他忍不住掩唇轻咳了一声，勉强把鲜血咽了回去："没错，就是要和你虎将军比试。我鄞诺向来是个顶天立地的汉子，宁可站着死，不肯跪着生。今天比试，要是技不如人死在你虎将军的手下，那是我活该。我活该因公事被你误会，活该短命殉职。"说着鄞诺一挑眉，终是笑出了声，"可若是我鄞诺赢了你虎将军，就请你到底做回正人君子，自认技不如人，不要再阻挠我们办差查案。"

虎将军不觉咬了咬后槽牙："好！你这战帖，本将军应了！"

白鸷不觉走到近前，伸手按住鄞诺的肩膀，沉声道："鄞兄，方法咱们总有很多，切不可意气用事。"

温小筠也担心地抓住鄞诺的胳膊，蹙眉小声劝道："表哥，什么都是虚的，'留得青山在，不怕没柴烧'，咱们不要光图痛快就去逞那一时的英雄。你要是有个三长两短的，我回去怎么跟小姨和小叔父交代？"

听着温小筠关心的话语，鄞诺心头不觉一暖，可又瞬间想起之前她前胸诡异的手感，脸色在不觉间阴沉下来。他捏住她的手腕，将她的手慢慢移开："虽说我一直看不上你，你的能力我却一直看好。这次你也信我一次。"

虎将军抬手摩挲着下巴，"呵呵"地笑了："你就这么自信？吃了本将军一箭，即便身有软甲没见血，也会吃下不轻的内伤。"说着，他懒懒地掀起眼皮上下打量着鄞诺，"更何况看你之前该是也受了不少伤，那会儿一会儿又被人砸，一会儿又重摔在地。就你这个状态跟我比武，别说赢了，不死就是万幸了。"

温小筠："……"

虎将军这么一说她才觉察，鄞诺在敌人那儿没挨下什么致命伤，几道最重的反而都是被她伤的。

鄞诺抚着阵阵作痛的胸口，望着虎将军扬眉一笑："大丈夫，死则死矣。只这一身傲骨宁碎不弯！我鄞某人要输就输在明面上，输了就心服口服，决不会公器私用，背地里报复对方。"

虎将军两道浓眉登时愤怒地拧在一起，铜铃般的眼睛迸出凶恶的光，从牙缝中狠狠地挤出几个字："你找死。"

鄞诺仰头"呵呵"一笑："大丈夫不怕死。将军不服气，咱们撸起袖子比试就行了，废话莫多说。"

眼见鄞诺与虎将军之间的气氛越发剑拔弩张，温小筠不觉紧张地咬了咬嘴唇。只是她到底记住了鄞诺和她说的那句话——他叫她相信他。

其实纵然一直讨厌鄞诺，对于鄞诺的能力温小筠都是最相信的，比信任白鸷还要多一些。毕竟她与白鸷接触还少，而对于鄞诺，自己已经很了解了。他就是典型的菩萨心肠豪猪嘴，心软嘴巴硬。

她到底是相信他的。

虎将军轻蔑地笑着，眉梢眼角尽是讥讽之意："你要与本将军如何比试？"

"比箭。"鄠诺回答得斩钉截铁。

虎将军难以置信地笑了起来："你这是在侮辱我的箭法吗？"

鄠诺耸肩一笑："鄠某人当然知道将军号称'鲁地百步穿杨第一人'，可是我鄠鼎言偏就是个没事找死的人，既然是生死比试，故意挑将军的弱项比就没意思了。"

"呵呵，"虎将军不由得眯细了眼睛，重新打量着鄠诺，"有意思，很合本将军的胃口。"

鄠诺继续说道："我不仅要跟将军比射箭，还要跟将军比谁狠。"

虎将军不觉皱眉："比谁狠？怎么比？"

鄠诺低头撩起自己的袍子，取下一大块侧摆，转手交给温小筠后，又脱下自己的袍子，伸手将其递到虎将军的面前："将军，这是家师传给鄠某人的软猬火浣衣。"

听到软猬火浣衣，虎将军与白鹜二人脸色都是一变。

后面的秦奇更是惊讶地睁大了眼睛。他从来都以为那价值胜过十座城池不止的软猬火浣衣只是江湖传说，别说凡人，就是他家四殿下，甚至是万人之上的皇帝老儿都求取不来一件。鄠诺一个小小的焱州捕头怎么可能会拥有一件真实的软猬火浣衣？

鄠诺望着手中的衣服微微一笑："普通的火浣布都是用石棉制成的，质地粗糙板硬，只能防火，并不能抵挡刀枪。而家师送给鄠某人的这件，则是取自天池火浣鼠的皮。不仅质地轻软，防火避水，更能当软猬甲，刀枪不入，质比金坚。"说着，鄠诺抬起头望向虎将军，"如今鄠某人要比的就是你我在百步远的距离，面对面站定。你我的胸前都要悬挂一枚玉佩，我们各自射箭。箭矢不偏不倚，正中对方胸前的玉佩，而玉佩之后的人毫发无伤者为胜，如何？"

此言一出，在场的所有人都惊愕地睁大了眼睛。

白鹜不觉皱眉，鄠诺这步棋走得可谓凶险异常。在百步距离之外，先不说那软猬火浣衣到底是不是真的，就说充当靶子的人的胸前位置与头部极为接近，但凡射箭之人射偏一点儿，充当靶子的人都会当场毙命。这样的比武较量，哪里是在比狠？分明是在比谁的命更硬！

温小筠也担心地皱起眉来。

虎将军的眸色变了几变。他知道，能够挡住他之前那一箭的衣衫必然是真的上等软甲。别说鄞诺手中的这件是不是真的软猬火浣衣，即便单单是件上等的防箭软甲都已经价值连城了。只是他没想到，鄞诺会这么大方地把整件软甲都给了自己。

接过鄞诺手中的火浣衣，揉搓着光滑的布料，虎将军抬眼瞥了鄞诺一眼，唇角勾出一抹狠戾的笑意："看你这意思，是要把火浣衣给本将军穿，而你自己只用肉体凡胎硬上。你就这么相信本将军的箭法和人品？"

鄞诺从温小筠的手中拿回那半块火浣布，一面塞进前胸的衣襟里，一面笑望着虎将军从容说道："第一，鄞诺还有半块软猬火浣衣，并非没有任何防护。第二，'万人敌'——虎将军可不是常人，那可是咱们鲁地第一悍将，正直忠勇，最是爱惜自己的羽毛。更何况如今还有将军恩人的门客在场，你一定不会故意去做那损人不利己的事。鄞诺相信的并不是虎将军你的人品，而是你半生的荣耀。"

虎将军的面色不觉一寒。

温小筠不觉往鄞诺的身后站了站，低下头抿唇一笑。鄞诺这一招高帽子式的激将法用得很到位，颇得她真传的样子。嗯，她很满意。

然而鄞诺接下来的表现更是大有青出于蓝而胜于蓝的架势。他直面虎将军阴冷的目光，轻笑着说道："然而这些都不足以令鄞某人把命撂在虎将军的箭下，令鄞某人最终下了这个决心的，是一个人。"

虎将军握着剑柄的手越发紧了，冷冷地问："什么人？"

"便是家师，"鄞诺脸上不觉现出自豪的光彩，"元少先生。"

在听到"元少先生"四个字时，虎将军瞳仁狠狠一缩。

温小筠不觉与白鹜对视一眼。他们两个不约而同地想起鄞诺与虎将军的相似之处。

虽然鄞诺与虎将军两个人一个是小捕头，一个是大将军，但都志在军旅。虎将军就不用说了，且说鄞诺任职兖州捕头时虽然也是尽职尽责，却始终"身在曹营心在汉"，这在兖州府衙几乎是人尽皆知的事情。第二个相同之处，那就是两个人都有"万人敌"的称呼。如今再看虎将军大变的脸色就能猜出,他与元少先生定然是旧识,而且还可能是渊源颇深——对方是令他很忌讳的旧识。

鄞诺从腰上摘下两块玉佩,将其中一块系在自己的第一颗扣子上,又把另一块递给虎将军,冷笑着说道:"鄞某人知道,但凡是条汉子,听到这里,都会接受我的挑战。怎么样?虎将军,您敢不敢应?"

虎将军额头青筋跳了两跳,终于伸手要去接那块玉佩。

"将军,万万不可啊!"一声急切的呼号忽然从众人的身后传来。

众人一齐回头,却见虎将军的亲卫带着几名黑衣剑士纷纷从树上跳下来,急切地奔到虎将军的面前跪伏在地。

带头的那名亲卫一手攥着腰间的佩刀,一手恳切地拽住虎将军的下摆,仰头焦急地劝道:"将军,圣人有言,'君子不立于危墙之下'。咱们这都是稳胜的局面了,没必要再给自己找危险啊!这根本就是盗珠贼的骗局,就是要骗得将军束手就擒,他好一箭射杀将军啊!"

虎将军狠狠一皱眉:"不在军营,我的话就不是军令了?"

为首的亲卫惶恐地低头。

虎将军一面将鄞诺的玉佩系在领扣上,一面扶着佩剑转身开始数步。

那亲卫一看自家将军这般架势,分明是劝不住了。他扶着腰间的佩刀豁然站起身,唰的一下从身后取下弯弓,搭上满弦箭,杀气腾腾地对准鄞诺。后面的一众亲卫也都跟着站起来,齐刷刷地复制粘贴了头领的动作。

"将军,您若有半点儿意外,属下们都是万死难辞其咎。您的命令属下不敢违抗,只有一点,但凡此贼有半分伤人,属下们绝不会留他性命!"那亲卫凶恶地瞪着鄞诺,愤恨地说道。

这时虎将军已经走到与鄞诺相距百步的地方,自顾自地摘下背后的弓箭,头也不抬地回应:"我也是差点儿忘了,我若身死,你们也要受军法处置。既然关系你们的性命,便随你们吧。"

眼看对方摆明了要以多欺少,温小筠恨得拳头都攥紧了。

鄞诺却是一脸不在乎的样子,伸出手,手心朝上地摆在剑拔弩张的虎将军的亲卫的面前:"兄弟,借张弓。"

亲卫头领瞪着鄞诺的眼睛里立时出现了一抹难以置信的疑惑之色:什么玩意

儿？这小贼难道不知道自己正在瞄准他的狗头吗？

“给他最好的弓箭。”百步之外的虎将军对鄞诺的大胆也很意外，不过在短暂的惊讶之后便笑出了声。

“将军——”那亲卫争辩的话才说到一半，就被虎将军凛然的目光狠狠地打回了肚子里。他极不情愿地低下头，恨恨地收了箭，甩手往鄞诺那里一扔。

鄞诺抬手稳稳地接住，冲那亲卫挑眉一笑：“谢了，兄弟。”

那亲卫没好气地啐了一口，转身拿过身边人的弓箭，这一次瞄准鄞诺时拉得更满。

鄞诺毫不在意地耸肩一笑，拿着弓并不着急搭箭，而是转头对着虎将军遥遥喊道：“虎将军，胜负可分的情况自不必说，若你我打了个平手，又该如何分辨？”

虎将军拉着弓弦得意地一扬眉：“路还长，年轻人不要太张狂。本将军原本想着要大度一些，平手也算你赢；现在见你这么狂，就改主意了，平手就算你输。不给你这种后生小子一点儿教训，你就不知道天多高地多厚！”

温小筠及时出口抗议：“虎将军，这样对付一个身受重伤的后生小辈，您就是赢了，对您那么英武的名声怕是也没啥好处吧？”

虎将军上下移动着箭尖，冷笑着回应：“怎么？鄞捕头胆小不敢了？”

鄞诺抬手按住温小筠的肩膀，迎上虎将军的目光无所畏惧地“呵呵”一笑：“好，这个条件我应了，只是将军你不要胆小半途中止才好哪！”

虎将军仰头大笑：“哈哈，好小子，说你狂，还真是嚣张得没边儿了。”

笑完，他收敛脸上轻视的神色，凝望着鄞诺沉声说道：“要是你小子真能赢了本将军，本将军不仅不会治你的罪，还会和你结为异姓兄弟——火里水里，都会助你走上一遭！”

鄞诺微笑着点点头：“承蒙夸奖，既然说鄞某人狂，那鄞某人就狂到底了。我让将军一步，将军先出箭！”

说完，他拿着弓箭的双手便垂到身体两侧，昂首挺胸地向对面的虎将军亮出胸前的玉佩。

虽然知道有了鄞诺之前的种种铺垫，虎将军应该不会轻易对鄞诺出杀招儿，可是真的亲临这种剑拔弩张的刺激现场，温小筠还是紧张得后背一层一层地冒冷汗。即便是看惯了生死杀戮的白鸳与秦奇，亲眼见证这样别开生面的比试，也觉得非常刺激。

虎将军从鼻腔中发出一声不屑的嗤笑，攥住箭羽的右手钩住弓弦猛地后拽，弓弦铿然作响，瞬间被拉满。

百步之外的那枚白色玉佩落在鄞诺一袭黑衣上几乎只剩下一个白点儿。虎将军屏住呼吸，眯细双眼，指尖突然一松，一道寒光倏地腾起，带着呼啸的风声劈空而出！

温小筠不觉倒抽了一口凉气。

虎将军整个动作迅疾流畅，根本不给别人一点儿心理准备的时间。她紧张得十个脚趾都在鞋里紧抓了一下——他真的瞄准了吗？她竭力转动僵硬的脖子，一片碎玉四散飞溅的画面蓦地闯进她的视线！得以近距离观瞧的温小筠，这才发现虎将军的那一箭是多么精准、多么凶狠，凶狠到坚硬的玉佩瞬间碎成齑粉。

面色紫红的鄞诺瞬间逼出所有内力，额上的青筋根根暴起，身上的肌肉铁一般地绷紧凸起，几乎将自己铸成了一个铁人，才勉强用血肉之躯抵挡住了那凶狠的一箭。即便如此，他那前胸还是被箭尖射进一个坑，脚下倏地后错半步。

温小筠惊愕地捂住嘴巴，心疼得眼泪瞬间夺眶而出。即使她对武术很外行，也能看出鄞诺为了抵挡这一箭费了多少本领与气力。虽然鄞诺总是针对她，但保护她更多。哪怕刀山火海，他也无半点儿迟疑。

而现在他与虎将军结仇，应该算是她的责任，他却没有半句怨言。

他把所有的危险都揽在自己一个人身上，时时刻刻把她护佑在自己的身后。如今眼睁睁地看鄞诺受到这般重伤，温小筠忍不住难过心疼起来。

旁边的功夫高手白鸳与秦奇看了整个过程，也不觉对鄞诺肃然起敬。即便有半片软猬火浣衣护体，虎将军倾注全力的劲道也足以击碎任何一个人的胸腔。鄞诺玉佩悬挂的位置就在锁骨上下，那儿的脆弱程度仅次于咽喉。

寻常人的前胸只怕仅承受其三分之一的力道就会胸腔尽碎吐血而亡。可鄞诺扛住了，带着一身伤生生扛住了。仅此一幕，就足以令白鸳与秦奇对他心生畏惧。平心而论，此时若是换成了他们中的任何一个人，都不会有自信能做到这步。鄞诺血性之刚烈，内功之深厚，实在是远超他们的想象。

对面的虎将军清楚地见证了鄞诺内功的深厚程度，脸色也不觉阴沉了下来。

事已至此，他已经完全认可了鄞诺的本领，甚至已经不想再比下去——刚才说平局即输不过是他一时的气话。

看那小捕头的相貌，也就不到二十岁的样子，而他已近不惑之年。平心而论，自己在那般年纪时，功力可是远不如对方。真不愧是他那神秘得简直不像个人的大师兄的关门弟子。这样想着，他脸上的表情也就放松了下来。

可是就在虎将军想要开口打破局面之时，一道寒光突然自鄞诺的侧方暴起，直直奔着他的太阳穴飞射而去！

虎将军惊愕地睁大双眼：“小心！”

原来那是外围的一个亲卫，一直用箭瞄准着鄞诺，见了刚才惊人的情景，吓得手指一抖，导致绷紧了的弓弦瞬间飞弹出去。那亲卫正在温小筠与白鸳的侧前方，他们两个根本来不及示警，那支“偷袭”的飞箭就到了鄞诺的近前！

在那一瞬间，温小筠只觉得自己的心脏都停止了跳动，想大声呼喊提醒鄞诺，可是话到了嘴边却半个字也喊不出。她唯一能做的，竟然只是眼睁睁地看着那支箭距离鄞诺越来越近。

白鸳到底是个习武之人，对付这种猝不及防的情况，反应比温小筠要快很多。然而还有人比他更快——在白鸳拔剑去帮忙抵挡那支箭之前，那个人就抢先做出了反应。

那个人不是别人，正是鄞诺自己。他一早就听到飞箭破空的嗖嗖声，身子瞬时后仰，同时抬手挥起手中的长弓！只听噹的一声，偷袭而来的飞箭就被他击飞到半空中。

然而危险并没有真正结束，虎将军的亲卫中，只有失手射出箭矢的那个人知道自己是失手，他的同伴却不知道，他们还以为是头领终于对盗珠贼发起全面清算的报复行为。所以在鄞诺挥手挡住那支箭羽的同时，其他人都不约而同地对鄞诺射出手中的箭羽来！

满耳都是箭矢刺穿空气的嗖嗖声，温小筠就是想要帮忙，也抵不过这蝗虫过境一般的密集箭羽。

白鸳一眼瞥到呆呆望着来袭的箭羽却没有半点儿反应的温小筠，伸手就将她拽进怀里，闪身错步远远避开箭雨。秦奇则拔出长剑，飞身跃到白鸳、温小筠二人的前面，警惕地防备突发情况。

温小筠实在难以冷静，朝着鄞诺的方向伸出手，觉得哪怕能将亲卫们的注意力分走一点点也是好的。

白鸯狠狠皱眉，加大了力道重重地按住她的肩膀："筠卿莫急，鄞捕头自能应对。"

"可是他毕竟受了伤——"

此时的温小筠真恨不得自己瞬间变成功夫超人，毫不犹豫地冲上前去帮鄞诺抵挡一二。但是白鸯死死地环住了她，不给她半点儿妄想的可能。

另一边，虎将军起初还想着提醒鄞诺，可是在亲眼看到鄞诺轻松挡住一箭之后，立时改变了主意，只拿着弓箭，冷笑着观瞧鄞诺究竟还有什么本领。这样的场面真是久违得令人兴奋。

而鄞诺的表现果然没有辜负虎将军的期待。感知到偷袭的冷箭瞬间变成箭雨后，鄞诺没有半点儿慌张，手拿着弓箭身子一晃，脚下猛地发力便飞跃到一旁的树木上，第一拨箭矢便纷纷飞射在他身后的树木上。一众亲卫不觉恨得咬牙切齿，纷纷掏出各自的第二支箭，追着鄞诺继续飞射。鄞诺风一般地从这棵树跃到那一棵，竟然在半空跑出了一道漂亮的曲线。

就在飞蹿到虎将军的侧方百步远时，鄞诺眼中陡然迸射出逼人的寒光，手中的弓箭迅速张开，钩住弓弦的手指倏地一松，手中的箭矢便瞄准着虎将军斜斜而去！

"将军！"亲卫头领惊得嗓子都喊劈了。

一直津津有味地隔岸观火的虎将军根本不防鄞诺在拼命逃跑的间隙中还有余力偷袭自己，护住前胸的硬气功还半点儿都没使出来，那支飞射而来的箭矢就已经将悬在他领扣上的玉佩射了个粉碎！

"将军！"一众亲卫眼见着自家将军的胸前突中一箭，吓得心脏都快要从嗓子眼儿里跳出来了。

虎将军的周身也是出了一层冷汗。即便有软猬火浣衣与那坚硬的玉佩做抵挡，因为他没有及时调出硬气功来护体，飞箭的巨大冲击力仍会重创他的前胸要害。

他竟然如此大意！可是就在他挥剑想要横断胸前的箭矢时却扑了个空。在击碎玉佩后，那支飞箭仍没有半点儿停顿，擦着虎将军的衣襟便横飞了出去。

原来郠诺那一箭的角度极其刁钻精准，从侧面几乎与虎将军的前胸平行着擦过，只射中厚度不过两分左右的玉佩侧边，精准异常地击碎了玉佩，却没有碰到虎将军分毫。

那些亲卫却并没有看到这一层，只看到自家将军被盗珠贼从侧面射穿！

领头的亲卫双目暴突，眼球一片血红地怒吼道："射杀贼人，替将军报仇！"

剩下的亲卫都红了眼地高高举起手中的弓箭，要对郠诺发起最后的攻击。

"住手！"虎将军眼看局面就要失控，狠狠一挥手中的长剑，瞬间斩断一棵小树，怒声制止。

这番动静可是不小，在场的所有人都被惊了一跳。

在小树轰然倒地的同时，虎将军将另一只手拿着的弓箭猛地抛向亲卫头领，自己则大笑着走向郠诺："郠捕头，此番较量你赢了。"

终于等到这句话，后面的温小筲双腿立时一软，浑身松懈得仿佛不是自己的一般。她知道，虎将军射中郠诺胸前的玉佩时，郠诺是静止不动的。而郠诺出手时，正处在被一群亲卫追杀的仓皇动态中，就是虎将军自己也是难以确定的运动状态。

可是郠诺不仅准确地击中了玉佩，更考虑到虎将军没有防备的因素。为了不伤到对方，他特别选了一个极难的侧面角度，瞬间出手。这番比试，无论从精准度还是难度上，郠诺都是当之无愧的绝对赢家。

白鸳余光瞥到温小筲身体无力的样子，及时伸出手一把搀扶住她，使她不必跌坐在地。

远处的郠诺看到这一幕，脸色登时黑如锅底。可是还没等他发出什么不满的声音，兴奋异常的虎将军就已经走到他的近前，一大巴掌直接拍在了他的肩膀上："不愧是从我虎仲珊手中偷走龙珠的人，功夫果然了得！不仅赢得漂亮，更赢得光明磊落。此等少年英雄，我虎仲珊交定了！"

如今毕竟在破案，而虎将军又是案件在这个阶段的关键人物，郠诺实在不好怠慢。他只能忍痛放下温小筲、白鸳那边的浑蛋事，转而望向虎将军，抱拳一笑，说道："承让，主要还是将军您手下留了情。"

"屁话！"虎将军忽地拉下脸，没好气地骂道，"本将军半点儿没留情，能赢了这一局，都是你自己的本事！"

郾诺爽朗一笑："将军爽快。"

虎将军脸上这才现出些许笑意："这才对嘛，话归前言，我虎仲珊输得心服口服。若郾捕头不嫌弃，本将军就贪着痴长你几岁，自认个大哥，与你义结金兰，结拜个兄弟如何？"

郾诺目光一顿，愣怔一瞬之后，立时双手抱拳额首施礼："我郾鼎言早就听闻将军的威名，仰慕将军的赫赫战功，如今能与将军结成金兰之义，实在是三生之幸！"

虎将军搀扶起郾诺的手臂，放声大笑："好，能认郾捕头这般少年英雄做兄弟，真是虎某人生一大快事！走，你我兄弟正好借着贼人老巢的酒菜，插香拜义，不醉不归！"

于是在一众亲卫迷惑的目光之中，虎将军与郾诺并肩而行，快步走向前面的客店。白鸳和温小筠也脚步轻快地跟在后面。

回到客店后，虎将军叫人收拾出了一间还算完好的房间，与郾诺开怀畅饮。温小筠和白鸳只算作陪。

饭桌上，虎将军虽然喝得非常尽兴，还是没忘郾诺、温小筠和白鸳此番任务的终极目的。郾诺也就把前因后果仔细地讲解了一番，虎将军这才完全理解了三人的所作所为。

酒宴最后，郾诺抬手攘住了虎将军的手腕，脸色酡红、目色清醒地说道："将军，'风门''巾门'两门贼人人数众多，这里又在小弟的权限之外，后续处理还要和临县衙门打个招呼，才好继续行事。"

虎将军端着酒杯，点点头："小弟言之有理，不过凡事也都有个例外，有了大哥，现在也就不一样了。"

郾诺双眼一亮，起身为虎将军又斟了一杯酒："大哥所言甚是！大哥是护送宝珠的官员，若大哥肯出手，临县衙门那一边自然好打发。"

"既然事先答应了你，后续的事诺弟便不必再担心。"虎将军思量着说道。

郾诺看了温小筠一眼，只见她正在朝他递眼色。郾诺立时对她的意思心领神会，转头又对虎将军说："那接下来这样安排，弟弟与两位同僚先带着三名主犯回焱州府复命。这里死伤的贼人手下，辛苦大哥先代为看管，只等临县来了主事的与之交接手续。"

听到这里，温小筠不觉与白鹜对视片刻，两个人的脸上都挂着抑制不住的微笑。如今，他们手头上的所有案子终于快要全部结束了。

虎将军听了这句，忽然放下酒杯，望向鄞诺眉头微皱："诺弟，今天你走不了。"

温小筠心头咯噔一下，事情不会在关键时刻又出什么幺蛾子吧？

鄞诺也是满目疑惑："大哥此话怎讲？"

虎将军一把攥住鄞诺的手腕，语重心长地说："你这个逞强的脾气倒是和大哥年轻时一样，一办上差什么私事都给忘到后脑勺儿去了。别人看不出你伤得多重，大哥却看得出。虽然表面上好像没有什么外伤，内伤却已祸及肺腑。如果不及时医治，日后一定会留下病根。"

"这，"鄞诺不好意思地笑着挠了挠头，"让大哥担心了，其实弟弟的伤势还行，不算多重。左右临县和焱州也不远，等办完了差事，回去再——"

虎将军脸色登时一沉，用力地扭了一下鄞诺的胳膊："你这个孩子，怎么听不懂人话？我说你今天不能走，就是不能走！哥哥我麾下的亲卫中正有一个药师，内伤、外伤、跌打伤他都门儿清。你今天就给我老老实实地住在这里调理一晚上，明天早上再带人回焱州府。"

说着虎将军狠狠地甩开鄞诺的手，站起身就朝着门外的方向走去。

"大哥，你去哪儿？"鄞诺急忙起身追问。

"你哥哥我最等不得别人。你先在此休息，我直接去找临县衙门办交接。"虎将军扶着腰间的长剑，大步跨出门槛，头也不回地说着。

鄞诺还要说些什么，却被温小筠拽住了衣袖。

"鄞诺，虎将军说得不错，你的伤不能耽搁了。若不是要和虎将军插香拜义，这顿酒你都不该喝。"

鄞诺咬牙切齿地叹了口气："凭我的本事怎么可能被贼人伤到？也就是你最后砸我那一下稍微重了点儿。"

温小筠脸色顿时一黑，要不是自己真的砸过他，现在就一巴掌拍死他了！她没好气地甩开鄞诺的胳膊，冷哼一声，恨恨地说："要不是怕回去没法儿跟小姨和叔父交代，鬼才懒得理你。"

说话间，虎将军手下的一名亲卫就背着木质的医药箱走进屋子："鄞少，我们将军交代了，有事没事，您都先让卑职检查一下。"

郏诺本来都要松下口风要人给他检查，一听温小筲这话，目光瞬间变得凶恶起来："就你这小身板还敢说大话？你还是先保护好你自己再说吧！我用不着你替我交代什么。"

看着两人剑拔弩张的架势，那亲卫药师一时间进也不是，退也不是，只能尴尬地停留在原地。

还是白鹜帮着他解了围。白鹜站起身，一面拂着微微褶皱的衣摆，一面笑着说道："好了，你们两个就别孩子气了。郏捕头还是要让医师好好看一下，身子好了，才能继续办案。"

看着白鹜也要出去的样子，温小筲忍不住问："白兄，你要去哪里？"

白鹜走到近前按了按温小筲的肩膀，脸上的笑容如四月春风一般和煦明媚："这次的贼人不比往常，一个个都是妖怪人精。虎将军先去办事，我就去检查一下那三个人的看守。别再出什么乱子才好。"

温小筲眨了眨眼："那我也跟着白兄你一起去看——"

她话才说到一半，后脖颈儿就被人提了起来。

"你又不会武功，跟着添什么乱？"郏诺把眉毛几乎拧成了一团。

温小筲狠狠地瞪了他一眼："跟你有关系吗？"

郏诺立时打了个结巴，喉结艰难地滚动了一下，语气立时软了些许："要不是你手上的伤跟我有关系，我也不想管你。"

郏诺这么一提醒，温小筲的眼泪都要流下来了，倒不是感动的，而是她突然发现烧伤的那只手正在火辣辣地疼。

正式进入这间客店之前，温小筲把手包扎着吊起来的时候还不觉得有什么。可是后面在跟鸠琅喝酒拖延时间的时候，她已经卸掉了绷带，全神贯注地投入案子中，什么疼痛都给忘了。经郏诺这么一提醒，温小筲顿时觉得疼痛难忍，眼泪都在眼眶里打转转。

白鹜也记起了这茬，立时关切地看向温小筲的手："郏捕头说得是，筲卿的伤只有他才能照顾。三个人犯那边有白鹜就够了，筲卿还是留在这里，等着郏捕头治完伤，赶紧帮筲卿重新包扎一下。"

温小筲嘴角抽了抽，最终无奈地叹了口气："好吧，白鹜兄，你自己一个人去，万事小心。"

白鹭轻轻地拍了拍她的肩膀："筠卿安心治伤，白鹭没事的。"

说完，他又朝着鄞诺拱手行了个礼，便转身抬步走出了房间。

这一下，屋子里就剩下鄞诺、温小筠和亲卫医师三个人了。

看白鹭走远了，鄞诺这才瞥了温小筠一眼，背过身从衣袖里翻找着什么："这位医师兄弟，我先给我的表弟包扎一下手，再请你帮我看伤。"

亲卫医师只能赔着笑说道："鄞少随意。"

温小筠满不在乎地哼了一声，又坐回饭桌前自己的位置，用完好的那只手抓起一把花生米扔进嘴巴，没好气地说道："得了，还是给您这个大能人先看伤吧。反正我不会武功，抓不了贼，也看不了囚犯，基本上就是个干啥啥不行、吃啥啥香的废物点心，可不敢浪费鄞捕头您的时间。"

鄞诺："……"

如果可以，他真的想给自己一嘴巴，跟温竹筠这种人没什么事献什么殷勤？打脸也活该！于是他恨恨地把掏出来的烫伤药和绷带又塞了回去，拉过一把椅子，气鼓鼓地背对着温小筠坐定。

亲卫医师无辜地眨了眨眼，觉得现在应该轮到他上场了。于是他放下药箱，坐到鄞诺的对面，先帮对方诊起脉来。这一诊不要紧，他惊讶地睁大双眼："鄞少，您不仅受了很重的内伤，现在还在发烧呀！得亏将军劝住了您，不然这样拖下去，明天您可就要倒了。"

听到这里，温小筠捏着花生米的手不觉一滞——鄞诺那个臭屁小子竟然伤得那么重？

鄞诺难以置信地后仰了下身子："不能吧？我没觉得那么严重呢。"

亲卫医师表情凝重地问道："严不严重，不是鄞少您说了算的。您先告诉卑职，今天都受过哪些伤？卑职一并帮您检查。"

鄞诺顿了一下："也……也没什么大伤。"

"你个臭屁小子，现在还逞什么能？"温小筠一把扔下花生米，急忙走到亲卫医师的近前，把之前鄞诺披着软猬火浣衣替她挡箭、在古树下被她砸、后面又生生挨了虎将军一箭的事一五一十地说了个仔细。

亲卫医师抬手解开鄞诺的上衣，仔细检查各处瘀青，忙不迭地说道："还好，还好，鄞少内力深厚，现在医治不晚，卑职这里正有一些去瘀青的伤药。"

说着亲卫医师又望向温小筠："敢请这位姑娘——"说到这里，亲卫医师瞬间想起鄞诺刚才叫这位姑娘为表弟，他的舌头不觉打了结。尴尬地笑了笑后，他才继续小心地说："这位公子，请您先帮鄞少上药，属下这就去调配汤药以尽快熬制。鄞诺服用得越早，越有效。"

温小筠顿了一下，又瞥了鄞诺一眼，终于还是无奈地撇了撇嘴："好……好吧。"

得到确定的答案，亲卫医师便动作迅速地从药箱中拿出几个瓷瓶，交代了用法用量后就收拾了药箱，快步走出了房间。

于是这一次，屋子里就只剩下温小筠与鄞诺两个人了。

没过多久，亲卫医师又带着人端了两盆清水进来，供温小筠帮鄞诺擦洗伤口用。等到亲卫们再次离开，温小筠才拿起托盘里的布巾蘸了水，准备给鄞诺擦拭。可是她一眼就看到鄞诺的肩头及后背上密密麻麻的箭坑和瘀青，心里不觉微微泛酸。

"刚才还说我没用，现在还不是要我帮你涂药？"动作轻柔地替鄞诺擦拭伤处后，温小筠单手笨拙地拔开瓶塞，从里面倒出一些不算浓稠的液体，就按照亲卫医师介绍的手法，帮鄞诺涂抹了起来。

微凉的触感令鄞诺的身子瞬时一僵，他侧眸望了一眼，喉结动了动，终是什么话都没有说出。时间就像是静止了一般，感受着温小筠指尖迂回曲折的路线，鄞诺不觉挺直了后背。

温小筠一点点地为鄞诺涂抹，越涂抹越觉得触目惊心。他后背的伤，一道道青青紫紫的，看着很吓人，都是为了保护她而留下的。鄞诺这个臭小子，其实在关键时刻都很注重保护她。

这样看着，温小筠情绪不觉低落了下去。或许她不应该去听这个倒霉孩子鄞诺说了什么，而应该去看他做了什么。她前前后后地仔细回想了一圈，才突然惊异地发觉，鄞诺为她做的事情真的很多。她一点点地为他擦拭、涂抹，动作轻柔，态度谨慎，同时心里暗道：鄞诺他受伤时一定很疼吧？

不知道过了多久，温小筠竟忘了自己另一只手有伤，拿起伤药瓶子，直接将药水倒在手心里，就要替鄞诺涂抹另一面——手上的痛感立时令她倒抽了一口凉气。

听到温小筠的动静，郾诺拿起一旁的衣服，动作飞快地给自己穿上，转身回头急切地望向温小筠："是不是手疼了？还是让我先帮你包扎吧。"

说着，郾诺一把抓住温小筠的手腕，另一只手从口袋里掏出伤药摆放在桌上，就要仔细查看。

温小筠下意识地缩了缩手："没……没事，就是又忘了这只手有伤了。"

郾诺拿起另一块全新的布巾蘸了清水，按着温小筠的肩膀叫她坐下，而后单膝跪在温小筠的身前，一点点地帮她擦拭着烧伤处的污渍。

面对如此的郾诺，温小筠忽然一时间不知道该怎么自处。现在的郾诺和之前完全不同，就像完全变了一个人。

另一边郾诺却根本没有发现自己的异常变化，他的全部注意力都集中在温小筠受伤的手上。他想：温小筠的手那么好看，那么柔软，一定不能留下半点儿伤疤。

他动作轻巧又迅速地为她清理完手背，又拿起旁边的独家伤药。要为她擦伤药，忽然，他焦急的目光一滞。

他发现温小筠的手腕不仅白皙光滑，更纤细异常，无论是皮肤还是骨架，都和正常男子的截然不同。一时间，他的心跳猛地剧烈起来。

温小筠被郾诺这样绅士地拿着手，也不觉红了脸。她静静地坐着，郾诺关切地跪在她的面前，从上往下，她的视线正好看到他的眉眼。她忽然觉得郾诺的睫毛好长，午后温暖的阳光打在他的侧脸上映出一层柔和的光晕。

这是她第一次发现郾诺的美。不同于白鹜那种毁天灭地、惨无人道的美，此刻的郾诺，是一种集阳刚与温柔于一体的美，美得动人心魄，美得令人再也移不开视线。

而此刻俯身半蹲的郾诺，持着温小筠的手，目光连并着整个身体开始僵硬起来。温小筠柔软的皮肤像是有着一种神奇的魔力，令他一握便再也不想放开，那种酥酥麻麻的怪异感觉自触着她的指尖开始蔓延，一点点刺痛着他的血脉。

他不觉抬头，她那双黑曜石一般美丽的眼眸蓦地闯进他的视线，令他感到心不由得跟着狠狠一缩。午后的阳光在他与她之间曳出大串温暖的光晕。他感觉呼吸瞬间停滞，一下一下的，只剩下他的心脏在怦怦地跳。这样的感觉，郾诺从未在任何人的身上感受到过，更不要说在温竹筠这样一个大男人身上。

之前扑救温小筠的画面猛地出现在鄞诺眼前，他的眉头忽然狠狠一皱。大男人？问题就出在这个"男"字身上！鄞诺瞬时收回思绪，心忽地一沉。没错，温竹筠是他从小看到大的，绝对是个男人没错。而面前的这个温小筠，看这手腕，再想起之前在树下他托举她的前胸时的手感，分明就是个女人。

鄞诺脸色骤然阴沉，执着温小筠的手瞬间加力，目光凶狠得如刀子一般，怒视着她冷冷开口："你是谁？"

那样冰冷凶恶的话语瞬间打碎了温小筠所有的旖思。她下意识地张口，声音却忍不住有些结巴："我……我……我是温小筠啊。"

鄞诺眯细双眼，忽地残忍一笑："你不是温竹筠吗？"

"我？"温小筠越来越蒙，实在不知道鄞诺为什么会突然之间有这样巨大的变化，"我……我也是温竹筠哪。温小筠难道不是小姨和小姨父怕多招惹事端，才叫我临时改用的吗？"

听到这句，鄞诺心骤然一沉，面色冷得就像是罩上了一层寒霜。他死死地捏着温小筠的手，几乎一字一句地切齿说道："真正的温竹筠从来不叫我的父亲为小姨父！真正的温竹筠一直都知道我们鄞家与温家真正的渊源——你不是温竹筠！"

只这两句话，就令温小筠如遭平地惊雷，呆在原位。然而鄞诺咄咄逼人的话语还在继续，一字一字地狠狠扎在温小筠的心上。

"你不仅不是温竹筠，甚至根本就不是个男人！"说着，鄞诺越发地凶狠激动，另一只手蓦地撤下伤药，猛地探向前，死死地掐住温小筠的脖子，欺身压了上去，"说！你处心积虑地伪装身份接近鄞家，到底有什么企图？"

第十九章　安能辨我是雄雌

"呃……"突然被鄞诺掐住了脖子，温小筠的脸都给憋红了，不过更红的是她那高速运转的大脑。

鄞诺怎么会知道她是女孩子？难道……？温小筠的眸中蓦地闪过一丝惊讶之色，她知道鄞诺刚才肯定碰到自己的性别特征了。

想通了问题，温小筠迅速镇定下来，快速转动大脑寻找解决的办法。不过不管他刚才碰没碰到自己的关键部位，动不动就掐她的脖子、凶她、威胁她，她也不会轻饶了他。捋清思绪的温小筠倏地睁开眼睛，再度回到现实世界。

"我连个男人都不是？你怎么会这么说？哦，对了，是不是我之前正面砸到你的时候，叫你碰到了身体，让你起了疑心？可是你别忘了，咱们现在可是在查案，我这女装还是你们逼着叫我穿的！我不仅仅是穿了女装，胸前还用棉花团做了仿真效果，不然怎么去骗过那一个个精明的人贩子？你要是因为这个质疑我，是不是傻啊你！"

鄞诺难以置信地抬起自己的手，皱着眉仔细回忆着之前的手感。

鄞诺还在震惊当中，温小筠就冷静地撇给了他一句话："得，我看咱俩就是八字不合，咱们还是按照之前的约定，你走你的阳关道，我过我的独木桥。今儿个以后，咱们也别'表哥''表弟'地套近乎了。从今往后，搁我温小筠这儿，您呢，就一个名字——'阳关道'。要是碰到公差上实在躲不过的情况，或是碍于长辈的面子的时候，咱们也就表面上客套客套。其他时候，您受累躲我远点儿，我呢，也绝对不多搭理您！就这样，'阳关道'，阳兄，在下告辞了。"

说完，温小筠虚虚地比画了个抱拳的手势，狠狠地一甩袍袖，大步走出房间，独独留下表情僵硬的鄞诺一个人站在原地。他只觉得脑子里嗡嗡地嘈杂一片，混沌得就像一锅疙瘩汤。

院子里都是虎将军手下的亲卫，温小筠随便找了两个问了临时分配给他们的休息房，就气哼哼地朝着分给自己的那间走去。

这个时候，处理好三大贼首安顿问题的白鹭刚好回来，一跨进院门，就发现了头顶恨不能都冒着三团火气的温小筠。

"筠卿！"白鹭扬声唤了一声，快步走到温小筠的近前，这才发现她举在半空的手，不觉眉头紧蹙，"不是说鄞捕头会帮筠卿包扎吗？怎么现在都还没上药？"

温小筠扭了扭脸上的肌肉，尽量把刚才的无名怒火全部挤走，这才缓和了些情绪对白鹭微微一笑："没事的，我自己上药更稳妥。有人曾经告诉过我，在这个世上什么都不求人，气运才会好。所以我临时决定了，以后尽量什么事都不求人，自己帮助自己——嘿，就是不求人。"

白鹭听着温小筠的话越来越疑惑，不过听到后来却忍不住笑了。他伸手拽住温小筠另一只没有受伤的胳膊，就要带她往外走。

"哎？"温小筠满脸疑惑，"白兄，咱们这是要去哪儿啊？"

白鹭侧眸一笑："傻孩子，人活在世上，怎么可能什么都不求人？有的时候求助别人还会增进两人的友谊。你受伤了，我正好在你的身边，你不找我帮忙，却要自己一人费劲上药，反而会让人伤心呢。走吧，我带你去找秦奇，他的身上也有上好的伤药。"

"白兄这话说得好！"一个冰冷的男声忽然从后面传来，"伤在我面前，药在我手里，却不用我帮着上药，那就是瞧不起我。"

温小筠与白鹭不觉回头，却见鄞诺手拿着绷带和伤药瓶子大步朝两人走来。鄞诺阴沉着脸，冰冷的目光死死地盯在白鹭拽着温小筠的手上。

温小筠下意识地皱眉："刚才咱们两个不是在屋子里都说好了？从此以后互不干扰，少少往来。"

鄞诺愤恨地哼了一声："一直都是你在说，我连插话的机会都没有。"说话间，他已经走到两人的近前，将绷带往白鹭的手中一塞，尽量客气地说了句："白兄有劳。"

然后他走到温小筠的面前半跪下，重新攥住她受伤的手腕，小心地将瓷瓶中的烫伤药撒在她的伤口上。

温小筠怒瞪着鄞诺，用力抽回手腕："你怎么想都没关系，我就是不想以后再跟你有什么多余的接触。'阳关道'，你给我放开，我自己会上药。"

鄞诺猛地抬起头，恶狠狠地瞪着温小筠："我鄞诺是什么人？我从来都是言出必行、有诺必践的铮铮铁骨硬汉。既然答应了家中的老母亲要日日帮你上药包扎，我就一定会做到。你放心，其他的多一句我都不会跟你说。你家'独木桥'那么窄，鬼才稀罕跟你挤在一起走！上了药我马上就回我的'阳关大道'！"

"我家小姨年轻又漂亮，脸上光滑得连条皱纹都没有！"温小筠被气得差点儿原地自燃，"你这个亲儿子竟然说我家小姨老？我看你不仅脑子傻，眼睛还瞎！"

鄞诺不屑地冷哼了一声，低下头认真地帮温小筠清理伤口："母亲大人在我的心中从来都是最稳重端庄的，一句'老母亲'，饱含着我这个儿子对她老人家那么多年养育之恩的感念。你表哥我不傻也不瞎，是最知道感恩的一个大好人。"

要不是他正半跪在自己的面前，温小筠真想一脚把他踢飞。

鄞诺对温小筠身上杀气腾腾的怒火仿佛没有半点儿察觉，一面说着，一面动作轻柔地帮温小筠上好了药。

白鹭强忍着笑，拍了拍温小筠的肩："筠卿，鄞捕头的伤药于你最是对症。他话虽然多了些，但总是一番好意。"

鄞诺余光不觉白了白鹭一眼，手上的动作一点儿没耽误，手法娴熟地为温小筠包扎好，才站起身，拂去衣摆的尘土，冷着脸朝白鹭一拱手："白兄，告辞。"之后他又甩了温小筠一个白眼："'独木桥'，你自便。"

温小筠这下直接被气笑了，举起由鄞诺包扎好的手，挑眉看了两眼："也罢，毕竟是白白受人伺候的好差事，我又不吃亏。行了，今儿个这包扎的活儿干得不错，'阳关道'，你可以安心退下了。"

"我——"鄞诺攥着伤药瓶子的手骤然收紧，差点儿没当场把伤药瓶子捏碎，不过最终还是忍下了。

他咬着后槽牙冷冷地哼笑了一声，装作满不在乎的样子，仰着头，鼻孔朝天地大步走了。

温小筠朝着鄞诺的背影恼怒地哼了一声，扭头对白鹜说了句："白兄，走，咱们再去看一下那些被拐来的姑娘，看看还会有什么线索。"

白鹜还没弄明白，为什么自己才离开一会儿，之前还肝胆相照到了为了彼此甚至可以舍出性命的温小筠和鄞诺就互相翻脸不认人了，其混乱的思绪就被温小筠这句突兀的话给打断了。

"白兄？"温小筠停下步子，回头望着白鹜，"你还有别的事要查吗？"

白鹜不觉低头一笑："没有呢，我和筠卿一起去查。"

而院子的另一头，当亲卫医师带着刚刚调配好的伤药走回房间时，一眼就看到鄞诺铁青着脸坐在桌子前，一只手放在桌上，五指一道道地挠着桌面。

亲卫医师不觉后退着打了个寒战——鄞诺手下的桌面已然被抓出了几道深深的沟槽。

"鄞……鄞少，您这……您这是……"

鄞诺木然抬眼："这是鄞家祖传的硬气功，好多日子不练功，本事都要荒废了。"

亲卫医师扯着唇角，配合着尴尬地笑了笑："原来如此，鄞少真是勤奋得紧，卑职佩服，实在佩服。"

画面再度回到温小筠的身上——她与白鹜仔细盘问了那些被拐的姑娘，却发现从她们身上能够得到的有用信息实在太少。

她们有的是被鸠琅一样的拆白党诱哄着拐骗来的，有的是在探亲的半路被人用迷药掳来的。人贩子对她们管教得很严，对待得也很谨慎，而对他们自己的身份没有透露过半点儿口风。

白鹜一个个地盘问着，温小筠则一句话一句话地记录。查问完之后，两个人不觉对望一眼，都在对方的眼中看到了同样的失望。温小筠挑眉示意了一下门口，白鹜无声地点点头，转身走出房门。温小筠收拾好纸笔也快步跟上。

直到走出一段距离，温小筠才皱着眉说道："这温香风坛的倒真不是一般的小贼，嘴巴竟然这么严。我怎么预感即便把鸠琅他们三个贼首抓到了，后面审问也不会轻松呢？"

白鹭抬眸望着关押那三个贼首房间的方向，双目微眯："只要这三个被咱们抓住，事情就好办了。对于焱州府目前的案子来说，这三个人是最重要的贼首。可鹭总觉得，隐藏在他们后面的真正势力才是最可怕的。"

温小筠目光也跟着冰冷了起来，顺着白鹭的视线望去，沉吟着说道："所以能一下子把这三个露头的小贼首全部抓住，也是咱们的运气。万一逃走了一个，再招来什么神鬼莫测的救兵，咱们就要有麻烦了。今夜咱们注定要在临县过夜，又是驻扎在贼窝里，对那三个人的看管，必须要提起十二分的小心。"

白鹭看着温小筠面色越来越严峻的样子，像极了小孩子学着大人的样故作老成，那可爱的小模样真是令人忍不住又爱又怜。

他唇角微勾，轻笑着抬手摸了一下温小筠的头："好了，咱们也别太悲观。按照时候推算，焱州的捕快们今晚怎么也能赶到这里来支应。到时候，就是虎将军、临县衙门和焱州府衙门三方合力看押，不会有什么意外的。"

感受着白鹭老父亲一般慈爱的动作，温小筠一时也是哭笑不得。她拂开白鹭的手，抿了抿嘴巴，点点头："但愿如此。"

像是为了要印证白鹭的话，晚上的时候，虎将军带着临县主事的官员回来了，"猫耳朵""大胡子"带着焱州的捕快也赶到了——三方人马终于会合。

经过一些必要的手续交接后，三方人马终于达成共识。作为临县上一级的府衙，"风门"客店与"巾门"盗宝的所有人犯，都由鄄诺与白鹭负责带回焱州府衙；而虎将军因为护送祥瑞的期限问题，仍旧按照原路线继续行进，只从护卫中选了一个作为证人跟随鄄诺、白鹭回府衙。

程序全部敲定后，三方人手就开始忙碌起来了。收拾死尸的收拾死尸；收拣证据的收拣证据；统计被骗女子的人，该登记登记，该安抚安抚。而难度最大的收监三个人犯头目的工作，则交给了白鹭、温小筠和鄄诺来做。

等到一切准备工作全部就绪，天色已然全黑。晚上，虎将军与鄄诺又兴致满满地开了一桌酒席，不过并没有带温小筠、白鹭和临县衙门的人。

这点正合温小筠之意。陪人喝酒什么的最受罪了，她半点儿想参加的意思都没有。白鹭也推托身子不适，跟着温小筠早早退出了晚宴。

回到自己的房间后，温小筠一把脱了身上的女装，随手将头发上的各种首饰都薅了个精光，随便往床上一扔，刨了个窝就睡。

　　另一边，在酒过三巡、菜过五味之后，虎将军看着端着酒杯兀自发呆的郅诺，笑着挥了一掌过去，直接拍在郅诺的肩头："诺弟，从一开始哥哥就感觉你有什么地方不对，是又碰上什么难题了？"

　　郅诺这才抬起头，眉头却是紧紧地拧在一起的："大哥，小弟还有一件事想要跟大哥坦白。"

　　虎将军手中的酒杯一滞，抬眼瞥了郅诺一眼，嫌弃地嘬了一下牙花子："都是大男人，就别学那些个扭捏的小姑娘，有话就只管讲。"

　　郅诺端起酒杯，笑了笑："谨遵大哥教诲。"说完，他自罚一杯仰头一饮而尽，抹了抹嘴，才继续说道，"之前搬出家师元少先生的名讳来对付大哥，小弟其实完全是根据大哥您的箭法和名号瞎猜的，心里其实根本不知道大哥和家师有什么渊源。之前与大哥是对立的两边人，小弟可以心安理得地各种试探，可是现在小弟已与兄长结拜，是一个头磕到地上的生死兄弟，就再无欺瞒之理，因此特向大哥坦白。"

　　虎将军一笑，端起酒杯撞了郅诺的杯子一下："我还以为是什么了不得的事呢。不过说起这件事，我也真要好好和你小子说道说道。"

　　"大哥请讲。"郅诺自觉地将杯沿放低了些许。

　　虎将军一翻手，一饮而尽，咂摸着余味，双目微眯："其实你小子猜得不错，我和你的师父很有一段渊源——他曾是我的嫡亲大师兄。"

　　郅诺惊讶地睁了睁眼："啊？那郅诺此番与将军结拜岂不是有辱师尊，乱了辈分？"

　　虎将军爽朗一笑："乱个屁！我虎仲珊从来就不把那些个死规矩当回事！再说你我兄弟打赌到底是我输了，输了就要言出必行。"

　　郅诺还是觉得有些难为情："可是——"

　　"可是个鸡毛，"虎将军甩了郅诺一个白眼，"再说你家师父早就被我师父逐出师门了。那个离经叛道又疯疯张狂的家伙，我跟他也没啥辈分好谈。"

　　听到这里，郅诺的脸色顿时有些挂不住，毕竟说的是他的亲师父，他心里容不得别人说自己的师父一点儿不好。

像是看出了郢诺的想法，虎将军忙笑着解释："你个臭小子可别瞎想，我说他离经叛道，可不是说他不好。事实上，你师父人相当好，只是想的、做的事，都远在别人的前面，凡夫俗子大多难以理解罢了。说实话，我心里最敬佩的就是你家师父，只是我师父对我也是恩重如山，只能随着自家师父一起不认他。"

说到后面，虎将军脸色也慢慢凝重起来，语气也感慨起来："一转眼就是十几年，有的人说他早就死了，我还以为这辈子都不会再听到他的消息。他现在混得还挺风光吧？"

郢诺勾唇苦涩一笑："师父他老人家行事的确乖张另类，别说风光了，所做的事从来都不让人知道。现今我与师父一别也有数载，也曾多方打探，到底再没有消息了。"

郢诺转着手中的酒杯，望着里面清亮的液体，若有所思地笑了笑。

"罢了罢了，不提他了。"虎将军挥挥手，洒脱一笑，"他不是个俗人，这会儿大概又进什么仙境桃花源了。他在那儿顶合适了，留我一个人在这儿撞地狱的钟呢。"

虎将军又望向郢诺，话锋一转，目光严肃："对了，诺弟，这次的三个贼首明显都不是善茬儿，哥哥要给你提个醒。"

思绪还跟着自己的师父在云山雾海里游走的郢诺，听了虎将军的话不觉目光微顿："大哥请讲。"

虎将军手肘戳在桌面上，略略往郢诺这边凑近了些，放低了声音说："尤其是那个粉女，诺弟千万不要跟她多接触。你还年轻，很容易着了她的道儿。后面再查案子，我看跟着你们的那个小丫头就很不错，凡是审问粉女的，诺弟就交给那个小丫头，应该会稳妥得多。"

听到这里，郢诺不觉笑出了声："兄长有所不知，那个'小丫头'可不是女人，他是郢诺的表弟。这次出来查案，怕三个人全是男的会让贼人起疑心，我们才逼着他穿女装混淆视听的。"

虎将军挑起眉毛"哈哈"大笑起来："怪不得，我还纳闷儿呢，焱州府的衙门也是手段忒多，整个小丫头出来当差查案，原来竟是虚凰假凤。要说你们几个小子也是真敢胡来。"

郢诺又为虎将军倒了一杯酒："也不算完全胡来，谁让他个子最小，长得最娘，身子轻得跟小鸡崽儿似的，不穿女装都娘儿们气十足。我本来就最看不惯他，这番消遣他，也算是公报私仇。谁让他总仗着我爹娘的宠爱，三番五次找我不痛快？"

虎将军抬手朝着鄞诺的肩上就是一拳，笑骂着道："看不出你小子还挺阴哪，不过我喜欢，大哥我年轻时最喜欢的就是整人。"

虎将军那一拳力道不小，捶得鄞诺的肩膀一阵阵发麻。他揉着肩膀坐了回去，笑着端起酒杯："要不咱们兄弟有缘呢。"

旁边"猫耳朵"正为自家老大端菜进来，将鄞诺后面的话听了个正着，不觉撇了撇嘴。他已经发现了一件事情，自家鄞头儿只要是在那人身上放狠话，回头一准打脸。这会儿鄞头儿背着人家放胆说狠话，回头被修理的指不定又是谁呢。不过表面上，"猫耳朵"可不敢在自家老大面前表露半点儿真实的想法。

伺候着两位大佬吃完饭，喝完酒，"猫耳朵"发现虎将军已然有些醉了。

鄞诺本想亲自扶着虎将军回房休息，却被虎将军挥手止住："今夜你的差事还不少，不用管我了，你只管去忙吧。"

鄞诺这才吩咐"猫耳朵"搀扶着虎将军去卧房。

目送着两个人走出小后院，鄞诺抬头望了望漆黑一片的天空，面色不觉沉了下来。只凭直觉，他也知道虎将军说得不错，今晚看似万事平静，却暗流汹涌，能够保证那三个温香坛主不出岔子，一路押送回焱州府接受正式的开堂审讯，才是最重要的事。想到这里，他不觉抬起脚就要去审视一下三名人犯关押的地方。

没承想他还没跨下台阶，白鹫连并着温小筠就一起进了院子。鄞诺不觉一怔。

白鹫率先拱手揖礼打了招呼："鄞捕头，我与筠卿已然查问过那些被拐的姑娘，现在特来和你说一下情况，后面该怎么审讯，咱们三个先商量一下。"

鄞诺立时转身，抬手一指屋里："正好，我也正要去查呢。既然二位都查过了，咱们再仔细盘一盘情况。"

温小筠点点头。虽然私交里自己跟鄞诺已经彻底翻脸，但是干正事时，她不会带半点儿个人情绪。

三个人很快进了屋，关上门后，便将各自掌握的情况一一汇总合并。

就在鄞诺、温小筠、白鹫三个人商议得如火如荼的时候，一名扶着腰间佩刀的祥瑞护送队的亲卫大步来到虎将军的卧房门前，急促地敲起了房门。

屋子里，"猫耳朵"刚刚扶着虎将军躺下，就听到门口的敲门声，刚要转身去开门，就见床上的虎将军闭着眼睛说道："有劳这位小兄弟了，你先下去吧，临走叫门口的人进来就行。"

"猫耳朵"恭恭敬敬地说了声"是"，便低着头后撤步退出房门。经过门口的那名亲卫的身边时，"猫耳朵"抬眼瞄了一下："将军叫你进去。"

那名亲卫低头"嗯"了一声，随后扶着佩刀大步迈上台阶。

"猫耳朵"本来想直接走的，可是忽然间觉得似乎哪里不对，不觉止步回头，却对上两扇正在闭合的门扇。"猫耳朵"抿嘴皱了皱眉，也实在想不出哪里不对，最终只能摇摇头，径自离开了。

而走进屋子里的那名亲卫，反手关上门扇后才缓缓抬起头，望着床上嘟嘟囔囔又吧唧着嘴唇的虎将军，眼角不觉微弯，露出一抹诡异的笑容。

听到门口的动静，虎将军眉头皱了一下，刚想要挣扎着睁开眼，忽然觉得一阵甜腻腻的香气扑鼻而来。他不觉轻咳了一声，头脑忽然昏沉一片，颤动的眼皮便再也睁不开了。一片昏头涨脑的混沌感立时将他整个人彻底吞没。

不知过了多久，也不知发生了什么，虎将军只觉得自己口渴燥热得难受，双手在虚空中抓了抓，终于费力地睁开了眼睛。

夜还是很深，昏暗的屋子里只有一盏烛台，上面的蜡烛曳动着发出昏黄的光。

"水……"虎将军本能地喊了一声，却没有任何回应。

就在虎将军挣扎着想要坐起来的时候，旁边的蜡烛忽然闪了一下，顿时昏暗一片。他再睁眼，面前却忽然多出了一个女人。他倏地皱眉，本能地想要反抗，身体却像陷入泥潭一般沉甸甸地使不出力气。

"将军，"那声音柔细软糯，带着一丝娇柔的笑意，"水来了。"

那可人儿皓腕微扬，轻笑着喝了一口。

虎将军用力皱皱眉，这大约也是梦了，梦里便可以顺从本心，不再受那些劳什子的束缚。

他这样想着，也这样做了。

那可人儿忍不住"咯咯"地笑："将军不是嫌弃粉女骗的人太多了，决心不再上当吗？"

虎将军脸色顿时一寒："我不管你以前骗过多少男人，以后只准骗本将军一个，陪本将军一个。"

粉姐儿神色一滞，脸上的异色转瞬而逝，再度恢复了娇柔可人的千娇百媚："可是将军不重权势，不重财货，只是一心杀敌，这样干巴巴的人物，定然不是粉儿的对手。"

虎将军眉头狠狠一拧，怒极而笑："那从今日起，本将军就去博那最高的功名、最厚的利禄，远超过你的野心！"

粉姐儿望着面前的男人目光迷离："只怕将军低估了粉儿的野心。"

"那你我不妨拭目以待，"虎将军唇角勾起一抹狠戾的笑，"且看你我到底是谁小看了谁。"

原本准备好的说辞一时全哽在喉中，粉姐儿仔细端详着虎将军的样子，痴痴地笑了，淌下一颗晶莹的泪珠。无论以前如何，日后怎样，至少今朝，至少现在，粉姐儿有你这句话便足够。

她覆上他的唇，在他的齿舌间低喃，婉转缠绵，所过之处，点起一簇簇躁动的火苗。他的呼吸越来越粗重，他猛地睁开眼，一个翻身便将她压在身下，沉溺沦陷……

自是——

> 玉炉冰簟鸳鸯锦，粉融香汗流山枕。
> 帘外辘轳声，敛眉含笑惊。
> 柳阴轻漠漠，低鬓蝉钗落。
> 须作一生拚，尽君今日欢。

一夕梦醒，虎将军揉着酸涨难耐的太阳穴，迷蒙地睁开眼睛，再伸手去拢身边人，却是冰冷空荡，哪里还有半个人影？

虎将军倏地一惊，猛地起身，甚至以为昨夜的一切都只是一场梦。可是当他看到手边遗留的衣衫时，才惊讶醒悟昨夜的一切都不是梦！

虎将军用手下意识地向腰间扫去，本该挂着令牌的地方却是空空荡荡。他猛然醒悟，粉姐儿接近他只是为了乘机逃跑，自己之所以会睡得这样沉，一定是又着了她的道儿。

虎将军正在惊疑不定之中，帐外忽然传来一名亲卫慌张的声音："回禀将军，人犯粉姐儿逃脱不见了！要不要属下带人去追？"

虎将军搭在锦被上的手立时紧攥成拳，大手抄起床上的衣衫胡乱地往身上套着，快步奔出房门。外面已是人头攒动，每个人都面色凝重地望着他。

"追！"虎将军怒视着远方树林的方向，狠狠咬牙，"死活不论，追回人犯本将军重重有赏！"

郓诺、白鹜、温小筠三人得到消息，急急来到虎将军所在的院子。

刚迈进院门，他们就几乎与大队全副武装的亲卫撞个满怀。三个人赶紧退让，那一队亲卫立时杀气腾腾地快步奔了出去。等到亲卫队经过之后，三个人这才重新走进院子。

温小筠一抬眼，就看到正房台阶之上，立着手扶佩剑、一脸怒气的虎将军。

郓诺立时快步向前："大哥，刚刚手下来报，有贼首伪装大哥亲卫逃脱，这到底是怎么回事？"

虎将军冷眸微转，铁青着脸咬牙说道："粉女逃脱了。正是她假扮亲卫混进我的房间，盗走了我的腰牌，天亮之前，从正门大摇大摆地走了出去。"

温小筠不觉与白鹜对视一眼，皱眉道："我和白兄昨夜明明检查过，三个贼首都被单独关押，锁在'风门'的牢笼里。粉姐儿怎么会大摇大摆地走出来，一路畅通无阻地进入将军的卧房？"

虎将军脸色越来越阴沉，死死地攥着拳头，狠磨着后槽牙。

一旁的亲卫眼看自家将军正在盛怒之中，立时上前向三人解释着说道："那个粉女最擅长的就是魅惑人心，看守的亲卫一个不防备着了她的道儿，被她迷惑了心智，盗走了钥匙，剥去了衣甲。由于整个院子都被咱们布下了重兵防卫，她只凭自己的功夫根本走不出院子，于是混进将军的房中，趁将军睡熟之时，盗取了将军的腰牌。之后便假借奉了将军的命令出去办事，就直接从大门走了出去。第一拨追击的人已经回来了，半点儿踪迹都没查到。刚才将军派出的，已经是第二拨人手了。"

"人犯是从我这儿逃走的，"虎将军冷声说道，"我自会去捉粉女，一定不让人犯逍遥法外！"

鄄诺皱了皱眉，回头看了温小筠一眼，看到她轻轻朝他点头，立时又转而对虎将军说道："第一拨兵应该胜算最大，可是却连一点儿行踪的消息都没查到，后面再找希望也不大。粉女不比一般的小贼，也不像鸠琅有着诸多形迹。大哥莫急，咱们一定还有其他办法可以制敌。"

温小筠也跟着上前一步，仰头望着虎将军，语气诚恳地劝慰道："将军莫急，好在钱流案的元凶——棋如意与串联杜莺儿案、钱流案的鸠琅还在，当务之急就是把他们两个紧急押送到焱州府审讯。"

鄄诺补充着说道："大哥还肩负着护送九转回龙珠的公务，天赐祥瑞最看重的就是吉时吉日，容不得半点儿耽搁。咱们兄弟不如就此别过，查案抓贼的事交给我们，大哥只管先去送珠。"

虎将军狠狠一捶旁边的墙面，脸上满是不甘的愤恨："事到如今，只好如此。"说完，虎将军倏地抬步冲着鄄诺三人一摆手，大步走下台阶，招手命令剩下的亲卫："派出一骑飞马，传令追击出去的亲卫队，如果今日没找到贼人，便速速回归护送祥瑞的路线与咱们会合。"

剩下的亲卫齐齐颔首，大声应了声"是"，便随着虎将军疾步走出院子。

鄄诺、温小筠、白鸶三人对视一眼，也准备立刻行动。他们都知道，面前最重要的就是押送棋如意与鸠琅回焱州。

两队人马快速行动起来。虎将军护送九转回龙珠走回了祥瑞护送路线。鄄诺、温小筠和白鸶则带着全部的焱州捕快踏上了回城的道路。

路上，棋如意和鸠琅被分别装进两辆囚车之中，一起押送。而鄄诺、白鸶、温小筠则一直骑马跟在两辆囚车的近前，防备着剩下的两个贼首再要什么花招儿。

清晨的旷野，路两旁的枯草还挂着露珠，这一队人马却已经行路多时。

前面的囚车里装的是小屁孩儿棋如意。他坐在囚车里，双手紧紧地抓着栏杆，两只圆圆的大眼睛直盯着恢复男装的温小筠。

鄄诺注意这个棋如意很久了，眼见对方的目光越发肆意直白，再也忍不住怒吼了一声："看什么看！给爷爷老实待着！"

正专注着一件事时突然被人打断，棋如意当时就黑了脸，狠狠地瞪了鄞诺一眼后自顾自地朝温小筠叫了起来："小姐姐，小姐姐，你这么漂亮，怎么进了衙门那个虎狼窝？"

温小筠疑惑地皱了下眉，心道：这个棋如意到底在闹什么幺蛾子？

那边的棋如意却说得十分投入，一面死死地盯住温小筠，一面将自己的小脸儿挤到囚车的栅栏之间："小姐姐，会不会有当官的对你心怀不轨，欺负你？会不会有什么禽兽同僚看你是个女儿家，欺负打压你，还时不时揩你的油，占你便宜？"

温小筠嘴角抽了抽：这说的都是哪儿跟哪儿啊？

鄞诺听得脸色越来越黑。

就是修养好、脾气好的白鹭听着棋如意没头没脑的话，也不觉厌恶地皱起眉来。

只有棋如意一个人仍然认真地瞎扯着，朝着温小筠抬了抬下巴："喂，我说小姐姐，你不如来我棋如意的风水门吧！我们这里都是看风水的高人，也有不少女先生，有我棋如意在，里面可没有一个人敢欺负小姑娘呢，尤其是小姐姐你这样有着天仙一般容貌的小姑娘。"

鄞诺皱着眉头，冷冷地瞥了棋如意一眼："小屁孩儿，擦亮你的眼睛看看，你的小姐姐可是个男儿身。还有，你不是'巾门'坛主吗？还什么风水先生，说白了就是一帮招摇撞骗的江湖骗子。"

棋如意对着鄞诺吐了吐舌头，冷哼一声，恨恨地骂道："一看这位差官大爷就是会仗势欺人，没事抓着点儿由头就会欺负我们家小姐姐的恶官差。小姐姐，你别怕呀，棋棋也不会怕他凶巴巴的样子的，放狠话谁不会呀。小爷爷学的就是正经的风水堪舆之术，半点儿违法的不干，半点儿缺德的不做，他休想冤枉棋棋！"

温小筠："……"

鄞诺气得鼻子都要冒烟了，挥手就要去扇棋如意。

棋如意立刻捂着脑袋号哭着退到角落里："官差大人仗势欺人啦！官差大人欺压小孩子啦！官差大人要杀良冒功啦！没有证据、没有会审就要杀人灭口啦！"

喊完之后他还迸出两行眼泪，一面抽抽搭搭，一面哀声唱道："鄞捕头，阴得很，睚眦必报是小人。欺负女孩儿嘴巴刁，欺负小孩儿来精神！人人道他大英雄，其实是狐假虎威假威风！呜啊，妈妈呀，娘亲呀，宝贝棋棋被打啦……"

鄞诺这下可算是体验到之前鸠琅被气得七窍冒烟的感觉了。他现在真想拆了那个木头囚车，把棋如意薅出来胖揍一顿。

白鹭连忙驱马上前，安抚地按住鄞诺的肩："鄞捕头，不要和他一般见识，现如今平安稳妥地将棋如意和鸠琅押送回衙门才是最重要的事情。"

一旁的温小筠不觉抿嘴笑了笑。棋如意明显就是挑拨离间外加混淆视听，可是看着鄞诺吃亏，她的心情就一片大好，她终于有些理解"敌人的敌人就是朋友"这句话了。总之，看着鄞诺脸色铁青，她那心情实在是怎一个"爽"字了得！

听到白鹭出面劝解，棋如意小脸儿不觉一皱："如果按照刚才恶捕头的话，那位小姐姐其实是个小哥哥，那现在出现的这位帅哥哥就很有问题了。"

这话一出，温小筠、鄞诺和白鹭又是一头雾水——这个小屁孩儿说的到底是什么跟什么？

棋如意摇晃着小脑袋得意一笑："棋棋我呀，看人最准。奇门遁甲、五行八卦、看相算命那是无一不通，无一不精。棋棋一眼就看出这位帅哥哥的不寻常了！棋棋发现，这位帅哥哥只要一看到那位恶捕头说是男的的小姐姐，眼神就飘忽忽地不正常了。都说达官显贵多养娈童，棋棋上看下看，左看右看，这位帅哥哥不仅相貌生得极好，行为举止也十足的贵族样，一看就是个豪奢的贵主。再加上贵主们多有古怪的嗜好，棋棋就很能肯定，这位帅哥哥对那位恶捕头说是男的的小姐姐肯定有意思，还是那种不可告人的意思呀……"

白鹭额头上缓缓浮出青筋，安抚着按在鄞诺肩上的手骤然用力一拍："这孩子的确该受些教训，鄞兄出手不必留情。"

鄞诺真是又好气又好笑。

眼见局面就要失控，温小筠赶紧驱马赶到囚车近前，望着囚车里这个粉雕玉琢一般的小人儿，冷笑着说道："棋如意，这样挑拨离间、扰乱视听的把戏，我劝你还是少玩弄的好。"

棋如意一听到温小筠突来的呵斥，立时委屈巴巴地抽噎起来："小姐姐，棋棋一直在帮你说话，一直在帮你拆穿你身边的禽兽啊！你为什么也要跟着他们一起欺负棋棋？"

温小筠丝毫不为所动，双眼环视着周遭的环境，冷声说道："为我说话是假，分散我们的注意力，好让后面的鸠琅或是外面的什么人趁我们不备做些手脚才是真吧？此等不入流的把戏我见得多了。"

听到温小筠的话，棋如意眼中闪过一抹阴险的寒光，却又转瞬即逝，双手抹着眼睛，委屈巴巴地喊道："小姐姐误会棋棋啦，棋棋可是个好孩子！小姐姐那么善良，一定会还棋棋清白的对不对？"

温小筠目光却越来越冷："之前一心要砍掉我们三个人的头的是你，现在伪装天真可爱的也是你；之前倚仗功夫高强，联合人犯鸠琅、盗珠贼粉姐儿一起对我们三个围追堵截的是你，现在拼命给我戴高帽子、挑拨我们三人感情的也是你。用心如此险恶，你真当我温小筠是个傻子吗？我与你素不相识，没有半点儿瓜葛，你却只拣着我一个人死命地夸。你表面上好像很信任我，实则对我身边的两位高手字字诛心，当众揣度，真是又阴险又肮脏。

"你夸我，不过是扰乱他们二人的心智、挑拨他们二人的关系的手段。棋如意，你真以为几句戴高帽子的话就能让我温小筠窃喜放松警惕吗？你大约是见我不会武功，最弱、最无能，才用甜话来攻我。可是我现在可以直接跟你说，你小看我了！"

此言一出，鄄诺与白鹜心头均是一震。

戴高帽子的夸赞招数，最阴险也最有效。因为人人都有虚荣之心，对于向自己示好的人都难以拒绝，要不然也就不会有那么多只靠谄媚就能获得功名利禄的小人了。棋如意这一招看似没头没脑，其实攻的正是人性通见的弱点。别说别人，就是他们自己，若是换在了温小筠的位置上，被棋如意那么一番吹捧，也难保不会暗自得意，从而上了他的套。

可是温小筠不仅没有中招，反而一直很理智，更在最短的时间内戳破了棋如意的鬼蜮伎俩。温小筠这番心智，此等坚定的意志，真令他们两个大男人看了都自愧弗如。

骤然间就被温小筠戳穿心机的棋如意先是愣怔片刻，后面反应过来后，才又装出天真孩童的样子，抓着两根栅栏号啕大哭："原来小姐姐也是个杀良冒功的大坏人……"

哭喊片刻，棋如意脸上夸张的神态忽然收敛。他面色阴沉，双眼眯着，恶狠狠地瞪着温小筠："可是棋棋也绝不是什么砧板上的肉，可以任人宰割。既然你们要对棋棋下黑手，就别怪棋棋张嘴咬死你们！"

说着，他再度仰头大声号哭起来，尖厉的小嗓门儿直刺得人耳膜阵阵刺痛。

鄞诺不耐烦地皱起眉，刚要上前喝止棋如意聒噪的行为，对方猛地甩手就飞射出一道寒光，朝着温小筠面门的方向直直袭去！

鄞诺的眸色陡然一寒。他第一时间做出反应，抽手拔刀用力一挥，只听当的一声脆响，出鞘长刀就在半空中截住了那道要人命的寒光！

"谁收的监？怎么搜的身？"鄞诺气愤地怒吼着，握着手中的长刀，双腿一夹马腹，急急朝棋如意扑了上去。

囚车中的棋如意朝着鄞诺最后做了个吐舌头的鬼脸，双脚猛地一踩，栅栏囚车中便腾起大片白烟儿！

周围的人都是一惊，纷纷赶上前来检查情况。

可是温小筠却仍然镇定如常，摆手制止了急急奔来的"猫耳朵"和"大胡子"："无妨。"

白烟儿散去，却见棋如意正手脚并用攀爬在囚车的顶部，龇牙咧嘴地挥拳狠狠捶着上面的栅栏。

感知到众人的视线之后，棋如意转头怒视着温小筠。短暂的对视之后，他疯狂地扑向温小筠的方向崩溃地咆哮："你这个臭姐姐，到底对棋棋做了什么？！看棋棋不扒了你的皮，砍了你的头，摘了你的狗眼当泡儿踩！"

棋如意个子虽然小，但是发起疯来力气却大得吓人。

温小筠静静地注视着棋如意，目光冷冷，抬手对白鸳做了个手势。白鸳倏地甩出一颗石子儿，直接打在棋如意的颈间。棋如意还想再骂，可是眼前蓦地一黑，身子一软便瘫倒在囚车中，昏厥了过去。

鄞诺转头望着温小筠，目光惊异地问道："难不成给棋如意搜身的人是你？"

白鸳不觉勾唇一笑，拽着缰绳驱马走到温小筠的前面，抢先回答鄞诺的问题："搜身的人是在下，只是这的确是筠卿的主意。筠卿怕把棋如意身上搜得太干净了，反而会逼得他再去琢磨别的偷袭方法，不如将他藏在最深处的两个工具动些手脚，让他放松警惕的好。"

温小筎也笑着点点头："正好之前我们领教过'风门'客店的迷烟儿，这次搜出来，正好用在他们自己身上。"

说着，温小筎又回头望了后面的囚车一眼，轻轻嗤笑一声："鸠琅用药量大，现在还在昏迷，而棋如意诡计多端又十分多疑。我们在迷晕了他后，仔细地搜了他的身，然后就地取材直接对他身上的道具动了点儿手脚。"

鄞诺难以置信地皱起了眉："你还懂金石之术？！"

温小筎骄傲地翻了个白眼："那是，小爷我懂的东西多了，区区金石之术又算得了什么？"

哼，连药她都能研制出来，个把烟雾弹又算得了什么？

感觉到温小筎眼睛里满满的轻蔑与敌意，鄞诺不觉黑了脸，怎么就那么嘴欠，非得上赶着把自己送上前叫人家肆意羞辱？这样想着，鄞诺没好气地冷冷哼了一声，便拽着缰绳仰头继续赶自己的路。

"筎卿真不愧是凤鸣第一天才，"白鸳驱马上前，温和地笑着说道，"白鸳亦是自愧弗如。"

那是！温小筎得意得头顶都快开出小花儿来了，然而下一秒就变了脸色。

鄞诺也与温小筎相同，在听了白鸳的话后，脸色顿时变得异常难看。可是他们两个人都忍住了，忍住回过头去看白鸳此时表情的冲动。因为他们两个都在瞬间意识到了一件非常可怕的事情，那就是白鸳已然看穿了温小筎的身份伪装，甚至已经认出，温小筎就是温家灭门案逃出来的唯一余孽——温竹筎！

而这件事到底意味着什么可怕的后果，两个人甚至连想都不敢想。

一路上，三个人再无别的话，快马加鞭地急急赶回到焱州府。

焱州推官鄞乾化一早收到了消息，早早就等在了州府衙门的门前。

鄞诺、温小筎、白鸳在把一众人犯如数交接给焱州府司狱司后，便跟着鄞乾化匆匆进入推官堂述职。

四人在堂室内坐定后，"猫耳朵"便带着一众捕快退出房间，还帮着把门牢牢带好。

鄞乾化亲自端起早就准备好的茶水，给白鸳、温小筎、鄞诺各自倒了一杯热茶，关切地问道："这一行可还顺利？除了鸠琅，我看你们还带来不少人，这到底是什么情况？快快说来。"

郾诺、温小筠、白鹭对视一眼后，由白鹭站起身，将临县一行所有经过仔仔细细地给郾乾化讲述了一番。

郾乾化听着那起伏波折的情节，面色不觉冷了下来。他攥着手中空空的茶杯，沉吟了片刻，才转目环视着三人沉声说道："也是辛苦你们几员小将了，竟然牵扯出这么多的内情。"

温小筠直了直身子，疑惑地望着郾乾化："推官大人，属下一行不仅带回了杜莺儿案的关键人犯，更带回了杜氏钱庄的关键线索，按理说绝对是两件好事啊，可是为何大人面上半点儿喜色也无？"

郾乾化涩然一笑，又问道："虽然是个好消息，却也仅仅是个消息而已。真正的好消息还没有落实，你们可知现在最棘手的是什么？"

温小筠不觉与白鹭对视一眼，皱着眉试探地回答："是不是没有证据？鸠琅那边还好说，而关于棋如意涉入钱流案的证据，属下目前半点儿确凿的证据都没有。"

白鹭也补充着说道："这也是那孩子在路上一直叫嚣着自己是良民的原因。证据这一关攻克不过，就拿不住这个棋如意。"

郾乾化点点头，目光郑重地环视三人："若是以前，咱们还可以慢慢地在案发现场找证据，可是如今却不行了。"

郾诺急急问道："发生什么事了吗？"

郾乾化无奈地叹了口气："因为杜氏钱庄里有一笔钱财涉及淼州鲁王，据鲁王的门人说，那笔钱财并不普通，涉及王室隐秘内情，故绝对不容流传出去。因此后天王府的人就要正式进入杜氏钱庄清理现场。本官有预感，一旦叫外人介入现场，其中的重要证据怕是要损毁不少。"

郾诺噌地站起身："那我们今夜就去现场，查证每一处角落，一定要在外人介入之前，把真相早早查实出来！"

郾乾化目光越发凝重："正是如此，只不过今晚还不行。"

温小筠疑惑地追问："为什么？"

郾乾化抬头看了看外面黑洞洞的夜色："这几天你们半点儿休息都没有，铁打的身子也熬不住。现在天也黑了，你们三个先好好休息，明日再去杜氏钱庄，仔细检查现场每一处的线索，务必在当日侦破'巾门'钱流的内情。"

温小筠不觉捏紧了拳头，与鄄诺、白鹜对视一眼。仅限一天就要把复杂的钱流案破了，对他们三个年轻人来说，这无异是一次艰难的考验。

像是察觉到三人心中的隐忧，鄄乾化板起脸来，嘴角忽然漾出一丝冷笑："我等公差既然食公之禄，就要忠公之事。无论多么复杂的案子都是人做的。既然是人做下的，人就能破。现今只有一日的期限，若错过了，此案就会错失最佳的时机。你们一个个平日里都自诩天之骄子，怎么到了考验本领的时候就都软了、泄气了？"

听得自己父亲的这般说辞，鄄诺立时沉下了脸，捏着茶杯的手指寸寸收紧。他忽地咬了一下牙，道："推官大人素来谨慎持重，从来不干没有把握的事。既然推官大人给得出这一日的期限，想来是对此事很有信心。既然大人有信心，有把握，我们几个也没什么好说的，一个字——'干'就行了。"

鄄乾化望着鄄诺，脸上的冷峻之色稍融："知道根据对方的性子去推断问题，几日不见，你小子倒是长进不少。"

难得从自己父亲的口中得到一点儿夸赞，鄄诺不觉惊讶地睁大了眼睛，心想：难道是太阳打西边出来了？

不等鄄诺多想，鄄乾化又转而望向温小筠，慈祥地笑了笑："想来这一定是筠儿的功劳了。只在短短数日，就能把鄄诺那样的榆木疙瘩调教开窍，筠儿手段果然不凡。"

温小筠有些害羞地挠了挠头，"嘿嘿"一笑："哪里哪里，叔父过奖。"

鄄诺的脸色顿时黑沉一片。

鄄乾化又神色凝重、严肃地环视着温小筠等三人，语重心长地说道："现在已经放衙，我也就不以官身与你们说话了。刚才的话虽然说得刻薄，却也是给你们提个醒。破案不比寻常事，须得不骄不躁，不轻易受外界干扰、挑拨，耐下心来，明净心眼，不放过任何可疑之处。"

温小筠不觉与白鹜对视一眼，目光交汇间，两人都看到彼此的决心。她轻轻颔首，与白鹜一起站起身来，朝着鄄乾化双手抱拳郑重揖礼，一字一句地认真说道："推官大人放心，属下定然会排除万难，全力查明案件的真相。"

鄄诺虽然觉得温小筠与白鹜默契的样子特别扎眼，但是此情此景也只能跟着站起身，朝着自己的父亲肃然说道："父亲放心，鄞诺一定会与表弟、白刑房精诚协作，誓在一日之内破此案！"

鄞乾化这才满意地点点头："好，年轻人就该有如此气象。"他也站起身，笑望着三人，语气慈祥，"去吧，今日早早歇息，明日精神百倍地去破案！"

三人不约而同地颔首齐声回道："属下遵命！"

辞别鄞乾化后，温小筠、鄞诺、白鹜三个人连并着"猫耳朵"一起牵着马走出了府衙大门。鄞诺与白鹜各自牵着一匹，而温小筠的那匹暂时由"猫耳朵"帮忙牵着。

"猫耳朵"看着温小筠包扎着的手，担心地说："您手上的烧伤正是要命的时候，这个时候还是不要骑马的好吧？"

与鄞诺在前面都已经上了马的白鹜，听到"猫耳朵"的声音，又驱马回身来到温小筠的面前，朝她伸出手微笑着说道："鹜心中也一直挂着这件事，正不知该怎么开口。筠卿现在的确不宜骑马，不知与鹜同乘一骑，筠卿可介意？"

鄞诺一回头就看到白鹜邀请温小筠的画面。他眉头立时狠狠一拧，迅速掉转马头来到温小筠的近前，俯下身长臂倏地一捞，就把温小筠抄进自己的怀中。

"哎呀！"温小筠根本不防备鄞诺会突然截和，眼前天地瞬时颠倒，忍不住惊呼出声。

"多谢白兄好意，"鄞诺扶着温小筠稳住身子，挑眉瞥望着白鹜，唇角勾出一抹不怀好意的轻笑，"只是咱们并不顺路，如今时间紧迫，怕是白兄绕道送了我家小筠，回头便连休息的时间都没了。咱们不如就此别过，各回各家，各自养足精神，等到明日再踏实查案。"

对于鄞诺招呼都不打一下地擅作主张，温小筠表示十分气愤，没好气地挣了挣身子。

鄞诺却忽然凑在她的耳畔笑着说了句："你忘了'第一天才'的名号了？"

温小筠目光霎时一顿，立刻明白了鄞诺的意思。

鄞诺是在提醒她白鹜很可能知道她朝廷通缉犯——温竹筠的身份。一想到这里，温小筠双臂的挣扎也不由得熄火了。虽然她不是真正的温竹筠，却完全接手了他的命运走向。任何威胁到温竹筠身份的人，都该是她的敌人。

敌人？温小筠不觉被出现在脑海中的这两个字吓了一跳。

她抬眸望了白鹭一眼。虽然在原来世界的设定中，白鹭与温竹筠的设定的确是亦敌亦友的关系，但是看着眼前温文尔雅、和风霁月一般的出尘男子，她真的不能把"敌人"两个字放在他的身上。

望着温小筠就这样突然被鄞诺揽进怀中，白鹭眉心不觉一皱，却又很快恢复如常。他微笑着收回手，抬眼看向鄞诺，凤眸微眯，闪着冰冷的光芒："鄞兄说得是，今夜如果鹭再如常回府定然会误事。所以鹭想冒昧地去二位那里借住一晚，不知二位可介意？"

温小筠回头望着白鹭，痛快应道："没问题呀，白兄这也是为了更好地查案，我们两个欢喜还来不——"

她一句话还没说完，身后鄞诺环住她的双臂就用力夹了一下。温小筠眉梢一颤，顿时明白了鄞诺的潜台词。鄞诺是在提醒她，在没弄清白鹭的底细之前，不要和他走得太近。

温小筠虽然很不喜欢鄞诺，但是一旦面对危险，还是能够理解他的一番用心的。只不过，对白鹭该怎么做，又该怎么说，她有着自己的主意。

她动作轻缓地拍了拍鄞诺的手，示意他少安毋躁，她自有分寸。鄞诺正竖起浑身的刺一心想要冲在前面与白鹭周旋，冷不妨被温小筠抚摸到了手，那满身的刺瞬间一僵，碎成一地渣渣。

旁边的"猫耳朵"本能地觉得此地绝不可久留，朝着鄞诺等三人遥遥地拱手告别后，便头也不回地逃走了。

温小筠并没有察觉到鄞诺的异常，她的心思全在如何回答白鹭的问题上面。

"只是我和鄞捕头暂住在瘟疫庄边上的荒宅里，怕是会委屈了白兄。"

白鹭微笑着摇摇头："筠卿住得，白鹭一样也住得。"

鄞诺这才回过神来，朝着白鹭咬牙一笑："白兄倒是真不客气。也罢，左右明天还要一起破案，今夜咱们三个就先凑合一宿吧。"

温小筠忽然想到一件事，侧眸看着鄞诺："我差点儿忘了，咱们的新家好像就只收拾出来两间卧房，那咱们三个人该怎么分配啊？"

鄞诺唯恐温小筠会说出什么和白鹭共居一室的话来，抢先一步打断她的话："放心，没人跟你抢房间。"说着他又看向白鹭，皮笑肉不笑地说道："今夜就委屈白兄和鄞诺住在一起吧。"

白鹭拉了拉缰绳，礼貌地笑着回应道："那便打扰郸捕头了。"

"白兄哪里的话，"郸诺"呵呵"笑了两声，"咱们两个大男人哪儿来那么多的讲究？"

只要白鹭不和温小筠住一个屋，怎么都好说。

虽然被郸诺抢了白，不过温小筠本来的打算也正好和郸诺一样。所以对于郸诺的行为，温小筠也就没多说什么。

确定了最重要的事情后，他们三人不再多说，朝着荒宅的方向驱马扬鞭，快速奔驰起来。

没用多久，三个人就来到了荒宅的临时住所。白鹭牵着马就要去寻马厩，却被郸诺一口叫住。

"马厩就在左边，辛苦白兄把我的这匹也一起拴好。"

白鹭目光怔了一下，却还是微笑着伸手接过郸诺的缰绳："交给白鹭吧。"

看着白鹭牵马前去的背影，温小筠不觉狠狠瞪了郸诺一眼。

人家可是顶顶尊贵的郡王，吃喝用度自己从来不动手的贵主，就这么被郸诺像对待仆人一般呼来喝去？！他郸诺也真好意思！

郸诺翻着白眼无所谓地耸了耸肩。

温小筠凶狠地剜了郸诺一眼后，主动走向厨房。

进了厨房后，她拎起放在炉子上的铜壶，扭头就看到了还闪着火星儿的锅灶。灶台上还放着一张字条，她打开一看，却是皇甫涟漪写下的。看着字条上皇甫涟漪嘱咐饭食都温在大锅里的话，温小筠不觉心头一暖。她觉得郸诺虽然不讨喜，但他所拥有的一双父母却……她羡慕得很。

一只手小心地端出还冒着热气的饭食，她刚要走回到客厅，一只大手忽然袭来一把抢走了她手上的托盘。

"我说你这个人，有没有点儿病人的觉悟？知道你这手费了我多少名贵药材吗？"郸诺又拎起炉子上的铜壶，没好气地白了温小筠一眼，端着托盘转身走出厨房，只留下温小筠一个人几乎要原地气炸。

她发誓早晚逮到机会非整死他不可！

回到客厅，见郸诺已将饭菜茶水全部摆好，温小筠冷冷地哼了一声，一点儿也不想搭理他。此时，安置好马匹的白鹭也走了进来。

温小筠笑着招呼白鹭过去用热水洗手，之后三个人便在一种无声的尴尬中解决了晚饭问题。

吃完饭，郐诺好像生怕毫无受伤自觉的温小筠要收拾洗碗，便抢先一步将桌上的杯盘收拾好，甩下一句："表弟，你回屋休息吧。白兄你也先回屋，今晚大家都早点儿休息。"

温小筠是真的觉出疲惫了，朝着白鹭道了"晚安"，回屋简单洗漱后，便倒在皇甫涟漪新置的柔软的被褥中呼呼睡了起来。

半夜，温小筠一翻身压到了受伤的手。睡梦中的她倒抽了一口凉气，猛地惊醒。看到屋子里还燃着半截儿蜡烛，她这才发觉自己睡了不过一个时辰而已。

这么一醒，她顿觉口干舌燥，无奈地叹了口气后，不得不爬起身，重新披上衣服，端着烛台走出卧房。借着烛台的光她找了一圈，才发现郐诺那厮别的不行，干起活儿来倒是很干净，干净得连壶水都没留。

温小筠没好气地翻了个白眼，转身走出厅堂，想要去厨房找点儿水来喝。她一打开门帘子，深秋夜风冰冷，瞬间就吹熄了她手中的烛火。她不觉打了个寒战，紧接着一抬头，却被眼前的情景猛地吓了一跳。

她惊讶地发现，院子里竟然站着一个人！就在她惊得差点儿尖叫出声的前一秒，院子里的人忽然转过头来，皓白的月光投在他那双明亮的眼眸中，映出点点星光。

温小筠倒抽了一口凉气，忙伸手扶住一旁的门框才勉强站稳。

"大晚上的你不睡觉，戳在这里想要吓死人哪！"她一面伸手顺着惊悸不定的胸口，一面恶声恶气地埋怨道。

原来站在院子里的那个人正是郐诺。他怀抱着自己的官配长刀，正仰头看天呢，听到后面的动静，这才回过头来查看。

看着温小筠手中被风吹熄了的烛台，郐诺不觉挑眉一笑，又转过头冷哼着嗤笑出声："大晚上的你不睡觉，蹑摸到院子里来是想要干什么坏事？"

温小筠站直身子，抬步走下台阶，恶狠狠地甩给郐诺一个白眼："我口渴，出来喝水，犯法吗？"

她本想直接走到厨房去拿水，不想经过郐诺身边的时候，却被他一把按住肩膀。

"你想干啥？"温小筠没好气地质问道。

不想郢诺一挥手就晃着了火折子，在温小筠的眼前飞快地晃了一下便点着了她手中的蜡烛。

温暖的火苗倏地燃起，瞬间映亮了郢诺英朗的面容。

"你等着。"他吹熄火折子，头也不回地向前走了。

被留下的温小筠一个人举着蜡烛茫然又疑惑地眨了眨眼睛——这个家伙又想干什么？

答案很快就揭晓了。郢诺将长刀别回腰间，一手拎着铜壶，一手端着个茶杯从厨房走了出来。

"今天月色不错，一边观月，一边喝茶如何？"郢诺走到她的近前举起铜壶示意着。

也许是睡觉睡得脑瓜儿有点儿蒙，温小筠竟然点头同意了郢诺的提议。

郢诺唇角不觉勾出一抹淡淡的笑意，拎着铜壶走向院子里的木桌前，为温小筠倒了一杯水。看着郢诺的背影，温小筠脚下不觉顿了一下，最终还是鬼使神差地抬脚跟了上去。

俯身坐下后，温小筠将烛台放在桌面上，抬头瞥了郢诺一眼："想不到，你还有心情赏月。"

郢诺将水杯放在温小筠的面前笑了笑："是不是在你的眼里，我应该就是个大老粗？吟诗赏月这等风雅事只有那白公子做得，我郢诺就做不得了？"

温小筠端起茶杯，惊讶地发现杯中的水竟是烫手的。她慢慢地啜了一口热水，满足地舒了一口气："看不出你也挺细心的，还会烧热水。"

郢诺俯身坐在温小筠的对面，再度摘下腰间的佩刀抱在怀里抬头望月："我会做的事情还有很多，你根本看不到。"

温小筠不服气地撇了撇嘴，冷哼了一声："比如夜半无人时偷偷赏月？"

郢诺转眸定定望着温小筠，目光炯炯："比如向你道歉。"

温小筠一脸问号。

像是对温小筠的反应早有预料，郢诺不觉笑出了声，又别过脸将目光放得很远："白日里察觉到你的破绽，被惊到了，那番举动实属意外，我不是成心欺负你的。"

温小筠端着茶杯的手不觉一滞，顿了一会儿后，才温声说道："第一，那个不是破绽，是你粗心大意导致的误会；第二，我的身份太过特殊，事关你们鄣家整个家族的安危，你会有那番举动，我也能理解。"

鄣诺又偷偷地瞥了温小筠一眼："那你是原谅我了？"

温小筠又喝了一口水，抿抿唇："理解你，不代表原谅你。虽然咱们时隔多年未见，但是这几日来几乎吃住都在一块儿，也算是一同出生入死过的。只因为一个误会，你就掐我的脖子要我的命。这么鲁莽愚蠢的人，白白浪费我的一番信任。"她忽然抬眸望定鄣诺，"所以，我才不会原谅你。"

鄣诺转过头，却正对上温小筠投来的视线，不觉目光一怔。他牵了牵嘴角，涩然一笑："我想我会做出补偿。"

温小筠举起茶杯，耸肩一笑："比如给我倒热水？"

鄣诺嘴角忍不住上扬，抬手拎起铜壶又为她续了一杯："都说士隔三日当刮目相看，你我几年没见，我几乎都要认不得你了。"

温小筠将视线往远处放了放："人都会变，忘记我以前的样子也挺好。反正死过一次，我早就不是原来的我了。"

鄣诺倒水的手不觉颤了颤，热水险些要洒出去："再次向你道歉，为了之前我做下的所有混账事。"

"道歉免了，"温小筠重新端起茶杯，"是个汉子就用行动弥补吧。"

鄣诺顿了一下，才郑重无比地回答："我会尽快找衙门帮你报销之前的花费，把钱早点儿还给你。"

温小筠忍不住笑出了声——他倒是条汉子，行动派。

"钱的事，不急。"温小筠大方地说。

鄣诺点点头。

"明天查完案子，你记得跟衙门报一下就行，后天之前还给我都可以的。"

鄣诺这一点头差点儿没咬到舌头。

"这个，"鄣诺抬手揉了揉太阳穴，"应该有点儿难度。"

"那先说点儿没难度的，"温小筠并没有在银钱的问题上多做停留，略略探过身子，与鄣诺凑近了些小声问道，"你大半夜抱着兵器不睡觉，应该不仅仅是赏月

· 507 ·

那么简单吧？"

看着温小筠晶亮的眸子，鄞诺怔了下，随后脸颊忽地红了，赶紧别过头轻咳了一声。

温小筠眨眨眼。看来她猜得果然没有错，鄞诺半夜站在院子里，肯定是发现了什么重要的事情。

勉强镇定下来的鄞诺这才又挪了挪身子，与温小筠挨近些，压低声音道："白鹜的背景不摸清楚，我心里总是没底。"

温小筠忍不住笑了笑："莫不是摸不清他的底细，你都不敢跟他睡在一个屋子里？放心吧，我虽然不敢说他对我的身份知道多少，却也知道跟你在一个屋子，他绝对不会做什么害你的事。"

鄞诺脸色顿时黑沉一片，恶狠狠地瞪了温小筠一眼，嫌弃地说道："扯淡，我怎么会怕他？我怕的是他对你有企图。"

温小筠脸上的笑容瞬间僵在嘴角。

鄞诺没好气地坐直了身子，再度转过脸望向院子外的方向："他如果是寻常人，追着和咱们住瘟疫庄，我不会多想。但他不是寻常人，是尊贵异常、衣来伸手饭来张口的郡王殿下，平白无故地追着咱们住进这荒僻的瘟疫庄，一定别有用意。"

温小筠一颗心瞬间一沉："这点的确令人心里不安稳。"说着，她不觉回头望了一下鄞诺的房间，"还不知他对我的事到底知道多少，不过我想，这几天白公子跟咱们也算同生共死、火里来水里去地闯过几次了，也许他另有一些不方便告诉别人的隐情。"

鄞诺叹了口气："都有可能吧，不过此事毕竟干系重大，不弄清楚，我心里总是安稳不下来。"

温小筠放下茶杯，笑着拍了拍鄞诺的肩膀："别的不说，你身上的伤比我重多了，这几天不是被人追杀就是追击别人，怎么着都应该好好休息。不如今夜咱们就好好睡一觉，不多想了，该来的总会来。既来之，则安之。"

鄞诺轻轻拂开温小筠的手，笑了笑："我这个人睡觉沉，一旦睡着了，外面万一有个什么动静，怕就会耽误了。我的伤你也不用担心，习武之人受点儿小伤是家常便饭。左右我也睡不着，索性就在外面看看月亮。"

温小筠的心不觉一暖。

鄞诺明面上说自己睡觉沉，实际上是知道自己的身子已经疲惫到一定的程度，一旦睡着各种反应力都会迟钝。他一直抱着长刀站在院子里，应该就是怕万一神出鬼没的秦奇与白鸳对她不利，不能及时救援。

若不是在这样清静的夜晚，她还不会发现，鄞诺其实从来都是刀子嘴豆腐心，只为他人做好事，从来不会留名。

这样想着，她便又开始为鄞诺担心了。她不用想都知道，明天查案定然又会是一场硬仗，而这几日几乎没好好休息又受了重伤的鄞诺若是再逞强硬撑下去，身子怕是早晚会垮掉。他既然一直在无人处暗暗地保护她，替她做打算，于情于理，她都应该也为他做些打算。

"你这么干熬着也不是事，"温小筠皱着眉思量着说道，"我这里倒有个方法，也许可以探清楚白公子的内情。"

听到温小筠的话，鄞诺疑惑地皱起眉："什么方法？"

温小筠："直接去问问白兄这到底是怎么回事不就行了？"

鄞诺一个抽搐差点儿从木凳上摔下去。

"我的姑奶奶，"鄞诺无奈地抚额，"您这算是什么办法？人家若是对你心怀不轨，怎么可能跟你说实话？"

听到"姑奶奶"三个字，温小筠脸色瞬间一沉，欠身抬手朝着鄞诺的额头就是一个大大的栗暴："去你的姑奶奶，小爷是个刚硬的男子汉！"

鄞诺所有的戒备心都用在周围的环境上，根本没防备温小筠会对他出手，愣怔之下，额头被弹了一个结结实实。他的眉头倏地一拧，这还是他鄞诺有生以来第一次被人弹脑瓜儿。武人超强的警惕性令他瞬间扬手就要反弹回去。

眼看鄞诺瞬间暴怒，温小筠吓得立刻伸出手，食指直直地点住鄞诺的眉心，心虚地逞强说道："你给我定住。你这凶神恶煞的是要对我干吗？是你先跨过别人的底线说人家娘娘腔的。难道就许你侮辱人家，不许人家抗议吗？我警告你，不要仗着自己个子大、武功强就恃强凌弱，仗势欺人！不然，不然……"

温小筠咬了咬舌头，搜肠刮肚地遍寻着对鄞诺有威慑力的小药丸——啊呸——应该是有威慑力的小词汇："不然你就做不成'天下第一神捕'，做不成保家卫国的大将军。"

鄞诺："……"

第二十章　阴谋的大幕

鄞诺恨恨地收了手坐回原位上，恶狠狠地瞪着温小筠："威胁人都不会，真是想不通就你这样的家伙，怎么会成为'凤鸣第一天才少年'的。"

温小筠也坐回位子上，端起茶杯"嘿嘿"一笑："这么明显的事都看不出来，只能说明你眼瞎。"

鄞诺的双手紧攥成拳，如果不是怕家里娘亲知道自己欺负小个子会伤心，他现在一定会打得温小筠亲妈都不认识。

温小筠问："对了，你还没说我的方法怎么样呢？"

鄞诺抿了抿唇，点头说道："你的方法不错，既然不能直接问，那咱们就只能被动地等他出招儿吗？"

鄞诺目光微顿，意识到什么似的皱起眉头："你说得不错，不能主动问，却也不等于就完全被动了。不能主动问，我们可以主动谋划。按照你之前的方法，咱们虽然不能直接去问白鹜，却可以从他的言行举止中推算出他大概的目的。"

温小筠不觉一愣。她可以说自己真的没有想那么多吗？

看着月光中的温小筠可爱地冲自己眨着眼睛，鄞诺那自信心瞬间爆棚。一定是自己说中了温小筠的想法，得到了对方的认可和鼓励。

这样想着，鄞诺心情不觉一片大好，继续解释道："白鹜一开始知道的就特别多。可以说在杜氏钱流案开始之前，因为与老王爷的利益纷争，他就已经关注到疑犯江狄。可是他并没有轻易跳出来，而是隐藏在角落里耐心地观察咱们每一个人的表现。按照他的说辞，应该是考验咱们两个到底有没有资格成为他实现理想的伙伴。

"这样一个心机深沉、心思缜密——面对各种意外凶险都能临危不乱的人物，怎么会随口说出你的身份，露出那么大的一个破绽来？由此可见，他不是对你根本没有恶意，就是故意让你我知道，好达到其他什么不可告人的目的。"

温小筠虽然一开始只是存了打趣鄞诺的心，但是听到这里，也不觉被鄞诺的思路绕了进去。

"以白兄的身份，"温小筠又啜了一口热茶，思量着说道，"如果真的对咱们有什么不好的企图，应该犯不着现身跟着咱们一起查案。依照这些天发生的事情来看，我觉得白兄是个真正的正人君子，所以很可能他是别有隐情，只是一时间还不方便跟咱们讲太多。"

鄞诺点点头："这一点我也认同。"

温小筠站起身来，拂了拂衣摆："那现在就好办了，要么咱们今晚不睡了，直接去问白兄到底是怎么回事；要么就先去睡觉，反正没什么要防备的了，什么事都等天亮以后再说。"

两个人果断回屋去睡。

这一次温小筠躺在床上倒头就睡。

看着温小筠房间的门关好之后，鄞诺不觉皱眉望了一下大门的方向。虽然跟温小筠分析一通之后，已经解开了自己心中大部分的疑惑，但是对外面的情况他还是不能完全放下戒备。秦奇连并着几个影卫就躲在小院外面的大树上，如果白鹭真的对他和温小筠没有半点儿防备，又怎么会带着这么多影卫？

次日，三人早早离开住处，来到了杜氏钱庄。

没多久，"猫耳朵"与"大胡子"也各自带着兄弟来了。

"大家先在钱流经过的渠道里找找，看有没有什么证据。"鄞诺头也不抬地说。

众人很快加入到探寻的行列之中。

可是转了几圈后，"猫耳朵"和"大胡子"什么证据都没有找到。看着现场一片狼藉，"猫耳朵"一张脸就黑了下来，抬头望向鄞诺，哭丧着说："这里根本没有什么有用的线索，都炸成一堆煳家雀儿了，煳到芯里了。"

而此时的温小筠正蹲在钱流曾经经过的河道边上，一边吃着早饭，一边用手指捻着一些地上的粉末。

"温小筠，你发什么愣呢？"鄞诺看到温小筠的动作，不觉疑惑地问出了声。

温小筠吃掉最后一个水晶糯米包，才说道："或许可以从其中某种特定的元素里找到经手人的身份，从而顺藤摸瓜，一点点捋到棋如意的身上。"

鄞诺皱了皱眉："你这个思路虽然没有问题，但是太慢，咱们只有一天的时间，根本不可能摸到幕后主使的身上。"

温小筠在脑海里流下了眼泪，可以说前几次破案基本都是侥幸吗？她根本没有经过任何专业的破案训练。宁家元宝小妖精藏钱案，她靠的是大量的阅读经历；杜莺儿案，她靠的是各种新闻信息与知识，恰好瞎猫碰上了死耗子。可是钱流案与之前所有的案子都不同，是个正正经经的复杂悬案，需要严密的证据链、一环扣一环的严谨推理，这就非常考验办案人的综合刑侦素质了。

打打擦边球，走点儿小捷径，她还行。可要这样实打实地真刀真枪地拼刑侦能力，她就掉链子了，但现在的形势是赶鸭子上架，不上不行。

鄞诺叹了口气，像是忽然想起了什么似的说道："别说下了一场大雨，就是不下雨，后面那场规模甚大的爆炸也足可以把所有的证据全部毁掉。"

就这样，时间一下子就到了中午。别的人都是吃衙门送来的饭食，铺了几块布就席地而坐。鄞诺叫兄弟们出去吃，"猫耳朵"和"大胡子"也要拽着大家一起出去吃。

鄞诺拉下脸来："现在不比往常，时间不比往日，你们只管出去吧，我在这里和白刑房、温书吏凑合一口就行。"

"猫耳朵"挠了挠头："那我们两个也在这里陪头儿你一起吃。"

鄞诺挥手照着"猫耳朵"的肩膀就是一拳，笑着说："这几天你们也累得够呛，睡得少，跑得多，再不好好吃点儿身子就垮了。你们这一个个的小身板，能跟你家鄞头儿比吗？去吧，回头要用到兄弟们的地方还多着呢，到时你们要是敢给我掉链子，看我不整治你们。再者说，现在案子到了关键时刻，你们鄞头儿怎么都需要静一静，好好合计合计。你们就别在我跟前碍眼了。"

"那头儿，我们就在杜家的厨房吃，离这儿不远，有事您就叫兄弟们。"

"猫耳朵"和"大胡子"虽然还有不甘，却还是听话地先走了。

于是郾诺在地上铺好了餐布，就着院子里残余的景观流水洗了手，才上前打开餐盒："白兄、小筠，先吃饭吧。"

和白鹜四处查看的温小筠这才皱着眉头走了过来。

"怎么，有什么收获吗？"郾诺给他们一人递过一个盘子。

白鹜看着盘子里粗陋的干粮不觉皱了皱眉。

温小筠的全部心思仍然在残破的案发现场上，她俯身坐在餐布上，苦着脸摇摇头："什么发现都没有，一筹莫展。"

郾诺挑眉看了看温小筠，笑道："哎哟，真是难得了，咱们焱州第一破案小能手竟然也有发愁的时候。"

温小筠接过郾诺递来的盘子，坦然一笑："这个世上哪里有十全十美的人？以前即使能破案，也只是跟在父亲身后，他把所有证据链都找得差不多了，才把一两个想不透的关键处交给我处理。那感觉就像是破谜题，有趣又不难。现在这样从一个案子的最根基处着手，竟然一时间有点儿无从下手了。"

郾诺本想再打趣温小筠两句，可是听到她这般坦诚直率，打趣的话便一句也说不出来了。他咬了一口馒头，抬眼望着温小筠笑着说道："这个不难，正巧我这个人干的就是协助查案的大人们发现案件最根本、最初始的证据。让我先来给你说说我的推断。"

温小筠也咬了一口馒头，眨巴着两只眼睛兴趣满满地盯着郾诺："好啊，郾兄你——"

也许是馒头太干，又或者是一边吃一边说话的缘故，总之她一句话没说完就被干粮卡住了嗓子，猛烈地咳嗽起来。

白鹜见状赶紧向前去拍温小筠的背——不想郾诺眼尖，一下看出白鹜的意图，大手一拉，攥住温小筠的胳膊就拽到自己的近前，大巴掌跟板子似的，狠狠地拍击着温小筠的后背，拍得她满脸通红，真要憋得喘不上气来了。

就在白鹜看着温小筠难受得实在忍不住要跟郾诺抢人时，温小筠突然喷出一口馒头，总算是通了这口气了。

郾诺又从食盒里拿出水递到温小筠的面前："快喝点儿水顺一顺。"

温小筠含着眼泪，仰头喝下一大杯水，这才算又活了过来。等到她抹完嘴又喝了一口水，才再度拿起馒头来："郾兄别停，继续，我这边挺得住。"

郾诺抹了把额头上的汗，翻了温小筎一个白眼："你吃东西就别说话了，仔细再呛着，我好不容易整理出来的思路都要被你吓没了。"

温小筎"嘿嘿"一笑，刚要再咬一口馒头，却被一只手按住了。

她疑惑地抬头，却见白鹜正望着她，关切地说："筎卿，你身子弱，暂且不要吃这些粗食。"

说着，他抬头望了一眼前方上空房顶的方向，挥手打了个响指。

一个人便如飞鹰一般从房顶阴影处飞了下来。

温小筎惊讶地睁大了眼睛，那人正是秦奇。

几乎只是眨眼间的工夫，秦奇就飞到了白鹜的面前，先是从背后的万能神奇小包袱里取出一块洁白的素锦缎面铺在地上，随后又从小包袱里取出一套青瓷餐具，一套银质酒壶、酒杯，最后拿出一个油纸包展开，里面是用煮熟的白菜包裹着的软糯小甜点，有绿莹莹的，有粉嘟嘟的，还有雪白雪白的，软嫩有弹性，晶莹可爱，让人看了就想张嘴一口吃掉。

"这些甜点看着软糯，且入口即化，不噎人的。"白鹜端起一个盘子递到温小筎的面前，凤眸微弯，笑容温柔地说。

温小筎不觉咽了下口水，又看了看自己手中的馒头，没有犹豫多久就直接端起了白鹜的盘子。

眼看温小筎一点儿也不客气，露出张开大嘴一口能吃三个的模样，秦奇就忍不住心疼起来，哀怨地看了白鹜一眼，小声说道："主人，这些点心只够您一个人吃的呢。"

温小筎立刻把嘴闭上，将盘子又送回到白鹜的手里："白兄，你这几日也受累不少，外面的吃食你吃不惯，还是你多吃点儿。刚才我就是说话急了才呛到的，我吃馒头就挺好。"

郾诺瞥了一眼别人家的餐布，别人家的餐盘，别人家的美食，不觉翻了个白眼，狠狠一口咬掉大半个馒头，解恨似的大嚼起来。

白鹜瞥了秦奇一眼，不悦地皱了皱眉："秦奇，你先退下吧。"

秦奇立刻惶恐地低下头："是。"

说完，他半躬着身子撤步后退，直到走出回廊后，一个转身腾起就再度飞上房顶，隐匿于角落的阴影之处。

看到秦奇离开，白鸳将六个水晶团子一分为二，放在两个青瓷盘中，又从鄞诺那里拿起一个馒头，放在自己面前的盘子里，这才又端起另一个盘子，重新递回到温小筠的手中："筠卿，你我是过命的至交好友，自然要有福同享，有难同当。如果连吃食这点儿小事筠卿都要跟鸳见外，日后破案又怎能让鸳相信筠卿可以与鸳同生共死？"

听到这里，温小筠再没有推托的理由，不觉抬眼看了一下鄞诺。本能上，她也很想给鄞诺分一点儿好吃的，可这本是人家白鸳的一番好意，若是自己借花献佛，对白鸳的一番好意难免会不够尊重。

像是看出温小筠的为难，鄞诺冷笑一声，又从食盒里抓出一个馒头："你们吃不惯粗食，我吃着却特别香甜。不用管我，你们两个身子弱就吃你们自己的吧。以前在荒野找不到吃的，一下子被饿三天的时候都有，所以我吃啥都特别香。"

白鸳笑了笑："多谢鄞兄大度。"

鄞诺看见温小筠还是犹疑着没有吃，不耐烦地伸手推了推她端着青瓷盘的手："你就别瞎想了，赶紧吃。我这就给你们说说我的思路。"

温小筠这才回过神来，一边吃着一边认真听。

白鸳也坐直了身子，认真地听着鄞诺的分析。

"钱流案虽然什么证据都没有留下，"鄞诺拧开水囊，仰头喝了一口，严肃说道，"却留下了一些信息。"

温小筠问道："什么信息？"

鄞诺道："我在核查火灾信息的时候，得知杜氏钱庄在当天下午刚好有一大笔银子的存项。这笔银子都是百两一锭的元宝，足足装了七个大箱子。杜友和亲自去河道接来，亲自运送回杜府，当晚亲自开箱，一一核查完数目，亲自指挥着手下们把箱子抬进银库，最后亲自落的锁。"

温小筠捏着下巴皱眉思量着说道："怎么会那么巧？在案发的前一天钱庄就刚好进了一大笔存银？"

白鸳凤眸微眯，计算着说："钱庄的箱子都有定制，一箱分三层，一层能摆放三十枚，一箱就是九十枚，七箱就是六百三十枚，"白鸳越说越震惊，"也就是一共有六万三千两！"

郸诺咬了一口馒头，目光灼灼地说："的确是个大数目。虽然钱庄经手的钱很多，总归都是私家的买卖，不比官家，上万两现银的银标都很少，一下子就是六万三千两的买卖更是一年都碰不到一两次。"

温小筠咬了一口甜糯的点心，嗯，茯苓糕是枣泥馅儿的。

郸诺继续分析着："头天晚上银子进银库，第二天就发生了骇人听闻的钱流案，这其中的巧合一定不简单。"

温小筠抬头望着郸诺，眨眨眼补充着问了一句："这么大的一笔现银，知道的人应该很多吧？"

郸诺一转眸就对上了温小筠流星一般明亮的眸子，心蓦地漏跳半拍。他赶紧别过视线，嘟嘟囔囔地回答道："事实正相反，知道的人并不多，因为钱庄有钱庄的章程。箱子虽然是一样的，但是撤掉隔板，既可以放铜钱又可以放东西，所以抬箱子的伙计们并不知晓。真正知道的，只有钱庄掌柜和两个最得力的帮手。"

说完，郸诺的情绪总算再度投入进案件之中，他猛烈跳动的心脏也渐渐恢复平常。

对此浑然不觉的温小筠仍在自顾自地分析着："之前杜掌柜不是说钱库的防盗设施堪比铜墙铁壁吗？看来这里不是有内鬼，就是这银子的主人被人盯上了。"

郸诺点点头："还有几种可能，是银子的主人或是杜友和自己做的手脚。第一个，如果是杜氏钱庄的掌柜本人监守自盗——那案发之后他应该会趁乱隐遁。可是现在的杜友和不仅还在焱州，更是大病一场，昏迷不起，家宅大业都被债主们分去了。杜家的家底很厚，六万两银子虽然很多，但是比起他们杜家经营了几代的偌大家业来说，也只是个小头。所以这个杜友和怎么看都不像是监守自盗的。"

白鹭也出声跟着分析起来："所以杜友和本人的嫌疑基本被排除。"

温小筠又咬了一口点心，继续接过话头含混不清地说道："而走到这一步，银子的主人讹诈杜友和的嫌疑也基本能被排除，因为这个局面下的杜友和，已经没有什么能被讹诈的价值了。"

郸诺认可地点点头："没错，我请推官大人查过，前来哄抢杜氏钱庄的那些债主都是焱州府的，其中并没有托付杜氏钱庄押运巨款的人。"

白鹭扭头望向温小筠："那么现在最有可能的就是杜家仆役有贼心，联系到外面的'巾门'一起做的局，就像之前的宁家藏银案与杜莺儿案。不是仆人本身就是贼，就是有家人和人贩子里应外合。"

鄞诺也望向温小筠，一改之前的桀骜，诚恳又认真地说："所以按照我们以往的思路，这个案子也可以从那些做内贼的仆人身上下手，把杜氏钱庄的所有仆役都抓起来，一个个盘问，找出其中的蛛丝马迹。"

白鸳眉心微皱："可是现在再去抓杜家仆役，该是太晚了吧？事发之时，其中里应外合的内奸肯定第一时间趁乱逃了。"

鄞诺不觉勾唇一笑："现在再去抓，岂止是晚了一些，黄花菜都不知凉过几茬了。"

温小筠睁了睁眼睛："你是说鄞推官已经控制了杜家所有的仆役与家丁？"

鄞诺点点头，眼角眉梢都挂着自豪的神采："鄞推官不似京城温推官那样才华出众，只有两点做得极为出色，第一就是心思缜密，做事极其稳妥。"

温小筠好奇地追问："那第二条呢？"

鄞诺坐直身子，看着温小筠、白鸳二人，表情越发得意："第二条就是生下了本捕头这样心思更加缜密的优秀人物。早在本捕头带人来查钱流案时，就第一时间控制了所有出入口，事后更核查了杜氏钱庄所有仆役，没让一个人走脱。"

温小筠看着鄞诺得意的样子，嘴角不觉抽了抽。

鄞诺一眼看到，还以为她是噎到了，随手递过水囊："真是没用，吃什么都能噎着。"

温小筠接过水囊喝了一口，又递了回去，朝着鄞诺调皮地哼了一声："我那不是被您英明神武的决断力给惊到了嘛。不过我还有个建议想要送给您。"

看到温小筠用鄞诺的水囊喝水，一旁的白鸳不觉皱了皱眉。

"什么建议？"鄞诺根本没发现白鸳的异常，拿回水囊，一面仰头喝着，一面侧着眼眸望着温小筠。

"我的建议是，下次再做了什么厉害的事呢，不要先自己夸自己。你只是把事情平铺直叙地讲出来，别人已经会觉得你很了不起啦。可是不等别人夸，您就先把自己夸一通，把别人能说的话都说光了，别人再没的说了，就只剩下骂您自恋了。"

鄞诺："……"

白鹭忍不住轻笑了一声，挥手又打了个响指。

秦奇便再度从房顶上飞了下来。

温小筠与郜诺齐齐望向白鹭，大大的眼睛充满了小小的疑惑。

白鹭侧眸瞥了秦奇一眼，轻声说道："秦奇，可还有全新的水壶？"

秦奇不假思索，躬身回道："殿下每每出行，属下都会为您准备两个全新的水壶。这里还有一个。"

说着，秦奇又从背后的神奇小包袱里取出一个水壶，双手托着恭恭敬敬地呈到白鹭的面前。

白鹭拿起转而就交给了温小筠："筠卿，这水壶是用葫芦开模制成，不似普通葫芦那么蠢笨，又比动物内脏制成的干净许多，半点儿异味都没有，还可以装各种药水、酒水。我这边有许多，这个全新的就送给你吧。"

温小筠不觉好奇地睁了睁眼睛。只见白鹭手中的葫芦水壶扁扁平平的，形状就像是红星二锅头的小扁瓶，上面还雕刻了精美的图案，壶嘴处嵌银收口，瓶塞顶部还镶嵌了一块无瑕的白玉，煞是精巧可爱。

她小心地接过，左右端详着，简直爱不释手："白兄，咱俩认识其实也没多久，小筠总是占你的便宜，真是怪不好意思的呢。"

白鹭注视着温小筠，凤眸微弯，温柔一笑："不白给，后面白鹭犯病了，还要仰仗筠卿制药。"

听到这里，温小筠顿时啥心理负担都没有了，开心地把水壶系在腰间："白兄哪里的话，只要白兄需要，风里来雨里去小筠都会全力以赴。"

郜诺面无表情地看着温小筠与白鹭和和美美的这一幕，又面无表情地看着秦奇再度飞上房顶隐藏起来。一时间，他真的很想掀个桌子放放火气！

"对了，郜兄，"温小筠又看向郜诺，"你的方法固然可行，可是咱们只有一天的时间，凭借着'巾门'的谨慎，咱们即使问出他们的联系人来，确实捶成铁证推断到棋如意的身上，怕是也会来不及。"

郜诺拂了拂两手的馒头渣，拧着眉头思索着说道："这个思路是我们查案时的习惯，虽然慢，但是十分有效。如果咱们用上小筠你那新奇的审问方法，应该可以大大加快审讯的速度。"

温小筠咬了咬后槽牙，抓了抓束起的头发，自言自语般喃喃说道："是呀，这个是衙门里的官差抓贼查案的习惯思路……"说着，她像是突然间想到了什么似的双眼突然一亮，整个人兴奋得差点儿蹦起来，"我有一天之内破案的法子了！"

鄞诺与白鹜不约而同地着急问道："什么法子？"

温小筠伸出一根手指在面前比画着："按照官府的思路去推断，速度会慢，可是假如咱们站在罪犯的角度去思考问题，一旦找到关键，就可以大幅度地缩减办案时间！"

鄞诺与白鹜不觉对视一眼。

鄞诺疑惑地说道："也就是说，把咱们自己想象成要偷银子的贼？"

"正是，"温小筠微笑着点点头，"我就是要把咱们自己想象成盗宝贼，根据现场残留的证据，去一点点还原所有的犯罪事实。"

她说着，脸上的笑容越发自信。

在一番苦苦的思索之后，温小筠终于捋出了自己的思路。如今判案，大多是根据已有的现实情况和证据去做正向的推理。

推理她不是专业的，但对揣摩人物的心理却很擅长。她在这方面有所研究。

这真是应了那句"手有千金，不如一技傍身"，古人诚不我欺。

"可是这样揣测出来的案情，又怎么能保证揣测得准确而没有任何跑偏？"鄞诺皱眉望着温小筠，表情越来越严肃，"你可知道，断案不比其他，不仅仅关乎公道正义，有的时候更关系到人命。有一点儿误判，就可能叫恶人逍遥法外，无辜的人被牵连。因此刑狱推断最该严谨周全，绝不可儿戏。"

温小筠拍拍身上的馒头渣，动作轻快地站了起来："鄞兄放心，小筠说的揣度并不是没有根据的瞎猜。首先，小筠所有的推断必须根据现场的证据。其次，小筠反向揣度与鄞兄你的顺序推断会一直相互印证，相互结合。再加上小筠家传的识人断案、识证据推人的绝学，小筠的揣度人心来断案的方法，便会确实可信，绝不会轻易走偏。"

旁边的白鹜抬眸凝望着温小筠，眉心微皱，思量着说道："左右这次只有一日时间，鹜信筠卿。"说着他又转眸瞥了鄞诺一眼："鄞捕头呢？"

察觉到白鹜言语中的轻慢之意，鄞诺冷笑了一声："温小筠说得在理，况且还有我这个顺序推断的保驾护航呢，我为什么不信他？"

白鹜眸里的笑意渐寒："如此最好。"

两个大男人目光交锋的工夫，温小筠同学已经蹦上了后面银库废墟的平台。她指着上面乱糟糟的瓦砾和炭一般黑的横梁木材，猛地回过头盯着鄞诺，两眼闪闪发亮地说道："鄞诺，你还记得钱流案案发当日这里的情形吗？"

　　鄞诺对此时突然被温小筠点名表示十分开心。他站起身，迈步走到近前："当然记得，当时银库院里的景观流水着了火，里面噼噼啪啪流淌着的全是银钱。值班的捕快闻讯赶来后和杜府家丁一起抢救钱流里面的财产，却不想大多数人被烈焰灼伤。"

　　温小筠重重地点头，又看回银库房地基上的残迹，目光幽幽地说道："没错，一开始火势还只限于景观河道里，后来杜友和带着咱们进入银库内部查看，结果里面全空了。大门外面的锁完好无损，各处窗子也没有任何被撬动的痕迹，就是房顶上面都没有旁人入侵的痕迹。可就是这么一间防护措施严密得堪比铜墙铁壁的银库，里面所有的财货竟然消失得干干净净，无影无踪。"

　　鄞诺望着面前房屋坍塌后的碎片，目光也渐渐凝重起来："当时的房间里面空空荡荡，地面完好无损，但是满屋子的财货就那么没了。"

　　温小筠又抬起头望着鄞诺问道："后面发生了什么事，鄞诺你还记得吗？"

　　"后来那个屋子也发生了爆炸，"鄞诺沉声回答，"整个房屋在瞬间被夷为平地，消灭了所有可能的痕迹和证据。"

　　白鸷也站起身来，走到温小筠的近前："筠卿是觉得从这里可以看出贼人的心思？"

　　"正是，"温小筠笑了笑，又转身沿着地基平坦些的外沿缓缓地踱起步来，十分认真地推断着，"假设我现在就是盗宝者，那么之前要耗费大量人力、物力，费劲地做出杜氏钱庄里的这一幕幕奇异又凶险的景象，究竟是为了什么呢？"

　　鄞诺想也不想地回答："为了掩饰踪迹，为了让人心生畏惧。"

　　温小筠投过一抹赞许的目光："不错，为了掩藏踪迹。说白了就是声东击西，让钱庄的人手忙脚乱，惊慌失措，根本无法阻挡我们运银子、运财宝的行动。"

　　白鸷忽然意识到了什么，望着温小筠的目光惊疑不定："等等，筠卿的意思是说银库里的钱不是盗宝者早就搬空了，而是在钱流奇观发生的同时进行的？"

　　温小筠反问白鸷："白兄，如果咱们是盗宝贼，早早就在神不知鬼不觉的时候把财宝搬运一空，运送着宝物的咱们应该会做些什么事情？"

白鹭略略思忖，才试探地说道："提前得到那么多宝贝，咱们一定会尽快运送宝物离开焱州府。因为一旦案发，凭着焱州府第一钱庄的规模和影响力，各处城门一定紧急戒严，到时候再出城就麻烦了。"

温小筠又望向鄞诺："鄞兄，你觉得呢？"

鄞诺点点头："白兄说得没错。如果咱们是得了手的盗宝贼，不仅要在官府没有反应过来的时候运出所有宝贝，而且所有参与盗银的人员也都会在最短的时间内避走他乡，远远离开焱州府。"

温小筠俯身捡起一块瓦片，一下一下地掂在手中："两位兄长说得没错。如果盗银者事前早就搬空了银库，一定会悄无声息地彻底离开焱州府。可事实上，他们不仅没有离开，更花费了巨大的心力、物力、财力，布置出了复杂到令人惊叹的机关布局。这未免太不合常理了。"

鄞诺目光倏地一亮："所以他们大费周章地弄这些机关，实际上是要掩人耳目，在外面人们惊慌救火的同时偷盗银库中的存银？！"

温小筠啪地扔了手中的瓦片，掸了掸手上的灰土，头也不抬地说："这个推断，我想应该是目前最合理的解释。"

鄞诺与白鹭不觉对视一眼。

白鹭点点头："的确，推到这一步，应该没有错。"

鄞诺抬手揉着额头，仔细回忆着之前的情景："当时外面的河道里流着数不尽的银钱，任谁看了都会忘了其他，不是上前一看究竟就是想尽力把银钱捞救回来，根本不会有人想到此时防备森严的银库里面还有人……盗银者的这一招真是又准又狠，高明至极。"

就在这时，到外面吃饭的"猫耳朵"和"大胡子"带着一众捕快走了回来。

温小筠头也不回地抬手指向前面大片的废墟："耳朵兄，请你带着一众兄弟把银库上面的所有杂物都清理干净。"

听到这里，"猫耳朵"不觉疑惑地抓了抓头发："温刑房，这银库被彻底烧塌了，清理起来比较费事。不然咱们兄弟先顺着之前着火的钱流河道去找找有什么线索？"

在场的众人听了都不觉赞同地点了点头。

若是之前，鄞诺也觉得要先查清楚河道着火流铜钱的原因，毕竟那里是给人印象最为深刻的机关，甚至一提起杜氏钱庄失窃案，人们首先就会想到着火的钱流——那几乎就是案件的全部真相。

温小筠听了却并不生气，转头望着"猫耳朵"笑了笑："除了河道那里好排查，耳朵兄一心想要去查那里，是不是还有别的原因？"

"猫耳朵"搔着头发不好意思地"嘿嘿"一笑："俺就是个跑腿的，可不敢瞎断案，万一说错了可就误事了。"

鄞诺抬手拍了拍"猫耳朵"的肩膀，微笑着说道："让你说你就说，男子汉大丈夫有什么好怕的？"

鄞诺的话犹如一颗定心丸，令"猫耳朵"一颗悬着的心瞬间落了地。他望着院子里景观河道的方向，思量着说道："俺其实也没想到啥，就是那天被着火的钱流给震住了。好家伙，满满一河道都是钱，还流得飞快，那得多少钱啊？而且河道的另一头正连通着银库房檐流水渠，感觉就像是银库里的钱全顺着河道流出去了，等到后面再打开银库的大门时，里面的宝贝就都流干净了。所以属下觉得，顺着河道一直查下去，没准就能找到财宝被运走的蛛丝马迹。"

其他捕快听了都忍不住地小声议论起来，都是认同"猫耳朵"的观点的。

鄞诺回头望了温小筠一眼，像是从温小筠坚定的目光中找到了什么自己想要的答案，嘴角浮现出一抹意味深长的微笑。他又转头看向"猫耳朵"："你们有这个想法很正常，因为那正是盗宝贼引导着你们想到的。"

"猫耳朵"转头望向鄞诺，疑惑地睁大了眼睛："鄞头儿您这话是什么意思？"

温小筠上前一步，环视着众人，昂首而立："在座的各位大多是那日参加过抢救钱流的人，我想请诸位回忆一下，那一天无论是伸手到钱流去捞的还是用什么东西拦截钱流的人，可曾抓上来一枚真正的铜钱？"

众人不觉面面相觑，一时竟然回答不出温小筠的问题。

"那天也是神了。"还是"猫耳朵"率先开口，回忆着说道，"河道里的铜钱、元宝一被捞出来就被烧得飞灰不剩。杜家的仆人们那可都是不要命了地往里面扑着要去抢钱，可哪怕是搭上了半条胳膊，一个铜板也没抢出来。"

旁边立时有捕快接话问道："会不会那火是什么鬼火、神火，把银钱都给烧化了？"

此话一出，在场的人都变了脸色。

鄞诺没好气地朝着那捕快的屁股抬腿就是一脚："这个世界上哪里有什么神神鬼鬼？出去别说是我鄞诺手底下的人！"

那捕快像是早就习惯了鄞诺的突然袭击，立刻捂着屁股跳着躲开："哎哟哟，鄞头儿别生气，咱们兄弟不也是说着打趣玩儿的吗？不当真，不当真。"

鄞诺哼笑了一声："这还差不多。"他又转头望向温小筎："温书吏，如果我没猜错的话，你该是想说那些银钱全部是假钱对吧？目的就是声东击西，吸引走人们的全部注意力，好让他们可以在银库堂而皇之地搬运银钱。"

温小筎惊讶地挑挑眉。她想过鄞诺很聪明，和他也很有默契，却没有想到他与自己竟然会默契到了这种地步，不过有这种工作上知己好友般的默契总比在感情上面有默契强。

她走向前，笑眼眯眯地环视着院中的一众捕快："如果这个案子真的是鬼神作祟，那它们为什么会像凡人一样，所有行为都只针对杜氏钱庄的金钱？冥界通行的银钱难道不是纸钱吗？"

众人听了这话，反应半秒之后皆哄然大笑。

"既然是专一偷盗只对人类才有用的金银财宝，那么施盗者必然是人！"温小筎脸上的笑容却倏地消失。她抬手指着不远处的钱流河道，沉声说道："之前咱们所有人搜查院子的各个角落，对景观河道也算初步检查过一次，可是里面除了一些灰尘什么都没有。如果那些铜钱、银元宝真的是被火炼化了，基本就相当于金钱岩浆。

"众所周知，要把银和铜炼化，需要非常热非常热的力量才可以，比把水烧到蒸发的那种热度还要热很多倍。普通人如果把胳膊伸进那样热的火焰中，就不仅仅是现在这样大面积的烫伤和灼伤了，恐怕皮肉、骨头都要被一起烧化了去。再者，银和铜被烧化并不是凭空不见，只是改变了外貌形态，由固体变成液体甚至是气雾之类。但无论怎么改变，它们所过之处都必然会留下痕迹。"

"猫耳朵"与"大胡子"听到这里恍然大悟地睁大了眼睛。

"大胡子"把脑袋点得跟拨浪鼓似的："打铁水、烧铜水俺都见过，那个家伙可真能烫死人。现在想想，之前就是被那大阵仗给吓到了，钱流河道里的火焰河流的温度根本比不上铁水、铜水的温度。"

白鹭也轻轻地点了点头："不仅如此，如果是金银铜铁化成火焰河流的话，必然会在河道的缝隙中留下残余的金银，放到现在也会变冷变硬，可是这些河道却是半点儿残余金属的痕迹都没有，可见那日的钱流景象应该是个障眼法。"

说话间，郢诺已经走到景观河道的近前俯身蹲下，伸手捻了一下河道的两壁："白兄说得不错，而且我看这里的灰烬也不全像是房屋着火时飘飞来的灰烬。"

看到白鹭与郢诺的推断也接洽得十分和谐，温小筠嘴角的笑容越发明显，也越发阴险。

白鹭一回头就看到了温小筠的脸上有诡异的笑容，还以为她有了什么大发现。他直起身子，望着她微微一笑，声音温柔："筠卿，可是想到了什么？"

郢诺也注意到了温小筠有点儿异常的表情，不觉轻笑出声，回身望着温小筠，语气轻佻："我说，咱们的思路代入盗金者的身份里就行了，表情就不用也跟着代入了。您这副奸笑的尊容，要是被寻常百姓看见，一准要给吓跑，实在有辱咱们焱州府衙的公门形象。"

一旁的"猫耳朵"和"大胡子"听了忍不住笑出声。

温小筠脸色登时一沉，后槽牙咬得咯吱作响，心道：郢诺，你个刻薄的家伙！

白鹭面色冷了下来，甩了郢诺一个白眼："郢捕头，无事时打趣是幽默，有事时打趣就是干扰。破案要紧，还请你严肃些。"

郢诺脸上的笑容登时一沉："既然话不投机，我也就不和白兄多讲了。"

温小筠：说好的和谐和默契呢？

"话接前言，"温小筠非常自觉地充当起和事佬来，"既然外面的钱流只是为了吸引人注意的障眼法，那么窃贼对杜氏钱庄布下的最大机关很可能就在银库房间的地底下。"

听到这里，郢诺瞬间就把与白鹭的不愉快抛到脑后，抬脚走回到温小筠的近前："温书吏，虽然说从地底下打洞偷搬银子是最便捷的方法，可是推官大人后面又按照杜友和的说辞仔细核查过，证实钱庄在建造之初，杜家就考虑过地下防备的问题。他们不仅仅在地面上铺设了青石砖，更在青石砖下埋了粗厚的铁网，可谓坚如磐石。所以盗金者从地底下挖洞盗宝，几乎是不可能的。"

郢诺不自觉地抬头望了房顶一眼："房顶也一样，杜家在瓦片下铺设了厚实的铁网与厚油毡。就是那些瓦片也都涂上了光滑的特制漆料，人在上面根本站不住脚。咱们先检查银库是没问题的，可是除了地面，左右两边和后面的墙壁是不是要着重检查一下？毕竟人都有种错觉，觉得厚实的墙壁就代表绝对的安全，不安全的只能是那些门窗和能被掀开瓦片的房顶。"

温小筠认同地点点头："鄞捕头说得一点儿没错，可是咱们不用去检查墙壁，专一检查地面就可。"

白鸳不觉疑惑皱眉："筠卿既然认可鄞捕头说的，却又为何不按他说的办？"

温小筠微微扬起下巴，环视着众人，目光灼灼的双眼中绽出自信的神采："因为我回忆起之前跟着鄞捕头与杜掌柜进银库查看的一个重要细节。"

"什么细节？"鄞诺忍不住问。

"鄞捕头，"温小筠问道，"你回忆一下，咱们打开银库的门后，出现在眼前的情景是不是空旷一片，偌大的银库什么都没有？"

鄞诺点点头："的确。"

"这里有两个问题，"温小筠皱起眉头，"第一，银库满屋子的货架都是用木头制成的，对贼人来说又笨重又没有价值，搬运出去又要花费大力气。他们为什么要做这种费力不讨好的事情？"

后面的"猫耳朵"忍不住插嘴，对温小筠说："要不怎么说这伙盗贼很神呢？您不知道，在咱们焱州府，钱流盗贼就是鬼神现世的说法已经传开啦！就连杜家小姐的事，也被说成是杜友和早年间赚黑心钱遭了天报。"

温小筠冷冷一笑："本领再大的盗贼也终究是盗贼，也和咱们一样是一个鼻子两个眼睛的人。既然是人，行事必然有目的，有手段；既然是人，他们的目的和手段就能被同样生而为人的咱们识破。"

"猫耳朵"听得一脸蒙，偷偷瞥了旁边的"大胡子"一眼，似懂非懂地点了点头。

鄞诺的全部注意力仍然在温小筠之前的话上，他难以置信地望了温小筠一眼："你是说，那些架子全部都在屋子里，根本没有被运出去？"

温小筠眸光微寒："不错，钱库这座建筑物是独立在后院里的，不仅前后左右都没有挨着院墙，四面还环着一圈景观河道，要运走那么多沉重的架子，无论是从房顶还是从四围墙壁，都会被人发现。更何况当时整条景观河道全是着火的钱流，几乎每一处都有杜府的护卫和衙门的捕快上前查看拦截，贼人根本不可能把那些架子运出银库房。"说着，温小筠率先走到银库废墟之上，俯身拾起一根被烧得乌黑的木棍子，"看这个木棍的榫卯插口，该是木架子的一条边框腿。"

鄞诺回头朝着大胡子打了个手势："'大胡子'，你不是也做过木匠活儿吗？过去看看。"

"大胡子"点头应了一声，便快步走到温小筠的近前。他先是看了看温小筠手中的木棍，又在附近扒拉着找到了其他几根木棍："没错，鄞头儿，这些木头就是货架子的碎片。"

白鸳凤眸微眯，凝望着温小筠疑惑道："他们为什么要制造出一个空房间的假象？"

温小筠朝着白鸳投去了赞赏的一瞥："这就是我刚刚要说的第二个问题。"

鄞诺嘴角微微抽搐，佯装走到白鸳的对面，正好阻隔了他与温小筠对视的目光。

"这个问题，我倒也有些猜想，"鄞诺一本正经地解释道，"贼人们制造出一个屋子空空如也的假象来，就是要在第一眼将我们震慑在原地。因为那场景对于杜掌柜来说实在太刺激，以致他一眼看到，当场就吐了血。而后面紧接着就发生了大爆炸。"

说着，鄞诺不自觉地捏着自己的下巴，煞有介事地思考着："之前我还没想到这一层，可是听我家小筠这么一分析，才算真正想通。贼人制造空房间的目的，应该也是一种障眼法。表面上看着好像什么都没有，可是实际上却应该存着一处致命的大破绽。"

听到这里，温小筠不觉惊讶地睁了睁眼睛。她知道鄞诺很聪明，可是却没想到他竟然会这么聪明，是真真正正的一点就透。

鄞诺说着却微微皱起了眉头，转头望向温小筠："只是我到底想不通他们用的是什么障眼法，又会有着什么样的破绽。"

温小筠微笑着上前抬手拍了拍鄞诺的肩："鄞捕头能推断到这一步已经很不简单了。如果不是小筠早年间跟着……长辈见识过很多神乎其神的作案手段，今日面对此番景象，一时间肯定也摸不到什么头绪。"

这么说，其实也不过是温小筠的无奈之举。她之所以能在短时间内想出贼人的作案办法，还是要归功于后世看过的那么多场精彩的魔术表演。

她曾看到过一个魔术师将空屋子里的性感女郎凭空变没，不是那种被布罩在大号椅子上的通用方法——有椅子或是其他道具衬托的，一般都是要身材苗条的美女在罩布铺盖遮挡时快速钻进做好暗格的道具之中。温小筠看到的空屋变人，却没有依托什么道具，纯粹是用摆放在合适角度的镜子，折射一块专门绘制而成的画布，制造出视觉上的错觉。

她抬手掩唇轻轻咳了一声："其实我也不敢太托大，刚才只是有一点点思路，剩下的还需要进一步证实。"

鄣诺意外地挑挑眉。他印象中的温竹筠可从来都是一个锋芒毕露的人，最爱的就是享受别人崇敬的目光，今儿个怎的还谦虚上了？

白鹭则欣赏地点点头："筠卿到底是个稳重大气的人物，查案、破案正需要筠卿这般严谨的态度。"

旁边的捕快们看向温小筠的眼睛已经齐刷刷地亮了。他们没有听错吧？温小筠竟然已经看破了盗宝贼的神鬼手段？要知道那可是在众目睽睽之下瞬间搬空整间银库的大案子！这样传奇的案子别说在鲁地淼州了，就是放眼全国也没有过第二桩。

已经跟温小筠混得很熟的"猫耳朵"都觉得能跟温小筠走得近一些，是件非常光荣的事。他乐颠乐颠地凑上前，两只眼睛眨巴得水汪汪、亮晶晶："瞬间搬空银库的机关您都能看破，那外面河道里着火的钱流机关您是不是也早就看破了？""猫耳朵"越说越兴奋，唾沫星子都快飞到温小筠的脸上了，"您要是早就看破了，能不能让兄弟们一边干活儿一边听您讲讲？"

"大胡子"也忍不住凑上前，对温小筠说："可不是，您可不知道俺们兄弟当差这么久，还从来没碰到过这么吓人、这么玄乎的案子。别说外面的百姓们早就议论疯了，就是咱们衙门里的弟兄们也都是吃不香睡不着的，怎么也想不通。您要是看破了就说说，兄弟们干起活儿来也干得起劲不是？"

鄣诺板着脸，抬腿就给"猫耳朵"和"大胡子"一人一脚："还有没有点儿规矩了？是不是这几年没什么案子都要把你们养成废物了？这儿正破案呢，闭上你们的嘴，赶紧干活儿去！"

温小筠却笑着摆手制止了鄣诺："我这里正好也有一点要说。"

听到温小筠这句话，所有人都睁大了眼睛盯着温小筠，就等着这位温刑房能讲出什么一鸣惊人的轰动言论和推断来。

这边温小筠水润的红唇轻启，就要讲出她认为此案相当关键的事情。

与此同时，在焱州府郊外的东山上，另一个女子红艳的双唇也在一翕一张，讲述着自己逃亡的经过。

"老堂主，粉儿便是这么逃出来的。真是万万没想到，咱们温香竟然在焱州府一下子就折了巾坛、风坛两坛的坛主。"

粉姐儿双膝跪地，低低垂着头，又惊又惧地讲述着。

此地是焱州府外最高的一座山，站在山顶往下看，焱州府所有布局尽收眼底。

粉姐儿跪的地方正是山巅的一棵古榕树下。

明灿灿的阳光照在巨伞一般的树冠上，投下斑驳的阴影。那些阴影覆在一个男人颀长的身影上，随着微风轻轻晃动。

粉姐儿根本不敢抬头，只能看着地上男人的影子惊惧地跪着。突然，她头顶响起了一阵沙哑枯涩的笑声，比夜枭的声音都令人害怕。

粉姐儿将头垂得更低，双手紧紧地攥着膝盖上的衣裙："属下无能，请堂主责罚！"

"不必害怕，本尊只是有些好奇，"那沙哑的声音轻笑着说道，"到底是什么能人，能一连捉住我教三个坛主？"

"若是寻常，断然不会出现这种情况，"粉姐儿几乎将头贴到草地上，"只因为金陵素手谪仙盗串联焱州官府一同做局，才把鸠琅套了进去。还有一个又鬼又精的女人，属下已打听到她叫温小筠。另外还有一个轻功一流的鄞捕头，此人也断断不可小觑。"

"素手谪仙盗？"那人不觉蹙起了眉头，"你们确定，那人就是真的东川独？"

粉姐儿急忙答道："鸠琅虽然被抓，但他的本事从来不弱，更何况他见人无数，决计不会认错。"

那人眼角微眯，眼里闪出阴冷的光："江湖有江湖的规矩。规矩之内怎么耍手段黑吃黑都行，可若是跳出规矩搬出官府给他铺路，那他便不再是盗，而是我辈人人得而诛之的贼！"

粉姐儿目光惊疑一片："堂主是说，要属下回身做掉东川独？"

"不止是他，"那人冷笑着说道，"敢动我温香，就该付出血的代价。那个温小筠、鄞捕头，一并做掉，不得留半点儿后患。"

粉姐儿俯首回道："是，属下明白。"

那人的声音这才放缓了些："焱州钱流的事可留下什么破绽？"

粉姐儿唇角微勾，自信地说道："棋如意的本事您是知道的，河道着火的钱流机关不仅惹人眼球，其中设计更是极其复杂的。任谁破案，都会以为钱流才是最重要的机关，只要顺着钱流查下去，不仅会被带偏，更会有性命之忧。不要说在一天之内想破钱流案，就是一两年也不会有什么进展。"

那人不屑地冷哼了一声："不用你们拖一年，能拖住一天就行了。若再出什么岔子，你便自行了断吧，本尊也只能保你到这一步。"

粉姐儿脊背倏地一寒，顿时出了一身的冷汗。她深深地伏在地上惊恐地回道："尊上放心，这一日，粉儿拼上性命也要拖到！"

可是回应她的却只剩下挟着落叶盘旋的阵阵风声。良久，她才怯怯地抬起头，地上只余下微动的树影，再不见任何人存在过的痕迹。

粉姐儿这才长舒了一口气，撑着一旁的树干艰难地站起身，抬眼向焱州府的方向望去。看着犹如棋盘一般工整的焱州府城池，她目光不觉冰冷一片，嘴角浮起一抹阴狠的笑意。

东川独，此番定要取你等三人的项上人头！

（未完待续）